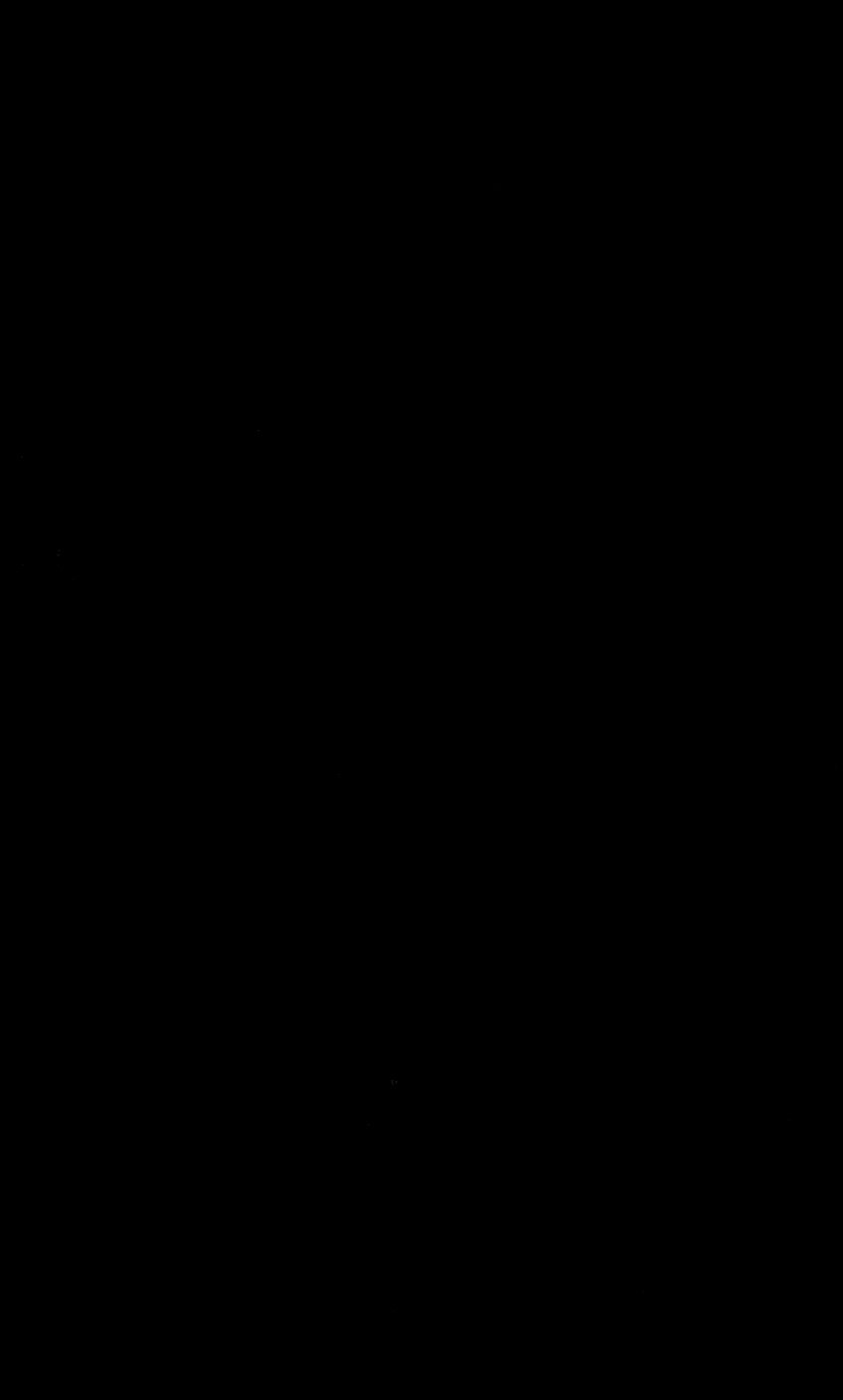

어서 와요, 나의 연인

어서 와요, 나의 연인

초판 1쇄 인쇄 2011년 6월 30일
초판 1쇄 발행 2011년 7월 7일

지은이 펄 S. 벅
옮긴이 은하랑
감수 이종길
펴낸곳 도서출판 길산
교열 주영하
표지그림 오진목
본문디자인 송유진
마케팅·관리 송유미

ADD 경기도 고양시 덕양구 행주내동 170-6
TEL 031.973.1513 | FAX 031.978.3571
E-mail keelsan@hanmail.net | http://www.keelsan.com
ISBN 978-89-91291-29-4 03840

값 15,000원

COME, MY BELOVED
Copyright ⓒ 1953 by Pearl S. Buck
Copyright ⓒ 1981 by Janice C. Walsh, Richard S. Walsh, Henriette C.
Teusch, Mrs. Chieko Singer, Carol Buck, Edgar Walsh & Jean C. Lippincott.
All rights reserved

Korean translation copyright ⓒ 2011 by Keelsan Books
Korean translation rights arranged with Harold Ober Associates incoporated, 425 Madison
Aenue, New York, NY 10017 through EYA(Eric Yang Agency). Seoul

이 책의 한국판 저작권은 EYA(Eric Yang Agency)를 통해 Harold Ober Associates Incorporated 사와 독점계약한
'도서출판 길산'에 있습니다. 저작권법에 의하여 한국 내에서 보호를 받는 저작물이므로 무단 전재와 복제를 금합니다.

● 파본은 구입처나 본사에서 교환해 드립니다.

어서 와요, 나의 연인

펄 S. 벅 지음 | 은하랑 옮김

길산

차례

1장	레일라, 레일라	7
2장	연꽃이 닫히는 시간	53
3장	올리비아	93
4장	인도에서 온 손님	122
5장	푸네의 저녁	170
6장	청혼	198
7장	어서 와요, 연인이여	221
8장	단 하나의 사랑	259
9장	이름 없는 죽음들	280
10장	귀향	293
11장	새 시대의 성자들	323
12장	이성과 열정	345
13장	신의 얼굴	366
14장	마음의 고향, 바이	392
15장	닫힌 빗장을 열고	411
16장	라비와 자틴	438
17장	열하루의 낮과 밤	462
18장	천국으로 가는 마지막 계단 앞에서	478
19장	잘 가요, 나의 연인	492

1장

레일라, 레일라

뭄바이의 그랜드 호텔 안내데스크는 밀려드는 손님들로 북적댔다. 아침나절 항구에 배가 도착한 터라 넓은 로비는 각 나라의 언어들로 떠들썩했다. 그중에 가장 많이 들리는 언어는 영어였고, 가장 먼저 이목을 끈 사람들도 영국인이었다. 신하들에게 둘러싸여 갈대로 만든 커다란 의자에 앉아 있던 인도의 지역 군주가 내심 이 상황이 못마땅한 듯이 얼굴을 찌푸리고 있었다. 그의 눈부신 머리 장식과 반짝이는 의복, 그리고 각양각색의 펄럭이는 옷을 갖춰 입은 신하들의 모습은 이곳이 인도임에도 불구하고 이들을 마치 외국인처럼 보이게 했다.

영국인들은 질투의 시선에도 아랑곳하지 않고 차분히 앞만 바라보며 줄을 서 있었다. 그 가운데에는 검은 모자에 진회색 정장 차림을 한 훤칠하고 늠름한 미국인 중년 신사도 섞여 있었다. 그는 흥미 가득한 눈빛으로 주변을 둘러보는 중이었다.

그는 언뜻 영국인처럼 보일 정도로 침착했지만, 주변 풍경에 대한 즐거움을 드러내는 것을 두려워하지 않고 있었다. 그 자신감 넘치고, 순진하며, 유머러스한 모습은 오직 미국인들만의 것이리라.

신사는 영국인들을 재미있다는 듯 묵묵히 지켜보았다. 그는 은밀하고도 빈틈없이 그를 밀어내려는 영국인들의 압박에도 흐트러짐 없이 자리를 지켰고, 안내데스크로 천천히 걸음을 옮길 때마다 마치 앙갚음이라도 하듯 미동 없이 넓은 어깨를 정면으로 향했. 딱 한 번 돌아서긴 했지만 그것은 뒤를 따르고 있는, 아들임이 분명한 키 크고 호리호리한 청년에게 말을 건네기 위해서였다.

청년의 눈동자는 노신사의 잿빛 눈동자와는 다른 짙은 갈색이었고, 그 머리칼도 신사의 붉은 잿빛의 헝클어진 머리와는 달리 부드러운 갈색 머리칼이었다. 그럼에도 두 사람은 똑같이 굵직한 용모였다. 또한 청년은 얼굴에 올리브빛이 감도는 부드러운 인상인 반면, 노신사는 반백의 불그스름한 턱수염과 콧수염을 깔끔하게 다듬어 기르고, 같은 빛깔의 성긴 눈썹 아래 눈빛이 깊었다.

"기다려라, 아들아."

노신사가 말하자 청년이 답했다.

"네, 아버지."

노신사가 숙박명부에 '데이빗 하드워드 맥카드와 그의 아들'이라고 쓰자, 안내데스크의 직원이 기민한 눈빛으로 두 사람을 번갈아 바라보았다.

"미국에서 오셨죠, 손님?"

"그렇소, 뉴욕에서 왔소."

맥카드가 말했다. 직원은 잠시 숙박명부에 기재된 이름을 유심히 살피더니, '아들'이라고 쓴 부분에 시선을 멈추고 농담조로 말했다.

"이제 손님께서는 '누구누구의 아들'이라는 말은 자제하셔야 할 것 같은데요."

"전 상관없어요, 아버지."

아들의 고분고분한 말투에 맥카드는 완고하게 응수했다.

"아니다. 네 엄마도 '누구누구의 아내'라고 불리는 걸 좋아하지 않았지."

청년은 대답 대신 미소를 머금고 숙박명부에 자기 이름을 적어 넣었다. 데이빗 맥카드. 그의 필체는 각지고 굵은 아버지의 필체와는 반대로 젊고 물 흐르듯 자유로웠다.

"손님께서 예약해두신 방이 확인됐습니다. 일주일 정도 계실 예정이지요? 저희가 푸네 가는 기차도 예약해두었습니다. 짧은 여정이시군요. 그래도 가장 여행하기 좋을 때 방문하신 걸 환영합니다. 현재 손님 앞으로 온 우편물은 없습니다. 저건 손님 짐이지요? 바로 객실로 옮겨드리겠습니다."

"기다리는 우편물은 없소. 그리고 저건 우리 짐이고 말이오."

짐은 별로 없었다. 맥카드의 영국제 가죽 가방은 낡아 있었다. 하지만 그는 아들 데이빗에게만은 돼지 가죽으로 만든 새 가방을 사준 차였다. 윗부분이 은색으로 장식된 레일라의 악어 가죽 가방은 젊은

레일라, 레일라 9

청년에게는 통 어울리지 않았기 때문이다. 더군다나 그는 석 달 전 레일라가 세상을 떠났을 때 그녀의 유품들을 모두 치워버리도록 했다.

겨우 석 달 전 일이라니! 그는 아내 생각을 떨쳐버리려는 것처럼 얼굴 근육에 힘을 주며 아들에게 고개를 돌렸다.

"이제 위층에 가서 점심 겸 저녁이라도 먹을까? 음식을 객실로 시켜야 할 것 같구나."

그러자 데이빗이 말했다.

"저는 옷부터 갈아입어야겠어요. 생각했던 것보다 훨씬 더운데요."

다른 손님을 맞이하느라 분주하던 직원이 데이빗의 말을 듣고는 말했다.

"그래도 외투는 항상 준비해두십시오. 이 무렵 뭄바이는 한낮에는 덥지만 밤에는 제법 서늘하거든요. 일단 외투를 가지고 다니는 일에 익숙해지면 더할 나위 없이 유쾌하고 즐거운 곳이죠."

"감사합니다."

데이빗이 말했다. 부자는 몸을 돌려 넓은 대리석 층계를 나란히 걸어 올라갔다. 두 사람의 객실은 일층이었고, 층계보다 넓은 대리석 복도를 따라 내려가자 객실이 나타났다. 앞에서 가방을 나르던 인도 급사 소년 둘이 객실 앞에 멈춰 섰다.

열린 문 너머 안쪽으로 잠겨 있는 덧문이 보였고, 바닥에는 벽에 등을 기대고 무릎을 접어 그 위에 포갠 두 팔에 머리를 묻고 꾸벅꾸벅 졸고 있는 한 무슬림 사내가 있었다. 급사 소년 하나가 그를 발로 툭 차며 말했다.

"일어나! 손님 오셨어!"

그러자 사내는 언제 졸았냐는 듯 자리에서 벌떡 일어나더니 순식간에 말짱해졌다. 그의 빈약한 체구가 그 갑작스러운 움직임 때문에 미세하게 떨리고 있었다.

"나리!" 그가 큰 소리로 외쳤다.

"나리를 잘 아다마다요! 정말 오래 기다렸습죠. 이렇게 명함과 편지까지 가지고요. 나리와 아드님을 극진히 모시라고 그랜드 호텔에서 저를 특별 추천했습죠. 암요!"

급사 소년들은 이미 객실 안으로 들어섰지만 두 미국인은 사내의 거창한 자기소개 때문에 계속 객실 밖에 서 있었다. 무슬림 남자의 손에는 흰 무명옷 가슴 앞섶에서 꺼낸 명함들과 더러운 편지봉투들이 가득 들려 있었다.

"좀 지나가겠네."

맥카드가 남자를 옆으로 가볍게 밀치자 무슬림 사내는 마치 그 손짓에 몸이 녹기라도 하는 것처럼 자리를 내주며 물러섰고, 데이빗은 아버지 뒤를 따라 들어가며 그에게 미안한 미소를 던졌다. 무슬림 남자는 곧바로 전의를 가다듬고 문지방에 서더니, 왼손으로 열린 덧문을 잡고 편지봉투와 명함들을 한 가득 집은 오른손을 힘껏 뻗었다.

"오, 나리와 아드님!" 그가 긴박하게 울부짖었다.

"여기는 하인 없이는 아무것도 할 수 없는 곳입죠. 사방에서 사기를 치려 들 겁니다요. 저는 이들을 잘 알지요. 저와 함께 다니시면 누구도 근처에 얼씬 못할 겁니다요. 와디라고 불러주십쇼."

그러자 데이빗이 말했다.

레일라, 레일라 *11*

"여행 책에도 인도는 안내자가 필요한 곳이라고 했어요, 아버지."

"한 번에 하나씩만 생각하자꾸나. 우선 이 아이들에게 팁을 줘야겠다."

"그러면 직급이 높은 아이에게 주세요. 이것도 여행 책에 나와 있어요."

그러자 한 소년이 말했다.

"제가 더 높아요, 나리. 저한테 주시면 나눠 가질게요."

맥카드는 지갑에서 지폐 한 장을 꺼냈다.

"꼭 그래야 한다."

소년은 힌두교 방식으로 두 손바닥을 모아서 감사를 표했다.

"미국인들은 항상 너그러우세요." 소년이 중얼대듯 말했다.

"그리고 나리, 제가 보증하는데 와디는 무슬림이긴 해도 좋은 사람이에요. 믿으셔도 된답니다. 나리가 친절하게 대해주시면 와디도 나리를 속이는 일이 없을 거예요."

소년이 다시 합장했다. 맥카드가 준 지폐가 소년의 오른손 중지와 약지 사이에서 펄럭였다. 그런 뒤 소년은 돌아서 자리를 떠났고, 나머지 한 소년도 그 뒤를 따랐다. 맥카드가 턱수염을 쓰다듬으며 말했다.

"좋아. 우리도 안내자를 둬야겠구나. 이 사람이 괜찮을 것도 같군. 조금이라도 불량한 점이 눈에 띄면 해고시키면 되니까."

"저 사람, 인상은 괜찮은데요."

데이빗이 말했다. 여전히 걱정 때문에 몸을 떨고 있는 모습에서 와디의 성품이 고스란히 드러났다.

"작은 나리, 저는 매우 충실한 종입니다요. 어떤 하인들은 그러기도 하지만, 저는 절대 속이는 법이 없습죠."

"영어를 잘 하는군요."

데이빗이 말했다.

"오래전에 기독교 학교에서 배웠습니다요."

가방을 열던 맥카드가 이 말에 흥미를 보이며 고개를 돌렸다.

"자네, 기독교인인가?"

와디는 수줍음과 혼란 사이를 오락가락하다가 마침내 웃기로 작정한 듯했다.

"나리, 그건 저로서는 너무 어려운 일이랍니다. 기독교는 좋은 종교지요. 하지만 제게는 시간이 없습니다요. 부모님도 모셔야 하고, 처자식도 먹여 살려야 하지요. 더 이상 일할 수 없을 때가 오면, 그때는 기독교인이 될 수 있을 겁니다요."

말에 데이빗이 웃었다.

"저 사람 솔직하네요."

맥카드는 못마땅한 듯 뭐라고 중얼거리고는 다시 짐을 풀기 시작했다.

"그럼, 이제 제가 나리의 안내자입니까요?"

와디가 간청하듯이 물었다.

"그런 것 같네만."

맥카드는 고개를 들지 않고 답했다.

"감사합니다요. 감사합니다요. 나리와 아드님."

와디는 몸 둘 바를 몰라 했다.

"이젠 뭐든 다 하겠습니다요. 지켜보시기만 하세요, 나리. 아!

그것도 제가! 짐은 제가 풀겠습니다요. 뭐든 다 맡기시고 식사나 다녀오십쇼. 다 끝내놓고 있습죠."

부자는 자신들도 모르는 사이 대리석 복도로 떠밀려 식당으로 향하고 있었다. 그들 뒤로는 와디가 객실 구석구석에서 법석을 떨며 커다란 티크 옷장들을 열더니 주인들의 옷을 어디에 걸지 고민하기 시작했다.

"이건 여기, 저건 여기, 그리고 여기······."

그는 부지런한 꿀벌처럼 낮게 흥얼거렸다.

"마치 감독을 둔 것 같네요." 데이빗이 말했다.

"저는 옷도 못 갈아입고 쫓겨났어요."

"거 참!" 맥카드가 탄식했다. 하지만 그는 곧 와디를 까맣게 잊고는 걷는 중간 중간 손에 든 작은 여행 책의 지도를 유심히 살피기 시작했다. 돌연 그와 지도 사이에 마지막 여행 때 봤던 아내의 얼굴이 떠올랐다.

어디였더라. 아, 런던이었다. 그때도 지금처럼 지도를 펴들고, 앞으로 몇 시간 동안 어디를 둘러볼지 아내에게 큰 소리로 말하지 않았던가.

"오, 제발, 여보." 그때 아내는 예쁜 입술을 삐죽거리며 한숨을 내쉬었다.

"아, 이 괴물 같은 양반. 난 빈둥빈둥 한가롭게 보내고 싶다고요."

하지만 그는 흥분에 들떠 있었다.

"아니, 어떻게 아무것도 안 할 수 있지? 더구나 이렇게 여행하기 좋은 때 말이오. 빈둥댄다는 건 있을 수 없는 일이야."

"아, 하지만." 그녀는 싫다는 얼굴이었고, 그 순간 맥카드는 부드러운 밤색 머리칼 아래 짙은 눈망울을 빛내는 아내의 고집스러우면서도 사랑스러운 얼굴을 볼 수 있었다.

그녀의 말이 맞았다. 아무것도 하지 않아도 되는 날들이 있었다. 그것은 죽음, 바로 그녀의 죽음이었다. 그는 밤낮으로 아내가 어딘가에 어떻게든 살아있다는 믿음으로 고문당해야 했다.

그녀가 살아있을 때는 필요 없었던 믿음, 한때 아버지의 목사관에 존재했던 그 믿음이란 걸 되찾아야 할 때였다.

그의 아버지는 시골 마을의 목사였다. 그는 담백하면서도 카리스마 넘치는 사람으로 전쟁이 끝나고 고향에 돌아와서 전도사가 되었다. 어린 시절의 맥카드에게 믿음이라는 것은 가난처럼 숨길 수 없고, 빵처럼 단순하며, 태어남과 죽음처럼 불가피한 것이었다. 그는 사춘기를 지나면서 반항적으로 변해갔지만, 아버지는 그런 그를 고분고분 받아주지 않았다. 그는 아버지와 한바탕 언쟁을 벌인 뒤 교회에서 발을 뺐고, 성공을 향해 고군분투하던 초창기에는 아버지가 신앙심이라 일컬었던 모든 것들을 깡그리 잃었다. 그러다가 선배의 딸이었던 레일라 질크라이스트와 결혼할 무렵 이미 성공한 젊은 사업가로 성장한 그는, 다시금 아내와 함께 주말마다 교회에 나가기 시작했다. 그 교회는 아버지가 천국과 지옥, 영혼의 불멸에 대해 설교하던 시골 교회와는 사뭇 다른 곳이었다.

그는 아내의 사랑스러운 몸이 땅에 묻히는 걸 장례식 날 두 눈으로 똑똑히 보았음에도, 그 다음날이 되자 불면의 밤을 지새며 레일라가 살아있다고 믿으려고 안간힘을 썼다. 결국 그는 폴 바톤 목사에게 전화를 걸었다.

"바톤 박사," 그는 쉰 목소리로 말했다. "나 맥카드요."
"네, 맥카드 회장님. 제가 뭘 도와드리면 되겠습니까?"
"내 아내가 아직 어디엔가 살아있다는 확신을 줄 수 있겠소?"
"그럼요. 전 확신합니다."
"증거는?"
"믿음이지요."
"내게는 왜 그런 믿음이 없는 거요? 나도 교회에 등록된 신자 아니오?"
"그렇죠. 맥카드 회장님은 우리 교회의 헌신적인 신자이십니다." 바톤 박사는 설교 때의 그 풍부한 목소리로 말했다.
"그렇다면 난 왜 그녀가 살아있다는 걸 믿지 못하는 겁니까?"
"믿고 있는 걸 단순히 받아들이기만 하면 됩니다." 바톤 박사는 말을 이었다.
"그냥 받아들이세요. 그러면 믿음은 자연히 따라옵니다."
그랬다. 그는 계속 되풀이해서 믿고 또 믿었다. 레일라는 도저히 죽은 사람일 수 없었다. 하지만 맥카드는 현실적인 사람이었다. 그에게는 육체라는 증거가 필요했다. 육신이 썩는다는 사실을 부정할 사람은 아무도 없었다.

영혼으로만 존재하는 아내는 어떻게 생겼을까? 과연 예전과 같을까? 그는 모든 게 그대로이길 바랐다. 하지만 레일라가 존재하건 존재하지 않건, 그녀가 살아있기를 바라는 그의 바람은 엄연한 현실과는 아무 관계가 없었다.

오랜 세월 동안 그는 부모님의 존재를 잊고 살아왔다. 두 분 다 레일라와 결혼하기도 전에 돌아가셨기 때문이다. 그런데 이 순간 그는 그 호랑이 같던 늙은 아버지가 살아계셨더라면 하고 바라고 있었다. 아버지는 항상 자신이 믿는 바가 무엇인지, 또한 그 이유가 뭔지도 명확히 알고 있던 사람이었다.

그는 지도를 덮고 아래층으로 내려갔다. 아버지와 아들 둘 다 말이 없었다. 데이빗은 요즘 말수가 부쩍 줄었다. 언급한 적은 없지만, 분명히 어머니를 그리워하고 있는 것이다.

"식사가 끝나면 밖으로 나가볼까?"

"좋아요, 아버지."

이제 로비는 텅 비어 있었다. 군주와 그를 둘러싼 화려한 무리들만 여전히 자리를 지키고 있었고, 안내데스크에는 이들의 사무 비서로 보이는 유라시아 혼혈인이 직원과 실랑이를 하고 있었다. 두 사람이 넓은 식당으로 들어가서 창가 테이블에 자리를 잡자 곧바로 붉은 띠로 치장한 흰옷 차림의 인도 하인들이 나타났다. 그들의 머리 위에서 돌아가고 있는 커다란 천장 팬만 정체된 공기를 흩뜨리고 있었다.

⚜

두 사람이 호텔을 빠져나온 건 눈부시도록 흰 하늘에 태양이 불타고 있을 무렵이었다. 맥카드는 자신과 아들을 위해 런던에서 햇빛을 가릴 모자를 사둔 차였다. 데이빗이 식사를 마친 뒤 위층에 올라가 그 모자들을 가지고 내려왔지만, 그 무엇으로도 거리를 나서자마자 훅 끼쳐오는 지독한 열기로부터 얼굴을 보호할 수 없었다.

거리는 각기 다른 피부색에 각종 의상을 걸친 다양한 인종들로 넘쳐났다. 가끔 영국 여인네들이 가마 비슷한 탈것에 몸을 싣고 지나갈 뿐 백인은 거의 없었다. 여행 책에도 나와 있는 것처럼 이 여인들의 외출은 나름대로 이유가 있는 일종의 관행이었다. 늦은 오후가 되면 으레 어둠이 깔리기 전의 서늘함을 즐기기 위해 공원이나 클럽 하우스를 찾는 것이다.

"너는 여기서 진짜 인도인들을 구분할 수 있겠느냐?"

맥카드가 대화를 이끌어내려고 아들에게 물었다. 지금 그에게 닥친 가장 큰 난제는 어떻게 아들과 대화를 주도해갈지에 대한 부담이었다. 레일라가 살아있을 때만 해도 그는, 가족들 사이에 끊임없이 대화가 오가도록 한 공신이 다름 아닌 레일라였음을 미처 몰랐다. 레일라는 가족들이 무엇을 보았고 무엇을 했는지에 대해 유쾌한 한 마디를 던지곤 했는데, 그 한 마디는 이들에게 삶의 의미를 재확인시켜주는 경로와 다름없었다. 이제 더는 아들과 자신의 삶을 말로 옮겨줄 이가 없는 상황에서 맥카드는 때때로 아들이 낯선 사람처럼 느껴지곤 했다.

"아버지는 구분하실 수 있을 것 같은데요."

데이빗이 대답했다.

데이빗은 인도의 작은 도서관을 돌아다니며 끊임없이 독서에 열중하는 아버지의 모습에 비밀스러운 부끄러움을 느꼈으므로, 가끔 이런 식으로 은근슬쩍 아버지를 놀리곤 했다. 사실 데이빗은 독서에 열중하기가 힘들었다. 어머니의 죽음이 그를 주변 환경에 무관심하게 만들어버린 탓이었다.

"저 사람은 파탄족일 게다."

맥카드는 작은 터번을 쓰고 눈처럼 하얀 의상을 걸친 검은 피부의 잘생긴 중년 남자를 보며 고개를 끄덕였다.

"저 사람은," 이번에는 다른 사람을 가리켰다.

"마라티족이지." 그는 헐렁한 흰 바지와 몸에 붙는 짧은 상의 차림에 금빛 새끼줄을 어지럽게 꼰 터번을 쓰고 있었다.

"남자들만 보이는데요." 데이빗이 풀 죽은 음성으로 말했다.

"아마 여자들은 푸다* 뒤에 숨어 있는 거겠지요."

그때 길 한쪽에서 화려한 사리를 걸치고 왼쪽 콧방울에 보석을 장식한 마라티족 여인들이 나타났다. 이색적이고 아름다운 광경이었다. 마라티족 남자들이 여인들을 호위해서 가마에 태우더니 번잡한 시내를 뚫고 달리기 시작했다.

맥카드는 영국인들이 즐겨 찾는 쾌적한 공원길과 바다에서 떨어진 시내 쪽으로 갑자기 방향을 틀었다. 그리고는 민첩한 흰 송아지가 모는 릭샤**를 불러 세웠다.

"말라바 포인트Malabar Point 구경은 다음 기회로 미뤄야겠다." 그가 데이빗에게 말했다.

"그보다는 사람들 사는 곳을 보고 싶구나."

두 사람은 불편하고 삐걱거리는 릭샤의 딱딱한 나무 의자에 입을 다문 채 마주 앉았다. 공원들과 집을 지나쳐 좁은 골목길로 들어서자, 벽돌과 돌로 지은 아담하고 멋진 이층 주택들이 나타났다. 집들은 앞면을 조각하고 칠해놓아서 마치 장난감 주택처럼 보였다.

---
* 인도 등지에서 여성을 남들이 못 보도록 가리는 장막이나 커튼
** 인도와 방글라데시 등지에서 이용하는 주로 인력을 사용한 탈것

레일라, 레일라 **19**

뜨거운 공기는 후추 냄새와 시큼한 냄새, 꽃과 과일 향기가 어우러져 향과 악취가 동시에 풍겼다. 거리는 걷거나 벽에 기대서 있거나, 길가에 누워 자고 있는 사람들로 붐볐다. 모두 피부가 까무잡잡했지만 그 톤은 제각각이었다. 가끔은 크림색 피부를 가진 아이도 있었고, 뺨이 거의 흰빛인 소년도 있었다. 모두가 고개를 돌려 이 두 백인 남자를 바라보았는데, 매 모양 머리 아래 눈빛이 깊은 파탄족이나 시크족들을 제외하면 대개는 크고 촉촉하고 부드러운 눈망울을 가지고 있었다.

거리에는 힌두족, 무슬림, 말레이인, 말총머리의 높은 모자를 쓴 파시족과 아프가니스탄인, 중국인, 일본인, 티베트인, 심지어 남부 해안에서 온 흑인들도 보였지만 백인은 없었다.

거리는 다양한 색깔들로 선명한 수를 놓은 듯했다. 분홍색 터번과 초록색 스카프, 보라색의 긴 외투와 붉은 벨벳 감촉의 짧은 상의, 금빛과 오렌지빛과 자줏빛이 파란색과 노란색과 분홍색과 어우러져 화려하게 물결치고 있었다. 인도인 거주지로 들어서자 인도 여인네들이 밝은 빛깔의 우아한 사리를 걸친 모습으로 거리를 오가고 있었다. 갈색 얼굴은 목걸이와 귀걸이로 치장하고, 콧방울에는 앙증맞은 보석을 달았으며 맨팔과 발목에는 팔찌와 발찌가 딸랑거렸다. 미국인들 눈으로는 가히 즐길 만한 구경거리였다.

교차로는 릭샤가 지나가기에는 지나치게 좁았지만 운전수는 어깨 너머로 뭐라 투덜대더니 그대로 소를 몰아, 원래 목적지였던 한 줄로 늘어선 상점들과 보석상들, 보석을 취급하는 중개상들 쪽으로 나아갔다. 운전수는 소를 멈추고 두 미국인에게 내리라는 신호를 보냈다.

"자, 그럼,"

맥카드는 비록 턱수염에 가려 거의 보이지 않았지만 희미한 미소를 머금고 말했다.

"저 운전수는 이제 우리가 뭘 해야 할지를 잘 알고 있는 것 같군."

"우리는 복종하고 말이에요." 데이빗이 유머러스하게 답했다. 두 사람이 내리자 릭샤왈라는 잠을 청할 요량으로 자신의 더러운 옷에 고개를 묻었다.

상점이나 시장이나 할 것 없이 보석과 장신구를 흥정하고 비교하며 소리치는 사람들로 북적거렸다. 몇몇 여자들은 이 두 백인 남자를 발견하고 등을 돌린 반면, 거지들은 삽시간에 두 사람 주위로 몰려들었다.

보석들은 호화롭게 진열되어 있었다. 루비, 인도산 분홍 진주, 자수정, 다이아몬드, 터키석, 그리고 중국산 옥이 여성들의 목과 허리와 발목 둘레, 남자들의 터번을 장식하기 위해 금과 함께 정교하게 세공되어 있었다.

미국인을 발견한 상점 주인들이 사방에서 두 사람을 부르기 시작했다. 순간 맥카드는 돌연 가슴을 내려치는 깨달음 속에서 한 상점 앞에 멈춰 섰다. 누구를 위해 저 보석들을 산단 말인가.

한때 레일라는 교회를 찾은 선교사들을 보고 동양, 특히 인도에 남다른 호기심을 품었다. 이 때문에 두 사람은 함께 인도를 여행할 계획까지 세웠다. 만일 지금 레일라가 곁에 있었다면 아마 에메랄드로 장식된 금팔찌와 진주 목걸이를 사주었겠지. 인도산 에메랄드는 세계에서 가장 아름다운 보석으로 손꼽혔다. 그 선명한 녹색이 레일라의 진한 밤색 머리, 짙은 눈망울과 얼마나 잘 어울렸을까. 그는 집의 큼지막한 테이블 머리에 앉아 보석으로 치장한 그 모습을 또 얼마나 사랑스럽게 지켜봤을까. 손님들이 오면 아마 이렇게 자랑했을 것이다.

"이 에메랄드는 인도 보석상 거리에서 레일라에게 사준 겁니다. 거기에는 수천 개의 보석상들이 있는데, 그들 말로는 족히 6천 개는 된다더군요. 우리는 이 에메랄드를 보는 순간 최고라고 확신했지요."

레일라는 죽었다. 그는 이 사실을 스스로에게 반복해서 들려줘야만 했다. 그는 곁에 조용히 서서 보석이 아닌 사람들을 물끄러미 바라보고 있는 데이빗에게 고개를 돌렸다.

"이제 갈까?"

"저는 아무래도 좋아요."

그들은 보석상들에게 실망을 안겨주고 다시금 릭샤에 올랐다.

맥카드는 지팡이로 운전수를 톡톡 건드려 깨워서는 녹색과 회색 돌로 지은 큰 집들과 넓은 도로가 있는 영국인 거리로 가달라고 일렀다가, 곧 이 형편없는 교통수단을 포기하고, 대신 말이 끄는 전차에 올라타 말라바 포인트로 향했다.

"이 전차 시스템은 키트리지Kittredge라는 미국인이 구축한 거란다."

그는 아들과 다시 대화를 이어갔다.

"아, 그렇군요."

데이빗이 중얼거리듯 말했다. 그들은 대성당을 지나쳤다. 그 근처에는 인도 총독이었던 콘월리스Cornwallis 경의 동상이 있었는데,

책자에 의하면 그 시대 뭄바이 상인들의 기금으로 세워진 것이었다.

"콘월리스!"

맥카드는 위풍당당한 동상을 향해 고개를 끄덕이며 짧게 외쳤다. 데이빗도 동상을 바라보았지만 아무 감흥도 받지 못했다.

북쪽 만에는 침묵의 탑이 서 있었는데 호텔 직원으로부터 이곳은 꼭 봐야 한다는 말을 들은 차였다.

"아주 흥미로운 곳이죠."

직원은 짐짓 큰 비밀이라도 알려주는 것처럼 말했다.

"피곤한 게냐?"

맥카드는 데이빗의 창백해진 뺨을 보고 걱정스럽게 말했다.

"네, 좀 답답해요. 열기 때문일 거예요."

데이빗은 애써 담담하게 말했다.

"내려서 호텔로 돌아가자."

맥카드가 단호히 말했다. 두 사람은 전차에서 내려 말라바 포인트에서 돌아가는 차를 잡아탔고, 그로부터 채 반 시간도 안 돼 호텔 객실로 돌아왔다. 문가에서 잠들어 있던 와디가 벌떡 일어섰지만 맥카드는 그를 못 본 척했다.

"어디 편찮으신 건 아니죠, 나리?"

와디가 데이빗을 걱정스레 쳐다보며 물었다.

"아, 아니에요. 다시 배멀미가 느껴지나 봐요. 아직도 바다가 오르락내리락하는 것 같군요. 좀 누워야겠어요."

"제가 차를 가져다드리지요, 나리." 하지만 주변을 어슬렁거리며 맴도는 와디 때문에 오히려 편치가 않았다.

"그럼 차를 가져다주게." 맥카드가 말했다. "그리고 데이빗, 차가운 해면으로 몸을 문지르면 좀 나아질 게다."

"고마워요, 아버지. 걱정 마세요. 차를 마시면 괜찮아질 거예요."

데이빗은 방 사이의 문을 닫고 싶었지만 아버지 기분이 상할까 망설이고 있었다. 예전에는 이렇게 며칠 또는 몇 주 동안 아버지와 단둘이 있어본 적이 없었다. 둘 사이에는 언제나 어머니가 있었다. 하지만 지금부터는 데이빗 스스로 이 개성 뚜렷한 존재에 부담을 느끼지 않고 살아가는 방법을 터득해야 했다. 데이빗은 아버지에게 미소를 보내고는 용기를 내서 둘 사이에 놓인 문을 닫았다.

⚜

맥카드는 약간 경사진 욕실 바닥에 서서 금속 양동이로 큰 단지에 담긴 물을 뜬 다음, 여행 책에서 일러준 대로 머리와 어깨 위로 쏟아부었다. 상쾌했다. 그는 레일라의 사랑스러운 크림색 몸에 비해 그다지 아름답지 않은 자신의 희고 불그스름한 털로 뒤덮인 몸 위로 물줄기가 타고 내리는 것을 느꼈다. 넘치던 기쁨은 이제 온데간데없이 사라졌다. 이제 건강 한 육체에서 샘솟는 힘을 제어하기 위해 스스로를 단련해야 했다. 새로운 일에 착수해서 삶을 바쁜 일상 속으로 몰아넣어야 하는 것이다.

하지만 무엇을 위해 바빠져야 하는가? 레일라가 살아있을 때는 그의 삶도 매시간 충만했다. 하지만 믿기 힘들 정도로 모든 게 순식간에 끝나버렸다. 누구도 예상하지 못했던 것처럼, 레일라의 심장은 여느 밤과 다름없던 그날 밤, 이유도 의지도 없이 그냥 멈춰 버렸다. 무슨 일이 있어도 병원은 안 가겠다던 그녀의 고집을 제외하면 모두가 이해할 수 없는 일이었다.

데이빗이 태어난 뒤, 더는 아이를 가질 수 없다는 사실을 명백히 재확인하는 고통스런 수술과 몇 주간의 입원을 경험한 레일라는 이후 단 한 번도 병원을 찾은 적이 없었다. 그녀는 아무도 모르게 자신의 병을 다스렸다. 맥카드가 이 사실을 알게 된 것도 그녀의 탁자 위에 놓인 약병을 발견하고 나서였다. 맥카드는 근심에 휩싸여 어떤 통증 때문에 괴로운지, 병 기운을 느끼는지 꼬치꼬치 캐물었지만, 아내는 결코 사실을 말해주지 않았다. 그저 남편을 향해 웃으며 통통한 팔을 보여주고, 자신의 발그레한 뺨을 보라고 얘기했을 뿐이다.

"내가 병자처럼 보여요?"

레일라가 도전하듯이 물었다. 그때 건강해 보인다는 말 외에 무슨 말을 할 수 있었겠는가? 나중에 알게 된 사실이지만, 의사의 말에 의하면 그 빛나는 눈과 얼굴의 홍조는 죽음이 임박했다는 전조였다.

맥카드는 이 기억을 떠올리며 깊은 한숨을 내쉬었다. 그런 뒤 흰 목욕 가운을 몸에 걸친 채 침실에 있는 버드나무 의자 깊숙이 몸을 묻었다. 외로움의 무게와 고향으로부터의 거리감, 비록 돌아간다 해도 그를 반기는 건 텅 빈 집뿐이라는 사실이 아프게 엄습해왔다. 그는 눈을 감고 머리를 뒤로 기댔다.

오랜 세월 기도를 올리지 않고 살아온 그였다. 비록 밤이면 침대 옆에 무릎을 꿇고 하는 몇 분간의 기도는 관례처럼 해왔지만,

그것도 순전히 레일라 때문이었다. 집안일에 헌신적인 아내의 마음을 상하게 하기 싫어서 기도하는 척한 것뿐이었다. 게다가 그녀가 죽은 뒤로는 그마저도 그만두었다. 그런데 돌연 이곳 인도의 호텔 방에서, 미칠 것 같은 마음으로부터 기도가 터져 나왔다.

"오, 신이시여. 보여주소서. 천국에 있는 제 사랑하는 아내와 다시 만나려면 이 삶과 재물을 가지고 뭘 어떻게 해야 할지 가르쳐 주소서."

그는 레일라가 천국에 있다는 걸 조금도 의심해본 적이 없었다. 그녀는 선한 마음과 순수함을 갖춘 온유한 여성이었으며, 이미 땅 위에서도 천사 같은 존재였다. 아내가 옹졸하게 굴거나 그를 화나게 만든다는 건 있을 수 없는 일이었다. 맥카드는 이제 와서 모든 게 자기 잘못처럼 느껴졌다. 레일라는 가끔 그가 돈 버는 데만 혈안이 되어 있다고 불평하곤 했다.

사실이었다. 그의 삶은 재산의 이자를 불리기 위한 막강한 네트워크를 구축하는 데 바쳐졌다. 그는 철도 사업에서 돈을 벌었고, 여전히 그 오래된 기업의 회장직을 맡고 있었다.

하지만 이미 미국인의 반 이상이 알고 있는 그 철도 사업은 더 이상 그의 사업을 지탱하는 요체가 될 수 없었다. 19세기의 마지막 10년에 들어선 이 시점, 그가 자라온 이 젊고 배고픈 나라는 더 많은 철도와 더 많은 사업을 갈망하고 있었다. 그의 사업은 부를 창출하는 하나의 방식이자, 그에게 즐거움과 성취감과 더불어 명예까지 가져다주었다. 그는 레일라가 얼마나 많은 돈을 쓰고 다니는지쯤은 개의치 않았다. 그저 아내의 이름이 자선단체 명부의 맨 윗줄에 올라있는 걸 즐겁게 바라볼 뿐이었다.

'데이빗 하드워드 맥카드 부인, 5천 달러.'

레일라라면 지금 내가 뭘 하기를 바랄까? 맥카드는 소름이 깨칠 정도로 내면을 크게 울리는 자신의 울부짖음에 깜짝 놀라 눈을 꽉 감았다. 이 놀라운 비밀을 아직까지 몰랐단 말인가?

그는 현실적인 사람이었다. 그는 레일라가 들려주는 책 내용을 즐겁게 듣곤 했지만, 사실은 책 읽을 시간조차 없었다.

그리고 아내가 죽고 난 뒤에야 책들을 펴고, 아내의 목소리를 되살리고, 그 온화한 얼굴을 떠올려보려고 애썼다. 하지만 아내 없이는 그 책들도 죽은 것과 다름없었다. 그렇다면 이제 어디에서 그녀를 찾을 수 있단 말인가?

"오, 내 사랑, 레일라." 그는 이를 꽉 문 채 나지막하게 울부짖었다. "내게 길을 보여줄 수 없겠소?"

그는 한 치의 미동도 없이 앉아서 어떤 응답을 기다렸다. 그때였다. 거리에서 어떤 알 수 없는 소리가 들려왔다. 미지의 언어로 된 고음의 근사한 목소리였다. 비가처럼 애수 깃든 그 목소리는 거지들의 떠들썩한 아우성과 뒤섞여 있었다. 그의 외로움은 이제 고뇌로 번졌고, 그는 잃어버린 사랑을 찾아 헤매는 자신의 영혼에 들이닥치는 어떤 공포에 가까운 힘을 느꼈다. 순간 시골의 목사관에 살 때, 그의 유년기를 사로잡았던 한 마디가 뇌리를 생생하게 스쳐갔다.

"부자가 천국 가는 것보다 낙타가 바늘구멍을 통과하는 게 더 쉬우니라."

떠올리기조차 싫은 구절이었다. 그는 부자가 아닌가. 설마 레일라가 이 구절을 생각나게 만들었으려고. 하지만 그녀일 수도 있었다. 돌이켜보면 아내 말고는 그에게 그런 말을 할 수 있는 사람이 없었다.

지독히도 가난했던 어린 시절, 그는 이 성경 말씀을 자주 들었다. 그때는 가족들 중에 누구도 부유한 사람을 본 적이 없었기 때문에, 그는 순간순간 부자는 뭘 하고, 무슨 음식을 먹고, 무슨 옷을 입는지를 궁금해 했다. 반항적인 사춘기 때는 더 부자가 되고 싶었다. 그 부자야말로 천국에 갈 수 없다는, 그러니까 그의 아버지가 그토록 혐오하는 종류의 사람이었기 때문이다.

그러니 이것은 그 옛 말씀이 진리임을, 천국에 가고 싶다면 돈으로 뭔가 좋은 일을 시작해야 함을, 자기 방식대로 그에게 들려주려는 레일라의 노력일 수도 있었다.

맥카드는 문이 조심스레 열리는 것을 느끼며 생각의 수렁에서 벗어났다. 와디가 그를 바라보며 미소 짓고 있었다. 그는 차 쟁반을 들고 까치발로 살금살금 걸어왔다. 오른손에는 흰 꽃으로 수북한 커다란 바구니가 들려 있었다.

"총독님께서 보내신 겁니다요, 나리."

와디는 자못 우쭐해져서 말했다.

"편지도 있습니다요."

그는 탁자 위에 쟁반과 꽃바구니를 놓더니, 가슴 앞섶에서 큰 사각 편지봉투를 꺼내 맥카드에게 건넸다. 그런 뒤 몇 발자국 물러나서는 의기양양하게 서 있었다.

맥카드는 편지봉투를 뜯고, 영국 왕관의 문양이 선명하게 새겨진 편지지 한 장을 꺼냈다. 그다지 형식적이지 않은, 총독의 친필 서명이 포함된 수기 형태의 편지였다.

친애하는 맥카드 회장님께

귀하께서 화요일이나 목요일 중에 다른 귀빈 없이 저희와 개인적으로 저녁식사를 함께 하실 수 있다면 무한한 기쁨일 것입니다. 만일 사정이 여의치 않으시다면 그 또한 충분히 이해합니다. 저는 귀하께서 이 도시를 편안히 관광하실 수 있도록 안내하고, 여행에 이용하시고자 하시는 철도를 예약해 두라는 특별 지시를 내린 바 있습니다. 귀하의 방문에 앞서 귀하가 겪으신 깊은 상심에 심심한 위로를 표하는 바입니다. 귀하의 답신을 기다리겠습니다.

맥카드의 생각은 틀리지 않았다. 그는 오만한 사람은 아니었지만, 이 초대에 한껏 뿌듯함을 느꼈다. 남다른 부를 이룬 덕에 총독 관저에 초대를 받지 않았는가. 부는 그의 삶의 근간이었다. 이 초대장은 맥카드를 다시금 예전의 그로 돌아오도록 해주었다. 그는 잠시 동요했을 뿐이다. 그는 스스로에게 생각을 투명하게 정리하라고 주문했다. 좀 더 참고 기다려보자. 여기 초대장이 있지 않은가.

와디가 말라바 포인트에서 보내온 화환의 영예를 함께 만끽하며 우쭐해 있는 동안, 맥카드는 곰곰이 생각에 빠져들었다. 그의 조상인 스코틀랜드인들은 2백 여 년 전 영국인들에게 종속되기를 거부했다. 그 조상들로부터 물려받은 피가 그로 하여금 장난 삼아 초대를 거절하라고 유혹하고 있었다. 하지만 이 정중한 초대장은 소집 명령 따위와는 달랐다. 다시금 빈틈없는 신중함이 고개를 들었다. 언젠가는 인도에서 사업을 하게 될 수도 있었다. 지금으로서는 언제가 될지 모르지만 철도 사업은 주요 선박회사들과 연계해 세계적으로 네트워크를 구축할 수 있는 가능성이 높은 사업이었다. 지금은 바야흐로 확장의 시기였다.

맥카드는 티크 책상으로 가서 초청에 응하는 짧은 답신을 썼다. 와디는 그것을 영광스럽게 받아들고는 문밖에서 기다리고 있던 우편배달부에게 선물 건네듯 거만한 태도로 넘겨주었다.

⚜

"저희는 인도인들에게 무한한 자유를 부여했습니다."

총독이 말을 이었다. "옛날에는 정부를 비판할 생각조차 못했다면, 이제 비판에 관대한 영국식 전통이 인도의 젊은 지식인들에게 지대한 영향을 끼치고 있지요. 우리는 이들에게 영어를 가르치고, 영국 신문을 읽게 하고, 우리 방식을 배우도록 했습니다. 이들은 신랄하고 주장 뚜렷한 사설들을 읽을 때면, 영국에서는 비판이 불충을 의미하는 게 아니라는 점을 이해하지 못했지요. 그래서 우리를 충성스럽지 않다고 비난하곤 했습니다. 다만 제 전임자 시절에는 그런 분위기가 지배적이었지만, 몇 년 전 인도 국회에서도 이 사안을 구체화하기에 이르렀습니다. 저는 그 분위기가 반란으로 이어지지 않기를 원했습니다.

리톤Lytton 경도 이런 풍조가 매우 잘못됐다는 데 동의하면서 인도의 언론매체를 감독하는 법령조항은 통과시켰고요. 하지만 4년 뒤에 다시 그 법 조항은 철회되고 말았습니다. 우리 영국인들은 못 말릴 정도로 양심적인 반면, 인도인들은 그런 투명성에 익숙하지 않은가 봅니다."

터번과 흰 바지, 밝은 주홍색 튜닉 차림에 금색 허리띠를 맨 남자 하인이 시중을 들기 위해 총독 옆에 서 있었다. 주지사는 영국인의 입맛에 맞게 조리된 꿩고기 카레와 밥을 떠먹고 있었다.

"지금 인도를 이끌고 있는 사람들은 누굽니까?"

맥카드가 물었다. 긴 식탁에는 오직 네 사람만 식사하고 있었다. 맥카드는 데이빗과는 마주보고 있었지만 총독 내외와는 다소 멀리 떨어져 있어서 목소리를 높여야 했다.

"우리만큼이나 농부들, 소도시와 시골 사람들과 동떨어져 있는 젊은 지식인층과 좌익 세력들입니다." 주지사는 단언했다.

"과연 그들이 농부들에게 자신들의 지도자를 따르라고 설득할 수 있을까요?"

맥카드가 물었다. 그는 카레를 싫어했으므로 풍채 좋게 차려입은 인도 하인이 왼손에 든 접시에서 카레를 아주 조금만 떠서 접시로 가져왔다.

"만일 인도인들을 영국인 학교에서 꾸준히 교육시킨다면, 앞으로 대영제국이 어떻게 될지는 아무도 모르죠."

총독은 솔직하게 말했다. 모든 경계를 풀어버린 듯한 미소가 왠지 그 말투, 그리고 흰 리넨 정장을 입은 키 크고 꼿꼿한 몸과 어울리지 않았다.

"우리는 우리 자신을 파괴하고 있어요. 우리 영국인들 말입니다. 우린 도저히 독재자가 될 수 없는 사람들이에요. 끊임없이 양심의 소리에 귀를 기울이기 때문이지요. 그것이 독재를 불가능하게 만드는 겁니다."

 데이빗은 차분하게 가라앉은 짙은 눈망울을 빛내며 귀를 기울이고 있었다. 맥카드는 커다란 식탁에서 더없이 의연한 모습으로, 연장자들에 대한 예의바른 몸가짐과 품위를 잃지 않고 있는 아들이 자랑스러웠다. 총독 내외도 데이빗을 바라보았다.

 맥카드는 총독의 아내 마키스 부인의 차가운 푸른 눈동자가 부드럽게 변하는 것을 지켜보았다.

 "제 두 아들은 지금 영국에 있답니다." 갑자기 그녀가 데이빗을 바라보며 말했다.

 "큰아이는 이제 겨우 열여섯 살이죠. 인도를 떠났을 때 각각 다섯 살, 여덟 살이었어요. 로날드를 동생 버티와 함께 보내려고 계획보다 늦게 보낸 셈이죠. 근 3년을 보지 못했네요."

 "여보, 당신은 돌아오는 5월에 영국에 갈 거 아니오."

 그녀의 남편이 상기시켜주었다.

 "그 아이들이 저를 지금 모습 그대로 받아들여주기만을 바랄 뿐이에요. 제 말은, 엄마다운 느낌이 들지 않는 모습 말이에요."

 "그건 제국을 건설하기 위해 의당 치러야 할 대가 중에 하나일 뿐이오."

 총독이 말했다.

 "아, 하지만 언제나 대가를 치르는 건 여자들이죠."

 그녀가 다소 날카롭게 쏘아붙였다. 맥카드는 총독 쪽으로 고개를 돌리며 말했다.

 "총독님께서도 아드님들이 보고 싶으시겠지요."

 "물론이고 말고요. 하지만 아내는 못 이기겠군요. 아이들을 그리워하는 마음은 저보다 아내가 더 큽니다. 사실 이곳에서의 삶은 아내보다는 제게 더 큰 보람을 안겨주니까요. 영국 여자가 인도에서 산다는 건 여간 만만한 일이 아닙니다."

길고 화려한 만찬이 끝났다. 총독은 이 집에 여자라고는 아내밖에 없는 탓에, 그녀가 거실에 홀로 있을 때는 식사를 오래 끌지 않는다고 했다. 그들은 모두 자리에서 일어나 마키스 부인과 함께 식탁을 떠났다.

말라바 포인트의 성은 작은 별장들로 이루어져 있었다. 여러 개의 방들 모두가 넓고 시원했으며, 열린 문 너머에는 커다란 나무들과 꽃 핀 덩굴식물들로 그늘진 베란다가 안정감 있게 자리 잡고 있었다. 맥카드는 이곳으로 오기 직전에 대통령의 호출을 받고 워싱턴의 백악관을 방문한 적이 있었다. 지금 이 성은 그 백악관보다 훨씬 더 웅장했다. 경호원들도 그 누구보다도 당당하고 커 보였다. 그들은 키가 훤칠한 시크족들이었고, 얼키설키 꼬아 만든 큼지막한 터번 아래 잘생긴 구릿빛 얼굴이 주홍색 제복과 잘 어우러져 더 두드러졌다. 맥카드는 이곳에 들어올 때 이들이 문루*門樓에서 긴 창을 들고 삼엄한 경계 태세를 갖추고 있는 것을 보았다. 이들로부터는 거리의 인도인들에게서 느껴지는 비천한 굴욕감 같은 것을 찾아볼 수 없었다. 이들은 오히려 스스로를 자랑스럽게 생각하는 것 같았다.

식사를 마친 네 사람이 푸른색과 금색으로 멋지게 꾸민 거실로 들어섰을 때, 맥카드는 이 영국 신사와 부인에게는 지금의 위치를

---

* 궁문, 성문 따위의 바깥문 위에 지은 다락집

즐길 만한 충분한 자격이 있다고 생각하지 않을 수 없었다. 오직 자신들의 힘만으로 현재 위치에 오른 이 내외는 둘 다 키가 크고 금발로, 소위 대영제국에 소속된 무사들이었다.

이들은 맥카드도 인정하고 존경심을 품을 수밖에 없는, 미국에서는 찾기 어려운 담백하면서도 강력한 위엄을 갖추고 있었다. 어떤 경쟁에도 휘둘리지 않고 여러 세대를 거쳐온 사람들만이 이처럼 내면에서 자연스레 우러나오는 평온한 자신감을 유지할 수 있으리라.

그의 나라 미국은 모든 게 경쟁이었다. 맥카드 자신도 지금의 위치에 오르기 위해 투쟁하고 싸워왔다. 그런 그에게 고상한 태도를 유지하거나 성인군자인 척 행동하는 일은 거의 불가능했다. 만일 그의 인상이 근엄하게 느껴진다면 그것은 순전히 위풍당당한 체격, 190센티미터가 넘는 키가 한몫한 것이리라. 다만 아직까지 관리를 잘 하고 있긴 했지만, 더 이상 젊었을 때의 날아다닐 것 같은 몸은 아니었다.

맥카드는 런던에서 구입한 넉넉한 감색 정장을 입고 있었고, 데이빗은 흰색 리넨 옷 덕에 더 잘생겨 보였다. 맥카드는 마키스 부인이 계속해서 아들을 지켜보고 있다는 것을 의식하고 있었다.

마침내 그녀는 차가운 이미지를 벗어던지더니 데이빗을 향해 보석으로 치장한 길고 가는 손을 흔들며 옆에 앉으라는 신호를 보냈다. 데이빗은 조금도 어색하지 않게 그대로 했다.

데이빗은 눈치를 본다거나 버릇없다거나 하는 행동과는 거리가 멀었다. 모두가 어머니 레일라의 여유 있는 유머감각 속에서 길러진 덕분이었다. 맥카드는 레일라의 눈빛 속에서 은밀하게 반짝이는 폭소가 터질 때면 그것을 사랑스럽게 지켜보곤 했다.

"네 할아버지가 시골 목사님이었다는 것을 잊지 말거라." 레일라는 어린 아들에게 이렇게 말하곤 했다. 그리고 보조개를 옴폭 패며 덧붙이곤 했다.

"더군다나 그분은 네 아버지의 아버지이시니 더 각별한 분이란다."

"앞으로 뭘 할 건지 들려줄래요?"

마키스 부인이 애교 서린 상냥한 음성으로 데이빗에게 물었다.

"아직 잘 모르겠습니다, 부인. 대학을 갓 졸업했거든요."

"대학이라면?"

"네. 하버드 대학이요."

"옥스퍼드나 캠브리지 비슷한 대학인가요?"

"아마 그럴 겁니다."

마키스 부인은 데이빗에게 애정 어린 눈빛을 던지며 미소를 지었다.

"그럼 아직 하고 싶은 일은 없고요?"

"아직은 그렇습니다, 부인." 데이빗은 말을 이었다.

"아마 아버지와 함께 하는 이 여행이 답을 줄지도 모르죠."

"아마 제 사업을 돕게 될지도 모릅니다."

맥카드가 말했다.

"오, 설마 아드님에게 그걸 강요하시는 건 아니겠죠?"

마키스 부인이 간청하듯이 물었다.

"그럴 리가요. 뭐든 원하지 않는다면 할 필요가 없습니다. 언젠가는 스스로 마음이 동하는 일을 찾게 되겠지요."

그러자 그녀는 다시 데이빗을 바라보며 물었다.

"관심을 둔 일은 없어요?"

"너무 많아서 탈입니다."

우아한 내향성이 다시금 감싸오기 시작한 듯, 마커스 부인은 더는 질문을 던지지 않았다. 대신 로즈우드 피아노로 걸어가 그 위에 놓인 금색 테두리가 둘러진 큰 사진 액자 두 개를 가져왔다.

"내 아들들이에요."

데이빗은 액자를 번갈아 바라보았다. 둘 다 아주 진지한 표정이었고, 컬러 사진이라 금발과 푸른 눈동자와 발그스레한 볼이 선명하게 찍혀 있었다. 소년들의 어머니가 말했다.

"이 뺨을 좀 봐요. 이곳에서는 이런 혈색이 돌지 않았지요."

그러자 총독이 급히 말을 받았다.

"아, 여기서 영국 아이들을 키운다는 건 거의 불가능한 일입니다."

총독의 아내는 그의 신경질적인 어조가 신경 쓰였는지 입을 다물었다. 그리고 사진을 옆 소파 위에 놓더니 곁에 선 화려한 복장의 하인에게 자신의 금도금한 작은 잔에 커피를 채우라는 손짓을 했다.

총독은 맥카드에게 자기 위치에 대한 고충을 토로하면서, 그중에서도 가장 힘든 건 인도에서 영국인으로 살아가는 일이라고 말했다. 그는 이렇게 단언했다.

"지금 우리 영국식 학교에서 교육받고 있는 인도인들은 모국에 대한 역사 지식이 거의 전무합니다. 영국이 들어오기 전만 해도 모든 게 평화롭고 행복했다고 믿고 있지요. 하지만 실상은 다릅니다. 인도는 독재와 분열의 장이었고, 서민들은 지역 부랑아들의 손에 놀아나기 일쑤였습니다. 하지만 어느 지각 있고 나이 지긋한 인도인이 이런 말을 하면, 아마 그는 즉시 대영제국의 앞잡이라는 공격을 받을 겁니다. 인도인들은 작정이라도 한 것처럼 우리를 혐오하니까요."

이때 예상치 못하게 데이빗이 끼어들었다.

"아마 제 어머니가 살아 계셨다면, 인도인들도 기독교인이 되어야 한다고 말씀하셨을 거예요."

총독은 데이빗의 말에 놀란 기색을 감추지 않았다.

"오히려 그 반대겠지요." 그는 차갑게 말했다.

"그들이 기독교인이 된다면 상황이 감당할 수 없을 정도로 악화될 겁니다. 만일 저들이 그 엄청난 수의 신들을 버리게 된다면, 남은 길은 불한당이 되는 것뿐이겠지요. 자기는 기독교인이라고 말하는 인도인은 절대 신뢰해서는 안 된다는 말이 속담처럼 돌고 있을 정도니까요. 게다가 종교를 마음대로 바꿀 수 있는 건 최하층 계급들뿐입니다."

맥카드는 이 시점에서 끼어들 수밖에 없었다. 총독의 말 일부가 죽은 아내를 욕되게 했기 때문이다.

"제 아내는 독실한 기독교인이었습니다. 제 생각에, 세상에 제 아내 같은 사람들이 많아질수록 우리도 더 선해질 것 같은데요."

아무도 이 말에 대꾸하지 않았다. 총독은 침묵을 어색해 하지 않는 사람이었고, 마키스 부인은 깊은 생각에 빠진 듯했다. 그녀가 잠시 후 말했다.

"기독교는 정말 이색적인 종교예요. 그렇지 않아요? 사람들도 뭔가 다르고."

맥카드는 자리에서 일어섰다. 얼굴이 뜨겁게 달아오르고 머리칼이 곤두섰다. 그는 아내의 종교를 변호하고 싶다는 충동을 억눌렀다. 죽은 아내에 대해서는 말을 삼가고 싶었기 때문이다. 게다가 그는 아까 데이빗이 어머니에 대해 언급하는 것을 보고 놀란 차였다. 그는 집주인들을 향해 말했다.

"이제 그만 가봐야겠습니다. 아들과 함께 침묵의 탑을 구경할 계획이었지요. 거기가 이곳의 관광명소 중에 하나라고 들었습니다."

총독도 따라서 자리에서 일어나며 말했다.

"네, 볼 만한 곳입니다. 입장권은 있으십니까?"

"입장권이 필요합니까?"

"네, 파시교도 사무처에서 받으셔야 합니다. 오, 잠시만요. 제가 사람을 보내 준비시키도록 하지요. 탑에 도착하시면 곧바로 입장권을 받으실 수 있을 겁니다."

"감사합니다."

그들은 작별인사를 나누었다. 맥카드는 마키스 부인과 악수할 때 손을 재빨리 거두었다. 레일라가 죽은 뒤로는 형식적으로라도 여자와는 악수하는 것조차 꺼림칙했다. 이어서 마키스 부인은 다분히 의도적인 몸놀림으로 데이빗의 손을 자신의 두 손으로 꼭 잡았다.

"고마워요, 데이빗. 우리 아이들을 생각나게 해줘서."

⚜

　침묵의 탑은 높은 언덕의 정상에 있었다. 주변을 두른 벽이 너무 높아서 도착 지점에 거의 다다르자 꼭대기는 보이지도 않았다. 다만 가까이 다가가 보니 바깥 사원의 대문이 열려 있었고, 그 앞에서 심각하고 위엄 서린 얼굴의 승려가 승복 차림으로 그들을 맞이했다. 두 사람이 통행로를 따라 내려오자 승려가 영어로 말했다.
　"맥카드 회장님, 총독 관저로부터 전갈을 받았습니다. 두 분을 이곳 사자死者들의 성지에 모시게 된 걸 영광으로 생각합니다. 둘러보시기 전에 잠시 쉬시겠습니까?"
　"아니오. 괜찮습니다. 바로 보고 싶군요."
　맥카드가 말했다. 데이빗의 시선은 대문 안쪽의 키 큰 야자수에 멈췄다. 넓은 잎사귀 사이에 어둡고 음산한 그림자가 둥지를 틀고 앉아 있었다.
　"저건 뭐죠?"
　데이빗의 질문에 승려가 조용히 답했다.
　"독수리입니다. 아주 잘 훈련돼서 사람들이 다닐 때는 절대 아래로 내려오지 않지요. 죽은 고기가 준비돼도 운반인이 떠날 때까지는 꼼짝도 않습니다. 늙은 독수리가 어린 독수리에게 이 규칙을 가르쳐주지요."
　데이빗은 어느 책에선가 이런 장례 풍습 내용을 읽어서 그 과정을 잘 알고 있었다. 맥카드는 데이빗의 얼굴이 창백해지는 것을 보았다.

"자, 이제 걸음을 옮겨볼까?" 맥카드가 물었다. "네, 좋아요." 데이빗이 짧게 대답했다.

승려는 품위와 차분함을 잃지 않고 약간 앞서서 걸으면서 파시교도의 장례 의식에 대해 설명해주었다.

"장례식은 죽은 자의 집에서 치러지지요. 주검은 영구차에 싣는데, 서양에서처럼 관이 아니라 묘석 위에 눕힌 다음 그 위에 아름다운 의상과 솔을 덮습니다. 그런 뒤 엄숙한 분위기 속에서 우리 승려들이 주검을 여기로 인도하고, 그 뒤를 가족과 친구들 중에 남자들만 따르게 되지요. 죽은 자는 먼저 승려들이 관할하는 바깥 대문 쪽으로 옮겨지고 난 뒤에 사원에 안치 됩니다. 저기 보이는 게 바로 그 사원입니다. 하지만 이교도들에게는 개방하지 않고 있습니다. 저곳에는 영원히 꺼지지 않는 성불이 타오르고 있지요."

"왜 주검을 태우지 않는 거죠?"

데이빗의 물음에 승려는 놀란 표정으로 답했다.

"불은 신성한 것입니다. 죽은 자의 몸으로 그 신성을 오염시키다니 안 될 일이지요. 물 또한 순수한 것입니다. 또한 지구도 음식과 힘의 근원인 만큼 절대 오염돼서는 안 되지요."

여기에는 어떤 반박도 있을 수 없다는 듯이 승려는 말없이 두 사람을 이끌고 아름답고 조용한 길을 지나기 시작했다. 새 소리조차 들리지 않는, 저 아래 펼쳐진 도시의 어떤 소음도 침투할 수 없는 장소였다. 그곳에는 다섯 개의 탑이 있었는데, 승려는 두 사람을 그중에 하나로 안내했다. 그가 다시 입을 열었다.

"이교도들에게는 탑의 입장이 허용되지 않습니다만, 두 분은 총독님의 손님이니 관례를 넘어서 특별 예우를 해드리지요."

꼭대기에는 지붕이 없었고, 벽은 티 한 점 없이 깨끗하게 흰칠이 되어 있었다. 탑으로 들어서기 위해 계단을 올라 문 앞에 도착하자 갑자기 승려가 앞을 막아서며 말했다.

"이제 여기가 어떤 곳인지 보게 되실 텐데, 만일 원치 않으신다면 굳이 들어가실 필요는 없습니다."

안으로 들어서니 바퀴살 같은 길들이 나 있고, 길 끝에 구덩이가 보였다. 또한 길들 사이사이마다 죽은 자들이 안치된 작은 밀실 같은 공간들이 줄지어 있었다.

"남자와 여자와 아이들 중에," 승려가 설명을 시작하자 데이빗이 말을 이어받았다.

"아이들이 가장 많고, 그 다음은 여자들이죠."

"아이들이 가장 많이 죽고, 그 다음으로 여자들이 남자보다 많이 죽습니다. 이들에게는 숙명 같은 일이지요."

일행이 주위를 둘러보는 순간, 이들의 출현이 마치 어떤 전조라도 되는 것처럼 독수리가 나무에서 날아올라 둔중한 날개를 펄럭이며 탑 위를 천천히 돌기 시작했다.

"죽은 자들은 이 밀실에 안치됩니다." 승려가 읊조렸.

"먼저 시신을 대기실인 곁방으로 옮겨 옷들을 벗겨 깨끗이 빤 뒤에 가족들에게 돌려줍니다. 그런 뒤 운반인들이 나서서 태어날 때처럼 맨몸만 남은 시신들을 지붕 없는 밀실에 안치한 뒤 다시 돌아오지요. 독수리가 내려와서 살을 뜯어먹고 나면 뼈만 앙상하게 남게 되는데, 이 모든 과정에는 누구도 접근할 수 없습니다. 그때부터는 오로지 자연의 섭리만 활동하게 되는 것이지요. 내리쬐는 태양이 뼈를 더 하얗게 표백시키고, 마찬가지로 비도 이 뼈들을 더 깨끗한 흰색으로 바꾸어놓습니다. 만일 죽은 자들이 너무 많아 밀실이 부족해지면, 수행 승려들이 장갑을 끼고 집게를 들고 와서 뼈들을 주워 중앙 구덩이에 던져 넣게 됩니다. 뼈들은 이곳에서 먼지로 돌아갑니다. 이 탑뿐만 아니라 나머지 네 개의 탑 안으로 떨어지는 빗물은 배수구를 통해 밖의 구덩이에 한데 모이게 되는데, 그 빗물이 그 먼지들을 말끔히 씻어냅니다. 그런 뒤 그 물이 아래의 석탄 필터를 통과해 수로로 흘러들어가서는 만으로, 바다로 영원히 흐르게 되는 거지요."

"구덩이가 넘친 적은 없습니까?"

데이빗이 다소 두려움이 섞인 음성으로 물었다.

"그런 일은 없습니다. 수백 년 동안 구덩이가 넘친 적은 한 번도 없었지요. 자연은 스스로 알아서 움직입니다."

맥카드는 충격을 받은 것처럼 입을 다물고 있었다. 그는 마음이 불편한 동시에 강렬한 인상을 받았고, 거부감이 드는 한편 감탄을 느꼈다. 승려가 외경심에 찬 어조로 말을 이었다.

"신 앞에서 모든 인간은 평등하다는 것이 우리의 믿음입니다. 부자와 가난한 자 사이에는 어떤 차이도 없습니다. 모든 밀실이 똑같고, 죽은 자들도 모두 똑같이 태양과 비와 바다에 바쳐집니다. 모두 동일한 쉼을 얻는 것이지요."

"하지만 무덤이 없다면, 죽은 자들이 일어날 곳이 없는 것 아닙니까?"

데이빗이 큰 소리로 말했다.

"저희도 죽은 자의 부활을 믿습니다."

승려의 말투는 단호했다.

"우리는 우리 육신이 다시 자연으로부터 일어나 새 생명 속에서 환희와 영광을 느끼게 된다고 믿지요. 비록 인간의 지각으로는 그 새 생명이 무엇인지 아직 알 수 없지만 말입니다."

맥카드의 마음속 풍경이 바뀌었다. 따라서 공포감도 물러갔다. 그는 불멸이라는 공통된 믿음을 포착하자 이렇게 소리쳤다.

"당신들도 그걸 믿는군요!"

그러자 승려가 말했다.

"진실로 종교적인 사람은 반드시 영혼의 불멸을 믿지요."

"아주 중요한 부분입니다!"

맥카드가 외쳤다. 데이빗은 아버지의 목소리가 갑작스럽게 격앙되자 깜짝 놀랐고, 사찰의 대문에 이르러 아버지가 승려의 손에 루피 한 다발을 쥐어주었을 때는 더욱 놀랐다.

맥카드는 승려를 향해 말했다.

"흥미로운 경험이었습니다. 굉장히 인상적인 관광이었어요. 결코 잊지 못할 겁니다."

※

푸네행 열차의 객실은 넓고 안락했다. 모두 와디가 준비해둔 덕이었다. 와디는 호텔에서 침구류를 빌려놓고, 깊숙한 버드나무 바구니에는 푸네까지 가는 동안 먹고도 남을 만한 통조림 음식들을 가득 채워두었다. 창문은 먼지를 막기 위해 닫혀 있었지만, 천장

통풍구가 활짝 열려 있어 가루처럼 미세한 먼지가 날아들었다. 데이빗은 긴 의자에 깔아놓은 침구 위에서 속옷 차림으로 잠들어 있었다. 그 젊은 육체의 부드러운 피부는 땀으로 축축하게 젖어 있었다.

맥카드는 아들을 보고 또 보았다. 그는 애정과 고통을 동시에 느끼며 아들의 모습에서 레일라의 우아함을 발견하고 있었다. 맥카드는 체격이 건장했다. 아들의 저 가녀린 발목과 손목, 아름다운 균형을 이루는 호리호리한 몸매와는 조금도 관련이 없었다.

그렇다고 데이빗의 몸이 여성스러운 건 아니었다. 아들은 어깨가 넓고 엉덩이는 날렵했으며, 아버지로부터 훤칠한 키를 물려받았다. 하지만 얼굴은 아버지와 달랐다. 특히 짙은 머리색이 그래서, 사람들은 두 사람이 함께 있는 걸 볼 때면 종종 이 사실을 언급하곤 했다.

맥카드는 데이빗이 잠들어서 다행이라고 생각했다. 먼지가 흩날리는 창밖 풍경은 그다지 훌륭한 볼거리가 아니었다. 견딜 수 없이 더운 날씨임에도, 마치 뜨거운 바람이 불어대는 겨울처럼 황량한 들판만 이어졌다. 들판 위에는 오지 마을들이 불타는 태양 아래 무자비하게 발가벗겨져 있었다. 마을들은 꼭 두더지가 파놓은 흙 두둑 같았다. 그 안에서 그가 상상할 수 있는 지구상에서 가장 음울한 피조물들이 기어 나오고 있었다.

그들은 인간이었음에도 버려진 땅 위에서 빈약한 먹거리를 찾아 정처 없이 떠도는 소떼의 앙상한 윤곽과 다를 바 없었다. 인간이나 소들이나 몇 개월 후에나 찾아올 비를 기다리고 있었다. 와디는 며칠만 비가 내리면 이 건조한 땅 위에도 금방 푸른 자연이

만개할 것이라고 말했다. 지금 땅 위에 뿌려진 씨앗들은 생명의 빗줄기를 기다리고 있었다.

"생명은 영원히 계속됩니다요."

와디는 또렷한 음성으로 말했다. 맥카드는 창밖을 바라보며 와디의 말을 떠올렸다. 와디는 무슬림이었고, 무슬림들은 영혼의 불멸을 믿었다. 맥카드는 기이한 일이 될지도 모른다고 생각했다. 기독교를 믿는 자기가 이교도의 나라에 와서야 레일라가 아직도 살아있다는 사실을 믿게 된다면 말이다.

그러나 인도인들은 태고로부터 이어져온 민족이자, 오랜 세월 동안 종교 속에서 탄생과 죽음을 반복해온 이들이었다. 그러니 바톤 목사 같은 사람들보다 훨씬 심오한 진리를 깨달았을지도 모를 일이었다.

맥카드는 잠시 깊은 생각에 잠겼다. 애정 넘치는 연민이 그의 가슴을 파고들었다. 이토록 신실하고 선한 사람들이 굶주림으로 허덕이고 있다니. 게다가 벌판은 한여름 태양 아래 사막과 다름없이 황폐했다. 맥카드는 이들이 미국을 안락하고 부유한 나라로 이끈 물과 철도, 장사와 거래 같은 것에서 소외된 채 살아간다는 것이 딱하게만 느껴졌다.

맥카드는 볼에 앉은 파리를 손으로 쳐서 떨어냈다. 뭄바이를 떠나기 전에 와디가 살충제를 뿌렸음에도 문 닫힌 객차 안에는 여전히 파리들이 날아다녔다. 이 파리떼들은 단단한 나무를 뚫고 들어온 게 분명했다. 어쩌면 이 파리들조차 굶주림에 미쳐 안락함 속에 머무는 이들을 괴롭히고 싶은 건지도 몰랐다. 마치 고문처럼 느껴지는 심하게 덜컹대는 이 열차 여행의 아주 작은 일부라도 안

레일라, 레일라 **45**

락함과 관계가 있다면 말이다.

철로는 형편없었다. 인도에는 분명 어떤 조치가 필요했다. 하지만 인도인들에게는 기회가 없었다. 또한 영국인들도 이해 못 할 사람들이었다. 별로 자랑스러워할 만한 것이 없음에도, 그들의 자부심은 하늘을 찔렀다. 앞으로는 스스로를 향상시키고 성장시키는 법을 배운 소수의 미국 젊은이들만이 중요한 일들을 이룰 수 있으리라. 하지만 그들이 무슨 명목으로 여기 오겠다고 나서겠는가? 이곳에 사는 미국인이라고는 선교사 몇 명이 전부였다. 그렇다면 선교사들을……?

맥카드는 어느새 파리떼와 먼지에 대한 생각은 까맣게 잊은 채, 종종 레일라가 '창세기 이전의 마음'이라 부르곤 했던 새벽 전에 찾아드는 강렬한 몽상으로 빠져들었다. 그는 뭔가 거대한 생각이 들이닥치는 것을 느꼈다. 그것은 한순간 하늘에서 떨어지거나 불시에 홀로 찾아든 생각은 아니었다. 바람과 대지를 형성하며 다가오는 큰 폭풍우 속에서 어떤 회오리바람이 서서히 지나가다가 급기야 가공할 만한 폭발력으로 터진 것 같았다. 그는 마침내 자신의 '비전'을 완벽하게 볼 수 있었다. 바로 맥카드 자신이 선교사들을 키워 인도로 보내는 것이었다.

✢

푸네에 도착하자 와디는 두 사람을 고급 호텔로 안내했다. 하지만 성급해진 맥카드는 늦은 오후였음에도 즉시 시내로 향했다. 데이빗은 그와 동행하지 않기로 했다. 예전에 런던 클라리지Claridge 호텔에서 만난 다야 사프루라는 인도 청년으로부터 푸네에 도착하면 집을 찾아 달라는 초대를 받았고, 오늘 그 초대에 응하기로 한 것이다.

한편 맥카드는 평소처럼 빠른 걸음으로 시가지 구석구석을 돌아다녔다. 사람들은 그의 큰 키와 훌륭한 옷차림에 놀라 그가 지나갈 때마다 길에서 물러섰다. 그는 자신의 비전과 함께 있었다. 온종일 무엇을 보든 그것을 그 비전과 결부시켰고, 그 비전의 일부가 되어갔다.

이곳 푸네에서 그는, 두 강줄기가 만나서 둔한 뱀처럼 집들 사이로 구불구불 흘러가는 것을 보았다. 시가지 뒤에는 높은 언덕이 솟아 있었는데, 그중 하나에는 여행 책에도 나와 있듯이 오래전 마라티족이 건설한 옛날식 수로도 있었다.

이 수로는 샘물로 만든 것이었다. 이곳의 물은 땅의 표면과 인접해 있어 전 지역으로 보내기가 용이했고, 덕분에 계절풍이 비를 몰고 올 때까지 땅을 버려두지 않을 수 있었다.

맥카드는 밤이 되어서야 호텔로 돌아왔다. 이제 그의 고민은 나무처럼 자라기 시작해 뿌리를 내리고 가지를 뻗었다. 청년 선교사들을 교육시켜 이곳으로 파견해 그의 업적을 돕도록 하는 것이다.

그렇다면 이들을 교육할 수 있는 장소, 제법 규모 큰 학교가 필요했다. 그 학교의 이름은 뭘로 할까? 그러자 사랑하는 아내의 이름이 떠올랐다. 레일라 맥카드 대학. 이것으로 레일라는 영원한 불멸의 증거가 될 것이다.

맥카드가 객실 문을 열자, 데이빗이 유쾌했던 오후의 흥분이 가시지 않은 듯 눈을 반짝이며 서 있었다.

"휘황찬란한 집이었어요, 아버지. 강줄기를 따라서 숨막힐 정도로 멋진 정원들이 펼쳐져 있었어요. 그런 곳은 생전 처음 봤어요. 집 안은 온통 반짝이는 대리석 바닥이었고, 집과 연결된 긴 복도를 따라가면 별도의 식사 공간이 나오는데, 그 공간만 해도 너무 근사했어요. 그 다음으로 본 또 하나 큰 공간은 사방 벽이 다 나무로 조각되어 있었고요. 그곳은 다야가 아내와 자식들과 실제로 생활하는 곳이래요. 거실 천장이 여태 본 적 없는 최고의 장관이었어요. 푸나의 예술가들이 그 집을 지었대요."

"인도의 나머지와는 참으로 대조적이군."

맥카드가 다소 멍한 표정으로 말했다. 데이빗은 예의 그 부드럽고 진한 눈망울로 아버지를 재미있다는 듯 바라보았지만, 맥카드는 그조차도 의식하지 못했다. 이 대화는 그렇게 끝이 났고, 이후 며칠이 흘러가는 와중에도 더 이어지지 않았다.

푸네는 부유한 인도인들이 건설한 박물관이나 다리들을 볼 수 있었고, 여러 개의 구로 나뉜 듯한 대도시 뭄바이보다 여행이 수월했다. 닷새째 되는 날 맥카드는 외곽 지역을 둘러볼 채비를 했다. 그는 현재 물이라는 자원과 이 자원으로 어떻게 인도를 변화시킬 수 있을지에 대해 골몰하고 있었다.

인도의 운하는 비나 강과 상관없이 구축되어 있었고, 푸네의 무타 강과 물라 강, 북동쪽의 갠지스 강을 활용하면 전력電力을 얻을 수 있을 것 같았다. 또한 땅속 깊은 곳에서 퍼올린 관개 운하 하나만으로도 꾸준히 평야에 생명 같은 물을 공급할 수 있을 것이다.

하지만 인도인 스스로가 아니면 누가 그 일을 한단 말인가? 이제 가난한 자들의 체념과 부자들의 이기주의가 어떤 강력한 힘으로 새 전기를 맞이해야 할 때였다. 상인들과 부유한 공주들은 큰 건물과 공공 박물관에는 돈을 쾌척하면서, 희망을 잃은 농부들이 가난에서 벗어날 수 있도록 돕는 일에는 아무 관심이 없었다. 이들에게 필요한 건 새로운 종교, 교회가 그랬듯이 관개 시스템과 철로를 구축할 수 있는 현실적인 종교였다. 맥카드는 새로운 종류의 기독교인을 이곳으로 보낼 생각이었다. 그가 설교를 하는 동안 팔을 걷어 부치고 일할 수 있는 젊은 선교사들 말이다.

인도에 온 지 닷새가 된 날, 맥카드는 결심을 세웠다. 허리춤에 두른 흰 무명 쪼가리와 머리에 쓴 흰 터번 외에는 알몸과 다름없는 힌두족 농부를 만난 뒤였다. 그는 쉰 살 정도로 보이는 비쩍 마른 남자였다. 하지만 인도는 사람 나이를 제대로 가늠할 수 없는 곳이었으므로 스무 살이나 스물다섯 살일 수도 있었다.

그는 인도 어디에서나 볼 수 있는 옹기장이로, 그날 맥카드는 다아와 어울리느라 여념 없는 데이빗을 놔두고 와디와 둘이 걷고 있던 중이었다. 그러다가 흙바닥에 앉아서 발로 기계를 돌리며 가늘고 섬세한 손과 유연하고 민첩한 손가락으로 빙빙 돌아가는 진흙 덩어리를 빚고 있는 그의 옆을 지나치게 되었다. 옹기장이는 겁먹은 미소를 지으며 백인인 맥카드를 올려다보았다. 그리고는 와디에게 지금 만들고 있는 그릇을 망칠 게 두려워 일어나서 인사하지 못한다며 양해를 구했다. 와디가 이 말을 전하자 맥카드가 말했다.

"그가 만들고 있는 게 뭔지 보고 싶다고 전하게."

와디는 힌두족을 상대할 때면 으레 그렇듯이 내키지 않는 태도로 말을 전했다. 그는 몇 분 안 돼 작업을 마쳤다. 논에서 퍼온 마른 흙과 약간의 귀중한 물을 섞어 만든 진흙으로 평범한 그릇을 만든 다음 태양 아래 바짝 마르게 두었다.

"그에게 이 동네와 들판을 안내해줄 수 있을지 물어보게. 대가도 지불할 거라고도 전하고."

맥카드의 말이 전달되자 옹기장이는 얼굴이 환해지며 고개를 끄덕였다. 그는 조심스럽게 앞장서서 걸으면서 진흙 오두막이 즐비하게 늘어선 동네를 보여주었다. 남자들은 선 채로 맥카드 일행을 뚫어져라 바라보았고, 여자들은 후다닥 몸을 숨겼다. 아이들은 먼지 때문에 잿빛으로 얼룩진 발가벗은 몸으로 이리저리 뛰어다녔다.

그러나 마치 비전과 같이 맥카드의 마음을 움직이고 그의 삶을 결정지은 것은 한 논두렁에서 마주친 예기치 못한 상황이었다. 옹기장이가 논두렁에서 6미터 정도 앞서 걷고 있을 때였다. 난데없이 뱀 한 마리가 둑방길을 가로질러 옹기장이 앞에 나타났다. 맥카드는 즉시 그것이 코브라임을 알아챘다.

여행 책에서 그림을 본 게 전부였지만, 점차 앞으로 들이대는 그 놀라움과 분노로 납작해진 소름끼치는 대가리는 틀림없는 코브라의 것이었다. 와디는 멀리 내뺐지만, 맥카드는 이렇게 소리쳤다.

"내가 저 놈을 잡도록 하지!"

그는 끝에 쇠붙이가 달린 무거운 등나무 지팡이를 들어 올린 채 앞으로 걸어갔다. 순간 옹기장이가 고개를 절레절레 저으며 그를 막아섰다.

그리고 코브라로부터 고작 1미터 앞에서 꼼짝 않고 선 채로 합장한 두 손을 이마에 댔다. 그 사이 다가섰다 물러섰다 꿈틀대던

코브라의 움직임이 점차 얌전해지더니, 그 끔찍한 대가리 모양도 본래대로 돌아갔다. 그리고 옹기장이가 계속 기도하는 자세로 서 있는 동안 차츰 공격성을 거두고 마침내 똬리를 풀고는 멀리 사라졌다. 옹기장이는 뱀이 갈라진 논 틈 속으로 사라질 때까지 기다렸다가 맥카드 쪽으로 몸을 돌렸다.

와디도 코브라가 사라진 걸 보고서야 슬금슬금 제자리로 돌아왔다. 옹기장이가 와디에게 뭐라고 하자, 와디는 조소 섞인 표정으로 그 말을 맥카드에게 전했다.

"나리, 저 자가 그러는데 뱀은 신이랍니다. 신을 죽이는 건 죄악이랍니다요."

이 말에 맥카드는 영혼에까지 혐오감이 스며드는 기분이었다. 그랬다. 저런 믿음 때문에 메마른 땅에 저렇게 독사들이 득실대는 게 아닌가. 신이니 함부로 죽일 수가 없다니. 맥카드는 곧바로 발걸음을 돌렸다.

"지금 푸네로 가야겠네. 이 남자에게 돈을 지불하게."

푸네로 돌아오는 내내, 맥카드는 마치 악마 같던 뱀의 납작한 대가리를 떠올렸다. 그와 뱀 사이에 비쩍 마르고 선량해 보이는 한 남자가 서 있었다. 그런데 그는 자신의 생명을 빼앗아갈 수도 있는 그 독사를 차마 죽일 엄두를 못 내고 있었다. 종교 때문이었다. 그 뱀이 그의 신이었기 때문이다. 맥카드는 호텔 객실로 성큼성큼 들어가면서 와디에게 말했다.

"난 쉬고 싶으니, 자넨 어디 가서 식사를 하든지 원하는 대로 하게나."

"예, 나리."

와디는 돈에는 아낌이 없지만 성정이 강하고 엄격한 이 미국인에게 점차 익숙해지고 있었다. 그는 고분고분 물러났고, 맥카드는 버드나무 의자에 앉았다. 데이빗은 아직 돌아오지 않고 있었.

 종교! 어떤 자기 방어나 저항도 없이 그저 수동적으로 기다리다가 기꺼이 뱀에게 물려죽는 것, 그게 과연 종교란 말인가? 다들 버려진 땅 위에 앉아서 비가 내리기만을 기다리고 있었다. 맥카드는 꽉 움켜쥔 큰 주먹을 의자의 대나무 팔걸이에 탁 하고 내리쳤다.

 이들의 기다림에 종지부를 찍어야 했다. 그의 눈앞에 비전이 펼쳐지고 있었다. 갈라진 땅은 녹색으로 물들 것이요, 굶주린 자들은 배를 채울 것이요, 가난한 자들은 부유해질 것이다. 그리고 마침내 그는 천국행 표를 손에 거머쥐게 될 것이다.

2장

연꽃이 닫히는 시간

 그로부터 몇 주 뒤, 맥카드는 힘찬 발걸음으로 미국의 집으로 들어섰다. 그는 모자와 지팡이와 장갑과 외투를 집사 엔더비에게 건넸다.
 "잘 있었나, 엔더비?"
 평소 때와 다름없는 덤덤한 말투였다.
 "네, 맥카드 회장님."
 엔더비가 고개를 살짝 숙이며 대답했다.
 "여행은 즐거우셨습니까?"

"아주 좋았지."

맥카드는 바로 뒤에 서 있는 데이빗을 돌아보았다.

"괜찮은 게냐, 아들아?"

"예, 아버지."

데이빗은 아버지를 잘 알았다. 저렇게 반백의 머리를 꼿꼿하게 들고 파란 눈에 결연함을 가득 담고 있을 때는 어머니 이야기를 꺼내지 말아야 한다는 것을 말이다. 집은 따뜻했고 눈이 호사로울 만큼 아름다운 꽃들이 잘 배치되어 있었음에도 휑한 느낌으로 가득했다. 그는 아버지에게 애정과 연민을 동시에 느꼈다.

"오늘 별다른 계획이 있니?"

맥카드가 아들에게 물었다.

"지금은 없어요, 아버지. 다른 볼 일이 없으시다면 저는 이만 방으로 올라가서 좀 쉬고 싶어요."

"그렇게 하려무나. 난 회사에 가봐야겠구나. 저녁식사는 집에서 할 생각이다."

"알겠습니다, 아버지."

아직 이른 시간이었고 배에서 아침식사도 한 차였으므로, 데이빗은 혼자 있고 싶다는 것 외에는 더 바라는 게 없었다.

무엇보다도 아버지의 위압적이고 지배적인 존재감에서 벗어나 편안해지고 싶었다. 하지만 그는 아버지의 그런 기질이 동시에 아버지의 커다란 매력이라는 것도 잘 알았다.

어머니가 돌아가시기 전에는 이 무게감을 어머니와 함께 나눌 수 있었다. 레일라는 그에게 항상 아버지를 공경하라고 가르쳤다. 또한 아버지는 절대 변할 수 없는 분이라고도 덧붙였다.

데이빗은 어머니의 명랑한 성격과 유머감각, 주변에 활기를 불어넣는 밝은 면모 덕분에 이런 아버지의 특징을 받아들이고 인내할 수 있었다. 어머니는 아버지와 데이빗에 맞춰 자신을 조율할 줄 알았고, 그 균형감각이 세 사람을 한데 엮어 이 커다란 집을 화기애애한 분위기로 가득 채워주었다.

그녀가 없는 지금, 데이빗은 어떻게든 이 상황을 스스로 헤쳐가야 했다. 또한 데이빗은 어머니의 온화함과 아버지의 사고방식을 동시에 물려받은 만큼, 이에 대한 고민은 이제 조용하지만 완고한 독립심에 대한 의지로 발현되고 있었다. 그는 자신이 진정 원하는 삶을 찾고 싶었고, 그 삶을 살 것이라고 다짐하는 중이었다.

"도련님, 점심은 방으로 갖다 드릴까요?"

엔더비가 목소리를 높여 묻고 있었다.

"아, 미안해요! 네, 그래주시면 고맙겠어요, 엔더비. 아버지가 귀가하실 때까지 제 방에 있을 겁니다. 사진들을 좀 정리해야겠어요. 인도에서 사진을 많이 찍었거든요."

"잘 생각하셨습니다, 도련님."

엔더비가 말했다. 그에게 인도란 지구상에 존재하지 않는 나라와 다름없을 것이다.

엔더비는 물러갔고, 데이빗은 널찍한 대리석 계단을 올라가기 시작했다. 복도 끝에 엘리베이터가 있었지만 그는 계단이 더 좋았다. 종종 그가 계단 맨 아래에 서 있을 때 어머니가 계단을 내려올 때가 있었다. 그럴 때면 데이빗은 고개를 들어 극장이나 디너파티에라도 가려는 것처럼 잘 차려입은 그 우아한 모습을 물끄러미 바라보곤 했다. 더 어렸을 때는 일부러 헐레벌떡 계단을 뛰어서 내려오기도 했다. 팔과 쇄골을 환하게 드러내고 치마를 치렁치렁 끌며 내려오는 어머니를 올려다보기 위해서였다.

데이빗의 방은 이층이었고, 동쪽을 향하고 있었다. 카펫 깔린 넓은 복도를 따라가면 그의 방이었다. 데이빗은 적막할 정도로 조용한 집이 낯설게만 느껴졌다. 어머니가 계셨을 때만 해도 이 집은 음악이라든가 피아노 소리, 그 사랑스럽고 밝은 목소리 같은 유쾌한 소음들로 가득 차 있었다. 또는 어머니의 친구들이 찾아와서 떠들어대는 수다 소리, 애완용 강아지들의 짖거나 낑낑대는 소리들도 집 안을 풍성하게 채워주곤 했다.

바깥 덧문을 열고 들어서자 침실과 화장실과 욕실로 통하는 문들이 보였다. 그가 지금 서 있는 곳은 그만의 전용 거실로 한쪽 구석에 서재가 붙어 있었다. 전체적으로 심홍색과 크림색으로 꾸몄는데, 이 색깔들은 그가 대학 다닐 때 어머니가 골라준 것이었다. 방들은 말끔했고 친밀감이 느껴졌다. 데이빗은 평소 즐겨 앉는 의자에 등을 기댄 채 눈을 감았다.

인도는 그에게 깊은 인상을 심어주었다. 아니, 사실은 인도가 아닌 다야였는지도 모른다. 데이빗은 다야에 대한 자신의 느낌을 아버지에게 제대로 설명할 수 없었다. 런던에서 처음 그를 만났을 때, 데이빗은 이 호리호리한 인도 청년에게 호감을 느끼면서도 충분히 대화할 만한 기회를 갖지 못했다. 다야는 다분히 내성적이고 심지어 냉소적으로 보이기까지 했다. 설사 유머감각이 있었다 한들, 그것마저 어떤 아슬아슬함을 품고 있는 것처럼 느껴졌다. 마치 모든 걸 포착하고도 입을 다물고 있는 사람처럼, 그의 짙은 눈동자는 예민하면서도 뭔가에 사로잡힌 듯했다.

데이빗은 다야와 함께 뭄바이를 여행하기를 바랐다. 그토록 깊이 매료되고도 여전히 이해하기 어려운 이 청년에 대한 호기심을 충족시키고 싶었다. 하지만 다야는 며칠 뒤에 프랑스 선박에 올랐다. 그로서는 본래의 계획을 바꿀 마음이 없었던 것이다. 그는 간단하게 말했다.

"나는 여행할 때 영국 배는 절대 안 타."

하지만 그는 일전에 최고급 스위트룸에 묵었던 런던 클라리지 호텔에서는 영국에 대한 어떤 반감도 표출하지 않았다.

뭄바이에 머무는 동안, 아그라에서 홀로 되었을 때, 그리고 푸네에 도착할 때까지 내내 데이빗은 다야에 대한 생각을 떨쳐버릴 수 없었다. 그리고 뭄바이를 떠나기 전에 다야에게 다시 만나기로 한 약속을 상기시키는 편지를 썼다.

그러자 다야는 마침 집에 있으니 오후를 함께 보내자는 서신을 보내왔다.

그날 오후를 어떻게 표현해야 할까? 어머니가 돌아가신 뒤 처음으로 편안하고 차분한 시간이었다고 할까? 그때까지만 해도 데이빗은 어머니의 바람을 지키기 위해, 늘 마음을 즐겁게 가지려고 애쓰며 아버지를 따라다녔다. 하지만 정작 머릿속은 텅 비어 있었고, 무엇도 눈에 들어오지 않았다. 그럼에도 이 무심한 모습이 아버지의 근심을 사면, 아버지도 자신을 부담스러워하게 되지 않을까 걱정했다.

다야는 많은 말을 하지 않고도 데이빗의 기분을 들뜨게 만들고 마음속을 환하게 밝혀주었다. 하인이 내온 몇 종류의 케이크와 꿀을 탄 우유 말고는 거창한 환대나 오락거리도 없었다. 두 사람은 아름다운 집 주변과 꽃이 만발한 정원을 함께 거닐었다. 다야는 이따금씩 돌담에 조각된 상아나 고성에서 공수해온 대리석 격자문 등을 손가락으로 가리켰다. 하지만 거기에 일말의 자랑스러움이나 허영 따위는 엿보이지 않았다. 다야는 그저 자기가 좋아하는 것들을 보여줄 뿐 오히려 값비싸거나 진귀한 물건들은 그냥 지나치곤 했다. 그는 자기가 왜 이 집에 사는 걸 좋아하는지 그 이유를 데이빗과 나누고 싶었던 것이다.

커다란 중앙 호수 위, 태양 아래 넓은 분홍 꽃잎을 활짝 펼치고 떠 있는 연꽃이 마음을 사로잡았는지, 다야는 데이빗에게 대리석 벤치에 앉아 잠시 연꽃 구경을 하자고 했다.

"태양이 지기 시작하면," 다야가 말을 꺼냈다. "저 잎들이 파르르 떨리는 걸 보게 될 거야. 만약 네가 참을성을 갖고 지켜본다면 저 잎들이 오그라들며 닫히는 것도 볼 수 있지. 실제로 연꽃이 움직이는 걸 볼 수는 없어. 무슨 말인지 이해하지? 하지만 네가 여기서 기다리는 동안, 저 꽃잎들은 황금빛이 감도는 심장을 향해 몸을 접고 있는 거야."

데이빗은 다야의 두 남동생이 처자식과 이 저택에 살고 있고, 결혼한 그의 누이까지도 마침 자식들과 함께 부모님을 찾아왔음에도, 이 아름다운 정원에 앉아 있는 동안 마치 다야와 단둘만 있는 것처럼 느꼈다.

그때 다야가 그곳이 인도가 아니고, 그가 인도인이 아니었다면 껄끄러울 수도 있는 질문을 던져왔다.

"데이빗, 네 종교는 뭐지?"

마치 조상이나 국적, 인종, 또는 여행 목적지를 묻는 것처럼 아무렇지 않은 투였다. 데이빗은 잠시 망설이다가 대답했다.

"음…… 기독교. 적어도 난 교회에 등록되어 있는 신자거든."

"나는 기독교라면 아는 바가 없어."

다야는 무관심한 것처럼 말했다. 그리고는 몸을 구부리더니 연못을 둘러싼 대리석 단지段地 사이에 핀 작은 보라색 꽃을 꺾어 자신의 힌두 의상 위에 꽂았다. 런던의 호텔에서 영국 신사처럼 입고 있을 때보다 훨씬 자연스러운 모습이었다. 팔과 다리 일부가 드러나게 재단된 흰 비단옷에서는 격식에 얽매이지 않는 편안한 분위기가 묻어났다. 게다가 발에는 가죽 신발 대신 짚신을 신고 있었다.

"나는 스스로에 대해 아는 게 거의 없는 것 같아." 데이빗이 솔직하게 말했다. "하지만 어머니께서는 신과 기도의 힘을 믿으셨지. 나한테도 그렇게 하라고 가르치셨고."

이때 다야가 끼어들었다. 그는 런던에 있을 때만 해도 영국 사람처럼 영어를 했지만, 이곳에서는 인도식 영어로 자음을 명확히 발음하는 대신 모음처럼 굴려서 사용하고 있었다.

"네 종교가 네 삶의 일부가 아니라는 소린가?"

"한편으로는 내 삶의 일부라고도 할 수 있어."

데이빗은 다야에게는 조금도 숨김 없고 싶었다. 둘은 아직 서로에 대해 모르는 게 많았고, 데이빗은 마음을 터놓고 얘기할 수 있는 특별한 우정을 원했다. 사실 그는 항상 알고 지내왔던 사람들, 특히 아버지를 알고 있는 사람들과는 허심탄회하게 마음을 주고받을 수 없었다.

그러나 다야에게는 맥카드라는 이름도 아무 의미가 없었다. 다야는 부富의 개념을 당연하게 받아들였기 때문이다. 순간 데이빗은 아버지가 가진 재산이 과연 다야가 물려받게 될 재산에 필적할 수 있을까 하는 생각이 들었다.

"어떻게 그렇다는 건데?"

다야가 데이빗의 말꼬리를 붙잡았다.

"좀 더 말해줘, 데이빗. 난 너에 대해 알고 싶어. 한 사람의 종교를 아는 것이야말로 그 사람을 파악하는 가장 좋은 방법이거든."

데이빗은 다소 놀라서 말했다.

"하지만 나는 그게 진정한 나를 대변할 수는 없다고 생각하는데. 거의 대부분의 사람들에게 그렇듯이 말이야. 아마 우리는 종교를 서로 다른 의미로 해석하는 것 같아."

"그렇다면 네가 생각하는 종교를 말해줄래?"

다야가 도도한 얼굴로 물어왔다. 부드럽게 물결치는 짙은 머리카락이 잘생긴 계란형 얼굴을 돋보이도록 짧게 다듬어져 있었다. 진한 갈색 눈망울은 데이빗의 얼굴에 고정되어 있었는데, 저항하기 힘든 자기력磁氣力을 내뿜는 것 같았다.

"우리에게 종교라는 건," 데이빗이 소심한 투로 말을 이었다.

"현실적인 것과 결부되어야만 해. 가령 너희 나라처럼 가난을 운명으로 받아들이고 고통을 견딘다는 건 우리로서는 불가능한 일이야. 아마 우리 같았으면 벌써 뭔가를 시도했을 거야. 그게 우리 종교의 일면이라고 생각해."

"그 외에는?" 다야는 시선을 흩뜨리지 않고 다시 물었다.

"그 외라니? 글쎄, 아마 교회가 있겠지. 예배를 드리고 찬송을 하는."

"하지만 영혼에 관한 건?" 다야는 끈질기게 물고 늘어졌다. "마음에 관한 건? 신과의 영적 교감은?"

"그건 개인적인 문제라고 생각해." 데이빗이 말했다.

"너한텐 그게 어떤 건데?" 다야는 쉬지 않고 물어왔다.

"그다지 중요하지 않은 것 같아."

데이빗은 인정할 수밖에 없었다.

"나는 주말이면 항상 부모님과 교회에 가서 성찬식에 참여하곤 했어. 너도 알다시피 빵과 포도주로 행하는 의식 말이야. 어릴 때는 기도도 했는데 오히려 지금은 안 해. 어머니가 돌아가신 뒤로 기도를 더 열심히 해야겠다고 생각은 했지만, 어떻게 다시 시작해야 할지 모르겠어. 어렸을 때처럼 할 수도 없는 노릇이고, 다 큰 어른이라면 어떻게 해야 하는지도 모르겠고. 난 신을 믿지만, 사실 기도의 현실성은 확신하지 않아. 아니, 그보다는 신을 안 믿는다고 말할 수가 없는 처지라고 하는 편이 낫겠군. 만일 신을 믿지 않는다면, 이 우주와 모든 것에 대한 근거가 사라질 테니까."

"네가 말한 건 종교라고 할 수 없을 것 같네."

다야가 깊은 생각에 잠긴 채 말했다. 연꽃이 잎을 닫는 풍경을 볼 수 있다는 다야의 말은 사실이었다. 데이빗이 그걸 알아챈 건, 해가 정원 벽 뒤로 사라질 무렵이면 무거운 꽃들이 비록 미세하긴 하지만 물에서 잎을 서서히 들어 올린다는 다야의 얘기를 듣고 있을 때였다.

"그렇다면 네가 생각하는 종교는 뭔데?"

이번에는 데이빗이 물었다. 그는 고개를 돌려 확신과 젊음, 생기로 가득 찬 다야의 경이로운 얼굴을 정면으로 바라보았다.

"그건 말로 할 수 없는 거야." 다야가 말을 이었다. "아니, 말해도 넌 볼 수 없을 걸. 하지만 그건 어디에나 있지. 너 혹시 바라나시에 갈 계획 없어?"

"모르겠어. 어머니가 돌아가신 뒤로 아버지가 좀 우왕좌왕하셔. 우리는 단둘이 있는 게 익숙하지 않아."

"어머니가 돌아가셨다는 말은 하지 않는 게 좋을 것 같아." 다야가 말했다. "런던에 있을 때 신문에서 그 소식을 들었어. 그래서 널 만났을 때 더 따뜻하게 대해주고 싶었던 거야. 하지만 너희 어머니는 돌아가신 게 아니라 거듭나신 거야."

"우리도 죽은 자가 다시 산다고 배웠어." 데이빗이 말했다.

"아, 하지만 내 말은 실제로 살아있다는 거야."

다야는 자기 말에 열중했다.

"넌 어머니 때문에 슬퍼할 필요가 없어. 어머니를 만날 수도 있어. 잘 지켜보기만 한다면."

"아, 바라나시 이야기는 왜 한 건데?"

데이빗이 다시 상기시켰다. 그는 어머니가 자기는 눈치 채지 못하는 미지의 형태로 살아간다고는 조금도 생각하고 싶지 않았다. 만일 다야가 의미한 바가 그것이라면 말이다.

"아, 맞구나. 거기라면 너도 종교가 뭔지 깨닫게 될 거라는 말을 해주고 싶었어. 물론 아주 지저분한 곳이긴 하지, 너도 알다시피. 하지만 그곳은 로마가 건설될 때 이미 위대한 역사를 이루었던 이집트만큼이나 오래된 곳이야. 불교도, 힌두교도 할 것 없이 모든 인도인들이 그곳 갠지스 강가에서 죽기를 소망하지.

사실 아무리 서양 도시라 한들 수천 년간 수백만 명이 거기 가서 죽는다면, 과연 얼마나 깨끗하게 유지할 수 있을까. 바라나시가 한편으로는 혐오감을 주는 장소라는 건 나도 인정해. 거지와 탁발승이 넘쳐나는 곳이니까. 하지만 성지순례자들, 그리고 숨을 쉬듯 모든 움직임 속에서 신을 열렬히 갈구하는 사람들, 그것으로 삶 자체가 종교가 된 사람들이 모여드는 곳이 바라나시이기도 해. 그곳에는 부자들이 지은 성도 있고, 넓은 도로와 값비싼 옷들도 있지. 이 비단 튜닉도 거기에서 만든 거니까. 바라나시는 금실과 은실로 짠 주단으로 유명하거든. 하지만 오래된 좁은 골목길에는 거지들과 더러운 개들, 발가벗은 아이들, 꾀죄죄한 여인네들, 싸구려 물건을 파는 행상인들, 신성시 여겨지는 게으른 소들과 나병환자 등 인도의 모든 찌꺼기들이 모여들지. 하지만 사람들은 신을 찾기 위해 그곳으로 이끌려. 너는 이해하지 못할 수도 있어. 하긴 어떻게 이해할 수 있겠어? 데이빗, 당분간은 바라나시에 가지 않겠다고 약속해줘. 나는 네가 우선 인도를 이해했으면 좋겠어. 네가 가건 가지 않건, 그곳은 여전히 거기에 있을 거야. 하지만 넌 먼저 인도를 제대로 이해해야 해."

"그래, 너 없이는 안 가겠다고 약속할게." 데이빗이 말했다.

넓은 연꽃들이 심장을 덮고, 어스름 속에서 진한 향기가 피어오르고, 마법 같은 침묵이 주변을 감싸는 초저녁의 공기 속에서, 데이빗은 결코 전에는 호흡한 적 없는 분위기를 온몸으로 느끼고 있었다. 그는 지금껏 어떤 사람에게도, 심지어 어머니에게도, 지금 다야에게 느끼는 이런 친밀감을 느껴본 적이 없었다.

다야는 데이빗 또래의 청년이었다. 삶은 그들 앞에 활짝 펼쳐져 있었다. 비록 각자 다른 삶을 살아왔고, 각자 그 세상에 대해 나름대로 잘 알고 있었지만, 두 사람이 필요로 하는 건 결국 같은 것이었다. 데이빗은 다야와 기독교에 대해 깊은 대화를 나누고 싶었지만, 데이빗 자신도 그 주제를 충분히 소화하지 못하는 상황에서는 불가능했다. 그가 아는 건 모두 다른 사람들로부터 배운 것들이었다. 그는 정작 타인에게 보여줄 만한 자기 생각이 없었다. 아마 다야도 그런 느낌 때문에 미국인 친구에게 자기가 믿는 힌두교의 심오함에 대해 들려주고 싶었는지도 몰랐다.

"우리 종교는," 다야가 갑자기 말을 꺼냈다.

"하나의 근원에서 출발한 게 아니야. 그 안으로 수많은 종교들이 자기 물줄기를 쏟아부었지. 힌두교는 그 모두를 수용할 만큼 충분히 컸고. 여기서 모든 게 정화되고 정제돼서 새롭고 독창적인 무언가가 만들어졌지. 언젠가는 너한테도 그걸 설명할 수 있는 날이 올 거야. 하지만 아직은 아니야."

어스름 저녁이 갑작스런 한기를 몰고 왔다. 두 사람은 자리에서 일어났다.

"네가 말한 대로 연꽃이 꽃잎을 닫았네, 다야. 태어나서 처음으로 본 진풍경이야."

"앞으로 자주 보게 될 거야. 너는 계속해서 인도를 찾게 될 테니까."

"너도 미국에 올 날이 있겠지. 오게 되면 꼭 함께 지내자."

"물론이지. 그동안 서로 편지를 주고받으면 될 거야."

그건 약속이나 다름없었다. 두 사람은 정원을 나란히 걸었다. 데이빗은 다야의 손이 다가와 자신의 손을 잡는 것을 느꼈다. 그건 친밀한 느낌도, 심지어 따뜻한 느낌도 아니었다. 그건 우정을 상징하는 정겹고 섬세한 느낌에 가까웠다. 미국에서라면 이런 행동이 부적절하게 보였을 것이다. 하지만 여기서는 그렇지 않았다. 누구나 인도 젊은이들이 서로 손을 잡고 거니는 모습을 종종 볼 수 있었다. 그건 일종의 형제애였다. 이 인도 청년은 그를 형제처럼 받아들이고 있는 것이다.

데이빗은 형제가 없었다. 그는 마음의 동요를 느꼈지만 딱히 할 말이 생각나지 않았다. 문지기가 기다리는 동안 대문이 열렸고, 데이빗은 다야를 향해 몸을 돌린 다음 그와 맞잡은 한 손 위에 다른 한 손을 올려놓았다.

"정말 멋진 시간이었어. 결코 잊지 못할 거야."

데이빗이 말했다.

"나도 그럴 거야." 다야가 말했다.

두 사람은 다시 만날 계획을 세웠지만, 그 후의 만남은 이루어지지 못했다. 바라나시에도 가지 않았다. 대신 아버지가 급히 인도를 떠날 채비를 갖추기 시작했다. 오래전 어머니는 데이빗에게, 이런 상황이 닥치면 절대 아버지 뜻을 거스르지 말라고 말해둔 적이 있었다.

"네 아버지는 천재의 특질을 가진 사람이란다. 너와 나한테는 없는 것이지. 우린 거기에 순종해야 한다, 데이빗."

이게 어머니가 종종 하시던 말씀이었다. 그래서 데이빗은 집에서 조용히 지내는 법을 터득했다. 그는 아무 질문도 던지지 않았다. 심지어 아버지가 잠자리에 들 때 "안녕히 주무세요"라거나 아버지가 회사에 갈 때 "잘 다녀오세요"라는 인사조차 생략했다. 적어도 아버지의 엄청난 에너지가 어떤 폭발적인 창조물로 승화될 때까지는 그래야 했다.

맥카드 철도 회사는 석유와 강철, 석탄과 광산, 선박, 다리 등에 이르기까지 사업을 방대한 영역으로 확장시켰다. 그 결과 비즈니스 빌딩들과 거대한 산업단지까지 조성할 수 있었다.

과연 그게 끝일까? 데이빗은 아버지의 막강한 상상력이 아버지를 어디까지 이끌고 갈지 궁금했다. 그는 발전기 같은 아버지 앞에서 무력감을 느끼며 한숨을 내쉬었다. 그런 뒤 의자 가까운 서가에서 가죽 표지의 책 한 권을 빼들었다. 어머니가 자기 탁자 위에 늘 놓아두었던 신약성경이었다. 침대 위에서 영원히 눈을 감은 채 누워 있던 모습, 그게 데이빗이 본 어머니의 마지막 모습이었다. 그는 더는 그 자리에 머물러 있을 수 없었고, 장례 절차를 담당하는 사람들도 그가 어서 나가서 일을 시작할 수 있기를 바랐다. 그렇게 막 뒤돌아 나오려는데 문득 이 작은 책이 눈에 띈 것이다. 그는 이걸 집어서 나온 뒤, 방에서 펼쳐 읽으려고 애를 썼다. 하지만 그럴 수 없어서 서가에 꽂아두었다.

이제 그 책을 다시 펴들 수 있었다. 어머니의 손때가 묻어 깨끗하지는 않았지만, 그 손끝의 온기가 여전히 그 갈피에, 그의 마음에 살아있었다. 책장을 되는대로 넘기다 보니 어머니가 표시해둔 구절이 눈에 띄었다.

"진실로 네게 이르노니 사람이 거듭나지 아니하면 하나님의 나라를 볼 수 없느니라."

데이빗은 천천히 그 문장을 읽어 내렸다. '거듭난다'는 말은 다야도 했던 말이다. 대체 이 말은 뭘 의미할까? 인도가 아닌 지금 여기서, 이 말은 과연 무슨 의미를 던지고 있는 걸까?

✢

맥카드는 회사로 돌아왔다. 이곳에서라면 레일라 없이 혼자 지내는 것도 익숙했다. 그는 그간의 부재로 인해 잔뜩 밀린 업무에 빠져들었다. 맥카드가 아니면 손댈 수 없는 굵직굵직한 사안들이었다. 맥카드는 직원들에게, 중대하고 핵심적인 일이 아니면 어떤 서류도 자기 책상으로 가져오지 말라고 교육시켜놓았다. 그는 자신이 동의하건 그렇지 않건, 직원들이 자신들의 해법으로 문제를 해결하기를 원했다. 그는 이런 말을 즐겨 했다.

"내가 봉급을 주는 건 문제를 해결하라고 주는 거지, 그걸 나한테 가져오라고 주는 게 아니야."

맥카드 빌딩 안에서는 어디를 가든지 다음의 문장이 박힌 플래카드를 볼 수 있었다.

"모든 문제에는 해법이 있다. 스스로 발견하라."

직원들은 이 사훈을 얼마나 진지하게 받아들이느냐에 따라 채용되거나 해고됐다. 맥카드는 이 사훈에 대한 어떤 야비한 행동이나 비꼬는 태도, 심지어 가벼운 농담조차도 허용하지 않았다. 한번은 젊은 직원이 사훈을 가지고 우스운 농담을 하며 낄낄댄 적이 있었는데, 이를 몰래 들은 맥카드는 즉시 그를 해고시켜버렸다.

그는 벼락처럼 소리쳤다.

"웃을 때가 있고, 웃지 말아야 할 때가 있거늘!"

맥카드는 성경을 자신만의 시각으로 해석할 줄 아는 사람이었다. 그래서 성경 구절을 즐겨 인용하기도 했다. 서부에 있는 수천 에이커의 땅, 그곳의 철 광산과 은 광산, 철도 사업에서 구축한 강철 관련 사업 네트워크, 세계 각지의 대양 위에 떠 있는 상선들, 스무 여 개의 방대한 연계 회사들의 주식과 채권이 은밀히 보관된 여러 개의 은행 금고들……. 그는 가끔씩 자신은 재물의 축복을 받은 사람이라고 말하곤 했다.

맥카드 아래에서 일하는 사람은 수천 명에 달했다. 맥카드 가 한 번도 얼굴을 보지 못한 사람들을 포함해, 땅 속에서 삶 대부분을 보내는 광부들, 커다란 엔진을 작동하는 기술자들, 공장에서 기계를 돌리는 노동자들, 배를 감독하는 선장들, 하루하루 맥카드에게 돌아갈 돈의 액수를 계산하고 복잡한 회계를 담당하는 사람들 등 수많은 이들이 그에게 속해 있었다.

맥카드는 항구와 자유의 여신상이 보이는 자신의 넓은 집무실에서 긴 세월을 보냈다. 집만큼 넓은 집무실에는 벨벳 카펫과 벽에 걸린 족자들, 그리고 큼지막한 마호가니 탁자와 의자들이 있었다. 집무 책상은 그에게 요새와 다름없었다.

살아있을 때 아내는, 그가 삶에서 일 말고 선택할 수 있는 유일한 세상이었다. 밤에 귀가하면 아내는 항상 그곳에 있었다. 그를 사랑하되 그를 두려워하지 않는 여인, 온화하고 엉뚱한 유머감각과 발랄한 상냥함을 지닌 여인이 항상 그를 위해 거기에 있어주었다. 그는 아내가 자신을 어려워하지 않는다는 것을 알고 있었다. 그는 자기 앞에서 조심스럽게 걷지 않는 한 사람, 그 어떤 결코 순간에도 지배했다는 느낌을 가질 수 없도록 만드는 한 사람이 있다는 게 좋았다. 그는 한 번도 그녀를 지배한 적이 없었다. 아내는 자신의 신념에 따라 독립적인 순간에 자아를 유지하고 그 안에서 휴식을 얻었으며, 감정을 선택할 때면 논리도 거부했다.

"하지만 왜……!"

아내와 대화할 때 얼마나 자주 이렇게 말했던가. 그럴 때면 아내는 그가 말을 이어가도록 놔두지 않았다.

"오, 왜, 왜, 왜……! 저는 '왜'를 염두에 두지 않아요. 이게 당신의 '왜'에 대한 대답이에요!"

그녀는 수 년간 완고한 고집을 꺾지 않았고, 마침내 맥카드는 두 손 두 발을 다 들고 나서야 '왜'라는 구호를 멈출 수 있었다. 그녀도 남편이 결국 항복했다는 걸 알았고, 그 이후 두 사람의 관계는 전보다 더 돈독해지고 애정도 깊어졌다. 그는 다시금 아내와 사랑에 빠졌다. 맥카드는 정열적이고 진실하며 정의로운 남자였고, 마음 깊은 곳에 낭만적인 면모를 가지고 있었다. 아내는 남편의 그런 면을 잘 알았고, 온 마음을 다해 그를 사랑했다.

그리고 인도에서 돌아온 뒤 맥카드의 삶에는, 아내를 애타게 목말라해야 하는 날들, 업무에 열중하고 있는 한낮에조차 돌연 10분씩, 한 시간씩 사무치게 들이치는 외로움과 싸워야 하는 날들이 시작되었다. 정작 아내가 살아있을 때는 종일 그녀를 잊고 지냈다. 그런데 아내가 사라진 지금, 시시때때로 이 집무실 안으로 아내에 대한 환영이 춤을 추며 찾아들었다. 아내는 생전에 고작 몇 번 이곳을 찾았을 뿐이다.

"전 이 당신만의 성전이 마음에 들지 않아요." 그녀는 이렇게 말했다. "당신은 저기 옥좌에 왕처럼 앉아 있잖아요. 오! 다윗 왕이시여! 하지만 전 당신의 부하가 아니에요. 당신과 평등한 존재라고요!"

맥카드는 거의 그녀의 웃음소리를 들을 수 있었다. 때는 정오가 다가올 무렵이었고, 그 순간 맥카드는 바로 이곳에서 메아리치는 그녀의 웃음소리를 들었다고 맹세할 수 있었다. 그는 정신을 차리려는 것처럼 고개를 번쩍 들었다. 남미의 새로운 광산 구매 제안서를 검토하고 있던 자신 외에 이곳에는 아무도 없었다.

그는 커다란 집무실의 적막 속에서 아내의 아스라한 웃음소리를 들었다. 물론 그녀는 이곳에 없었다. 그녀의 영혼이라 불리는 것도 마찬가지였다. 하지만 장담할 수는 없지 않은가? 그는 사랑했던 사람들의 넋을 부르겠다고 영매를 찾는 비현실적인 소망에 거부감을 느끼곤 했다. 그럼에도 이 순간 맥카드는 레일라가 어디엔가 살아있을 것이라고 믿고 있었다. 단지 그와의 사이에 뚫을 수 없는 벽이 가로막혀 있을 뿐이다. 그 벽의 두께를 누가 안단 말인가?

그날 뭄바이의 호텔에서 "부자는 천국을 통과하기 어렵다"는 천상의 메시지 같은 한 마디가 생생하게 들려온 이후로, 맥카드는 단 한 번도 레일라를 가까이 느껴보지 못했다.

그는 생각보다 레일라가 가까이 있을지 모른다는 생각에 집중했다. 또한 아내라면 자기가 뭘 하길 바랄지 상상해보려고 애썼다.

갑자기 땀이 솟았다. 아주 짧은 찰나이긴 했지만 그는 분명히 아내를 보았고, 아내의 존재를 느꼈다. 하지만 그저 애타게 그리워하는 마음 때문에 일어난 착각이라고 스스로를 설득했다. 그러자 곧 냉정을 되찾고 땀도 식었다. 그는 무너지듯이 포갠 팔 위로 고개를 묻었다. 그리고 깊은 실의 속에서 기도하고픈 충동에 휩싸였다.

"오, 신이시여," 그는 서글프게 외쳤다.

"신이시여, 그녀가 제게 뭘 말하려는 건지 알려주소서. 저는 뭘 해야만 하는 겁니까?"

침묵 속에서 기다렸지만 어떤 응답도 오지 않았다. 다만 기도를 하는 중에 지속적으로 내면 깊은 곳으로부터 어떤 목소리가 떠오르는 것을 느꼈다.

"너는 항상 나와 함께 있으니, 나의 것이 다 네 것이로다."

그는 더듬거렸다. 그 내면으로부터 울린 한 마디는, 누군가가 그의 목소리와 입술을 통해 말하는 것처럼 스스로 소리를 내고 있었다.

이 기이한 경험은 금방 잦아들었다. 그는 곧 자신으로 돌아왔다. 그러나 왠지 모든 게 달라진 느낌이었다. 묘한 흥분이 그를 감쌌다. 방금 이곳에서 상상 이상의 일이 벌어졌다는 것만큼은 자명했다. 하지만 이 경험을 누구에게 얘기한다는 건 불가능했다. 만일 문이 열리고 누군가 들어왔다면, 그는 어느 때보다도 당당한 모습으로 자리에 앉아 있었으리라.

하지만 레일라가 벽을 다 허무는 대신, 그의 기억을 어루만질 만큼만 벽을 통과해온 거라면? 그래서 그의 입을 통해 그 성경 구절을 말하도록 유도한 거라면? 만일 서로가 벽을 넘어 다시 결합하려면 과거에 그가 한 번도 해본 적 없는 일, 아직 이루지 못한 일, 즉 그의 부를 봉헌하는 일만 남았음을 넌지시 알려주고 싶었던 것이라면?

이것은 기회였다. 맥카드는 현실적인 사람이었다. 하지만 범상치 않은 성공과 자신만의 기적을 이룬 사람들이 흔히 그렇듯이, 그는 무언가를 현실로 만들어갈 수 있다는 믿음과 상상력의 힘을 가지고 있었다.

"너는 항상 나와 함께 있으니, 나의 것이 다 네 것이로다."

메이리가 연이어 되돌아왔다. 잠시 후 그는 책상 위의 벨을 힘차게 눌렀다. 비서인 중년 남자가 들어왔다. 그는 지금껏 회사에 여자를 채용한 적이 없었다. 여자는 사회생활에 맞지 않는다고 생각했을 뿐더러 지금은 더더욱 낯선 여자를 곁에 두고 싶지 않았다.

"토머스, 바톤 박사가 오늘 한 시에 점심을 같이 할 수 있을지 알아보게."

"예, 회장님."

남자가 대답했다. 그는 나갔다가 몇 분 후 돌아왔는데, 그때까지도 이 반백 머리칼의 회장은 아까와 똑같은 자세로 책상 앞에 앉아 있었다.

"올 수 있다고 하십니다. 식당에 주문을 넣을까요?"

"그러게."

맥카드는 홀로 점심을 들 때면 꼭대기 층의 특별 주방에서 쟁반 위에 가지런히 놓인 음식들을 배달시켜 먹었다. 사업 미팅이 있을 때는 별도로 분리된 특실에서 정찬을 주문했다. 또한 꼭대기 층의 멀리 펼쳐진 강과 바다를 조망할 수 있는 작은 유리 별실에서는 가장 가까운 사람들과 오찬을 했다. 때로 그가 야근을 할 때면 레일라가 찾아와 이곳에서 함께 저녁을 먹기도 했다. 그리고 식사를 마치고 자신은 집무실로, 아내는 집으로 돌아가기 전이면 으레 불을 끄고 아내가 눈앞에 펼쳐진 눈부신 도시 풍경을 감상할 수 있게 해주었다.

"모두 당신 거예요, 내 사랑, 나만의 여왕님!" 그는 이렇게 말하곤 했다. "장난감을 삼든, 목걸이를 만들든, 머리를 장식하든 원한다면 전부 가져요."

맥카드는 레일라가 죽은 뒤로는 그 별실을 이용하지 않았.

비서 토머스가 밖으로 나가자 그는 펜을 내려놓고 회전의자를 돌려, 방금 전까지만 해도 등 뒤에 있었던 넓은 유리창을 마주보았다. 그는 연한 푸른빛 하늘을 향해 우뚝 솟은 빌딩들을 바라보면서, 한 시간 전에 자기 입에서 터져 나온 그 말의 온전한 의미를 인정할 경우 과연 어떤 대가를 치르게 될지를 곰곰이 생각하기 시작했다.

⚜

바톤 박사는 앞에 앉은 실업계 거물의 말을 귀담아 들었다. 그는 소심한 성격과는 거리가 멀어서, 만일 해야 한다고 생각하면 심지어 맥카드 같은 거물에게도 싫은 소리를 할 줄 알았다. 다행히 그런 일은 일어날 것 같지 않았다. 맥카드는 주변의 존경심을 잃을 사람이 아니었으며, 유연한 성격은 아니었지만 훌륭한 인격의 소유자였다. 비록 업계에서는 그의 혹독한 면을 두고 말들이 많았지만, 바톤 박사는 어느 정도 독한 성격이야말로 성공에 꼭 필요한 조건이라고 생각했다. 케사르*Caesar는 어땠는가. 비록 그리스도와 비슷한 덕목은 아니었지만, 자신에게 꼭 맞는 특질들을 갖추고 있지 않았는가.

"엄청난 아이디어군요, 맥카드 회장님."

바톤은 진심을 담아서 말했다. 그는 맥카드와의 오찬을 아주 즐겁게 마쳤다. 음식은 완벽했고, 덕분에 그는 자신의 식욕을 십분 검증할 수 있었다. 물론 이런 음식들에 익숙할 게 분명한 맥카드는 맛을 음미하기보다는 쉴 새 없이 빠른 속도로 먹어치웠다. 그러나 박사이자 목사이기도 한 바톤 같은 이에게 이 오찬은 향연과 같았다. 그는 탐식이 죄악을 부른다는 것을 알고 있었으므로 끊임없이 그 욕구와 싸워야 했다. 뚱뚱한 신의 종, 폭식하는 사제는 그 자체가 죄악은 아닐지언정 거부감을 일으키기에 충분했다. 그는 절대로 자기합리화에 빠지지 않았다. 탐식은 엄연한 육체적 악덕이었다.

"그 아이디어가 마음에 드십니까? 필요성은 느끼십니까?"

맥카드가 동의를 구하듯 물었다.

"그 아이디어는 경영 천재다운 발상입니다."

바톤 박사가 대답했다.

"인도 여행에서 거둔 결실이지요." 맥카드가 말을 이었다.

"인도인들에게는 진실한 종교가 필요합니다. 땅바닥에 늘어져 있는 동물들 대신, 그들을 변화시켜줄 참된 신앙이 필요하다는 것입니다. 그 해답은 현실적인 기독교이고 말입니다. 우상을 파괴하고

---

* 기원전 로마 공화정 말기의 장군, 정치가, 역사가

쓸모없는 사원들을 거두고 그들에게 새로운 에너지를 줄 수 있는 힘찬 선교회 말입니다. 지금은 인도를 언급하고 있습니다만, 근본적으로 제가 거론하는 대상은 전 세계입니다. 저는 힘차고 박력 있는 기독교 교육 센터를 세우고 여기서 배출한 선교사들을 전 세계로 보내 믿음의 사역을 전파하도록 할 겁니다. 그 센터는 내 사랑하는 아내를 기념하는 장이 될 것이고요. 나는 그 센터 이름을 레일라 맥카드 신학교라고 부르고 싶군요. 최고의 교육 시스템을 갖추고 학생들 또한 최고의 인재로 키울 겁니다. 박사께 부탁드리고자 하는 건, 학교를 지을 만한 장소와 이 나라의 최고 교수진을 찾아달라는 겁니다. 맥카드 졸업생이라면 누구나 복음을 전파할 만한 최고의 자격과 능력을 갖추었다는 생각이 들게 해야 합니다."

웨이터가 그릇들을 치우기 위해 살며시 들어왔고, 지배인이 후식으로 아이스크림과 조각 케이크, 뜨거운 커피를 식탁 위에 올렸다. 맥카드는 자신의 몫을 옆으로 치우며 말했다.

"애플파이와 치즈로 주게."

"예, 회장님."

웨이터는 그 음식을 거둬서 나가더니 잠시 뒤에 애플파이 한 조각을 들고 나타났다. 또한 각종 치즈가 담긴 쟁반도 들고 왔다. 맥카드는 향이 진한 노르웨이산 치즈를 손가락으로 가리켰다. 그리고 웨이터가 그것을 접시 위에 담는 동안 계속해서 빠른 어조로 말했다.

"첫 번째는 장소입니다." 그는 선언하듯 말했다.

"그 다음은 가능한 한 멋지게 건물들을 지을 수 있는 건축가들입니다."

바톤 박사는 맥카드의 계획에 압도되었다.

"맥카드 회장님, 잡아두신 예산 수치는 있습니까?"

"전 수치 같은 건 생각하지 않습니다." 맥카드가 대답했다. "오로지 성취에 집중합니다."

"정말 훌륭하군요." 바톤 박사는 낮은 소리로 말했다.

"회장님이 하시고자 하는 이 일은 세상을 변화시키는 일입니다."

바톤 박사는 생각에 잠긴 채 아이스크림과 케이크를 우물거렸다. 이 순간 그는 자신에 대해서는 생각하지 않으려 했다. 하지만 맥카드가 그에게 이 신학교의 초대 총장직을 제안할 가능성이 높았다.

이 학교는 맥카드 부인을 기념한 것일지언정 어쩔 수 없이 맥카드 신학교로 알려질 것이다. 어쨌든 그녀가 살아있었다면 이 신학교의 필요성을 가장 먼저 공감했을 것이다. 목사의 기억 속 레일라는 언제나 온화한 이미지를 풍기는 날씬하고 키 큰 여인이었다. 단 그녀가 곧 웃음을 터뜨릴지 아닐지 확신할 수 없을 때가 종종 있었고, 그럴 때면 목사는 늘 조마조마했다. 엄숙한 태도로 설교를 할 때 맥카드 가족석 가운데 맨 앞자리의 그녀를 내려다보면, 종종 자신을 바라보는 그 눈빛에서 금방 터질 듯한 웃음의 기운이 느껴지곤 했다. 그래서 목사는 설교 중에는 절대 그녀와 눈을 마주치지 말아야 한다는 사실을 터득했다.

맥카드는 굵직한 손가락으로 식탁보를 툭툭 쳤다. 손가락 관절 사이사이에 붉은 털들이 빛나고 있었다.

"자, 이제," 맥카드는 기운차게 말했다.

"얘기는 끝난 것 같군요. 박사께서 할 일은 그게 전부입니다. 법인이나 그 외의 일들은 회사 도움이 필요하시면 언제라도 찾아오십시오."

"고맙습니다." 바톤 박사가 말했다. "괜찮으시다면 먼저 사전 조사를 해보고 싶습니다. 기존에 있는 학교들과 중복되면 안 되니까요."

"내가 계획한 학교는 이 땅 어디에도 없어요." 맥카드는 열정적으로 말했다.

"이 학교는 전무후무한 독창적인 학교, 위대한 학교, 에너지 넘치는 선교활동의 중심에 선 학교가 될 겁니다. 이 맥카드 학교를 나온 사람은 국내에서 진행되는 편안한 사역에 자족하지 않고 세계를 향해 나아가는 것이 그들의 사명임을 알아야 할 것입니다."

바톤 박사가 짐짓 농담 섞인 어조로 말했다.

"저를 두고 하시는 말씀은 아니라고 믿겠습니다."

"그럴 리가요. 당연히 미국 안에도 교회가 계속 생겨야지요. 게다가 박사는 이제 젊은 청년이 아니지 않습니까. 내가 생각하는 일들은 젊은 사람들의 몫이지요."

바톤 박사는 그제야 안심이 되었다. 그는 더 지체하면 분위기가 가라앉을 것 같다는 생각에 자리에서 일어났다.

"맥카드 회장님, 며칠 후에 연락을 드리겠습니다."

둥글고 땅딸막한 몸집을 지닌 바톤 목사는 자리에 일어선 뒤, 자기 교회에서 가장 중요한 신자와 화기애애한 악수를 나누고 자리를 떴다.

⚜

아지랑이 같은 열기 속으로 여름이 스멀스멀 기어들었다. 애버뉴의 저택들은 문을 걸어 닫았고, 다들 바 하버Bar Haror나 뉴포트Newport, 또는 뉴잉글랜드New England의 해안으로 휴가를 떠났다. 데이빗은 해마다 이 무렵이면 어머니와 함께 구불구불한 만이 아름다운 미국 남쪽 메인Maine 주의 조용한 해변으로 향하곤 했다.

하지만 올해는 재고의 여지없이 뉴욕의 집에 머물게 되었다. 매일 아침 아버지와 식사를 하고 아버지가 귀가하는 시간에 맞춰 함께 저녁을 먹는 일과였다. 데이빗은 아버지가 회사 일을 보는 와중에도 자신을 걱정한다는 것을 알고 있었다. 그래서 매일 명랑하고 애정 넘치는 모습을 보여주려고 노력했다. 또한 아버지가 어떤 얘기를 꺼내건 늘 경청할 준비가 되어 있었다. 하지만 아버지와 막상 생각이나 느낌을 나눌 기회는 찾지 못했다. 시도하지 않았다기보다는 공유할 화젯거리가 없었다.

아직까지도 한없는 슬픔에 젖어 있는 건 아니었다. 어머니를 잃었다는 외로움은 이제 몽롱한 우울로 변했다. 그는 이 시련은 과정일 뿐이라고 스스로 되뇌며 적막한 평화 속에서 하루하루를 보냈다. 이제 곧 원하는 일을 찾아서 마음을 정해야 했다. 한 가지 확실한 건, 아버지 회사에 나갈 일은 없다는 것이었다. 누구도 그가 그러리라 기대하지 않았다. 살아생전 어머니가 아버지에게 이 부분을 충분히 주지시켜 놓은 덕분이었다. 데이빗은 당신과 다르니

회사에 들어가 뒤를 이을 거라고 기대하지 말라고 꽤나 분명히 못 박아놓은 것이다.

"데이빗은 당신과 다른 일을 할 거라는 걸 알아두셔야 해요, 다윗 폐하."

어머니가 부르는 아버지의 호칭은 아버지에게 썩 잘 어울렸다. 그럼에도 어머니는 데이빗에게, 아버지가 비록 독재자 같긴 하나 그 내면에는 항상 낭만을 간직하고 있음을 알아야 한다고 가르쳤다.

"세계를 정복하겠다는 네 아버지의 야심을 움직이는 원동력이 뭔지 아니? 바로 낭만이란다." 어머니는 언젠가 데이빗에게 이렇게 말했다.

"오래전부터 나는 네 아버지가 이제 그만 은퇴하고 쉬셨으면 했지. 우리에게는 이미 평생 쓰고도 남을 충분한 돈이 있었으니까. 하지만 그 후에 나는 깨달았다. 네 아버지가 쫓고 있는 건 돈이 아니라 원대한 꿈이라는 걸 말이다. 꿈이 현실이 될 때마다 그 꿈이 또 다시 네 아버지를 다른 꿈으로 인도했지. 세상은 네 아버지의 극장이고, 그는 작가, 무대감독, 연출가, 감독, 그리고 주연배우인 셈이지."

그녀는 유쾌하게 웃다가 돌연 진지한 얼굴로 말했다.

"그리고 잊으면 안 된다, 데이빗. 네 아버지는 진짜 왕 같은 사람이야. 남자 중에 남자지. 결코 옹졸하거나 쩨쩨하게 구는 법이 없어. 그래, 어떤 큰 사안에서는 잔인할 수도 있지만, 그 혹독하게 대하던 사람들마저도 일단 똑바로 볼 수 있게 되면 모든 걸 멈추고 다시 감싸 안는 사람이란다. 문제는 누군가 일깨워주지 않으면 그들을 제대로 보지 못한다는 점이야. 그게 바로 내 일이지."

데이빗의 어머니는 남편이 인간적인 면을 잃지 않도록 자기 몫을 다했다. 데이빗은 길고 조용한 날들을 지나면서 이제 자신이 아버지를 도와야 하는 게 아닐까 생각했다. 너무 높은 곳에 있어서 간과하기 쉬운 곳의 사람들을 아버지가 더 잘 볼 수 있도록 말이다.

그러나 인도에 있을 때 맥카드는 분명히 사람들을 보고 있었다. 한 사람 한 사람을 관찰한 것은 아니지만, 그는 목마른 땅 위에서 비참하게 무리지어 살아가는 인간 군상들을 똑바로 지켜보았다.

"데이빗, 이제 뭘 하면서 살아갈 생각이냐?"

맥카드가 어느 날 아침식사를 하면서 불쑥 물었다.

"몇 달간은 계획이 없어요. 하지만 그때쯤 되면 뭘 하고 싶은지 알게 되겠죠. 분명히 뭔가 떠오를 거예요."

"메인에 가서 지낼 테냐?"

"아니요. 신경 써주셔서 감사하지만, 그냥 아버지와 지낼래요."

맥카드는 아무 대꾸도 하지 않았지만 그 말에 위안을 느꼈다. 이 집이 그에게 안정감을 주는 건 아들 덕분이었다. 하지만 그는 더 이상 젊은 아들에게 의지해서는 안 된다고 생각하는 중이었다.

그는 아들에게 자신의 원대한 계획을 말하지 않았다. 하지만 무엇에 마음이 움직였는지 갑자기 아들과 그 얘기를 나누고 싶어졌다. 데이빗은 어처구니없어 할지도 몰랐다. 젊은 사람 속을 누가 알겠는가. 미국의 대학들에는 무신론적인 분위기가 짙게 깔려 있었고, 맥카드도 아들에게 종교적인 신념에 대해서는 질문을 던져본 적이 없었다. 맥카드가 입을 열었다.

"내가 바톤 박사에게 부탁한 일이 있다. 그런데 네가 그를 도울 수 있을 것 같구나."

"뭔데요?"

데이빗이 다소 무심하게 물었다. 그는 바톤 목사에게 깊은 호감은 아니지만 좋은 감정을 가지고 있었다. 그는 마치 가족 주치의처럼 맥카드 가족의 삶과 밀착해 있는 사람이었다. 심지어 엔더비보다 가까울지도 몰랐다. 다만 데이빗은 어머니의 장례식에서 그가 했던 설교는 마음에 들지 않았다. 바톤 목사는 어머니에 대해 아는 바가 별로 없었고, 따라서 어머니의 깊이나 매력에 대해서는 더더욱 알 수 없었을 것이다.

"네 어머니를 기념하는 큰 사업 계획을 세웠단다."

맥카드가 말했다.

"현실적인 선교를 위한 종합대학, 그러니까 신학교를 세우는 일이지. 바톤은 학교 부지를 알아보는 중이고, 또 최고의 건축가들도 영입할 생각이야. 그에게 필요하면 언제든지 내 회사의 직원들을 부르라고 했지만, 방금 네가 그 사람 일을 즐겁게 도울 수도 있겠다는 생각이 들었다. 아니, '즐겁게'라는 말은 적당하지 않을 수도 있지. 내 말은 네가 흥미를 느낄 수도 있다는 말이다. 그를 돕다 보면 너도 마음이 안정될 게다. 그런 뒤에 이 사업을 함께 해나갈 수도 있지 않겠느냐. 그렇게만 된다면 나로서는 더 바랄 게 없을 것 같구나."

데이빗은 너무 놀라서 말문이 턱 막혔다. 선교를 위한 신학교라니? 정작 어머니는 뭐라고 하실까? 과연 어머니가 자신을 기념하는 사업을 마뜩해 하실까? 어머니는 어떤 기념사업도 반길 만한 사람이 아니었다. 그녀는 모든 일에서 겸손을 잃지 않았고, 심지어 자신의 좋은 소양들도 내세우기 싫어했으며, 호화스러운 기념비나 기념관을 거부했던 사람이었다.

하지만 한편으로 남편이 기념비를 세워준다면 어머니도 예의 그 부드러운 태도로 받아들일지 모른다는 생각도 들었다. "와, 정말 멋진데요!" 감탄하면서 말이다.

언젠가 아버지가 남미 광산에서 채굴한 사각 다이아몬드로 독특하고 화려한 목걸이를 만들어 선물했을 때도 어머니는 그랬다.

"왜 하필 신학교죠, 아버지?"

데이빗의 질문에 맥카드는 정성을 다해 설명을 시작했다.

"인도를 다녀온 뒤로 확신이 생겼다. 거기서 영국인과 인도인들 사이의 커다란 간극을 본 거지. 우리 미국인들과 그 가난에 찌든 사람들 사이에도 차이가 있는 것처럼 말이다. 서구 국가들이 이렇게 부와 힘을 거머쥐게 된 데는 분명 이유가 있을 거다. 네가 종교적인 단어를 싫어하지 않는다면, 신의 은총이라고 해두지. 하지만 중요한 진실은 따로 있어. 그 사람들이 사악한 미신에 불과한 종교에 억압당하고 있다는 거지. 우리 종교가 사람을 자유롭게 만드는 것과는 반대로 말이다. 우리는 독재자들을 권좌에서 끌어내리고 믿음 속에서 영감을 얻으며 살아왔다. 사람은 본질적으로 같아. 우리가 이 종교를 통해 힘과 지혜를 얻었다면, 그들도 우리와 같은 믿음을 통해 변화될 수 있을 게다. 나는 이 경험을 전 세계와 나누는 것이야말로 기독교인인 내 역할이라고 생각하게 되었어. 인도에 같이 갔다면 네 어머니도 내 생각에 전적으로 동의했을 게다. 이건 논리적인 결정이야. 그리고 큰 비전을 큰 행동으로 옮기려면 그걸 수행할 사람들을 교육해야 한다. 그게 유일한 길이지. 바로 맥카드 신학교에서 그 위대한 사업을 시작할 계획이다."

"그렇군요." 데이빗이 답했다. 핵심만 추려 말하는 아버지의 화법에 익숙한 데이빗은 재빠른 두뇌로 아버지의 한 마디 한 마디를 놓치지 않고 들었다. 그는 자신이 아버지의 말에 거부감을 보일 거라고 예상했지만 아니었다. 아버지의 목소리와 태도에서는 늘 아버지 스스로는 의식 못하는 그 오만함이 묻어났지만, 내용 자체는 오히려 반대였다. 아버지는 버려진 땅을 떠나지 못한 채 살아가는 절망적인 사람들을 나쁘게 얘기하고 있지 않았다. 오히려 자신과 같은 믿음을 가졌더라면 그들도 지금 자신이 가진 모든 걸 누렸으리라는 것이 이야기의 핵심이었다.

"아버지 말씀에 대해 진지하게 생각해보고 싶어요. 관심이 생기는 걸요. 중요한 일이라는 생각이 들어요."

"암, 중요하고 말고." 아버지가 힘주어 말했다. "난 맥카드 기념 사업을 세상을 변화시키는 현실적이고 진보적인 기독교 구현을 위한 센터로 만들 계획이다. 그것도 세상에서 가장 큰 센터로."

맥카드는 자리에서 일어섰다. 그의 의지는 어떤 대답도 필요로 하지 않았다. 이제 시내로 나가봐야 할 시간이었다.

"좋은 하루 보내거라, 아들아." 그는 애정 넘치는 목소리로 말했다.

"그리고 잘 생각해보렴. 가능하다면 나와 함께 하면 좋겠구나. 내게도 큰 의미가 될 게야."

데이빗은 말없이 어머니를 닮은 미소를 던졌다. 그 미소를 보자 맥카드의 마음속에 다시금 옛 추억이 고통스럽게 밀려들었다. 레일라는 그에게 너무 많은 걸 남겨주었다. 하지만 그 존재 자체가 멀어진 이상 그것만으로는 충분하지 않았다. 맥카드는 언젠가 영원의 시간 속에서 그녀를 다시 만날 것이라는 희망을 가지고 살아야 했고, 그렇게 행동해야만 했다. 지금 믿고 있듯이, 만일 그 희망이 가능성을 의미한다면 말이다. 진심으로 그는 자기 믿음에 의심을 품지 않고 있었다.

맥카드는 아들에게 미소로 답한 뒤 손을 들어 작별인사를 하고 자리를 떠났다.

데이빗은 잔에 두 번째 커피를 따랐다. 어머니가 만든 관례가 하나 있었다. 식사 때만큼은 가족들만 오붓하게 즐기는 것이다. 엔더비도 이때는 베이컨, 계란, 롤 빵, 그리고 토스트와 커피를 가져다 놓고 자리를 떴다. 누군가 벨을 누르지 않는 이상 다들 식탁을 떠나야 그릇들도 치워졌다.

데이빗은 홀로 커피를 마시며 생각에 잠긴 채, 열린 유리문 너머 정갈하게 가꾼 정원을 바라보았다. 잘 다듬은 화단 위로는 꽃들이 봉오리를 터뜨렸고, 저 멀리에는 이탈리아 대리석으로 만든 날씬한 소녀상이 어깨에 멘 단지 안의 물을 웅덩이로 쏟아 붓고 있었다. 함께 식탁에 앉아 있을 때면 어머니는 저 소녀상과 웅덩이를 흡족하게 바라보곤 했다. 한번은 데이빗에게 저 모습이 불멸의 근원지에서 흐르는 생명의 물을 상징하는 것 같다고 말하기도 했다.

언젠가 시내 북쪽 산으로 드라이브를 갔을 때였다. 그때 드넓게 펼쳐진 호수를 지나간 적이 있었다. 그 호수는 도심지 수도로 물을 공급하는 물 저장고 중에 하나였다. 그때 그녀는 호수를 손가락으로 가리키며 데이빗에게 말했다.

"저기가 우리가 마시는 물의 근원지란다. 산과 언덕에서 모인 물이 모두 저기로 흐르지."

데이빗은 그해 여름날 동안 어머니의 얼굴이 헐렁하고 짧은 옷과 햇빛 가리개 모자 속에서 얼마나 활기차게 빛났으며, 그 짙은 눈망울이 얼마나 생의 에너지로 가득 차 있었는지를 또렷이 기억하고 있었다. 그는 그 말의 상징적인 의미를 다시금 깊이 음미했다. 인간의 생명에도 정말로 영원한 근원지가 있는 걸까? 수십 년이 전부인 짧은 생명, 그럼에도 여기에 어떤 근본적인 모체와 비밀스런 진리가 있는 것일까?

데이빗은 어머니가 돌아가신 뒤 슬픔의 첫 단계를 지나왔다. 모든 게 너무 생생하게 떠오르는 시간들이었다. 그리고 지금, 연이어 찾아드는 가벼운 우울 속에서 그는 자신에게 모호하고 심오한 질문을 던지고 있었다. 그는 외로웠다. 지금 자기와 비슷한 처지의 사람들과 교제하고 싶은 마음이 간절했다. 하지만 대학에서 본 사람들은 아니었다. 스포츠와 게임과 정해진 수업에 몰두하며 살아가는, 그런 어린아이 같은 삶으로 돌아가는 것은 이제 불가능했다. 그에게는 더 깊은 삶의 체험이 필요했다. 하지만 어디서 어떻게 시작해야 한단 말인가?

그는 아버지가 했던 얘기를 다시 떠올리고는, 잠시였지만 불합리한 계획이라고 느꼈다. 과연 아버지는 스스로 당신이 뭘 계획하고 있는지 완전히 이해하고 계신 걸까? 신학교는 익숙한 교리의 범주를 벗어나야 더 크게 성장할 수 있었다. 젊고 호기심 많은 젊은이들이 그런 센터에 모였을 때 앞으로 뭘 발견하게 될지 누가 장담하겠는가?

데이빗은 학교를 운영하고, 그곳을 다른 신학교와는 완전히 차별화시켜 발전시키고, 보다 심오한 교리를 터득하면서 충만을 느끼고, 아직 행동으로 구체화되지는 않았지만 응집된 에너지로 가득한 학교, 인간과 신 사이를 연결하는 도구를 구축하는 이제껏 본 적도 들어본 적도 없는, 신의 현존을 증명해낼 그런 학교의 모습을 상상해보았다. 그가 가장 근본적인 질문으로 돌아갔을 때, 두 차원의 공간 사이를 가로질러 그를 향해 소리치는 어머니의 목소리가 들려오는 듯했다. 교리서의 지식이나 논리학자들의 추론 따위에는 관심이 없었던 어머니는 세상의 피조물들과 아름다움이라는 단순한 증거들로 신의 존재를 받아들였다. 조물주의 손길이 아니라면 어떻게 지구가 생겨나고 꽃이 필 수 있겠냐는 것이다. 그녀는 데이빗에게 이렇게 말하곤 했다.

"의심하는 것보다는 믿는 게 훨씬 더 자연스럽단다."

데이빗은 커피를 마신 뒤 전화기로 향했다. 그리고 바톤 박사에게 전화를 걸었다.

"데이빗 맥카드예요. 바톤 박사님."

"오, 데이빗 그래, 어쩐 일이냐?"

"방금 아버지한테 신학교 사업에 대해서 들었어요. 제가 박사님을 도와드릴 수 있을 것 같다고 말씀하셔서요."

"그렇고말고." 바톤 박사의 목소리는 의식적인 반가움을 표하고 있었다.

"방금 부지 몇 군데를 알아보던 중이었단다. 그게 첫 번째 과제 아니겠느냐, 그렇지? 장소가 중요하니까. 도심지에서 좀 벗어난 평화로운 곳이어야 하겠지. 다만 기차 역과 너무 떨어져도 안 되고, 현실적 요소와 영적인 요소가 결합된 장소여야 하지. 그렇지, 데이빗? 지금 내가 있는 서재로 오거라, 얘야. 여기서 내가 얼마나 혼란의 안개에 휩싸여 있는지 보거라. 와서 내 생각을 들어준다면 기쁘겠구나."

"그럼요, 박사님. 곧 찾아뵐게요."

데이빗은 전화를 끊고 이층으로 향하는 넓은 계단을 천천히 올라갔다. 집은 무덤처럼 고요했다. 이렇게 볕 좋은 날에 외출할 일이 생겨서 즐거웠다.

✢

바톤 박사의 사무실 공기는 따뜻했고, 불을 피웠는지 약간의 향 냄새도 풍겼다. 가죽 정장의 오래된 책들과 프린터 잉크에서 아련히 풍기는 시큼한 냄새가 창 아래 탁자 위에 놓인 커다란 장미 그릇의 향기와 어우러져 방 안으로 흘러들었다.

"내 아내의 하루 일과 중에 하나지." 바톤 박사는 데이빗의 시선이 다시 장미꽃으로 향하는 것을 보며 말했다.

"저걸 보니 어머니가 생각나서요." 데이빗이 말했다.

"아, 우리 모두가 그분을 그리워하고 있단다." 비위를 맞추는 것 같은 느낌 없이 바톤 박사가 대답했다.

"하지만, 얘야. 과거는 덮어두려무나."

"어머니는 과거에 속한 사람이 아니에요." 데이빗이 말했다.

"아, 그렇지, 그럼." 바톤 박사가 부리나케 답했다.

"이제 일 얘기를 해볼까, 데이빗? 사랑하는 어머니 얘기를 더 하고 싶다면 다그치고 싶은 생각은 없다만……."

"아니에요. 그저 장미꽃이 너무 아름다워서 그랬어요. 그뿐이에요." 데이빗은 의자를 책상 쪽으로 끌어당겨서 바톤 박사가 준비한 서류들을 살펴보았다.

"보다시피," 바톤 박사가 말했다. "아직 결론이 나지 않았단다. 도시 북서쪽 여기에 괜찮은 부지가 있기는 한데, 땅값은 약 1만 불이고. 멋진 빌딩들이 들어설 만한 곳이지. 오늘 직접 보고 오는 게 어떻겠느냐? 그러면 금요일 오전에 네 아버지와 점심을 들 때, 내가 한 일에 좀 더 힘이 실릴 수 있을 것 같은데……. 말하자면 일의 진척 상황을 보고하는 거지. 어깨가 아주 무겁단다."

"네, 직접 가서 보고 싶은데요. 이 지도를 가져가도 될까요?"

"물론이지." 바톤 박사가 말했다. 솔직히 그는 이 진지한 청년이 굳이 돕겠다고 나선 것이 탐탁지 않았다. 그럼에도 이 청년은 막강한 후원자의 아들인 만큼 따뜻한 예우를 잊어서는 안 됐다. 그는 왜 맥카드가 아들을 시켜 자신을 돕도록 했는지 궁금했다. 혹시 성직자의 현실적인 판단력을 믿지 못하는 걸까? 바톤 박사는 손목시계를 보았다.

"45분 후에 기차가 있단다. 그걸 타고 가면 정오 전에 도착할 게다. 한 시간이면 가지. 역에 도착하면 마차 대여업자한테 물어보렴. 그리 멀지 않으니 30분 정도 말이나 일인승 마차를 타면 도착할 게야. 아, 근처에 오래된 농장이 하나 있지. 거기로 가서 밀러스 크릭Miller's Creek이 어딘지 물어보거라. 돌아오는 기차는 다섯

시에 있고."

데이빗은 지도를 들고 잠시 꼼꼼하게 살폈다. 들어온 지 얼마 되지도 않았는데 너무 빨리 나가는 것 같아서였다. 그는 지도를 접어 호주머니에 넣고 이렇게 물었다.

"아버지 계획에 대해서는 어떻게 생각하세요, 바톤 박사님?"

바톤 박사는 놀란 표정이었다.

"아주 고귀한 계획이지." 그는 말을 이었다.

"젊은 기독교 지도자를 양산하는 최고의 교육 기관이라니."

"아버지는 현실적인 선교 부분을 강조하셨어요."

데이빗이 말했다.

"오, 그렇지."

바톤 박사는 곧바로 유연하게 그 말에 동의했다.

"옳은 발상이고말고. 선교사들이야말로 교회의 투사들이지. '세상으로 나아가라'는 기치 아래 복음을 전파하고, 공의로움을 가르치고, 참된 믿음을 드러내 보이는 사람들이지. 지금은 바야흐로 확장의 시대란다. 우리나라가 신의 인도 아래에서 앞장 서 나아간다면 결코 실패할 수 없는 사명이라고 생각한다."

데이빗은 손을 주머니에 넣고 편안한 의자에 등을 기대고 앉아서 영양 상태가 좋아 보이는, 말끔히 면도된 바톤 박사의 얼굴을 강렬하고 사려 깊은 눈빛으로 바라보았다. 지금 이 시점에서 적당한 부지를 못 찾을 경우를 논하는 건 적합하지 않을 것 같았다. 만일 그런 일이 생기면 나중에 아버지와 얘기를 나누면 될 것이다. 데이빗은 바톤 박사가 자신을 잠재적인 적수로 바라보고 있으며, 아버지와의 사이에 누군가 끼어드는 것을 원치 않는다는 사실을 본능적으로 꿰뚫고 있었다. 데이빗은 자리에서 일어섰다.

"기차를 타려면 지금 일어나야 할 것 같군요."

바톤 박사는 여전히 걱정이었다.

"얘야, 다녀온 다음 어땠는지 내게 직접 이야기해주겠니? 네 아버지께는 내가 책임자라서 말이다."

"물론이죠." 데이빗이 말했다.

"저는 단지 박사님을 돕는 것뿐이에요."

두 사람은 악수를 나누었다. 데이빗은 후덥지근한 향기가 감도는 답답한 서재를 나와 상쾌한 바깥 공기를 마셨다. 근래에 보기 드문 날씨였다. 바다로부터 바람이 불어와 거리의 먼지와 열기를 거두어갔다. 데이빗은 역으로 향했고, 나중에 언덕 위에서 점심으로 먹을 샌드위치 두 조각을 살 수 있을 만큼 넉넉한 시간에 역에 닿았다. 이 시간 열차 객실은 텅 비어 있었다. 그는 창 옆에 자리를 잡았고, 빠르게 스쳐가는 빈민가옥들과 더러운 거리들을 바라보며 뭄바이의 혼잡한 도로와 먼지 날리는 불결한 마을들과 비교해보았다.

왜 아버지는 자기 대문에서 5마일도 안 떨어진 이곳, 이방인들의 땅과 다름없는 이곳을 놔두고 굳이 인도와 중국, 또는 다른 외국에 선교사들을 보내시려는 걸까? 데이빗은 그 대답을 너무 잘 알고 있었다. 아마 아버지는 예전에도 종종 그랬던 것처럼, 부유한 나라에서는 게으름이 유일한 가난의 이유라고 답할 것이다.

또한 그 증거로 자신을 내세울 것이다. 만일 그가 가난하지 않았더라면, 시골 목사의 아들이 아니었다면, 어떤 도움도 없는 상황에서도 자신을 스스로 끌어올리겠다고 다짐하지 않았더라면, 과연 오늘날처럼 세계적인 부호가 될 수 있었겠냐고 말이다. 아버지에게 이것은 자유주의 기독교 국가에서라면 누구나 할 수 있는 일이었다.

"하지만 나라면 과연 어땠을까?"

데이빗은 스스로 되물어보았다. 그리고 자신은 오물더미 같은 방에서 태어났다면 결코 아버지처럼 될 수 없을 것이라고 생각했다. 데이빗은 불결한 방 한 칸짜리 가옥들을 유심히 바라보았다. 그 안에는 꾀죄죄한 아이들, 초라한 옷차림의 여인네들, 수염 덥수룩한 남자들, 그리고 부서진 가구들이 있었다. 만일 저런 곳에서 태어났다면 그는 결코 자신을 가난의 굴레에서 탈출시키지 못했을 것이다. 또한 누가 그런 운명에 갇힌 그를 구제하러 왔겠는가? 아무도 오지 않았을 것이다. 지금도 저들을 구하러 오는 사람은 아무도 없지 않은가.

데이빗은 자기 힘으로는 해결할 수 없는 문제들로부터 불편한 마음을 돌렸다. 곧 우중충한 가옥들이 사라지고 쾌적한 시골길이 등장했다. 다행히 인도의 시골길보다는 훨씬 보기 좋았다. 작열하는 열기 아래 먼지만 뿌옇게 날리던 건조하고 버려진 들판들! 그보다는 누렇게 익어가는 곡식과 나무와 풀들, 그리고 평화로워 보이는 농장들, 수확물을 저장해둔 창고들, 아이들이 신나게 뛰어놀 공간이 있는 이곳이 훨씬 보기에 즐거웠다.

만일 기독교가 현실적인 종교라면, 어째서 이 아름다운 자연에 방치된 빈민가옥을 철거하지 않는 걸까? 데이빗은 종종 아버지가 빈민가옥들을 철거해서는 안 된다고 말하는 것을 들었다. 아버지는 이 집들이 철거돼도 거기에 또 다른 건물들이 들어설 것이라고 했다. 다야와 아버지는 서로 다른 방식이긴 해도 닮은 점이 있었다.

아마 다야는 중요한 사안은 빈민가옥 자체가 아니라고 할 것이다. 그건 인간의 운명일 뿐이고, 인간의 거처는 덧없는 것이며, 왜 빈민가옥이 호화저택만큼 적합한 거주지가 될 수 없는지 어떤 근거도 찾을 수 없다고 말하리라. 심지어 다야는 이에 대한 반박도 크게 고려하지 않을 것이다.

"하지만, 다야, 호화저택에 살고 있는 네가 빈민가옥을 살기 괜찮은 곳이라고 말하는 건 아주 쉽지. 너는 평생 동안 그런 데서 살 일이 없으니까."

그러면 다야는 그 특유의 웃음과 함께 이렇게 말했을 것이다.

"그래, 나는 호화주택에서 태어났고 내가 태어난 곳에서 살아갈 뿐이야. 만일 내가 빈민가옥에서 태어났다면 거기에서 평생을 살아가겠지. 호화주택과 빈민가옥의 차이는 내게 아무 의미가 없어. 내가 신과 함께 있는 이상."

데이빗은 아버지가 가난을 축출하려고 들지 않는다는 걸 잘 알았다. 아버지에게 가난은 게으름에 적합한 징벌이었다. 제대로 된 종교를 가진 문명사회에서는 평등한 기회가 주어지며, 그러니 자신 같은 남자들은 얼마든지 성공할 수 있으며, 또한 노동력을 제공하지 않고 기회를 활용하지 않는 사람들은 잉여 인간, 찌꺼기, 무용한 존재나 다름없다는 것이 그의 지론이었다. 데이빗은 다소 모진 마음으로 아버지에게는 복음과 다름없는 한 문장을 떠올렸다.

'신은 강한 자의 편에 서 있다.'

아마 아버지의 말이 옳을지도 모른다. 누가 이걸 틀렸다고 반박할 수 있겠는가? 전쟁에서 승리는 늘 강한 자의 편에 서고, 경주에서 승리는 늘 빠른 자의 편에 서게 마련이다.

3장

올리비아

 오후 서너 시쯤, 데이빗은 언덕 꼭대기에서 허드슨 강을 향해 내려오고 있었다. 그 강은 시내와 떨어진 곳에 위치한 넓고 잔잔하게 흐르는 강이었다. 말을 빌리는 대신 걷기로 한 탓에 데이빗은 더위에 기진맥진한 상태였다. 아침의 시원한 공기는 이내 불타는 태양 아래에서 정체된 하얀 열기로 변했다. 강에 들어가서 수영하고 싶은 마음이 굴뚝같았다.
 그때 데이빗은 바튼 박사가 언급한 장소를 발견했다. 멀리 강의 전망이 펼쳐져 있고 높은 산들로 둘러싸인, 야트막한 언덕 위의 아름다운 곳이었다. 하지만 주민 거주지와는 멀리 떨어져 있어서 다소 외지고 적막한 느낌이었다. 데이빗은 풀밭 위의 회색 바위에 기대 앉아 다리를 쭉 펴고 샌드위치를 먹었다. 그는 이곳에 빌딩이 세워지고, 그 안에서 사람들과 청년들과 교수들이 어울리는 모습을 상상해보았다. 그건 학교라기보다는 수도원에 가까웠으며, 뭄바이의 번잡한 거리와 뉴욕의 빈민가옥과는 너무 동떨어진 세계였다. 데이빗은 그 학교가 어머니에 대한 기념물이라는 사실보다도, 그에 대한 총체적인 아이디어가 거슬리기 시작했다.

사람들은 신에 대해 무얼 배웠나? 거듭난다는 말은 어떤 의미인가? 땅과 하늘의 메시지를 흡수하는 건 쉽겠지. 이런 높은 장소에서는 모든 게 아주 신성하게 들릴 테니까. 하지만 이런 목가적인 학교생활에서 배운 것들을 과연 졸업한 뒤에도 효과적으로 사용할 수 있을까?

데이빗은 자신의 종교 학습 경험을 곰곰이 반추해보았다. 유감스럽게도 지금은 그 어떤 것도 유효하지 않았다. 주일학교의 상투적인 일과, 교회 예배, 사립 고등학교와 대학교에서 드리는 예배 등 그 어디에서도 신을 경험했다고 말할 수 없었다. 비록 열여섯 살이 되어 부모님이 다니는 교회에 등록을 하긴 했지만, 그건 단지 그렇게 하는 것이 옳거나 적절한 행동이라고 믿었기 때문이다. 즉 멀쩡한 정신을 가진 사람이라면 온당 그래야 하는 일을 한 것뿐이다.

데이빗은 타고난 반항아는 아니었다. 그의 삶에는 반항할 만한 일도 없었고, 그는 어머니가 돌아가시기 전까지만 해도 삶이 나쁘지 않다고 생각해왔다.

데이빗은 샌드위치를 먹고 나자 풀밭에 누워 두 팔을 머리에 베고 눈을 감았다. 그리고 어머니를 생각했다. 어떤 형태로건 어머니가 살아있지 않다고는 믿을 수 없었다. 죽었다고 믿기에는 너무 생동감 넘치고 긍정으로 가득 차 있고, 너무 명랑한 창조물인 어머니! 그러니 차라리 살아있다고 믿는 편이 더 쉬웠다.

이 순간 어머니가 어디에선가 그를 내려다보고, 그가 무슨 생각을 하는지 살피고 있을지도 몰랐다. 어머니는 항상 본능적으로 데이빗의 생각을 꿰뚫어보곤 했다. 요즘에는 많은 사람들이 정신감응에 대해 얘기하지만, 어머니의 그것에는 사람들이 얘기하는 그 이상의 것이 있었는지도 모른다.

믿음은 뒤집으면 무지를 의미한다. 뭔가에 대해 알 방법이 없다면 그걸 부인하는 것만큼이나 믿음을 가지는 것 또한 현명한 일이었다. 과학조차 한계투성이가 아닌가. 이제까지 과학은 오로지 화학과 물리적인 힘만을 다뤄왔다. 어쨌든 사람은 선택이라는 것을 하며 살아갈 수밖에 없었다.

뜨거운 햇살이 그의 몸 위로 쏟아지고 바람은 잦아들었다. 한 시간 정도 잠에 빠져 있던 데이빗은 더위와 목마름 때문에 깨어났다. 하지만 여전히 꼼꼼한 몸가짐을 유지한 채 이곳이 정말 누구라도 흡족할 만한 아름답고 매력적인 장소인지, 바톤 박사의 판단에 동의해야 할지 마음의 결정을 내리기 위해 다시 한 번 언덕 정상 주변을 돌아보았다. 낮은 산들 사이 골짜기 너머로 빛나는 강의 넓은 은빛 능선이 그의 마음을 사로잡았다. 이 언덕 밑으로 1,2 마일 정도만 걸으면 그곳에 닿을 수 있을 것 같았고, 철로도 가까워서 남쪽으로 조금만 내려가면 바로 역이 있었다. 데이빗은 작은 오솔길을 발견하고 그 길을 따라가다가, 그리고 길을 벗어나 나무들을 헤치고 나아가다가 위에서는 미처 보지 못했던 완만한 절벽 위의 평평한 지대에 이르렀다.

그곳은 다듬어지지 않은 넓은 잔디가 펼쳐져 있었는데, 그 잔디 가운데에 굉장히 크고 심지어 웅장해 보이기까지 하는 집 한 채가 서 있었다. 그 집에는 사람이 살고 있는 듯했고, 지붕과 바닥 사이에 세운 르네상스 스타일의 거대한 기둥 뒤 현관 입구에 의자들이 놓여 있었다. 하지만 그 웅장함에도 불구하고 집은 관리가 소홀했다. 테라스는 양쪽으로 움푹 들어간 정원에 닿아 있었고, 장미 덤불은 너무 높이 자라 있었으며, 고독한 공작새 한 마리가 꼬리를 접어 질질 끌며 이층 테라스 가장자리를 유유히 걷고 있었다.

데이빗은 좀 더 집 가까이 다가갔다. 인기척은 없었지만 넓은 대문은 활짝 열려 있었다. 이곳은 실로 굉장한 부지임이 분명했고, 불과 1,2백 미터 안팎 지점에서 서쪽으로 완만하게 굽이치며 흐르는 강이 더한 장관을 연출하고 있었다. 그때 데이빗을 본 공작새가 고개를 쳐들고 날카로운 울음소리를 내지르기 시작했다. 공작새는 작은 대가리를 쭉 빼고 꼬리를 바짝 치켜들었다. 그와 동시에 데이빗은 정원에서 들려오는 한 소녀의 음성을 들었다.

"오, 파일럿, 조용히 해!"

그녀가 자리에서 일어서는 순간, 데이빗은 아주 날씬하고 예쁘게 생긴 소녀를 보았다. 그녀 또한 데이빗을 발견하고는 흙 묻은 손에 흙손을 든 채로 그를 향해 걸어왔다. 머리카락을 걷어내느라 쓸어 올린 이마에도 역시 진흙이 묻어 있었다.

"안녕하세요." 그녀가 말을 걸었다.

"무슨 용건이시죠?"

"강을 찾고 있어요." 데이빗이 말했다.

"수영을 좀 하고 싶어서요."

"그러면 저쪽으로 가셔야 해요."

그녀가 흙손으로 방향을 가리켰다.

"가다보면 낡아서 덜컥대는 나무 계단이 나올 거예요. 그 바로 아래가 강이에요. 만일 계단이 못미더우시면 절벽을 미끄러져 내려가는 수밖에요. 그렇게 가파르지는 않거든요."

"고맙습니다." 데이빗은 인사를 한 뒤에도 자리를 뜨지 않고 서 있었다. 소녀가 그의 상상력을 부채질하고 있었다.

"집이 정말 아름답군요." 데이빗이 말했다. 소녀는 그를 향해 다가와 어느 정도 거리를 두고 섰다.

"아름답죠, 그렇죠?" 그녀가 맞장구쳤다.

"우리 집이에요. 아버지가 돌아가신 후로 겨울에는 비워두죠. 하지만 봄이 되면 어머니와 될 수 있는 한 서둘러서 와요. 화단 꼴을 잘 갖춰놔야 하거든요. 그런데 원하는 모양을 내기도 전에 벌써 7월이 와버렸네요."

데이빗은 호기심을 억눌렀다. 혹시 도움 받을 사람이 없다는 말일까?

"일이 꽤 힘들 텐데요." 데이빗이 말했다.

"저라면 혼자서는 하지 않겠습니다. 이웃은 없습니까?"

"없어요." 그녀는 짧게 대답했다. 그리고는 잠시 다른 생각에 잠긴 듯 치아로 발그스름한 아랫입술을 새초롬하게 짓눌렀다. 소녀의 예쁜 입술은 작긴 했지만 거의 완벽한 윤곽을 그리고 있었다. 올

올리비아

리브 빛깔의 고운 피부는 티 한 점 없었고, 짙은 갈색 눈동자는 맑게 빛났다. 생머리는 뒤로 바짝 올려 묶었다. 흙손을 든 앙증맞은 손은 방금 일을 해서 그런지 심하게 긁힌 자국에 온통 흙투성이였다.

"이 집을 팔려고 내놨어요." 그녀가 불쑥 말을 꺼냈다. 아, 이 아가씨가 하려던 말이 이거였구나, 데이빗은 생각했다. 그녀는 계속 이 말을 할까 말까 망설이며 서 있었던 것이다. 데이빗은 소녀가 이 집을 지극히 아낀다는 것을 느낄 수 있었다.

"꽤 아끼시는 집 같은데, 안됐군요."

데이빗이 진지하게 말했다.

"아, 이젠 소용없는 걸요, 뭐!" 그녀는 갑자기 비명을 지르듯 소리치더니 흙손을 땅 위로 툭 던졌다.

"어머니도 우리가 이 집을 제대로 관리할 수 없다는 걸 잘 알고 계세요. 어머니는 집안일을 돌보시고 저는 정원 일을 맡고 있지만, 둘 다 힘에 부쳐요. 예전에는 일하는 사람만 여섯을 두고 살았거든요. 사람이 그렇게 많았는데도 항상 다들 분주했죠."

"상상이 가는군요." 데이빗은 그녀가 혹시 울음이라도 터뜨릴까 조심스럽게 말했다.

"저희도 메인 주에 이곳과 비슷한 집이 있어요. 어머니가 돌아가시고 난 뒤로는 가고 싶은 생각이 들지 않아요."

순간, 어떤 생각 하나가 데이빗의 뇌리를 스치고 지나갔다. 이 집을 팔 생각이라면, 아버지가 이걸 사서 학교로 개조하는 건 어떨까? 이보다 더 좋은 장소는 없었다. 오래된 나무들은 아주 근사하게 가지를 뻗었고, 정원은 다시금 식물들이 잘 자랄 수 있도록 준비되어 있었다.

또한 관리가 덜 된 상태이긴 했지만, 그 주변은 생명력으로 가득 차 있었다. 게다가 그렇게 외진 곳도, 황무지 같은 곳도 아니었다. 이제껏 사람들이 살아왔고, 앞으로도 살아갈 수 있는 장소였다.

"실은요," 데이빗이 소녀를 향해 말했다.

"좀 성급하게 들리겠지만, 제 아버지가 어머니를 기념하기 위한 신학교를 지을 부지를 찾고 계시거든요. 그런데 지금 제 머릿속에 이 장소가 제격일 수 있겠다는 생각이 듭니다. 진짜 이 집을 파시겠다면요."

소녀는 짙은 눈망울로 데이빗을 뚫어져라 쳐다보았다.

"안 파실 건가요?" 데이빗이 미소를 머금고 말했다.

"너무 놀라서요." 소녀가 마침내 말했다.

"저는 요즘 신을 원망하는 것도 모자라 협박까지 하고 있었어요. 너무 절망적인 상태라서요……. 저는 이번 여름이 이곳에서의 마지막 여름이라는 걸 잘 알고 있어요. 어머니도 더는 일하실 수 없고, 저도 혼자서는 도저히 불가능하고요. 하지만 어쩌겠어요? 저희는 직업을 가지고 돈을 벌어 생계를 유지하는 법을 배운 적이 없는 걸요. 그래서 신께 기도했죠. 지금 저를 도와주지 않으신다면, 앞으로는 절대 기도도 안 하고, 다시는 신을 믿지도 않을 거라고요. 그 순간 파일럿이 갑자기 소리를 지른 거예요."

"많은 기도들이 우연처럼 응답을 받곤 하죠." 데이빗은 적절한 말을 찾기 위해 주저하며 말했다. 지금 소녀는 막막함 앞에서 감정이 격해져 있었다. 데이빗이 말을 이었다.

"신이 제 기도에도 응답하셨다고 말하고 싶군요. 아버지께서 원하시던 장소를 발견했으니까요."

이 시점에서 데이빗의 타고난 꼼꼼함이 되살아났다. 하지만 집값 같은 건 그가 신경 쓸 문제가 아니라는 생각이 들었다. 그로서는 돈 이야기를 하거나 그 사안에 골몰할 필요가 없었다.

"안으로 들어오세요." 소녀가 말했다.

"방들을 보고 싶으시죠? 전부 스무 개예요. 꽤 크답니다."

"우선 저를 소개할게요. 전 데이빗 맥카드입니다."

"저는 올리비아 데사드예요."

그녀는 흙으로 범벅이 된 오른손을 내밀었다. 데이빗은 그 손을 잠시 잡았다가 놓았다.

"어머니께서 당신을 보시면 기뻐하실 거예요. 그간 집을 찾는 손님이 없었거든요."

그녀는 벽돌 길을 따라 그를 안내하면서 기둥 아래 넓은 현관으로 향하는 계단을 올라갔다. 안으로 들어서자 집 전체를 가로지르며 직선으로 뻗은 웅장한 복도가 나타났다. 널찍한 테라스로 향하는 문이 활짝 열려 있어서 구불구불하게 흐르는 강물이 한눈에 내다보였다. 그녀가 손짓을 하며 말했다.

"응접실에서 잠깐만 기다리세요. 어머니를 모시고 올게요."

데이빗은 웅장한 기운이 점차 잦아드는 공간으로 들어섰다. 프랑스산 마호가니 가구들과 주단으로 장식된, 마치 박물관 같은 곳이었다. 먼지를 깨끗하게 닦은 가구들이 질서정연하게 서 있고, 중앙의 탁자 위에는 흰 백합 그릇이 놓여 있었다.

데이빗은 등받이가 높은 의자에 앉아서 기다렸다. 유리창은 천장에서 바닥까지 뻗어 있었고, 방 끝에는 대리석으로 만든 벽난로 선반이 프랑스 화가 와토의 작은 조각상들을 떠받치고 있었다. 그는 이곳이 애정이 가득 담긴 장소라는 것을 한눈에 알아보았다. 주변을 둘러볼수록 그 생각은 더 확고해졌다.

그때 발자국 소리가 들려오더니 다소 피곤해 보이지만 표정은 도도한 잿빛 머리카락에 몸집이 아담한 부인이 올리비아의 손을 잡고 나타났다.

"제 어머니세요. 맥카드 씨."

"데사드 부인," 데이빗이 손을 내밀어 부인의 약간 부은 듯한 작고 뜨거운 손을 잡았다. 설거지를 하다가 왔거나 뭔가를 닦다가 왔는지 손에서 비눗기 같은 것이 느껴졌다.

"올리비아가 너무 서두르는 바람에," 데사드 부인이 높은 음색으로 말했다.

"손을 말릴 겨를도 없었네요. 손이 좀 축축해도 이해해주세요."

데이빗은 곧바로 본론으로 들어가기로 마음먹었다.

"따님으로부터 부인과 이 집에 대해서 들었습니다. 손수 관리하고 계시다니 정말 존경스럽습니다."

데사드 부인은 공단으로 덮은 의자 위에 앉았다.

"종교적인 이유로 이 집을 사고 싶으시다고요? 저로서는 아주 기쁜 소식이군요. 비록 최근 몇 년간 믿음을 혹독하게 시험 받긴 했지만, 저도 늘 신앙 속에서 살아왔지요. 주님은 언제나 은밀한 방식으로 역사하십니다. 아마 이 또한 주님의 섭리가 아닐까요."

그녀는 갑자기 말을 멈추었다. 돌연 그 눈에 눈물이 가득 차올랐다. 그녀는 고개를 가로저었다.

"오, 미안해요. 사랑하는 남편이 죽은 후로는……."

그녀는 다시 말을 멈췄다.

"데사드 양으로부터 말씀 들었습니다." 데이빗이 부드럽게 말했다. 그때 올리비아가 불쑥 말을 꺼냈다.

"혹시 부친께서 데이빗 하드워드 맥카드 씨가 아니신가요? 어머니께서 물어보셔서요."

데이빗은 그녀 쪽을 보며 마지못해 답했다.

"예, 맞습니다."

"신문 부고란에서 당신 어머님에 대해서 읽었어요." 데사드 부인이 말했다. 갑작스럽게 튀어나온 화제가 그녀로 하여금 마음 편히 눈물을 흘릴 수 있게 해주었다.

"아마 예전에 한두 번인가 아스토 씨 파티에서 뵌 적이 있을 거예요. 하지만 우리는 거의 외국에서 살았죠. 제 남편은 프랑스인이었거든요. 그이 집안은 가톨릭 신자는 아니었고, 위그노* 사람들이었지요. 네덜란드 외에는 이민을 간 적 없지만요. 그리고는 다시 돌아왔지요. 남편이 뉴욕과 파리에 사업체를 가지고 있었거든요. 올리비아는 우리 부부의 외동딸이랍니다. 한 번 어린 아들을 잃은 적이 있긴 하지요."

"어머니. 맥카드 씨는 우리 가족사에 관심이 없으세요."

올리비아가 말했다. 하지만 데사드 부인은 고개를 꼿꼿이 치켜들고 말했다.

"올리비아, 맥카드 씨도 분명히 알고 싶으실 거다. 이 집 사람

---

* 16-17세기 경의 프랑스 신교도

들이 어떤 사람들인지 아버지께 전하고 싶지 않겠니. 그건 중요한 일이란다. 맥카드 씨, 우리 바깥양반이 불가피하게 파산하지만 않았어도 아마 우리는 지금처럼 살지 않았을 거예요. 물론 파리에서 살았겠지요. 거기에 올리비아의 할아버지께서 물려주신 작은 집이 한 채 있지요. 하지만 올리비아는 미국이 좋다는군요. 프랑스에서는 살지 않겠답니다."

"저는 이 집이 너무 좋은 걸요." 올리비아가 고집스럽게 말했다. 그러자, 자주 이 일로 티격태격해왔는지 데사드 부인이 못 참겠다는 듯이 말했다.

"얘야, 나도 그 마음 안다. 나도 같은 심정이야. 하지만 어쩌겠니?"

올리비아는 데이빗 쪽으로 몸을 재빨리 돌리더니 말했다.

"나중에 저희가 이 집을 방문해도 괜찮을까요?"

데이빗은 웃으며 말했다.

"물론이죠. 하지만 아직은 제 집이 아닙니다. 아버지의 결정이 남아 있으니까요."

이제 가봐야 할 시간이었다. 각자 고집스러운 면이 있는 것 같은 이 두 여인으로 하여금 벌써 이 집이 팔렸다고 생각하게 만들면 안 될 것 같았다. 데이빗은 자리에서 일어나 두 여인에게 차례로 손을 내밀었다.

"안녕히 계십시오, 데사드 부인. 잘 있어요, 데사드 양."

"아, 아직 방을 못 보셨잖아요." 올리비아가 소리쳤다.

"그렇군요. 하지만 나중이 좋겠어요. 아버지께서 결정을 내리신 다음에……."

"아뇨. 지금 보셔야 해요." 올리비아가 다급하게 외쳤다.

"그래야 저희도 이 집을 팔겠다는 마음을 고쳐먹지 않을 것 같아요."

올리비아가 벌써 걸음을 떼는 바람에 데이빗도 뒤를 따를 수밖에 없었다.

"여기는 거실이에요." 올리비아가 닫힌 문을 열며 말했다.

"여기는 식당이고요. 집 반대편엔 서재가 있고, 그 뒤편은 무도장이죠. 주방으로 연결되지만 그건 다른 건물들에 있어요. 그 건물들 위층에는 하인들이 살았고요."

데이빗은 큼직큼직한 공간들을 하나씩 살펴보았다.

"이 집을 지은 사람은 완벽한 비율 감각을 갖춘 이였던 것 같군요." 데이빗이 말했다.

"눈치 채셨어요?" 올리비아가 신이 나서 말을 이었다.

"이 집은 제 아버지의 작품이에요. 결혼하셨을 때 어머니를 위해 지으셨죠. 아버지는 언젠가 미국으로 거처를 옮기리라 생각하셨어요. 그래서 프랑스에 있는 재산을 처분해서 어머니를 위해 이 집을 지으신 거예요. 물려받은 재산으로는 집안 내부를 장식하셨고요. 고아였던 어머니는 외할머니와 함께 살았고요. 혹시 아세요?"

올리비아가 뉴욕의 한 저명인사 이름을 언급했다.

"그럼요, 알고말고요."

데이빗이 존경심을 담아 말했다.

"그분이 바로 제 외할머니시고, 외할머니는 어머니 가문의 마지막 후손이세요." 올리비아가 말했다.

"저는 물론 데사드 가문의 사람이구요. 이제 위층으로 올라가요."

 원추형 계단이 홀 양 끄트머리에 배치되어 있었다. 계단은 아래쪽으로는 지지대가 없는 것처럼 보였다. 데이빗은 오른쪽 계단을 따라서 빙 돌아 위로 올라갔다. 그곳에 방들로 통하는 묵직한 문들이 있었다.

 "이층에는 방이 여덟 개에요." 올리비아가 말했다.

 "그 위로 또 여섯 개의 방이 있고요. 아버지는 항상 대가족을 원하셨고, 손님들이 북적이는 걸 좋아하셨죠. 제가 꼬마였을 때 이 집이 어땠는지 아마 상상도 못하실 거예요. 우린 여기서 계속 살았죠. 아버지가 열차 역까지 가는 길을 닦으셨지요. 아마 다시 보수를 해야 할 것 같지만 노면 상태는 아직 괜찮아요."

 올리비아는 용모도 아름다웠고, 성격 좋고 똑똑하기까지 했다. 여느 여염집 여자들처럼 교양미가 넘치지는 않았지만 자세 또한 당당했다. 적어도 데이빗이 알고 있는 뉴욕 여자들이나, 5번가 저택의 딸들이나, 어머니의 친구 딸들과는 달랐다. 외국에서 교육을 받았을 수도 있겠지만 그런 것 같지는 않았다. 어쩌면 학교 대신 부모님 밑에서 교육받으며 자랐는지도 몰랐다. 데이빗은 최근 몇 년간 사교계에 진출한 여성들 중에 그녀가 끼어 있는지 확신할 수 없었다. 그 무렵 그는 집에서 멀리 떠나 있었기 때문이다.

 "여기가 제 방이에요." 올리비아는 방문을 열며 말했다. "세상 어디에도 비할 수 없는 곳이죠."

 데이빗은 약간 수줍음을 타며 방을 살폈다. 여자 방을 본 건 이번이 처음이었다. 강해 보이는 젊은 여인의 방 치고는 묘하게 여성적인 분위기가 물씬 풍겼다. 방은 전체적으로 분홍빛이었고,

카노피 침대 양 옆으로는 장밋빛 커튼이 드리워져 있었다. 창가에는 장미와 그물 모양의 망사가 놓여 있고, 바닥에 깔린 카펫에는 꽃문양이 그려져 있었다.

"아주 근사한데요." 데이빗이 말했다.

"저는 이 방을 정말이지 너무, 너무, 너무 사랑해요."

올리비아는 감정이 복받쳐서 말했다.

"당신이 계속 이 집에 살았으면 좋겠군요."

"하지만 그럴 수 없어요." 그녀는 위아래 입술을 지그시 누르더니 문을 급히 닫았다.

"어머니 방은 보여드릴 수가 없겠네요. 침대를 정리해놓지 않으신 타라 아마 싫어하실 거예요. 제가 정리하는 것도 싫어하시고요. 저는 밖에 나가기 전에 항상 여길 청소하죠. 제 방이 얼마나 깨끗한지 보셨죠? 저는 그런 여자라고요."

"더할 나위 없이 깔끔했습니다." 데이빗이 약간의 웃음기를 보이며 맞장구를 쳤다. 올리비아는 그 웃음이 거슬렸는지 얼굴을 살짝 찡그렸다.

"부엌은 보실 필요 없으실 거예요. 모든 게 잘 갖춰져 있어서 다시 고칠 일도 없을 거고요. 만일 사람들이 북적대지만 않는다면요."

"개조할 일이 생기면 그때 하면 되겠죠." 데이빗이 말했다.

두 사람은 아래층으로 내려왔다. 데사드 부인은 여전히 의자에 앉은 채로 머리를 푹신한 등받이에 기대고 잠들어 있었다.

"오, 가여운 우리 엄마." 올리비아가 속삭였다.

"어머니는 늘 피곤해 하세요. 우리는 정말로 이 집을 팔아야 해요. 다시 그런 생각이 간절해지네요. 오늘 당신이 여기 와주셔서 얼마나 신께 감사한지 몰라요. 당신 덕에 제 결심을 굳힐 수 있었어요."

두 사람은 까치발을 하고 살금살금 집을 빠져 나왔다. 데이빗은 테라스에 서서 강을 바라보았다. 그때 올리비아가 갑자기 질문을 던져왔다.

"당신은 종교적인 분인가요?"

"모르겠어요." 데이빗이 솔직하게 말했다.

"저도 잘 모르겠어요. 사실 아버지가 돌아가시기 전만 해도 종교적인 사람이 아니었거든요. 하지만 아버지의 죽음이 저를 그렇게 되고 싶도록 만들었어요. 만일 방법을 안다면요. 제 말은, 지금은 신을 믿고 싶어 하는 저 자신을 느낀다는 거예요. 정말로 믿고 싶어요."

"그렇군요."

데이빗은 그녀를 바라보았다. 그 짙은 눈망울에 열망이 고스란히 드러나 있었다. 데이빗은 이토록 순진하고, 동시에 어른스러운 여인을 한 번도 만나본 적이 없었다.

"우리, 친구가 될 수 있으면 좋겠어요."

데이빗은 그로서는 쉽지 않은 태도로 말을 꺼냈다.

"저도 그러고 싶어요." 그녀는 허심탄회하게 말했다.

"저는 한 번도 친구를 사귀어본 적이 없어요. 아버지가 살아계셨을 때는 늘 여기 저기 옮겨 다니느라 그럴 기회가 없었죠."

둘은 서로의 손을 꼭 잡으며 악수를 했다.

"다시 올게요." 데이빗은 약속했고, 테라스에 서서 자신을 바라보는 올리비아의 곁을 떠났다.

⚜

데이빗은 피곤에 지쳐서 늦은 시간에 집으로 돌아왔다.

"아버지는 어디 계세요?"

그가 문을 열면서 엔더비에게 물었다.

"서재에 계십니다, 도련님." 엔더비의 목소리는 꾸짖는 듯했다. "아버님께서 몹시 화가 나셨습니다."

데이빗은 곧바로 서재로 향했고, 걱정에 휩싸인 채 꿈쩍 않고 앉아 있는 아버지를 보았다. 데이빗은 그 부동의 공포를 잘 알고 있었다. 바로 어머니가 돌아가셨을 때, 그때도 아버지는 저렇게 앉아 있었다.

맥카드가 간신히 고개를 들었다.

"그래," 그의 목소리에는 힘이 없었다. 그는 호주머니에서 손수건을 꺼내더니 이마를 천천히 닦았다.

"늦었구나."

"많이 늦었죠." 데이빗이 말했.

"전화라도 드렸어야 하는데. 하지만 늦게 역에 도착하니 마지막 기차가 떠나려고 해서 그냥 올라탈 수밖에 없었어요. 돌아와서 말씀드리면 될 거라고 생각했어요."

"우선 씻고 식당으로 오거라." 맥카드가 말했다.

"음식이 좀 말랐을 게다."

"이렇게 기다리지 않으셔도 돼요, 아버지."

그 말에 맥카드는 대답 없이 천천히 걸어서 서재를 나갔다. 그는 격한 근심 때문에 기력이 쇠해져 있었다. 그의 풍부한 상상력은 일에서는 그토록 가치 있는 것이었지만, 가까운 이들에게는 재난과 다름없었다. 특히 레일라가 죽은 뒤 그에게 남겨진 유일한 혈육인 데이빗에게는 더 그랬다.

맥카드는 아내가 세상을 떠나리라고는 한 번도 상상해본 적이 없었다. 그럼에도 아내가 그렇게 가버리자 아들에 대해 더 예민해졌다. 그렇다고 데이빗을 무조건 감싸고 돌 수도 없었다. 그것은 자식을 망치는 지름길이었다. 맥카드는 자식을 열두 명 정도는 둬야 했던 사람이었다. 다만 지금 상황에서는 그 야심 찬 사업에 빨리 뛰어드는 것이 최선이었다. 바쁜 시간들이 그를 그 자신으로부터, 또한 그 상처입기 쉬운 마음으로부터 벗어나게 해줄 것이다.

식당에서 엔더비가 식탁 머리 쪽의 묵직한 참나무 의자를 끌어당긴 뒤 벨을 울려 수프를 가져오라는 신호를 했다. 그는 조용히 선 채로, 주인을 오래 기다리게 만들어서는 안 된다고 생각하는 중이었다.

맥카드는 부쩍 젊음을 잃은 것 같았다. 아내의 죽음이 그를 그렇게 만들었다. 주방장이 수프 그릇이 담긴 쟁반을 가져오자 엔더비는 은 국자로 그릇에 수프를 담아 주인 앞에 놓았다. 그때 데이빗이 물기 젖은 머리와 급하게 세수를 하느라 상기된 얼굴로 식당에 들어섰다.

"옷 갈아입느라 시간을 축내고 싶지 않아서요, 아버지."

데이빗이 미안한 투로 말했다.

"한 번 정도는 괜찮아." 맥카드는 무뚝뚝하게 말하고는 수프를 먹기 시작했다. 담백한 셰리주*를 넣은 훌륭한 맛의 묽은 쇠고기 수프가 긴장을 풀어주었다. 그릇이 비자 맥카드가 말했다.

"좀 더 먹겠네."

데이빗이 아버지를 향해 미소를 지었다.

"제가 오늘 온종일 뭘 했는지 아세요? 적당한 부지를 발견한 것 같아요. 물론 아버지가 보셔야겠지만요."

"바톤 박사한테 들었다." 맥카드는 여전히 담담하게 말했다. 데이빗이 서둘러 답했다.

"예, 맞아요. 박사님이 일러준 부지도 살펴봤어요. 그런대로 괜찮은 곳이었고요. 그런데 강에서 좀 더 가까운 곳에 또 다른 부지가 있었는데, 거기가 훨씬 좋아 보였어요. 이미 역까지 길이 닦인 데다 거기까지 3킬로미터 정도밖에 되지 않았어요. 그 길을 따라서 걷다보니 집 한 채가 보였어요, 아니, 대저택이라고 부르는 게 적당하겠네요. 그런데 그걸 팔려고 내놨다고 하더군요. 스무 개의 방에 웅장한 기둥이 세워진 현관, 아버지도 아시는 그런 종류의……."

"얘야, 쉬엄쉬엄 말하려무나." 맥카드가 막아섰다. 엔더비가 수프 그릇을 치우자 주방장이 생선 요리와 찐 감자를 가지고 들어왔다. 엔더비가 새 접시를 내려놓고 거기에 두 번째 코스를 담았다.

"자, 이제 오늘 본 걸 자세히 얘기해보렴."

맥카드가 말했다. 데이빗은 음식을 삼켰다. 그런 뒤 허드슨 강이

---

* 스페인 남부가 산지인 독한 백포도주

완만하게 돌아 흐르는 지점에 평평한 언덕이 있었고, 자기가 말하는 장소는 그 위에 세워진 집이라고 설명했다. 그런 뒤 그곳의 방들과 집 주변에서 자라고 있는 무성한 식물들, 기숙사 열두 개를 지을 수 있을 만큼 넓은 공간, 웅장한 홀, 거대한 참나무와 단풍나무, 그리고 허드슨 강이 내다보이는 전망 등을 상세히 설명했다.

"그 집의 주인이 누구라고?" 맥카드가 물었다. 그는 조용히 생선 요리 접시를 비운 참이었다. 엔더비가 그릇을 치우자 주방장이 이번에는 쇠고기 구이와 각종 야채 샐러드를 뚜껑 달린 은 그릇에 담아서 들어왔다.

"데사드 부인과 그녀의 딸이 살고 있어요." 데이빗이 말했다.

"데사드 부인은 아스토 씨의 집에서 어머니를 뵌 적이 있으시대요."

"데사드…… 데사드." 맥카드는 생각에 잠긴 채 말했다.

"어디서 이 이름을 들었지?" 하지만 생각이 나지 않았다.

"가족들은 본래 프랑스 사람이었다는데요. 물론 지금은 미국인이지만요." 데이빗이 말했다.

"데사드 씨는 사업이 몰락하고 난 뒤 세상을 뜨셨어요. 이후 모녀가 힘들게 생계를 이어왔고요. 파리에 작은 집이 있긴 한데, 올리비아는……."

맥카드가 순간 얼굴을 찡그렸다.

"올리비아?"

"아, 데사드 양이죠." 데이빗이 급히 말을 수정했다. 맥카드는 잠시 말없이 음식을 먹었고, 데이빗도 자기 접시에만 열중했다. 데이빗은 천천히 쉼 없이 음식을 먹었다. 반면 그의 아버지는 빠른 속도로 해치우며 다음 음식이 조금이라도 늦으면 안절부절못했다.

"바톤 박사를 보내서 그 장소를 살피도록 해야겠구나."

맥카드가 마침내 입을 열었다.

"아, 바톤 박사님께 먼저 말씀드렸어야 했는데." 데이빗이 말했다.

"쓸데없는 소리." 맥카드는 그럴 필요 없다는 듯 말했다.

"오늘 밤 그를 이리로 불러야겠다."

엔더비가 식탁 위 그릇들을 치우고 후식을 내왔다. 그는 휘핑크림을 얹은 딸기 쇼트케이크를 조심스럽게 그릇 위에 담았다.

"커피는 지금 드시겠습니까, 아니면 나중에 드릴까요, 나리?"

그가 맥카드에게 물었다.

"나중에 들겠네. 서재로 가져다주게. 바톤 박사에게 지금 올 수 있는지 전화해봐야겠어."

"예, 나리."

엔더비가 작은 소리로 답했다. 데이빗은 아무 말도 하지 않았다. 후식을 먹자 맥카드는 곧바로 자리에서 일어났다. 데이빗도 아버지를 따랐다. 레일라가 죽은 뒤로 두 사람은 응접실에서 커피 마시는 일을 그만두었다. 응접실 문은 늘 굳게 닫혀 있었다.

두 사람은 그 옆을 지나쳐 서재로 들어섰다. 주방장이 탁자 위에 엔더비가 준비한 커피를 놓았다. 맥카드가 수화기를 들었고, 잠시 후 바톤 박사와 통화가 이어졌다.

"가능하면 지금 오시지요." 맥카드는 명령하듯 말했고, 데이빗의 예상대로 바톤 박사는 그 명령에 응했다. 잠시 후 아버지가 말했다.

"좋아요. 박사를 위해 뜨거운 커피가 기다리고 있을 겁니다." 그는 그렇게 말하고는 전화를 끊었다.

"데이빗, 그 집 가격 얘기는 해봤느냐?"

"아니요. 그건 제 일이 아니라고 생각했어요. 아버지나 바톤 박사님이나 제가 그러는 걸 원치 않으실 거라고 생각했거든요."

"데사드, 데사드라……. 어디서 들었더라……."

그들은 침묵 속에서 커피를 마셨다. 맥카드는 자기 생각을 굳이 아들에게 말하지 않았고, 데이빗도 그날 하루 동안 벌어진 일들을 떠올리며 편안한 자세로 앉아 있었다. 몸은 피곤했지만, 마음은 오늘 내리쬐던 강렬한 태양과 맑은 공기, 아름답게 펼쳐진 풍광들로 인해 한없이 평화로웠다.

그는 인도를 떠난 뒤로는 한 번도 그런 시골을 방문한 적이 없었다. 그곳은 일종의 전혀 다른 별천지였다. 긍정적인 기운과 안정감으로 가득 찬, 휴식을 선사하는 장소였다. 그는 자신이 미국인이라는 것, 이런 땅에 태어났다는 것에 새삼 행복을 느꼈다. 그러고 나서 고민에 빠진 듯한 올리비아의 사랑스러운 얼굴이 떠올랐다. 작고 예쁜 입술과 길게 늘어뜨린 머리칼……. 그 머리칼은 풀면 허리까지 내려올 것 같았다. 데이빗의 어머니 레일라도 생전에 머리칼이 길었다. 올리비아처럼 새까맣지는 않았지만 짙은 색의 아름다운 머리칼이었다. 사실 두 사람은 무엇도 두려워하지 않을 것 같은 대담한 분위기 외에는 그다지 닮은 점이 없었다. 올리비아는 한 번도 시원하게 웃음을 터뜨린 적이 없었다. 어머니의 거부할 수 없는 매력 중에 하나가 바로 그런 웃음이었다. 올리비아는 그와 함께 있을 때 그런 웃음을 보여주지 않았다. 하긴 애지중지하던 집을 팔아야 하는 상황에서 웃음이 나올 리가 없었다.

"나리. 바톤 박사님께서 오셨습니다."

엔더비가 말했다. 곧이어 잿빛 머리칼의 잘생긴 목사가 친근한 미소를 머금고 들어왔다. 데이빗은 자리에서 벌떡 일어났지만, 맥카드는 앉은 채로 그와 악수를 나눴다.

"이렇게 금방 와줘서 고맙소, 바톤 박사."

"맥카드 씨께서 차를 보내주시는 한 언제라도 달려올 수 있지요."

엔더비는 새로 만든 커피를 잔에 따랐다. 맥카드가 고개를 돌리며 말했다.

"엔더비, 이제 돌아가서 쉬어요. 이제 우리가 알아서 할 테니. 데이빗이 바톤 박사를 배웅할 거요."

"예, 주인님. 안녕히 주무십시오."

"안녕히 주무세요." 데이빗은 아무 대꾸 없는 아버지 대신 엔더비에게 인사를 했다. 엔더비는 방을 나간 뒤 조용히 문을 닫았다.

"오, 데이빗."

바톤 박사가 데이빗을 돌아보며 유쾌하게 말했다.

"피부가 많이 그을렸구나."

데이빗은 정답게 웃으며 아버지를 바라보았다. 맥카드는 다시 말을 이었다.

"데이빗이 관심 가는 곳을 발견한 모양인데……."

이 말에 데이빗은 바톤 박사의 말끔히 면도된 얼굴을 유심히 살폈다. 아직까지는 어떤 불쾌한 낌새도 감지되지 않았다. 밝게 빛나는 푸른 눈동자는 흔들림이 없었고, 성직자다운 침착한 자세도 그대로였다.

"멋집니다. 아주 멋져요." 바톤 박사가 낮은 소리로 말했다. 데이빗은 그가 저토록 기뻐하는 건 학교가 빨리 문을 열수록 자기 자리도 빨리 마련돼서가 아닐까 의심했다. 하지만 곧 사심 없는 사람에게 괜한 의심을 가진다는 생각에 자신을 나무랐다. 데이빗은 아버지가 말을 끝내자마자 조급하게 입을 열었다.

"아버지, 데사드 양에게 다음 주에 방문하겠다고 편지를 쓸까요?"

그러자 맥카드는 다소 놀란 듯이 답했다.

"그러고 싶다면 그러려무나. 지금 막 바톤 박사에게 데사드 부인 앞으로 편지를 쓰라고 말하려던 참이었다."

"오히려," 목사는 유연한 태도로 말했다. "젊은 사람이 쓰는 게 좀 덜 딱딱하고 부드럽게 보일 것 같군요."

데이빗이 갑자기 화제를 바꾸었다.

"가는 길에 차마 눈뜨고 볼 수 없을 정도로 낡고 더러운 빈민 가옥들을 봤어요. 미국 땅이 아니라 인도에 있어야만 할 것 같은 집들이었죠."

"천만에," 맥카드는 말했다. "파크허스트 같은 사람들이나 그런 실수를 저지르지."

바톤 박사는 입을 다물었다. 파크허스트는 상류층 주거지에 위치한 장로교회의 담임목사로, 앞장서서 뉴욕을 깨끗이 만들자고 나서서 자기 명예를 손상시켰다. 다른 목사들은 그의 상서롭지 못한 움직임을 지켜보며, 그의 계획에 동참하기를 거부했다.

맥카드는 계속해서 말했다.

"우리 본성 안의 나약함을 제거할 수 있다고 믿다니 참으로 비현실적이야. 지금 내가 품은 비전에는 인간의 선을 넘는 무모한 계획이 없다. 나는 맥카드 신학교에 가장 유능하고 강한 젊은이들을 모집한 다음, 그들이 세계로 나아가 사람들을 감복시킬 생생한 복음을 전파하고 가르칠 수 있도록 교육시킬 게다. 내 목적은 모든 사람들에게 평등하게 기회를 제공하는 거다. 하지만 미국이건 인도건 어느 나라건, 그 기회에 반응하는 자는 소수일 테지."

"부름 받은 이는 많지만, 선택받는 이는 소수일지니……."

바톤 박사가 작은 소리로 말했다.

"바로 그 말입니다." 맥카드가 말했.

"하지만 중요한 사람은 바로 그 소수들이지. 세상을 변화시킬 사람들!"

데이빗은 고개를 번쩍 들었지만, 아버지는 아들을 보고 있지 않았다.

✣

그로부터 일주일 뒤, 맥카드는 데사드의 저택 테라스에 서서 강을 바라보고 있었다. 그는 아들의 상상력에 흡족함을 느꼈다. 부지는 더없이 아름다웠고, 집은 완벽했다. 맥카드는 무엇보다도 레일라를 기념하기 위해 이 대저택을 구한다는 것에 마음이 동했다. 주변에 새 건물들을 짓긴 하겠지만, 중심은 지금 이 높이 솟은 집이 되어야 했다.

그는 올리비아 데사드를 돌아보며 말했다.

"이 집을 사겠소. 만일 어머니께서 가구들까지 파실 의향이 있다면 그것도 사리다. 내 변호사가 오늘 여길 방문하든지, 아니면 시내에서 따로 만나도 괜찮소. 그건 그렇고, 데사드라는 이름이 익숙하긴 한데 도무지 생각이 안 나는군요. 부친께서 어떤 사업을 하셨다고 했지요?"

올리비아는 불그스름한 잿빛의 숱 많은 눈썹 아래 깊은 회색 눈동자를 들여다보았다.

"아버지는 서부에 땅을 갖고 계셨어요, 맥카드 씨. 굉장히 큰 땅이었죠. 거기서 소를 키우셨어요. 하지만 철을 선적해주던 철도사가 비용을 크게 인상하는 바람에 더 이상 선적을 할 수 없게 돼서 파산하고 말았어요."

순간 맥카드는 모든 걸 기억해냈다. 시카고가 종점인 그 작은 철로는 로키 산맥 동쪽으로 와이오밍 주 끝까지 뻗어 있었다. 그 회사는 맥카드가 흡수 합병한 아주 작은 회사들 중에 하나였다. 당시 맥카드는 입찰 경쟁이 끝날 때까지 운임 가격을 계속 내려서 합병에 성공할 수 있었다. 그런 뒤 그 작은 철도사를 헐값에 사들였다. 데사드는 올리비아의 아버지와 직접적으로 대면한 적은 없지만, 그 과정에서 그의 이름을 얼핏 들었다. 데사드의 회사는 맥카드 사를 상대로 소송을 건 회사들 중에 하나였고, 그들은 모두 패소했다.

맥카드는 자신의 앞에 단정한 와이셔츠 형태의 블라우스와 검정 스커트 차림으로 서 있는 이 소녀가 그 사실을 알고 있을까 궁금해졌다. 만일 알고 있다 해도 내색하지는 않을 것이고, 맥카드 자신도 그 사실을 떠볼 필요는 없었다.

운명이 그를 이곳 데사드의 집으로 이끈 것일까? 우연의 일치라고 하기에는 놀라웠다. 신의 섭리란 이런 것인가. 맥카드는 데사드의 미망인과 딸에게 관대한 태도를 취하기로 마음먹었다. 재판에서 승소했다는 죄책감이라기보다는, 할 수 있는 한 그러고 싶었다.

"어머니께서 차를 준비하시는 것 같던데 말이오." 맥카드가 불쑥 화제를 바꾸었다.

"네. 이쪽으로 오세요." 올리비아가 말했다.

그녀는 맥카드를 응접실로 안내했다. 데사드 부인과 바톤 박사는 이미 자리에 앉아 맥카드를 기다리고 있었다. 맥카드는 올리비아가 자신을 안내하자마자 자리를 떠서 데이빗과 함께 테라스를 벗어나는 것을 보았다. 두 사람은 서로 거리를 둔 채 걷고 있었다. 맥카드는 그 모습에서 어떤 의미를 찾아내려고 애쓰다가 곧 정신을 집중하기로 했다. 이곳에 온 건 어디까지나 거래 때문이었다. 그는 데사드 부인에게 말했다.

"괜찮으시다면, 부인, 오늘 제 변호사에게 부인께 전화를 드리라고 말할 참입니다."

"물론, 괜찮습니다. 맥카드 씨."

살짝 패인 듯한 데사드 부인의 뺨에 홍조가 감돌고 있었다. 하지만 맥카드에게 차를 건네는 손은 한 치의 떨림도 없었다. 맥카드는 응접실에서 부인이 건넨 잔을 받아들고, 그녀와 깨지기 쉬운 도자기 찻잔을 사이에 두고 앉아 있는 동안, 데이빗이 그 소녀와 어딘가를 함께 거닐고 있으리라는 생각에 머리가 시끄러웠다. 그는 데사드 부인의 이런저런 잡담과 바톤 박사의 형식적인 답변들을 귓등으로 흘리며 앉아 있었다.

❖

"강으로 가는 길을 알려줄래요?"

데이빗이 물었다. 그는 올리비아와 단둘이 있게 된 걸 기뻐하는 자신을 보며 혼란을 느꼈다.

"찾기 어렵지 않아요." 올리비아가 앞서 걷고, 데이빗이 그 뒤를 따랐다.

올리비아는 길을 잘 알고 있었다. 어디에 돌부리가 있는지 찬찬히 일러주면서, 이따금 큰 바위를 지날 때는 그가 내민 손을 잡기도 하면서 그를 안내했다. 올리비아는 기억하고 있던 것보다 훨씬 멋진 이목구비를 가지고 있었다. 하지만 왠지 아름답다는 말과는 어울리지 않았다. 물론 전체적인 용모는 더없이 아름다웠다. 흰 셔츠 블라우스와 검정 스커트, 허리까지 오는 짧은 재킷이 까만 머리칼과 올리브빛 피부와 잘 어울렸다.

그는 알 수 없는 이유로 올리비아에게 끌렸다. 그녀에 대해 더 잘 알고 싶다는 마음이 간절했다. 그녀는 솔직하고 수줍음이 없어서 말을 나누기에 더없이 편안했다. 데이빗이 그동안 만났던 여자들은, 어릴 때는 생일파티 때 만났던 소녀들, 학창 시절 때는 무도회 같은 곳에서 만난 예쁘고 경박한 여자들이 전부였다. 그는 유명인사의 아들이었기 때문에 여자들 앞에서 늘 신중해야만 했다.

레일라는 어머니가 원하는 며느릿감을 데려오지 못할까 봐 전전긍긍하는 아들의 모습에 웃음을 터뜨리곤 했다. 그래서 그가 니코

보코 신발을 벗을 나이가 된 이후로 쭉 데이빗의 신붓감을 상상가능하고 현실적인 인물로 구체화시켜 주었다. 만일 그녀가 데이빗을 조금 덜 놀렸더라면, 아마 데이빗도 매력을 느끼는 누군가를 더 빨리 발견할 수 있었을지도 모른다.

데이빗은 올리비아에 대한 자신의 관심이 진정한 끌림인지 확신할 수 없었다. 그의 생각에 올리비아는 변덕이 별로 없는 진지한 유형의 여자였다. 가령 한번 뱉은 말은, 그로 인해 행복해지건 그렇지 않건 끝까지 지켜낼 것처럼 보였다. 오늘 올리비아는 데이빗을 향해 몇 차례 미소 비슷한 것을 보여주었다. 한번은 그가 농담을 하자 크게 웃음보를 터뜨렸는데, 곧 자기 웃음소리에 놀라 뚝 그치고 말았다.

두 사람은 통나무 위에 앉아 있었다. 데이빗은 인도와 다야 이야기를 했고, 올리비아는 딴 곳에 있는 것 같은 표정으로 그 얘기를 들었다. 데이빗은 그녀가 자기 이야기에 관심이 있는지 없는지 도통 알 수가 없었다.

"이상하게 들리겠지만, 아버지는 이 모든 계획의 영감을 인도에서 얻었어요."

데이빗이 말했다.

"참 묘하네요!" 올리비아가 소리쳤다.

"제 할아버지도 인도에 가신 적이 있거든요. 젊은 시절 힌두교를 공부하기 위해서였대요. 할아버지께서는 인도라는 나라는 그곳에 발 딛는 모두를 변화시키는 곳이라고 말씀하셨어요."

데이빗은 웃으며 말했다.

"인도가 아버지를 변화시킨 게 아니에요. 오히려 아버지가 인도를 변화시키고 싶다는 생각을 품게 되었지요."

그때 아버지의 목소리가 들려왔다. 고개를 들어보니, 절벽 끝에 반백의 머리칼을 한 키 큰 그림자가 서 있었다.

"데이빗! 난 지금 떠날 거다!"

"네, 지금 가요!"

데이빗이 위쪽을 향해 소리쳤다. 그는 올리비아 쪽으로 고개를 돌렸다.

"보시다시피 지금 가야 해요. 다음에 저 혼자 이곳을 찾아도 될까요? 싫지 않으시다면 그때는 원하시는 만큼 머물게요."

"꼭 다시 오세요."

올리비아가 말했다. 강렬하고 까만 눈동자가 어떤 의심과 질문의 장막을 드리운 채 데이빗의 얼굴에 꽂혀 있었다. 데이빗은 미소를 지었지만, 올리비아의 얼굴은 조금도 흔들리지 않았다.

4장
인도에서 온 손님

올리비아를 찾지 않은 지 벌써 몇 주였다. 데이빗은 올리비아의 마지막 표정 때문에 이상하게 소심해졌고, 한편으로는 아버지가 관여하고 있는 이상 그 집 가까이 다가가고 싶지가 않았다.

맥카드는 변호사가 가격을 협상하고 지불을 완료하고 나자 평소의 저돌적인 태도와 민첩한 경영 스타일을 되찾았다. 그는 새 건물을 세 개나 증축하고 저택의 개조 설계를 담당할 건축가들을 불러 모았다. 또한 위층은 총장 아파트로 계획하고 있었다. 맥카드는 총장직을 맡을 사람으로 바톤을 생각하고 있었는데, 바톤 또한 그걸 원한다는 데 의심의 여지가 없었다. 그는 맥카드의 말을 잘 따를 사람임이 분명했다.

맥카드는 건축가들에게 이곳을 바톤 목사 부부의 마음에 들도록 설계하라고 지시했고, 바톤에게는 맥카드 자신이 회장으로 등재될 이사회 구성원들을 모집하고, 내년 가을 개교식에 필요할 인상적인 안내책자도 만들라고 지시했다. 또한 그는 바톤의 현실감각을 못미더워하며 따로 직원들에게 또 다른 지시들을 내렸다.

"바톤 박사는 가능한 한 최고의 교수진을 모으는 데 총력을 기울이길 바랍니다. 난 그런 일은 잘 모르니, 필요하다면 지금 몸담고 있는 곳에서 그들을 빼내기 위해 드는 돈도 아끼지 마시오."

"역사 신학, 헤브라이어, 그리스어, 조직 신학, 고전 언어, 교회 역사, 해석 신학……."

바톤 박사가 작은 소리로 중얼거렸다.

"그래요, 그래요." 맥카드가 말을 막았다.

"그게 모두 당신 일이오. 분명히 알아둘 건, 내가 원하는 인재는 온전한 개척자 정신을 가진 인재라는 거요."

"대학교에 접근해서 최고의 졸업생들을 알아봐야겠군요."

바톤 박사가 자못 진지하게 말했다.

"물론, 물론이오." 맥카드는 안절부절못하는 쏘는 듯한 눈빛으로 바톤 박사를 바라보았다.

"지금 내가 원하는 걸 쉽게 말하고 있지 않소. 학생들이 학비를 걱정한다면 장학금도 줄 수 있소. 왜 교회 사람들이 그 장학기금을 못 마련하는지는 이해가 안 가지만."

"그 일이라면, 신학대 학과장들의 도움을 요청할 수도……."

바톤 박사는 지금 자신의 현실감각을 보여주려고 애쓰는 중이었다. 맥카드는 고개를 끄덕이며 손가락으로 책상을 톡톡 두드렸다. 현재 이 집무실에서는 일종의 인터뷰가 진행되고 있는 셈이었다. 그는 이걸 이렇게 끝내도 될지 걱정스러웠다. 맥카드의 머릿속은 한시도 지체하지 않고 계획들을 실행에 옮길 생각으로 꽉 차 있었다. 그런데 사업이라고는 근처에도 가본 적 없는 단순하기 그지없는 바톤 같은 사람에게 자기 의중을 제대로 설명할 수 없다는 게 한없이 답답했다.

올해는 미국 역사상 금 생산량이 가장 저조한 해가 될 게 분명했다. 방금 아침나절에 워싱턴으로부터 도착한 금 생산 도표를 보니 금 생산량이 눈에 띄게 줄고 있었다. 미국 땅덩이 전체가 하루가 다르게 발전하고, 모든 게 비약적으로 성장하고 있는 시대였다. 가령 서부의 새로운 개척지에서는 밀이 쏟아지고, 멈추지 않는 샘처럼 유전이 솟구치고, 제조업은 나날이 번창하고, 그의 철로는 마일 수로 볼 때 25년 전에 비해 세 배 이상 확장되었고, 심지어 인구조차 경이로운 차원으로 불어나고 있었다. 그런데 유독 금 생산량만큼은 수요에 한참 뒤떨어진 채 고전을 면치 못하고 있었다.

쉽게 말해 금은 돈이 될 만큼의 속도로 채굴하기 힘든 광석이었다. 맥카드는 오랫동안 낮은 등급의 광석으로부터 금을 추출할 방법이 없을까 생각해왔다. 그런 기적이 일어나 금이 풍부해져야만 윌리엄 제닝스 브라이언*William Jennings Bryan 같은 사기꾼이 이 땅 위에 발붙일 수 없을 테고, 포퓰리스트, 그린백당Greenback Party, 은

---
* 1860~1925, 안으로는 금권정치를, 밖으로는 제국주의를 반대한 미국의 진보파 정치가

화당Silver Party 같은 급진적인 사회주의 정당 들도 눈에 띄게 기가 꺾일 것이며, 브라이언의 계보에 합류하려는 성난 농부들도 진정할 것이다. 또한 그래야만 무한한 번영이 찾아들고, 사막 위의 신기루 같은 기적을 볼 수 있을 것이다.

만일 정부가 안전한 금 생산이라는 기반 위에 서 있다면, 사업 확장 같은 사안에서도 든든한 뒷받침 역할을 해줄 텐데. 물론 그런 정부는 지금껏 한 번도 없었지만 말이다.

"바톤 박사." 맥카드가 단호한 어조로 말했다.

"앞으로 박사에게 사업 진행에 대해 묻겠소. 그래야 나도 내 사업이 어떻게 진행되고 있는지 알 수 있겠지. 알다시피 난 박사를 위해 돈을 만들어야 하오."

"제가 이 일을 신성한 사명으로 생각하고 있다는 점을 믿어주십시오."

바톤 목사가 답했다. 그리고는 맥카드가 그 커다란 손바닥으로 책상을 부셔져라 내리치며 수화기에 대고 고함을 지를 때야 비로소 자리를 떠났다.

"변호사들을 이리로 데려오란 소리가 안 들리나! 당장 이곳으로 소집하라고 해!"

✤

아버지가 일에 열중하는 동안, 데이빗은 스스로에 대해 어떤 해명도 하지 않았고, 또 어떤 것도 굳이 이해하려 들지 않았다. 그해는 그렇게 흘러갔다. 파티나 무도회 같은 이벤트도 없었다. 맥카드는 이 한 해를 애도의 해로 선포했다.

데이빗은 약 8년이나 학교 때문에 집을 떠나 있었다. 여전히 사무치게 어머니가 그리웠지만, 그럼에도 뉴욕 5번가에 자리 잡은 크고 조용한 집에서 만끽하는 편안한 자유는 그런대로 하루하루 커져갔다. 그 와중 늦가을 무렵 다야로부터 편지 한 통이 날아들었고, 감동한 데이빗은 그에게 미국 방문을 권유하는 답신을 보냈다.

그는 오늘 아버지에게 이 이야기를 꺼냈다. 뭔가에 골똘해 있다가 또 다른 생각에 빠져들곤 하던 아버지도 오늘은 아들의 말에 호감을 표시했다.

"네가 요즘 외로움을 느끼는 것 같구나, 데이빗." 맥카드가 불쑥 말했다. 11월 근방의 아침은 잿빛이었고, 집도 칙칙하고 음울하게 느껴졌다. 맥카드는 매일 혼자 지내는 이 젊은 아들역시 집이 아무리 화려하고 따뜻한들 횅한 기분만은 어쩔 수 없으리라 생각했다.

"전 외롭지 않아요. 단지 다야를 더 잘 알고 싶을 뿐이에요."

"그 친구를 꼭 초대하려무나." 맥카드는 이렇게 말하고는 다시금 다른 생각에 빠져 들었다. 그 생각의 미로를 설명하려 드는 건 무모한 짓이었다. 맥카드는 일단 자신만의 창의적인 시간에 몰두하면 누구에게도 말을 건네지 않았다.

그는 매주 날아드는 금 생산량 도표를 찬찬히 살펴보고 있었다. 변한 것 없이 여전했다. 금 채굴에 필요한 새로운 기계들을 설계 제작해야 할 시기인데도 일이 계속 지연되거나 시행착오를 거듭하고 있었다. 맥카드는 두려워지기 시작했다.

미국의 통화가 안정될 정도로 충분한 금이 채취될 때까지 향후 5년이 중요했다. 현재 은화를 찍어내는 이들에 의해 국고가 탈취당하시피 되면서 은 가치가 금 수준으로 올라가고 있었다.

이 때문에 금덩이들은 은행으로 가는 대신 매트리스 아래나 굴뚝 모퉁이에 숨겨지거나, 낡은 스타킹 안에 묶여 있었다. 순환되지 않는 금은 없는 것과 다름없었다. 이런 현상이 지속되면 새로운 대공황이 찾아드는 것도 시간 문제였다. 이런 사태가 일단 발생하면 무엇으로도 막을 수 없으리라. 현재 지속적인 화폐가치 절하가 대외적인 국가 신용도에 치명적인 손상을 입히는 시점으로 번져가고 있었다.

맥카드는 우울한 생각들을 조용히 곱씹다가 자리에서 일어났다.

"그래, 그러려무나." 그가 나지막이 중얼거렸다.

"친구를 초대해라. 그 친구만 괜찮다면 이곳에서 함께 겨울을 보내고 같이 여행도 다니렴. 시기가 불확실해서 나는 함께 하지 못할 게다."

"아버지를 도와드릴 수 있다면 좋겠어요."

데이빗은 아버지의 어두운 안색이 마음에 걸렸다.

"누구도 날 도울 수 없어."

맥카드가 말했다.

"돈 문제는 아니겠죠, 아버지?"

데이빗이 묻자 맥카드는 반박했다.

"내 돈 문제는 아니야. 다만 지금 벌어지는 금 강탈을 멈추지 않으면 이 나라는 파산을 면치 못할 게야. 우리가 정신을 바짝 차리지 않으면, 이 하수상한 시절 브라이언이라는 그 긴 머리 사기

인도에서 온 손님

꾼이 대통령이 되는 불상사가 일어날 수도 있지."

데이빗도 여느 젊은 대학 졸업생들과 다르지 않아서, 사업이나 금융, 정치에 대해서는 아는 바가 없었다. 아버지의 일에 뛰어들려면 그런 분야에 정통해야만 했다. 그러나 데이빗은 자기가 정말 아버지와 함께 일하고 싶어 하는지 확신할 수 없었다. 그는 돈을 벌고 정치적 신념을 확립하는 것보다 마음과 정신의 영역을 더 중요시 여기는 삶과 세계를 동경했다.

그는 아버지가 왜 저토록 윌리엄 브라이언에게 거부감을 가지는지 알 수 없었다. 아마 브라이언이라는 사람도 훌륭한 대통령이 될 수 있을 것이다. 이 시대는 복잡함과 몽환과 숨찬 변화의 바람 속에 놓여 있었다. 아마 아버지는 이 사실과 직면하고 싶지 않은 건지도 몰랐다.

"저한테 1년만 주시겠어요, 아버지." 데이빗이 소년 같은 미소를 지으며 말했다.

"그 정도 시간이면 마음의 안정을 찾고 모든 걸 이해할 준비가 될 거예요. 그리고 아버지께도 어느 정도 도움이 될 수 있을 거고요."

"원하는 만큼 시간을 가지렴."

맥카드는 나지막이 말했다. 그 무엇도 1년 안에 해결되는 일은 없었다. 그는 냅킨으로 반백의 콧수염을 쓸어내린 뒤 회사로 향했다.

❖

 다야는 열렬한 내용이 담긴 데이빗의 편지를 접았다. 한 해 중 가장 아름다운 계절에 푸네를 떠나야 한다는 게 아쉬웠다. 2월과 3월부터는 건조한 열기 때문에 숨이 턱턱 막혀올 테였다. 그러니 뭄바이에서 배를 타고 홍해와 지중해를 건너 유럽과 영국에서 잠시 머문 뒤 6월쯤 미국에 도착하는 게 좋을 것 같았다.

 다야는 영국에 대해서는 아는 바가 적잖았지만, 미국은 달랐다. 거기는 한 번도 가본 적이 없었다. 영국 찬미자인 그의 아버지는 자식들을 반 영국인으로 키웠다. 다야는 영어를 자신의 모국어인 마라티어처럼 말할 수 있었고, 캠브리지 대학을 최우수 성적으로 졸업했다. 그의 아버지는 자식들이 영국에서 머물 때 집처럼 편안할 수 있도록, 푸네에 영국식 집을 지은 뒤 캠브리지를 졸업한 영국인 교사를 고용해 아들들과 지내도록 했다. 어렸을 때 다야는 주중이면 양고기와 쇠고기 구이와 요크셔 푸딩을 먹고, 후식으로 삶은 양배추와 감자와 달콤한 푸딩을 먹었다. 다야가 장차 캠브리지 대학을 다니게 될 때 영국 최고 엘리트들 사이에서도 자연스러운 느낌을 가지기를 원했던 아버지의 지시 때문이었다. 오로지 일요일에만 그와 형제들도 큰 인도 집에서 특유의 향이 가미된 맛있는 인도 요리를 먹을 수 있었.

 영국에서의 날들은 순탄하고 빠르게 지나갔다. 영국의 영국인들, 인도의 영국인들 사이의 차이 때문에 종종 거슬릴 때가 있긴 했지만 생활 자체는 마음에 들었다. 영국에서의 영국인들은 어떤 우월

감도 내비치지 않는 친절한 사람들이었다. 그럼에도 일단 통치자로 인도에 오게 되면 더없이 오만하고 우쭐한 사람으로 변해버리곤 했다. 백인의 피가 섞인 유라시아 사람들도 마찬가지였다. 언젠가 아버지는 이런 상황을 변화시켜야 한다고 말했지만, 누구도 그걸 어떻게 멈춰야 할지는 알지 못했다.

런던에 있을 때 다야는 데이빗 맥카드에게 호감을 가지게 되었다. 자연스러운 감정이었다. 또한 그들의 관계는 동등했다. 사실 인도에서 데이빗을 만나기 전만 해도 다야는 정말로 그를 다시 만날지 말지 망설였다. 하지만 푸네에서 다시 본 데이빗은 그가 지금껏 알아왔던 백인들과는 달랐다. 데이빗은 여전히 매력적이었고, 주변의 시선에 흔들리지 않는 겸손함과 당당함을 동시에 간직하고 있었다. 다야는 이 미국인 청년이 자기 나라와 집에서는 어떻게 지내는지 매우 궁금했고, 단순한 호기심이 그를 서쪽으로 향하게 했다. 그 외의 다른 목적은 없었다.

다야는 자신의 사랑스러운 인도 아내를 살뜰히 여겼다. 하지만 부모님에 의해 짝지어진 결혼인 만큼 그녀에게 정신적인 교류나 동료애 같은 건 애초에 기대하지 않았다. 나아가 그는 어디에서도 이런 종류의 충족감을 찾지 못했다. 영국 서구식을 따르는 인도 청년들에게는 거부감이 들었고, 흑해를 건너보지 못한 토착민들의 유들유들한 친절도 불편했다.

다야는 서두른다는 인상을 주고 싶지 않아서 5월에 인도를 떠났다. 그로부터 얼마 뒤 마침내 그가 탄 배가 뉴욕 항에 도착했다.

첫 번째 방문이었지만 다야는 하나의 섬에서 세상의 중심으로 부상 중인 매력 넘치는 이 새로운 도시에 대해 익히 들은 차였다.

그는 다른 승객들의 흘끔거리는 시선을 무시한 채 갑판 위에 서서 하늘로 치솟은 거대한 빌딩들을 바라보았다. 지진과 폭풍우에도 불구하고 저렇게 높은 빌딩들을 올리다니!

그는 그 마법 같은 손들에 호기심을 느꼈고, 앞으로 전개될 이 땅의 위력에 압도당하고 있었다. 어떤 것도 이들의 질주를 막지 못할 것 같았다. 다야는 이 섬의 생명력 넘치는 사람들을 떠올렸다. 이들로 하여금 세계를 정복하는 날까지 계속 도약하고, 거대한 부를 창조하고, 막강한 힘을 구축하게 만드는 지침 없는 열정은 과연 어디에서 오는 걸까.

배가 해안가에 다다르고 있었다. 다야는 만일 데이빗이 더 이상 자기가 기억하는 그 친절하고 좋은 청년이 아니라면 차라리 마중 나오지 않는 게 낫겠다고 생각했다.

하지만 그런 기우는 곧 사라졌다. 그가 런던 스타일의 최고급 정장과 외투 차림에 끝 부분을 금으로 도금한 지팡이를 들고 출입구 쪽으로 내려갈 때, 데이빗의 음성이 들려왔다.

"다야, 와줘서 정말 기쁘다!"

데이빗은 하나도 변하지 않았다! 다야는 인도인 특유의 빠른 직관으로 그것을 확신할 수 있었다. 다야는 지팡이를 겨드랑이에 끼고 두 손으로 데이빗의 손을 잡았다. 두 청년은 힐끔거리는 주변 시선에도 아랑곳 않고 반가워하며 서로를 바라보았다.

"자, 저쪽으로 가자. 차가 기다리고 있어."

데이빗이 다야의 팔을 당기며 재촉했다.

"잠깐만, 내 짐은?" 다야가 말했다.

"아, 그건 알아서 할 거야." 데이빗은 들뜨고 신이 난 나머지 얼굴에 발그스레한 홍조까지 돌고 있었다.

 세찬 바람과 눈부신 햇살이 동시에 쏟아지는 날이었다. 데이빗은 빛나는 하늘 아래 유난히 빛나는 자신의 도시에 새삼 뿌듯한 자부심이 들었다.

 "빨리 가자." 데이빗이 외쳤다.

 "집에 점심을 준비해놨어. 우리 둘만 먹게 될 거야. 아, 정말 반가워, 다야!"

 다야는 이토록 자신을 환대해주는 백인을 만난 적이 없었다는 걸 떠올렸다. 그러자 애정과 기쁨으로 가슴이 벅차올랐다. 지금 그는 데이빗 같은 백인들이 사는 멋진 나라에서, 데이빗의 집에 초대받은 것이다!

 "나도 얼마나 행복한지 몰라." 다야가 우물거리듯 말했다. 데이빗은 활짝 웃다가 다야의 짙은 눈망울에 물기가 서리는 것을 보았다.

 "다야! 왜 그래?"

 "아무것도 아니야. 사실 네가 변했으면 어쩌나 걱정했어."

 "변해?" 데이빗이 의아하다는 듯 물었다.

 "왜 그럴 거라고 생각했지?"

 "모르겠어." 다야도 몰랐다. 그는 인도인의 얼굴을 보는 순간 냉담하게 변해버리는 백인들을 너무 많이 봐왔던 것이다.

✣

"데이빗, 너 빨리 결혼해야겠는데?"

다야가 말했다. 그는 이 으리으리한 집에서 3주를 머물렀다. 그간 시내 구경도 하고 상점도 들러서 어머니와 젊은 아내, 두 아들과 세 누이와 숙모와 사촌들, 그리고 삼촌과 아버지와 조카들에게 줄 선물도 샀다. 데이빗과 극장에 가서 영화도 보고, 새로운 음악도 들었다. 또한 일요일이면 데이빗, 그리고 그의 아버지와 교회를 찾아서 비록 잘 이해되지는 않았지만 바톤 목사의 설교도 들었다.

데이빗은 씩 웃어 보이고는 살짝 얼굴을 붉히며 말했다.

"왜 그런 생각을 했어?"

이제 이 두 젊은이 사이에는 어떤 말도 오고갈 수 있을 만한 친밀감이 형성되어 있었다.

"이 커다란 집에서," 다야는 집이 얼마나 큰지 가리키려는 듯 까무잡잡하고 섬세한 손을 흔들었다.

"네 아버지는 자식이 너 하나잖아. 아이들이 많아야 조잘조잘 집안 분위기가 화기애애해지거든. 난 아이가 벌써 둘이라서 다행이지."

"난 여전히 이 집에서 어머니를 봐." 데이빗이 말했.

"어머니 자리를 대신할 누군가를 찾는다는 건 불가능해."

다야는 놀란 듯 말했다.

"설마 누군가로 네 어머니 자리를 대신 채우겠다는 말은 아니겠지? 네가 찾아야 하는 사람은 네 아내라고, 데이빗"

"난 가능하면 어머니와 비슷한 여자를 찾고 싶어."

다야는 고개를 저으며 말했다.

"아니. 어머니와 아내는 전혀 달라야 해. 안 그러면 근친상간적인 요소를 품게 되지."

이 말에 데이빗은 당황한 기색이 역력했다.

"내 말은 어디까지나 어머니에 대한 찬사였을 뿐이야."

"전혀 그렇지 않아." 다야는 완고하게 말했다.

"인도 어머니들은 아들의 신붓감을 고를 때 같은 계급에서 고를지라도 사람 자체로는 자신과 조금도 닮지 않은 여자를 선택해."

데이빗은 아무 대답도 하지 않았다. 갑자기 그간 다시 찾아가보지 않은 올리비아가 생각났다. 아버지가 그 집을 사버린 마당에 그녀와 우정을 쌓는 게 상황에도 맞지 않고 불필요하다고 느껴서였다. 그럼에도 데이빗은 한 번도 그녀를 잊은 적이 없었다.

"남편과 아내의 관계에 어머니와 아들의 관계 같은 의미를 부여하는 건 있을 수 없는 일이야." 다야는 짐짓 위엄 있게 말했다.

분주한 반나절을 보낸 두 사람은 늦은 오후 데이빗의 개인 응접실에 앉아 있었다. 다야가 원해서 두 사람은 아침에는 미술 전시회를 관람하고, 점심에는 델모니코스Delmonico's에서 식사를 하고 이후에는 마티니를 마시러 갔다. 그리고 지금은 다야의 새로운 취향에 따라 저녁식사 전에 담배를 피우며 게으른 여유를 만끽하고 있었다. 다야는 데이빗의 아버지에게 존경심과 어려움을 동시에 느꼈고, 그래서 그와의 식사 자리에서 뭘 입을지를 세심하게 신경 쓰고 있었다.

"남자는 아내를 맞이하게 되면 어떤 면에서 인생을 완전히 새롭게 시작해야 하지." 다야는 말을 이어갔다.

"게다가 진정한 여자들은 결코 남편의 어머니 역할을 자처하지 않아. 만일 그런 부자연스런 역할을 떠맡게 되면, 결국 그 부담감을 못 이겨 분노하고 남자를 비난하게 되겠지. 데이빗, 어머니는 기억 속에만 소중하게 간직하고 눈을 크게 떠. 지금이 그럴 시기야. 젊은이가 자기 삶을 추억하고 기념하는 건 바람직하지 않아. 그럴 시간은 나중에 얼마든지 찾아오거든."

다야의 물 흐르듯 유창한 음악 같은 한 마디 한 마디가 데이빗의 예리한 귓전으로 쏟아져 들었다. 그의 말은 늘 막힘없는 자연스런 흐름 속에서 울렸다. 내면에서 흘러넘치는 지치지 않는 활동적인 정신을 대변하기라도 하듯이, 다야는 모든 사물과 모든 상황에 날카로운 시각과 번뜩이는 내면의 탐조를 대입할 줄 알았다. 데이빗은 오늘에서야 부러 농담조로 투덜거렸다.

"다야, 뉴욕 구경을 시켜주는 게 내가 아니라 너인 것 같은데?"

데이빗은 실로 이 하루하루가 다야의 입을 통해, 개념과 질문과 결론, 비평과 유머와 즉흥적인 통찰 같은 빛나는 옷을 입고 다시 태어나고 있음을 느꼈다. 데이빗의 마음은 쉴 틈 없이 예민하게 움직였지만 그럼에도 여전히 편안했다.

또한 그는 3주를 함께 보내면서도 여전히 이 인도 청년을 정확히 파악할 수 없었다. 확실한 건 그야말로 자기가 본 사람들 중에 가장 복잡한 사람이며, 앞으로도 온전히 그를 이해하기는 어려우리라는 점이었다.

데이빗은 다소 과감하게 파헤쳐볼 생각으로 말했다.

"다야, 넌 나한테는 결혼하라면서 정작 나한테 네 아내를 소개

시켜주지 않았잖아."

짙은 속눈썹 아래 다야의 잘생긴 커다란 눈이 데이빗을 향했다.

"거기엔 어떤 상관성도 없다고 생각하는데!"

"하지만 서양 사람들은 그런 부분을 안 놓치지." 데이빗이 말했다.

"동양 사람들의 사고방식은 달라. 내 아내도 다른 인도 여자들처럼 수줍음이 많아. 만일 친구를 소개시켜주겠다고 방에서 나오라고 하면 깜짝 놀랄 걸. 너를 그 방에 데려가면 더 대경실색할 거고. 그건 우리 식이 아니야. 그뿐이야."

처음으로 데이빗은 둘 사이에 놓인 장벽을 느꼈다.

"마음 상했다면 미안해, 다야."

"천만에. 외국인이 인도의 남녀관계를 이해한다는 건 쉬운 일이 아니야. 여전히 인도인들은 깊이가 있는 사람들이지. 사실 나로서는 너희들이 찬양하는 기독교 신을 믿기 어려워. 우리 사회는 라마와 시타 사이의 순수한 부부 관계에 기초하고, 그로 인해 결혼은 신성한 의식이 되지. 결혼이 일종의 종교적인 의무인 셈이야."

"내 친구 다야가 지금은 완전히 인도 사람 같은데!"

다야는 위엄과 포기 사이에서 잠시 망설이다가 후자를 선택하고는, 서서히 웃음이 퍼지는 특유의 미소를 지었다.

"이제 얘기해봐, 데이빗," 다야가 뭔가 캐내려는 듯 물었다.

"너희의 그 꺼림칙한 서구 문화에 입각해서 볼 때, 너한테 꿈의 여인은 없는 거야?"

다야에게 거짓말을 하는 건 불가능했다. 그는 생각이 말이 되어 나오는 과정에서 감지되는 약간의 왜곡이나 속임수도 용케 잡아내는 사람이었다. 데이빗이 말했다.

"그렇게 꿈에 그리는 이상형은 아닌데, 아마 그 가장자리 어디쯤에서 서성인다고 하면 맞으려나?"

그런 뒤 데이빗은 올리비아에 대해서, 또한 왜 그녀를 다시 보러 가지 않는지에 대해서 말했다.

"하지만 언젠가는 보러 갈 게 분명해."

"그렇다면," 다야가 말했다.

"지금 가는 건 어때? 나를 데리고 가줘, 데이빗. 네 서구 문화라는 것도 접해볼 겸, 또 내가 어떤 여자인지 나름 판단해서 네게 어울리는지도 확인할 수 있잖아."

다야는 일부러 기념사업 이야기를 언급하지 않았지만, 데이빗은 그 사실을 눈치 채지 못했다. 그는 다야의 제안을 웃어넘기려 했지만 이 인도 청년은 쉽사리 물러날 기세가 아니었다. 다야는 고집을 부릴 때조차 이렇게 유연하고 완곡하게 다가서는 능력이 있었다. 차마 거절할 수 없는 고집이었다.

데이빗은 나쁘지 않겠다고 생각했다. 다른 사람의 눈을 통해 올리비아를 볼 수 있을 뿐 아니라, 꿈 저변에서 서성거리는 그녀의 정체가 과연 단순히 끌리는 상대 이상인지 스스로도 확인해보고 싶었다.

"그럼 그러자." 데이빗은 짐짓 유쾌하게 말했지만, 정작 다야는 별 반응이 없었다. 다야의 눈빛은 위험하게 빛나고 있었고, 표정은 무겁게 가라앉아 있었다.

"인도에 대해 너희 아버지가 갖고 있는 생각이란 게 뭐지?"

다야가 불쑥 강압적으로 물어왔다. 둘의 눈이 마주치는 순간, 데이빗은 먼저 눈을 피하지 않겠다고 다짐했다. 데이빗은 다야가 화가 나 있다는 것에 놀랐다.

"먼저 아버지께 여쭤본 다음에 말해줄게." 데이빗은 여전히 다야의 눈을 조용히 바라보며 말했다.

"내가 좀 서툴게 말을 전한 것 같아서 걱정이 되네."

그러자 다야가 자리에서 일어나며 말했다.

"그러면 기다릴게. 어쨌든 옷 갈아입을 시간이잖아."

둘은 식당으로 내려가기 전에 잠시 각자의 방으로 향했다.

데이빗은 저녁식사를 끝마칠 때까지 기다렸고, 평소대로 서재에서 커피를 마실 때 용기를 냈다. 그리고 아버지를 향해, 언뜻 공격적일 수도 있는 질문을 꺼냈다.

"다야가 데사드 양을 만나보자고 했어요, 아버지. 제가 소개시켜 주겠다고 약속했고요. 그런데 먼저 다야는 그 기념사업에 대해 알고 싶어 해요. 다야! 아버지께 직접 들으면 어떤 건지 알 수 있을 거야."

맥카드는 커피 잔을 내려놓았다.

"내 아내를 위한 기념사업은 실용적인 기독교 학교를 세우는 일이라네. 즉 비전을 갖춘 능력 있는 젊은이들을 현실감각을 갖춘 최고의 기독교인으로 양성한 뒤 세계 각지로 보내 복음을 전파하도록 할 걸세. 가령 자네 나라 인도를 포함해서 말이야. 난 인도에서 목적과 에너지와 동력의 부재를 느꼈어. 자네 민족은 나태하고 무기력한 상태에 빠진 탓에 환경이 자신들을 지배하도록 방치하고 있지. 하지만 참된 신과 함께 하는 진정한 종교, 그리고 힘 있는 믿음이 있다면 더 나은 상황으로 나아갈 수 있을 걸세."

다야는 눈을 빛내면서 맥카드의 말을 주의 깊게 들었다.

"그 신은 우리가 믿는 신보다 더 많은 진리를 가르쳐줍니까?"

다야가 섬뜩할 정도로 고요한 음성으로 물었다. 맥카드는 권위적인 표정으로 다야를 똑바로 바라보았다.

"자네 나라 사원들은 미신의 쓰레기로 가득 차 있어." 맥카드가 직설적으로 말했다.

"또 자네 민족들은 옛 전설 속에서 착각하며 살아가고 있고. 맑은 바람, 변화의 물결이 그 땅에 새로운 힘을 불어넣어줄 걸세. 나는 미국의 번영도 다 우리 종교 덕이라고 믿는 사람이야. 신이 늘 우리와 함께 했으니까."

"저는 맥카드 씨께 자신의 종교를 믿을 권리가 있다고 생각합니다." 다야는 아까처럼 서늘한 고요함을 풍기며 말했다.

"만일 저도 제 종교를 포기하지 않을 수 있다면 기독교인이 되고 싶다는 생각을 가끔 해봅니다만."

"그건," 맥카드는 단호하게 말했다.

"불가능하지. 일단 기독교인이 되려면 모든 신을 버리고 오로지 그분만을 섬겨야 하네."

"그렇다면, 맥카드 씨는 세상 대부분을 제외시키는 거나 다름없겠군요."

"천만에, 누구라도 회개하고 기독교의 믿음을 받아들이면 끝이지."

"맥카드 씨 말씀을 들으니, 이름은 잘 기억이 나지 않지만, 어떤 미국인 백만장자가 떠오르는군요. 아마 맥카드 씨도 잘 아실 겁니다. 그는 경쟁은 싫고, 협력은 좋다고 했죠. 그런 뒤 자기 기업보다 힘없고 작은 회사들을 모두 흡수 합병하기 시작했습니다. 그래요. 모든 게 그의 재산이 됐으니 그 협력이 이루어졌다고 봐야 할까요? 제가 보기엔 좀 이상한 용어 같습니다만."

이 말에 맥카드는 마음이 크게 상했다.

"난 자네 민족으로부터 어떤 이득을 취할 생각이 눈곱만큼도 없어. 난 단지 부유하고 번영하는 미국, 잘 먹고 잘 사는 미국인들, 그 반면 가난한 인도와 비참하게 살아가는 인도인들을 본 것뿐이야. 또한 그 차이에서 어떤 결론을 이끌어낸 것뿐이지."

"미국인들은 자유롭고, 인도인들은 그렇지 못해서라는 생각은 안 드십니까?"

다야는 눈에 장난기마저 머금고 있었다.

"대영제국의 혜택을 입고 있음에도 불구하고," 맥카드는 다야의 말을 무시한 채 말을 이어갔다.

"자네 나라 사람들은 가난한 신세를 면치 못하고 있네. 이제 자네들은 스스로를 돕는 법을 배워야만 해. 이게 내가 자네들에게 새로운 믿음이 필요하다고 말하는 이유야. 기운을 북돋아주고 정신의 활력을 선사하는 그런 종교, 나조차도 젊을 때는 미처 발견하지 못했던 종교 말일세. 그토록 많은 사원들을 전전했는데도 말이지."

맥카드가 마지막 문장을 유독 힘주어 말하는 바람에 데이빗도 깜짝 놀라고 말았다.

다야는 자리에서 일어났다. 그는 한참 연장자이자 집주인이기도 한 사람을 상대로 언쟁을 벌일 만큼 분별심이 없지 않았다.

"저도 그 기념사업에 많은 관심을 가지게 될 것 같군요. 이만

실례가 안 된다면, 방에 가서 편지를 좀 써야겠습니다. 그동안 데이빗이 즐거운 시간을 선물해주는 바람에 형제들에게 소식을 전하지 못했거든요."

다야는 맥카드에게 목례를 하더니 데이빗에게 미소를 짓고는 유유히 걸어 나가 조용히 문을 닫았다.

데이빗은 아무 말도 하지 않았고, 맥카드는 잔에 커피를 따랐다.

"꽤나 교육을 잘 받은 젊은이긴 하지만, 여전히 이교도일 뿐이지."

맥카드가 냉담하게 말했다. 데이빗은 그 말에 답하는 대신 이렇게 말했다.

"아버지가 방금처럼 말씀하시는 걸 들어본 건 처음이에요. 어떻게 그런 말씀을 하실 수 있죠?"

"나도 동감이다." 맥카드는 커피를 마신 후 잔을 내려놓았다. 그리고는 미안한 듯 웃음기를 머금고 아들을 바라보았다.

"나도 어떻게 그 말을 하게 됐는지 모르겠구나. 난 신학자도 아닌데 말이다. 하지만 인도의 열악한 상황을 잘 아는데, 너무 자부심 강하고 부자인 인도 청년이 여기 앉아서 하는 말을 듣자니 나도 모르게 미국인의 피가 끓어오른 것 같구나. 그게 우리 아버지의 옛 종교와 뒤섞여서 나온 것 같고. 아버지의 종교가 결국 나한테 좋은 영향을 끼친 셈이군. 한창 커갈 나이에 나쁜 짓을 못하도록 충분히 나를 겁줬으니까. 아버지가 말한 지옥의 유황불이 진짜 있는지 모르겠지만, 아무튼 난 그 가능성을 감히 시험해보고 싶지 않았어. 지금도 마찬가지고."

맥카드는 팔꿈치를 탁자 위에 놓고 몸을 앞으로 숙였다. 그의 목소리는 고요했다.

"아들아, 혹시 네 어머니가 진실로 믿었던 게 뭐였는지 알고 있니? 네 어머니한테 물어볼 게 너무 많구나. 나는 우리가 좀 더 나이 들면 그런 얘기들을 나눌 시간이 많을 거라 생각했다."

갈망의 그림자가 그의 얼굴 위로 스쳐지나갔다. 맥카드는 당황하면서 미소를 지어 보이려 애썼지만 그러기에는 입술이 너무 딱딱하게 굳어 있었다. 그의 숱 많은 붉은 눈썹 아래로 슬픈 잿빛 눈동자가 빛나고 있었다.

"저도 어머니께 그런 걸 물어보지 못했어요, 아버지." 데이빗이 대답했다. 그는 아버지의 연약한 모습, 알 수 없는 걱정으로 동요하는 모습을 지켜보기가 힘들었다. 데이빗은 그늘진 아버지의 눈빛을 보자 홀로 늙어가는 아버지에게 연민을 느꼈고, 그 연민의 감정을 통해 아버지를 더 잘 이해할 수 있었다. 여전히 사랑이 남아 있을 때 어머니 같은 여인을 잃는다는 게 한 남자에게 뭘 의미하는지, 잠깐이지만 데이빗은 아버지 마음의 내밀한 풍경을 들여다볼 수 있었다. 데이빗은 연민 속에서 말을 이었다.

"하지만 저는 어머니가 바톤 박사님이 말씀하셨던 것, 영혼의 불멸을 믿으셨다고 알고 있어요."

"그렇게 생각하느냐!" 그의 아버지가 외쳤다.

"그렇다면 안심이 되는구나. 난 그 많은 돈을 기념사업에 쏟아 부으면서도 이 걱정을 떨쳐버릴 수가 없었단다. 만일 네 어머니가……."

데이빗은 아무 말하지 않았다. 둘 다 무슨 말을 해야 할지 몰라서 침묵 속에 앉아 있었다. 맥카드는 데이빗이 그 인도 청년의 말에 귀 기울이고 있을지도 모른다고 생각하면서도 그걸 직면하는 일만은 피하고 싶었다. 맥카드가 다시 입을 열었다.

"네가 거기 가서 일이 어떻게 진척되고 있는지 살펴봤으면 좋겠구나. 난 지금 너무 바빠서 말이다."

"제가 아버지께 좀 더 도움이 되어드릴 수 있으면 좋겠어요."

데이빗이 말했다.

"누구도 나를 도울 수 없어." 맥카드가 말했다.

"지금 이 나라는 내리막을 걷고 있다. 정신이 똑바로 박힌 누군가가 나타나주지 않는다면, 모두가 몰락의 길로 향하고 말 게야. 요즘 유럽, 심지어 아시아 채권자들까지도 겁을 먹고 우리에게 금을 지불하라고 압력을 가하고 있어. 지금 국고에는 그 빚을 갚을 만한 충분한 금이 없고. 그게 현실이다.

만일 은을 거머쥔 자들이 전투에서 이겨서 양화 본위제로 들어가게 되면, 우리는 끝장난 거나 다름없어. 낮은 등급의 광석에서 금을 추출해낼 수 있는 화학자 같은 사람이 나타나주지 않는다면……."

데이빗의 이해력에는 한계가 있었다. 그는 그렇게 오래 공부하고도 아버지가 말한 양화 본위제의 뜻도 제대로 모른다는 걸 차마 고백하기가 부끄러웠다. 데이빗은 그리스어에 대해서는 누구도 따라올 수 없을 만큼 박식했고, 영문학과 철학에서 최우수 성적을 받았지만, 아버지가 말하는 개념들은 전혀 알아들을 수 없었다. 비록 그것들이 데이빗 자신의 삶에까지 재난을 불러올 만한 밀접한 것이라 해도.

더군다나 그는 저런 것들에 대해서는 알고 싶지 않았다. 그에게 삶이란 어디까지나 아름답고 우아한 것이었다. 어머니가 돌아가신 이후로 그의 삶에도 슬픔이 깃들긴 했지만, 셸리와 키츠와 브라우닝도 아름다움에는 으레 슬픔이 깃들어 있다고 하지 않았는가.

"제가 아버지께 도움이 될 수 있다는 생각이 드시면," 데이빗이 말했다.

"언제라도 말씀해주세요."

그리고는 잠시 머뭇거리다가 말했다.

"아버지, 이제 위층으로 올라가볼게요."

"잘 자거라."

맥카드는 고개를 들어 아들이 방에서 나가는 것을 지켜보았다. 그리고 오랫동안 홀로 생각에 잠긴 채 앉아 있었다.

⁜

여름으로 들어서 가장 더운 날이었다. 두 젊은이는 비록 짧은 시간이었지만 먼지 풀풀 나는 객실에서 벗어난 걸 감사하며 기차에서 내렸다. 다야는 흥미로운 눈빛으로 주변을 둘러보았다.

"무성한 나무들로 뒤덮인 언덕, 저 고요한 골짜기……." 그는 감탄을 연발하고 있었다.

"여긴 대자연이 펼쳐져 있네. 대도시에서 한 시간 밖에 안 떨어진 곳에 이런 풍경이 있다니! 이봐, 데이빗, 언젠가는 다른 나라 사람들도 오직 미국인들에게만 이런 한적한 공간을 누릴 권리가 있다고 생각지 않게 될 거야. 내가 사는 곳만 해도 얼마나 많은 사람들로 붐비는지 생각해봐!"

"우린 너희처럼 대가족이 아니잖아."

데이빗은 오늘 아침부터 다야와의 관계가 미묘해진 것에 신경이 쓰였다. 다야는 지금 자기 눈으로 보고 있는 모든 것에 대해, 더 없이 확실하고 열정적으로 자기주장을 펼치고 있었다. 유창하게 흘러나오는 말들, 미소, 그리고 의미심장한 단어들을 자신만의 색깔로 덧입혀 수놓는 특유의 비평들이 계속 이어졌다. 데이빗은 다야가 마음속으로는 친구인 자신까지도 평가하고 있으리라는 생각을 지울 수 없었다. 분명 다야는 곤혹스럽고 불편한 구석이 있었다. 하지만 손님으로서 지켜야 할 거리와 선을 넘는 법은 없었다. 그 와중에도 데이빗은 다야와의 관계가 우정에 기초하고 있다는 것만큼은 확신했다.

"아," 다야가 말을 이었다.

"영국인들이 둘러대는 해묵은 자기 합리화가 하나 있지. 영국 지배자들은 왜 대영제국이 우리 국민으로부터 이득을 취할 수 없는지에 대해서 하나같이 이렇게 얘기해. 하루가 다르게 머릿수가 많아지는 나라를 신경 써서 좋을 게 뭐 있냐는 거지. 굶주림은 어차피 불가피한 것이고, 실제로는 바람직한 것이라고 생각하는 거야. 그게 사람들을 복종하게 만드니까."

"하지만 인구 과잉을 부인할 순 없지 않나?"

데이빗이 말했다.

"내 말은 영국인들이 악의적이고 의도적으로 그 사실을 이용하고 있다는 거야." 다야는 확언했다.

"혹시 죽어가는 나무를 살펴본 적 있어? 자기 생명이 다했다는 걸 자각할 때, 그 나무는 갑자기 평소 때와는 비교할 수 없을 정도로 꽃과 씨앗을 광포하게 퍼뜨려. 너희 미국인들이 얘기하는 식으로 말하자면 자연의 법칙이지. 우리는 그걸 카르마라 부르고. 개별적인 생명이 사라져도 그 종은 결코 죽지 않아. 만일 그 씨앗마저 재생되지 않는다면 곧 멸종이지. 우리 인도인의 힘은 스스로 재생할 수 있다는 데 있어. 우리는 그 긴 역사 동안 꿋꿋이 살아남았어. 여전히 부모님을 공경하라는 가르침 속에서 개인의 의지를 가족의 더 큰 뜻에 귀속시켰지. 그러지 않았다면 우리도 다른 민족들처럼 멸종했을 거야. '네 부모를 공경하라. 그리하면 이 땅에서 네 생명이 길리라.' 이 말은 기독교에서도 쓰이지 않나?"

"다야, 난 너와 토론이 안 돼." 데이빗이 말했다. "넌 나보다 너무 앞서가니까."

"하지만 넌 내 주장에 반대 의견을 갖고 있잖아."

"항상 그렇지는 않아."

"그래서 절대로 납득 못하겠다는 거야?"

다야가 집요하게 물었다.

"내 생각과 다를 때는." 데이빗이 답했다.

"하지만, 네 주장, 네 이유가 있을 것 아니야, 백인 청년, 안 그래?"

그들은 자신들이 어디 있는지도 잊은 채, 계속해서 작은 기차역 플랫폼에 서 있었다. 시골 역 기장이 이 흰 피부와 검은 피부의 두 청년을 놀란 눈으로 바라보며 지나치다가, 격해지고 있는 싸움을 말리는 게 좋겠다고 생각했는지 담뱃진을 퉤 내뱉으며 말했다.

"이봐, 젊은이들, 내가 뭐 도와줄 게 있나?"

데이빗이 말했다.

"아, 아니에요. 괜찮습니다. 다야, 가자. 우리가 사람들 시선을 끌고 있어."

두 사람이 급히 등을 돌리자 그는 다시 침을 퉤 내뱉고는 입속에 남은 잔액을 씹으며 고개를 절레절레 흔들었다.

"여기서 3킬로미터니까 걸어가자."

데이빗이 말했다.

두 사람은 언쟁을 멈추고 그날 하루를 즐기자는 암묵적인 합의 속에서 강 위쪽 언덕으로 올라갔다. 데이빗은 자기가 얼마나 올리비아를 보고 싶어 하는지를 느끼면서, 그런 자신에게 놀라고 있었다. 그는 밤 무렵이면 기억의 장막을 뚫고, 햇볕에 그을린 올리비아의 아름다운 얼굴을 또렷하게 떠올리곤 했다.

"이 강을 보니 갠지스 강이 생각나는데," 다야의 목소리는 평소처럼 정감 있게 돌아와 있었다.

"아버지가 매년 그곳에 가셔서 단지에 신성한 물을 담아오시지."

"그래, 이젠 정말 이해가 가지 않는 걸," 데이빗이 말했다.

"네 아버지는 그렇다 쳐도, 다야 너는 도무지 이해가 안 돼. 캠브리지와 성스러운 갠지스 강이라……. 너무 어울리지 않잖아."

다야는 걸음을 멈추고 데이빗을 향해 말했다.

"여기를 봐. 내 이마 보이지? 여기에 보이지 않는 선이 하나 있어." 다야는 집게손가락으로 이마 끝에서 높이 솟은 잘생긴 콧부리까지 금을 그었다.

"왼쪽 여기와 심장 쪽 여기, 이게 내 종교야. 다른 쪽은 캠브리지, 현대 세계이자 과학의 영역이지."

"둘을 분리시키고 있다는 거야?"

"분리시킨 채 잘 지키고 있지."

"이해가 안 돼."

"이해하려고 하지마. 그냥 받아들여. 언젠가는 이 선이 사라질 수도 있겠지. 하지만 과학은 종교적인 직관 저 뒤쪽에 자리하고 있어. 과학이 신념을 대신할 날이 올 때까지는 이 선도 변함없이 그 자리를 지키고 있을 거야."

"넌 거기에 만족해?" 데이빗이 물었다.

"만족할 수밖에 없어. 그 외에는 할 수 있는 일이 없으니까. 내가 과학자라면 그 경계를 없애는 데 혼신의 힘을 쏟겠지. 하지만 난 그때를 기다리는 사람일 뿐이야."

데이빗은 아무 말도 하지 않았다. 늘 그렇듯 다야의 이야기는 데이빗의 지각을 넘어선 범주의 것이라 어떻게 반응해야 할지 알 수 없었다. 데이빗은 지금껏 교육받은 내용들을 단순히 받아들이기만 했을 뿐 스스로 창의적이고 깊이 있게 사고해보지 않았다는 사실을 깨달았다.

그에게는 자기 의견이 없었고, 또래인 다야에 비해 훨씬 사고력이 뒤쳐져 있었다. 이것이 다야와 함께 있을 때면 마음이 불편했던 이유였.

다야가 떠나야 할 시간이 된 것 같았다. 우정을 나누는 건 즐거웠지만, 함께 있는 것이 점차 부담감과 좋지 않은 상황을 불러오고 있었다. 데이빗은 아직 세계와 우주 같은 큰 주제를 토론할 준비가 되어 있지 않았고, 사랑이 뭔지도 몰랐다. 단지 하루하루 주어지는 대로 살고 있었고, 앞으로도 단순하고 명료하게 살아갈 수 있었다. 미국인으로서의 데이빗은 다야 안의 모호함이 싫었다. 아마 두 사람은 서로에 대한 이해의 끝에 다다른 것인지도 몰랐다.

둘은 침묵 속에서 거닐었다. 태양이 점점 뜨거워져 내리쬐는 햇살이 거의 최고치에 다다랐다. 두 사람은 그날 늦은 아침식사를 배불리 먹었다. 다야는 저녁에 귀가할 때까지는 아무것도 먹지 않겠다고 했다. 미국 음식은 너무 기름져서 장 속에 너무 오래 머문다는 것이다. 그는 가끔씩 종일 음식을 입에 대지 않기도 했다.

지금 다야는 열기와 먼지를 전혀 못 느끼는지 데이빗보다 훨씬 앞서 걷고 있었다. 잠시 후 강이 완만한 곡선을 이루는 지점에 이르자, 언덕 위의 집이 눈앞에 나타났다.

"여기야." 데이빗이 말했다. 둘은 선 채로 집을 바라보았다.

"멋진 곳인데." 다야가 말했다.

"그래, 바로 여기가 우리 민족에게 파견될 교사들의 요람이 된다 이거지. 아주 미국인다운 발상이야!"

데이빗은 갑자기 화가 났다.

"한 나라에서 최고의 인재로 뽑힌 사람들, 그거야말로 다른 민족에게 줄 수 있는 최고의 선물 아닐까."

"그게 상호 합의하에 이루어지는 건가?" 다야가 위압적으로 물어왔다.

"그렇다면 너희 민족은 우리 민족을 받아들일 수 있을까? 그렇다면, 난 나를 제안할게. 내가 여기 와서 우리 복음을 전하는 거야, 데이빗. 우리 민족들이 따르는 복음을. 그러면 네 아버지께서 나를 받아들이실 거라고 생각하니?"

데이빗이 고개를 돌려 다야를 보았다. "지금 농담하는 거지?"

"천만에. 난 지금 더없이 진지해. 학생들을 교육시킬 젊은 교수진에 인도인을 포함시키는 게 더 이치에 맞는 것 같지 않아? 파견될 나라에 대해 더 잘 알게 될 테니까. 난 심각해, 정말이야! 그렇다면 나를 받아주실까?"

다야는 정곡을 찌르고 있었다. 다야는 데이빗이 공정하고 거짓말을 못한다는 걸 알고는 투창처럼 질문을 던지고 있었다. 그는 주먹을 꽉 쥔 채 고개를 빳빳이 들고 서 있었다. 데이빗은 자신도 모르게 뒷걸음질을 쳤다. 두 사람 중 하나가 입을 열기도 전에, 갑자기 젊은 여자의 목소리가 들려왔다.

"데이빗 맥카드! 웬일이세요!"

올리비아였다. 그녀가 강 쪽에서 올라오고 있었다. 수영을 한 모양인지 원피스 수영복이 흠뻑 젖어 있고, 뒤로 늘어뜨린 긴 머리칼에서도 물이 떨어지고 있었다. 혼자라서 그랬는지 수영 스타킹도 신지 않고 샌들만 발에 걸치고 있었다. 촉촉하게 젖은 팔과 목덜미와 얼굴, 속눈썹 위로 쏟아지는 햇살이 그녀를 더 눈부시고 사랑스럽게 보이도록 했다.

두 청년은 잠시 할 말을 잊었다. 데이빗이 먼저 말을 꺼냈다.

"올리비아, 이쪽은 인도에서 온 내 친구 다야라고 해요. 다야, 이쪽은 데사드 양."

"올리비아," 다야가 말했다.

"데이빗은 내게 가족 같은 친구니까, 그냥 이름을 불러도 되겠죠?"

올리비아가 손을 내밀며 말했다.

"만나서 반가워요. 인도에 대해서는 제 할아버지한테 많이 들었어요. 인도를 가본 적이 있으시거든요. 집으로 들어오세요."

그들은 언덕으로 올라가는 좁은 길이 서로를 갈라놓을 때까지 올리비아를 사이에 두고 함께 걸었다. 그리고 난 뒤 올리비아가 맨 앞에 서서 걷고, 그 뒤를 다야가 따르고, 데이빗은 맨 끝에서 걸었다. 다야는 이 자신만만한 소녀에게 꽤 깊은 인상을 받은 듯했고, 올리비아도 다야가 있어서 더 명랑해진 것 같았다.

언덕 꼭대기에 이르러 데이빗이 앞으로 나아가는 바람에, 세 사람은 다시 그녀를 사이에 두고 걷기 시작했다. 다야와 올리비아는 쉴 새 없이 이야기를 나누고 있었다. 데이빗은 올리비아가 그렇게 말을 많이 하는 것도, 그렇게 자유롭고 편안한 모습으로 있는 것도 본 적이 없었다. 갑자기 질투심이 불타올랐다. 다야가 올리비아를 저토록 자유롭게 만들어주고 있다니!

반면 데이빗과 있을 때의 올리비아는 마음을 열지 않는 듯했고, 말수도 별로 없었다. 데이빗의 심장 박동이 빨라졌다. 새로운 충격 때문에 사랑의 감정이 더 선명해지는 기분이었다. 데이빗은 다야를 익히 알아왔던 것처럼 깔깔대며 신나게 떠드는 마치 깊은 잠에서 깨어난 듯한 명랑한 올리비아를 보자, 애초에 다야를 데려오는 게 아니었다는 후회가 들었다. 데이빗은 무력감을 느끼며 두 사람을 따라 걸었다. 올리비아가 그들을 집 안으로 안내했다.

"응접실로 들어가세요."

올리비아가 특유의 카랑카랑하고 도도한 목소리로 말했다. 그 음성은 늘 생기발랄한 활기를 띠고 있었다.

"어머니는 곧 내려오실 거예요. 저는 가서 옷을 갈아입고 올게요. 예전엔 매일 차를 마시곤 했지만 지금은 없을 때도 있어요.

하지만 탁자 위에 포도주와 비스킷이 있으니 알아서 마음껏 드세요."

올리비아는 젊은 암호랑이처럼 유연한 몸짓으로 계단을 뛰어올라갔다. 다야는 자연스럽게 탁자로 걸어가 자기 집인 듯 편안하게 포도주를 따르더니, 잔과 비스킷을 차례로 데이빗에게 건넸다.

"이 친구야," 다야가 낮은 목소리로 힘주어 말했다.

"만일 네가 이 소녀와 결혼하지 않는다면, 너는 천하에 둘도 없는 바보야! 저 여자는 예쁠 뿐만 아니라 자유로운 정신과 지성미까지 겸비하고 있어. 난 네가 부러워!"

데이빗은 잔을 받아들고 손으로 비스킷을 부숴버렸다. 그런 뒤 다야의 자석 같은 매력에 저항하면서 방어벽을 세웠다.

"무슨 일이 있어도 올리비아와 결혼할 생각이야."

데이빗은 이렇게 말하고 나서는, 이 중대한 결정을 내리는 데 조금의 동요도 없는 자기 내면의 평온함에 놀라고 있었다.

그날 밤 두 사람이 집에 돌아왔을 때, 데이빗은 여전히 알 수 없는 커다란 감정에 압도당하고 있었다. 그는 올리비아가 다시 아래층으로 내려올 때까지 거의 침묵을 지켰다.

또한 끊임없이 올리비아에게 찬사를 퍼붓는 다야의 이야기에도 귀를 기울이지 않았다. 그저 이사 가는 일, 짐 싸는 일 등에 대한 데사드 부인의 볼멘소리를 들으며 요점 없는 이야기들만 나누었다. 그리고 집으로 돌아오는 내내 뭐라고 떠들던 다야의 얘기도 귓등으로 흘려들었다. 상냥함, 지적인 도도함, 섬세하게 생긴 손, 내면에 깃든 힘 등 이 놀랄 만한 소녀에 대한 열광의 단어들이 꼬리에 꼬리를 물고 다야의 입에서 흘러나왔다.

"그녀의 남편이 되려면 용기가 필요하겠어, 데이빗." 다야가 열띤 말투로 얘기했다.

"하지만 얼마나 매혹적인 도전이야! 데이빗, 그러려면 너도 강해져야 하겠는데. 너 자신을 위한 힘의 원천을 발견해야 할 거야."

✤

"건물은 어떻게 진척되고 있더냐?"

맥카드가 식탁 머리에서 물었다. 두 청년은 마치 돌로 머리를 맞은 듯이 서로를 멍하게 바라보았다. 다야가 마침내 웃음을 터뜨리자, 데이빗은 얼굴을 붉혔다.

"아버지, 깜빡 잊었어요."

"그걸 깜빡 잊었다고!" 맥카드가 눈을 동그랗게 뜨고 데이빗의 말을 반복했다.

"네. 그게 저기…… 얘기를 좀 해야 해서…… 올리비아와."

데이빗이 기어들어가는 목소리로 말했다. 맥카드는 숱 많은 눈썹 아래로 두 사람을 유심히 쳐다보았다.

"그래, 아주 잘했구나. 잘했어."

데이빗이 아무 말도 못하자 다야가 급히 데이빗을 변호하고 나섰다.

"맥카드 씨, 장소는 완벽했습니다. 사람의 마음을 신성하게 만들 수밖에 없는 곳이라는 생각이 들었어요. 영혼을 위한 장소죠."

"그게 바로 내 사업의 목표라네." 맥카드가 말했다.

"자네가 내 생각을 이해해서 기쁘군."

⁌

본능이 다야에게 이제 서쪽으로 향할 때라고 말하고 있었다. 그는 미국의 다른 곳도 가보고 싶었다. 또한 남부에 사는 흑인들도 보고 싶었다. 그래서 캘리포니아에서 배를 타기로 결심했다. 그는 올리비아에 대해서 더는 아무 얘기도 않고 있었다.

데이빗이 그녀 이야기를 하고 싶어 하지 않는다는 것을 직감적으로 느꼈기 때문이다. 어색한 분위기가 두 사람의 우정 위에 안개처럼 내려앉고 있었다.

"데이빗, 난 이제 인도로 돌아가야겠어."

다야가 어느 날 아침 말했다.

"여기 온 게 벌써 언제인지 까맣게 잊고 있었어. 한 해가 이렇게 지나고 있다는 걸 말이야. 게다가 돌아가서 처리해야 할 일도 많고. 아버지께서 가을 중순까지는 돌아오라고 하시더군. 여기서 지내는 일은 더없이 즐겁지만 더는 지체할 수 없겠어."

"꼭 다시 와야 해." 데이빗이 말했다.

"너도 인도에 꼭 와야 해." 다야가 말했다. 그는 사실 이런 말을 보태고 싶었다.

"아마 신혼여행으로 올 수도 있겠지." 하지만 그는 말하지 않았다. 확신을 위해 압박하는 건 연꽃잎을 억지로 벌리는 것 처럼 보람도 가치도 없는 일이었다.

데이빗은 대답 없이 미소만 지었다. 그는 다야가 짐을 싸는 동안 곁을 떠나지 않았다. 다야는 자기가 원할 때는 아름다운 여인처럼 여유와 게으름을 피웠지만, 일단 마음을 먹으면 지체없이 행동으로 돌입하는 청년이었다.

그는 일사불란하게 가족들을 위한 선물들을 포함해 소지품들을 정리했다. 아내를 위해 구입한 다이아몬드가 세팅된 작고 값진 금팔찌, 어머니를 위한 해 모양의 다이아몬드 브로치, 아버지의 선물인 푸네 시골길 새들과 사뭇 다른 미국 새들을 그린 오듀본*Audubon의 그림첩, 그리고 두 아들을 위해 구입한 자동식 장난감, 형제들과 사촌과 삼촌과 숙모 등을 위한 손목시계 등이었다.

다음날 저녁이 되자 짐 포장이 마무리되고, 다야도 떠날 준비를 마쳤다. 데이빗은 그를 기차역까지 배웅해주었다. 다야는 이별 분위기를 내면서 주춤댔다.

"우리 우정에는 시작도 끝도 없네." 그가 확언했다.

"그건 우리가 태어나기 전에 있었고, 또한 끝나지 않을 테니까. 우리 스스로 서로를 떼어내지 않는 이상 말이야. 난 그러지 않을 거야."

"나도 마찬가지야." 데이빗이 말했다. 다야는 마치 다음날 아침이면 다시 만날 것처럼 가볍게 기차 위에 올라 자리를 잡고 창가에서 손을 흔들었다.

그리고 두 사람은, 마지막 순간 둘 사이에 새로운 돌발 변수를 만들지 말자는 암묵적인 동의라도 한 것처럼 기차가 떠날 때까지

---

* 미국의 조류학자이자 화가

인도에서 온 손님

가볍고 소소한 얘기들만 나누었다. 기차는 곧 출발했고, 다시 데이빗의 곁에는 아무도 남지 않게 되었다.

아버지는 그날 저녁, 집에서 식사를 하는 대신 늦는다는 전화를 해왔다. 데이빗은 위층의 자기 방으로 올라갔다. 이제 집은 완전히 텅 빈 채로 거의 위압적인 침묵만 감돌았다.

그는 몇 주간 거의 어머니를 생각하지 않았다. 또한 그녀에 대한 생각을 다시 불러 모을 수도 없었고, 그러고 싶지도 않았다. 그의 방은 이제 다야의 생생한 존재감, 역동적인 목소리, 빠른 말투 등의 메아리로 가득 차 있었다. 하지만 지금은 그를 다시 맞아들이고 싶지 않았다.

데이빗은 방으로 들어가 문을 닫았다. 올리비아를 보러 가고 싶었다. 건축 현장을 둘러본다는 핑계로 찾아간 뒤, 기회를 봐서 청혼할 생각이었다. 데이빗은 참을 수 없는 허기, 움푹 패인 듯한 마음의 공백을 느꼈다. 오로지 하나의 이름만이 그의 가슴 속에서 메아리쳤다. 올리비아!

⚜

올리비아가 눈에 띄지 않았다. 데이빗은 아직 지붕을 얹지 않은 건물들 사이를 거닐면서, 그녀를 찾기 위해 분주하게 눈동자를 움직였다. 울창한 숲으로 둘러싸인 총 여섯 개의 건물이 마치 천체처럼, 저택을 중심으로 멋진 구도로 지어지고 있었다. 아버지가 영입한 뉴욕의 유명한 건축가가 설계도를 손에 쥔 채, 뒤엎어서 온통 엉망이 된 땅 위를 사뿐사뿐 걷고 있었다.

그는 데이빗을 반갑게 맞이하며, 저택 주변으로 웅장하게 솟고 있는 건물들을 손가락으로 가리켰다.

"일단은," 건축가가 의기양양하게 말했다.

"나무들을 좀 잘라내야만 했습니다. 어떻습니까? 전체적으로 더 좋아졌지요? 신성한 기운으로 넘치지만 여전히 현실적인 기반 위에 서 있는 학교! 난 당신 아버지께서 말씀하신 그 기념사업의 목적을 염두에 두고 이곳을 설계했습니다. 저 큰 집이 말하자면 구심점, 이 사업에 맞는 용어로 말하자면 일명 성찬대가 되는 거지요. 그 주변으로는 청년들이 교사들과 어우러지고, 영감은 저 중심으로부터 온다고 할 수 있습니다."

그는 다소 극성스러웠고 몸집이 작았으며, 섬세한 화술을 구사하고 있었다. 검정 띠가 달린 코안경이 그의 셔츠 단추 구멍에 매달려 있었다. 그의 열성적인 설명을 듣자 나무를 잘라서 전체적으로 전망이 좋아지고 새 건물들이 중심 저택의 고고한 기운에 뿌리를 두고 있다는 그의 말에 동의해야 할 것만 같았다.

"아주 멋져요." 데이빗은 이 말이야말로 상대가 원하는 것임을 깨닫고 아낌없이 해주었다. 그러자 이 작은 몸집의 남자는 기쁨으로 눈을 반짝이며 말했다.

"훌륭하신 아버지께 가서 말씀드려주십시오." 그가 간청하듯 말했다.

"맥카드 씨는 여간해서는 만족시켜드리기 힘드신 분이지요. 하지만 그만큼 가치가 있습니다. 저는 지금 제 능력과 정성을 다하고 있어요."

"아주 훌륭하게 진행되고 있다고 말씀드릴게요."

"고맙습니다. 고마워요." 작은 몸집의 남자가 말했다. 데이빗은 고개를 끄덕이고는 자리를 떠났다. 시간이 거의 정오를 향하고 있는데도 여전히 올리비아가 보이지 않았다. 이제 본격적으로 찾아나설 수밖에 없었다.

데이빗은 우선 집으로 가보았다. 문은 평소처럼 활짝 열려 있었지만 앞에 보이는 넓은 방에는 어떤 낌새도 없었다. 싱싱한 꽃들이 화병에 꽂혀 있었음에도 정작 올리비아는 보이지 않았다. 데이빗은 무거운 문손잡이를 들었다가 세 번 내리쳤다. 그러자 부엌쪽에서 데사드 부인의 목소리가 흘러나왔다.

"누구시죠?"

데이빗은 안으로 들어서서 목소리가 나는 쪽으로 향했다.

"접니다. 데사드 부인. 건축 현장을 둘러보러 왔다가, 가기 전에……."

데이빗은 부엌문을 열었다.

"와, 냄새가 좋은데요!"

"포도예요." 데사드 부인이 말했다. 그녀는 화덕 옆에 서서 커다란 솥 안의 포도를 긴 수저로 휘젓고 있었다. 여전히 야단하지만 기품 있는 모습이었다.

"올리비아는 포도를 따고, 난 젤리를 만들고 있지요. 아주 뜨겁네요."

그러자 데이빗은 뭐라도 해야겠다는 생각이 들었다.

"제가 도와드릴 수 있으면 좋겠는데요." 그런 뒤 갑자기 큰 소리로 말했다.

"하지만, 젤리 만드는 일보다는 포도 따는 일을 더 잘할 수 있을 것 같군요."

데사드 부인은 몇 초간 말이 없다가 시선을 돌린 채 말했다.

"그렇게 해주신다면 올리비아가 고마워할 거예요. 장담할 수는 없지만요. 가끔은 속을 알 수 없는 아이니까요."

"어쨌든 도우러 가보겠습니다."

데이빗은 서둘러 홀을 가로질러 잘 손질된 작은 정원으로 이어지는 뒷문으로 걸어 나왔다. 올리비아는 이곳을 경이로운 장소로 만들어놓았다. 회양목은 잘 다듬어져 있었고, 화단은 잡초를 말끔히 뽑아놓았고, 철 이른 국화는 빨강, 하양, 노랑으로 막 꽃피는 중이었다. 데이빗은 길을 따라 걷다가 주목으로 만든 문을 지나 왼쪽으로 꺾여져 부엌 정원으로 들어섰다. 그러자 거기 포도덩굴 속에 넓은 밀짚모자로 햇빛을 가린 채 서 있는 올리비아가 보였다. 공작새 파일럿도 꼬리를 한껏 펼친 채 그 곁에 있었다.

올리비아는 데이빗이 와 있는 걸 모르는 것 같았다. 데이빗은 잠시 멋진 새 옆에 서 있는 그녀의 모습을 즐겁게 바라보았다. 올리비아는 노란색 무명 가운과 땅까지 끌리는 치마 차림으로 고개를 들고 포도 따는 일에 열중하고 있었다. 검은 머리카락은 목덜미에 닿지 않게 늘어져 있었고, 손가락은 포도덩굴 사이를 민첩하게 움직였다. 그러다가 자줏빛의 커다란 포도 알맹이를 따서 입으로 가져갔다.

"맛있어요?" 데이빗의 말이 끝나기가 무섭게 파일럿이 날카로운 비명을 질렀다. 올리비아도 즉시 고개를 돌렸다.

"얼마나 거기 서 계셨죠?"

올리비아가 딱딱한 투로 물었다.

"아주 잠깐이요. 맹세해요." 데이빗이 웃으면서 말했다. 그는 올리비아에게 다가가 그녀를 내려다보았다.

"결코 놓칠 수 없는 장면이었거든요."

올리비아는 얼굴을 데이빗에게 향했다. 그 커다란 눈에는 책망하는 기운이 묻어났다.

"기분이 상했나요?" 데이빗이 물었다.

"네, 그래요. 전 아무도 없는 줄 알았어요."

"포도 먹는 게 사악한 일은 아니잖아요." 데이빗이 놀리듯 말했다.

"전 아무도 없는 줄 알았다고요." 올리비아가 같은 말을 반복했다.

데이빗은 그녀가 화를 내고 있다는 걸 감지했다. 그리고 구름한 점 없는 맑은 날에 어떤 구름이 끼는 것도 원치 않았으므로 그녀의 마음을 누그러뜨리려 애썼다.

"제가 도와드릴까요? 당신 혼자서 하루에 다 따기에는 너무 많잖아요."

"그 비싼 옷이 더러워질 텐데요." 올리비아는 데이빗을 아래위로 훑어보며 말했다.

"옷 따윈 아무래도 상관없어요." 데이빗은 그녀의 옆에 서서 포도덩굴 사이로 손가락을 뻗었다.

"아래 있는 것들이 제일 잘 익은 거예요."

"제일 큰 포도를 따먹어도 될까요?"

"5분에 한 번씩만 돼요."

데이빗은 올리비아의 눈을 보았다. 그 눈빛이 장난기로 가득 차 있는 걸 보니 마음이 즐거워졌다.

"그 인도 친구는 갔나요?" 갑자기 올리비아가 물었다.

"그래요." 데이빗이 짧게 답했다. 그는 다야 얘기를 하고 싶지 않았다.

"다시 온대요?" 올리비아는 집요하게 캐묻고 있었다.

"당분간은 아닐 겁니다." 데이빗은 이렇게 말하고는 잠시 후 어떤 저의를 품고 다시 말을 이었다.

"아마 제가 인도에 있는 그 친구를 방문하게 될 것 같군요."

"언제요?" 올리비아가 화제를 끌었다.

"당분간은 아니고요." 데이빗이 같은 말을 반복했다. 두 사람은 몇 분 동안 말없이 포도를 땄다.

"저보다 열 배는 더 빨리 따는군요." 데이빗이 말했다.

"제 추측이 맞는다면, 포도 따는 거 처음이시죠?"

"네, 포도가 어떻게 자라는지도 잘 몰라요."

"그러실 줄 알았어요."

"한심합니까?"

"달리 잘하시는 게 뭐가 있냐에 따라 다르겠죠."

"유감이지만, 별로 잘하는 게 없는데요." 데이빗은 솔직하게 말했다. 그리고는 절호의 기회를 포착하기 위해 계속 노력했다.

"전 무슨 일을 하기 전에 영감을 필요로 하는 사람이거든요."

데이빗은 일손을 멈추고 그녀를 향해 고개를 돌렸다. 그러나 그녀는 여전히 포도 따는 일에 여념이 없었다.

"올리비아!"

그녀는 고개를 들어 진지한 표정의 데이빗을 바라보았다.

"올리비아, 당신을 보려고 여기 왔어요. 오로지 당신을 보기 위해서."

올리비아는 어떤 답변도 움직임도 없었다. 데이빗은 활처럼 휜 섬세한 눈썹 아래 그 진한 눈망울을 바라보았다.

"물론 우리는 서로를 오래 봐오지는 못했습니다." 그가 더듬거리며 말을 이었다.

"하지만 이 사실을 알기에는 충분해요. 제가…… 당신을 사랑한다는 것 말입니다!"

하지만 가쁜 호흡 때문에 마지막 문장은 속삭임처럼 되어버렸다. 올리비아의 반응은 거의 즉각적이고 명료했다.

"아, 데이빗 미안해요!"

데이빗의 귓전에 그녀의 목소리가 종소리처럼 아득히 울려 퍼졌다.

"미안하다고요?" 데이빗은 바보처럼 그녀의 말을 되풀이했다.

"아, 정말 미안해요." 올리비아가 자책하듯 말했다.

"전 몰랐어요, 데이빗. 방금 전까지만 해도, 아니, 몇 분 전까지만 해도. 만일 알았다면, 당신이 이렇게까지 하시도록 모른 척하지 않았을 텐데. 아니, 처음부터 이런 일이 일어나지 않도록 했을 거예요."

데이빗은 어떤 말도 할 수 없었고, 어떤 소리도 낼 수 없었다. 단지 당황스러워하는 그녀의 얼굴을 망연히 바라보며 서 있을 뿐이었다.

"사랑한다 해도, 절 오래 사랑하지는 않겠죠. 그건 확실해요. 그러니까 아직까지는 깊지 않을 거예요. 마음이 곧 정리되겠죠."

"깊습니다!" 데이빗이 소리쳤다.

"당신은 잘 몰라요. 난 예전에 누군가를 이렇게 사랑해본 적이 없어요. 앞으로도 없을 거고요!"

"오, 그런 말은 하지 말아요, 데이빗!"

"왜 날 사랑할 수 없는 겁니까?" 데이빗이 강요하듯 물었다.

올리비아는 눈꺼풀을 아래로 떨구었다. 순간 데이빗의 주먹 쥔 양 손이 보였다.

"당신을 사랑할 수 있어야만 하겠죠." 그녀가 나지막한 음성으로 말했다.

"다른 여자들이라면 그랬을 거예요. 하지만 저는 그럴 수가 없어요."

"이유가 뭡니까?" 데이빗이 집요하게 물었다. 올리비아는 양 손을 앞으로 내밀었다가 어쩔 수 없다는 듯 아래로 떨어뜨렸다.

"그런 걸 어떻게 말로 설명할 수 있겠어요? 당신이 강한 사람이 아니라서 그럴 수도 있겠죠. 만일 누군가를 사랑하게 된다면, 제가 그 사람보다 강한 건 싫어요. 저는 우러러볼 수 있는 남자가 좋아요."

"당신은 나를 우러러볼 수 없다는 말이군요." 데이빗은 비참한 심정으로 말했다. 올리비아는 그를 올려다보고 있었다. 애원하는 듯한 그 짙은 눈망울이 깊이를 더해갔다.

"네. 그래요." 그녀가 서글픈 음성으로 말했다.

"당신은 단지 맥카드 씨의 아들일 뿐이에요, 그렇지 않나요? 그 유명하신 맥카드 씨요!"

데이빗은 자신을 올려다보는 올리비아를 바라보았다. 쓰디쓴 낭패감이 가슴에 아려왔고, 입안은 바짝바짝 말랐다. 그때 공포스럽게도 흐느낌이 터져 나올 것 같았다. 그는 뒤돌아서 빠른 걸음으로 그곳을 떠났다. 그런 말이 오고 간 뒤에 흐느껴 운다는 건 있을 수도 없고, 있어서도 안 되는 일이었다.

그는 서둘러 그 집을 나와 강으로 향하는 작은 오솔길로 내려갔다. 그리고 사람들 눈에 띄지 않는 곳에 자리를 잡은 뒤 시들어가는 양치식물 위에 쓰러지듯 몸을 던지고는, 구부러진 잎들과 싱싱한 풀 속에 얼굴을 묻은 채 흐느꼈다. 아마 몇 시간 정도 그러고 있었던 것 같았다. 그러자 흐느낌은 기도로 이어졌다. 그의 인생 첫 번째 기도라고 할 수 있는 간절한 기도였다.

"오, 신이시여. 저는 이제 뭘 해야 합니까? 제가 무슨 쓸모가 있습니까?"

기도가 그의 상처받은 가슴에서 봇물 터지듯 흘러나왔다. 그는 마치 다른 사람의 목소리가 말하는 것처럼 자신의 기도를 듣고 있었다. 그렇게 지독한 외침 속에서 몸을 떨었는데도 아무 응답이 없었다. 들리는 소리라고는 나뭇가지들이 내는 탁탁 소리와 미풍에 잎사귀들이 바스락거리는 소리, 멀리서 들려오는 트럼펫 소리뿐이었다.

뜨거운 햇살이 죽은 듯 꼼짝 않고 있는 그의 몸 위로 쏟아졌다. 그는 눈을 감은 채 누워 있었다. 따뜻한 대지 냄새와 뭉개진 양치식물의 향기가 콧속을 파고들었다. 데이빗은 다시 생각하기 시작했다.

다야가 그와 올리비아 사이에 있었다. 만일 그녀가 다야를 보지 않았더라면, 그 설명할 수 없는 신비로운 매력과 깊고 번뜩이는 총명함을 보지 않았다면, 올리비아도 생각을 달리 했을 것이다. 그런 남자가 존재하는지조차 몰랐을 테니까. 하지만 올리비아에게 덫을 씌웠다고 다야를 탓할 수도 없었다.

비록 올리비아의 강렬한 눈빛과 자신만만한 태도가 다야의 그런 면을 더욱 부추겼을지라도, 다야는 오직 그 순간 자신으로 존재했을 뿐이다. 올리비아 또한 인도 여자들의 소극적이고 수줍어하는 태도에 지쳐 있던 다야에게 더할 수 없이 매력적이었을 것이다.

데이빗은 일어나서 앉았다. 그리고 팔로 무릎을 감싼 채 반짝이는 강물을 응시했다. 올리비아는 올려다볼 수 있는 남자가 좋다고 말했다. 다야를 봤기 때문에 그렇게 말한 것이다. 상대의 마음도 제대로 살피지 않고 그렇게 불쑥 프로포즈를 해버리다니 얼마나 경솔했던가? 스스로가 아무것도 모르는 어린아이처럼 느껴졌다. 지혜도 부족하고, 어리석을 정도로 성급하고, 그래서 상처만 가득한 소년 같았다. 그는 올리비아에게 가서 뜬금없이 자신을 사랑해달라고 요구했다. 사랑이 장난감이나 사탕이라도 되는 것처럼.

햇살 찬란한 대낮에 그는 슬픔과 낭패감으로 꼼짝도 할 수 없었다. 희미한 통증이 육체까지 잠식하고 있었다. 단발적인 통증이 몸 이곳저곳을 공격했다. 그는 돌아가신 어머니를 가슴 아프게 떠올렸다. 만일 어머니가 살아계셨다면, 당신이 주는 위안과 웃음 쪽으로 향했을 텐데.

"쯧쯧, 바보 같기는." 늘 웃음기가 배어 있던 어머니의 부드러운 음성이 들려오는 듯했다.

"그녀가 널 우러러봐야만 한다면, 산이라도 타지 그러느냐?"

그는 고개를 무릎에 묻고 눈을 감았다. 기억 속에서 그 선명하고 맑은 목소리가 실제로 들려오는 것 같았다. 마치 이야기하고 있는 것처럼 생생했다. 이것이 그녀가 아들에게 닿을 수 있는 유일한 길일지도 몰랐다. 목소리에 대한 기억, 그리고 어머니라면 이 순간 뭐라고 말하실까 추측하는 데이빗의 상상력 말이다.

그의 존재는 흩어져버렸고, 순간 거기에서 발생한 어떤 순수한 열망이 기도를 통해 정제되어 드러났다.

"오, 신이시여," 지금 이 순간만큼은 그 역시 절대적으로 신이 필요했다.

"제가 어떻게 시작해야 할지 말씀해주소서."

데이빗은 심장이 두근대는 것을 느꼈다. 그는 생각했다. 어떤 응답이 오건 그걸 과감히 따라야 했다. 그런 사람만이 응답을 요구할 자격이 있었다. 그는 절벽 위에 한 치의 미동도 없이 앉아 있었다. 뜨거운 공기는 정체되어 있고, 태양이 그의 머리 위에서 불타고 있었다. 멀리 하늘에서는 매의 날카로운 울음소리가 들려왔다. 그는 기다렸다. 마음을 텅 비웠고, 의식을 한 자리에 고정시켰다. 그때였다. 순간, 인도의 붐비는 거리와 까무잡잡한 얼굴들이 데이빗을 향해 몸을 돌렸다. 그 얼굴들에는 의지와 상관 없이 거기 모이게 된 사람들처럼 놀라움이 가득했다.

데이빗은 선명한 영상에 화들짝 놀라서 고개를 번쩍 들었다. 앞에는 오로지 강물과 멀리 보이는 푸른 해안과 하늘 높이 비상하는 매 한 마리뿐이었다. 삶의 방향을 청원한 뒤 인도를 보게 되다니, 이건 대체 무슨 의미일까? 바로 이것이 응답일까?

데이빗은 눈에 보이는 세상과 그 너머의 세상 사이에 존재하는 어떤 틈을 보고 있었다. 그 비전은 너무 광대해서 한눈에는 결코 알 수 없었다. 그는 그것을 자기 나이에 맞는 언어로 전환해보려고 했다. 헌신, 봉헌, 사역. 이 열정이 깃든 단어들이 그의 영혼에 포도주처럼 스며들었다. 이곳에서는 누구도 그를 필요로 하지 않았다. 하지만 인도는 타인의 손길을 끝없이 필요로 하고 있었다.

신 외에는 그가 거기서 뭘 해야 할지를 알지 못할 것이다. '신'이라는 이름이 그의 마음에 새로운 외경심으로 다가왔다. 이제 신이 그에게 길을 보여줄 것이다. 그는 이게 바로 '거듭난다'는 의미이리라 생각했다. 어머니의 육체를 통한 첫 번째 탄생처럼, 이 두 번째 탄생 또한 예상치 못하게, 그러나 자연스럽게 그를 찾아왔다. 그에게 이제껏 존재했던 세상은 종지부를 찍었다. 처음에는 어머니의 죽음으로 인해 그만의 세상으로부터 쫓겨났고, 지금은 올리비아의 거절과 처절한 무력감 속에서 새로운 삶이 시작되고 있었다. 데이빗은 깊은 숨을 들이마신 뒤 자리에서 일어났다.

✤

"그런 생각은 어디서 접한 게냐?"

맥카드가 나무라듯이 물었다. 그는 요 며칠간 말도 없고 뭔가 넋이 나간 듯한 아들의 모습을 죽 지켜봐온 차였다. 게다가 저녁 식탁에서는 거의 음식에 입도 대지 않더니, 식사를 끝낸 뒤 아버지의 서재를 찾아와 불쑥 선교사가 돼서 인도에 가고 싶다는 말을 꺼낸 것이다.

"이건 '그런 생각'이 아니라 제 확신이에요."

데이빗이 말했다. 맥카드가 덥수룩한 머리를 들자, 벽난로 위 레일라의 초상화에 박힌 두 눈이 두 사람을 내려다보고 있는 것이 보였다. 맥카드는 그 시선을 피했다.

"넌 그냥 물려받으면 돼. 지금 내가 설립하려는 기념사업은 내 외아들을 훈련시키려고 짓는 게 아니야. 내 뒤로 그 사업을 이어갈 사람이 누구라고 생각하느냐?"

"전 성스러운 인도 아래에서 제 자신의 삶을 살고 싶어요."

데이빗이 말했다. 아버지들이란 원래 외아들에게 모질지 못한 법이다. 오래전 맥카드는 말 안 듣는 데이빗에게 매를 한 번 들어놓고는 한바탕 눈물을 흘린 적이 있었다. 레일라저도 그에게 달려들더니 한 번만 더 데이빗을 때리면 그때는 당장 그를 떠나버리겠다며 흐느꼈다. 그랬다. 맥카드는 그 이후로는 데이빗에게 매를 든 적이 없었고, 현재도 마찬가지였다. 그는 두 팔을 휘저으면서 말했다.

"이거 참 재밌는 농담이군! 아주 재밌는 농담이야! 그물을 쳐서 자기 아들을 잡은 셈이니! 내 아들을 걸고 신과 노름을 벌이다가 결국 진 거로군! 하!"

맥카드는 코웃음을 치다가 한숨을 짓다가 급기야는 자기연민에 빠졌다.

"얘야, 아들아. 난 이제 점점 늙어가고 있단다. 단 몇 년이라도 나와 함께 있어줄 수 없겠느냐?"

"전 이미 결심했어요, 아버지." 데이빗이 말했다. 그 말에 맥카드는 벌떡 일어서서 커다란 탁자 주변과 영국산 참나무로 만든 큼지막한 의자들 사이를 쿵쿵거리며 걸어 다녔다.

"그 사업 한다고 괜한 돈을 쓴 꼴이군. 이럴 줄 알았다면 애초에 시작도 안 했을 게야! 그 무시무시한 나라로 가겠다니! 네 어미가 이걸 알면 나한테 뭐라고 하겠느냐? 뱀들, 이교도, 오물, 그래도 거기 갈 사람들은 많아. 하지만 내 아들은 안 된다! 차라리 지금 짓고 있는 건물들을 불 질러버리고 인도를 지옥에 빠지도록 놔둘 테다. 지금 그대로 놔둔들 더 나빠질 것도 없다, 어차피!"

데이빗은 아무 대꾸도 하지 않았다. 맥카드는 잠시 후 곁눈질로 아들을 흘끗 쳐다보았다. 데이빗은 아버지를 조용히 바라보며 앉아 있었다. 아내 앞에서 미친 듯이 소리를 지를 때 아내가 그를 바라보던 눈길과 똑같았다. 두 사람의 닮은 모습이 그의 가슴을 찢어 놓았다. 그는 의자에 풀썩 주저앉았다. 그리고는 고개를 가슴 쪽으로 힘없이 떨구었다.

"그래. 네 마음대로 해라." 맥카드가 낮은 목소리로 중얼거렸다. "난 신경 쓰지 않을 게다. 그래. 내가 졌다. 하지만 넌 내가 그 기념사업을 진행하면서 누릴 수 있었던 모든 즐거움을 앗아갔어! 건물들은 끝까지 지어지겠지만, 난 거기서 어떤 기쁨도 느끼지 못할 게다. 네가 모든 걸 짓밟아버린 거야."

"저는 제가 옳다고 생각하는 바를 행할 뿐이에요."

아들이 말했다.

"그렇다면, 난 그 기념사업 단지를 모조리 공장으로 만들어버릴 테다!" 맥카드가 소리쳤다. 두 부자는 타오르는 눈빛으로 조금의 미동도 없이 서로를 노려보았다.

5장

푸네의 저녁

    태양이 잿빛 산맥 너머 푸나의 둥근 지붕들 위로, 회교 사원의 뾰족탑들과 지붕을 받친 하얀 돌기둥 위로, 키 큰 초록 야자수 위로 꿈틀꿈틀 기어오르고 있었다. 벌써 웅성거리며 활기를 띤 거리에는 황소 수레가 삐걱거리고, 물을 나르는 사람들의 물통에는 수은 같은 물방울들이 첨벙거리며 먼지를 잠재우고 있었다.

    데이빗은 선교사 사택의 조용하고 텅 빈 서재에 자신을 가르치는 마라티족 교사와 앉아 있었다. 그는 마라티어 교재에 적힌, 마치 끈처럼 생긴 글자들에 대해 깊이 명상할 수 있는 이 시간을 좋아했다. 처음에는 글자 하나하나의 의미를 해독한다는 자체가 불가능하게 느껴졌지만, 이제는 느린 속도로나마 읽을 수 있게 되었고, 급기야는 이 우아한 무늬가 언어처럼 보이기 시작했다.

그는 다야의 조언을 받아들여 가장 먼저 범어를 공부했다. 다야는 범어로 된 고대 경전에서 인도 사상의 뿌리를 찾을 수 있다고 말했다. 그런데 놀랍게도 데이빗은 그 책 안에서 기독교 사상과 일치하는 부분들을 발견했다. 그는 흰 벽 맞은편에 놓인 책상 앞에서 힌두교 초기 경전의 기도문을 두꺼운 크림색 종이 위에 조심스럽게 받아 적었다.

저를 비실재로부터 실재로 이끄소서.
저를 어둠으로부터 빛으로 이끄소서.
저를 죽음으로부터 불멸로 이끄소서.

데이빗의 교사는 키가 훤칠하고 금욕주의를 따르는 마라티 족으로서 기독교인은 아니었다. 그는 흰색의 긴 무명옷에 터번을 두르고 낮은 대나무 의자에 부동자세로 앉아 있었다. 쩍 벌린 다리 밑은 맨발이었고, 까무잡잡한 손은 무릎 위에 다소곳하게 얹혀 있었으며, 주름진 얼굴은 사뭇 진지한 표정이었다. 그의 작고 까만 눈은 데이빗의 목소리에 더 가늘어졌다.

데이빗은 마라티어로 번역된 바울의 서간에서 로마서까지 이르는 구간을 큰 소리로 읽은 뒤 고개를 들었다. 그리고는 주의 깊게 경청하는 구릿빛 얼굴을 바라보며 미소를 지었다.

"제가 믿는 종교의 경전을 너무 오래 읽어서 죄송합니다."

마라티족 교사는 고개를 가로저으며 말했다.

"왜 그런 말을 합니까?" 그가 말을 이었다.

"그건 종교요. 좋은 것이죠. 당신네도 나보고 빵을 먹고 포도주를 마시라고 요구하지 않지 않잖소? 난 당신네 경전 구절을 들으면, 내 마음을 그쪽으로 맞출 수 있습니다."

그는 벽에 걸려 있는 범어로 된 기도문을 바라보며 고개를 끄덕였다.

"모든 종교가 훌륭한 것이오." 그는 확언했다.

데이빗은 이 말을 들을 때마다 항상 침묵으로 일관했지만, 이제는 어떤 식으로든 맞서야겠다고 생각하며 그 방법을 자문하고 있었다. 침묵은 수용이 아닌가. 그는 모든 종교를 쉽게 받아들이는 인도인들의 태도에 동의할 수 없었고, 거기에 동의해서도 안 된다고 생각했다. 지금까지는 어떤 종교건 없는 것보다는 있는 게 낫다는 마라티족 교사의 가르침에 순종해왔지만, 데이빗은 이 인자하고 확신에 찬 사내에게 서양의 기독교가 맺은 열매는 어떤 종교가 줄 수 있는 것보다 훌륭하다는 걸 설명해주고 싶었다. 근 1년 동안 인도에 있으면서 그 확신은 더 깊어졌다. 비록 작년에 미국 집을 떠날 때만 해도 이 확신은 어디까지나 아버지의 신봉이었던 터라 억지로라도 반박해야 했지만 말이다.

두 부자는 아직까지 화해하지 않고 있었다. 데이빗은 아들 된 도리이자 아버지 곁에 아무도 없다는 이유로 한 달에 두 번씩 꼬박꼬박 편지를 보냈고, 한 달에 한 번 답장을 받았다. 하지만 여전히 둘 사이의 거리는 좁혀지지 않고 있었다. 아버지는 극도의 노여움을 풀지 못한 채 끝내 기념사업 단지를 공장으로 탈바꿈시켰다.

이제 그곳에는 신에 대해 공부하는 청년들 대신 무식하고 상스러운 남녀 일꾼들이 기계로 가득 찬 공장을 드나들며 맥카드 사의 사업에 이바지하는 정밀한 물건들을 만들어내고 있었다. 언덕 발치에는 철로를 따라 수백 채의 작은 주택들이 지어졌고, 선적을 위한 철도 정거장도 만들어졌다. 씁쓸한 실망감에 빠진 바톤 박사는 맥카드와 두 시간 동안 격렬한 언쟁을 벌인 뒤 이 모든 변화에 등을 돌렸다.

언쟁이 극에 달했을 때 바톤 박사는 용기를 그러모아, 신의 뜻도 자신과 같을 것이라며 이 나이 지긋한 거물을 향해 진실을 선포했다.

"당신은 기념관을 설립함으로써 신께 이바지한다고 생각했겠지요, 맥카드 씨. 하지만 신께서 그 박물관 대신 아들을 원하시자 분노했습니다. 당신은 감히 신께도 분노할 수 있다고 생각합니까?"

맥카드는 그 붉은 눈썹과 짧은 턱수염을 치켜들며 말했다.

"난 늘 내 방식대로 해왔고, 신도 내 식대로 믿소. 신이라는 게 있다면 말이지!"

데이빗은 아버지의 마음속에 타오르기 시작한 종교를 향한 열정이 어머니의 죽음으로 인한 일시적인 충동이었다면, 그 또한 곧 사그라질 수밖에 없음을 알고 있었다. 돌멩이 가득한 토양에는 씨앗이 자랄 수 없다. 데이빗은 죄책감을 느끼고 싶지 않았다. 또한 자기가 아버지 말에 순종했더라면 그 씨앗이 자랄 수도 있었을지 모른다는 생각 역시 하고 싶지 않았다.

데이빗은 아버지로부터 멀리 떨어져 지내면서 자신의 성장에 가

속도가 붙는 것을 느낄 수 있었다. 그간 의지했던 강력한 그늘로부터 수천 마일 떨어져 있게 된 이 시점, 데이빗은 허드슨 강이 보이는 그 언덕 위에서 듣게 된 그 단순하고 명료한 신의 부름 역시 혹시 먼 곳으로 떠나고 싶다는 순간의 열망에서 빚어진 것은 아닌가 의심해보았다.

그렇다 한들 그 부름에는 다른 해석의 여지가 없었다. 신은 늘 은밀하게 역사하신다. 믿음이 더 합당하게 느껴질수록 그 믿음도 깊이를 더해가는 법이다. 더구나 인도의 분위기가 그 믿음에 힘을 실어주고 있었다. 이곳에서 종교는 활력이었다. 아니, 이것이 인도의 유일한 활력일 것이라고 데이빗은 짐작했다. 그의 사명과 도전은 바로 이곳에서 자신의 종교를 살아 숨 쉬는 것으로 만드는 일이었다.

삶은 상쾌하게 흘러갔다. 선교사 사택은 넓고 시원했다. 흰 옷을 입은 하인들이 그가 피로를 느끼기 시작할 무렵이면 대나무 커튼의 그늘 사이로 걸어와 뜨거운 차와 달콤하고 작은 영국제 비스킷을 놓고 사라졌다. 영국인들의 모임도 있었고, 총독 또한 파티를 열 때마다 데이빗을 초대했다. 일요일이면 예배당에서 영국인들이 예배를 드렸다. 이곳에서 먼저 자리를 잡은 선교사 로버트 포드햄은 데이빗에게 푸네에 있는 영국인들의 연회에 너무 자주 참석하지 말라고 조언했지만, 그로서는 언제 부탁할 일이 생길지 모르는 상황에서 총독과도 좋은 관계를 유지해야 했다. 포드햄은 선교사들이 영국 총독부에 충성을 보여야 한다고 진지하게 말하면서, 인도의 외진 시골을 마음 놓고 오가려면 그들의 보호가 필요하다고도 덧붙였다. 또한 그는 종종 인도의 자유를 부르짖는 반항적인 인도 청년들에게 반감을 표시하며 때로는 심하게 비난하기도 했는데, 그때마다 인도는 영원히 영국의 식민지로 사는 게 낫다고까지 했다. 옛 시절 백성들이 동양 특유의 미개한 특성에 따라 서로를 파괴하는 동안 백성들을 압제하고 고통을 안겨주었던 지역 군주들 아래 있는 것보다야 낫지 않냐는 것이었다.

데이빗도 어느 정도는 그렇다고 생각했다. 하지만 인도 젊은이들의 어둡고 정열적인 눈빛과 마주칠 때마다, 그는 자기 방향을 지도하고 있는 이 나이 지긋한 선교사의 지혜에 의심을 품곤 했다.

오전 시간은 그렇게 흘러갔다. 태양이 높이 떠오르자, 이른 아침에는 으레 서늘하고 푸르게만 보이는 선교사 사택도 열기로 가득 차올랐다. 갑자기 허기를 느낀 데이빗은 그제야 책을 덮었다.

"제가 시간을 넘기지 말았어야 했는데요." 데이빗이 스승에게 미안한 듯 말했다.

"벌써 시간이 이렇게 된 줄 몰랐습니다."

"내게 시간은 아무 의미가 없어요."

마라티족 교사는 말했다.

"여기 앉아 줄곧 당신을 바라보고 있었지만, 당신은 나한테 본인의 생각을 말하지 않는 것 같군요."

데이빗은 웃음을 지어 보이며 말했다.

"아직 생각이라고도 할 수도 없는 걸요. 지금은 말할 가치가 없다는 판단 때문에 자꾸 생각을 유보하게 됩니다. 아마 뭘 생각해야 할지 몰라서일 겁니다. 갈수록 인도를 점점 더 모르겠어요."

마라티족 스승이 소리 내서 웃으며 말했다.

"우리 언어로 생각하게 되면 우리를 알게 될 겁니다. 1년만 더 있어보시오."

그가 자리에서 일어나자, 데이빗도 그를 따라 일어섰다. 평소처럼 인사를 마친 마라티족 교사는 흰 바지를 펄럭이며 그곳을 떠났다.

데이빗은 점심식사 준비를 하기 위해 책을 챙겨 서재 바로 옆에 있는 자신의 침실로 들어갔다. 선교사 사택은 규모가 큰 네모난 단층집이었는데, 태양의 뜨거운 열기가 방을 침범하지 않도록 사방으로 여유 있게 아치형의 깊은 베란다가 나 있고, 넓은 홀 맨 끝에 그의 서재와 침실이 나란히 붙어 있었다. 두 방 모두 넓었고, 아무것도 깔지 않은 맨바닥에 대나무 가구와 높은 천장만 있어서 시원한 느낌을 주었다.

손을 씻고 홀 아래로 내려가자 식당이 보였다. 이미 포드햄 부인이 타원형 식탁의 한쪽 끝에 자리를 잡고 앉아 영국제 수프 그릇에 국자로 수프를 퍼 담고 있었다.

"앉아요, 맥카드 씨." 포드햄 부인이 특유의 유머를 빠르게 구사하며 말했다.

"포드햄 씨는 기다릴 필요 없다우."

그녀는 산발한 갈색 머리카락과 함께 고개를 숙이고 후딱 감사 기도를 올렸다.

"주님, 이렇게 귀한 음식을 주셔서 감사합니다. 아멘. 맥카드 씨, 오늘 오후 성경 수업에 오실 거유?"

"아니요. 안 갈 것 같습니다만."

"그러면 모양새가 안 좋다는 걸 아실 텐데." 그녀의 떠들썩한 말투에는 책망이 묻어 있었다.

"죄송합니다." 데이빗이 말했다.

그는 이렇게 포드햄 부인과 한바탕 말을 받아넘기는 일에 익숙해져 있었다. 그는 대부분 가벼운 유머로 순간순간을 넘겼다. 포드햄이 오면 그녀도 말을 멈출 것이고, 그러면 모든 상황이 부드럽게 흘러갈 것이다. 거구인 포드햄은 인도에 오래 살아서 그런지 더운 기후를 잘 견뎠고 판단력도 빨랐다. 그는 지금 식당으로 들어오고 있었는데, 주름 잡힌 흰 리넨 정장이 육중한 몸 때문에 불룩해 보였다. 그는 부인의 맞은편에 자리를 잡고 앉았다.

"평소처럼 늦어서 미안하네." 그가 말했다.

"문지기가 창고에서 뱀을 발견했다지 뭐야. 늙은 코브라라고 하던데."

"그래서 죽였대요?"

포드햄 부인이 숨이 넘어갈 것처럼 말했다.

"쫓아버리라고 우유 한 접시를 보냈지."

포드햄은 수프를 수저 한 가득 떠서 커다란 입속으로 흘려 넣었다.

"오, 로버트," 그의 아내가 소리쳤다.

"왜 당신은 저들의 미신까지 챙겨주는 거예요?"

"아주 늙은 뱀이었어." 포드햄은 덤덤하게 말했다.

"이곳에서 아주 오래 살아온 뱀이지. 매일 우유 한 접시만 주면 되는 걸."

"아유, 징그러워라."

포드햄 부인이 식탁 위 벨을 손바닥으로 누르자, 흰 옷을 입은 인도 소년이 종종 걸음으로 들어와 수프 그릇을 치웠고, 또 다른 소년이 염소 고기로 만든 카레와 밥을 내왔다. 포드햄 부인이 이 음식들을 국자로 퍼서 그릇에 담자, 인도 소년들이 그걸 두 남자의 앞에 갖다 놓았다.

"데이빗," 포드햄이 입을 열었다.

"언어 배우는 건 어떻게 돼가고 있나? 자네도 알다시피 자네도 곧 설교를 해야 하지 않나."

데이빗은 포크를 내려놓았다. 자신은 설교할 생각이 없다는 걸 말해야 할 때가 온 것이다. 조용히 책을 읽고 시내를 홀로 거닐었던 지난 몇 달은 그에게 매우 보람차고 중요한 시간이었다. 그는 새로운 모습의 선교사가 되고 싶었다. 작은 예배당에서 설교하거나 성경 공부를 가르치고, 수백 마일 떨어진 시골 동네들을 돌면서 굶주린 사람들에게 잘 모르는 신을 믿으라고 하는 대신, 인도인을 통해 인도 자체를 공략할 계획이었다. 그 주역들은 바로 이 나라 백성들의 지도자가 될 만한, 최고의 교육을 받고 엄중히 선택된 인도의 젊은이들이 될 것이다. 데이빗은 이들을 통해 자신의 영향력을 최대한 발휘할 생각이었다.

"설교는 안 할 겁니다. 포드햄 씨." 데이빗이 밝은 표정으로 말했다.

"설교를 안 한다고요?" 포드햄 부인이 소리쳤다.

"왜요? 그럼 어떻게 복음을 전한답니까?"

"조용히 좀 하구려, 베키." 포드햄이 말했다.

"데이빗, 무슨 생각을 하고 있는 겐가?"

데이빗은 자신의 생각을 두 사람에게 짧고 분명하게 전달했다.

"저는 제 인생을 어떤 목적을 위해 소중히 쓰고 싶습니다. 그 유일한 길은, 이 거대한 나라에서 어떤 사람들, 그러니까 몇 백 명의 사람들을 찾는 것입니다. 물론 제가 아주 오래 산다면 몇 천 명도 찾을 수 있을 겁니다. 그래서 그들을 교육시켜 다른 인도인들을 가르치도록 하는 겁니다."

데이빗은 앞에 놓인 염소 고기 카레가 식는 것도 염두에 두지 않고 자기 인생의 청사진을 단순하게 설명했다. 그는 영국 총독부와 긴밀하게 연계해서 최고 수준의 학교를 세운 다음 이어서 대학교를 설립하고, 그 다음 의과대학과 병원을 지을 생각이었다. 학교는 인도에서 가장 총명하고 비전을 갖춘 남학생들로 채우고, 후에는 여학생도 받을 것이다. 그들은 모두 계급이나 부가 아닌 오로지 정신과 실력을 기준으로 선발될 것이다. 그리고 가난한 학생들에게는 장학금을 지원할 것이다.

"하지만 그 계획 속에 대체 신은 어디 있는 거유?" 포드햄 부인이 물었다. 데이빗은 그녀에게 예의 정다우면서도 확신이 담긴 미소를 보여주며 답했다.

"무엇이든 혼을 쏟아 붓는 일 안에는 신이 계시게 마련이지요."

"그걸 기독교라 부를 수 있을까요?" 포드햄 부인이 거침없이 말했다.

"조용히 하구려, 베키." 포드햄이 말했다.

"그 많은 자금은 어디서 구할 건가, 데이빗? 수백만 불이 들 텐데."

"어머니로부터 물려받은 유산이 있습니다."

데이빗이 조용히 말했다. 포드햄 부부는 아무 대답도 하지 않았다. 두 사람은 미국에 있을 때 중서부에 위치한 한 작은 마을에서 살았고, 간신히 그곳의 대학을 나왔다. 또한 지금은 사치 부리기에는 너무 적은 급료를 받으며 인도에 와 있었다. 만일 그들이 미국에 있었다면 포드햄 부인은 아마 남의 집 가정부가 되었을 것이고, 포드햄도 생계비를 벌어야만 했을 것이다. 그들은 하고 싶은 일은 뭐든 할 수 있는 어마어마한 재산을 가진 이 잘생긴 젊은이를 놀란 표정으로 바라보았다.

"아, 그렇다면, 굉장하게 들리는구먼." 포드햄이 마침내 입을 열었다. 포드햄 부인은 아무 말도 할 수 없었다. 그녀는 자신의 세 아들을 생각하고 있었다. 가여운 것들. 그들은 가진 게 없었다. 오하이오의 집에서는 아버지의 농장에서 일을 해야만 했고, 대학에서는 스스로 돈을 벌어 졸업했다. 조만간 설립될 대학에서 인도 학생들은 장학금까지 받으며 안락하게 생활할 텐데 말이다. 공평하지가 않았다. 신은 불공평했다.

식사가 끝나자 데이빗은 그나마 시원한 공기를 마시기 위해 평소 때처럼 땅거미가 깔리기 시작한 사택 부지 밖으로 산책 나갈 준비를 했다. 산책을 할 때면 마음이 깊어지고 영감이 가득해지는 동시에 한편으로는 어깨가 무거웠다. 그래도 산책은 늘 흡족했다.

사택 대문을 나서면 곧바로 복잡하고 붐비는 푸네 거리가 펼쳐졌다. 끊임없이 떼지어 흘러다니는 사람의 물결, 검은 얼굴들, 시커먼 맨다리, 하얀 터번, 쉴 새 없이 움직이고, 모여들고······. 이 움직임들 속에는 항상 절박함이 스며 있었다.

다들 서로를 밀치며 지나가고, 그 지나간 자리 위로 계속해서 피어오르는 먼지가 열린 가게 안으로, 시장으로 날아들었다. 이미 태양은 산 뒤로 사라졌지만 힘들고 고된 삶은 이 숨 막힐 듯한 거리 위에서 계속되고 있었다. 릭샤왈라들은 사람들에게 비키지 않으면 그냥 밀고 지나가겠다고 윽박질렀다.

하지만 정말 그런 일은 일어나지 않았다. 황소의 뜨거운 털이 사람들을 밀치고 지나갔고, 거지들과 탁발승들과 작은 도기를 파는 사람들이 온갖 소음 위에 찢어지는 목소리를 보태고 있었다.

이날은 금요일이라서 나병환자들이 구걸을 하기 위해 살던 동네를 벗어나 거리로 몰려들었다가 집으로 돌아가고 있었다. 썩어가는 살들과 팔과 다리에 난 종창들이 그대로 드러났다. 가장 상태가 심각한 사람은 자재 등을 실어 나르는 운반용 작업차를 타고 있었다. 데이빗을 본 나병환자들이 구걸을 위해 순식간에 몰려들었지만, 데이빗은 가던 길만 묵묵히 걸어갔다.

그는 처음과 달리 이제는, 이런 상황에 아무 영향도 받지 않았다. 그에게는 원대한 계획이 있었다. 이제야 삶에 구체적인 틀을 잡은 것이다. 데이빗은 공기 상쾌한 해뜨기 전이나 해질녘에 이런 삶의 흐름을 느끼는 것이 좋았다. 인도의 밤은 아름다웠다. 별들이 여전히 뜨거운 하늘 위에서 엄청난 크기로 반짝거렸다.

데이빗은 거리를 벗어나 푸네 극장으로 들어섰다. 높이 큰 유리 용기 속에 불을 밝힌 양초들이 뿌옇게 먼지가 내려앉은 넓은 홀을 비추었다. 나무 기둥으로 받쳐진 두 발코니에는 하얀 터번을 두른 남자들이 가득했다. 지붕에는 미처 수리하지 못한 커다란 구멍이 나 있었는데, 그곳을 통해 밤공기와 별빛이 새어 들어왔다.

하지만 공기는 여전히 후덥지근했고, 사람들 사이에 사향 비슷한 냄새가 진동했다. 데이빗은 잠시 주춤거리다가 빈 의자를 발견하고는 그곳에 앉았다. 어떤 모임이 한창이었다. 학생으로 보이는 젊은

이들이 총독부에 거센 비난을 퍼붓는 현장 같았다.

그는 앞에서 말하는 남자의 말을 경청하고 있는, 더없이 생동감으로 넘치고 강렬한 그 얼굴들을 찬찬히 뜯어보았다. 데이빗은 이 젊은이들이 언젠가는 그의 사람, 그의 연장이 되리라고 스스로에게 말하고 있었다.

※

그로부터 일주일이 지나 여름이 오자 사택 구내는 텅 비고 데이빗만 남았다. 푸네는 뭄바이보다 남쪽이었지만 날씨는 덜 더웠다. 그러나 두 도시 사이를 흐르던 기류는 이미 사라진 지 오래였다. 여름의 찌는 듯한 무더위가 기승을 부렸고, 사람들은 우기를 기다렸다. 오직 그 무렵만 인도는 사막이 아닌 살 만한 곳이 되었다. 그 비는 인도 북부 해발 2천 피트 높이, 그리고 델리와 아그라의 강렬한 열기 속에서 만들어지고 있었다.

건조한 공기와 뜨거운 모래가 햇살을 더 지독하고 치명적으로 만들었다. 열기가 주변 바다에서 습기 가득한 공기를 끌어들이면 바람이 형성되고, 그 바람이 북동쪽으로 역풍이 불어올 때까지 두 달간 순환하며 북서쪽으로 불다가 남쪽으로 흘러가게 될 예정이었다. 이 두 비바람이 만나야 땅에 씨를 뿌리고 수확의 기쁨도 누릴 수 있었다. 만일 이 계절풍이 찾아와주지 않으면 다들 굶주리게 되는 것이다.

올해는 태양으로 불타는 대지 위에 어떤 비바람의 징조도 없었다. 거리는 먼지만 흩날렸고, 물 짐꾼들은 강물로 물통을 가득 채웠다. 사람들은 강물에서 갈증을 달래고 건조한 몸을 씻었다. 여자들은 집의 어둑한 곳에 몸을 숨기고 있었다. 오직 인내가 한계에 달한 여자들만이 사리를 걸치고 밖으로 나와 강가에 앉아 물을 만졌다.

이 시즌에는 교회도 문을 닫았고, 포드햄 부부도 산으로 몸을 피했다. 데이빗은 그들과 함께 가지 않기로 했다.

"저는 이 무렵 인도가 어떤지 직접 느껴보고 싶습니다. 인도 사람들은 이 시기를 묵묵히 견디며 살아가고 있으니까요. 저도 그럴 수 있다고 생각합니다."

포드햄 부인은 대놓고 그에게 화를 냈다.

"여기 사람들이야 이런 기후에 워낙 단련되어 있으니까 그렇지, 백인들은 달라요. 맥카드 씨도 영국인들을 따라하는 게 좋을 거예요. 그들은 이곳에서 오래 살아왔지 않수. 이성적으로 생각해서 머무를 만해야 머무르지. 아마 노이로제에 걸리거나 병에 걸리고 말 거유, 어디 두고보자구요!"

포드햄 부인은 자신들에게, 데이빗이 병에 걸리면 당장 산에서 내려와 병든 그를 데려가야 할 의무가 있다는 것을 언급하지 않았지만, 데이빗은 금방 그걸 알아챘다.

"비가 내리기 시작하면 뱀이며 독충들이 얼마나 설쳐대는지 알기나 해요?" 그녀는 멈추지 않았다.

"전 아무것도 모릅니다. 그래서 여기 있겠다는 겁니다."

마침내 그들은 짐들과 침구류와 하인들을 대동하고 내키지 않는 얼굴로 구내를 떠났다. 데이빗은 그들을 배웅한 뒤 빈 사택으로 돌아왔다. 이제 요리사의 아들만이 그와 남아 있었다. 그는 텅 빈 구내가 적막하리라 생각했지만, 오히려 평화로운 기운이 감돌았다. 그는 아침저녁으로는 키 큰 마라티족 교사와 공부하고 뜨거운 대낮에는 홀로 책을 읽는 고독한 생활 속에 파묻혔다. 그 와중에 다야가 그를 보러 와주었다.

"데이빗."

다야는 방문한 이유를 서둘러 말했다.

"아직 우리 집 내실을 못 봤잖아. 그러니 오늘 나랑 가자. 내 처자식도 볼 겸해서. 이렇게 점잖은 친구이니 내 아내도 놀라지 않을 거야. 다만 아내는 한 번도 백인을 본 적이 없어. 나는 절대 그녀의 부모님처럼 아내를 푸다*로 가리거나 하지 않지만, 아직 아내는 수줍어하는 습성이 남아 있지."

"다야, 네 마음이 정 그렇다면 반갑게 따를게."

순간 데이빗은 신의 인도를 볼 수 있었다. 그건 너무 명백했다. 그가 사택을 떠나지 않고 이곳에 남아 있기로 순종한 것에도 은밀한 신의 섭리가 작용한 것이다.

"지금 바로 가자, 데이빗." 다야가 재촉했다.

"아직 하루해가 많이 남았잖아. 우리 집이 여기보다는 훨씬 시원할 거야."

데이빗은 상황에 순종하며 발길이 인도됨을 느꼈다. 두 젊은이는 뜨거운 거리를 함께 걸어 내려갔다.

"다야, 네 옷이 부러운데."

---

* 무슬림 여성들이 얼굴을 가리기 위해 사용하는 머리 스카프

"너도 이런 옷을 입지 그래?" 다야가 예의 그 활기찬 투로 물어왔다.

"흰 피부를 가리는 편이 나을 것 같아서. 그게 나을 거라고 들었는데, 틀렸나?"

"내가 어떻게 알겠어? 내 피부는 구릿빛인데."

데이빗은 다야와의 사이에 사소한 장벽을 느꼈다. 말은 안 했지만 사실 다야처럼 팔다리를 드러낸 채 흰 천을 허리와 어깨에 두르고 짚신 차림으로 다니면 영 불편할 것 같았다. 백인이 그런 차림이라면 얼마나 이목을 끌겠는가? 다야는 까만 피부라 덜하겠지만, 흰 피부의 데이빗은 발가벗은 것처럼 느껴질 것이다.

그들은 어느새 커다란 돌로 조각된 대문 앞에 도착했다. 다야는 문지기에게 손짓을 하며 안으로 들어갔고, 데이빗도 그 뒤를 따랐다. 청량한 초록빛의 아름다운 정원이 펼쳐져 있었다.

"어떻게 정원을 이렇게 잘 유지할 수 있지?" 데이빗이 감탄하며 물었다.

"아버지께서 물 짐꾼들을 많이 고용하셨거든." 다야가 아무렇지 않게 대답했다.

"집 안에 시냇물까지 있는 걸. 자연 샘물 말이야."

두 개의 대문을 지나 길을 따라 내려가자 다야가 가족들과 거주하는 내실이 나타났다. 문을 열고 커다란 기둥이 있는 홀로 들어서니, 그 둘레에 녹색 타일을 깔은 잔잔한 냇물이 흐르고 있었다. 벽에는 화분에 심은 야자수와 나무들이 진열되어 있고, 키 작은 소파들이 여기저기 여유롭게 흩어져 있었다.

두 사람이 들어서자 발가벗은 사내아이 둘이 물에서 기어 올라와 잽싸게 달아났다. 그 옆의 젊은 여인도 사리로 얼굴을 감추고 자리를 떠나려 했다.

"레일라마니!" 다야가 여인을 마라티어로 불렀다. "가지 말고 그냥 있어요."

그러자 여인은 멈춰 서서 남편을 기다렸다. 다야가 여인에게 다가가서 부드럽고 살갑게 말했다.

"레일라마니, 내 친한 친구가 왔어. 내가 미국에 갔을 때 이 친구 집에서 지냈던 거 당신도 알지? 그러니 나도 초대하는 게 맞지 않겠어?"

그의 어린 벌거숭이 아들들이 다시 돌아와서는 아버지가 데리고 온 이방인의 얼굴을 빤히 쳐다보더니, 이내 물 묻은 집게손가락을 빨며 어머니의 펄럭이는 치맛자락에 매달렸.

그녀는 아무 대답이 없었다. 다야는 마치 아이 어르듯이 아내의 얼굴에 드리워진 실크 사리를 위로 올렸다. 그런 다음 아내의 손을 어루만지듯이 잡고 어깨에 팔을 둘러 함께 걸어왔다. 비록 오는 내내 그녀의 얼굴에는 싫어하는 기색이 역력했음에도 두 사람은 자신들을 바라보며 미소 짓는 데이빗과 약 3미터 떨어진 거리에서 멈춰 섰다. 젊은 부인은 고개를 숙인 채 눈을 내리깔았다. 길고 까만 속눈썹이 뺨 위에서 말려 올라가 있었다.

"데이빗, 이쪽은 우리 아이들 엄마, 레일라마니야. 레일라마니, 이쪽은 내 친구 데이빗, 내 형제 같은 친구야. 그러니 다른 백인처럼 생각해서는 안 돼요. 내 형제니까."

"다야, 그녀가 싫다면 보내주지."

데이빗이 마라티어로 말했다. 그는 자기가 다야의 아내도 이해할 수 있는 언어로 말하고 있다는 게 내심 기뻤다.

"들었지?" 다야가 눈을 빛내며 말했다.

"우리말을 쓰잖아, 레일라마니. 백인이 저렇게 우리말을 하는 걸 들은 적 없지?"

그제야 그녀도 고개를 들어 사랑스럽고도 수줍은 표정을 짓고는, 얼굴에서 거둔 실크 사리를 놓아둔 채 두 아들의 어깨 위에 손을 올렸다. 그러나 아직까지 입은 열지 않았다.

"그럼 다음 기회에 다시 보도록 하지." 다야가 아내에게 말했다.

"데이빗, 다음에는 이 사람도 말을 할 거야. 오늘은 아이들과 도망가지 않은 걸로 충분해. 이제 가요, 내 비둘기. 가서 하인들에게 라임과 레몬, 그리고 차가운 물과 꿀을 좀 가져오라고 해요. 아이들은 여기서 계속 물놀이하게 놔두고. 너무 더운 날씨야."

그녀는 몸을 숙여서 아이들에게 아버지 말씀 잘 들으며 놀라고 작은 목소리로 당부했다. 데이빗도 그 말을 알아들을 수 있었다. 그녀는 데이빗을 향해 손을 살짝 들어 인사를 전하고는 다시 머리에서 실크 사리를 내려 얼굴을 가린 뒤, 반짝이는 타일 바닥을 소리 없이 걸어 그 자리를 떠났다.

"자, 소파에 앉지." 다야가 말했다.

데이빗은 낮은 소파에 몸을 깊이 묻었다. 아이들은 다시 물속으로 돌아가 작은 조약돌을 가지고 조용히 놀기 시작했다. 아름다운 모습이었다. 하인들이 곧 싱싱한 녹색 잎사귀 위에 사탕과자를 얹은 음식 쟁반을 들고 들어왔다.

데이빗은 갑자기 잠이 쏟아지는 걸 느꼈다. 갑작스럽게 마주친 시원한 공기와 돌에 부딪치는 물 소리가 지독한 무더위와 건조한 공기에 파묻혀 있던 그에게는 너무 신선하고 느긋하게 다가왔다. 그는 지난 며칠간 열기를 식히기 위해 매트리스 위에 깔아놓은 짚단 위에서조차 제대로 잠들지 못한 터였다.

"좀 쉬어." 다야가 편안한 목소리로 말했다. "많이 지쳐 보여. 마르긴 또 왜 이렇게 마른 거야, 데이빗. 이 친구야, 이 음식을 좀 먹고 신선한 주스도 마셔. 꿀을 넣어서 달콤해. 원기를 돋워줄 거야."

먹고 마시는 동안 다야는 예리한 눈빛으로 데이빗을 살폈다.

"데이빗, 성인군자가 되려고 들지 마. 왜 결혼을 안 하는 거지? 올리비아는 어디 있고? 벌써 그녀를 잊었나? 크리스찬이 사두*가 될 필요는 없어. 우리 종교는 수행자들의 신성을 중시하므로 결혼을 금하지. 하지만 자네는 결혼하는 게 나을 것 같군. 얼굴이 좋아 보이지 않아. 데이빗, 물론 사내들 중에도 종교적인 이유로 금욕적인 삶을 택하고 홀로 살아가는 이들이 있지만, 이 친구야, 자네는 자네 밖에서 삶의 원천을 찾아야 해. 자네는 송신기나 다름없어. 올리비아로부터 힘을 얻을 수 있을 거야."

"난 지금껏 그녀를 한 번도 잊은 적이 없어."

데이빗이 마침내 입을 열었다. 더는 사탕과자의 부드러운 감촉과 풍성한 맛도 느낄 수 없었다. 아무리 친한 다야라 해도 그의 상처 은밀한 구석까지 헤집을 권리는 없었다.

"청혼을 하긴 한 거야?"

다야가 집요하게 관심을 가지며 물었다.

---

* 힌두교의 현인, 고행자, 특히 은둔해 사는 성자를 가리킴

"응." 데이빗은 뜸들이지 않고 대답했다.

"그래서, 그녀가 거절이라도 했어?"

"응."

"이런, 어리석은 여인 같으니. 그녀는 자네가 자기를 필요로 한다는 것 외에, 자기에게도 자네가 필요하다는 사실을 알아야 했어. 여자로서 평화롭게 살아가고 싶다는 소망은 자네 같은 신사를 만나야 실현 가능하다는 걸 모르는 모양이군. 데이빗, 자네는 그녀에게 온유함을 가르쳐줄 거고, 그녀는 자네에게 사랑을 통해 강한 힘을 불어넣어줄 거야. 내 결혼에서는 그 역할이 반대라네. 나한테는 내가 화를 낼 때 말없이 받아줄 온유하고 순종적인 아내가 필요하니까. 바보 같은 올리비아! 하지만 다시 한 번 시도해보는 건 어떨까, 데이빗. 이렇게 혼자 살아서는 안 돼. 이건 뭣 모르고 아내를 영국으로 보내버리는 영국 남자들이 하는 실수와 비슷한 것 같군. 이곳 더위는 살인적이지, 하지만 한편으로는 그 때문에 더 많은 열매가 열린다네. 약점이 곧 강점인 셈이야. 그녀에게 아내가 되어달라고 다시 한 번 청해봐, 데이빗."

"자네가 생각하는 것만큼 간단하지가 않아, 다야."

데이빗이 말했다. 다야에게 서구식 남녀관계를 설명한다는 건 쉽지 않은 일이었다. 어떤 면에서 다야는 그와 매우 동떨어진 곳에 살고 있는 인도인일 뿐이었다.

"올리비아 얘기는 더 하고 싶지 않아." 데이빗이 솔직하게 말했다. 그 말에 다야는 미소를 지으며 고개를 저었다.

"그렇다면 그만하지. 이 차가운 멜론을 먹어봐. 여름철에 콩팥을 튼튼하게 해준다는군."

데이빗은 다야가 권하는 대로 먹고 마셨다. 그는 몇 주간 제대로 먹고 마시지 못한 차였다. 사택의 끓여놓은 물은 미지근했고 맛도 찝찝했다. 데이빗은 평소처럼 고집스럽게 물고 늘어지지 않는 다야에게 고마움을 느끼며 화제를 바꾸었다.

"인도에 이런 집들이 얼마나 있을까? 많을까?"

"많지는 않아." 다야가 솔직하게 말했다.

"주변에 가난한 사람들이 넘쳐나는데 왜 우리가 가진 부를 포기하지 않는지 묻고 싶겠지? 나도 스스로에게 그 질문을 던지고는 그 때문에 마음이 불편할 때가 있어. 하지만 난 금욕주의를 고수하지 않아. 부모님은 연로하시고 나는 장남인 데다, 처자식까지 딸리지 않았나. 가족들 모두가 나를 의지하고 있어. 금욕주의야말로 가장 높은 차원의 정신적 즐거움이란 건 알지만, 아버지께서는 부자들 또한 나름의 기능을 담당하고 있다고 말씀하시곤 하셨지. 이런 집 자체가 사람들에게 부를 향한 열망을 키워준다는 거야. 아버지가 스스로 마음 편하려고 그러시는 건지도 모르겠지만. 하지만 자네도 부잣집 아들이잖아. 더구나 자네 종교는 부자는 천국 가기가 어렵다고 말하지. 우리 경전에도 비록 언어는 다르지만 의미는 같은 구절이 있어."

데이빗은 지금이야말로 다야에게 자기 계획을 말할 때라고 생각했다. 그래서 자신은 돈독한 믿음을 가진 실력 있는 교사들을 모집하고 인도 최고의 엘리트들을 힘과 지식으로 무장시킬 수 있는 학교를 설립할 것이며, 이로써 아버지가 놓아버린 일을 자신이 이룰 것이라고 말했다.

다야는 눈을 빛내며 그 말을 들었다. 한편으로는 재미있다는 듯하면서도 한편으로는 의심에 찬 눈빛이었다. 그러나 데이빗은 개의치 않고 자기 생각을 계속 얘기해나갔다.

"그래서 그 모든 인도 청년들을 기독교인으로 만들 생각인 거야?" 마침내 다야가 물었다.

"그들이 원하지 않는다면 그렇게 되지 않겠지."

"아, 그럼 구워삶으면 되겠군." 다야가 냉소적으로 말했다. "난 너희 서양인들의 방식을 잘 알지! 일단 그들의 삶을 안락함으로 채워 넣겠지. 수도, 깨끗한 방, 푹신한 침대와 넓은 서재, 큰 방들, 건강에 좋은 음식 이 모두가 너희가 믿는 종교의 결과라면서 그들을 기독교인으로 만들겠지. 그래서 결국 젊은 의사들은 모두 큰 병원과 최신 장비들을 원하게 될 거고 더는 작은 동네에서 살고 싶어 하지 않게 되겠지. 교사들은 작은 시골학교를 벗어나려고 기를 쓰게 될 테고, 여자들은 뉴욕에 있는 너희 집 같은 거처를 제공해줄 남자와 결혼하려 들겠지. 그게 바로 그들이 생각하는 기독교가 될 게 분명해."

"기독교인들이 냄새나는 기름 대신 전깃불을 쓰는 깨끗한 집에서 살면 안 될 이유라도 있나?"

"데이빗, 사람은 자기 길을 걸어야만 해. 자신이 살던 작은 동네에서 벗어나서 곧바로 기독교인이 될 수는 없어. 그 전에 떠나온 그 동네로 돌아가서 그곳을 먼저 일으켜야 해."

"다야 너처럼 말이지."

데이빗이 기독교인답지 않은 냉소를 품고 말했다.

"아, 난 시골 동네에 살지 않아. 자기 운명이라고 생각지 않는 일을 하면서 위선을 떠는 건 거짓일 뿐이야."

"하지만, 나는 내 운명이라고 생각하는 일을 할 거야." 데이빗이 지지 않고 맞섰다. 그리고 이렇게 덧붙였다.

"신의 인도에 발길을 맡긴 채 말이야."

"꼭 그렇게 되길 바란다." 다야가 동조했다.

"입씨름은 그만 하자. 네가 학교를 세우면, 내 아이들을 거기에 보내지. 하지만 그 아이들이 시골 마을로 들어갈 거라고는 꿈도 꾸지마. 아마 그 아이들은 여기로 돌아와서 전기를 설치하자고 하겠지. 하지만 난 전깃불을 싫어하니 거절할 거야."

"누가 자네한테 꼭 전기를 사용해야 한다고 하던가?" 데이빗이 물었다.

"너희 종교를 믿게 되면 불가피한 결과야." 다야는 곧바로 분위기를 바꾸어 말했다.

"데이빗. 이 순간만큼은 아무 생각 말고 편안히 보내. 그게 내가 바라는 전부야."

두 젊은이는 말없이 앉아 있었다. 잠시 후 데이빗은 잠이 들었다. 다시 깨어났을 때 아이들은 없었고, 다야만 쿠션에 기대어 어깨 뒤쪽의 청동 구리 램프 불빛에 의지해 책을 읽고 있었다.

"집에 가지 말고 여기서 나와 지내는 건 어떨까, 데이빗. 내 집이 곧 자네 집 아닌가. 자네 요즘 너무 외롭게 지내고 있잖아."

"모처럼 푹 잤어." 데이빗이 말했다. "정말 편안하고 시원하게. 하지만 돌아가야 해, 다야."

다야가 그를 놀리며 말했다. "성인군자가 되기로 작정한 거군, 안 그래?"

"그렇지 않아."

날은 어두웠다. 두 사람이 나오자 혹시 길에 뱀이라도 있을까 하인이 등불을 비추며 기다리고 있었다. 대문까지 이른 다야가 하인에게 친구를 선교 사택까지 모셔다 드리라고 명했다.

"여름밤에는 뱀들이 나올 수 있어. 안전에 신경 써야 하지."

두 사람은 작별인사를 했고, 데이빗은 하인을 따라 걸었다. 피어오르는 먼지가 코를 자극했고, 밤은 칠흑같이 어두워 마음까지 답답했다. 하지만 등불이 뿌연 금빛을 발하며 길을 비추고 있었다. 사택 구내 대문에서 데이빗은 하인에게 약간의 돈을 주었고, 하인은 끝까지 길에 뱀이 있을까 데이빗이 사택 안으로 완전히 모습을 감출 때까지 횃불을 비추며 서 있다가 자리를 떴다.

집 안은 아직도 열기로 뜨겁고, 적막으로 가득했다. 데이빗은 등불을 들고 위층으로 올라갔다. 맨바닥에서 발자국 소리가 울렸다. 그는 방으로 들어가서 습관처럼 전갈이나 지네 같은 독충이 없나 살폈다. 도마뱀은 괜찮았다. 이 양서류들은 벽이나 천장에 달라붙어 모기를 잡아먹을 뿐이었고, 가끔 한밤중에 모기장 위로 툭 떨어지는 소리는 심지어 친근하기까지 했다. 데이빗은 옷을 벗고 욕실에서 찬물을 한 차례 끼얹은 다음 침대로 가서 그대로 잠이 들었다.

무슨 이유에서인지 그날 밤 데이빗은 의지와 상관없이 올리비아에 대한 꿈을 꾸었다. 아주 격정적인 꿈이었다. 올리비아가 이곳을 찾아와서 그녀를 품에 안은 것이다. 그리고 아침이 왔는데도 올리비아는 여전히 그의 품에 있었다. 두 사람은 함께 있어서 행복했다.

인도에 온 이래 올리비아의 꿈을 꾼 건 처음이었다. 새벽이 다가오기 전 어둠 속에서 눈을 떴을 때, 데이빗은 이것이 다야의 아내 때문이라고 생각했다. 다야는 그녀를 사랑했다. 그 이름은 또 얼마나 기묘한 우연의 일치인가. 레일라마니. 데이빗은 다야가 그 이름을 부를 때 깜짝 놀랐다. 하지만 다야에게 어머니 이름이 레일라였다고 말하는 건 영 내키지 않았다. 어머니를 떠올리자 미국에 있는 집, 어린 시절, 올리비아에 대한 추억이 꿈결처럼 스쳐갔다. 꿈에서 그녀는 이곳에 왔다. 그 눈빛은 레일라마니의 눈빛만큼 깊고 선명했다.

다야는 다시 한 번 청혼을 해보라고 했지. 그는 어둠 속에서 들릴 듯 말듯 도마뱀이 꼬리를 끌며 기어가는 소리를 들으며 마른 매트 위에 누워 있었다. 인도의 밤은 정적만이 가득했고, 먼 곳에서 북 박자에 맞춰 구슬프게 울부짖는 누군가의 목소리가 아스라하게 들려왔다. 겁 많은 여자라면 인도의 밤을 무서워하겠지만, 올리비아는 그런 사람이 아니었다.

그렇다. 다시 한 번 시도해봐야 했다. 다야가 옳았다. 인도에서 남자 혼자 사는 건 바람직하지 않았다. 그는 컴컴한 방 침대에서 몸을 일으켰다. 그리고 책상에 앉아 촛불을 켠 뒤 대나무 의자를 당겨 앉았다. 그런 뒤 태어나서 처음으로 연애편지라는 것을 쓰기 시작했다.

✤

도시를 가로질러 저편에 있는 다야도 올리비아에게 편지를 쓰고 있었다. 레일라마니는 긴 머리칼을 늘어뜨린 채 남편의 어깨에 기대어 있었다. 그녀는 영어 알파벳의 곡선을 신기한 눈빛으로 바라보면서 남편의 강직한 구릿빛 손과 야무진 솜씨에 감탄하는 중이었다. 방금 전만 해도 그 손은 레일라마니의 유연한 몸을 또 다른 솜씨로 어루만졌다. 두 사람은 달콤한 사랑을 나누었고, 그 열기가 가라앉을 때쯤 다야는 데이빗을 떠올렸다.

그는 데이빗이 이런 즐거움을 맛보지 못하고 있다는 게 안타까웠다. 레일라마니는 뽀로통해져서는 남편이 무슨 생각을 하는지 알고 싶어 했다. 다야는 자신이 형제처럼 생각하는 데이빗에게 아내가 없다는 사실, 그리고 그의 청혼을 거절한 키 크고 도도한 한 여인에 대해 얘기해주었다. 그런 뒤 흑해 너머 낯선 나라의 젊은 여성들은 이처럼 자기주장이 강해서 원하는 남자와만 결혼하고 싶어 한다는 사실도 말해주었다.

온기가 여전히 남아 있는 다야의 맨팔을 베고 누워 그 말을 듣고 있던 레일라마니는 점차 진지해졌다.

"정말 별난 일이네요." 그녀는 다야가 형제처럼 아끼는 젊은 미국 남자에게 연민을 느끼다가 마침내 어떤 결정을 내렸다.

"여보, 사랑하는 당신이 영혼의 형제를 도와주면 어떨까요."

"내가?" 다야는 졸음을 느끼며 말했다.

"그럼요, 그 올리비아라는 여자한테 편지를 쓰는 거예요. 청혼을 거절한 건 잘못이었다고 말이에요. 그가 얼마나 말랐고, 그 사택에서 얼마나 외롭게 지내고 있는지를 그녀에게 알려야 해요. 그렇게 그녀의 마음을 녹이는 거예요. 당신, 그런 일은 전문이잖아요, 다야."

그는 아내에게 애정 어린 웃음을 보냈다. 너무 아늑해서 움직이고 싶지 않았다. 그러나 레일라마니는 그가 가만히 있도록 두지 않았다. 일단 부드러운 손으로 밀었는데도 다야가 꿈쩍하지 않자 이번에는 침대를 박차고 나가 까만 머리칼을 찰랑거리며 방 안을 돌아다니면서 그가 잠들지 못하게 노래를 불렀다. 일종의 즉흥곡이었는데, 지금 당장 형제 된 도리를 다하지 않으면 아무리 당신이 불러도 다시는 그 품에 안기지 않겠다는 내용이었다. 내일이 되면 남편은 여기저기를 다니느라 바빠질 테니 지금처럼 붙들어놓고 몰아댈 수가 없었다. 하지만 이 순간 남편은 전적으로 그녀의 것이었다. 그녀는 늘 뭔가 하겠다고 말해놓고는 질질 끌다가 결국 해야 할 이유조차 잃어버리곤 했던 남편의 결점을 얘기했다. 그리고는 웃다가 노래하다가 화를 내다가 하면서 마침내 남편을 설득하는 데 성공했다. 다야는 침대에서 일어나 편지를 쓰기 시작했고, 다 쓰고 나서는 자기나라의 언어로 바꾸어 큰 소리로 읽었다.

올리비아 데사드 양에게

데사드 양, 제 편지를 받고 놀라셨겠지만, 이 편지는 제게는 형제와 다름없는 친구, 데이빗을 위해 쓰는 것입니다. 저는 당신이 그를 잊지 않았을 거라고 생각합니다. 모르고 계실 것 같아서 알려드리는데, 그는 현재 이곳 푸네에 있습니다. 모든 선교사들이 뜨거운 날씨를 피해 시원한 산으로 떠났지만, 그는 홀로 선교사 사택에 남아 있습니다. 마치 수행자처럼 지내면서 강한 사람으로 거듭나는 중이지요. 그 친구 말로는 자신도 인도인들과 똑같이 이 날씨를 경험해야 한다는 겁니다. 하지만

이 친구는 지금 예전에 비해 너무 마른 데다 돌봐주는 사람 없이 지내다 보니 많은 고충을 겪고 있습니다. 그의 친구이자 형제로서, 저는 당신이 그의 청혼을 다시 한 번 고려해주시기를 바랍니다. 이 친구에게도 다시 청혼하라고 조언하긴 했으나 만일 그로부터 아무 연락이 없다면 제게 알려주십시오. 그 친구에게 다시 용기를 내보라고 말할 수 있도록요. 저는 당신이 어디에서도 이 사람만한 남편감을 찾을 수 없으리라 확신합니다. 꼭 답장을 기다리겠습니다.

당신의 친구이자, 형제인, 다야

레일라마니는 이 편지를 최종적으로 승인한 뒤 봉인하고 우표를 붙인 다음 하인을 불러 야간 우체통에 넣도록 했다. 그런 뒤에야 다시 침대로 돌아갔고, 다야도 다시 몸을 눕혔다. 두 사람은 깊은 잠에 빠져들었다.

6장

청혼

다야의 편지는 레일라마니의 고집 덕에 마지막 순간 배에 도착할 수 있었다. 반면 데이빗의 편지는 그 다음 배에 실렸다. 당시 우편 상황으로 볼 때, 두 편지는 올리비아의 손에 들어가기까지 2주 이상 격차가 벌어질 것이었다. 올리비아는 다야의 편지를 받고 처음에는 그 가상한 노력에 웃음을 지을 뿐이었다. 하지만 점차 편지 내용에 대해 깊이 생각하게 되었고, 데이빗이 편지를 써올지, 만일 그 편지를 받으면 무슨 말을 해야 할지 고민하기 시작했다.

데이빗의 편지가 도착했을 때, 그녀는 이미 마음을 결정한 뒤였다. 이 모든 게 올리비아가 알지 못하는 레일라마니의 덕분이었다. 그녀는 데이빗의 편지를 읽어 내려가기 시작했다.

올리비아, 당신은 당신이 선교사역에 부름을 받은 적이 없다고 말하겠지요. 하지만 그런 걱정은 말아요. 선교사 남편을 두었다고 그 부인까지 선교사가 될 필요는 없으니까요. 그녀는 단지 남편을 도우면 되는 겁니다. 남편에게 힘을 북돋아 주고 그를 편안하게 해주는 동반자가 되어주는 거예요. 당신 생각을 하며 이 말을 하고 있는 이 순간, 당신을 향한 사랑으로 가슴이 벅차오릅니다. 이 일들이 과연 내게 일어날 수 있을까요?

올리비아는 편지를 무릎 위에 놓고 창밖 길 건너 펼쳐진 공원을 바라보았다. 공원은 작았다. 올리비아와 어머니는 요즘 뉴욕의 부촌과 동떨어진 곳에서 살고 있었다. 노인들이 초라한 나무 그늘 아래 벤치에 앉아 꾸벅꾸벅 졸고 있었다.

올리비아는 그 가여운 모습들, 그 노쇠함과 외로움, 가난에 몸을 떨었다.

저들도 한때는 젊음으로 빛났을 것이다. 하지만 지금은 저토록 늙은 모습으로 무력하게 앉아 있었다. 세월이 흐르면 그녀도 다르리란 법이 없었다. 물론 그녀에게는 친구들과 가족의 지인들이 있었다. 하지만 결국에는 어머니밖에 남지 않을 것이다. 어머니도 함께 인도에 갈 수 있을까. 데이빗은 올리비아에게 선교 사택 구내의 사진을 보내왔다. 넓은 부지에 자리 잡은 데다 아치형 베란다로 둘러싸인 그곳은 편안해 보였고, 낭만적인 분위기마저 느껴졌다.
 올리비아는 결단을 내린 듯 자리에서 벌떡 일어섰다. 무릎 위에 있던 편지가 바닥으로 떨어졌다. 그녀는 벽 앞의 마호가니 책상으로 가서 빠른 손놀림으로 확신에 찬 편지를 써내려갔다. '친애하는 데이빗', 이 호칭이 그녀가 할 수 있는 최선이었다. 아직 올리비아는 어떤 단어로 사랑을 표현해야 하는지도 배운 적이 없었고, 그런 가식을 부리고 싶지도 않았다.

 친애하는 데이빗

 저는 몇 시간 동안 이곳의 창가에 앉아 있었어요. 당신 편지를 읽고 또 읽으면서 제가 진정 원하는 게 무엇인지 생각해보았습니다. 그리고 마음을 결정한 지금, 그것이 당신에게도 전적으로 올바른 선택인지는 확신할 수 없군요. 그래요, 데이빗. 당신의 아내가 되겠어요. 사실 당신을 사랑하는지는 잘 모르겠어요. 그것을 꼭 말해야 한다면요, 그래요, 아직은 아니에요. 저는 지금의 당신을 잘 몰라요. 하지만 서로 만나는 순간부터 당신을 사랑하게 될 거라고 느끼고 있어요. 곧 인도로 갈게요.

 편지는 쉽게 써지지 않았다. 말이 자연스럽게 흘러나오지 않았다. 예를 들어 그녀는 누구에게도 다아에게 했던 것처럼 자연스럽게 얘기를 꺼낼 수 없었다. 다아는 이야기를 마치 호흡하는 것처럼 했다. 게다가 그 총명한 눈빛이 그 말들을 더 빛나게 만들었다. 올리비아는 결코 그 모습을 잊지 못했고, 그를 통해 인도를 떠올리곤 했다.

올리비아는 다시 앉아서 오랫동안 생각에 잠겼다가, 편지에 한 문장을 더 보탰다.

'데이빗, 당신이 노력한다면 저도 노력해볼게요. 한번 말을 뱉은 이상, 다시 그 말을 거둬들이는 일은 없을 겁니다.'

그녀는 편지를 다 쓰고 나서 봉인한 뒤 우표를 붙였다. 그런 뒤 모자를 쓰고 재킷을 걸친 다음 거리로 나가서 우편함에 편지를 넣었다.

⚜

올리비아는 이미 결혼한 몸이라고 생각하면서 며칠을 보냈다. 문제는 이 사실을 맥카드 회장에게 알려야 할까였다. 데이빗은 편지에서 그에 관련한 내용은 전혀 언급하지 않고 있었다. 다음 편지를 기다려야 할까? 아니면 데이빗에게 편지를 보내서 물어봐야 할까? 하지만 마음속에서는 그의 편지를 받을 때까지 먼저 편지를 쓰지 말라고 말하고 있었다. 그러면 또 다시 답장을 받기 위해 몇 달을 기다려야만 했기 때문이다. 게다가 맥카드 회장을 찾아가는 일이 반드시 데이빗의 결정을 필요로 하는 일인지도 의심스러웠다. 그녀만 마음먹으면 되는 일 같았다. 어쨌든 맥카드 회장을 찾아갈 마음이 확고해질 때까지는 어머니에게도 말하지 않을 생각이었다.

그렇게 여름날의 공허한 시간들이 흘러갔다. 올리비아의 친구들은 모두 도시를 떠났지만, 올리비아는 자신이 어머니와 어디로도 떠나지 않을 것이라는 걸 알고 있었다. 그녀는 자신이 늦둥이라는 걸 처음으로 절실하게 느꼈다. 어머니는 홀로 조용하게 있는 것 외에는 삶에 아무 흥미도, 관심도 없는 나이로 접어들었다. 그 저택을 나오는 순간부터 어머니는 모든 에너지가 고갈된 것 같았다.

그녀는 맥카드로부터 받은 돈을 저축해서 그걸로 여생을 지낼 수 있도록 해놓고는 더 이상 돈 걱정을 하지 않았다. 올리비아는 적절한 예산으로 아파트를 골라 그곳으로 가구들을 옮긴 뒤 아일랜드 여자를 두어 살림을 돌보게 했다. 어머니는 이제 아무래도 상관없는 것 같았다. 힘겨웠던 지난날은 이제 흘러가버린 것이다. 시간과 젊음이 올리비아를 승자로 만들었지만, 그녀는 그게 하나도 즐겁지 않았다. 어린 시절은 과거일 뿐이었고, 뭘 해도 이제는 모든 게 그녀의 책임이었다.

올리비아는 며칠 더 곰곰이 생각한 끝에 마침내 홀로 맥카드 회장을 찾아가겠다고 결심했다. 그 정도는 해야 했다. 그래야만 더 분명한 미래를 그릴 수 있을 것 같았다. 데이빗의 편지를 아무리 읽고 또 읽어도 때로는 모든 게 안개 속에 휩싸인 듯했다.

그녀는 천성적으로 성미가 급했다. 데이빗의 답장을 기다리는 긴 침묵 속에서 조급한 마음만 더 커져갔다. 문제는 둘 사이의 거리였다. 그녀는 바다를 건너고, 육지를 건너, 많은 나라들을 지나서 또 다시 바다가 나오는 상상을 해보았다. 기다리는 시간은 한없이 지루했고, 그녀는 빨리 새 인생을 시작하고 싶었다.

어느 날 아침, 그녀는 눈부실 정도로 청량한 햇살과 뭔가가 변한 듯한 대기 속에서 눈을 떴다. 일주일 전 남부에서 발생한 허리

케인이 도시의 정체된 공기와 열기를 몰아내며 북상하고 있었다. 올리비아는 정신이 더 또렷해지고 몸의 근육도 활기차진 것을 느꼈다. 몸이 의지를 몰아대고 있었다. 이제 시내로 나가 맥카드 사를 찾아가 맥카드 회장을 만나러 왔다고 말해야 할 때였다.

그러자 오랫동안 신경을 끊었던 뭘 입을지의 문제가 갑자기 중요하게 느껴졌다. 그녀는 고르고 골라 회색 비단 치마와 재킷, 그리고 하늘하늘한 노란색 블라우스를 선택했다. 그리고 여러 개 번갈아 써보고는 노란빛이 도는 넓은 챙의 모자를 골랐다. 이날은 가장 여성스럽게 보이도록 노력해야 하는 날이었다. 그녀는 장갑까지 노란색으로 끼었다.

아침을 먹은 뒤 그녀는 어머니의 방으로 살금살금 들어가 그녀가 잠들어 있는 것을 확인하고는 다시 살짝 빠져나왔다. 그런 뒤 주방에서 일하고 있는 아이린에게, 산책을 좀 오래 할 생각이라고 말해둔 뒤에 집을 빠져나왔다. 그녀는 몸도 가뿐한 데다 흥분까지 겹쳐 사뿐사뿐한 걸음으로 거리를 걸었다. 오랜 도보 이동이었음에도 시원한 바람 덕에 더없이 상쾌했다. 볼은 점차 발그레해지고, 검은 눈도 더욱더 생기를 띠었다. 그녀는 맥카드 회사 건물의 유리 출입문에 자신의 모습을 슬쩍 비쳐보았다. 유리에 비친 아름다운 얼굴이 최종적으로 그녀의 사기를 북돋아주었다.

"맥카드 회장님을 뵈러 왔습니다." 그녀는 안내 데스크에 가서 말했다. "올리비아 데사드라고 합니다."

금발의 여직원은 피로한 기색으로 올리비아를 슬쩍 훑어보았다.

"선약은 하셨습니까?"

"그분 아드님의 편지를 가지고 왔다고 전해주세요."

올리비아는 빨간 가죽 의자에 자리를 잡은 뒤, 한 남자가 그녀를 향해 걸어올 때까지 약 몇 분을 기다렸다.

"맥카드 회장님이 기다리십니다, 데사드 양. 저를 따라오시죠."

올리비아는 자리에서 일어나 남자를 따라 긴 복도를 걸어 직원들과 타자와 사무용품으로 가득 찬 사무실들을 지나쳤다.

그러자 묵직한 마호가니 이중문이 나타났다. 남자가 문을 열자 다시 복도와 사무실들이 나타났다. 바닥에는 카펫이 깔려 있었고, 매우 조용했다. 그런 뒤 또 다시 묵직한 마호가니 문이 나타났다. 남자가 문을 열자 큰 마호가니 책상 뒤로 맥카드가 앉아서 편지를 읽고 있었다.

그는 검정 띠가 달린 코안경을 걸친 채 광폭 원단의 검은 모직 정장을 입고 있었는데, 빳빳하게 세운 윙 칼라는 눈보다 새하얗게 빛났고 검정 공단 넥타이도 매끄러운 광택이 흘렀다. 올리비아는 그 험악하고 음울한 얼굴을 둘러싼 모든 것들을 순식간에 둘러보았다. 눈썹 아래 깊이 들어간 그 잿빛 눈이 그녀를 응시하자, 코안경이 끈 길이만큼 툭 떨어졌다.

"오랜만이오, 데사드 양! 앉아요."

올리비아를 안내한 남자가 곧바로 빠져나가 조용히 문을 닫았다. 올리비아는 책상 맞은편의 붉은 가죽 의자에 앉으면서 입을 열었다.

"안녕하셨어요, 맥카드 회장님."

"잘 있었습니까, 데사드 양. 날 찾아온 이유는?"

그녀는 노란 장갑을 벗지 않은 채로 자리에서 일어나 책상을 가로질러 오른손을 뻗었다. 맥카드는 잠시 놀란 듯했지만, 앉은 채로 악수를 했다.

올리비아는 미소를 지으며 자기 팔꿈치를 책상에 대고 말했다.

"이렇게 불쑥 찾아와서 놀라셨을 거예요. 하지만 아무리 바쁘셔도 꼭 찾아뵈어야만 했습니다. 회장님의 아드님이 제게 편지를 보내왔어요."

"그렇소?" 맥카드는 왼손에 들고 있던 편지를 책상 위에 내려놓더니 이마를 찡그리며 그녀를 응시했다. 올리비아가 계속 말했다.

"아드님이 제게 청혼을 했어요. 저는 그 청혼을 받아들였고요. 저는 맥카드 회장님께서도 이 사실을 아셔야 한다고 생각했어요."

올리비아는 한 치의 미동도 없이 그의 반응을 기다렸다. 맥카드가 뚫어져라 바라보는 동안에도 그 눈빛은 조금도 흔들림이 없었다. 깊은 눈빛들이 강렬하게 부딪쳤다. 갑자기 맥카드가 큰 소리로 웃기 시작했다.

"드디어 이 녀석이 제정신으로 돌아오고 있구먼!" 그는 쩌렁쩌렁한 목소리로 말했다. 털 많은 얼굴에 더 깊은 주름이 잡혔다. 올리비아는 그 웃음이 뭘 의미하는지 이해할 수 없었다.

"무슨 말씀이신지요?"

맥카드는 쫙 편 손으로 책상을 내리치며 말했다.

"그애가 집으로 돌아오게 될 거라는 말이오, 그렇지 않소? 아가씨와 결혼을 하려면 돌아올 수밖에 없지 않겠소?"

"그렇지 않아요." 올리비아가 놀라서 말했다.

"우리는 둘 다 그런 생각은 안 했어요. 그가 제게 인도로 오라고 했습니다."

맥카드는 자리에서 벌떡 일어나더니 책상 위에 올려놓은 주먹에 의지해 올리비아 쪽으로 몸을 기울였다.

"뭐라고? 하지만 아가씨는 당연히 가지 않겠지! 그 정도로 바보는 아닐 테니까."

올리비아는 바짝 다가서는 맥카드 때문에 고개를 뒤로 젖힌 채 그를 똑바로 쳐다보며 말했다.

"물론 저는 갈 겁니다!"

"거기에 가본 적은 있소?"

"아니요, 하지만 두렵지 않아요."

"가기 전에 알아둘 게 있소! 독사, 살인적인 더위, 거지들, 더러운 오물과 냄새, 마치 성인이라도 된 것처럼 발가벗은 채 활보하는 남자들!"

"맥카드 회장님께서는 그 기념사업을 통해 그곳을 변화시키시겠다고……."

"그런 기념사업 따위 접은 지 오래요!" 맥카드가 소리치더니 자리에 풀썩 주저앉았다. 그 거구의 몸이 갑자기 허물어지는 것 같았다.

"왜죠, 맥카드 회장님?"

"그런 바보 같은 짓일랑 죄다 그만 뒀소."

그는 침통하게 말했다.

"대신 거기에는 공장 안에서 기계가 돌아가고 있지."

"공장이라고요!" 올리비아가 놀라서 소리쳤다.

"그럼 그 집이……."

"엄밀히 말해 당신 집은 공장이 아닌 관리실로 사용되고 있소. 다른 건물들과는 달리."

"저는 몰랐어요."

올리비아는 맥카드로부터 시선을 거두어 큰 유리창을 바라보았다. 도시 너머 기계 소음들로 부풀어 오르고 있는 강이 보였다. 태양이 금속처럼 빛나는 물 위로 쏟아지고 있었다.

"아가씨에게 진작 말했어야 한다는 생각이 드는군." 맥카드가 여전히 침통하게 말했다.

"하지만 모든 건 그 건물과 부지를 사들인 뒤에 벌어진 일이오. 그 녀석이 여기 머물러만 있었어도 그 계획을 모두 완수했을 게요. 하지만 데이빗이 그 빌어먹을 선교사를 하겠다고 인도로 떠나버리는 바람에 나도 모든 걸 접은 거요. 이미 그 사업으로부터 마음이 떠났으니까."

"데이빗도 인도로 가기 전에 그 사실을 알았나요?"

"알았지만 꿈쩍도 안 했지. 그 아이는 이미 마음의 결정을 내렸으니까."

"그렇군요."

올리비아는 저 멀리 바다로 흘러들어가는 강물을 바라보면서, 자신이 알고 있던 한 철부지 청년이 아닌 한 남자의 모습을 보았다. 그는 감히 아버지의 뜻을 거스르면서까지 자신만의 길을 택했다. 올리비아는 믿을 수가 없었다. 하지만 그는 해냈다. 그는 눈에 띄게 달라진 모습으로 그녀 앞에 서 있었다.

올리비아는 다시 맥카드에게 시선을 돌렸다.

"그래서 이제 어떻게 하시려는 거죠?"

그러자 맥카드는 그 두툼한 어깨를 으쓱해 보였다.

"난 바빠요. 내 관심을 끄는 일들이 아주 많으니까. 이걸 봐요.

이 편지를."

맥카드는 책상 위의 편지를 다시 집더니, 얼굴을 잔뜩 찡그리면서 코안경을 바짝 걸쳤다.

"젊은 아가씨는 이런 일들에 대해 잘 모르겠지. 하지만 이제 이 나라는 위험에서 벗어났소. 브라이언이라는 작자의 생명도 영원히 끝났거든. 그놈은 결코 대통령이 못 될 거요. 왜인 줄 알아요? 바로 이것, 시안화칼륨! 드디어 스코틀랜드의 두 젊은이가 기술을 발견해냈소. 이게 바로 그들이 보내온 편지요. 난 무조건 그들을 도울 생각이오. 호주의 금, 남아프리카의 금, 클론다이크의 금, 그 모든 금들이 도움이 될 거요. 이건 정말 구세주나 다름없소."

맥카드가 펄럭거리는 편지지를 손가락을 탁 치면서 말했다.

"아마 이 이름을 기억할거요. 시안화칼륨! 이게 낮은 등급의 광석에서 금을 뽑아낼 거요. 마침내 내가 해냈소! 브라이언이 내세우는 은화자유주조 정책도 이제 끝장난 거요. 우리에게는 금이 있으니까. 우리가 원하는 만큼 말이요."

"금이 뭘 의미한다는 거죠, 맥카드 회장님?" 올리비아가 물었다.

"사람들이 빚을 갚을 수 있게 되었다는 걸 의미하오. 경기가 호황을 탔다는 말이지. 그리고 사람들이 쇼를 보러 가고 돈을 쓰는 신나는 순간을 즐길 수 있게 되었다는 거요! 이 나라는 금 덕분에 힘을 되찾고 있소!"

맥카드는 한 문장씩 말할 때마다 편지지를 손으로 힘주어 때렸다.

"그게 맥카드 회장님과 무슨 관련이 있죠?"

올리비아가 다시 물었다.

순간 그는 희끗희끗한 붉은 눈썹을 아래로 늘어뜨리면서 올리비아를 향해 얼굴을 찡그렸다.

"젊은 아가씨. 그건 나한테는 수백만 불을 의미하는 거요. 그렇게 될 거요!"

"그렇군요."

올리비아는 갑자기 이 붉은 수염을 가진 큰 몸집의 남자가 혐오스럽게 느껴졌다. 빨리 그로부터 벗어나고 싶었다. 그녀는 자리에서 일어나서 장갑 낀 손을 책상 너머로 다시 내밀었다.

"안녕히 계세요, 맥카드 회장님. 이제 가봐야겠어요. 매우 바빠 보이시네요."

"잘 가요, 데사드 양! 그리고 이렇게 와줘서 고마웠다는 말을 해야겠군. 내 멍청한 아들이 당신과 결혼하게 돼서 기쁩니다. 결혼 선물은 따로 보내겠소. 아니, 매년 아가씨 계좌로 돈을 부치면 되겠군. 여자는 딴 지갑을 차는 걸 좋아한다지."

"제발 그만하세요, 맥카드 씨."

올리비아는 갑자기 괴로운 심정이 들어 간청하듯이 말했다.

"아니, 사양하지 말아요. 난 어쨌든 그렇게 할 거니까. 왜 안 되겠소? 내가 원해서 하는 거요."

올리비아는 당황스럽게도 눈에 눈물이 가득 차오르는 걸 느꼈다. 맥카드는 결코 바뀔 수 없는 사람이었다. 저토록 거대하고, 완고하며, 자기연민과 증오로 가득 차 있지 않은가. 그는 모든 걸 있는 그대로 보려 들지 않았다. 그는 변화될 수 없었다.

올리비아는 미소를 지어 보이려고 애쓰며 돌아서서는 서둘러 그곳을 빠져나왔다. 그녀는 왜 자기가 그를 위해 흐느끼고 있는지를 결코 그에게 이해시킬 수 없을 것이다. 하지만 그녀는 눈물을 흘려야만 했다. 그녀로서도 어쩔 수 없는 일이었다.

※

 뒤늦긴 했지만 마침내 계절풍이 찾아들었다. 목마른 땅은 며칠간 쏟아지는 비를 여한 없이 들이마셨다. 부자나 가난한 사람들이나 밤낮으로 시원한 천둥소리를 들으며 잠을 청했다. 열기와 건조함이 극에 달한 날씨 때문에 다들 기진맥진해 있었고, 비를 기다리는 중에도 잠들 수 없었다. 동물들은 시골길이나 거리를 미친 듯이 헤매며 먹이와 물을 찾아다녔다. 반면 사람들은 아무리 얕은 쟁기로 말라비틀어진 밭을 갈아봤자 나올 게 없다는 걸 알았으므로 축 늘어진 채 하루하루를 보냈다.
 푸네의 경기는 정체되어 있었다. 돈 순환은 정지되었고, 부자들은 비가 내릴 때까지 빌려둔 돈으로만 살았다. 이제 계절풍이 바다와 산 위의 구름들을 밀어내며 비가 쏟아지자, 그간 지쳐 있던 사람들은 몇 시간이고 줄기차게 잠만 잤다. 비가 며칠씩 그칠 때는 모두 밭으로 나가야 했지만, 지금은 잠도 죄가 아니었다.
 선교사 사택에 있는 데이빗도 깨어 있는 시간이 거의 없었다. 마라티어 선생이 일주일간 이곳을 찾지 않아서 그는 혼자 책을 읽고 공부를 했다. 그러던 어느 날, 비에 흠뻑 젖은 우편배달부가 찾아와서 기름종이로 싼 편지들을 전해주었다. 데이빗은 그중 하나가 올리비아로부터 온 것임을 곧바로 알아보고는 기쁨에 넘쳐 배달부에게 동전까지 건네주었다. 그러자 배달부는 빗속에서 하얀 이와 까무잡잡한 피부를 빛내며 함박웃음을 지었다. 그는 몸을 바들바들 떨고 있었다. 여름의 열기는 축축한 한기로 바뀌어서, 그 얇은 무명옷이 깡마른 몸에 젖은 종이처럼 달라붙어 있었다.

"이 편지가 나리에게 희소식을 가져다주기를 빕니다."

그는 활기찬 음성으로 말하고는 마치 그 희소식이 자기 것인 양 즐거워하며 뒤돌아 흥겹게 걸어갔다.

데이빗은 으레 그랬던 것처럼 인도인의 온정과 인간미에 깊은 인상을 받고 집 안으로 들어왔다. 최근 데이빗은 이들과의 사이에 극복해야 할 거리감이 사라졌다는 걸 느끼고 있었다. 이들은 최소한의 친절에도 아이처럼 감동받곤 했다. 그저 습관화된 부드러운 태도 하나만으로도 이들의 존경을 살 수 있었다. 인도인들은 사랑할 준비가 되어 있는 사람들이었다. 그렇다고 절대 어리석거나 모자라지도 않았다. 단지 불행한 삶에 오래 길들여진 나머지 마음도 신경도 지칠 대로 지치고 쇠약해진 것뿐이었다.

데이빗은 설렘과 두려움을 동시에 느끼며 곧바로 편지봉투를 뜯었다. 만일 청혼을 받아들였다는 희소식이라면 그 기쁨을 어떻게 설명할 수 있을까? 하지만 그 반대라면? 올리비아의 답장을 기다려온 지난 몇 주간 데이빗은 안절부절못하는 마음을 진정시키려고 최선을 다했다. 또한 그 간절한 열망을 의식적으로 기도를 통해 복종시켰다. 어떤 결과가 주어지건 신의 뜻임을 받아들이겠다는 기도였다.

그는 만일 올리비아가 청혼을 거절한다면 평생 독신으로 살 생각이었다. 그는 자신을 인도에 바칠 것이다. 고대경전을 연구하고 헤브라이어, 그리스어, 마라티어 등을 공부하면서 정신세계를 넓히고 신의 실재를 느끼며 홀로 살아갈 것이다.

데이빗은 편지지를 내려다보았다. 그리고 한눈에 훑었다. 그러자 마음이 말할 수 없는 충만감으로 가득 찼다. 그는 설마 그녀가 청혼을 받아들이리라고는 예상치 못한 차였다. 그런데 여기, 그녀가 직접 쓴 글이 있었다. 그녀는 그를 받아들였다. 이곳에 와서 그와 함께 할 것이며, 그의 아내, 그의 것이 되리라. 데이빗은 편지를 한 자 한 자 읽어 내려갔다. 빗방울이 그가 서 있는 지붕 위로 세차게 퍼부었고, 빗줄기가 베란다 처마를 타고 화단으로 떨어졌.

짧은 편지였다. 검정 잉크로 씌어진 선명한 필체가 흐릿한 푸른색 편지지 위에서 도드라졌다. 이 뚜렷한 확실성의 거대한 파도가 그의 존재를 삼키는 동안, 그의 귀에는 빗소리와 고막에서 들려오는 심장 소리 말고는 아무것도 들리지 않았다. 그의 삶은 변화되었다. 모든 고민이 사라지고, 외로움도 끝났다.

데이빗은 무릎을 꿇고 고개를 들었다. 그리고 마치 모두에게 보여주려는 듯이 편지지를 높이 들었다. 다시 기도를 올리려 했지만, 너무 벅차서 제대로 할 수가 없었다. 인도는 그에게 생각했던 것보다 훨씬 지대한 영향을 끼쳤다. 그는 자신을 둘러싼 외로움과 더위, 불행한 군상들에 지칠 대로 지쳐 있었다. 몸도 바짝 여위었다. 그러나 지금 그의 신경은 흥분으로 팽팽해졌고, 마음은 모든 자극에 발가벗겨진 채였다. 너무도 급작스럽게 행복감이 그를 덮쳐왔다. 그의 감은 눈꺼풀 사이로 뜨거운 눈물이 주체할 수 없이 흘러내렸다.

✣

　데이빗은 마음이 진정되자 다야에게 이 소식을 전하기로 마음먹었다. 그래서 영국제 우비를 입고, 포드햄의 영국제 커다란 우산을 쓰고, 시내를 가로질러 빗물을 튀기며 다야의 집을 향해 걸었다. 마침내 도착해서 잠긴 대문을 두드리자, 졸고 있던 문지기가 가까스로 몸을 일으킨 뒤 배를 긁적이며 맨발로 서서 사선으로 쏟아지는 비를 바라보았다.
　"주인님께서는 지금 주무시고 계십니다, 나리." 문지기가 툴툴거리며 말했다.
　"지금은 모두 주무시고 계세요. 감히 주인님을 깨울 수 없습니다."
　"지금도 자고 있는지 확인해주세요." 데이빗은 물러서지 않았다. 그렇게 대문 앞에서 한참을 기다리자 문지기가 나타났다.
　"주인님께서는 막 잠자리에 드실 참이었습니다. 나리께서 기다리고 계신다 하니 들어오라 하시는군요. 하지만 다른 분들은 모두 주무시고 계세요."
　"오래 있지는 않을 겁니다." 데이빗이 말했다.
　그는 문지기를 따라서 물기로 흠뻑 젖은 정원을 가로질러 걸어갔다. 다야가 있는 내실에 이르러 데이빗은 갑작스런 한기를 달래느라 비단 모포를 덮고 푹신한 소파 위에 누워 있는 다야를 볼 수 있었다. 다야는 데이빗을 향해 천천히 손을 내밀며 말했다.

"데이빗! 무슨 일이라도 있어?"

"그럼, 있고말고." 데이빗이 말했다. 그는 내려다보는 자세 그대로 다야의 손을 잡고 악수했다.

"올리비아한테 편지를 받았네. 그녀가 내 청혼을 받아들였어."

다야는 소파에서 벌떡 일어나서 데이빗을 두 팔로 얼싸안았다.

"오, 잘됐어. 이 친구야! 그보다 더 듣고 싶은 희소식이 어디 있겠나. 이제 자네에게도 아내가 생기는 거잖아."

"결혼식은 여기서 올릴 생각이야. 다야 자네가 신랑 들러리를 서주었으면 좋겠어. 우리 결혼 풍습은 잘 알고 있지?"

"자네가 원하는 건 뭐든지 하겠어."

다야가 신이 나서 말했다.

"자넨 내 형제 아닌가. 그러니 올리비아도 내 누이와 다름없어. 자, 이리와 앉아. 여기 앉아서 전부 말해보게."

"말할 건 이게 전부야."

데이빗은 자리에 앉았다. 그러자 다야는 인도인 특유의 정감 넘치는 태도로 데이빗의 손을 잡아 자신의 두 손 사이에 끼워 넣었다. 데이빗이 말없이 있는 동안, 다야는 예의 그 달변으로 올리비아에 대한 기억부터 시작해서, 이곳에 오면 그녀가 어떻게 보일 거라는 둥 쉴 새 없이 이야기를 늘어놓기 시작했다. 데이빗은 다소 당황스러웠음에도 들을수록 다야의 이야기 속으로 빠져들었다.

지금 이 순간만큼은 다야도 완전히 인도 남자였다. 하지만 다야와 단둘이 있는 이상 어떤 것에도 신경 쓸 필요가 없었고, 심지어 한없이 유쾌하기까지 했다.

갑자기 다야가 이야기를 멈추고, 데이빗을 장난기 어린 눈동자로 쳐다보았다.

"혹시 이거 말해도 될까?"

"뭔데?"

다야는 긴 다리를 접어서는 두 팔로 무릎을 감쌌다.

"나한테 화 안 낸다고 약속해줄 수 있겠어?"

"내가 왜 화를 내겠어?"

"서양 사람은 장담할 수 없지. 갑자기 화를 내고 이상해지곤 하니까."

데이빗이 소리 내서 웃었다.

"지금 이 순간, 나를 화나게 만들 일 같은 건 없어, 다야."

"그렇다면, 빨리 얘기하는 게 낫겠군. 이 순간이 지나면 이렇게 유들유들하지 않을 테니까. 내가 올리비아한테 편지를 썼네!"

"자네가 올리비아한테 편지를?"

"아마 자네보다 내가 먼저 보냈을 걸."

"왜 그런 일을?"

"자네에게는 그녀가 필요하다고 했어. 반드시 자네와 결혼해야 한다고 말이야."

데이빗이 불편한 기색을 내비치기 전에, 다야는 그날 밤 레일라 마니가 형제 같은 친구를 도와주라고 떼를 썼던 이야기, 그가 편지를 쓰자 그녀가 그날 밤 곧바로 편지를 부쳤다는 이야기까지 일사천리로 끝마쳤다.

다야는 데이빗의 심상치 않은 표정에 당황하고 있었다.

"그 아이 같은 여인이 어찌나 졸라대던지. 데이빗, 하지만 이건 좋은 일이잖나. 자네가 인도 사람이었다면 자네도 당연히 그랬을 거야. 우리 우정의 징표로서. 자네 행복이 곧 내 행복 아닌가?"

다야는 데이빗의 어깨에 팔을 두르면서 부드러운 눈빛과 말투로 데이빗의 마음을 달랬다. 그것이야말로 다야의 진정한 모습, 인도인다운 모습, 가장 깊이 자리 잡은 모습, 겉으로 드러나는 그 자신과 가장 가까운 모습이었다. 영국식 겉치장은 조금도 없었다. 다야는 심지어 언어도 모국어인 마라티어로 노래하듯이 말했다.

"아, 내 형제여, 어찌하여 내게 화를 내는가? 투카람*도 이런 말을 했네. '내 눈앞에서 사람이 물에 빠져 허우적거리고 있다면 어찌 내 가슴이 꿈쩍하지 않을 수 있단 말인가?' 나 또한 외로움 속에 빠진 그대를 내 손을 뻗어 잡아주려고 했던 것뿐이거늘, 어찌하여 그대는 나를 증오한단 말인가?"

다야에게 화를 내는 건 불가능했다. 데이빗의 얼굴을 살피던 다야는 데이빗의 감정이 누그러지는 것을 느꼈다. 그러자 다야는 다시 신이 나서는, 소파에서 벌떡 일어나 데이빗을 마주보면서 손가락으로 딱 소리를 내고 활짝 웃어 보였다.

"자넨 올리비아가 말이야!" 그가 영어로 크게 외쳤.

"내가 쓴 편지 때문에 마음을 바꿨다고 생각하나? 아니지, 아니야. 데이빗. 그녀는 내 얌전한 부인과는 다른 여자야. 오라 하면 오고, 가라 하면 가는 여자가 아니지. 도도하고 아름다운 여자, 누구라도 자랑하고 싶은 아내지. 내 자네에게 경고하지. 그녀는 늘 자기 생각대로 움직일 걸세."

데이빗은 못말리겠다는 듯 말했다.

---

* 1608~1649, 인도의 마라티어 종교시인

"다야, 자네의 그 쉴 새 없는 수다에 두 손 두 발 다 들었어. 지금 내 마음은 마치 만화경 같아. 그래, 비록 서양의 연애는 당사자들끼리의 일이지만, 자네가 일을 성사시키려고 애썼다는 걸 알고 있어. 나를 도와주려고 했다는 걸 인정한단 말이야."

"내가 자네를 확실하게 도운 거라구!"

다야가 의기양양하게 말했다.

"아마 곧 알게 되겠지."

데이빗은 한 발자국 물러섰다. 입씨름은 무익한 것이었다. 다야는 늘 지지 않고 끊임없이 언쟁을 하려 들었다. 데이빗은 다시금 자기 방에 홀로 있고 싶은 충동에 휩싸였다. 올리비아의 편지를 다시 읽고 싶었다. 편지를 책상 서랍 안에 놓고 나왔는데, 새삼 서랍이 잘 잠겨 있는지 확인하고 싶었다.

무엇보다도 즉시 답장을 보내고 싶었다. 올리비아에게 가능한 한 빨리 오라고 하고 싶었다. 진흙탕 속에서 빗물을 튀기며 사택 구내로 돌아오는 내내, 이 모든 문장들이 그의 마음속에서 시끄럽게 울려 퍼졌다.

"어서 와요, 올리비아. 다음 배를 타요, 내 사랑. 미처 깨닫지 못했지만, 마지막으로 당신을 본 이후로 난 계속 당신을 기다려왔소. 더 이상은 기다릴 수가 없소."

✢

계절풍이 지나가고, 다시 태양이 내리쬐었다. 비를 기다렸던 대지는 순식간에 생명의 땅으로 거듭났다. 건조한 흙에 뿌려진 씨들이 싱싱한 초록색의 싹을 틔우며 밭과 정원에서 무럭무럭 자라났다. 시간은 화살처럼 흘러갔고, 계절들이 뒤엉킨 채 찾아왔다. 봄, 여름, 그리고 수확기가 한꺼번에 밀려들었고, 도시 너머 시골 풍광들과 나무들의 고요한 정취가 데이빗에게 전에는 미처 몰랐던 형언할 수 없는 행복감을 안겨주었다.

포드햄 부부도 다시 돌아왔다. 이들은 데이빗의 결혼 소식에 자신들은 이 커다란 선교사 사택을 떠나 작은 집으로 가겠다고 고집을 부렸다.

"결혼하면 이제 가족도 늘어날 것 아니유. 우린 이 사람이랑 나랑 이렇게 둘 뿐이잖수." 포드햄 부인이 말했다. 그녀는 곧 도착할 올리비아를 위해 가구 준비를 돕겠다고 했지만, 데이빗은 꼭 필요한 것 외에는 마련하려 들지 않았다.

"올리비아도 따로 생각이 있을 겁니다." 데이빗이 포드햄 부인에게 말했다. "뭄바이로 맞이하러 나갈 때 그녀가 필요한 것들을 살 겁니다."

수수한 대나무와 라탄으로 만든 가구들은 포드햄 부인이 이사를 가면서 가져갔고, 데이빗은 푸네에 있는 몇몇 상점에서 사들인 가구들을 몇 개의 방에 잘 배치해놓았다. 그는 다야와 함께 물건을 보러 다니면서, 굉장히 매력적인 인도산 제품들이 많다는 예전에는 몰랐던 사실을 깨달았다. 다야는 최고급 물건들만 보여줄 것을 주문했다. 그리고는 아름다운 러그 몇 장, 무늬가 새겨진 은제품들, 낮은 소파, 벌레들이 감히 뚫고 들어올 수 없는 금색 명주실로 짠 비단 이불을 샀다. 티크재로 만든 아주 큰 영국산 침대와 깃털을 넣은 매트리스, 그리고 모기장 대신 침대에 드리울 고급 인도 모슬린 천으로 만든 카노피도 구입했다. 그리고 너무 딱딱해서 흰개미들이 갉아먹을 수 없는 티크재 의자도 몇 개 샀다. 다야는 상점들을 휩쓸고 다니면서 인도산 최고 제품을 두고 주인들과 흥정을 벌였다.

"이걸 사게, 데이빗. 올리비아가 마음에 들어 하지 않으면 환불하면 되니까. 하지만 내 생각엔 그녀도 좋아할 거야."

사택은 눈에 띄게 달라졌다. 다야는 이곳을 고급스런 취향으로 바꿔놓았고, 올리비아가 직접 구입해야 할 가구들을 제외하고 모든 게 완벽하게 갖춰졌다. 이제 채워 넣어야 할 곳은 영국식 침실뿐이었다. 그리고 다야는 영국 제품의 경우 푸네나 콜카타보다 뭄바이가 최고의 월등한 품질을 자랑한다면서, 이곳의 가구점들은 런던에 있는 가구점과 거의 어깨를 나란히 한다고 설명했다.

밤이 되자 데이빗은 새로 마련한 높은 침대 옆에서 무릎을 꿇고 기도를 올렸다. 이렇게 저녁 기도는 으레 발 받침대 위에서 했는데, 비가 오는 날이면 벌레들이 집 안으로 기어들어왔기 때문이다. 그는 거미가 다리 위를 기어가거나 호기심 많은 도마뱀이 발가락을 무는 일이 없기를 바랐다. 또한 기도를 산만하게 만드는 지네나 전갈도 조심해야 했다.

데이빗은 진지한 자세, 그리고 조금은 걱정 어린 마음으로 앞으로 펼쳐질 삶을 준비하고 있었다. 올리비아는 행복해야만 했다. 따라서 데이빗도 가능한 한 자신의 시간을 할애해서 그녀를 행복하게 만들어줘야 했다. 그러나 그보다 중대한 사안이 또 하나 있었다.

그는 올리비아가 자신의 마음이나 정신을 흐트러뜨리도록 해서는 안 된다고 생각했다. 올리비아는 그의 종교적인 삶의 방식을 이해하며 동참할 수 있어야 하고, 헌신적인 태도로 일관해야 했다. 남편과 아내 모두가 신을 위해 일해야 했다. 데이빗은 기도하는 습관을 포함해 자신의 삶의 방식을 굳건히 고수하겠다고 마음먹었다.

올리비아와 재회한 이후로도 데이빗은 지금의 삶의 방식을 유지하며 자기 모습 그대로 살아갈 것이다. 그래서 올리비아가 그를 남편을 넘어 선교사로서도 바라볼 수 있게 만들 것이다.

그리고 데이빗은 이렇게 기도했다.

"제가 누군가를 가르칠 수 있도록, 저를 가르쳐주소서. 오, 주님! 제가 그녀를 향해 느끼는 이 너무 큰 사랑을 받아주시고 지켜주소서. 그 사랑이 제 유일한 사랑이 되지 않도록, 그것이 당신으로부터 저를 갈라놓지 않게 하소서."

그의 기도는 하늘에 상달되었다. 데이빗은 몸을 눕히고는 올리비아를, 또한 그녀가 뭄바이 부두에서 기다리는 자신의 앞에 어떤 모습으로 나타날지를 그려보았다. 배가 점차 육지에 가까워졌고, 그는 마침내 그녀의 얼굴을 볼 수 있었다.

7장
어서 와요, 나의 연인

올리비아는 이른 새벽 갑판 위에서 인도의 해안을 바라보고 있었다. 뭄바이 너머 하늘은 핑크색으로 물들었고 여기저기 보이는 불빛들이 떠오르는 태양빛에 흐려지고 있었다. 서서히 지는 달은 납빛을 띠기 시작했으며, 뿌연 안개가 항구로부터 피어올라 멀리 보이는 건물들의 윤곽을 아스라하게 지우고 있었다. 그 사이를 뚫고 옛 요새와 성의 거대한 형체가 희미하게 보였지만, 올리비아는 대체 뭐가 뭔지 분간할 수가 없었다. 분홍빛 안개와 창백한 달, 떠오르는 태양의 광채가 한데 어우러져서 인도의 신비로운 분위기를 더하고 있었다.

항구 쪽 물이 깊지 않아서 배가 해안에서 3킬로미터 정도 떨어진 곳에 정박한다는 선장의 전갈이 있었다. 대형 보트가 짐과 승객들을 실어 나르기 위해 다가오고 있었다.

그때 올리비아는 곁을 지나치던 한 남자의 음성을 들었다.

"준비됐습니까, 데사드 양?"

그는 영국인이었는데, 선교사와 결혼하기 위해 이곳을 찾은 이 멋지게 생긴 미국 여성에게 호감을 가지고 있었다. 그는 배 위에서 무도회가 열린 어느 날 밤, 잠시 휴식 시간을 빌려 이 젊은 여성에게 가능한 한 드러나지 않게 이것저것 캐물었다.

"난 당신이 약혼자를 잘 설득해서 이 비참한 나라를 떠나기를 바랄 뿐입니다."

그는 옥스퍼드 대학 출신으로, 출세를 위한 명성, 아니면 돈을 벌기 위해 인도를 찾은 수많은 영국인 집안의 자제들 중에 하나였다.

"하지만 당신은 인도를 떠나지 않을 거잖아요."

올리비아가 빈틈을 보이지 않고 말했다.

"아, 저는 여기에서 할 일이 있습니다." 젊은 영국인 청년이 단호하게 말했다. 그리고 잠깐 생각에 빠졌다가 고개를 끄덕이며 말했다.

"게다가 이곳에서 선교사 노릇은 아무 비전이 없어요. 가장 하급들만이 기독교인이 될 테니까요."

이 말에 올리비아는 입을 다물었다. 그때 다시 음악이 시작되는 바람에 그녀는 자리에서 일어났다. 올리비아는 춤추는 걸 즐겼다. 그녀는 푸네에 가면 더는 이런 시간을 맛보지 못하리라는 걸 알고 있었다. 배 위에서 춤을 추는 건 신나는 일이었다. 파도에 따라 오르락내리락하다 보면 공기보다 가벼운 느낌이 들었다.

"네. 준비됐어요." 올리비아가 차분하게 답했다.

"그러면 안녕히 가십시오. 행운을 빕니다."

영국 남자가 손을 내밀었다.

"안녕히 가세요." 올리비아는 그의 손을 살짝 만지며 답했다.

그녀는 한 시간 뒤에 도착한 대형 보트로 옮겨 탔다. 어머니도 그녀의 뒤를 따랐다. 두 사람은 타고온 배를 뒤에 두고 항구로 향했다. 보트는 좌우로 요동치느라 물거품을 일으키며 나아갔다.

"앉아 계세요, 엄마."

올리비아의 말에 회색 옷을 입은 조용한 데사드 부인이 자리에 앉았다. 흰 밀짚모자 아래 시든 얼굴이 수심으로 가득 차 있었다. 그녀는 딸을 절대로 인도로 보낼 수 없다고 실랑이를 벌이다가, 마침내 잘 알지도 못하는 남자를 찾아 결혼하겠다고 먼 곳까지 향하는 딸을 따라 이곳까지 왔다. 그녀는 오는 내내 마음이 불편했고 아직까지도 그랬다. 이곳은 살인적인 더위에 시달린다고 했는데, 그런 열기도 싫었고 뱀도 무서웠다. 그녀는 올리비아의 결혼식만 탈없이 치르면 곧바로 미국으로 돌아갈 생각이었다.

올리비아는 가만히 앉아 있지 못하고 난간에 서서 빠른 속도로 가까워지는 부두를 바라보았다. 태양빛 때문에 눈이 부셨다. 때는 새벽이었는데 올리비아는 태양이 얼마나 빨리 이른 아침의 신비로운 아름다움을 거두어 가는지를 지켜보았다. 뭄바이가 올라앉은 땅이 물 너머에서 반짝거리며 모습을 드러내고 지평선은 가물가물한 열기 속에서 흔들렸다.

보트가 육지에 가까워지자 갑자기 뜨거운 바람이 불어와 물에 잔잔한 파도를 일으켰다. 데사드 부인은 갑판 의자에 말없이 앉아 의심에 찬 눈초리로 항구 쪽을 바라보았다. 올리비아도 말이 없었다.

잠시 후 그녀는 데이빗을 볼 수 있었다. 이곳에서 마주치게 될 첫인상은 그 무엇보다 중요할 테였다. 하지만 어차피 다시 돌아가지도 못할 상황에서 무슨 대수인가 싶기도 했다. 사실 돌아가야 할 이유도 없지 않은가.

올리비아는 부두에 서 있는 데이빗을 보았다. 햇빛 차단 모자를 쓰고 빛나는 흰색 리넨 정장을 입은 훤칠한 모습이 왁자지껄한 와중에도 한눈에 두드러졌다. 그는 움직임 없이 꼿꼿하게 서 있었다.

올리비아가 난간에 기대어 초록색 실크 스카프를 흔들었다. 이어서 그녀를 발견한 데이빗도 쓰고 있던 모자를 들어 보였다. 그들은 오가는 사람들과 점차 좁아지는 물을 사이에 두고 서로를 바라보며 서 있었다.

그가 변한 걸까? 올리비아는 그렇다고 생각했다. 그는 예전보다 훨씬 키가 커 보였다. 저 낯선 흰색 정장 때문일까? 게다가 그는 지금 갈색 턱수염까지 기르고 있었다. 비록 깔끔히 정리되어 있긴 했지만 그 턱수염은 그를 기억 속에 있는 어린 청년과는 전혀 다른 사람으로 보이게 했다. 그는 의젓했다. 배가 갑판 앞에 다다를 때까지 양손을 마주 잡은 채 조금도 흔들림 없이 서 있었다. 그는 판자가 배와 부두 사이에 놓이자 그제야 다가왔고, 올리비아는 그를 기다리며 서 있었다. 처음으로 가슴이 방망이질 치기 시작 했다.

그녀는 자신과 인생을 송두리째 데이빗과 이 땅에 걸었다. 잘 알지도 못하는 남자와 전혀 생소한 나라에 말이다. 올리비아는 해

안으로부터 등을 돌린 채 난간에 기댔다. 열기가 훅 끼쳐왔다. 바람이 갑자기 멎었다. 초록색 여행용 리넨 원피스는 몸에 너무 붙었고, 밀짚모자는 챙이 좁아 그녀의 얼굴을 햇빛으로부터 보호해주지 못했다. 하지만 다른 곳으로 가버리면 데이빗이 자신을 찾지 못하리라는 생각에, 그녀는 몇 분이나 그렇게 서 있었다. 그리고 뛰는 가슴을 추스르기도 전에 올리비아는 갑판 위에서 짐꾼과 여행사 직원들과 영국인들 사이를 뚫고 걸어오는 한 백인 남자를 보았다.

그는 올리비아를 향해 걸어오고 있었다. 보기에 쑥스러운 기색조차 없이, 그는 고개를 숙여 올리비아의 볼에 입을 맞추었다. 올리비아는 뺨에 느껴지는 부드러운 턱수염의 감촉을 느끼며 타오르는 듯한 그의 짙은 눈망울을 바라보았다. 데이빗은 그녀의 손을 잡더니 꽉 쥐고 놓지 않았다.

"올리비아, 내 사랑."

"데이빗!"

사람들 사이에서 그 이상의 표현은 불가능했다. 데사드 부인이 다가오고 있었으므로, 두 사람은 서로를 바라보며 손을 잡고 서 있을 뿐 충분히 감정을 표현할 수 없었다.

"데이빗, 다시 보게 돼서 정말 반가워요. 지독하게 긴 여행이었어요. 세상에나, 이곳이 인도군요!"

데사드 부인은 데이빗과 악수를 하더니 해안 쪽을 향해 손을 흔들었다.

"사람 수가 어마어마하네요!"

"인도는 어디건 사람들로 북적이죠. 일단 친해지면 아주 정감 있고 친절한 사람들입니다. 가방들은 어디 있죠, 올리비아? 세관을 통과해야 합니다."

데이빗이 객실을 잡아둔 그랜드 호텔의 직원에게 손짓을 하자, 직원 사내가 말없이 일사불란하게 움직이기 시작했다. 올리비아는 데이빗이 변했다는 것을 알 수 있었다. 그는 확신 속에서 움직였고 태도에서는 약간의 오만함마저 엿보였다. 예전의 주눅이 든 모습은 온데간데없이 사라졌고, 그런 변화가 마음을 움직이는 매력으로 다가왔다. 데이빗은 그녀가 좋아할 만한 남자 이상의 남자였다. 하지만 정말 사랑하게 될 수 있을까? 모두를 한꺼번에 확신하기는 어려웠다. 어쨌든 그는 변했고, 이제는 좀 더 쉽게 그를 사랑할 수 있을 것 같았다. 올리비아는 자신이 아직 잘 알지 못하는 누군가와 결혼한다는 게 가슴 벅차게 느껴졌다.

"빨리 이 태양을 벗어나는 게 좋겠군요." 데이빗이 단호한 음성으로 말했다. "바깥에 차를 준비해뒀습니다. 데사드 부인, 호텔에 일단 짐을 풀고 쉬고 난 뒤에 앞으로의 일정에 대해 얘기하도록 하죠. 올리비아, 당신은 하루빨리 푸네에 도착하고 싶겠죠? 내게도 이 기다림은 너무 길게 느껴졌어요."

"모든 건 젊은 두 사람이 알아서 결정하세요." 데사드 부인이 말했다. 태양이 말도 못하게 뜨거웠다. 부인은 얼굴 양 옆으로 땀줄기가 흘러내리는 것을 느꼈다. 두 사람은 데이빗을 따라갔다. 데이빗이 열쇠를 호텔 직원에게 건네더니, 모녀에게 짐은 안전할 것이라고 안심시켰다.

"인도인들이라고 해서 다른 나라 사람들보다 정직한 건 아닙니다." 데이빗이 나란히 걸어가며 말했다.

"하지만 일단 일을 맡기면, 그 일이 끝날 때까지는 충성을 다하는 편이죠."

데이빗의 눈에 올리비아는 낯설어 보였다. 그녀는 조금 변한 것 같았다. 더 아름다워지고, 더 원숙해졌다. 과연 그간 꿈꿔왔던 것처럼 둘만 남겨졌을 때 용기를 내서 키스할 수 있을까? 데이빗은 원래 만나는 순간 그녀에게 키스를 하려고 했다. 하지만 밀어닥치는 인간의 물결 사이에서는 키스를 주고받기가 불가능했다. 더구나 데사드 부인 앞에서 올리비아와 첫키스를 하고 싶지는 않았다. 하지만 푸네에 도착할 때까지 기다리지는 않을 것이다. 포드햄 부인은 데이빗에게 애정 표현과 관련해 매우 엄격한 충고를 한 바 있었다.

"인도인들은 서양식의 자유로운 애정 표현에 익숙하지 않아요. 약혼녀와 단둘이만 있는 걸 보여서는 안 돼요. 그래서 될 수 있는 한 결혼을 서두르라는 거예요. 그 전에는 어떤 애정 표현도, 키스도 안 돼요!"

차가 부두 밖에서 대기하고 있었다. 데이빗은 데사드 부인과 올리비아를 차례로 차에 태우고 자신도 자리를 잡았다. 그리고 올리비아의 작은 손을 찾아서 그녀의 초록색 치마 아래 숨긴 채로 꼭 잡았다. 그녀는 초록빛 드레스 속에서 상큼하고 아름다워 보였다. 이 무더위조차도 그 사랑스러운 흰 피부에는 아무 영향을 끼치지 못했고, 밀짚모자는 오히려 짙은 눈매를 더 육감적으로 보이게 만들었다.

데이빗은 올리비아의 매끈한 허벅지가 자신의 다리에 밀착되는 것을 느꼈고, 가슴이 닿을 듯 가까이 앉아 있는 그녀의 자태에 숨이 막혔다. 그는 사랑의 열정을 잠재우려고 지나치는 거리, 그들이 보고 있는 힌두교도, 이슬람교도, 파시교도, 유대인들의 다양한 의상에 대해 이야기했다.

하지만 데사드 부인에게 그런 이야기를 들려주는 동안에도 그의 손은 올리비아의 부드러운 손바닥을 누르며 그 손과 손가락을 열정적으로 애무하고 있었다. 올리비아는 그가 하는 말을 들을 수도, 스쳐가는 풍경들을 볼 수도 없었다. 그저 미동 없이 앉아서 합쳐진 두 손과 자신의 손을 애무하는 그의 손가락에 온 신경을 집중할 뿐이었다. 그녀는 그게 좋은지 아닌지 판단할 수 없었음에도, 여전히 자기 손을 빼지 않고 있었다.

마침내 데이빗에게 절호의 기회가 찾아왔다. 데사드 부인이 객실에서 짐을 풀고 있을 때 호텔 위층에서였다. 그는 옆의 객실 문을 열고 들어섰다.

"여기가 당신 방이에요, 올리비아. 내 방은 바로 위층이오."

그는 문을 조용히 닫고 문 뒤에서 올리비아를 껴안은 채 그녀의 입술에 입을 맞추었다. 그토록 꿈꾸던 길고도 깊은 키스, 그의 첫 키스였다.

"올리비아!" 그때 데사드 부인의 목소리가 들렸다.

"어디 있니, 얘야? 직원이 네 짐을 가지고 왔단다."

올리비아는 급히 정신을 차리고 대답했다.

"저 여기 있어요, 엄마!"

하지만 서로 약속으로 가득 찬 열렬한 시선을 교환할 시간은 있었다. 올리비아는 언제나 지체 없이 선택하고 결정했다. 그랬다. 그녀는 사랑에 빠질 것이다. 모든 선택은 옳았다. 인도는 눈이 부셨다.

✣

 데이빗은 위층에서 짐꾼에게 팁을 주고 문을 잠근 후, 신을 향한 형언할 수 없는 감사의 마음에 사로잡혀 무릎을 꿇었다. 올리비아를 사랑하는 건 죄가 아니었다. 신께서도 이해할 것이다. 태초에 짝을 이루고 살라고 남자와 여자를 창조하신 분이 아닌가. 하지만 그 행복감이 심장과 마음을 잠식하도록 놓아두어서는 안 되었다. 처음에는 쉽지 않을 것이다. 하지만 그리스도의 이름으로 사랑의 열정까지도 정복할 수 있으리라. 그간 밤마다 떠올렸던 올리비아를 향한 달콤한 꿈들은 그 자체만으로도 가공할 힘을 가지고 있었다. 하지만 현실에서 경험하는 사랑의 달콤함은 그런 꿈과는 비교가 안 될 정도로 더 강렬하고 감미로웠다.
 올리비아는 그가 기억하고 있던 것보다 더 사랑스러운 여인이었다. 그는 힘을 달라고 기도했다. 그의 마음이 그리스도 안에 머물게 해달라고 기도했다. 그러자 예전엔 한 번도 떠오르지 않았던 생각이 불현듯 그의 마음속으로 찾아들었다. 그리스도는 성부, 성자, 성령 중에 유일하게 인간의 몸을 입고 죽음을 경험한 뒤 하늘로 돌아간 존재였다. 데이빗은 자연스럽게 그를 향해 기도를 올렸다.
 하지만 그리스도는 한 번도 여성을 사랑한 적 없다는 사실이 떠오르자 그 기도도 갈 곳을 잃고 다시 땅 위로 떨어졌다. 하지만 아니었다. 올리비아를 덜 사랑하게 해달라고 기도할 수는 없었다. 더 크고 위대한 사랑이 그의 존재를 온전히 사로잡을 때까지 주 예수를 더 많이 사랑해야 했다. 이것이 그의 과제였다. 덜 사랑하는 게 아닌, 더 많이 사랑하는 것.

데이빗은 그날 저녁 올리비아에게 이 부분을 설명하려고 했다. 올리비아가 걸으면서 거리를 구경하고 싶어 해서, 두 사람은 호텔을 떠나 백베이Back Bay 해안가 쪽으로 걷기 시작했다. 태양은 이미 산 너머로 기울었지만 수평선 너머에는 여전히 붉은 기운이 남아 있었고, 조류는 잿빛으로 물들어 해안가를 세차게 때리고 있었다. 녹색으로 우뚝 솟은 말라바 힐Malabar Hill의 선명한 능선이 순식간에 지는 땅거미로 아스라해졌다. 시내의 거대한 시계가 7시를 알리자 사람들은 모래사장을 떠났다. 다만 흰색의 긴 옷을 걸친 파시교도 승려들만 개의치 않고 태양의 마지막 광채를 바라보며 서 있었다. 영국인 남녀들은 해안가를 따라 집으로 향했고, 백인 아이들은 하루해가 지는 것을 아쉬워하며 뛰어놀고 있었다.

"가끔 내가 무관심해 보일 때가 있을 거요."

손을 잡고 지는 해를 바라보며 해안가를 거닐 때, 데이빗이 말했다.

"하지만 그건 내 사랑이 식어서가 아닙니다. 단지 내 온 마음과 정신을 어떤 일에 온전히 바쳐야 할 때라는 걸 말해주는 것뿐이오."

"전 괜찮아요." 올리비아가 차분한 음성으로 답했다.

굽이치는 바다를 가로질러 어느새 저녁 별들이 부드러운 금빛으로 반짝반짝 빛나고 있었다.

⚜

 그로부터 일주일 뒤 두 사람은 결혼식을 올렸다. 그날 푸네에 있는 작은 교회는 평소처럼 바닥에 앉아 소곤거리며 눈을 동그랗게 뜨고 앞을 바라보는 인도인 기독교도들로 가득 찼다. 교회 안은 서로 몸을 맞대야 할 만큼 꽉 들어차서 신랑 신부가 단상으로 걸어가는 통로조차 비좁을 지경이었다. 올리비아는 단상으로 걸어가면서도 발치에서 올려다보는 얼굴들과 창문을 통해 들여다보는 눈들을 의식하지 않았다. 어머니가 곁에서 함께 걸었고, 데이빗은 단상에서 그녀를 기다리고 있었다. 다아는 데이빗 옆에 섰고, 포드햄은 주례를 위해 예배 복장을 갖추고 서 있었다.
 올리비아는 백짓장처럼 희게 빛나는 얼굴로, 더없이 경건한 자세로 한 발자국씩 걸어오고 있었다. 데이빗은 인도인들을 생각해서 올리비아가 식장으로 들어설 때 잠깐 시선을 주었을 뿐, 그 후로는 쳐다보지 않았다. 올리비아도 미리 전해들은 대로, 머리에 쓴 짧은 베일로 얼굴을 살짝 가린 채였다. 포드햄 부인은 올리비아가 단상에 오를 때까지 작은 오르간을 잔잔하게 연주했다. 그런 뒤 비음이 섞인 듯한 포드햄의 엄숙한 음성에서 신성한 결혼서약이 흘러나왔다. 데사드 부인은 손수건을 입에 댄 채 훌쩍거리고 있었다.
 "누가 신부를 신랑에게 인계하겠습니까?" 포드햄이 의례적인 투로 물었다.

"제가 하겠습니다." 데사드 부인이 흐느끼며 말했다.

그랬다. 이건 올리비아의 문제였다. 데사드 부인은 포드햄 부부처럼 평범한 사람들이야 무엇을 하건 상관없지만, 데이빗이나 그녀의 딸 같은 사람들까지 굳이 선교사로 나설 필요는 없다고 생각했다. 맥카드 회장의 말이 맞았다. 딸은 그 회사를 다녀와서는 거기서 벌어진 일을 분개하며 들려줬지만, 그녀는 뉴욕으로 돌아가면 당신의 판단이 옳았다고 맥카드에게 편지를 쓸 생각이었다. 인도는 꺼림칙한 나라였다. 그날 아침 욕조에서 해면을 쥐어짜자 그 안에서 지네가 기어 나왔다. 거의 기절할 뻔했지만 다행히 그 독충은 그녀를 물지 않고 오른쪽 어깨에서 바닥으로 떨어져 배수구 속으로 사라졌다. 그녀는 작은 오르간이 다시 경쾌하게 울릴 때까지 마음속의 거부감을 되씹고 있었다. 데이빗과 올리비아가 함께 복도를 걸어 내려갔고, 그녀는 그 뒤를 따라갔다. 일주일 후, 아니, 이틀 혹은 사흘 뒤면 그녀는 배 위에 있을 것이다. 그리고 기독교의 나라로 돌아갈 것이다.

⚜

"가여운 엄마."

올리비아가 갑자기 입을 열었다. 결혼한 지 나흘째 되는 날이었다.

"무슨 일이에요?"

데이빗이 담담하게 물었다.

"이 풍경이요." 올리비아가 푸네를 둘러싼 언덕 풍광을 손으로 쓸듯이 감싸며 말했다.

"엄마는 이 풍경을 보셨어야 해요. 엄마가 생각하는 게 인도의 전부가 아니라는 걸 아셨어야 해요."

"많이 다르지요." 데이빗이 생각에 잠긴 듯 말했다.

"그래요, 하지만 이 모든 걸."

올리비아는 말을 멈출 수 없었다. 그녀는 행복했다. 완전히, 진실로 그랬다. 그녀는 사랑에 빠져 있었다. 그러지 못할까 걱정했던 것과는 달리, 지금 그녀는 남편인 이 낯선 남자와 사랑에 빠져버렸다. 올리비아는 한때 자신의 발치에 몸을 던졌던, 그리고 자신이 그 프로포즈를 단숨에 거절해버렸던 호리호리한 어린 청년을 떠올렸다. 그때의 그는 너무 아이 같았고, 분별없었으며, 어리석었다. 그녀는 그 애송이 같던 청년이 이토록 침착하고 고요한 위엄을 갖춘 남자로 변했다는 사실이 믿겨지지 않았다. 그는 홀로 있고 싶을 때는 분명하고 의연한 태도로 그것을 전했으며, 아침저녁마다 기도를 드리기 위해 자신만의 시간을 가졌다. 그는 단호하게 자신의 주인으로서 행동하는, 그래서 올리비아가 우러러볼 수밖에 없는 남자가 되어 있었다.

올리비아는 남편에게 복종하면서 그 안에서 기쁨을 느꼈다. 그리고 복종 안에서 즐거워하는 자신의 모습에 놀라고 있었다. 그간 무력감에 빠진 어머니와 생활하면서, 너무 오래 홀로 모든 걸 결정하고 긴장하는 삶을 살았던 것이다. 올리비아는 데이빗이 열정적으로 자신을 사랑해주는 동안에도, 자신이 그의 전부가 될 수 없다는 사실에 더 흥미를 느꼈다. 그가 자신을 사랑한다는 건 알고 있었지만, 사랑이 그의 전부는 아니었고, 그 너머에 무엇이 있는지도 알 수 없었다. 그것이 올리비아의 상상력을 자극했다. 그녀의 눈에는 그의 턱수염마저도 매력적으로 보였다. 오래전 그 청년은 아마 그 매끈한 턱 때문에 좋은 인상을 주지 못했을지도 모른다. 눈망울과 코의 섬세한 생김새는 여전했지만, 입술은 보다 단호해 보였고, 턱은 수염으로 가려져 있었다.

"아, 저는 당신을 사랑해요."

그녀가 돌연 들뜬 목소리로 외쳤다. 두 사람은 수평선 위로 너울거리는 산이 보이는 베란다에 앉아 있었다.

올리비아는 데이빗 앞에 무너지듯 무릎을 꿇었고, 데이빗은 그녀의 눈빛 속에서 존경과 사랑이 가득 담긴 진심을 볼 수 있었다. 이것이 올리비아였다. 쉽게 자신을 사랑할 것 같지 않았던 여인이 지금은 사랑이 넘치는 눈빛으로 그를 놀라게 하고 있었다. 데이빗도 그녀가 사랑하면 전부를 걸거나, 아니면 아예 사랑하지 않거나 중에 하나를 선택할 여인이라는 것을 직감한 바 있었다. 이것이 올리비아였다. 데이빗은 가끔은 그녀의 열정적인 사랑 앞에서 몸둘 바를 몰라하면서도 그를 통해 확신과 더불어 마음의 안정을 얻었다.

만일 그녀가 스스로를 헌신적으로 내던지지 않았더라면 아마 그는 그걸 얻기 위해 계속 마음을 써야 했을 것이다. 그 와중에 신을 옆으로 밀어놓았을지도 모를 일이었다. 하지만 이제 올리비아는 온전히 그의 것이었다. 더는 그녀의 사랑을 구할 필요가 없었다. 그는 자유로웠다. 데이빗은 그녀를 진심으로 사랑했지만 그녀가 마음을 독차지하는 일이 없었으므로 그 사랑은 죄가 되지 않았다.

그의 마음의 중심은 늘 고요했고, 그곳에는 올리비아가 아닌 신이 거하고 있었다. 그는 그런 균형이 잘 유지되면서 모든 것이 순조롭게 흘러가고 있다고 느꼈다.

"오, 주님, 감사합니다. 나를 사랑한다고 했소?"

데이빗은 자신을 올려다보는 존경심에 찬 검은 눈망울을 바라보았다.

"그런데, 왜 주님께 감사하는 거죠?" 올리비아가 물었다.

"그렇지 않으면 내가 나 자신을 파괴할 수 있기 때문이오. 내 영혼을 잃을지도 모르니까."

올리비아는 그의 말을 이해하기 어려웠지만 말없이 들었다. 자신에게 라이벌이 있다거나, 누군가 그녀의 자리를 대신 차지하고 있다는 생각은 들지 않았다. 그녀는 첫 번째가 아닌 두 번째였으며, 그의 영혼이 아닌 마음에 머무는 존재였다. 하지만 그녀는 그 차이를 알지 못했다.

"안아주세요." 올리비아가 속삭이자 데이빗이 그녀를 두 팔로 감싸주었다. 부드러운 인도의 밤이 더없는 안도감을 주었다.

황혼녘은 눈 깜짝할 사이 사라져서 주변은 어느새 어둠만 자욱했다. 멀리 보이는 산의 윤곽도 희미해졌고, 수평선에는 이제 눈부시게 빛나는 별들이 걸려 있었다. 행복감이 둘 사이로 흘러들었다. 올리비아는 그것만으로도 충분했다. 그녀에게는 이것이 전부였지만, 데이빗에게 이것은 세상에 속한 행복이었다. 감미롭기는 하지만 만족 그 이상 그 이하도 아니었다. 그에게 신성한 기적이란 결코 이 세상에 속한 것이 아니었고, 심지어 그의 품 안에도 없었다. 그는 그녀를 꼭 안은 채, 별들 너머로 시선을 던졌다. 그는 신께 자신을 헌납했다. 이제 그는 그것을 알고 있었고, 그 안에서 안전함을 느꼈다.

✠

스스로도 놀라워할 정도로 올리비아는 인도를 좋아하고 있었다. 아니 최소한 인도의 어떤 특정한 부분을 사랑하고 있는지도 몰랐다.

아침이면 고분고분한 하인이 차와 토스트를 내왔는데, 오늘 아침에도 그녀는 침대에 누워 발자국 소리도 없이 걸어오는 하인을 기다렸다. 그녀는 잠든 척하며 눈을 감고 있었다.

"마님!"

그녀는 조심스럽게 부르는 목소리에 눈을 뜨고는, 앞에 서 있는 마른 몸집의 인도 소년을 바라보았다. 그 아이는 요리사의 아들로, 아직 어리고 까무잡잡한 피부를 가지고 있었다. 소년이 쟁반을 탁자 위에 올려놓았다.

"고마워." 올리비아가 잠이 덜 깬 목소리로 말했다.

소년은 맨발로 살금살금 빠져나갔고, 올리비아는 혼자 한가로운 몸짓으로 잠을 쫓았다. 한 시간 전에 데이빗은 넓은 침대를 빠져나와 시원한 아침 공기가 가시기 전에 기도를 올리고 공부를 하러 갔다.

올리비아는 침대에서 나와 슬리퍼를 신기 전에, 혹시 독충들이 밤사이 그 안에 둥지를 틀었을까 조심스럽게 살폈다. 그런 뒤 안

전하다는 걸 확인하고는 그것을 발로 끌어다가 신었다. 태양은 고작 반 시간 전에 솟았건만 방은 벌써 후덥지근했다.

올리비아는 머리를 빗어 깔끔하게 뒤로 땋아 내린 뒤, 욕실로 가서 유리병에 담긴 끓인 물로 양치질을 했다. 언젠가 그녀는 인도에서는 입으로 들어가는 모든 물을 끓여서 사용해야 한다는 말을 들었다. 그녀는 모슬린 천으로 만든 잠옷을 벗고 미지근한 물이 담긴 단지를 들어 몸 위로 쏟아 부었다.

물줄기가 그녀의 날씬한 몸을 타고 내려와 경사진 타일을 따라 배수구로 흘러들었다. 올리비아는 이 목욕법이 좋았다. 시간도 오래 걸리지 않았고 기분도 상쾌해졌다. 그런 뒤 올리비아는 부드러운 수건으로 몸을 닦고 슈미즈 속옷을 입었다. 그녀는 편안한 차림을 좋아했다. 코르셋을 챙겨 입는 포드햄 부인과 달리 올리비아는 인도에서는 그런 속옷을 입을 일이 없다고 판단하고는 코르셋을 옷가방 깊숙이 넣어두었다. 그녀는 슈미즈와 페티코트와 모슬린 드레스만 입은 뒤, 치렁치렁한 치마 아래 양말을 신지 않은 맨발로 샌들을 신었다.

그녀는 옷을 입으면서 차와 토스트를 먹었다. 버터는 없었다. 호주에서 수입한 깡통 버터는 구입한 사람이 깡통을 열 때쯤이 되면 부드러운 노란색 기름덩어리로 변해 있곤 했다. 올리비아는 거기에는 손도 대지 않았다. 심지어 야채와 섞어 요리하지도 않았다. 바삭바삭한 토스트, 그리고 농축 우유와 각설탕을 곁들인 진한 색깔의 쌉쌀한 차만으로도 무더운 밤 뒤의 식사로는 충분했다. 올리비아는 정오까지는 아무것도 입에 대지 않았다. 오후 4시에 영국산 차를 마시고 어두워질 때까지 음식을 멀리 했다. 이런 기후에서는 조금씩 자주 먹되 많이 먹어서는 안 되었다.

올리비아는 옷을 벗어둔 채로 방을 나왔다. 급료를 받는 하인들 뿐만 아니라 주방에서 남은 음식을 급료 대신 취하는 하인까지, 집안을 돌볼 사람은 충분했다. 그녀는 하인들이 몇 명인지도 물어보지 않았다. 쥐꼬리만 한 선교사 봉급으로 검소하게 살아가야 하는 포드햄 부인으로서는 올리비아의 이런 태도가 탐탁치 않았겠지만, 올리비아는 개의치 않았다. 미국에 있는 맥카드 회장이 별다른 통고 없이 뭄바이에 있는 영국 은행에 개설한 그녀의 통장 계좌로 꼬박꼬박 돈을 부쳐오고 있었던 것이다. 올리비아는 결국 이를 흡족한 마음으로 받아들이게 되었고, 데이빗도 그에 대해 아무 말하지 않았다. 그는 올리비아가 원하는 대로 놔두었다. 포드햄 부인이 어느 날 올리비아는 선교사로서 적합하지 않다고 말하자, 데이빗은 단호하게 응수했다.

"올리비아에게 제 아내가 되어달라고 청한 건 접니다."

데이빗은 포드햄 부부를 대할 때는 강경해야 한다는 것을 경험으로 깨닫고 있었다.

"그리고 저는 그녀에게 선교사가 되어달라고 한 적이 없습니다. 그건 제 권능 밖의 일입니다."

그럼에도 올리비아는 이 뚱뚱한 기독교인들을 즐겁게 해주려고 노력했다. 그녀는 포드햄 부인을 금방 좋아할 수 있었고, 포드햄에게는 따뜻하고 살뜰하게 굴었다. 올리비아에게 이들은 좋은 사람들이었다. 단 올리비아는 이들이 가난한 사람들과 하층민들을 위해 너무 많은 시간을 낭비한다고 생각했다.

데이빗에게 인도에는 다야 같은 사람들도 있는데, 왜 굳이 데이빗과 포드햄 부부는 인도인들을 기독교인으로 만들려는 건지 모르겠다고 말한 적도 있었다. 심지어 포드햄 부부도 먼발치에서나마 그 당당하고 부유한 인도 청년에게 부러운 시선을 던지지 않는가.

"그 다야라는 청년을 그리스도인으로 만들 수 있다면." 그들은 데이빗에게 아쉬운 듯 말했지만, 다야는 언제나 그 특유의 거침없고 쾌활한 태도로 그런 상황들에 대응하곤 했다.

"종교는 결혼처럼 개인적인 거야. 난 자네에게 힌두교를 믿으라고 설득할 생각이 없어, 하지만 이 친구야, 자넨 나를 바꾸려고 교묘하게 나를 조종하고 있잖나. 그런 건 우리 사이에 없었으면 하는데?"

누가 이런 다야의 매력을 거부하겠는가? 올리비아는 다야에게 매력을 느끼며, 다야의 시각 또한 존중받을 필요가 있다고 생각했다.

"다야는 그냥 자기 종교를 믿게 놔두세요." 올리비아는 데이빗에게 이렇게 말했지만, 데이빗은 아무 대꾸도 하지 않았다.

한편 올리비아는 아직 레일라마니를 만나지 못한 차였다. 다야 역시 한 번 인사를 나누고 몇 가지 질문만 주고받았을 뿐, 제대로 된 만남을 가지지 못했다. 다야는 올리비아가 있는 자리에서 다소 언행을 삼갔다. 그는 올리비아에게 이렇게 말했다.

"신혼여행을 다녀온 후에 안정을 찾고, 이곳 푸네에서의 생활이 편안해지시면 그때 저희 집으로 초대하겠습니다. 그때 제 아내 레일라마니도 만날 수 있을 거예요."

그러나 아직까지 초대가 없었고, 어제 올리비아가 이 무소식에 이의를 제기하자 데이빗은 이렇게 말했다.

"다야는 하고 싶은 대로 하는 사람이니, 조금 더 기다려 봐요."

데이빗은 무심하게 딱 잘라 말했다. 순간 올리비아는 그 모습에서 연인이 아닌 선교사의 모습을 슬쩍 보았다.

하지만 올리비아는 그런 태도쯤에 상처를 받기에는 너무 행복한 상태였다. 보다 정확한 단어를 사용하자면, 행복이라기보다는 만족에 가까운 상태였을 것이다. 만족이라는 게 좀 더 많은 것을 감싸는 넓은 의미라면, 행복은 어떤 특별한 상황에서 발현되는 구체적인 상태였다.

올리비아는 침실에서 간단한 아침식사를 마친 뒤 문을 열고 나왔다. 집 안은 커튼으로 그림자가 드리워져 있었다. 시원하지는 않았지만, 최소한 시원한 분위기는 흘렀다. 맨바닥은 윤이 흘렀고, 가구는 먼지 하나 없이 깨끗했으며, 하인이 갓 꺾어온 꽃이 화병을 채우고 있었다. 올리비아는 꽃을 가꾸지 않았지만, 하인들은 초록 줄기와 꽃봉오리, 가끔은 굉장히 큰 양치식물 잎사귀와 작은 야자수가 올리비아에게 이색적인 느낌을 주리라 생각하고 있는 듯했다.

올리비아는 가구가 채워져 있지 않은 커다란 방들을 돌아다녔다. 그녀는 뭄바이에서 가구를 사지 않았다. 아직 집을 살펴보지도 못한 상황이라 데이빗과 함께 곧장 푸네로 왔고, 온 뒤로는 가구를 구입하지 않고 방을 그대로 놔두었다. 몇 점의 세련된 고급 가구와 중국산 탁자들, 장식장들, 그리고 진한 색깔로 아름답게 빛나는 인도산 문직만으로도 충분했다. 그녀는 열기를 막기 위해 커튼을 다는 일조차 마다한 채 미늘 발만으로 만족했고, 벽에 그림을 거는 것도 싫어했다. 그녀는 여느 런던의 집들처럼 집 안을 가득 채우는 영국식 집 꾸밈에 거부감을 느껴서 포드햄 부부가 훨씬 저렴한 비용으로 라탄과 버드나무 가구로 분위기를 낸 것과 비슷한 효과를 원했다. 이 더위에 쿠션 같은 걸 사놓을 필요는 없었다. 그래봤자 곤충들 둥지밖에 더 되겠는가.

포드햄 부인은 이렇게 말하곤 했다.

"집이 좀 휑하지 않수, 새댁."

그러면 올리비아는 이렇게 대답했다.

"전 이런 빈 공간이 좋아요."

올리비아는 큰 기대 없이 데이빗을 찾아 나섰다. 이 시간대라면 어딘가에서 골똘히 생각에 빠진 사람들과 이야기를 나누고 있거나, 꿈의 학교를 짓는 문제 때문에 건축가와 머리를 맞댄 채 고심하고 있을 것이다.

데이빗은 아버지와는 전혀 다른 목표를 향해서, 하지만 아버지를 닮은 불도저 같은 추진력으로 자신의 길을 헤쳐 나갔다. 올리비아는 데이빗이 교육과 건강과 종교를 총망라한 센터를 지을 수 있을 만한 넓은 부지를 준비하고 있다는 사실을 알고 있었다. 언젠가 이 센터는 인도의 명문이 될 것이다.

이게 다 그 맥카드 회사의 든든한 자금력 덕분이었다. 가끔 올리비아는 데이빗이 가난한 집안에서 태어났다면 어땠을까 생각해보곤 했다.

올리비아는 데이빗이 서재에서 설계안을 작성하는 일 등등 사업 계획을 위해 주문한 큼지막한 책상 앞에 앉아 있는 것을 발견했다. 곁에는 영국인과 인도인 혼혈인 젊은 건축가가 남자 대학에서 별도의 기숙사를 짓는 일을 두고 데이빗과 진지하게 이야기를 나누고 있었다.

그는 올리브빛 피부와 푸른 눈동자, 군살 없는 몸매에 완전한 흑발은 아니지만 곧고 짙은 머리카락을 가지고 있어서 한눈에 혼혈임을 알 수 있었다. 외모에서 어머니로부터 물려받은 피가 고스란히 드러나고 있었음에도, 그는 의도적으로 아버지가 영국인이라는 사실은 드러내는 반면, 어머니가 인도인이라는 사실은 감추고 있었다. 그가 먼저 올리비아를 발견하고 옥스퍼드식 발음, 그러나 인도인의 피를 속일 수 없는 다소 과장된 몸짓으로 인사를 건네왔다.

"안녕하세요. 맥카드 부인. 내심 부인이 나타나기를 바라고 있었습니다. 부인은 디자인이나 균형에 특별한 감각을 갖고 계시니까요. 부인께서 다른 사람은 못 보는 단점을 잡아낼 줄 아신다는 게 안심이 됩니다. 물론 기쁘기도 하고요."

올리비아는 미소를 지었다. 그러면서 부드러운 흰빛 모슬린 드레스가 자신을 더 매력적으로 돋보이게 해주겠지 생각하면서 손을 내밀었다. 인도는 그녀를 여성적으로 만들었다. 그녀는 느긋한 마음으로 하루하루를 보냈다. 그녀의 입술은 더 이상 팽팽하게 조여질 필요가 없었고, 몸도 긴장하는 일이 없었다.

어쩌면 결혼 때문인지도 몰랐다. 결국 결혼한 남자를 사랑할 수 있게 되었음이 명백해졌다. 데이빗은 종교와 헌신을 통해 강하고 남자다워졌고, 사랑은 그녀에게 복종의 즐거움을 가르쳐주었다. 그녀는 늘 자기만의 방식으로, 자신이 우러러볼 수 있는 남자에게 복종하기를 꿈꿔왔다. 그리고 이제 자아의 중심을 잃는 일 없이 자신을 남편 앞에서 낮출 수 있었다.

자신을 바라보는 혼혈 건축가의 눈에 상서롭지 못한 물기가 맺히는 것을 본 올리비아는 손을 급히 뺐다.

"잘 잤소, 올리비아."

데이빗이 말했다. 그는 인도인들이나 영국과 인도 혼혈인들 앞에서는 신혼의 각별한 애정을 드러내는 것에 주의했다. 영국인 혼혈인도 영국인보다는 인도인다운 면이 더 많다고 판단해서였다.

"여기 앉아요. 람사이 말처럼 당신 충고를 좀 들어야겠소. 내 얘기를 먼저 하자면, 난 이곳에 건물로 둘러싸인 아주 넓은 캠퍼스를 만들 생각이오." 데이빗이 손가락으로 어떤 한 지점을 가리켰다.

"이 가운데에 아주 근사한 분수대도 만들 거고. 젊은이들이 자주 찾게끔."

"언제 그들을 그물에 낚을 건가요?"

올리비아가 데이빗의 어깨 너머로 상체를 숙이며 말했다.

"일단 그들이 이곳을 찾으면 그때 그들의 영혼을 공략할 거요." 그가 상기되어 말했다.

"가령, 난 어떤 계급도 차등 없이 선발할 생각이오."

람사이는 그건 안 된다는 듯이 고개를 저었다. 그런 뒤 검은 콧수염을 만지며 말했다.

"그럴 경우 분명 문제가 생길 겁니다. 맥카드 씨, 아시다시피 여기 사람들은 계급에 의지해 살아가고 있어요. 마라티족은 아주 강인하고 활기 넘치는 사람들이죠. 아마 처음에는 맥카드 씨가 흡족하실 만큼 진보적인 모습을 보이겠지만, 얼마 안 가 당신도 이들이 못말릴 정도로 미신에 사로잡혀 있는 걸 목격하게 될 겁니다. 요즘 설쳐대는 그 마녀 같은 노파를 한번 보세요. 바바잔 종파 말이에요! 그녀의 추종자들 중에는 고등교육을 마친 인도인들도 있습니다. 아주 실망스러운 일이지요."

그 마녀 같은 노파는 푸네를 떠돌아다니는 거지로서 항상 넋이 빠진 듯했다. 사람들은 그녀가 1백50살이라 했고, 죽은 자를 다시 살릴 수도 있다고 했다. 그리고 그녀의 추종자들 중에 전폭적이건 미온적이건 다야처럼 옥스퍼드와 캠브리지를 졸업한 인도의 젊은 엘리트들이 있다는 것도 사실이었다. 다야도 한때는 하인들이 집 서까래에 귀신이 붙었다고 성화를 해대는 바람에, 내키지 않지만 반은 장난으로 귀신을 내쫓아줄 힌두교 수행자를 부른 적이 있었다.

"인도인들이 종교적이라는 말은 순전 헛소리나 다름없어요."

람사이는 쾌재를 부르며 말을 이었다. 하지만 자신의 피 속에 숨겨진 수치심을 두려워하는 남자가 그들을 경멸하는 걸 듣고 있자니 좀 딱한 느낌이 들었다.

"인도인들은 종교적이지 않아요. 단지 미신을 믿을 뿐이지요. 게다가 요즘은 신 자체를 믿지 않는 이들도 많아요. 제가 아는 어떤 부자 녀석은 '신은 없다'라고 대문에 새겨 넣기까지 했지요."

데이빗은 예의 그 진지한 자세로 그의 말을 경청했다.

"아마 그 거짓 신들이 쫓겨나고 나야만 비로소 진정한 신의 정신이 깃들겠지."

"아, 늙은 수행자들이 어디 그런 일이 일어나게 가만 놔둔답니까?" 람사이는 이해할 수 없는 흥분에 들떠서 외쳤.

"그들은 마치 성인인 것처럼 행동하지만 알고 보면 아주 사악하고 매정한 사람들이에요."

"그건 인간성 문제야." 데이빗이 응수했다. "수행자들 중에는 아주 친절하고 선량하며 호감 가는 사람들도 많소. 단 내가 우려하는 건, 그들이 그리스도 흉내를 낸다는 거지. 그런 면에서 그들이야말로 우리의 진정한 적이라고 할 수도 있소. 마라티족 중에 유명한 명상 시인, 당신도 투카람이라고 알지 않소? 그는 자신의 시에서 '모든 사람 위로 똑같이 자비가 쏟아지며, 모든 사람 위로 평등한 사랑이 부어지네'라고 썼소. 내가 두려워하는 사람이 바로 그런 사람이오. 그리스도를 인정하지 않는 성인군자. 몰인정과 무자비함 속에서도 자기만족에 심취해 있는 늙은 수행자들 말이오. 아, 난 그런 자들을 겁내지 않소. 인간의 마음은 식물이 태양을 향하듯이 사랑을 향하게 되어 있소. '저희를 어둠에서 빛으로 이끄소서' 이 말은 힌두교 경전에 나와 있는 말 아니오? 이런 자들의 가슴에는 여전히 욕망이 활활 불타고 있어요. 하지만 난 그들에게 참된 빛을 보여주고 싶소."

데이빗이 설교를 시작하자 람사이와 올리비아는 그의 거부할 수 없는 진지함에 사로잡혀 귀를 기울였다. 올리비아는 지금 자기가 사랑하는 이 남자의 내면에 저토록 강력한 힘이 자리하고 있다는 사실에 놀라고 있었다. 자신의 신실한 믿음에서가 아니라면, 과연 저 힘이 그 어디에서 찾아들었단 말인가?

그녀는 스스로를 기독교인이라고 생각했지만, 데이빗과는 달랐다. 그녀의 종교는 현재 주어진 환경 속에서 어떤 강력한 동기를 유발하는 종류의 것은 아니었다. 그 안에는 삶에 대해 커져가는 관심, 주변 영국인들과 우정을 나누는 즐거움, 어디를 가나 맞닥뜨리게 되는 가난에 대한 연민, 짧은 휴가차 떠나서 데이빗과 산에서 묵는 즐거움, 포드햄 부부를 향한 유쾌한 애정 등이 포함되어 있었다. 또한 그녀는 다른 선교사들 앞에서는 더 조심스럽게 행동했는데, 그건 자신이 그들이 누리지 못하는 많은 혜택들을 누리고 있다는 생각 때문이었다. 특히 전도 사역을 맡은 가여운 파커 양은 키도 땅딸막한 데다 들창코여서, 젊은 맥카드 부부의 결혼생활을 마치 천국인 양 바라보며 스스로를 위안하고 있었다. 오, 올리비아, 그녀는 모든 면에서 너무 풍요로운 은혜 속에 살아가고 있었다. 그 때문에라도 그녀는 스스로를 한없이 낮춰야 했다.

"여기 이 낙서는 뭐죠?"

올리비아가 손가락으로 설계도면 구석 쪽을 가리키며 물었다. 사실 설계도에 대한 관심보다는 몸을 남편 어깨에 기대고 싶어서였다.

"람사이에게 그쪽에 여자 기숙사를 설계하라고 할 생각이오."

이에 람사이가 다급한 목소리로 끼어들었다.

"분명히 말씀드리는데, 비판할 생각은 추호도 없습니다. 하지만 너무 앞서가는 생각이라고 말씀드리고 싶군요. 어떤 인도인도 남학생 공간에 여자를 받아들이는 걸 반기지 않을 겁니다."

데이빗은 단호하게 맞섰다.

"만일 내가 힌두교 람크리쉬나의 새로운 귀환에 대처해야 한다면, 그건 과감하게 낡고 오래된 관습을 타파하는 일이 되겠지. 람크리쉬나 숭배자들은 모든 건 환영에 불과하니 인간은 세상의 비극에 등을 돌려도 된다는 옛 유랑 승려 사상의 위험성을 잘 인식하고 있소. 람크리쉬나는 신이 무수한 형태와 색깔로 어디에나 존재한다고 믿으니, 이 믿음이야말로 민족주의가 되살아나는 이 시기에는 아주 매력적인 사상이겠지. 나는 '신이 되자, 신을 창조하자'는 그들의 구호도 직접 들었소. 그들은 힌두교를 그런 구호와 함께 부활시키려 하고 있소. 하지만 그것이야말로 내가 반기를 들어야 하는 이유요. 그렇게 되면 인도는 앞으로 수세기 동안 발전하는 세계 속에서 소외될 테니까. 미신에 집착하는 여자들처럼 말이지. 남자들이 교육을 받는 것처럼 여자도 교육을 받아야 하는 이유가 바로 거기에 있는 거죠."

람사이는 짧게 기른 콧수염 뒤로 살짝 코웃음을 치며 말했다.

"만일 새로운 신이 두렵다면 어째서 민족주의는 두려워하지 않는 거죠? 민족주의야말로 그 낡은 종교의 힘이 빠져나가는 지점입니다."

데이빗이 이에 맞섰다.

"난 민족주의를 두려워하지 않소. 다만 그 민족주의가 오용됨으로써 파생되는 더 큰 문제들을 걱정하는 거요. 그러니까 민족주의를 오용하는 이들의 거대한 힘, 세계 어디에나 있는 그들 같은 사람들. 남녀를 막론하고 읽지도 쓰지도 못하는 사람들, 농부들, 최하층 계급들, 자신의 비참한 밭으로 나가서 천 년 전 자기 조상보다도 못한 쟁기를 들고 쟁기질을 하려 드는 그런 사람들 말이오. 남자는 빈사 상태에 놓이고, 아내는 옛날처럼 집을 지키면서 세 가지 구부러진 것들에 종속되어 사는 삶……. 맷돌, 절구, 그리고 등이 굽은 신"

이때 올리비아가 못말리겠다는 듯이 말했다.

"오, 둘 다 그만해요. 이러다가 언제 얘기를 끝내겠어요?"

그러자 람사이가 웃으며 말했다.

"다행히 저희는 의견 일치 같은 건 안 봐도 됩니다. 아시다시피 인도에서는 논쟁에 결론을 내린다는 것 자체가 불가능하죠. 인도인이 단 두 명만 있어도 그들은 결코 뜻을 같이 하지 못할 겁니다. 인도인들은 어디를 가나 입씨름을 하죠. 하지만 저는 영국인 건축가일 뿐입니다. 그래서 아무도 저를 상관하지 않아요. 사실 전 인도에 대해서는 거의 아는 바가 없는 걸요. 대부분의 시간을 영국에서 보내서요."

그는 두 사람을 쳐다보지 않고 커다란 설계도를 돌돌 말아 얇은 손으로 양끝에 테이프를 붙이면서 말을 이어갔다. 얼굴에 비해 그 이상하리만치 검은 손이 그가 인도인임을 숨김없이 보여주고 있었다.

"자, 저는 이만 가보겠습니다. 분수대 아이디어를 좋아해주셔서 정말 기쁩니다. 맥카드 씨."

그는 영국인이 하는 인사 치고는 너무 깊이 고개를 숙이더는 곧바로 자리를 떠났다.

"아아, 가여운 사람." 올리비아가 말했다.

"영국인이 되고 싶어서 안간힘을 쓰고 있네요."

"딱한 사람 같으니." 데이빗이 말했다.

"저런 태도 때문에 오히려 인도인들이 그를 멀리하는 거야. 그가 영국인이 아니라는 걸 모두가 다 아는데 말이야."

"그냥 놔두세요."

올리비아는 자리를 뜨지 않고 주춤댔다. 그녀는 남편의 아침 입맞춤을 기다린다고 직접 말하기에는 자존심이 너무 강했다. 그러자 데이빗도 거기에 생각이 미쳤는지 자리에서 일어나 미소와 함께 올리비아를 향해 팔을 뻗었다. 올리비아는 그의 품에 안겼다. 결혼하고 난 뒤, 이 몇 달간의 시간은 위험할 정도로 달콤하고 너무도 소중했다. 두 사람 모두 열정적이었고, 상대의 가슴 속에서 필요와 욕망, 상상도 못했던 넘치는 열정에 대한 반응을 느끼고 있었다. 그들은 신의 축복 아래 결합했으니 열정을 제어해야 한다는 부담에서 벗어나도 된다고 믿으며 순수한 아이들처럼 욕망에 몸을 맡겼다. 그들의 결혼은 그 자체로 신성한 것이었다. 금지된 것은 없었다.

데이빗은 그녀를 오랫동안 끌어안고 있다가 고개를 숙여 입을 맞추었다. 벌어진 두 입술 사이로 서로의 혀가 두 마리 선홍색 뱀처럼 엉켜들었다. 두 몸이 온전히 만난 게 바로 지난밤이었음에도, 두 사람의 몸은 완벽한 교감 아래 다시금 요동쳤다. 올리비아는 그로부터 몸을 떼고 긴 숨을 몰아쉬었다. 그리고 고개를 그의 어깨에 기댔다.

그때 문 앞에서 기침 소리가 들리는 바람에 두 사람은 화들짝 놀라 서로에게서 떨어졌다. 올리비아가 작은 목소리로 투덜거렸다.

"저 사람들은 어떻게 늘 눈치를 채는 거죠?"

하지만 아무것도 모르는 소년은 작은 놋쇠 쟁반에 편지 한 통을 들고 들어왔다. 데이빗이 그 편지를 받아들었다.

"다야로부터 온 거요." 그가 미소를 지으며 말했다. "당신을 초대한다는 내용이겠지."

데이빗의 말이 맞았다. 그들은 그날 정통 인도식 만찬에 초대되었다. 다야가 사랑하는 형제이자 친구를 기다리는 동안, 레일라마니는 올리비아를 기다렸다.

✣

다야는 그들을 맞이하기 위해 문 앞에 나와 있었다. 그날 밤 올리비아는 완벽하게 인도인이 된 다야를 보았다. 호화로운 인도 의상과 머리 둘레로 감아 올린 무늬 터번이 범상치 않은 아름다움을 더 빛내주면서 옷 이상의 느낌을 주었다. 조각된 대문 앞에 흐트러짐 없이 서 있는 그 훤칠한 모습과 크고 짙은 눈망울에 배어 있는 고요함, 고상한 머리에서 느껴지는 중후한 분위기가 그를 진정한 인도인으로, 또한 이방인으로 느껴지게 했다.

다야는 자기 민족이 흔히 하는 것처럼 양 손바닥을 맞대고 있었다. 그는 언젠가 올리비아에게도 이 자세에 대해 이야기한 적이 있었다. 인간이라는 피조물 안에서 신성함을 발견하게 될 때 취하는 자세라는 것이다. 하지만 그날 밤 올리비아는 그 모습이 한없이 낯설게 느껴졌고, 왠지 쑥스럽고 불편했다. 이런 감정을 애서 숨기려 했지만 그 또한 쉽지 않았다. 처음으로 다야가 그녀를 도울 수 없었던 순간이었다.

"들어와요." 그가 자못 무게를 잡고 말했다. "저희 집에 오신 걸 환영합니다."

다야는 문직이 늘어진 격조 있는 넓은 손님 방으로 그들을 안내했다. 바닥에는 쿠션과 함께 두툼하고 부드러운 러그가 여기저기 깔려 있었다. 다야는 앉기를 권한 뒤, 그 옆에 자신도 자리를 잡고 앉아 다시 또 합장을 했다. 하인들이 과일 주스와 꿀물과 사탕과자를 담은 쟁반들을 가지고 들어와 각각 데이빗과 올리비아 앞에만 가져다놓았다. 다야는 그중 한 사람에게 뭐라고 작게 말한 뒤 손님들에게 음식을 들라는 손짓을 했다.

지극히 자연스러워 보이는 데이빗의 모습에 놀란 올리비아도 남편을 따라 움직였다. 그런 음식을 맛본 건 처음이었다. 모두가 감칠맛이 풍부했다. 작은 파이, 각종 야채를 다져서 구슬 크기로 동그랗게 만든 경단, 장미 꽃잎처럼 섬세한 꿀 케이크 등 모든 음식들이 넓은 녹색 잎 위에 우아하게 놓여 있었다.

"다 당신을 위한 거예요, 올리비아." 데이빗이 잠시 후 말을 이었다.

"난 이런 대접을 받아본 적이 없어요."

데이빗이 재미있다는 듯 다야를 흘끔 쳐다보았다. 그러자 다야가 갑자기 폭소를 터뜨렸다. 그는 머리에 쓴 터번을 벗어서 옆의 바닥 위에 놓고는 데이빗의 쟁반에서 작은 파이를 집어 먹었다.

"이게 우리 인도인의 방식이죠. 올리비아 당신이 인도 여인이라면 이런 식으로 대접받았을 겁니다. 물론 현대 여성이라면 말이죠. 나이 든 여성이었다면 우린 만나지도 못했을 테니까."

"아, 다야, 이제 좀 솔직해지게." 데이빗이 추궁하자 다야가 항복하며 말했다.

"그래요. 그래. 제 아버지라면 아마 당신을 그렇게 대접했을 겁니다. 하지만 저는 아니에요. 전 늘 문제아에다가 게으르기 짝이 없고, 솔직히 구식을 따르는 게 아주 불편해요. 제가 할 수 있는 건, 그저 간신히 예의를 지키는 것뿐입니다. 내 자식들이 자랐을 때는 어떻게 될지 모르지요. 그 시대는."

다야는 아이들 목소리가 들려오자 문 쪽을 바라보더니 자리에서 일어섰다.

"자, 이리로 오렴."

커튼이 젖혀지자 레일라마니가 아이들을 양쪽에 한 명씩 데리고 나타났다. 데이빗은 이후 레일라마니를 생각할 때마다 이 모습을 떠올리곤 했다. 수줍음을 타는 아리따운 모습, 마라티족 여자처럼 큰 키, 금박 무늬가 새겨진 푸네산 연노랑 비단 사리로 감싼 호리호리한 몸매. 사리의 한쪽 끝이 찰랑거리는 까만 곱슬머리 아래로 늘어져 그 크고 까만 눈동자를 금빛으로 빛내고 있었다. 작고 도톰한 입술은 주홍색으로 칠해져 있고, 이마 한가운데에는 귀한 신분임을 알리는 주홍색의 작은 점이 찍혀 있었다.

데이빗이 자리에서 일어나자 올리비아도 마지못해 따라 일어섰다. 그리고 이 아름다운 젊은 인도 여인에게 손을 내밀었다.

"이리 와요." 다야가 아내에게 말했다.

"여긴 내 친구들인데, 이쪽은 올리비아……."

금색 샌들을 신은 레일라마니의 맨발이 천천히 앞으로 향했고, 두 아이는 그녀 곁에 착 달라붙어 함께 걸었다.

"올리비아와는 악수해도 되지만, 데이빗하고는 할 필요 없소."

다야가 아내에게 명령했다. 음성에는 다급함이 묻어났지만 눈빛은 여전히 부드러웠다. 레일라마니는 곱고 가느다란 손을 올리비아에게 내밀었다. 손톱도 입술과 같은 주홍빛으로 칠해져 있었다.

"올리비아라고 이름을 불러요." 다야가 아내에게 말했다.

"올……리비아." 레일라마니는 맨 첫자에만 강세를 두며 들릴 듯 말 듯 말했다.

"레일라마니." 올리비아가 답하면서 그 어여쁜 손을 살짝 잡은 뒤 곧 놔주었다.

"요 두 놈이 내 개구쟁이 녀석들이지요." 다야가 두 아이의 곱슬곱슬한 흑발을 헝클어뜨리며 말했다.

"요놈은 다섯 살, 요놈은 네 살. 그리고 6개월 뒤면 아들이든 딸이든 또 한 식구가 늘어날 예정입니다."

아이들은 그제야 어머니의 사리를 꽉 잡고 있던 손을 풀었다. 그런 뒤 형인 아이가 올리비아의 쟁반 쪽으로 몸을 기울였다. 올리비아가 그에게 작은 파이를 건네주자 이어서 동생도 그 앙증맞은 손바닥을 내밀었고, 올리비아는 또 다시 그 위에도 파이를 얹어주었다.

"이제 그만." 다야가 엄한 투로 말했다. "이제 나가서 놀려무나."

그들은 즉시 아버지의 말에 순종했고, 작은 파이를 하나씩 들고 나란히 손을 잡은 채 걸어 나갔다.

레일라마니는 남편과 몸이 닿지 않게 조심하며 그 옆에 자리를 잡았고, 다야는 그녀를 사랑스럽고 자랑스러운 눈빛으로 바라보았다.

"올리비아, 이 사람 아주 잘하고 있지요? 내 아내는 결혼할 때까지는 늘 푸다로 몸을 가린 채 생활했어요. 낯선 남자는 한 번도 보지 못했지. 여자 가족들과 함께 외출을 할 때면 차는 늘 커튼으로 가리고 말입니다. 아내의 아버지가 영국제 차를 주문했을 때가 생각나는군. 안에서 밖을 내다볼 수도 없고, 밖에서 안을 들여다볼 도 수도 없게 아예 유리창에 칠을 했지. 그렇지, 레일라마니?"

레일라마니는 미소를 지으며 고개를 끄덕일 뿐 아무 대답도 하지 않았다.

다야는 그녀를 어르듯이 말했다.

"자, 레일라마니. 이제 영어를 좀 써봐요. 요즘 내가 아내에게 영어를 가르치고 있거든요, 올리비아. 아내에게 당신이 마라티어를 배우는 속도에 맞춰 영어를 배워야 한다고 했지요. 그래야 공평하지 않겠소?"

"글쎄요." 올리비아가 레일라마니를 보며 미소를 지었다.

"영어가 더 쉽다고 생각하는데요."

"자, 자." 다야가 능청스러운 추임새로 주의를 환기시켰다.

가벼운 시시덕거림과 잡담들이 이어졌다. 데이빗은 가만히 앉아서 대화에 끼는 대신 즐겁게 경청하면서, 다야가 부인의 수줍음을 곁에서 인내심 있게 도와주며 밝은 면을 유도해내는 모습을 지켜보았다. 서서히 레일라마니도 남편이 원하는 모습을 보여주기 시작했다. 처음에는 자연스러운 몸짓과 좋아하는 사탕과자를 먹는 것으로, 그 다음에는 살짝 미소를 짓다가 조그만 소리로 웃어 보이더니, 다야가 짓궂게 나오자 남편의 볼을 두 손으로 살짝 밀기까지 했다.

올리비아는 이 모습에 매료당했다. 그녀는 지금껏 레일라마니 같은 여자를 본 적이 없었다. 어리고 천진난만한 동시에 여성스러움이 철철 넘치고 교양미까지 있었다. 레일라마니는 여성 그 자체였다. 그녀는 자신의 둥글게 나온 배를 손으로 톡톡 두드리며 뭔가를 알아보려는 듯 올리비아의 날씬한 허리를 손가락으로 더듬었다.

"맞죠?" 레일라마니가 앳된 목소리로 물었다.

"아니에요." 올리비아가 고개를 가로저으며 말했다.

"멀지 않았겠죠?" 레일라마니가 확신에 차서 물었다.

"아마도요." 올리비아는 마음이 영 불편했다. 다야가 다시 웃음을 터뜨렸다.

"괜찮아요, 올리비아! 서양식 사고방식에 물들지 않은 대부분의 인도 여성들처럼, 레일레마니도 여성으로서 첫 번째 자부심이 아이를 출산하는 거라고 믿고 있어요. 그걸로 여성의 자격을 입증한다고 생각하죠. 인도 여성들은 아이를 못 낳느니 차라리 죽음을 택하겠다고 생각하는 사람들이에요. 당신으로서는 이해하기가 쉽지 않죠?"

"그렇군요." 올리비아가 말했다. 그녀는 자신을 찬찬히 뜯어보는 레일라마니의 시선을 느꼈다. 레일라마니는 올리비아의 얼굴과 머리카락과 몸을 거리낌 없이 훑어보고 있었다. 그리고 손을 뻗어 올리비아가 입은 푸른 실크 드레스 감촉을 느끼고는 왼손으로 그녀의 손을 잡아 오른손으로 부드럽게 쓸어내렸다. 레일라마니는 더없이 달콤하고 숨김없는 미소를 지어 보이며 올리비아를 다독였다.

그건 정말이지 볼 만한 광경이었다. 두 남자는 눈을 떼지 못하고 그 모습을 지켜보았다.

"이 사람이 당신을 자매로서 사랑할 거라고 얘기하고 있군요." 다야가 말했다.

"그러니 부끄러워할 것 없어요. 우리 인도인은 사랑이야말로 인간이 줄 수 있는 최고의 선물이라고 믿지요. 또한 그 사랑을 다음 날로 미루지 않아야 한다고도 믿고요. 레일라마니는 여간해서는 이런 모습을 보여주지 않아요. 내 아내는 아주 도도한 여자거든요."

"그녀에게 나도 이곳을 방문해서 기쁘고, 또 자주 놀러올 수 있게 해달라고 얘기해주세요."

올리비아는 이렇게 말은 했지만, 레일라마니가 아낌없이 보여준 따뜻한 애정과 신뢰에 비하면 너무 형식적이고 궁색한 말처럼 느껴졌다. 하지만 지금 올리비아는 당황하며 뭔가 어색한 감정을 느끼고 있었다. 그녀도 미처 몰랐던 내면의 딱딱하게 굳어 있던 무언가가 스르르 녹아내리는 듯했고, 심장이 부드러워지는 것 같았다. 이건 여성에 대한 새로운 개념, 레일라마니는 가지고 있지만 올리비아에게는 없는 그 무엇이었다.

올리비아는 자신도 레일라마니처럼 되고 싶은지 확신할 수는 없었으나 거기에 엄청난 매력을 느낀 것만큼은 사실이었다. 레일라마니는 요부의 면면과 더불어 지혜, 젊음과 연륜, 단순함과 복잡함, 감성적인 면과 빈틈없는 교양미를 동시에 갖추고 있었다. 올리비아는 레일라마니에게 거부감을 느끼는 동시에 그녀를 감싸 안고 싶다는 느낌을 가졌다. 그녀의 아름다움에 질투를 느끼는 동시에 그것을 즐거워하고 있었다. 그렇게 분위기에 압도당한 채 흥미진진한 시간이 흘러갔다.

집으로 돌아왔을 때 올리비아는 녹초가 되어 있었다. 앞으로 인도의 모든 면을 좋아하게 될지, 그리고 그것들을 늘 참아낼 수 있을지 짐작하기가 어려웠다.

그날, 잠이 든 데이빗은 귓전에 모기 윙윙대는 소리가 아스라이 멀어질 무렵 마룻바닥을 걸어오는 맨발자국 소리에 깜짝 놀라 후다닥 깼다. 지금껏 올리비아는 한 번도 어둠 속에서 신발을 신지 않고 걸어온 적이 없었기 때문이다.

"올리비아, 당신이오?"

데이빗이 일어나 앉아서 성냥을 더듬거렸다. 모기장 안에 늘 초가 준비되어 있었다.

"네, 저예요. 촛불은 켜지 말아요."

"왜 그래요? 무슨 일 있소?"

"저도 잘 모르겠어요. 오, 데이빗 절 사랑해주세요!"

"여보, 난 당신을 사랑해요!"

"오, 더 많이, 더 많이 사랑해주세요."

올리비아는 거의 흐느끼고 있었고, 데이빗은 당황했다. 그는 모기장을 올려 그녀를 안으로 들였다.

"이리 와요. 내 사랑. 왜 울고 있는 거요? 어디 아픈 거요?"

그의 질문에 그녀는 아무 대답도 하지 않았다. 전에는 본 적 없는 모습이었다. 올리비아는 그에게 매달려 하염없이 흐느꼈다. 그 모습이 너무도 간절하고 집요해서 데이빗의 마음도 출렁이기 시작했다.

"오, 저를 사랑해주세요. 사랑해달라고요."

올리비아는 울면서 매달렸고, 마침내 데이빗은 그녀의 집요한 요구에 굴복하고 말았다. 밀려드는 욕망의 파도가 끝없이 굽이치며 절정으로 치달을 때까지 계속되었다. 그리고 모든 게 잠잠해졌다. 데이빗은 탈진한 듯한 자신의 모습을 바라보았다. 이제껏 그는 지금처럼 지독한 육욕에 자신을 내던진 적이 없었다. 자제력을 넘어 이토록 휘둘리다니 처음 있는 일이었다.

올리비아는 잠들었지만 데이빗은 그럴 수 없었다. 그는 결혼하고 처음으로 죄의식을 느꼈다. 방금 전 자신의 행동, 그를 몰아댄 올리비아의 행동은 결코 옳지 않았다. 그는 올리비아가 이러는 것을 한 번도 본 적이 없었다. 그에게는 옳지 않은 일이었다. 데이빗은 심한 갈등을 느끼며 누워 있다가 몸을 일으켜 욕실로 향해 몸을 머리부터 발끝까지 깨끗이 씻고 새 옷으로 갈아입었다. 그런 뒤 서재로 들어가 문을 닫았다. 램프를 켠 후 성경책을 읽기 시작했지만 구절들이 공허하게 떠돌 뿐이었다. 자신의 죄를 인정하고 회개하기 전까지 이런 상태가 계속될 것이었다. 올리비아는 그를 유혹했고, 데이빗은 굴복했다. 하지만 구약성경의 아담처럼 데이빗 또한 그걸 변명할 수 없었다. 그의 영혼은 어디까지나 그의 것이었다. 그는 스스로 그 영혼이 손상되지 않도록 지켜내지 못한 것이다.

데이빗은 램프 불을 줄인 뒤 책상 옆에 무릎을 꿇고 앉아 고개를 숙였다. 그리고 깊은 회한과 수치심에 빠져 기도를 올렸다.

"오, 주님. 저를 용서해주소서."

얼마나 지났을까. 그는 산 위로 떠오르는 태양빛처럼 서서히 평안이 마음에 스며드는 것을 느꼈다. 그러나 그는 기도를 끝내지 않았다. 데이빗은 고개를 들고 다시 외쳤다.

"오. 제게 힘을 주소서."

데이빗이 기도를 드리는 동안 올리비아는 깊은 잠에 빠져 있었다.

8장

단 하나의 사랑

시간은 흘러 여느 때처럼 푸네의 날씨도 점차 서늘해졌지만, 올리비아는 여전히 느슨하게 지내고 있었다. 모든 일과가 판에 박힌 것처럼 흘러갔다. 쾌적했지만 변화 없는 밋밋한 생활이었다. 하지만 올리비아는 전혀 싫지 않았다. 그녀는 자신이 점점 게을러지고 있음을 느끼고 있었다.

언젠가 총독의 초대에 대한 답례로 총독 내외를 집에 초대했을 때였다. 그날 올리비아는 그간 느슨해져 있던 신경을 그러모아 만찬 준비를 했다. 데이빗이 총독과 친분을 쌓아야만 사업도 무난히 진행할 수 있다고 말하며 긴장을 내비쳤기 때문이다. 그래서 올리비아도 정성을 다해 만찬을 준비했다.

그러나 때가 모호했다. 인도에 민족주의가 다시 고개를 들고 있었고, 총독도 이 때문에 심기가 불편한 상태였다. 이 무렵에는 미국인들까지 민족주의자들의 움직임에 동조하고 인도의 독립을 원하고 있다는 의혹을 받았다. 미국의 역사가 그런 반역의 성향을 말해준다는 것이다.

"맥카드 씨, 모든 게 좋아 보이시니 나도 기쁘군요."

총독이 저녁 식탁 앞에서 다소 생색내듯이 말했다. 타원형 탁자 맞은편에 앉아 있던 올리비아는 데이빗의 답변을 기다렸다.

"저는 혁명에 반대합니다. 총독님." 데이빗이 차분하게 말을 이었다.

"변화를 반대한다는 건 아닙니다. 저는 현재 인도 젊은이들의 교육 사업에 최선을 다하고 있습니다. 의심할 여지없이 앞으로 이 나라를 이끌어갈 꿈을 꾸는 젊은이들이죠. 하지만 이 과제는 점진적으로 자연스러운 궤도 안에서 이루어질 겁니다. 저의 세대, 혹은 총독님의 세대에서는 이루어지지 않겠죠."

"오, 그래요." 총독이 아량을 품은 어조로 말했다.

"당연히 우리도 그들에게 점진적인 독립을 부여할 겁니다. 그들이 충분히 감당할 수 있을 만큼만요. 물론 지금은 어림도 없어요. 인도인 중 열에 여덟은 문맹이잖소."

이때 올리비아가 끼어들었다.

"총독님, 저는 솔직히 대영제국이 인도를 수백 년간 개화시켰다는데, 왜 아직 이런 상태인지 모르겠군요."

올리비아는 차마 데이빗의 얼굴을 바라볼 수 없었다. 대신 총독의 근엄한 각진 얼굴을 한층 밝고 대담한 눈빛으로 바라보았다. 총독의 낯빛이 다소 예민해졌다.

"오, 맥카드 부인, 이곳에 온 지 얼마 안 되신 상황에서 그런 말씀을 하시는 건 성급하다고 봅니다. 인도를 완전히 변화시키려면 수백 년 이상이 걸릴 겁니다. 우리가 처음 이곳에 와서 지금의 단순한 질서를 확립하는 데까지 얼마나 오랜 세월이 걸렸는지를 생각해보세요. 본격적으로 통치를 시작하는 데까지만 무려 백 년이란 시간이 필요했습니다. 그리고 보시다시피, 우리는 인도 전체를 통치하고 있는 게 아닙니다. 아직까지도 여기에는 왕자가 있어요. 우린 독재를 하지 않습니다. 인도인들의 목구멍에 먹기 싫다는 걸 억지로 처넣고 있진 않단 말이지요."

비록 올리비아의 질문을 무마시키기 위해서였지만, 자연스럽게 대화는 다른 화제로 옮아갔다. 앞선 화제는 더 이상 깊이 빠져들어서는 안 되는 주제였다. 갑자기 튀어나온 올리비아의 말들은 부지불식간 수면 아래로 잠겼고, 올리비아는 요즘 모든 것에 그러하듯이 별 반기를 들지 않고 순순히 분위기를 따르며 말없이 앉아 있었다. 또한 미소를 지으며 왕성한 식욕으로 음식을 먹어치웠다. 올리비아는 요즘 스스로도 놀랄 정도로 허기를 느꼈다. 그러나 아무리 먹어도 기운이 나지 않았다.

저녁 시간이 그렇게 지나가서 손님들이 돌아가자, 올리비아는 데이빗이 그 질문을 책망하리라 생각하며 마음을 졸였다. 하지만 그는 아무 말도 하지 않았다. 요즘 늘 그렇듯이 무심해 보일 뿐이었다. 올리비아는 그가 바빠서 그럴 거라고만 생각했다. 건물들이 빠르게 지어지고 있었고, 그는 이미 학생들을 받아들이고 있었다. 람사이는 매일 그와 함께 움직였고 때로는 종일 붙어있다시피 했다. 올리비아는 남편을 거의 보지 못한 채 지내고 있었다.

하인들이 촛불을 모두 끄고 숙소로 돌아가자 올리비아는 데이빗과 홀을 걸으며 그의 팔에 몸을 기댔다.

"피곤하오?" 데이빗이 물었다.

"조금요." 올리비아는 솔직히 말했다. 그녀는 내일쯤 남편에게 요즘 피곤이 가시지 않는다고, 건강에 이상이 생긴 것 같다고 말할 참이었다. 하지만 오늘 밤은 말하고 싶지 않았고, 너무 피곤해서 그럴 기운도 없었다. 방에 다다르자 데이빗은 문을 열고 그녀가 먼저 들어갈 수 있도록 옆에 서 있었다. 올리비아는 긴 비단 치마를 두 손으로 걷어올린 채 그의 옆을 지나갔다. 그때 문간에서 그녀가 걸음을 멈추고 말했다.

"오늘 저 예뻐 보였어요?"

그러자 데이빗은 잠시 주춤했다. 올리비아는 그의 눈빛이 딱딱해지는 것을 느꼈다.

"아주 예뻤소." 데이빗은 무덤덤하게 말했다.

"그런데 왜 저한테 키스하지 않죠?" 이게 그녀가 하고 싶은 말이었다. 하지만 올리비아는 데이빗의 눈빛에서 그가 별로 내켜하지 않는다는 걸 감지하고는 그의 볼에 입을 맞추며 말했다.

"잘 자요, 데이빗"

"잘 자요, 올리비아. 그런데 벌써 잠자리에 들 생각이오?"

"오늘밤에는 손님 방에서 잘게요. 좀 피곤하네요."

데이빗은 곧바로 답하는 대신 몇 초간 뜸을 들였다.

"좋은 생각인 것 같소. 당신, 얼굴이 좀 창백해 보여."

올리비아는 돌아서서 그를 떠났다. 결혼한 이래 처음으로 홀로 잠을 청하는 순간이었다.

하지만 데이빗은 별로 개의치 않는 것 같았다. 그녀를 부르지도 돌아오라고 말하지도 않았다. 그는 올리비아가 그를 사랑하는것만큼 그녀를 사랑하지 않는지도 몰랐다. 올리비아는 숨죽여서 울기 시작했다. 최근 들어 툭 하면 울음을 터뜨린다는 생각이 들었다.

다음날 오후가 되자 올리비아는 알 수 없는 외로움에 사로잡혀서 만날 만한 친구가 없을까 주변 인물들을 한 사람씩 떠올렸다. 포드햄 부인은 올리비아가 기도 시간이나 교회에 거의 나타나지 않는다며 만날 때마다 싫은 소리를 했다. 파커 양도 만나면 우울해지기만 할 것 같았다. 또한 영국인 부인들은 미국인을 싫어하니 우정을 나눌 만한 대상이 아니었다. 그러면 레일라마니는? 레일라마니를 떠올리자 갑자기 마음이 편안해졌다. 올리비아는 릭샤왈라를 불러서 시내를 가로질러 다야의 집으로 향하는 길을 알려주었다.

다야는 집에 없었고, 문지기는 그녀를 집으로 들여야 할지 심각하게 고민했다. 그는 릭샤왈라와 마라티어로 뭐라고 길게 이야기를 나누었는데, 레일라마니가 영국인 여성은 집 안으로 들이지 않는다는 얘기였다. 올리비아는 문지기의 말을 알아듣고 재빨리 마라티어로 이렇게 말했다.

"하지만 난 영국인이 아니에요."

올리비아가 마라티어로 말하는 순간 그것으로 충분했다. 어떤 영국 여자도 마라티어를 하지 못했기 때문이다. 문지기는 즉시 문을 열어서 그녀를 들였다. 올리비아는 하인에게, 자신이 왔다고 안주인에게 전하라고 일렀다.

그녀는 아름다운 정원에 서서 기다렸다. 나뭇가지에 재주 좋게 달라붙은 새들이 자유를 만끽하듯이 빠르고 경쾌한 노래를 불러대고 있었다. 히말라야 산기슭에서 잡아온 것 같은 어린 가젤이 올리비아 주변을 춤추듯 돌면서 케이크를 든 그녀의 손에 코를 대고 킁킁거렸다. 그러다가 그녀가 짙은 빛의 젖은 코에 손을 대자 깜짝 놀라 뒤로 물러서며 겁먹은 표정으로 그녀를 바라보았다 .

하인이 돌아오더니 그녀에게 들어오라고 일렀다. 세 개의 문을 거쳐 레일라마니의 거처에 도착하자, 레일라마니가 양손을 뻗으며 다가와 올리비아의 손을 덥석 잡았다.

"혼자 왔군요. 우리 같이 얘기해요. 와줘서 너무 기뻐요."

"말을 천천히 해주시겠어요. 제 마라티어는 아직 형편없거든요."

올리비아의 말에 레일라마니가 소리쳤다.

"아주 잘하는데요, 뭘. 전 아직 영어 한 마디 할 줄 몰라요. 정말 머리가 나빠서요. 남편이 영어로 말하면 자꾸 웃음이 나서……."

레일라마니는 잔물결이 이는 것 같은 웃음을 터뜨리고는 고개를 가로저었다.

"이리 들어와요. 어서요."

그녀는 올리비아의 손을 잡더니 아이들이 놀고 있는 방으로 안내했다. 아이들이 앞으로 다가와 양손을 맞대고 올리비아에게 인사했고, 올리비아는 두 아이의 뺨에 입을 맞추었다. 레일라마니는 이 모습을 흐뭇하게 지켜보고 있었다. 그런 뒤 올리비아는 레일라마니가 이끄는 대로 쿠션에 몸을 묻었다.

이곳에 오기를 잘한 것 같았다. 올리비아는 한결 마음이 편안해지고 기분도 나아졌다. 오후의 태양이 열린 문 안으로 비쳐들었고, 어린 소년들은 긴 방의 끝에서 조용히 놀고 있었다. 키 큰 놋쇠 화병에는 향기로운 백합이 꽂혀 있었고, 대기에는 아스라한 향기가 흘렀다. 주변은 아주 고요했다.

"여긴 굉장히 조용하네요." 올리비아가 말했다.

"아이들이 있는데 어떻게 이렇게 조용할 수 있죠?"

"우리 그이가 오거나 친지들이 방문할 때는 이렇지 않아요. 내가 말수가 적어서 그런가 봐요. 난 그게 좋고요. 다른 사람들은 말하고, 난 듣는 거요. 자, 여기 누워서 한숨 자요. 지쳐 보이네요."

올리비아는 미소를 지어 보이고, 쿠션에 기대어 눈을 감았다.

"자면 안 돼요." 올리비아는 중얼거리듯 말했다.

"몇 분만 이렇게 쉴게요."

그러나 그녀는 쉴 수 없었다. 눈을 떠보니 레일라마니가 탐색하듯이 강렬한 눈빛으로 자신을 바라보고 있었기 때문이다. 올리비아는 벽에 늘어진 벽걸이 천으로 고개를 돌려 시선을 피한 다음 놀고 있는 아이들에게 말을 걸었다. 하인들이 평소대로 과일 주스와 사탕과자를 내오자, 올리비아는 레일라마니가 자신의 알 수 없는 허기와 갈증을 눈치 채지 못하게 조심스럽게 먹고 마셨다. 하지만 레일라마니의 집요한 눈길을 피해갈 수는 없었다. 두 사람의 눈이 정면으로 마주치자 레일라마니가 갑자기 깔깔대고 웃으며 박수를 쳤다.

"아, 어쩜 좋아!" 그녀는 큰 소리로 외치더니 올리비아에게 몸을 기울여 그녀의 배를 두 손으로 톡톡 쳤다. 올리비아는 얼떨떨해져서는 그녀를 멍하니 바라보았다.

"맞아요. 틀림없이 맞아요."

레일라마니가 노래하듯 말하며 자신의 볼록한 배를 톡톡 건드렸다.

"느껴 봐요. 여기 또 다른 사내아이가 있어요. 그래요, 다른 두 아이처럼 얼마나 자랐는지 한번 느껴 봐요. 맞아요. 사내아이예요. 몇 달 뒤에 내가 당신 뱃속에 있는 아이도 아들인지 딸인지 알려줄게요."

순간 올리비아는 몸 전체가 화끈거리면서 정신이 번쩍 들었다. 그렇다! 그럴 수도 있었다. 그래서 그렇게 나른하고 항상 허기지고 집안일에 무심했는지도 모른다.

"난 내 몸인데 몰랐는 걸요." 올리비아는 더듬거리며 말했다.

"아, 이걸 처음으로 알려준 사람이 나라서 너무 기뻐요."

레일라마니는 들떠서 말했다.

"저는 좋은 소식을 가져다주는 사람이에요. 분명히 제 추측이 맞을 거예요. 애들 아빠에게 이 사실을 알려줘야겠어요. 그 사람도 너무 좋아하겠죠. 그가 당신 남편에게도 전해줄 거고요. 우리 모두 너무 기쁠 거예요."

레일라마니는 잠시 후 말을 이었다.

"아, 그 사람이 지금 어디 있더라? 당장 그이에게 말하고 올게요."

"오, 아니에요." 올리비아가 만류했다.

"남편에게는 제가 직접 말할게요. 지금 집에 가야겠어요."

올리비아는 레일라마니의 확신에 의심을 품을 필요가 없었다. 본능적으로 그 직감이 맞다는 걸 느꼈기 때문이다. 이제야 지금껏 이해할 수 없었던 몸 상태에 대해 모든 걸 설명할 수 있을 것 같았다.

"그렇다면," 레일라마니는 여전히 들뜬 음성으로 말했다.

"가셨다가 곧바로 다시 오셔야 해요. 제가 아들을 달라고 시타에게 기도를 드릴 거예요."

올리비아가 집에 도착했을 때, 데이빗은 손에 편지 한 통을 들고 아내를 기다리고 있었다. 올리비아는 그의 얼굴이 심각한 걸 보고서는 문간에서 멈춰 섰다.

"레일라마니를 만나고 왔어요."

"문지기한테 들었소……. 올리비아, 총독한테 편지가 왔소. 당신이 그날 저녁 던진 질문과 자기가 거기에 고통스럽게 해명해야 했던 일이 언짢다는군."

올리비아는 갑자기 참을 수 없는 눈물이 터져 나왔다.

"날 꾸짖지 말아요, 데이빗 지금은 안 돼요! 전 아기를 가졌어요."

올리비아는 데이빗의 품을 파고들었다. 데이빗은 그녀를 포근하게 감싸주었고, 편지는 바닥으로 떨어졌다.

✤

데이빗은 일주일간 올리비아와 함께 언덕에서 지냈다. 단둘뿐인 곳이었다. 그는 자신의 일주일을 온전히 자신의 아이를 가진 올리비아에게 선물했다. 임신은 사실이었다. 푸네에 있는 영국인 의사는 데이빗에게 사실을 알린 뒤 이렇게 충고했다.

"맥카드 씨, 부인께서는 지금 예민해져 계십니다. 잠깐이라도 휴가를 다녀오시는 게 좋을 듯하군요."

저녁이 되자 야트막한 골짜기로부터 구슬픈 노랫소리가 희미하게 울려 퍼졌다. 시골 사람들 사이에 구전되어온 인도 민요였다.

내가 이 땅을 경작하는 동안,
내 마음을 경작해주오, 내 사랑.
내가 이 땅을 내 것으로 만드는 동안,
나를 그대의 것으로 만들어주오
내 마음을 경작해주오, 내 사랑!

순식간에 땅거미가 내려앉은 들판 위로 한 남자가 늦게까지 일하며 노래를 부르고 있었다. 둘은 그 아스라한 노랫소리를 듣고 있었다. 올리비아는 잡고 있던 데이빗의 손을 더욱 꽉 쥐었다.

"기분은 괜찮소, 올리비아?"

두 사람은 밤벌레로부터 안전한 베란다에 앉아 있었다. 대기는 서늘하고 상쾌했다. 데이빗은 올리비아와 이 일주일을 단둘이 보내겠다고 작정했음에도, 마음은 푸네와 사업과 무엇보다 그 사업에 대한 의구심에서 벗어나지 못하고 있었다.

가끔 그는 자신의 삶이 앞으로 뻗은 견고한 계단들과 의혹에 찬 기나긴 정체 상태의 결합물 같다고 생각했다. 미래를 위해 그 크고 웅장한 건물들을 짓겠다고 한 게 과연 현명한 결정이었을까? 그 건물들은 과연 신을 향한 믿음으로 건축된 것일까? 아니면 맥카드의 아들이 물려받은 재산으로 지어낸 그저 돌로 된 거대한 형상은 아닐까? 하지만 여전히 인도는 여러 생각들과 계획들을 부추기고 있었다. 수백만 명이 기다리고 있었다. 그는 그 한 명 한 명을 생각하지 않을 수 없었다.

"저 노랫소리를 듣고 있으니 무서울 만큼 외로워져요."

올리비아가 갑자기 입을 열었다.

"왜지?"

"이곳에 당신과 단둘인 이 순간에도 외로움이 사무쳐요. 말로는 설명 안 되는 우주적인 외로움 같은 거요."

"아마 이 노래를 부르고 있는 남자의 얼굴을 보지 못해서 일 거요."

"그럴지도 모르죠."

두 사람은 침묵에 휩싸였다. 올리비아는 남편에게 마음을 표현하기가 너무 힘들었다. 그의 마음은 다른 곳에 있었고, 그녀의 말은 공허하게 겉돌 뿐이었다. 인도 남자의 노랫소리가 데이빗의 마음을 먼 곳으로 앗아갔다. 올리비아는 남편의 사랑을 확신했지만 남편은 자신이 큰 꿈을 좇는 일에 여념이 없는 남자였다. 이제 그녀는 자신이 남편에게 단 하나의 사랑이 아님을 알고 있었다. 이 밤중에 노래를 부르는 저 사람들, 한 번도 본 적 없음에도 늘 남편과 함께 있는 사람들, 그녀는 남편을 그 수백만 명의 인도인들과 나눠 가져야 했다. 그녀만의 데이빗은 없었다.

언덕에서 보낸 며칠은 올리비아에게, 데이빗이 그녀의 소유가 아님을 분명히 해주었다. 그는 이미 수백만 명의 소유였고, 만일 그를 소유하고 싶다면 그녀도 그가 사랑하는 모든 것의 일부가 되어야만 했다. 그랬다. 올리비아도 인도에 그 자신을 바쳐야만 했다. 앞으로 태어날 아이를 통해서도 그녀는 데이빗을 온전히 소유할 수 없었다.

지독한 외로움 속에서 올리비아는 떠나온 모국과 그녀의 집, 어머니, 뉴욕 거리가 사무치게 그리웠다. 호랑이가 나타난다는 이 인도의 골짜기 구석에서 지금 뭘 하고 있는 거지? 그녀는 자기가 가진 전부인 남편의 손을 더욱더 꽉 움켜쥐었다.

그는 손을 빼지는 않았지만, 다른 반응 또한 없었다. 데이빗은 그 손을 아무 생각 없이 두고 있을 뿐이었다.

어설프게 그녀의 발치에서 사랑을 애걸했던, 그녀처럼 개성 뚜렷한 여인은 도저히 사랑할 만하지 않았던 그 남자, 그때 올리비아가 그 남자를 받아들였더라면, 그리고 이처럼 멋진 남자가 될 것을 알고 인내심 있게 그를 사랑해주었더라면, 그렇다면 데이빗도 온 마음을 다해 오로지 그녀만을 사랑했을까?

하지만 그녀가 그를 받아들여 그 사랑이 쉽게 이루어졌더라면, 그는 아마 지금처럼 그녀가 우러러보는 이런 남자가 되지 못했을 것이다. 올리비아는 바라던 남자를 가진 것이다. 자기 일에 몰두하고 어떤 상황에도 휘둘리지 않는 강직한 남자. 그런 남자는 결코 여자만 바라보는 사람일 수 없었다. 또한 라이벌이 인도라는 거대한 나라인 이상 이미 이 게임은 승산이 없었다.

"공기가 점점 축축해지네요."

"안으로 들어갈까?"

"네. 피로가 밀려와요."

두 사람은 함께 가운데 큰 방으로 들어섰다. 램프 불빛이 은은하게 빛나고 있었다. 데이빗은 올리비아를 두 팔로 감싸 안았고, 올리비아는 남편에게 몸을 기댔다.

"데이빗, 아기가 생겨서 너무 기뻐요."

"왜 그런지 말해줄 수 있겠소?" 그의 음성이 갑자기 부드러워졌다.

"나도 알고 있소. 이 또한 신의 축복이라는 걸. 하지만 당신 말을 직접 듣고 싶군."

하지만 올리비아는 머릿속에 떠오른 진실을 고백할 수 없었다. 만일 아기가 생기면, 즉 항상 돌봐야 할 아이가 생기면, 인도에 헌신해야 한다는 강박으로부터 자유로워질 수 있다는 진실 말이다. 이제 그녀에게는 시간이 없을 것이다. 아이들을 돌보는 것이 엄마로서의 첫 번째 임무이기 때문이다.

"적어도 아이가 넷은 있었으면 좋겠어요." 올리비아가 데이빗의 가슴에 얼굴을 묻고 말했다.

"당신이 일하시는 동안 저는 아이들을 돌볼 게요. 당신에게는 아무 요구도 하지 않을 거예요, 데이빗. 당신이 일에 매진할 수 있도록요."

"당신은 완벽한 아내요." 데이빗이 속삭였다. 올리비아는 자신의 머리카락을 쓰다듬는 남편의 손길을 느끼며, 눈을 감고 남편의 몸에 더 가까이 다가갔다. 아, 그녀는 남은 삶을 온전히 그의 곁에서 보낼 것이다. 그녀가 품은 사랑이 그를 감싸고돌 것이다. 그는 비록 자신이 숨쉬는 공기가 어디에서 오는지 모를지라도, 자신의 신은 그녀의 신이 될 수 없다는 것, 그녀는 사랑 외에는 어떤 신도 필요치 않다는 것을 모를지라도 말이다.

그렇게 언덕 위의 일주일이 흘러 두 사람은 푸네의 선교 사택으로 돌아왔다. 올리비아는 마라티어 교사를 그만 오도록 했다. 더는 인도와의 대화도 필요없었다. 이제 데이빗의 아내로 살면 그것으로 족했다.

올리비아는 레일라마니에게 몸이 좋지 않아서 방문할 수 없다는 전갈을 보냈다. 그리고 남편과 언덕에서 푸네로 돌아오는 길에 다야를 마주쳤을 때도 그와 거리를 두며 소원한 모습을 보였다. 하지만 다야는 아내로부터 여자가 아이를 가지면 고집스럽고 변덕스러워진다는 얘기를 들었으므로 별로 개의치 않았다.

"피곤해요."

올리비아는 교사를 쫓아버렸다는 사실에 데이빗이 못마땅한 심기를 드러내자 이렇게 말했다. 이 한 마디는 요즘 그녀의 무기였다. 지독히 날이 더워서 쉽게 피로가 몰려들었기 때문이다.

데이빗은 그녀를 탓하지 않았다. 아니, 그럴 수 없었다. 그 자신뿐만 아니라 뱃속의 아이까지 건사해야 하는 여인에게 말이다. 올리비아는 다른 사람보다 두 배의 에너지가 필요했다. 잠은 두 배로 늘었고, 음식은 입에 맞지 않았다.

데이빗은 그녀의 마음을 불편하게 만들어서는 안 되었고, 되도록 더 자상하고 배려 넘치는 모습을 보여주어야 했다. 데이빗은 부드럽게 키스를 건넸고, 그녀가 쉽게 짜증을 내도 너그럽게 눈감아주었다.

"난 유리가 아니에요, 데이빗! 내가 무슨 부서지는 물건인 것처럼 키스하지 말아요."

올리비아가 화를 내는 순간 데이빗은 그 짙은 눈망울에서 타오르는 분노를 느끼고 다소 멈칫했지만 이내 활짝 웃으며 말했다.

"이런 요부 같은 여자가 다 있나." 그는 이렇게 말하고는 아내를 향해 한 발자국 다가서서 품 안에 깊이 안고는 길고 진한 키스를 해주었다.

"이 편이 낫소?"

"한 번만 더요⋯⋯." 그녀가 나지막이 속삭였다.

그렇게 두 사람이 마룻바닥 가운데 서서 긴 포옹을 나누고 있을 때 문이 스르륵 열렸다. 유모였다. 그녀가 안을 들여다보다가 깜짝 놀라 다시 문을 닫는 순간, 두 사람은 고개를 돌려 그녀의 표정을 보았다. 데이빗은 황급히 올리비아로부터 떨어졌다.

"아, 유모!" 올리비아가 작게 외쳤다.

"올리비아, 사실 내게 이 오후 시간은 한창 일하고 있어야 할 시간이오."

"하지만 푸네로 돌아온 뒤 며칠 동안 한 번도 키스해주지 않았잖아요." 데이빗이 머쓱해 하며 웃었다.

"여보, 우린 이미 결혼한 사이요. 이렇게 함께 있지 않소? 난 지금 일하러 가야 해요."

"그렇다면, 뭐."

데이빗은 올리비아의 토라진 얼굴을 보고는 두 손으로 그녀의 얼굴을 잡고 턱을 살짝 들어올려 다시 키스해주었다. 열렬하지는 않았지만 진심어린 키스였다. 그런 뒤 아이처럼 떼쓰는 듯한 아내의 눈을 바라보며 미소를 짓고는 그 자리를 떠났다.

올리비아는 방 가운데에 홀로 서서 지금까지 자신에게 무슨 일이 일어난 건지 곰곰이 돌이켜보았다. 지금 인도가 그녀와 남편 사이를 방해하고 있었다. 인도는 앞으로도 계속해서 두 사람 사이를 갈라놓을 것이다. 어느 여자가 저 은밀하고 영원히 죽지 않는 라이벌과 경쟁할 수 있단 말인가?

⚜

그해에는 계절풍이 찾아들지 않았다. 근심에 찬 사람들도 처음에는 이 신성한 바람이 올해는 조금 늦을 뿐이라고 서로를 위로했다. 이 계절풍은 때로는 일주일, 심하면 한 달 정도 늦기도 했다. 하지만 늦은 계절풍도 심각하기는 마찬가지였다. 그것은 우기가 줄어든다는 것을 의미했고, 그만큼 적게 내린 비로는 말라빠진 밭을 적시고 한 해의 물 필요량을 채우기에 역부족이었다.

한주 한주 지나면서 희망도 사그라지고 마침내 절망만이 확실해졌다. 대기의 더운 기류가 옆으로 밀려나더니 다른 지역으로 선회했다. 북쪽에는 비가 충분히 내렸고, 동쪽에서조차 잠깐이었지만 폭우가 쏟아졌다. 하지만 중앙의 고원지대 너머 서쪽에는 전혀 비 소식이 없었다.

데이빗은 피할 수 없는 기근의 전조를 느꼈다. 사람들은 체념에 빠져 일말의 희망조차 놓아버렸다. 이제 기근이 다가올 것이다. 현재로서는 피할 방도가 없었다. 식량 공급이 극심할 정도로 부족해져서 가난한 자들은 굶어죽을 준비를 해야 했다.

이 재난의 한가운데, 올리비아가 드디어 아이를 낳았다. 그녀는 뭄바이에 있는 영국인 병원으로 가자는 권유를 뿌리치고 이 지역의 영국인 의사의 도움 아래 아이를 낳았다. 그리고 명랑한 유라시아 출신의 간호사가 한 달간 그녀의 산후조리를 돕기 위해 왔다.

아이는 사내아이였고, 건조한 열기가 도시 위를 달구고 있던 늦은 오후에 태어났다. 의사는 공기가 너무 건조해서 땀조차 안 난다고 투덜대면서도, 환자가 젊고 건강해서 다행이라고 생각했다. 그는 백인 여성의 분만을 담당하는 게 탐탁지 않아서 항상 이들에게 뭄바이로 가라고 권해오던 차였다.

하지만 올리비아는 모든 충고에도 불구하고 끝까지 고집을 피웠다. 만일 분만 중에 위기상황이 발생했다 해도 의사는 책임을 느끼지 않았을 것이다. 하지만 그런 일은 벌어지지 않았다. 산모는 강했고, 스스로를 잘 통제하고 있었다.

올리비아는 데이빗을 불러달라고 했지만, 그가 토민 부락으로 떠났다는 소식을 듣고는 곧바로 분만에 착수했다. 의사는 분만 때 사용하는 현대의 마취약 같은 걸 신뢰하지 않았으므로, 그녀가 스스로 분만을 유도할 수 있도록 옆에서 지켜보면서 힘을 실어주었다.

"잘하고 계세요, 맥카드 부인. 이제 곧 건강한 아기가 나올 겁니다."

몇 시간의 진통 뒤에 아기가 태어났다. 올리비아는 잠시 숨을 헐떡거리다가 심호흡을 내쉰 후에 의사에게 물었다.

"아기는 건강한가요?"

"아주 멋진 아들입니다. 축하드립니다."

통통하고 아담한 몸집의 간호사가 만면에 미소를 머금고 파란 사각형 플란넬 천으로 감싼 앙증맞은 신생아를 높이 들어올렸다. 올리비아는 아들에게 긴 시선을 던지더니 웃음을 터뜨리며 말했다.

"이런, 네 할아버지를 꼭 **빼닮았구나!**" 올리비아가 신이 나서 말했다. "너도 이제 빨간 머리와 빨간 눈썹과 고약한 성질을 가지게 될 거야."

옆에 있던 의사와 간호사도 올리비아와 함께 큰 소리로 웃었다. 의사는 염색한 콧수염을 옆으로 쓸어내렸다. 남편 없이 아이를 낳은 이 젊은 여인이 좀 딱하기도 했다. 참으로 흔치 않은 용기였다. 백인 여성들은 으레 이런 기후에서는 신경쇠약에 걸리지 않던가. 의사는 간호사에게 후유증 없게 산후조리를 끝까지 잘하도록 철저하게 지시한 뒤 뿌듯함을 느끼며 자리를 떠났.

밤 무렵 데이빗이 도착했을 때, 집 안은 평소 때와 달리 모든 불이 환하게 켜져 있었다. 기다리고 있던 하인들도 저마다 예사롭지 않은 반짝이는 눈빛이었다.

"나리."

"나리, 아드님이……"

"나리."

그들은 앞 다투어 이 멋진 소식을 먼저 전하려 했다. 소란스러운 소리를 들은 간호사가 파란 천으로 감싼 아기를 품에 안고 나타났다. 몇 달간 출산에 대해서는 까맣게 잊고 있던 데이빗은 깜짝 놀라서 아들의 동그랗고 토실토실한 얼굴을 내려다보았다.

"맥카드 부인께서 그러시는데, 아이가 할아버지를 닮았다던데요." 간호사가 호들갑을 떨며 말했다.

"맞아요. 닮았군요!" 데이빗이 감격에 겨워서 외쳤다. 그 사실이 마음에 드는지는 확신할 수 없었지만 아이는 여하튼 할아버지를 꼭 닮아 있었다. 아기는 놀란 표정으로 입을 꾹 다문 채 아버지를 바라보았다.

"요놈, 내가 마음에 들지 않는 것 같은데."

간호사는 웃으며 말했다.

"지금 이 아이는 아직 세상을 볼 수 없어요. 갓 태어났을 때는 아무것도 볼 수 없죠."

"그렇다면 안심이군."

데이빗은 더없이 고달팠던 그날 하루를 모두 잊은 채 갑자기 활기로 차올랐다.

그 토민 부락은 벌써 각지에서 몰려든 피난민들이 줄을 서 있었다. 그날 그는 동난 곳간과 쩍쩍 갈라진 밭에 대한 이야기를 듣고 어떤 일이 벌어지고 있는지 직접 보기 위해 그곳을 찾아갔다. 가축들은 죽어서 뼈만 남아 있었고, 우물은 말라버린 지 오래였다. 음식이 남아 있는 곳은 오직 도시뿐이라 다들 구걸을 위해 도시로 몰려들었다.

데이빗은 집으로 돌아오면서 내일 당장 지역 총독을 찾아가서 도움을 요청하겠다고 다짐했다. 하지만 그 냉소적이고 비관적인 영국인은 어깨만 으쓱하고는 뭄바이에 있는 총독을 찾아가라고 말할 게 뻔했다. 그렇다면 뭄바이라도 찾아가야 했다. 그러나 아이러니하게도 그의 학교는 그 어느 때보다도 호황이었다. 학생들 대부분이 부잣집 아들들이었다.

그는 이 모든 고민과 근심을 이 순간만큼은 모두 잊었다. 데이빗은 아들을 내려다보며 미소를 지었다. 그리고 올리비아가 누워 있는 방으로 향했다.

"지금 주무시고 계세요."

간호사의 만류에도 그는 방 안으로 들어서서는 촛불이 일렁이는 침대 가로 까치발을 하고 다가갔다. 희뿌연 모기장 사이로 곧은 자세로 고요히 잠들어 있는 올리비아가 보였다. 간호사가 깨끗하게 몸을 씻어준 것 같았다. 짙은 머리카락은 빗으로 곱게 빗어 어깨까지 두 갈래로 땋아져 있고, 손은 가슴 위에 살며시 포갠 채였다. 이불은 위로 바짝 올려 겨드랑이 아래로 접혀져 있었고, 끝단이 레이스로 마무리된 러플 달린 하얀 리넨 잠옷이 곤히 잠든 그 얼굴을 더 또렷하게 부각시켰다.

올리비아의 호흡은 잔잔하고 깊었다. 데이빗은 하얀 볼 위로 내려앉은 그 짙은 속눈썹을 보고나서야 그녀가 얼마나 긴 속눈썹을 가지고 있는지를 새삼 깨달았다.

남편이 침대 가에서 보고 있다는 것도 모르고 깊이 잠든 아내를 보자니, 그녀를 향한 말로 표현할 수 없는 새로운 사랑이 밀려드는 기분이었다. 이 얼마나 아름답고 진실하며 강한 여자란 말인가! 다른 여자라면 대부분의 시간은 물론 심지어 아이를 낳을 때조차 홀로 남겨져야 한다는 것에 불평했을 것이다. 하지만 올리비아는 결코 그런 불평을 하는 법이 없었고 지금도 마찬가지였다.

데이빗은 그녀를 소중히 아껴주지 못했다는 회한에 사로잡혔다. 그리고 아이를 키우는 동안, 지금부터라도 자신의 사랑을 더 분명하게 보여주리라 마음먹었다. 데이빗은 당장 자기가 얼마나 그녀를 사랑하는지 보여주고 싶은 마음에 모기장을 올리고 들어가 침대 가장자리에 앉아 자신의 손을 아내의 손 위에 살짝 얹었다. 그러자 올리비아가 의식 저 너머 아주 먼 곳에서 돌아온 것처럼 천천히 눈을 떴다. 바로 곁에, 데이빗이 앉아 있었다.

"오, 데이빗." 올리비아가 잠이 덜 깬 목소리로 말했다. 그러자 데이빗이 몸을 숙여 그녀에게 속삭였다.

"여보, 우리 아이를 봤어요. 우리의 사랑스러운 아들을!"

그녀의 입술에 옅은 미소가 묻어났다.

"완전히 할아버지를, 맥카드 가문을 빼다 박았죠."

"정말 재미있지 않소? 하지만 아마 성격은 당신을 닮았을지도 몰라요."

"난 아이가 당신을 닮았으면 좋겠어요."

"그럼, 한번 두고 봅시다."

"아, 너무 졸려요."

올리비아는 다시 졸린 듯 목소리는 낮아지고 눈꺼풀도 아래로 떨어졌다.

"푹 자요, 내 사랑." 데이빗이 말했다.

"깨우는 게 아니었는데."

그러자 올리비아의 눈꺼풀이 다시 열렸다. 그리고는 천국에 있는 것처럼 행복한 표정을 짓고는 다시금 깊은 잠에 빠져들었다. 데이빗은 살금살금 그곳을 빠져나와 소리가 나지 않게 문을 닫고는 서재로 향했다. 신께 감사 기도를 드리지 않을 수가 없었다.

9장
이름 없는 죽음들

"인도에서 기근은 만성질병 같은 겁니다. 맥카드 씨."

뭄바이의 총독이 말했다. 이 영국인은 키가 훤칠한 미남형으로 긍지와 위엄을 갖추고 있었다.

"벗어날 방법은 없는 겁니까?" 데이빗이 요구하듯 물었다.

"늘 이래왔죠." 총독이 답했다. "지금껏 우리는 기근을 줄이려고 무척 노력해왔어요. 철도를 건설하고, 관개시설을 확충하고, 히말라야 산맥의 물을 끌어오기 위해 저수지와 물탱크도 만들었죠. 우린 현재 수백만 명을 먹여살리고, 그 많은 사람들에게 일자리를 제공해서 그들이 수입 식품을 사먹을 수 있게 돕고 있습니다. 하지만 그 모든 노력에도 불구하고 나는 석 달 뒤면 뭄바이 지역의 의석이 15퍼센트 줄어들 거라고 봅니다. 어떤 곳은 오히려 25퍼센트나 높아지리라 예상되는데 말입니다. 인도에서의 통계는 늘 정확하지 않지만요."

데이빗은 적절한 존경심을 보이며 그의 말을 경청했다. 이 총독은 언제나 그에게 깍듯했다. 처음에는 데이빗이 미국 실업계 거물의 아들이라는 점 때문이었다. 하지만 해가 거듭되면서 그는 데이빗 자체의 인격을 존중하게 되었다. 데이빗은 항상 정부와의 관계에서 주도면밀했다. 그는 인도에 최고 수준의 학교를 지었고, 이곳 졸업생들은 앞으로 인도의 국사를 돌보게 될 것이다. 맥카드의 학생은 최고의 교육을 받고 있을 뿐 아니라 국가에 대한 충성심까지 교육받았다. 특히 이런 시절에 충성심이란 값을 매길 수 없는 덕목이었다.

"제 아버지께서는 늘 인도에 더 많은 철도를 놔야 한다고 말씀하시곤 했지요." 데이빗이 제안했다.

"북쪽에 식량이 있지만 그것을 실어 나르는 게 문제라고 알고 있습니다."

총독에게 이 말은 다소 듣기 불편한 언사였지만, 내색하지는 않았다.

"아, 그렇게 쉬운 해결책이 있을 리가요. 문제의 핵심은 인구 과잉입니다. 인도 사람들은 자신들의 생식 능력을 두려워하고 있어요. 지역 신문들에는 불임 처방전에 대한 광고들이 그득하지요. 그럼에도 내가 아는 바로는 인도인 중에 남자나 여자나 생식 능력이 없는 이를 본 적이 없어요. 맞습니다. 대영제국이 가진 모든 자원을 총동원해도 이 늘어나는 인구를 따라잡을 수가 없을 겁니다. 즉 누군가는 굶주릴 수밖에 없다는 것이죠."

데이빗은 이에 대한 답변을 곰곰이 생각했다. 그리고 언젠가 자신이 이런 정부 측 판단을 인용하자 다야가 펄쩍 뛰며 분개했다는 사실을 떠올렸다.

"아, 내게는 그런 말이 얼마나 역겨운지 자네는 모를 거야, 데이빗! 정부는 그렇게 합리화하면서 적절한 대응책을 지연시키고 있지. 만일 우리가 이 영국인들을 기쁘게 해줄 만큼 가공할 만한 속도로 번식하지 않았다면, 아마 인도는 오래전에 망했을 걸게. 우리 인도인의 평균수명을 생각해보라고! 고작 25년! 이게 우리 잘못인가? 또 사망률은 어떻고. 아이들 절반은 한 살이 되기도 전에 죽어나가지! 이런 상황에서 자식을 많이 낳으려 들지 않는 사람이 누가 있겠나? 우린 세계 최악의 기후와 무관심한 정부 앞에서 무력할 뿐이야."

그 말을 여기서 할 수는 없었다. 데이빗은 신중했다. 사업 적으로 부탁할 상황이 생겼으므로 총독의 분노를 사봐야 득 될 것이 없었다. 게다가 가끔 그렇듯이 다야의 생각이 틀린 것일 수도 있었다. 데이빗은 자리에서 일어났다.

"총독님, 전 이만 가봐야겠습니다. 이 기근을 어떻게든 잘 견디고 나아가는 수밖에 없겠군요. 사실 저 개인적으로는 상황의 심각성을 잘 느끼지 못합니다. 제 학교는 어느 때보다 호황이니까요."

"부모들은 자기 자식을 질병이 닿지 않는 안전한 곳으로 보내길 원하지요. 이번 기근은 이제껏 봐왔던 중에 최악인 것 같습니다.

굶주림은 질병을 몰고옵니다. 그래서 전염병도 대비하고 있지요."

"잘 진행하시리라 믿습니다. 자, 그럼 안녕히 계십시오. 총독님."

"안녕히 가세요, 맥카드 씨. 인도를 위해 헌신하고 계신 모든 일에 내가 얼마나 고마워하는지 알아주셨으면 합니다."

"감사합니다."

두 사람은 악수를 했다. 총독은 데이빗에게 따뜻한 미소를 마다하지 않았다. 그가 볼 때 이 훤칠하고 진지한 젊은 미국인은 보통 선교사가 아니었다. 그는 부와 안락을 포기하고 선교사의 길로 뛰어들어 학교까지 세운 사람이었다. 그야말로 기독교인다운 행동이었다. '모든 것을 버리고 나를 따르라.' 이건 누구나 할 수 있는 일이 아니었다.

성문 밖에는 시크족 경호원들이 주홍색 제복을 입고 서 있었다. 데이빗은 준비시켜둔 차를 타고 호텔로 돌아왔다. 그의 마음은 슬픔과 안타까움으로 가득 찼다. 도시 위로 깔린 먼지 가득한 마른 공기가 상서롭지 못한 독기처럼 느껴졌다. 그는 올리비아와 아이를 뭄바이로 데려온 것을 후회했다. 하지만 푸네에서는 이쪽이 나을 것 같았고, 올리비아도 기분 전환이 필요했으니 뭄바이로 따라나서지 못할 이유도 없었다. 그래서 아이는 유모가 품에 안고, 남자 하인은 그 위로 우산을 씌운 채 모두가 따라나선 것이다. 더구나 뭄바이에서 보내는 며칠 동안 올리비아도 훨씬 밝아지지 않았는가.

이날 저녁 데이빗이 객실에 들어왔을 때 올리비아는 저녁식사를 위해 하늘하늘한 흰 모슬린 드레스를 차려 입고 한껏 들떠 있었다. 두 뺨에는 홍조까지 살짝 감돌았다. 방들은 모두 조용했다.

"테드는 잠들었소?"

올리비아가 아기 얼굴을 흉내 내며 말했다.

"테오도르는 잠들었어요." 그들은 아기의 이름을 '신의 선물'이라는 뜻으로 테오도르라고 지었고, 올리비아는 그 이름을 데이빗처럼 줄여서 부르지 않았다.

"계속 그 이름을 부르다가는 나중에 아이가 대학교 축구팀에 들어가겠소." 데이빗이 놀렸다.

"그래도 전 언제까지나 테오도르라고 부를 거예요."

올리비아는 딱 잘라 말했다.

그녀는 입을 맞춰달라는 몸짓으로 고개를 들어 올렸으나, 데이빗은 그녀를 가까이 오지 못하게 했다.

"잠깐, 씻고 나올 때까지 기다려요. 나갔다 들어오면 늘 씻어야 한다는 걸 당신도 명심해요, 올리비아. 약속할 수 있겠소?"

"알았어요."

"좋아요."

데이빗은 욕실로 들어가서 도자기 대야에 물을 담아 비누로 손과 얼굴을 빈틈없이 씻은 뒤, 수건으로 얼굴을 닦으며 나왔다. 올리비아는 거울 앞에 서서 목걸이를 차고 있었다.

"예뻐요?" 그녀는 거울에 비친 남편을 보며 말했다.

"아주 예뻐요. 뭐로 만든 거지?"

"수정이요. 오늘 토민 부락에서 사왔어요."

그 말에 데이빗이 수건을 떨어뜨렸다.

"토민 부락이라고 했소, 올리비아?"

"네. 호텔 직원이 거기 가면 볼 만한 물건들이 많다고 해서요."

데이빗은 말이 터져 나오려는 걸 잠시 멈췄다. 그녀는 거기가서는 안 되었다. 더군다나 미리 그녀에게 조심을 시켰어야 했다. 그녀는 아직 인도에 대해 잘 몰랐고, 특히 기근 때의 위험성에 대해서는 더욱 아는 게 없었다. 하지만 데이빗은 그녀를 놀라게 만들지 않기로 마음먹었다. 전염병은 지금이 아니라 나중에 찾아들 것이다. 아직은 이른 시기였다.

"더는 거기에 발걸음을 하지 말아요, 올리비아." 이 정도의 경고는 해둬야 했다.

"기근 때는 북적대는 장소를 피하는 게 좋아요."

"알았어요, 데이빗. 당신이 원하는 대로 할게요."

"좋아요."

데이빗은 그녀에게 다가가 평소대로 입을 맞추었다. 그녀를 겁먹게 만들지 않아서 다행이었다. 그녀의 짙은 눈망울이 반짝반짝 빛났다. 그는 올리비아가 이토록 아름다웠던 걸 본 적이 없었다.

"수정이 당신한테 아주 잘 어울려요." 데이빗이 말했다.

"자, 저녁 먹으러 내려갑시다."

⚜

역병이 뭄바이의 대도시로 기어들었다. 토민 부락 사람들은 사망자 수를 숨겼기 때문에 백인들로서는 상황이 어떻게 돌아가는지 알 수 없었다. 겉으로 보기에 도시는 여느 때와 다름 없이 아름다웠다. 이미 오래전에 백인들은 자신들이 구제할 수 없는 죽어가는 사람과 굶주린 자들로부터 시선을 거두어 마음 편한 풍경들에만 돌리는 법을 배웠다.

그들의 시선은 산과 야자수 길, 멋진 항구에 정박해 있는 배들, 각국의 부호들이 오가는 거대한 선박에만 머물러 있었다. 현재를 보고 싶어 하지 않으니 과거와 미래만 보았다. 몇 백 년 전 영국 상인들이 이 항구로 들어왔을 때만 해도 뭄바이는 작은 섬들로 이루어진 어촌에 지나지 않았다. 섬들 사이로는 바다가 넘실거렸고, 작은 항구와 집들과 썩어가는 생선을 말리는 어부들이 있었다.

그러나 모래가 탑티 강 항구로 스며들기 시작하자 수많은 영국인들이 목화의 최대 집하지이자 출항지가 된 뭄바이에 정착하기 시작했고, 그렇게 거대한 항구가 형성되면서 뭄바이는 인도 최대의 경제 중심지로 자리 잡았다. 그리고 이 도시는 몇몇 영국인들만 해안가를 찾던 시절부터 총독이 말라바 포인트 성 안에 자리를 잡게 된 무렵까지의 수백 년간, 고급 주택과 고층 건물, 대학, 사원들의 메카이자 하나의 거대 도시로 성장했다.

영국인들이 점령하고 있긴 했지만 이 도시는 여전히 인도의 것이었다. 계절풍이 찾아오지 않은 올해, 전역에 기근이 퍼졌다. 역병은 백인들은 살지 않는 거리로 기어들었다. 역병이 창궐한 토민 부락 오두막에서 잠을 자고 아침이 되자 백인들의 수발을 위해 호텔로 돌아온 하인들은 밤새 벌어진 일들에 대해서 입을 다물었다.

푸네로 돌아온 올리비아는 어느 날 아침, 어지러움을 동반한 참을 수 없는 두통 때문에 잠에서 깼다. 믿을 수 없을 정도로 몸에 힘이 없었다. 데이빗은 잠자리를 떠난 지 오래였다. 올리비아는 옆방의 아기가 깨어났는지 살피기 위해 자리에서 일어나려 했지만 모기장조차 들어 올릴 수 없었다. 그녀는 베개 위에 다시 주저앉았다.

그때 서재에서 무릎을 꿇고 기도를 하던 데이빗도 갑자기 내면에서 알 수 없는 긴박감을 느꼈다. 소리는 들리지 않았지만 거부할 수 없는 강한 느낌이었다. 그는 내키지 않았음에도 자신도 모르게 자리에서 일어났다. 그런 뒤 서늘한 밤기운이 가시지 않은 넓은 홀을 걸어서 한 시간 전에 잠들어 있던 올리비아를 떠나온 그 방으로 들어갔다. 그녀는 깨어 있었다. 뿌연 흰 모기장 사이, 베개 위에 널브러진 그녀의 짙은 눈동자에는 초점이 없었다.

"올리비아, 왜 그래요?"

데이빗이 소리치자 올리비아는 들릴 듯 말 듯 말했다.

"모르겠어요. 갑자기…… 기운이 없어요. 머리가…… 머리가 깨질 것 같아요."

데이빗은 모기장을 들어올린 뒤 그녀의 손을 잡았다. 축 처진 손이 불덩이 같았다.

"내 당장 의사를 불러오리다. 그대로 누워 있어요."

올리비아는 미소라도 지으려고 했지만 꼼짝 않고 누워 있을 수밖에 없었다. 눈꺼풀은 내려앉고 얼굴은 백짓장처럼 창백했다. 데이빗은 성큼성큼 서재로 걸어가 벨 줄을 잡아당겨 하인을 부른 뒤 영국인 의사에게 보낼 짧은 메모를 휘갈겨 썼다.

"이 메모를 가져가게." 그는 기다리고 있던 하인에게 말했다.

"이걸 병원에 가져가서 당장 의사를 데리고 와."

하인은 그림자처럼 순식간에 방에서 빠져나갔다. 채 한 시간이 지나지 않아 의사가 도착했을 때, 데이빗은 올리비아의 옆에 있었다. 올리비아는 차를 마실 수도 심지어 물을 삼키기 위해 고개를 들 수조차 없었다.

"저를 가만두세요."

올리비아가 숨을 몰아쉬며 간신히 말했다.

데이빗은 생기 없이 불타는 그녀의 손을 잡은 채 무력하게 있을 수밖에 없었다. 의사가 들어오자 데이빗은 자신의 위아래 입술을 서로 짓누르며 손짓을 했다. 깨끗해 보이는 흰 리넨 정장 차림의 키 크고 깡마른 영국인 의사가 올리비아에게 다가가 진찰을 시작했다. 올리비아는 말조차 할 수 없어서 의사가 질문을 하자 있는 힘을 다해 고개만 간신히 움직일 뿐이었다. 그랬다. 올리바이는 참기 힘들 정도의 통증에 사로잡힌 채 숨은 간신히 쉬는 듯했으며, 극심한 어지럼증 때문에 의사의 얼굴조차 제대로 볼 수 없었다.

의사는 마침내 이불을 올리비아의 몸 위로 덮었다. 올리비아는 의사가 어떤 진단을 내려도 모를 정도로 의식이 없어 보였다. 의사는 데이빗을 향해 잠깐 밖으로 나오라는 손짓을 했다.

"최근 뭄바이에 다녀오신 적이 있으십니까?"

의사가 어두운 얼굴로 물었다.

"지난주에 다녀왔습니다."

"그때 혹시 부인께서 토민 부락을 방문하셨나요?"

의사가 절박한 어조로 물었다.

"한 번이요."

"선腺 페스트인 것 같습니다. 저도 어제서야 뭄바이에 역병이 돌고 있다는 소문을 들었습니다. 매일 수백 명의 사망자가 나오고 있다고 합니다."

데이빗은 말문이 막혔다. 역병은 거의 백 퍼센트의 치사율을 보이는 기근의 곁을 바짝 따라다니는 무시무시한 동료였다. 그 병이 그가 사랑하는 여인에게까지 마수를 뻗친 것이다!

"제가 뭘 어떡해야 합니까?" 데이빗은 소리쳤다.

"지금으로선 손 쓸 수가 없습니다."

의사가 절망적으로 말했다.

"그냥 기다려보는 수밖에요. 영국인 간호사를 보내드리겠습니다. 이틀 내에 결론이 날 겁니다."

이틀 동안 데이빗은 먹을 수도 잘 수도 없었다. 집에는 죽음의 한기가 내려앉았다. 호리호리한 몸집의 올리비아는 샅 쪽의 림프선 종이 부풀어 있었다. 그녀의 흐물흐물해진 샅을 본 의사는 가망이 없음을 알았다.

"마음의 준비를 하십시오." 그가 데이빗에게 가라앉은 어조로 말했다. 데이빗은 올리비아가 의식을 잃은 채 누워있는 침대가를 지키며 앉아 있었다.

"내일까지 견디지 못할 겁니다. 지금으로선 가망이 없습니다."

"철야기도를 해야겠습니다."

데이빗이 마른 입술로 힘없이 말했다.

"그럼, 그렇게 하세요."

의사는 마음이 약했다. 기도가 영혼의 안식을 줄지는 몰라도, 가망 없는 사람을 살리지는 못할 거라는 말을 차마 할 수 없었다. 그는 역병에 대해 지식이 부족한 어린 간호사 대신, 믿을 수 있는 중년의 영국인 간호사에게 몇 가지 지시사항을 일러주었다.

"오, 이렇게 안타까울 수가. 이토록 젊으신 부인이. 혹시 저 어린 아기는요."

그녀는 진심으로 슬퍼했다.

"아이는 괜찮을 거요." 의사가 말했다.

"갓난 아기는 신이 보호한다지 않소."

그는 데이빗에게 고개를 돌리며 말했다. "맥카드 씨, 이제 아기를 위해서라도 기운을 차리셔야죠. 어디 가서 좀 쉬세요. 아님 기도를 드리시든지요."

데이빗은 망설이다가 그렇게 하기로 했다. 그는 방을 떠나 서재로 가서 문을 닫았다. 그리고 기도를 하기 위해 무릎을 꿇었다. 하지만 그 기도는 말이 되어 나오지 않았다. 그의 마음은 오로지 사랑하는 여인이 앞으로도 삶을 이어가게 될 것이라는 믿음을 붙들기 위한 끝없는 고뇌로 가득 찼다.

✣

포드햄 부부는 작은 구내 교회에 기독교도 인도인들을 불러 모았다. 뜨거운 12월의 한밤중, 그들이 기도하며 울부짖는 소리가 데이빗의 귓가에까지 들려왔다.

새벽녘쯤 간호사가 데이빗의 서재로 와서 그의 어깨를 조심스럽게 만졌다.

"맥카드 씨. 부인께서 운명하셨습니다."

데이빗은 고개를 번쩍 들었다. 그녀가 삶을 이어가게 해달라고 기도를 드리고 있을 때 그녀는 세상을 떠났다! 데이빗은 정신이 아득해지는 것을 느끼면서 자리에서 일어났다. 심장 소리가 몸을 산산조각내고 있는 듯했다.

"이제 마음을 추스르세요." 간호사가 말했다.

"어린 아들만 생각하도록 노력하세요."

그러나 데이빗은 올리비아 외에는 그 누구도 생각할 수 없었다. 그는 간호사를 내려다보며 간신히 입을 열었다.

"그녀를 다시 봐야겠소."

"안 됩니다. 안 돼요. 제발 아이를 생각하세요."

간호사가 데이빗의 팔을 잡고 만류했다. 그가 뭐라고 대꾸도 하기 전에 바깥에서 구슬픈 노랫소리가 들려왔다. 누군가 구내를 가로질러 달려가 죽음이 들이닥쳤다고 전한 것이다. 비보를 전해들은 이들이 목소리를 높여 찬송가 '내 주를 가까이'를 부르고 있었다.

그건 그들에게 낯선 음악이었다. 음정도 정확하지 않았다. 그러다 갑자기 노랫소리가 울부짖는 듯한 비곡으로 바뀌어 깊이 가라앉았다. 하인들과 이웃들이 하나같이 목을 놓아 울고 있었다. 인도인들은 항상 삶의 불가항력적인 슬픔에 대한 직관적 정서로 가슴을 가득 채울 준비가 되어 있는 사람들이었다. 마침내 그것이 수세기 동안 전해져 내려온 구전민요로 폭발하고 있었다.

"람…… 람은 진리라네."

죽음에 대한 처절한 울부짖음이 새벽 공기를 타고 날카롭게 울려 퍼졌다. 이교도의 낡은 구절들이 인도인들의 심장을 메우는 동안, 데이빗은 고개를 숙인 채 그것을 듣고 있었다.

⚜

 역병은 푸네까지 휩쓸고 지나갔다. 열에 한 명은 목숨을 잃었다. 그들 중에는 다야의 두 아들도 있었다. 레일라마니와 그녀의 아기도 그 뒤를 따라갔다. 다야는 신선한 생명의 물로 넘치는 분수대 너머 크고 아름다운 집에 홀로 남겨졌다.
 하지만 데이빗에게는 아직 아들이 있었다.

10장

귀향

  홍해의 깊은 바닷물 속으로 가라앉는 태양이 사그라지는 빛과 함께 광포한 마지막 불꽃을 뿜어내고 있었다. 열기가 수평선을 따라 끓어오르면서 구름을 드리운 하늘을 빨갛게 물들였다. 태양이 물에 닿자 그 붉은 빛깔이 마치 액상 금속 같은 부드럽고 불투명한 물을 가로지르며 뻗어나갔다.

  "인도를 떠난 뒤로는 이렇게 눈부신 노을을 본 적이 없어요." 그가 말했다.

  "정말 멋지네요." 그녀가 감상에 흠뻑 젖은 채로 말했다.

한 사람은 계란형의 흰 얼굴 뒤로 가지런히 빗어 넘긴 금발이 인상적인 흰옷의 날씬한 영국 여자였고, 한 사람은 키가 훤칠한 남자로 군살 없는 날렵한 어깨와 밝은 적갈색 머리카락, 깊숙이 자리 잡은 회색 눈이 돋보였다.

그렇게 테드 맥카드와 아그네스 린레이는 집으로 향하고 있었다. 두 사람은 배에서 처음 만난 순간 서로에게 호감을 느꼈다. 둘 다 인도를 떠났다가 다시 돌아가고 있다는 공통점 때문인지도 몰랐다. 아그네스의 아버지는 인도 동부 지역의 총독이었다. 따라서 만일 테드의 아버지가 평범한 선교사에 불과했다면 아마 배에 오르자마자 그와 그토록 자연스럽게 우정을 나누지 못했을 것이다. 테드의 아버지 데이빗 맥카드는 인도의 유명한 선교사로 이름을 떨치고 있었고, 게다가 테드의 할아버지는 미국 실업계의 거물, 그 위대한 맥카드가 아닌가.

아그네스는 테드와 함께 있으면 즐거웠고, 테드도 선교사들과 함께 있을 때처럼 그녀와 춤을 출 때도 자연스러운 모습이었다. 그녀는 이 우정의 진도를 어디까지 끌어가야 할지 모호한 기분이었다. 그리고 그도 같은 생각을 하고 있다고 느꼈다. 테드는 그녀에게 반해서 쫓아다닌다는 느낌을 주지 않았다. 다만 확신할 수는 없지만, 아그네스가 차를 마신 뒤 갑판으로 올라왔을 때 마치 그녀를 기다리고 있었던 것처럼 그곳에 있었다.

"인도를 생각하면 어때요?"

테드가 불쑥 질문을 던지자 아그네스는 진한 갈색 눈썹을 치켜뜨며 말했다.

"무슨 뜻이죠?"

"집 같은 느낌이 들어요?"

그녀는 솔직하게 말했다.

"모르겠어요. 물론 부모님이 계셔서 좋지만 내 집이라는 생각은……. 글쎄요. 솔직히 인도가 정말 그리웠는지는 잘 모르겠어요. 떠나 있을 때는 마음속에 추억으로 날아들곤 했지만요. 아시잖아요. 이른 아침, 공기는 아직 서늘하고 새들이 정원에서 노래를 부를 때나, 저녁 무렵 뿌연 먼지 속에서 잿빛 땅거미가 지고, 유모가 깨끗한 내 옷을 개키고 있는 모습이라든가."

"밤에 들려오는 구슬픈 노랫소리도 빼놓을 수 없죠."

그가 말했다.

"왜 항상 밤이 되면 그런 노랫소리가 들려오는지 모르겠어요." 그녀가 맞장구를 쳤다.

"그리고 붐비는 사람들."

"맞아요."

그들은 순식간에 태양이 자취를 감춘 불타는 하늘을 바라보며 침묵에 빠져들었다. 불길처럼 타오르던 광채는 기름 낀 바다 위에서 점차 희미해졌고, 배가 지나온 자국이 시뻘건 후광처럼 긴 사선을 그리며 굽이치고 있었다.

"아마 우린 어디에서도 고향을 느낄 수 없을지도 몰라요." 그녀가 입을 열었다.

"인도에 있을 때는 떠나온 집에 대해 이야기하죠. 난 영국이고, 당신은 미국이겠죠. 하지만 정작 그곳에 있을 때면, 아무튼 저는 영국에 있을 때면 늘 인도를 생각했거든요."

"저도 미국에 있을 때 그랬죠."

저 지는 해 너머에 그가 떠나온 나라, 너무 오래 떠나 있었던 탓에 더 그립고 애정 넘치는 곳이 있었다. 지난 10년간 그가 이곳을 찾은 건 딱 한 번이 전부였다. 인도에 있는 아버지와 방학을 보내기 위해서였다. 그리고 매년 두 번씩은 아버지가 미국에 있는 그를 보러 와주었다. 비록 열두 살 때 푸네를 떠날 적에는 남몰래 눈물을 훔치기도 했지만, 미국에서 보낸 학창 시절은 행복한 시간이었다.

그는 인도를 금방 잊었다. 할아버지는 그를 애지중지해서 그가 원하는 건 뭐든지 사주셨다. 그는 대부분의 방학을 이제는 옛집이 되었지만 여전히 안락한, 뉴욕 5번가의 그 오래된 저택에서 할아버지와 보냈다. 친구들을 데려와서 놀기도 했고, 방문하는 친척들과 손님들로 늘 북적거려서 외로움을 느낄 새가 없었다. 게다가 아버지가 미국의 집을 방문하면, 그곳은 맥카드 3대가 모이는 자리가 되었다. 비록 그들 사이를 이어주는 두 여인은 이미 세상을 떠나고 없었지만.

테드는 두 개의 초상화를 유심히 바라보곤 했다. 두 여인 모두 아름답고 귀족적이었다. 할머니인 레일라는 온화한 인상이었고, 어머니 올리비아는 도도한 분위기를 풍겼다.

"나중에 조금 변하긴 했다만," 언젠가 아버지는 올리비아의 초상화 앞에 서서 이렇게 말했다.

"네 어머니는 자존심이 대단한 여자였지. 나와 결혼을 하고 나서는 무슨 이유에서인지 그런 게 온데간데없이 사라지긴 했지만 말이다. 내게는 항상 겸손하고 상냥하기만 한 여자였지."

"어머니가 변하신 거예요? 아버지는요?"

"글쎄다." 그의 아버지가 대답했다.

"확실한 건, 인도는 사람을 변화시키는 곳이라는 거다."

그때가 2년 전 여름이었다. 최근 할아버지는 건장했던 체격에 점점 힘이 빠지면서 성격도 많이 누그러졌다. 아버지와 할아버지 사이에 모종의 화해 분위기가 감돌았고, 테드는 그것을 기쁘게 바라보았다. 한편 테드는 아버지를 따라서 인도로 돌아가고 싶다는 말을 어렵게 꺼냈지만, 예상 밖으로 할아버지는 그 뜻을 완강하게 꺾으려 들지 않았다.

"대체 그 저주받은 땅에서 네가 뭘 보게 될지 모르겠다만, 하고 싶은 대로 하거라."

그는 못마땅한 기색을 내보이며 말했다. 그런 뒤 돌연 힘을 주어 말했다.

"한 번도 아니고 두 번이나 당했는데, 이제 내 마음은 꿈쩍도 않는다. 본래 아이들이란 자신들을 보살펴준 은혜를 모르는 법이니. 난 이미 혼자 살아가는 법을 터득했어."

하지만, 그해 여름은 마냥 행복하게 흘러갔다. 할아버지가 나서서 오래 문을 닫아두었던 메인 주의 별장에 놀러가자고 제안 한 적도 있었지만, 결국 모두가 뉴욕 5번가의 저택에서 여름을 보냈다.

테드는 아버지와 함께 지내는 게 즐거웠다. 늘 그렇듯이 할아버지와 아버지가 이야기를 나눌 때면 그는 주로 귀를 기울였다. 그는 또래들과 사소한 잡담을 나눌 때를 제외하면 말수가 적은 편이었다. 그랬다. 지금이야말로 다시 인도를 찾을 때였다. 그에게는 다른 젊은이들은 모르는 자신만의 세계가 있었다. 남들은 이해할 수 없는 그 세계에 대해 설명한다는 건 간단한 일이 아니었다.

어린 시절, 칠흑 같은 어둠이 깔린 밤에 잠에서 깨어 유모의 침대 가에 놓인 작은 기름 등불이 성냥불보다 약간 더 큰 가녀린 불빛으로 흔들리는 걸 보면서 안락한 기분에 젖어들던 기억, 선교 사택의 구내를 벗어난 거리에 끝도 없이 밀려가고 밀려오던 흰옷을 입은 사람들의 물결, 아버지의 학교를 방문할 때마다 멈춰 서서 그를 귀여워해주며 그를 상대로 영어를 연습하던 학생들의 모습, 이 모두가 그의 기억 속에 고스란히 남아 있었다. 그들이 품에 안아줄 때마다 그 구릿빛 피부에서 풍기던 상쾌한 냄새까지도 생생했다. 마치 잔디를 깎을 때 나는 것 같은 향기였다. 대부분의 힌두교도들이 고기를 먹지 않기 때문인 것 같았다.

또한 테드는 그들의 눈동자가 얼마나 까맣게 빛났는지, 그들의 흰자위가 얼마나 푸르스름한 빛깔로 엷게 물들어 있었는지도 기억하고 있었다. 무엇보다도 그는 자신을 향해 한없는 친절을 베풀어준 인도인들을 잊지 못했다. 그는 돌아가신 어머니의 사랑이나 선교사역에 정신없이 바빴던 아버지의 사랑을 목말라할 필요가 없었다. 어디를 가나 그를 사랑해주고 다독여주고, 품에 안아주는 사람들이 있었다.

그것이 인도를 생각할 때면 떠오르는 첫 번째 인상이었다. 끝도 없이 주기만 하는 사랑, 그것은 그의 특수한 배경 때문만이 아니었을 것이다. 아마도 그가 어린아이이기 때문에, 또는 엄마가 없다는 이유로 베풀어진 연민 어린 사랑이었을 것이다. 머리에 단지를 이고 우물가로 물을 길러 가는 거리의 아낙네들, 늙은 여인들과 젊은 어머니들, 그리고 누나뻘 되는 여인들 모두가 그를 알고 있었다.

    그들은 테드를 보면 멈춰 서서 말을 걸거나, 과일 조각이나 사탕과자를 건네주곤 했다. 아버지가 알았다면 깜짝 놀랐을 테지만, 그는 사람들이 주는 것을 가리지 않고 받아먹었다. 이처럼 테드는 아버지를 포함해 누구에게도 말하지 않은, 혼자만 간직하고 있는 수많은 얘깃거리들이 있었다. 이 추억들은 그가 누구도 아닌 인도와만 공유하는 것들이었다. 그는 일찍이 자신의 인도와 아버지의 인도가 다르다는 것을 깨달았다. 두 사람의 인도는 각기 다른 나라였다. 테드에게 인도는 오로지 그만의 것이었다.

    테드는 아그네스를 알기 전까지는 여자를 사귀어본 적이 없었다. 어릴 때도 마찬가지로 함께 놀 만한 여자친구가 없었다. 포드햄 부부가 적이 민망해 하면서 늦둥이를 낳은 적이 있긴 했다. 둥근 얼굴에 동그란 눈을 가진 루시라는 세 살 아래 소녀였는데, 테드는 그녀와 함께 노는 게 수줍었다.

    그리고 그가 아버지를 방문했을 때 루시는 이미 오하이오에 있는 기독교 학교에 보내진 상태였고, 돌볼 자식이 없어진 포드햄 부인은 여느 때처럼 활기로 가득 차 있었다.

    테드는 왜 인도에 가려 하느냐는 미국 여자아이들의 질문에 답하기 힘들었다. 그들은 인도를 이해하지 못했고, 그가 무슨 말을 하는지도 제대로 알아듣지 못했다. 그 후로 그들은 테드가 재미있는 화제를 꺼낼 때조차 그에게 거리를 두기 시작했다. 그런 소외감이 그로 하여금 사랑에 빠지는 걸 수줍어하게 만들었고, 지금도 그는 아그네스와 우정 이상의 관계는 원하지 않았다.

    물론 언젠가는 그도 결혼을 하고 아이를 가져야 할 것이다. 그가 인도로 떠나기 전날 밤 할아버지는 이 부분에 대해 분명히 말했다.

"넌 우리 가문의 유일한 자손이다. 테드."

노쇠한 할아버지는 침대에 누워 있었는데, 곧고 마른 몸은 이제 우람한 뼈대 때문에 크게 보일 뿐이었다. 그는 쉽게 피로를 느끼며 일찍 잠자리에 들곤 했지만, 그날만큼은 테드를 방으로 불러 이야기를 나누고 싶어 했다. 그가 말을 이었다.

"내가 그토록 원했건만 네 아버지는 재혼을 하지 않았지. 하지만 나도 재혼은 불가능했단다. 그러니 네 아빠한테 아무 말도 할 수가 없었다. 우리 맥카드 가문의 남자들은 한 여자만 바라보는 순애보들이지."

그는 눈처럼 하얀 턱수염 아래로 턱을 딱딱 부딪치며 말했다. 요즘 할아버지는 턱수염 손질하는 수고를 마다하곤 했다. 그는 테드로부터 시선을 돌려 침대 맞은편에 걸린 벽난로 위 초상화를 바라보았다. 노안 때문에 막상 그림은 선명하게 볼 수 없었지만, 그의 기억이 사랑하는 여인의 얼굴을 희미한 윤곽으로 되살리고 있었다.

"좋은 여자와 결혼하렴." 그가 큰 소리로 명령하듯 말했다.

"결혼해서 자식을 많이 낳아라. 내 집사람도 늘 자식을 많이 낳고 싶어 했지. 결국 하나는 가졌지만. 네 엄마도 아마 살아 있었다면 열두 명 정도는 거뜬히 낳았을 게다. 아주 건강하고 다부진 몸을 가졌었지. 결국 인도가 그녀를 땅에 묻었지만."

맥카드는 자주 쏟아지는 짧은 졸음 때문에 무거워진 눈꺼풀을 내리감았다. 테드는 잠시 기다렸다. 하지만 잠시 후 맥카드가 눈을 번쩍 떴다.

"대체 왜 인도로 가려는 게냐?"

그가 위압적인 어조로 말했다.

"아직은 잘 모르겠어요. 하지만 가고 싶어요. 아마 오래 머물지는 않을 거예요."

그러나 테드는 자신이 그곳에 오래 머물게 되리라는 걸 알고 있었다. 그는 미국에서는 자기 자리를 찾을 수가 없었다. 물론 즐거운 곳이긴 했으며, 모두가 그의 친구가 될 준비가 되어 있었다. 미국에서 그는 세파라는 걸 모르고 살았다. 남자 학교에서 수도원 생활하듯이 지낸 뒤 대학을 마치고 세상에 나와 보니 온통 휘황찬란하고, 타락으로 물들고, 그를 향해 웃음을 던지고, 기부를 하라고 손을 뻗치는 이 거대한 세상 앞에서 뭘 어떻게 해야 할지 혼란스럽기만 했다. 그는 맥카드의 상속인이었고, 따라서 그 내미는 손들을 외면하기가 쉽지 않았다.

이렇게 해서 그는 부리나케 할아버지가 사는 옛집으로 다시 찾아들었다. 그곳에서 그는 파티와 회합에 수줍게 모습을 드러냈고, 그를 전도유망한 신랑감으로 생각했던 많은 어머니들과 딸들은 숫기 없는 그의 태도에 적잖이 당황했다.

사실 아버지조차 그에게 인도로 돌아오라고 말하지 않았다.

"꼭 인도로 돌아와야 한다는 강박관념은 버려라." 데이빗은 이렇게 편지를 써왔다.

"물론 이곳에는 항상 네 자리가 있단다. 또 네가 적어도 몇 년은 나와 함께 지냈으면 하고 바라기도 한단다. 우리 다시 한 번 조금 더 서로를 알아가야 하지 않겠니. 하지만 난 젊을 때 아버지

뜻에 따르지 않았어. 그러니 너도 무조건 나를 따를 필요는 없다."

테드가 따르고자 하는 건 아버지가 아니라 인도였다. 그는 그 옛 세계로, 부드러움이 감싸고 있는 세계, 가난과 굶주림이 있지만 늘 사랑으로 넘치는 그곳으로 돌아가야 했다. 미국에서는 누구도, 그 무엇도 인도만큼 그를 필요로 하지 않았다.

테드는 자신의 인도가 아그네스가 알고 있는 인도와도 다르다는 걸 알았다. 그는 바다 위에서 며칠을 보내고 나서야 간다나 인도의 민족주의, 다야 삼촌이 편지에 써온 내용들을 절대 화제로 삼아서는 안 된다는 것을 깨달았다. 아이였을 때 그는 다야를 자주 보지 못했다. 다야가 간혹 선교사 사택을 찾아올 때도, 아버지와 다야는 거의 싸우듯이 이야기를 나누었다. 테드의 눈에 그것은 심한 언쟁으로 비쳤다. 어린 테드는 그게 마음에 걸려서 아버지에게 이렇게 물었다.

"다야 삼촌은 나쁜 사람인가요?"

그의 아버지는 빠르고 단호하게 말했다.

"그는 매우 좋은 사람이지. 언젠가는 훌륭하게 될 사람이란다."

"그럼, 왜 두 분이 사이좋게 지내지 않아요?"

그의 아버지는 테드가 이해할 수 있게끔 답해주려고 했다.

"테드, 우리가 살고 있는 이 시대는 설명하기 힘든 시절이란다. 누구도 이해할 수 없지. 많은 것들이 잘못됐고, 좋은 사람들은 자신들이 옳다는 것만 증명하려 들고. 난 내 최선의 길을 걷고 있고, 다야 삼촌은 나와는 아주 다른 길을 가고 있을 뿐이란다. 그는 자신이 최선을 선택했다고 믿고 있지."

"하지만 사이좋게 지낼 순 없어요?"

테드가 따지듯이 물었다.

"나도 그러길 바란단다."

몇 달 전부터 예기치 않게 다야가 테드에게 편지를 써오기 시작했다.

친애하는 테드에게

네 아버지로부터 네가 곧 인도로 온다는 편지를 받았단다. 네게 편지를 써도 좋다는 네 아버지의 동의 아래 지금 이 편지를 쓴다. 이 나라는 네가 떠났을 때와 같지 않단다, 테드. 넌 인도에 대해 더 많은 걸 알아야 해.

그때부터 다야의 편지가 꾸준히 도착했다. 그는 테드에게, 그가 조만간 직면하게 될 인도의 변화에 대해 설명해주었다. 다야는, 인도의 옛 시골 마을은 거의 변한 게 없다고 말했다. 그런 마을들을 발전시키려면 수십 년의 독립된 세월이 필요하고, 인도가 자유를 되찾기 위해서는 또 한 번의 세계대전이 터져야 할지도 모른다고도 했다.

또한 현재 인도에서는 독립을 위해 싸울 무기들이 뜨겁게 달궈지고 있고, 간디가 시골 사람들을 투쟁의 장으로 이끌어내고 있으며, 이건 누구도 하지 못했던 일이었다고도 덧붙였다. 나아가 인도는 촌락 단위로 형성된 국가인 이상 절대다수를 차지하는 농부들의 힘과 도움이 필수적이며, 오로지 간디만이 그것을 이끌어낼 수 있다고도 강조했다.

테드에게 다야가 써온 편지 내용은 현실처럼 느껴지지 않았다. 그것은 테드의 기억 속에 있는 인도와는 달랐다. 테드는 의구심이 들었고, 그래서 아그네스에게 이 얘기를 꺼낸 것이다.

그런데 예상은 했지만 아그네스는 상상 이상으로 냉담한 반응을 보였다. 그날 저녁 춤을 추었는데 몸 움직임조차 그를 싸늘하게 대하고 있었다. 그녀는 첫 번째 무곡 중간에 테드로부터 떨어지며 말했다.

"실례하지만 좀 앉아도 될까요?"

두 사람은 앉아서 춤추는 사람들을 바라보았다. 잠시 후 그녀는 그 사랑스러운 흰 얼굴을 그에게 돌리더니 다음과 같이 말했다.

"난 저녁식사 후에 당신이 그 비열한 간디라는 작자에 대해 했던 말을 잊을 수가 없어요. 당신은 그가 얼마나 간교하고, 그가 어떻게 인도의 평화를 해치고 있는지 전혀 모르고 있어요. 우리 아버지가 대영제국을 위해 그간 희생해온 걸 생각하면……. 아버지가 얼마나 인도 사람들에게 친절했는지가 떠오르는군요. 심지어 영국인 직원들을 대할 때보다 너그럽게 대하고 불쌍히 여겼죠. 우리 정부를 욕하고 배신하는 새롭게 출현한 인도인들은 정말 은혜도 모르는 비열한 사람들인 것 같아요."

테드는 마음을 누그러뜨리는 부드러운 투로 말했다.

"전 당신 기분을 충분히 이해할 수 있어요. 자, 이제 다시 춤출까요?"

아그네스는 테드를 용서해주었다. 그 후로 테드는 간디나 다야는 언급하지 않기로 마음먹었고, 아그네스는 그냥 깨질 수도 있었던 둘의 관계를 다시 되돌려놓았다.

테드는 이런 충돌에도 아랑곳없이 여전히 아그네스가 좋았다. 그녀는 가정교육을 잘 받은 좋은 집안의 숙녀답게 단순함과 직선적인 면을 동시에 가지고 있었다.

그녀가 마음에 든 또 한 가지 이유는 아양이나 교태가 없다는 점이었다. 그럼에도 여성스러운 분위기가 넘쳐서 절로 함께 있고 싶다는 마음이 들었다.

그녀는 어떤 규정하기 힘든 매력으로 가득 차 있었다. 전에 여자를 사귀어본 적이 없어서 더 함께 있고 싶은 것일 수도 있었지만, 분명히 아그네스는 육체적인 면만이 아닌 말하고 생각하는 방식에서도 다른 여자에게서는 찾아볼 수 없는 매력이 있었다. 그녀는 같은 풍경을 봐도 그것을 다른 눈으로 바라보았다. 테드는 그녀가 사물을 느끼는 방식을 예상할 수 없었고, 때문에 항상 놀라움을 느꼈다. 그에게 아그네스는 매일 아침 새롭게 다가오는 사람이었고, 그는 그녀를 만날 시간만을 기다렸다. 그래서 지금 두 사람은 함께 지는 해를 바라볼 수 있게 된 것이다.

"저기 저편에서." 그녀가 말했다.

"바다가 태양을 삼키면, 영국에는 새벽이 시작되겠죠."

"영국의 새벽을 떠올리면 뭐가 보여요?"

"호박색의 전등, 양이 노니는 언덕을 넋을 잃고 바라보던 일……. 할머니 댁 창문에서 바라보곤 했거든요. 그러다가 불빛들이 갑자기 골짜기 사이로 흐르는 강물처럼 반짝이기 시작하죠. 당신의 미국은 어때요?"

"제일 먼저 보이는 불빛은 뉴욕의 고층 건물 꼭대기에요. 하지만 그건 호박색이 아니라 은색이죠. 호박색은 저녁을 생각나게 하는데요."

"그럴지도 모르죠."

황혼이 순식간에 기울었다. 거의 만월인 달빛이 점차 어두워지는 물 위로 뿌연 광채를 흩뿌리고 있었다. 저녁식사를 알리는 첫 번째 종소리가 경쾌한 멜로디로 울려 퍼졌다. 아그네스는 마지못해 난간에서 몸을 돌렸다.

"오늘 춤추러 나오실 건가요?"

테드가 재촉하듯 물었다.

"네, 당신은요?"

"저도 갈 겁니다. 그럼 평소에 만나던 장소에서 볼까요?"

"그래요."

두 사람은 시선이 잠깐 멈춘 듯했지만, 아그네스가 먼저 짧게 고개를 끄덕이고는 자리를 떠났다.

테드는 평화로운 바다와 고요해지는 하늘을 좀 더 감상하고 싶어서 갑판에서 서성거렸다. 앞으로 펼쳐질 삶은 유년시절처럼 친숙한 것인 동시에 전혀 새로운 것이리라. 그는 이제 아이가 아니었다. 아직 많지 않은 나이였지만 그래도 어엿한 성인인 것은 틀림없었다. 이제 성인으로서 아버지를 만나고 독립을 구축해가야 하리라. 할아버지와 살 때는 이런 태도를 관철시키기가 어려웠지만, 이제 두 사람은 더 이상 같은 집에 살지 않는다.

할아버지와 살 때 테드는 기꺼운 마음으로 이 노신사의 비위를 맞추며 생활했다. 하지만 이제부터 시작될 아버지와의 삶은 분명히 다를 것이다. 그는 아버지의 학교에서 학생들을 가르칠 예정이었다. 하지만 결코 아버지가 그의 삶을 쥐고 흔들도록 방관하지 않을 것이며, 심지어 아버지 특유의 온화함 속에 깃든 강한 설득력에도 영향 받지 않을 작정이었다. 그는 아버지를 사랑했지만 두 사람이 다르다는 것을 알고 있었다.

두 번째 종이 울리자 그는 객실로 내려갔다. 배는 한산했다. 그는 저녁에 입을 옷들을 걸어두는 작은 객실을 가지고 있었다. 검은 정장 바지와 짧은 흰 재킷, 검은 넥타이와 열대 지방에서 즐겨 착용하는 검은색의 폭 넓은 허리띠 등이 그의 훤칠한 키와 회색 눈동자, 적갈색 머리칼과 군살 없는 몸매에 썩 잘 어울렸다. 그는 할아버지를 많이 닮았음에도, 어머니로부터 물려받은 짙은 머리색이 할아버지의 불타는 듯한 붉은 머리색과 적당하게 섞여 있었다. 그는 늘 보기 좋게 면도를 했지만 유난히 턱수염이 빨리 자라서 오늘 밤 또 다시 면도를 해야 했다.

모든 준비를 마쳤는데도 마지막 벨이 울리기까지 아직 한참이 남아 있었다. 몇 년간 학교에서 길들여진 옷을 빨리 입는 습관 때문이었다. 당시 그는 시간 손실 없이 최소한의 동선으로 움직이는 법을 터득했다.

시간이 조금 남은 지금, 테드는 이미 습관처럼 되어버린 일에 손을 뻗었다. 호주머니에서 작은 책을 꺼내들어 표시해둔 곳을 펼쳤다. 그 책은 신약성경이었고, 그는 요한복음을 읽기 시작했다. 아버지는 그에게 기독교를 강요한 적이 없었다. 단지 테드가 소년 시절 인도를 떠날 때 신약성경을 매일 읽으라고 권했고, 그는 때로는 불편하게 느끼면서도 그 약속을 꾸준히 지켰다.

그렇게 은혜의 말씀이 그의 마음에 자연스럽게 스며들었다. 초창기에는 그 구절들에서 아무 의미도 찾지 못했지만, 감정과 지각이 예민해진 지금의 청년기에는 모든 구절들이 심오하고 시적인 감동으로 다가왔다. 요한복음에서는 이렇게 말하고 있었다. '예수는 그의 몸을 그들에게 의탁하지 아니하셨으니 이는 친히 모든 사람을 아심이요, 또 사람에 대하여 누구의 증언도 받으실 필요가 없었으니 이는 그가 친히 사람의 속에 있는 것을 아셨음이니라.'

언뜻 단순해 보이지만 이 구절은 의미심장한 말들이 으레 그렇듯이 그의 상상력을 자극했다. 그는 생각에 잠긴 채 책을 덮어서 다시 호주머니에 넣었다. 저녁식사를 하러 아래층으로 내려가는 동안에도 그 구절들이 머리를 떠나지 않았다.

그는 선장의 식탁에 함께 앉아 식사를 했다. 유명한 맥카드 가의 자제로서 불가피한 일이었지만, 그는 개의치 않았다. 그는 식사 내내 미소를 머금고 새로운 화제를 꺼내기도 하면서 사람들이 무슨 생각을 하는지 세심히 살피고 자연스럽게 이야기를 나누었다.

✢

한편, 데이빗 맥카드는 웨일즈 왕자의 공식접견 행사를 보기 위해 뭄바이에 와 있었다. 이틀 후에는 아들이 들어올 항구로 마중을 나갈 계획이었다.

사실 이런 행사를 벌이기에는 모호한 시기였다. 인도는 새로운 불만으로 들끓고 있었다. 다야는 몇 달 전에 모처럼 푸네로 데이빗을 찾아와 대영제국의 행보에 반감을 토로하면서, 총독에게 이번 공식접견을 취소하도록 설득해달라고 부탁했다.

둘은 5년 전에 서로 다른 길을 택했다. 다야는 데이빗이 인정하고 싶지 않아 하는 이 작은 몸집의 지도자 간디에게 자신의 모든 걸 걸었다. 이번 방문 역시 둘 사이의 거리를 좁히지 못했다. 데이빗은 일찍이 다야가 인도의 독립이라는 원대한 목표를 향해 자신의 영혼과 모든 것을 내거리라는 것을 직감했다. 그는 그 으리으리한 집을 나왔고, 상속받은 재산도 형제들에게 나누어준 뒤, 아내와 자식들의 죽음으로 피폐해진 가슴을 안고 5년 동안 이 동네 저 동네 떠돌아 다녔다. 그는 종교 없는 고행자였고, 무엇도 필요로 하지 않는 거지였다.

하지만 동시에 그는 자기 민족들이 겪고 있는 삶의 애환을 눈으로 목격할 수 있었다. 그럼에도 그는 이들과 자연스럽게 말을 섞을 수 없었다. 이들 틈에서 다야는 학식과 부를 가진 귀족일 뿐이었고, 농부들은 그를 어렵게 생각했다. 다야는 굶주리고 헐벗은 자들이 앞에 엎드려 자신의 발치에서 먼지를 마시는 것을 더는 견딜 수 없었다.

더구나 그가 한 남자를 손수 일으키며 다시는 그러지 말라고 하자, 그는 다야에게 의혹의 눈빛을 보내더니 겁에 질려 멀리 달아났다. 더 참기 힘든 순간이었다. 가난하고 못 배운 자들로 하여금 그를 믿게 만들 방도는 없는 것처럼 보였다. 그들은 믿음 없이는 절대로 다야를 따르지 않을 것이다.

그렇게 그는 비분을 안은 채 간디를 찾아갔고, 이 장난기 많고 유쾌한 남자에게서 인도가 필요로 하는 지도자의 모습을 보았다. 다야는 사심 없이 온전한 마음으로 간디에게 자신을 복종시켰다. 미묘한 마음과 복잡한 정신, 그리고 귀족도 농부도 아닌, 그러나

이 둘 모두를 이해하는 이 현실적인 남자에게 자신의 삶을 의탁한 것이다.

"데이빗," 다야가 입을 열었다.

"웨일즈 왕자의 방문을 막을 수 있도록 자네가 총독에게 힘을 써주게. 지금은 대영제국이 쇼를 벌일 만한 시기가 아니야. 지금 민족주의자들이 그것에 반기를 들고 있어. 우리는 우리 뜻과 상관없이 세계대전으로 내몰렸네. 그것이 우리를 분노하게 만들고 있다네. 게다가 지독한 가난이 상황을 악화시키고 있지. 장담하건데, 이제 사방에서 폭동이 일어날 걸세. 왕자의 목숨이 경각에 달려 있어. 경고하는데, 의회는 모든 접견 계획을 철회해야 하네. 그가 이곳에 도착하는 즉시 우리는 뭄바이에서 동맹휴업을 선언할 걸세."

때는 가을이었다. 태양의 열기는 한풀 꺾였지만 대학 캠퍼스는 들뜬 분위기로 술렁거렸다. 데이빗은 동요의 조짐을 읽고도 모른 체했다. 학교를 운영하며 보낸 세월이 그를 질서와 명령 체계를 중시하는 사람으로 만들었다. 그는 간디의 주변으로 몰려드는 폭도들의 아우성 속에서는 어떤 질서도 찾아볼 수 없었고, 따라서 지도자로서의 간디도 존중할 수 없었다.

데이빗은 교내에서 간디주의자들의 운동을 저지하는가 하면, 무력 사용에는 반감을 가지면서도 정부의 냉철하고 변함없는 정책에 동조했다. 사전에 떠날 것을 경고하긴 했지만 영국이 파탄 지역에 폭탄을 떨어뜨린 사건은 데이빗의 기독교적 양심을 두고두고 괴롭혔다. 심지어 총독에게 폭도들에게 총을 쏘는 행위에 대해 간언하기도 했다.

그러나 인도는 급격히 동요하고 있었다. 간디는 소위 비폭력 저항주의와 더불어 이 모든 움직임을 이끌기 시작했고, 1년 전에는 영국 정부조차도 이를 하나의 정책으로 채택한 차였다.

데이빗은 펀자브 주에 병력을 투입시켜 수천 명의 무고한 백성들을 살해한 만행에 뼈아픈 통감을 느끼고 있었다. 그는 기독교인으로서 절대 이 무력행위에 찬동할 수 없는 입장이었다. 그는 암리차르 대학살에 몸을 떨었다. 죽은 자들, 죽어가는 자들 모두가 다이어 장군의 부대에 공격당한 뒤 그대로 방치되었고, 영국 정부는 심지어 부상자도 돌보지 않았다. 장군은 이렇게 선포했다.

"그건 우리가 상관할 바가 아니다."

데이빗은 다야에게 잘라 말했다.

"자네도 알잖나. 나도 인도가 아직 독립할 준비가 안 됐다는 총독의 생각에 동의한다는 사실 말일세."

한때 서로를 형제처럼 느꼈던 젊은 시절은 흘러가고, 두 사람은 너무 변한 중년의 모습으로 데이빗의 서재에 앉아 있었다. 한때 두 사람은 가족을 잃은 비극으로 더 긴밀해진 적이 있었다.

데이빗은 올리비아를 떠나보낸 뒤 이어서 레일라마니의 비보를 접하고 다야의 집으로 달려갔고, 두 사람은 서로를 부둥켜안고 흐느꼈다. 데이빗은 자신에게는 아들이 남았다는 것에 지금까지도 다야에게 미안한 감정을 느끼고 있었다.

"자네도 알다시피, 그 암리차르 사건이 벌어진 다음 직접 총독을 찾아갔네."

데이빗이 성마르게 말했다. 그는 안경을 벗고 잿빛 턱수염을 어루만졌다.

"총독은 내 간섭을 탐탁치 않게 생각했지. 난 어디까지나 미국인에 불과하니까."

"자넨 맥카드의 아들 아닌가."

다야가 위협적인 어조로 물었다.

"동시에 선교사지." 데이빗이 반감을 섞어 대꾸했다. "그리고 우리 모두 의심을 받고 있네."

"대체 누가 자네를 의심한다는 건가?" 다야는 데이빗의 말에 펄쩍 뛰었다.

"자네는 부유하고 보수적이고 성공한 기독교인이야. 대영제국 권력의 든든한 받침대라고 할 수 있지. 자네가 우리 인도인들을 불쌍히 여긴다고 자네를 의심할 사람은 단 하나도 없네."

데이빗은 이 말에 깊은 상처를 받았고, 잠시 아무 대꾸도 하지 않았다. 그런 뒤 매우 침착한 어조로 말했다.

"자네 화가 나 있군, 다야. 그 때문에 나를 부당하게 대하고 있어. 난 인도인들을 가엽게 여기지 않는다고 말한 적이 없네, 다만 혁명으로는 자네가 뜻하는 바를 이룰 수 없다는 거야. 인도인들은 우선 이 정부에 걸맞게 처신하는 모습부터 보여줘야 하네."

이 말에 다야가 자리에서 벌떡 일어섰다. 햇볕에 그을린 불타는 듯한 키 크고 마른 형체가 흰 면옷과 간디를 상징하는 작고 흰 모자 때문에 더 강렬해 보였다. 그는 분노를 억누르지 못하고 무시무시한 음성으로 데이빗을 향해 소리쳤다.

"자네 지금 뭐라고 했나? 우리더러 정부에 맞추라고? 굶주리고 약탈당하고 학대받고, 심지어 죽임까지 당하고 있는 마당에 뭘 어떻게 맞추라는 소린가? 이제까지 영국인들은 여기서 우리 주인 노릇을 하며 살아와놓고도 우리를 조금도 모르네. 아니, 우리 마음이나 생각은 알려 들지도 않는단 말일세. 단지 막대한 군사력과 정책에 의지해서 무력으로, 오로지 무력으로 우리를 지배하려 들지. 아무리 따르고 사랑하려고 해도 그들은 우리의 충성심이나 사랑 따위에는 아예 관심도 없어. 그래, 나조차도 사실 캠브리지에서 보낸 그 몇 년간 영국을 사랑했네. 내 나라가 그런 상황에 처했을망정 영국도 사랑할 구석이 있는 나라라고 믿었단 말일세. 그들은 우리 사랑을 얻을 수 있었네. 그런데도 결국 자신들의 총만 믿었지. 그래놓고 우리가 충성하지 않는다고 분개하고 있다니. 그래, 그래, 자네 말이 맞아. 그들은 끔찍이도 자신들을 방어하고 있지. 그런데 왜 우리를 두려워하는 건가? 그건 우리가 자신들을 증오하도록 만들었다는 걸 알아서야. 하지만 너무 늦었네, 데이빗. 이미 시작된 건 멈출 수 없는 법이네. 자네는 앞으로 몇 년간 투쟁의 날들, 그리고 우리가 결국 승리를 거머쥐는 날을 보게 될 걸세!"

다야는 의기양양한 걸음으로 사택을 떠났고, 데이빗은 근심에 잠긴 채 오래 그 자리에 앉아 있었다. 대영제국의 법과 질서가 파괴된다면 거기에는 혼란만 남을 것이다. 그의 평생 과업이라고 할 수 있는 인도 전역에 건립한 학교는 물론, 그 중추 역할을 하고 있는 이곳 선교 구내의 대학, 최고의 시설을 갖춘 병원, 이 모든 것들이 무법천지의 나라에서 그 기능을 상실하고 말 것이다.

시간, 시간이 문제였다. 지금 대학 건물에서 쏟아져 나오고 있는 젊은이들이 이 나라에 영향력을 끼칠 만큼 성장할 때까지 충분한 시간이 필요했다. 독립은 평화로운 진보로 향해가는 논리적인 귀결이어야만 했다. 하지만 간디의 열정에 사로잡힌 다야는 시대에 맞지 않는 혁명 정신으로 불타오르고 있었다.

데이빗은 깊은 한숨을 내쉬며 잠시 의혹을 품었다가 갑자기 마음을 굳힌 듯 종이 한 장을 꺼내서 총독 앞으로 보내는 짧은 서신을 작성했다. 웨일즈 왕자의 공식접견에 이의를 제기하는 편지였다. 하지만 답신은 오지 않았고, 행사는 계획대로 진행되었다.

11월 7일 이른 아침, 데이빗은 눈부신 장관을 바라보고 있었다. 아직 새벽녘이라서 만월로 차오르지 않은 달이 수평선 위로 낮게 떠 있었다. 해안에서 쏟아지는 불빛이 서서히 떠오르는 분홍빛 태양을 뚫고 질주하다가 '명성Renown'이라고 쓴 뱃전 위로, 그리고 웨일즈 왕자를 환영하기 위해 온 영국인과 인도인 관료들을 실은 대형보트 위로 떨어졌다. 그들은 해가 떠오르기 시작하자 환영을 알리는 우렁찬 대포 소리와 함께 해안을 떠나 육지로 들어섰다. 먼저 해군중장이 앞서 걸었고, 스타 오브 인디아*Star of India를 회색 정장에 꽂은 총독이 그 뒤를 따랐다. 그들과 함께 가장 높은 자리의 사람들이 뒤를 이었는데, 그중에는 인도를 다스리는 왕족과 그들을 수행하는 세 명의 군주와 두 명의 귀족도 있었다. 이들은 그날 일정에 따라 나중에 해안에서 카슈미르를 다스리는 군주인 하리 싱, 비카네르의 쿠마르 군주, 보팔의 하미둘라 칸과 함께 하기로 되어 있었다.

눈을 뗄 수 없는 눈부신 광경이었다. 태양이 찬란하게 떠오르고, 상쾌한 바람이 항구에 잔잔한 파도를 일으켰다. 배가 너무 멀리 떨어져 있어서 갑판 위의 상황은 잘 보이지 않았지만, 바람에 흔

---

* 인도 식민지 시절 공식 행사에 쓰였던 깃발

들리는 깃발만은 뚜렷했다.

항구에 있는 배들은 모두 깃발을 펄럭이고 있었다. 오로지 인도인들의 고기잡이 선박만이 가던 길을 갈 뿐이었다. 물 위에서 뿌옇게 흔들리는 뜨거운 열기가 이 모든 광경을 신기루처럼 보이게 했다. 그 무렵 공기가 순식간에 참을 수 없을 정도로 뜨거워졌다.

데이빗은 그날 집회 장소로 마련된 커다란 원형 분지로 들어갔다. 빨간 카펫이 멀리 황금 첨탑과 돔 형식의 지붕을 얹은 접견 장소까지 이어져 있었고, 둥근 지붕 한가운데에는 왕실 문양이 번쩍이며 타오르고 있었다.

데이빗은 출입구에서 명함을 보여주고 안으로 들어섰다. 그 앞으로는 탑에 장식된 깃발로 둘러싸인 널따란 공간이 있었는데, 그곳 30층으로 이루어진 계단식 관람석에 수천 명의 사람들이 앉아 있었다.

대부분은 관료로 일하는 부유한 인도인들이었다. 그들이 입고 있는 밝은 색 의상들이 태양 아래 더욱 빛났고, 보석으로 장식한 터번도 빛을 발했다. 여기저기 유럽인들의 수수한 검은 옷차림도 눈에 띄었지만, 영국 관료들이 입은 파란색과 주홍색, 금색으로 치장된 대영제국 제복이 인도의 화려한 의상과 잘 어우러졌다.

데이빗도 자리에 앉아 뜨거운 태양 아래 군중들과 함께 기다렸다. 정오 한 시간 전, 환영을 알리는 우레 같은 대포 소리가 웨일즈 왕자의 수행원들이 해안가에 들어섰음을 알려주었다. 다들 그리 오래 기다리지 않았다.

데이빗도 사람들을 따라 자리에서 일어나 깃발들이 펄럭이는 원형 분지를 향해 위엄 있게 행진하는 총독 옆으로 웨일즈의 젊은 왕자가 걸어오는 것을 지켜보았다. 그는 금을 입힌 연단에 앉은 채로, 인도의 왕자들과 그를 보위하는 인도인들과 주의회 의원들을 맞이했다.

가히 볼 만한 장관이었다. 다야가 불길한 말을 꺼냈음에도 행사는 성공적으로 진행되고 있었다. 그러나 모든 행사가 끝날 때까지는 안심할 수 없었다. 화려한 의상들과 터번들 사이로 간디의 추종자임을 알리는 손으로 짠 흰 무명옷들과 간소한 모자들을 목격할 수 있었다. 거리 밖은 발 디딜 틈 없이 북적댔고, 영국 왕자를 환영하는 환호성이 들려왔다.

"왕세자님 만세, 왕세자님 만세!"

그럼에도 데이빗은 왕자의 시가행진이 바이쿨라 부지를 비켜 가게 된 건 다행이라고 생각했다. 그곳은 난폭한 하층민들의 거주지로 만일 폭동이 일어날 경우 구심점이 될 수 있었다. 다야가 위협적으로 언급했던 동맹휴업은 지금 이 시점에서는 실패했다고 봐야 했다. 이곳 사람들은 휴업을 하면 집에서 나오지 않았다. 일종의 자숙과 애도라는 종교적인 의미를 표하기 위해서였다. 데이빗은 오늘 아침, 불길한 전조처럼 시장이 문을 닫은 것을 보았다. 그러나 지금까지도 사람들은 저항 지침에 주의를 기울이지 않고 있었다. 그들로서도 황실의 구경거리를 거부할 수 없었던 것이다.

데이빗 또한 정교하게 준비된 이 화려한 행렬뿐 아니라, 그 행렬에 속한 사람들의 진지함과 우아함, 특히 젊은 왕자의 아름다움에 기꺼이 마음을 내주었다. 위엄을 갖춘 젊은 왕자는 차례에 맞춰 곧 앞으로 나와 침착하고 분명한 태도로 인사말을 낭독할 예정이었다. 그의 자애로운 인상과 젊음에 매료되지 않는 것은 불가능했다. 그는 자연스러운 태도로 진심을 담아 숨김 없이 인도인들의 환영을 받아들였다. 데이빗은 다야가 이곳에서 저 인사말을 함께 들었으면 하고 생각했다.

"저는 당신을, 인도인을 알기를 원합니다."

젊은 왕자는 빽빽이 들어찬 군중들을 바라보며 말했다.

"저는 당신들을 알기를 원하며, 그대들이 저에 대해 알기를 원합니다."

데이빗은 질서 잡힌 아름다움과 절제된 힘과 법의 권위 그 모두가 여기에 있고, 이 모든 게 더 깊은 곳까지 스며들게 될 것이라고 스스로에게 말하고 있었다.

집회가 끝나자 음악이 울려 퍼지기 시작했다. 황실 사람들과 측근들이 단상에서 내려올 준비를 하자 모두가 자리에서 일어섰다. 그때 갑자기 누군가가 작은 소리로 데이빗의 이름을 불렀다. 고개를 돌려보니 인도인 무리 사이에 다야가 서 있었다.

"나조차!" 하지만 다야의 음성은 우렁찬 음악소리에 묻히고 말았다. 그는 강렬한 미소와 함께 몸을 수그리며 말했다.

"잘 보라고, 데이빗 이제 자네는 나를 오랫동안 못 보게 될 테니."

"오, 다야." 데이빗이 근심어린 목소리로 물었다.

"대체 뭘 할 작정인가?"

다야는 대체 어디에서 나타난 거지? 아마 군중들 사이로 교묘히 들어왔을 것이다. 인도 황실 무리의 눈부신 비단 의상 틈에서 흰 옷과 간소한 모자가 확연히 눈에 띄었다.

"잠시 후에 난 체포될 걸세."

다야가 작은 소리로 말했다. 고개를 꼿꼿이 들고 팔짱을 낀 그의 표정은 더없는 자부심으로 가득했다. 잠시도 아니었다. 그의 말이 거의 끝나자마자 영국인 경호원 둘이 다가와 그의 어깨를 잡았다.

"이쪽으로 오시죠."

그들은 예의를 갖춰 명령했다. 다야는 고개를 돌려가면서 자신을 바라보는 사람들과 눈을 마주쳤다. 그리고는 데이빗을 향해 미소를 짓고는 키 큰 두 명의 영국인 경호원에게 둘러싸여 카펫 깔린 통로를 따라 당당하게 걸어 내려갔다. 황실 사람들은 냉정을 잃지 않고 잠시 움직임을 멈추었다. 그리고 다야가 사라지자 악단이 다시금 새로운 음악을 연주했고, 황실 사람들의 행진도 재개되었다.

⚜

테드는 키 크고 야윈 몸에 턱수염을 기르고, 햇빛 가리개의 둥근 챙 아래 그림자 진 눈빛을 머금은 아버지를 보았다. 그는 뱃전에 연동 장치가 준비되는 동안 근처에 서 있었다. 곧 승객들이 내릴 때가 되었을 때, 데이빗의 눈에도 아들이 들어왔다. 그가 먼저 손을 높이 들자 테드도 모자를 높이 흔들며 미소를 지었다. 곧이어 갑판 선원들이 숙련된 솜씨로 줄을 조여 연동 장치가 제대로 맞춰지자, 테드가 그 위를 몇 발자국 뛰어 내려와 아버지의 손을 힘껏 잡았다.

"아버지, 여긴 정말 멋진데요!"

"만나서 반갑구나, 아들아."

그의 아버지는 인도인과 다를 바 없이 피부가 검게 그을려 있었으며, 짧게 정리한 잿빛 턱수염이 구릿빛 피부와 애수에 찬 짙은 눈동자와 묘한 대비를 이루고 있었다. 분명히 미소 짓는 얼굴은 아니었지만, 미소 지을 준비가 된 듯한 표정이었다. 테드는 아버지의 이 표정을 기억에서 떠올릴 수 없었다. 인자하기 이를 데 없지만 절제되고, 오싹할 정도로 고요한 표정이었다. 또한 마음의 평정과 기도 속에서 만들어진 준엄한 표정이기도 했다.

"이 태양을 빨리 벗어나야겠군."

데이빗이 말했다. 아들은 앳돼 보였다. 그러자 곧 마음에 근심이 차올랐다. 테드가 이 극악무도한 날씨 속에서 어린 시절을 보냈을 무렵의 근심, 그 옛날의 근심이 다시 고개를 들었다. 스물두 살, 이곳에서 삶을 시작하기에는 너무 어린 나이였다. 하지만 어쨌든 이곳이 아니라면 미국에서라도 뿌리를 내려야 했다. 그리고 테드는 인도를 선택한 것이다.

"이제 저를 다시 강하게 만들어야겠는데요."

테드가 유쾌한 목소리로 말했다. 테드는 말할 때면 늘 활기에 넘쳤고, 톡톡 튀는 젊음과 탄력이 느껴졌다. 그 역시 아버지나 할아버지보다는 작았지만 훤칠한 키를 자랑했다. 또한 유난히 생기 넘치는 하얀 피부와 잿빛 눈동자와 적갈색의 머리카락이 그의 담백한 성격을 더욱더 밝은 이미지로 보이게 했다. 그는 아버지나 할아버지의 청년 시절보다 호리호리하고 몸매는 강단이 있었다. 그것은 올리비아로부터 물려받은 유산으로 그는 아무리 빨리 움직여도 몸놀림에서 격조와 품위가 묻어났다.

데이빗은 이 같은 테드의 민첩하고 활발한 분위기가 인도와 어울리기에는 너무 섬세하고 잘 정돈되어 있으며, 너무 민감하다고 생각했다. 외면적으로는 올리비아를 닮지 않았지만, 테드의 내면에는 어머니로부터 물려받은 정신적 유산이 자리 잡고 있었다.

"호텔에 방을 잡아뒀단다. 가방은 짐꾼에게 맡기면 될 게다."

그들이 마차에 올라 나란히 앉자 말이 느린 걸음으로 나아가기 시작했다.

"내일 푸네에 있는 집으로 바로 가실 계획이세요?"

"네가 여기서 특별히 볼 일이 없다면 그럴 생각인데."

테드는 아버지에게 아그네스 얘기를 꺼낼까 잠시 망설였다. 하지만 지금 얘기하는 건 넘치는 행동일 수 있었다. 아버지가 둘 사이를 친구 이상으로 생각할지도 몰랐기 때문이다. 그녀는 호텔 대신에 부모님이 있는 총독 관저에 묵게 될 테지만, 그는 굳이 뭄바이에서 다시 만나자는 말은 하지 않았다. 두 사람은 아침식사 후에 서로 작별인사를 하고 헤어졌다.

"다시 보게 되겠죠?"

테드가 약간 긴장한 채 그녀의 손을 잡고 말했다.

"물론이죠."

"편지를 써도 되겠습니까?"

"그럼 반가울 거예요."

테드는 그녀의 매력적인 푸른 눈동자를, 좋은 집안에서 나고 자란 이 영국인 처녀의 단호하면서도 정감 있는 눈동자를 잠시 깊은 눈빛으로 바라보았다. 부드러운 계란형의 얼굴, 진지하게 다문 입술, 요지부동한 턱, 티 한 점 없는 사랑스러운 피부, 흰 리넨 드레스 안의 날씬하고 우아한 몸매, 영국식 발음의 나지막하고 아름다운 목소리 등이 데이빗의 기억 속에 깊이 각인되었다. 잠깐 몸 안에서 전율 같은 것이 일고, 자신도 모르게 어떤 한 마디가 입밖으로 튀어나오려 했다.

하지만 그는 그것을 참았다. 고백을 하기에는 일렀다. 스스로의 삶도 확실한 방향을 잡지 못했는데 그녀에게 무슨 말을 하겠는가.

"집에 도착하면 편지를 쓸게요." 테드가 말했다.

"그리고 답장을 기다릴게요. 당신이 인도에 와서 처음으로 보낸 시간들에 대한 얘기들이요."

"저는 당신과 뭔가 느낌이 통하는 구석이 있는 게 좋아요."

그렇게 둘은 헤어졌다. 그녀는 테드가 아버지를 만나기 전에 조용히 먼저 떠났고, 그는 아그네스의 부모로 보이는 키 크고 얼굴빛 창백한 영국 남자와 마른 몸에 녹색 드레스 차림의 품위 있는 여인이 그녀를 만나러 나온 것을 흘긋 보았다. 그들은 아그네스를 그날 행사의 접견장소로 데리고 가려는 듯했다.

아까 그녀는 테드를 부모님에게 소개하지 않았다. 따라서 지금 그녀 이야기를 아버지에게 하는 것도 시기상조였다. 분명한 건, 총독 관저로 그녀를 보러 가지는 않겠다는 것이었다. 특히 왕자의 공식접견 행사가 한창일 때 그러는 건 예의가 아니었다.

"푸네 집으로 바로 갔으면 좋겠어요."

테드가 아버지에게 말했다.

둘은 몇 분간 말없이 마차에 앉아 있었다. 거리 풍경은 더없이 익숙하면서도 새로웠다. 까무잡잡한 피부에 긍지 넘치고 상냥하고도 강인한 얼굴들, 각양각색의 터번들, 화려한 색의 사리들, 영국 여인들, 영국식 의상이 아름답게 잘 어울리는 유라시아 혼혈인들…….

예전보다 더 많은 인종과 종류의 사람들이 보였다. 그리고 늘 봐왔던 거지들과 비참해 보이는 사람들, 불구자들과 초췌한 사람들, 동냥을 구걸하는 찢어지는 듯한 목소리와 매일매일 이어지는 뒤엉킨 아우성들도 여전했다. 또한 여전히 누구도 그들에게 관심을 기울이지 않았다.

"아직도 거리에서 구걸하는 거지들이 많다는 게 이해가 가지 않아요."

테드가 불쑥 말했다.

"그리스도가 있었던 시절과 다름 없이, 가난한 자들은 언제나 우리와 함께 있는 것 같구나."

아버지는 더 이상은 인도에 연민과 자비를 베풀지 않아도 된다는 듯 거의 무심한 투로 말하고 있었다. 테드는 인도의 열악한 상황에 반드시 변화가 필요하다는 희망을 품고 있었다. 그는 이 상황을 이해하고 있었으며, 또한 그것에 저항하고 있었다. 그는 이곳에 얼마나 오래 머물지는 모르나 결코 그간 이 상황으로부터 눈을 돌리지 않겠다고 다짐했다. 그의 정신은 항상 깨어 있을 것이다.

그렇게 해서 그들은 뭄바이에 머무르지 않았다. 테드는 황실의 접견 행사 따위는 보고 싶지 않았다. 그들은 가장 빠른 열차로 그곳을 떠났다. 테드는 먼지 이는 창가에 앉아서 스쳐가는 익숙한 풍경들을 바라보며 말없이 앉아 있었다. 이번 인도 방문은 단순히 집을 찾아온 것이 아니었다. 그에게 이것은 진정한 삶의 시작이었다.

11장

새 시대의 성자들

"이제야 왔구나." 데이빗이 말했다. 열차 여행은 길고 무더웠다. 미세한 회색 먼지들이 닫힌 창문과 흔들리는 바닥과 나무 벽, 그리고 천장의 갈라진 틈으로 새어 들어왔다. 녹색 풀들과 높이 자란 덩굴식물들, 무성한 나무들과 커다란 벽돌 건물이 이 선교 사업 단지를 바깥과는 대조적인 천국처럼 보이게 했다.

"그간 정말 많은 걸 이루셨군요!"

테드가 소리쳤다.

"다 네가 태어나기도 전에 세웠던 계획들이지." 그의 아버지가 진지하게 말을 이었다.

"저쪽에 있는 자연과학대 건물이 마지막 건물이란다. 완공된 기숙사에는 이미 학생들이 살고 있지. 게다가 이 대학교 밑으로 부속학교들이 구축되어 있는데, 그곳을 운영하는 이들은 우리 대학교 졸업생들이란다. 또한 거기에서 발생하는 수익으로 이 대학교를 뒷받침하고 있지."

데이빗은 부지 남쪽 끝에 위치한 아름다운 건물들을 향해 고개를 끄덕였다. 인도식 건축 형식이 가미된 단아한 건물들이었다.

"저기는 여자 상업대학교란다. 네 어머니를 기념하기 위해 이름을 올리비아 맥카드 기념관이라고 지었지."

종이 울리자 연한 색의 사리를 걸친 여학생들이 깔깔거리고 수다를 떨면서 문에서 쏟아져 나왔다. 그러다가 이 두 남자를 발견하자 머리 위에 쓴 사리 양끝을 스카프처럼 끌어당겼다. 그들은 교장의 아들이 자신들을 가르칠 교사로 온다는 사실을 알고 있었다. 그래서 교장과는 다른 외모의 이 훤칠하고 잘생긴 청년을 재빠르게 훔쳐보고는, 그가 자신들을 바라보기 전에 고개를 돌렸다.

테드는 호기심 어린 눈빛으로 그들을 살폈다. 이들은 테드가 언젠가 아버지의 뒤를 이어 이 위대한 기독교 교육 사업체를 물려받으리라 생각하고 있는 듯했다. 하지만 시선에는 뭔가 모를 경계심이 깃들어 있었다. 맥카드 교장은 간디와 친구가 아니었던 것이다. 이곳의 학생들은 거의 모두가 간디의 비밀스런 추종자들이었지만, 교장 때문에 드러내놓고 비폭력 저항주의 운동에 가담할 수 없었다. 그래서 그들은 이 젊은 선생만큼은 아버지와 다를지도 모른다고 생각했다. 그들은 저녁식사를 위해 걸음을 재촉했다.

"어머니도 과연 이런 일에 관심을 가지셨을까요?" 테드가 물었다.

데이빗은 테드가 어머니에 대해 질문해올 때면, 곧바로 대답하는 대신 힘겹게 침묵을 깨곤 했다.

"네 엄마는 너무 젊을 때 세상을 떠났다. 삶을 충분히 채워보지도 못하고, 결혼한 이듬해 네가 태어났으니 네 엄마는 인도와 결혼 생활에 적응하는 일로 분주했지. 나는 그 사람이 살아있었다면, 분명히 이 일에 관심을 가졌을 거라고 확신한단다. 에너지와 활력과 기운이 넘치는 사람이었으니까. 아주 많은 덕목들을 갖춘 여인이었지."

"그리고 아름다우셨고요."

테드가 생각에 잠겨 말했다.

"그랬지." 데이빗은 담담하게 말했다. 그리고는 집 쪽을 향하며 말했다.

"자, 어서 들어가자. 씻고 저녁 먹을 준비를 해야지."

넓은 베란다에는 하인들이 주인집 아들을 맞이하기 위해 모여 있었다. 그들은 화관을 들고 한 명씩 미소 지으며 고개를 숙인 채 사뿐사뿐 다가와서는 테드의 목에 화관을 걸어주었다. 그런 뒤 상체를 잔뜩 숙인 자세로 그가 왕자라도 되는 것처럼 집 안으로 호위했다. 데이빗은 이 장면을 다소 멍한 표정으로 지켜보다가 안으로 들어가 홀의 탁자 위에서 두 통의 편지를 집어 들었다.

"포드햄 부부가 보냈군."

그는 편지 봉투를 뜯어서 큰 소리로 읽었다.

"친애하는 테드, 집에 온 걸 환영한다. 첫날 저녁은 집에서 편하게 보내야 할 것 같으니, 우리는 내일을 기약해야겠구나……."

테드 앞으로 온 또 하나의 분홍색 봉투의 편지가 있었다. 이제는 많이 늙어버린 들창코 노처녀 파커 양의 편지였다. 테드는 어렸을 때 늘 '메이 아줌마'라고 불렀던 그녀를 기억하면서 편지를 한 줄 한 줄 읽어 내려갔다. 그는 그녀를 좋아하면서도 거리를 두었다. 그녀가 자신을 귀여워해주는 것이 아버지 때문이란 걸 알았기 때문이다. 아이였음에도 테드는 그녀가 아버지로부터 두 번째 아내가 되어달라는 청혼을 꿈꾸고 있다는 걸 꿰뚫고 있었다.

그러나 해가 거듭될수록 그 꿈은 퇴색되었다. 아버지는 재혼은 전혀 생각지 않았다. 테드는 이 사실을 잘 알았기 때문에 이 외롭게 늙어가는 이 여인을 가엾게 여겼다.

보고 싶은 테드

다시 돌아온 걸 특별한 마음을 담아 환영한다. 마치 아들이 돌아온 것 같구나. 내 말은, 내 아들이 돌아온 것 같다는 뜻이지만 이 말은 내게 적절치 않겠지. 네 어렸을 때가 많이 생각 난단다. 이제 어엿한 청년이 되어 훌륭한 아버지의 힘과 도움이 되어드리려고 돌아왔겠지.

메이 아줌마가 열렬한 사랑을 보내며.

그의 아버지는 이 분홍색 편지에 대해 한 마디도 물어보지 않았다. 그럴 필요조차 없었던 것이다. 두 사람은 함께 위층으로 올라가 방들을 둘러보았다. 테드가 외롭게 자랐던 이곳, 그러나 구릿빛 피부의 사람들에게 원 없이 사랑받고 심지어 버릇없는 아이가 될 정도로 응석을 부렸던 곳, 그를 둘러싼 모든 사람들, 특히 엄격한 아버지에게 보호받으며 안락하게 지낼 수 있었던 이곳을 그는 너무 잘 알고 있었다. 그는 아버지를 누구보다도 사랑했다.

"나는 반시간 뒤쯤 내려가마."

아버지가 사무적인 투로 말했다. 테드는 아버지가 자기와 함께 있는 걸 조금 어색해 한다고 느꼈다. 지금 아버지는 부자 간에 새로운 관계를 만들어보려 하고 있었다. 아버지와 아들의 관계를 넘어 남자 대 남자, 교장과 교사, 그리스도 안에서의 형제 같은 관계를 찾고 있는 것이다. 테드는 순간 마음이 한없이 부드러워졌다. 이건 그의 본성으로, 그는 항상 쉽게 감동받고 마음이 흔들리곤 했다.

"아, 그건 그렇고," 그의 아버지가 잠시 멈췄다가 다시 말을 시작했다. "네 방을 바꾸었는데……. 옛날 방은 너무 작은 것 같아서 말이다. 손님방으로 사용되던 앞방으로 옮겼단다."

"아, 감사해요."

테드는 약간 놀라면서 말했다. 그가 어릴 때 사용했던 작은 방은 아버지의 바로 옆방이었다. 아마 아버지는 아들이 자기와 너무 가까이 있으면 불편하게 느낄 것이라고 생각했는지도 모른다.

"내 방과는 좀 떨어져 있긴 해도," 데이빗이 잿빛 턱수염으로 수줍은 미소를 가리며 말했다. "너도 이젠 그럴듯한 방을 가져야 하지 않겠니."

"고마워요, 아버지."

테드는 무엇보다 방이 작지 않아서 좋았다. 앞쪽 방은 넓고 쾌적했으며, 햇살을 막아주는 베란다 그늘 덕분에 거의 시원한 기운마저 돌고 있었다. 꽃은 없었다. 하지만 그가 기억하기로 집 안에 항상 꽃은 없었고, 대신 하인들이 녹색의 양치식물이나 야자수를 가져다 놓았던 것 같았다.

천장의 큰 부채가 천천히 돌아가기 시작하자 이곳이 그의 유일한 세상이었던 그 시절로부터 갑작스레 낯선 외로움과 향수가 자욱한 안개처럼 날아와 그의 마음에 스며들었다. 미국에 있을 때도 그랬다. 그는 미국이 자신의 조국이며 스스로가 미국인이라는 사실을 알고 있었다. 그럼에도 이런 그리움이 종종 마음속으로 스며들곤 했다. 그때마다 그는 인도를 무척 그리워했다.

하지만 오늘 이곳, 익숙한 과거 한가운데에서 테드는 할아버지가 살고 있는 미국에 대한 커다란 그리움이 밀려드는 것을 느꼈다. 깨끗한 거리와 택시, 말쑥하게 차려입은 사람들, 시원하고 상쾌한 공기가 떠올랐다. 만일 지금 뉴욕에 있었다면 내리는 눈을 바라보고 있겠지. 추수감사절이 2주 밖에 남지 않았으니.

테드는 한 시간 전 열차에서 내려 소가 끄는 릭샤를 타고 집으로 향한 터였다. 오는 동안 아버지와는 별 이야기를 나누지 않았다. 또한 자신이 생생히 기억하고 있는 거리에 대해서도 말하지 않았다. 거리 풍경은 지난 세월 동안 하나도 변한 게 없었다. 더위와 배고픔에 지치고 절박해 보이는 검은 얼굴들, 뼈만 남은 몸들, 거리의 삶들이 지나치는 행인들의 면전에 여실히 노출되어 있었다. 칠도 되지 않은 서민들의 집, 가구도 없는 텅 빈 집 안, 수레들과 황소들과 사람들로 미어터지는 좁은 골목들, 승려들과 거지들, 향신료와 곡물들을 벽 앞에 늘어놓고 파는 행상인들, 먼지 속에서 다리를 꼬고 앉아 있는 사람들, 우물가에 물을 길러 오는 여자들과 그들의 머리 위에 놓인 단지들, 밝은 녹색과 오렌지색과 노란색의 옷감을 늘어뜨린 염색공들, 얇은 벽 뒤에서 베틀 위로 핑핑 소리를 내며 옷감을 짜는 직공들……. 인도의 거리가 다시금 테드 주변을 휘감고 돌았다. 그는 마치 평온한 오아시스 한가운데 있는 것처럼 앉아 있었고, 인도는 거기 그대로 있었다.

테드는 바지 뒷주머니에서 작은 신약성경을 꺼내 들었다. 가죽 표지가 땀으로 흥건히 젖어 있었다. 그는 아무 곳이나 책장을 펴 들고 눈에 보이는 구절을 읽어 내려갔다.

'하나님이 그 아들을 세상에 보내신 것은 세상을 심판하려 하심이 아니요, 그로 말미암아 세상이 구원을 받게 하려 하심이라.'

실로 놀라운 구절이었다. 테드는 불가해한 상황을 대체로 믿지 않았지만, 이 구절에는 답이 있었다. 인도는 저주가 아닌 구원을 위해 존재하는 곳이었다. 테드는 순식간에 두려움이 사라지고 마음이 가벼워지는 것을 느꼈다. 그는 일하기 위해 이곳에 왔다. 이곳에는 할 일들이 쌓여 있었다. 뉴욕 5번가의 그 으리으리한 집은 이곳에서 수천 마일이나 떨어져 있었다. 그곳을 다시 찾을 때는 이미 오랜 세월이 지나 있을 것이다.

✟

"다야 삼촌은 어디 계세요?"

테드가 물었다. 두 사람은 영국제 마호가니 식탁에 앉아 있었다. 테드가 어릴 때 두 사람은 항상 나란히 앉아 식사를 했고, 아버지가 오른편에 앉은 그에게 몸을 숙여 접시 위의 고기를 썰어주곤 했다. 이제 테드는 타원형 식탁 한쪽 끝의 정해진 자리에 앉아 있었다.

눈처럼 흰 무명옷을 입은 하인들이 노란 치킨 카레와 밥을 가져왔다. 아버지가 주문한 음식들인 것 같았다.

"네가 온 걸 알면 당연히 널 반기러 와주었겠지. 지금처럼 잡혀 있는 게 아니라면 말이다. 다야는 지금 감옥에 있다."

"감옥이라고요!"

테드가 놀라 소리쳤다.

"다야는 그 간디라는 작자에게 자기 목숨까지 걸었지."

데이빗의 목소리는 침착했지만 테드는 아버지가 근심에 휩싸여 있다고 느꼈다. 비록 표정에는 동요의 낌새가 없었지만 턱수염 사이의 입술이 굳게 맞부딪쳐 있었다.

"하지만, 감옥이라고요!"

테드가 이의를 제기하듯이 말했다.

"다야는 스스로 그러길 원했어. 대체 이 나라에서 무슨 일이 벌어지고 있는 건지 도무지 이해할 수가 없구나. 감옥이나 순교자의 납골당에 못 들어가서 안달인 사람, 변태적인 애국심에 들뜬 사람들로 완전히 미쳐 돌아가고 있지. 총독은 깊은 고뇌에 빠져 있단다. 그는 언젠가 인도에 독립의 권리를 부여해줄 거라는 확고한 신념을 가지고 있어. 오로지 인도인들이 언제 준비되느냐가 문제지. 하지만 다야는 간디처럼 광신 쪽으로 치우치고 있단다. 다야가 웨일즈 왕자의 행사 때 시위를 했어."

"전 다야 삼촌이 광신자라고 생각해본 적 없어요. 제가 기억하기로 삼촌은 단지 슬픔에 빠져 있을 뿐이에요."

"가족들을 잃은 뒤로 딴 사람이 되긴 했지. 내게는 테드 네가 있었지만, 그의 곁에는 형제들과 그들의 가족 말고는 아무도 남지 않았으니까. 그는 인도인들이 그렇듯이 아주 가정적이고 애정 넘치는 사람이었지. 그 때문에 더 달라진 환경을 견디기 힘들었을 게다. 보통 인도인 같으면 재혼을 했겠지만 다야는 그의 아내를 지극히 사랑했던 것 같구나. 그녀의 이름이 레일라마니였다는 건 알고 있니? 네 할머니의 이름이 레일라였단다."

"네, 저도 알아요. 그럼 이제 무슨 일이 기다리고 있는 거죠?"

하인들이 삶은 시금치와 후추로 검은색을 낸 콩 요리를 가져오고 있었다. 테드는 인도식으로 요리한 먹음직스럽지 않은 야채들에 대해서 까맣게 잊고 있던 차였다. 반면 아버지는 이제 그 음식들을 익숙하게 퍼 담아서 먹고 있었다.

"조만간 간디는 체포될 게다." 데이빗이 갑자기 생기를 띠며 말했다. "총독부도 더는 간과하지 않겠지. 비폭력 저항주의는 말만 그럴듯하지 엄청난 분규와 혼란을 야기하고 있어. 사람들은 삶을 포기한 것처럼 철로 위에서 누워 있지. 물론 그들을 간과해서는 안 돼. 그러면 이 나라는 걷잡을 수 없는 소용돌이에 휘말리게 될 테니까. 나는 하루이틀 안에 웨일즈 왕자에 대항하는 폭동이 일어난다 해도 조금도 놀라지 않을 게다."

"간디라는 사람을 본 적은 있으세요?"

"멀리서 한 번. 보잘것없이 왜소하고 못생긴 사람이었지. 난 다야가 그런 사람 안에서 뭘 발견한 건지 의아할 뿐이다."

"간디와 직접 이야기를 나눠보고 싶은데요."

테드가 맞서듯이 말했다.

"충고하는데, 그 간디라는 작자와 그가 벌이는 일 근처에는 얼씬도 말거라."

아버지가 완강한 어조로 말했다. 그들은 잠시 말없이 밥만 먹었다. 그러나 테드는 언젠가 기회를 봐서 아버지에게 자신은 더 이상 아이가 아니며, 무엇을 할지 누구를 볼지 스스로 알아서 결정할 나이가 되었다고 말할 참이었다.

"적어도 다야 삼촌을 방문하는 건 괜찮겠죠?"

데이빗은 잠시 주저했다.

"그거야 괜찮겠지. 비록 감옥에 오래 있진 않겠지만. 총독부는 단순히 본을 보여주려 한 것뿐이야. 총독이 내게 자신들의 전략을 전부 말해주었지."

"어쨌든 이런 시기에 웨일즈 왕자를 불러 이런 행사를 펼치는 건 좀 별로인 걸요. 그렇지 않아요? 권력을 뽐내는 쇼에 불과하잖아요."

그의 아버지가 말을 고쳐주었다.

"권력이 아니라 힘을 보여주는 거야. 그리고 힘은 꼭 필요한 거다."

지금이 아니면 영원히 할 수 없을지도 몰랐다. 테드는 용기를 내서 아버지의 말에 이의를 제기하고 나섰다.

"비록 그렇다 해도, 총독부의 그런 정책들이 과연 현명한가요? 여기 인도인들은 자기 삶이 어떻게 되건 개의치 않아요. 더 이상 잃을 게 없거든요. 가진 거라곤 진흙으로 만든 오두막, 꼬질꼬질한 무명옷, 한 주먹의 콩과 밀이 전부지요. 심지어 이들은 죽음도 두려워하지 않아요. 어찌되었건 죽음이 항상 너무 빨리 들이닥치니까요. 여기 평균수명이 스물일곱 살 맞죠? 그들에게는 감옥이야말로 좋은 곳이죠. 적어도 매일 배를 채울 수는 있으니까요."

"저들에게 잃을 게 없다는 말에는 나도 동의한다. 그래서 나도 이들을 이끌 지도자를 양성해내는 일을 내 평생과업으로 삼은 거야. 그래야 상황도 서서히 개선될 테니까. 난 이들의 독립을 위해 지대한 공헌을 하고 있는 셈이지. 교육받은 인도의 지도자들, 기독교인 지도자들이 배출될 거고, 그렇게 되면 독립도 곧 현실이 될 게다. 영국은 책임감 있는 인도 지도자들을 환영할 것이 분명해. 허리에 천을 두르고 반나절을 구식 물레에 매달려 실을 잣고 있는, 번듯한 영국식 옷 한 벌도 제대로 살 수 없는 그런 지도자가 아니라."

"뭐가 옳고 그른지를 판단하기에는 제가 아직 아는 게 없네요." 테드는 솔직하게 말했다.

"하지만 다야 삼촌은 보러 가겠어요."

아버지는 아무 대답도 하지 않았다. 하인들이 그릇들을 내가더니, 이번에는 블라망주*를 가지고 들어왔다. 그는 그 익숙한 음식을 별 어려움 없이 먹었다.

※

"시골 마을로 가보거라."

---

* 우유에 과일향을 넣고 젤리처럼 만들어 차게 먹는 디저트의 일종

다야가 말했다.

간수들은 키가 훤칠하고 적갈색의 머리칼을 가진 이 젊은 미국인에게 특별한 호의를 베풀어주었다. 그는 죄수와 유리벽을 사이에 두고 얘기할 필요가 없었다. 테드가 뿌연 모래가 깔린 텅 빈 감방으로 들어가자 그 뒤로 나무 대문이 굳게 닫혔다. 이곳에서 그는 다야와 단둘이 만났다.

다야는 진흙 바닥 속에 움푹 들어간 기둥 위에 두 개의 널빤지를 놓아 만든 책상에서 뭔가를 쓰고 있었다. 다야는 놀라서 고개를 들었지만, 약 몇 초간은 자신의 방문자를 알아보지 못했다. 그러다가 마침내 그가 테드라는 걸 알아보고 벌떡 일어나 두 팔을 뻗었다.

"테드, 내 친구, 내 아들!"
"삼촌이 여기 있다는 걸 알고 찾아올 수밖에 없었어요."
"네 아버지가 가지 말라고 않더냐?"
"아니요."

두 사람은 지난 회포를 풀어내기 시작했다. 테드는 다야가 권한 의자를 마다하고 진흙 바닥 위에 두 다리를 포개고 앉았다. 그리고 단 한 마디로도 족한 질문을 던졌다.

"다야 삼촌, 왜 이곳에 계신 거죠?"
"네게도 다 얘기해줘야겠지." 다야는 자신의 큰아들과 막내아들이 연달아 세상을 뜬 뒤에 레일라마니와 어린 딸까지 잃고 홀로 남겨지게 된 이야기부터 시작했다.

"난 수행자가 되겠다고 말했지."

다야는 명료하게 말했다. 그 커다란 눈의 음영이 더 짙어졌고,

그 역동적인 얼굴은 비극적인 분위기로 가득 찼다.

"내 재산은 형제들에게 모두 주었단다. 그리고 서민들이 입는 옷과 짚신을 신고 이 마을 저 마을 정처 없이 떠돌아다녔지. 진짜 수행자라면 구걸을 했겠지만 난 그러지 않았어. 왜냐하면 그때까지만 해도 내가 시골에 사는 여느 가난한 사람들보다는 가진 게 많다고 생각했으니까. 난 여전히 굶는 일이 없었고, 또한 굶주린 사람들에게 음식을 나눠주기도 했지. 아, 테드. 네가 인도를 알고 싶다면 꼭 시골 마을을 가봐야 한다!"

테드는 입을 다문 채 그 잘생기고 지친 얼굴에서 눈을 떼지 않았다.

"동서남북 할 것 없이 전국 방방곡곡을 걸어 다녔지. 밤에는 농부들과 자고, 그들과 한솥밥을 먹고, 때로는 몇날 며칠이고 계속되는 그들의 하소연을 들었단다. 그제야 알게 되었어, 이들이 바로 내 민족이라는 걸. 나는 내 슬픔을 그들의 슬픔 속에 묻었고, 그렇게 내 가족들의 죽음을 잊게 되었지. 그들은 이미 수천 명, 수만 명의 죽음을 겪은 사람들이었으니까. 난 비참한 굶주림으로 고통 받는 사람들, 탐욕스런 지주들에게 억압당하고, 빚과 징세에 쫓기는 자들, 결코 자기 것이 될 수 없는 땅 위에서 죽어라 일만 하는 사람들, 마침내 나의 인도를 목격하게 된 거지. 이 나라 전체가 쉴 새 없는 삶의 비극으로 물들고 있었단다. 난 과거의 삶을 잊고 다른 사람이 되었지. 커다란 불꽃이 이 안에서 타오르고 있는."

다야는 가슴 위로 자신의 양 손을 매듭지어 잡았다.

"그런 뒤 간디를 알게 되었지." 그의 두 손이 다시 아래로 떨어졌다.

"난 그의 맹목적인 신봉자가 아니야. 네가 그걸 알아줬으면 한다. 난 절대 그런 사람이 아니지. 난 그를 있는 그대로 보았고, 그래서 그를 따를 수밖에 없었단다. 그는 자신을 위해 사는 사람이 아니었어. 테드, 포기는 일종의 시험과 같은 것이란다. 어떤 사람이 그가 가진 모든 걸 타인을 위해 포기한다면, 그 사람은 믿을 수 있는 사람이야. 포기 없이는 어떤 믿음도 얻을 수 없는 법이지."

이 작은 공간의 뜨거운 열기가 납처럼 무겁게 느껴졌다. 높은 천장은 한 줄기 바람도 들어올 틈이 없었고, 잡초조차 자라지 않는 문 밖의 먼지투성이 땅에는 지독한 햇볕만 내리 쬐고 있었다. 이곳에 몸과 마음이 쉴 곳은 없었다.

"여기서 어떻게 지내시려고요?" 테드가 마침내 걱정에 휩싸여 말했다. "계절풍이 닥칠 때까지 점점 더 더워질 거예요. 그때까지는 아직 몇 달이나 더 남았고요."

"난 구름을 본단다. 아침저녁으로 저 창밖으로 하늘을 가로지르며 떠가는 손바닥만 한 구름들을. 먼지 쌓인 바닥에 서서 저 구름들이 북쪽 골짜기 사이의 눈 쌓인 히말라야 산맥으로부터 온다고 상상하곤 하지. 그 골짜기에 꽃들이 활짝 핀다는 사실을 아느냐? 녹은 눈들이 꽃들을 피워내는 거란다."

조금 전만 해도 흥분으로 거칠게 갈라졌던 목소리가 지금은 감정으로 풍부해져 있었다. 그 목소리는 다양한 느낌을 담고 더없이 부드럽고 온화하게 흘러갔다. 테드는 다야의 말에 귀를 기울이면서도 그 아름다운 목소리와 얼굴, 놀라운 정신력, 매혹적인 이끌림과

정의를 향한 동경에 사로잡히지 않도록 주의했다. 그의 안에 바로 이것들이 있었고, 테드는 그를 통해 한 사람의 전 생애를 통한 감미로운 헌신을 느낄 수 있었다.

테드는 예수의 가르침에 여러 번 감동을 받은 바 있었다. 하지만 복종하고 따르는 데서 오는 기쁨을 알면서도, 동시에 그것이 자신을 얼마나 먼 곳으로 데려갈지 두려워 그것에 저항하곤 했다. 그는 다야의 얼굴을 찬찬히 바라보았다. 거기에는 어떤 괴로움도 분노도, 슬픔도 없었다. 오로지 자족과 기쁨, 정신의 드높은 고양만이 있을 뿐이었다.

"다야 삼촌의 희망은 뭐지요?"

"우리 민족의 자유를 보는 것." 다야가 말했다.

"그들이 스스로 삶을 개척할 수 있는 환경에서 살아가는 모습을 보는 것, 자기 땅을 가지는 모습을 보는 것, 스스로 정부를 선택하고, 인간의 존엄과 자존감 속에서 서로 도우면서 살아가는 모습을 보는 거란다."

다야는 얼굴을 들어 사각 창문틀 안에서 금속처럼 불타고 있는 흰빛 하늘을 바라보았다.

"언젠가 우리 민족이 그렇게 살게 될 날을 보게 될 게다. 뼈 위에 보기 좋게 붙은 살과 아이들이 배고픔으로 울부짖지 않아도 되는 날들을 보게 될 게다. 그때는 누구도 굶어 죽는 일이 없겠지."

"그러려면 신의 축복이 필요하겠죠."

테드의 말에 다야는 안색이 돌변하더니 눈을 크게 뜨고 이 젊은 백인 청년을 뚫어져라 바라보았다.

"아니! 그건 인간의 힘에 의한 거다. 너희 기독교인들은 언제나 주님! 주님 타령뿐이지. 네가 어떻게 감히 신의 이름을 입에 올리는지 모르겠구나. 너희의 성스러운 책을 한번 보거라. '나더러 주여, 주여 하는 자마다 천국에 들어갈 것이 아니오'라는 구절이 있지 않더냐?"

그 인자하던 음성이 갑자기 단호하고 격하게 바뀌었고, 테드는 침묵을 지키며 앉아 있었다. 맞는 말이었다. 어떻게 모든 걸 포기한 이 사람 앞에서 신의 이름을 들먹인단 말인가?

"다야 삼촌, 이제 가봐야겠어요." 테드가 자리에서 일어나 손을 내밀었다.

"솔직히 고백하는데, 삼촌이 제 마음을 흔들어놨어요. 그건 삼촌의 말이 아니라, 삼촌이 행한 일들 때문이에요. 삼촌이 옳아요. 전 신의 이름을 거론할 자격이 없어요. 절 용서해주세요."

다야는 테드의 손을 두 손으로 감쌌다.

"아니다, 내가 잠시 흥분해서 괜한 화를 냈구나. 그건 옳지 않아. 죄책감 같은 건 느끼지 말거라. 넌 아직 어리지 않니. 화를 내려면 진짜 죄가 있는 사람한테 내야겠지. 다시 오거라, 내 아들. 너라면 언제나 환영이다."

"다시 올게요, 삼촌. 하지만 자주는 아닐 거예요. 푸네는 여기서 꽤 멀잖아요. 아! 아버지께서 그러셨는데, 총독은 삼촌을 오래 여기에 붙잡아둘 생각이 없대요. 이건 단지 본보기라고 그러셨어요."

"권력의 본보기겠지." 다야가 격앙되어 말했다.

"그리고 난 언제까지나 거기에 저항할 거란다. 풀려나도 또 다시 계속해서 체포될 거다. 이래봤자 이 모든 게 소용없다는 걸 저들이 깨달을 때까지. 나 또한 권력을 가지고 있어. 또한 누구도 내게서 그걸 앗아갈 수 없단다. 테드, 너는 곧 간디도 감옥에 갇히는 걸 보게 될 게다. 내 말을 기억하렴. 꼭 그런 날이 올 거야."

"삼촌의 말이 틀리기를 바랄게요."

"너, 간디를 본 적이 있니?"

"아니요."

"일단 그를 보게 되면 왜 우리가 그를 따르는지 알게 될 거다. 그는 우리에게 길을 일러줄 유일한 지도자지. 그리고 우리는……."

다야가 자신의 섬세하게 생긴 구릿빛 손을 내밀었다.

"총칼을 들지 않은 사람들이지."

"다시 뵐 때까지 건강하셔야 해요."

"잘 가거라. 꼭 다시 와야 한다."

테드는 집으로 돌아오면서, 다야가 자신의 삶을 간디에게 바쳤다니 믿을 수 없는 일이라고 생각했다. 그가 어릴 적에 알던 다야는 아름답고 총명한 사람이었다. 그러나 지금은 까다롭고 수심에 찬 사람으로 변해 있었다. 그 풍부했던 인간적 면모가 이제 농부들의 음식을 먹고, 손으로 짠 흰 무명옷을 입고, 진흙 오두막에서 살면서 맨발로 걷는 못생기고 작달막한 금욕주의자 앞에 무릎 꿇은 것이다. 그러나 자기 포기와 정직과 순결, 그것을 뭐라 부르건 다야에게는 거부할 수 없는 매력이 있었다. 다야는 누구도 쉽게 정복할 수 없는 사람이었다. 그는 영국의 가장 좋은 면과 나쁜 면을 동시에 알고 있었다. 그는 영국인들이 입는 아침 코트와 줄무늬 바지와 실크로 만든 모자를 기분전환으로 즐길 줄 알았을 뿐 아니라 극도의 세련미를 뽐낼 수도 있는 사람이었다. 그는 태어날 때부터 아버지와 궁전 같은 호화주택에 속해 있던 사람이었다. 그런 그가 이제 가난과 감옥을 선택한 것이다. 그에게 자기포기는 절대적으로 필요한 조건이었다. 신을 위해서가 아닌, 그의 민족을 위해서 그렇게 해야만 했다.

테드의 마음속에 가물가물 타오르는 불꽃, 경이로운 빛과 같은 전율이 일었다. 하지만 그는 의식적으로 그걸 외면했다. 고개를 돌렸다. 그는 이 시점에서 자신의 영혼을 들여다보고 싶지 않았다. 그는 아직 젊었고, 그의 삶은 유쾌했으며, 미래는 저 수평선 위에서 밝게 빛나고 있었다. 무엇보다도 아그네스 린레이가 그의 마음에서 떠나지 않고 있었다.

테드는 그녀의 목소리를 다시 들어야 했고, 그녀를 다시 만나야만 했다. 그들 사이에 무엇이 남아있는지, 그 관계가 어떻게 발전될 수 있을지 직접 확인해야 했다. 영혼을 들여다보기 전에 최소한 이것만은 해야 했다.

낮 시간에는 할아버지가 살고 있는 나라, 미국에 대한 생각도 마음에서 밀려나 있었다. 그러다가 밤이 되면 유년의 옛 영상들이, 그가 미국에서 보낸 세월 동안 늘 대기하고 있었던 것처럼 다시금 그림자를 걷고 피어올랐다. 그 뜨거운 밤의 열기와 늘어진 대나무 커튼과 느리게 돌아가는 천장 팬, 후추로 요리한 톡 쏘는 맛의 음식들과 시원한 멜론, 정원의 무성한 덩굴들, 그를 수발하기 위해 분주하게 움직이는 구릿빛 피부의 하인들이 다시 그의 삶 속으로 돌아 오는 듯했다. 학교 강의실에는 너무 진지한 인도 남학생들과 언제라도 사리를 얼굴 앞으로 끌어내릴 준비가 되어 있는 수줍음타는 여학생들이 있었다. 이들의 자태는 단정하면서도 요염하고 매혹적이었다. 이처럼 인도는 간디가 생각하는 인도보다 훨씬 많은 것들이 존재하고 있었다.

아그네스는 테드가 거의 매일 써보내는 편지에 매주 혹은 한 주 걸러 한 번씩 답장을 보내왔다. 테드는 적적한 생활 속에서 마음을 나눌 친구가 필요했다. 물론 사랑하고 존경하는 아버지가 있긴 했지만, 아버지는 이제 삶 전체를 송두리째 선교 사업에 던졌고, 나아가 교회가 영국 총독부를 보조하는 역할을 맡게 되면서 가끔 총독의 고문 역할도 해야 했다.

이처럼 공적인 일에 온 시간을 쏟는 아버지와 마음을 나누기는 거의 불가능했다. 포드햄 부부는 이제 너무 늙어서 진지함이 없어졌고, 감상에 치우치곤 했다. 이들의 자식 중에 루시가 그곳에 다시 돌아올 예정이었는데, 그들은 허구한 날 그 얘기를 했고, 테드에게는 사진까지 보여주었다. 평범한 둥근 얼굴에 작은 입술이 너무 도톰하긴 했지만, 그런대로 귀엽고 발랄한 분위기였다.

또한 선교 단지 구내에는 나이 지긋한 노처녀 파커 양이 살고 있었는데, 테드는 그녀를 피해 다녔다. 물론 그도 그런 자신을 모질다고 생각했지만 도리가 없었다. 그녀는 병든 닭처럼 시들시들했고 냄새를 풍기며 돌아다녔다. 종교조차도 그녀에게 위생관념을 각인시켜주지 못한 모양이었다. 그녀는 흘러내리는 땀도 닦지 않았고, 무더위 속에서 점점 악취를 풍기며 돌아다녀서 누구도 그녀의 존재를 모를 수가 없었다. 테드는 그저 나이 든 사람들에게는 특히 이런 기후에서 청결함을 유지하는 일이 쉽지 않을 수 있다고만 생각했다.

그는 외로움 속에서 아그네스의 편지를 읽고 또 읽었다. 그러나 언제나 끝에는 작은 실망감이 들었다. 그녀는 그와 더는 가까워지려 들지 않았다. 생각과 느낌을 허심탄회하게 풀어내는 그의 넘치는 따뜻함은, 언제나 예의를 갖춘 담담한 안부 편지로 되돌아왔다. 테드가 두 번이나 만남을 요청했지만, 그때마다 그녀는 만남을 연기했다. 처음 다야를 방문할 때 들러도 되냐고 물었을 때는, 부모님과 함께 아버지가 사냥을 즐기시는 카슈미르로 휴가를 떠난다고 써왔고, 두 번째는 성탄절 전날에 도착하는 웨일즈 왕자의 방문으로 모두가 바쁘다고만 전해왔다.

그녀는 폭동이 일어날지도 모른다고 썼다. 민족주의자들이 황마 제분소에서 불평분자들에게 하루에 6아나씩 지불하며 웨일즈 왕자의 방문을 반대하라고 부추긴다는 소문이 돌자, 총독부가 왕자의 방문 전에 그들을 잡아들여 현재 3천 명 이상의 반역자들이 감옥에 있다는 것이다.

동맹휴업에 대해서도 그녀는 이렇게 썼다.

"솔직히 완벽한 동맹휴업이라면 오히려 도움이 될 거예요. 다들 집에서 나오지 않을 테니까요. 안 그러면 수많은 사람들이 거리의 인파 속에서 떼죽음을 당하겠죠."

그리고 웨일즈의 왕자가 도착하자 그녀의 편지 내용도 한층 고조되었다. 테드는 감옥에 갇혀 있는 다야를 떠올리면서 그 편지를 읽어 내려갔다.

"모든 게 성공적이었어요." 1월에 보내는 편지에 그녀는 이렇게 썼다.

우리로서는 대 만족이에요. 성탄절 다음날 인도인들이 제공한 연회는 정말 대단했어요. 개회사를 할 때 수천 명이 그를 보러 광장으로 모여들었죠. 왕자의 마차가 천천히 지나갈 때 어찌나 열광적으로 환호하던지 그걸 바라보는 우리도 안심할 수밖에 없었어요. 행진을 마친 왕자는 웅장한 연단 위에 잠시 앉아 있다가 프로그램이 진행되자 다시 일어서서 코코넛 은접시와 찹쌀과 화환 같은 조공을 받았어요. 그리고 마침내 머리 위에 화관을 쓰고 다시 자리에 앉았죠. 이후 엄청난 규모의 행진이 세 차례 진행되었죠. 첫 번째는 짙은 노란색 옷을 입은 승려들이 아름다운 음률과 함께 범어로 성가를 불렀죠. 부드러우면서도 강렬하고 구슬픈 가락이었어요. 그런 뒤 황소들이 끄는 13대의 수레가 등장했고요. 말 그대로 인도의 삶을 잘 보여주는 그림 같은 장면이었어요. 마치 살아있는 존재가 아닌 청동으로 만든 조각이라고 해도 믿을 정도로 한 치의 실수도 없는 균형 잡힌 모습이었지요. 그런 뒤 티베트 춤 공연이 있었죠. 뻣뻣한 황금 치마를 입은 까무잡잡한 피부의 마니푸르 무녀들이 얼마나 예뻤는데요. 마지막으로 무굴 시대의 거대한 역사적 장면을 재현한 야외극이 한 차례 진행됐어요. 오, 그래도 가장 손꼽을 만한 장면은 따로 있어요. 모든 행사가 끝나고, 사람들이 모두 일어나 왕자를 향해 환호하며 사랑과 존경을 알리는 모습이었지요. 그가 떠나던 29일에도 환호하는 군중들이 강가에 나와서 그가 떠나는 걸 지켜보았죠. 그들은 모두 중산층 아니면 노동자들이었어요. 대영제국의 위대한 승리였죠! 아버지께서는 더

없이 기뻐하셨고, 우리 모두 마찬가지였어요.

테드는 편지를 내려놓았다. 그녀로부터 이토록 흥분에 겹고 따뜻함 넘치는 글귀를 받은 적이 없었다. 하지만 그 감정은 그를 향한 것이 아니었다. 직접 찾아가 얼굴을 마주해야 할 때였다.

12장

이성과 열정

테드는 더위가 한창 더해갈 무렵 콜카타에 도착했다. 그는 먼지가 풀풀 나는 여정을 거친 뒤 즉시 호텔로 향했다. 앞서 가방과 침구류를 날라놓은 하인이 테드가 도착할 시간에 맞춰 서둘러 목욕물과 차를 준비하고 있었다. 로비에서 테드는 아그네스로부터 편지가 와 있을까 해서 안내 데스크에 들렀다. 짧은 편지가 도착해 있었는데, 정식 점심 초대가 아니라 오후에 함께 차를 마시고 테니스를 즐기자는 내용이었다. 어떤 감정도 섞이지 않은 아주 짤막한 서신이었다. 불친절한 건 아니었으나 조심스러운 거리가 느껴졌다. 과연 이건 느낌에 불과한 걸까? 두꺼운 연회색 편지지에는 총독 관저의 볏 문양이 새겨져 있었다. 바로 그녀가 살고 있는 곳이었다.

물론 테드는 그녀가 배에서 만났을 때처럼 담백하고 단순하며 자유로운 모습을 보여줄 것이라고는 기대하지 않았다. 그녀는 총독의 딸이었으며, 인도에서 사는 영국 여자였다. 테드는 갑작스레 자신이 보낸 지극히 솔직한 내용의 편지들에 민망함을 느끼면서 편지지를 만지작거리며 서 있었다. 그는 아그네스의 의사와 상관없이 멋대로 사랑의 감정을 품고 있었던 것이다. 하루하루가 여전히 외로웠고, 밤은 뜨겁고 길었다.

그는 누군가와 함께 하고 싶었다. 그래야만 잠을 자고 쉴 수 있을 것 같았다. 그렇게 마음의 안정을 찾으면 더 많은 책을 읽고 이곳 언어도 공부할 수 있을 것 같았다. 그는 인도에서 읽고 쓸 수 있는 마라티어뿐만 아니라 힌두스타니*와 구자라트어**까지 배우기로 마음먹었다. 그리고 가능하면, 인도의 다른 주요 공용어도 공부할 생각이었다. 그래야 어디를 가도 사람들과 이야기를 나눌 수 있을 것이다.

그는 자신이 마지막으로 정착할 곳이 푸네는 아니라는 느낌을 갖기 시작했다. 그러나 아그네스를 보기 전까지는 미래의 그 무엇도 단정 지을 수 없었다.

그는 대리석 계단을 올라 객실로 들어갔다. 대기하고 있던 하인

---

* 힌두어의 북쪽 방언
** 인도 중부에서 통용되는 인도아리아어에 속하는 언어

이 모기장을 치고 덧문을 닫아두었고, 천장에서는 팬이 돌아가고 있었다.

"영국식 목욕 준비를 해두었습니다. 나리."

충실한 하인이 까만 얼굴에 하얀 이를 드러내며 미소를 지었다. 그가 말하는 영국식이란, 큰 도자기 욕조와 복잡한 배관시설, 찬물과 뜨거운 물을 사용할 수 있는 시설을 의미했다.

"이제 음식을 좀 가져다 주세요. 그런 뒤 가서 잠을 자든지 하세요. 나도 오늘은 오전 내내 자야 하니까."

"예, 나리."

하인은 소리 나지 않게 문을 닫고 재빨리 물러갔다. 객실이 갑자기 조용해졌다. 두꺼운 벽이 거리의 소음을 완벽히 차단하는 바람에 오로지 천장 팬의 삐걱거리는 소리만 방 안을 가득 메웠다.

※

총독 관저의 정원은 대영제국의 광채를 상징하는 듯했다. 이 무더위도 이곳의 꽃들은 감히 건드리지 못했다. 영국산 참제비고깔속이 진한 향을 풍기는 인도의 꽃들과 장미, 난초들과 뒤섞여 거대한 래드 하우스 그늘 아래에서 무럭무럭 자라고 있었다. 잔디는 녹색으로 시원하게 펼쳐져 있고, 그 중앙에 위풍당당한 저택이 거대한 영국식 호화별장처럼 솟아 있었다. 차가 길을 따라 구르다가 입구 계단 앞에 멈춰 서자, 운전사 옆에 앉아 있던 하인이 민첩하게 내렸다. 테드도 그 뒤를 따라 내렸다.

"두 시간 있다가 오든지, 아니면 여기서 기다리세요."

"기다리겠습니다. 나리."

하인이 정중하게 말했다. 깨끗한 흰옷 덕에 그는 더 잘생겨 보였다. 그는 이곳에서도 주인의 체면을 세워줘야 한다는 걸 의식하고 있었다.

"좋아요." 테드가 말했다.

그는 계단을 올라가 모기장 칸막이 뒤에서 그를 기다리고 있는 푸른색과 금색의 멋진 옷을 입은 키 크고 턱수염 난 시크족 하인에게 말했다.

"린레이 양을 만나러 왔소."

"기다리고 있었습니다. 나리."

시크족 남자는 상냥하게 답한 뒤 테드를 널찍한 사각형 입구 홀 왼쪽의 응접실로 안내했다. 기다린 지 얼마 안 돼서 아그네스가 흰 리넨 테니스 치마를 입은 한층 상큼하고 아름다운 모습으로 걸어오는 것이 보였다. 금발을 뒤로 넘겨 목덜미 위에서 하나로 묶었고, 약간 얼굴을 붉히는 것 같았지만 여전히 흰 얼굴이었다. 목 근처에는 노란 장미꽃을 달았다.

"아그네스!"

테드가 그녀의 양 손을 붙잡고 그 미소 짓는 얼굴을 내려다보았다. 그는 아그네스가 얼마나 푸른 눈동자를 가졌는지 놀라고 있었다. 그가 기억하고 있던 것보다 훨씬 푸른빛이었다. 입술은 더 감미로워 보였다. 그는 돌연 고개를 숙이고 그 입술에 키스하고 싶은 충동을 참아야 했고, 안간힘을 써야 할 정도로 그 충동은 강했다. 하지만 그는 여기에 굴복하면 이 관계를 돌이킬 수 없게 되리란 걸 잘 알고 있었다. 그는 바보 같은 위험을 무릅쓰고 싶지 않았다.

아그네스는 생글생글 웃으며 그를 바라보았지만, 거기에는 신중한 태도가 배어 있었다. 테드는 그녀가 배 위에서 만났을 때보다 경직되어 있다는 것을 느낄 수 있었다. 하지만 어쨌든 이것도 그가 예상한 부분이었다.

"제 편지를 제때 받으셨군요. 아주 정확한 시간에 오신 걸 보면요." 그녀가 말했다.

"테니스 치기에는 아직 더울 것 같네요. 아마 여기가 제일 시원할 거예요."

아그네스가 윤이 나고 시원해 보이는, 높은 티크재 의자에 앉았다. 테드는 그녀 옆의 금박을 입힌 작은 의자를 끌어당겨 앉으며, 그녀가 물러서는 걸 허락지 않겠다는 노골적인 반가운 눈빛으로 그녀를 바라보았다.

"당신을 만나러 이 먼 곳까지 왔어요. 너무 오랫동안 기다렸어요. 원래는 지난 가을에 오려고 했지요. 그때 옛 친구를 만나러 유나이티드 프로빈스United Provinces에 갔거든요. 하지만 당신은……."

아그네스는 딴전을 피웠다.

"옛 친구가 누군데요?"

"아버지의 인도인 친구이고, 저에게는 삼촌 같은 분이세요. 이름은 다야 사프루고요."

"아, 그 이름, 저도 알아요. 간디 편에 서지만 않았어도, 지난해 아버지가 그에게 기사 작위를 주려고 했죠."

"정말입니까? 하지만 그는 그 제안을 받았어도 응하지 않았을 겁니다."

테드는 아그네스의 사랑스럽고 청초하게 빛나는 파란 눈동자가 약간 싸늘해지는 것을 느꼈다. 그는 재빨리 화제를 바꾸었다.

"어쨌든 아버지와 다야는 오랜 지기였는데, 이제는 소원한 사이가 되었어요. 아버지께서는 간디가 옳다고 생각지 않으시거든요."

테드는 죄책감을 느끼며 말을 중단했다.

"당신 아버지께서 그렇게 느끼신다니 다행이네요."

"그래요. 하지만 저는 아버지의 의견 뒤로 숨을 생각은 없습니다."

테드는 단호하게 말했다.

"전 솔직히 아직 간디가 옳은지 그른지 잘 모릅니다. 현재 저로서는 알아야 할 게 너무 많아요. 제가 기억하는 인도는 분명하고 선명한 곳이었죠. 아마 그때는 어린아이라서 그랬을지 모릅니다. 지금은 모든 게 복잡해진 것 같아요. 저는 다야 삼촌의 말을 경청할 수밖에 없었습니다. 저로서는 감옥에 갇힌 그를 본다는 게 매우 혼란스러운 일이었으니까요."

"왜 그렇게 느끼죠? 그는 뭄바이의 웨일즈 왕자의 접견 행사 때 시위를 했던 사람이에요."

"아그네스, 제가 얘기하고 싶은 건 당신에 대해서예요. 왕자나 다야나 간디, 심지어 인도도 아니에요. 오로지 당신에 대해서만 말하고 싶어요."

테드는 그녀의 무릎 위에 놓인 그 가느다란 흰 손을 잡았다. 그러나 어떤 반응도 없다는 걸 느끼고는 곧바로 다시 손을 거두었다. 동시에 아그네스가 자리에서 일어서며 말했다.

"테니스 코트로 가요. 거긴 그늘이 있으니까 괜찮을 거예요. 해가 지기 시작하면 곧바로 어두워지잖아요. 아버지가 곧 돌아오실 거예요."

그녀는 그의 옷차림을 훑어보더니, 신발에 시선을 멈추었다.

"전 준비됐습니다." 테드가 그녀의 눈길에 복종하듯이 미소를 지으며 말했다.

"하얀 리넨 정장과 하얀 신발, 더 바랄 게 없네요." 아그네스가 미소를 흘리며 놀리듯이 말했다.

두 사람은 녹색 잔디 위를 가로질러 테니스 코트로 향했다.

그곳은 이미 운동하는 사람들과 초록색 줄무늬 파라솔 아래에 앉은 부인들로 가득했고, 그 옆으로 말끔히 제복을 갖춰 입은 하인들이 차와 샌드위치와 차가운 음료수를 나르고 있었다. 아그네스는 자연스럽게 그들에게 테드를 소개했다.

"펜리 여사님, 이 분은 푸네에서 온 테드 맥카드 씨라고 해요. 앙구스 경, 테드 맥카드 씨요. 메리 팬리 부인, 테드 맥카드라고 해요. 프레데릭 페인 씨, 맥카드 씨요, 그리고 바트 랭케스터 씨, 그리고 오스카 웨인 부부……."

테드는 미소와 함께 자신의 이름을 반복하며 악수를 나누었고, 아그네스는 모두에게 빈 코트에서 테드와 일대일로 시합을 해보라고 부추겼다. 그는 라켓 몇 개를 만져본 후 무거운 것으로 골랐다. 테드는 아그네스와 서브를 결정하기 위해 공을 주고받았고, 아그네스가 먼저 점수를 땄다. 테드는 그녀가 운동을 잘하리라고는, 더구나 테니스 실력이 최상급일 거라고는 더욱더 예상하지 못한 차였다. 코트 안의 그녀는 그다지 많이 뛰는 것 같지 않았음에도 테드가 친 공은 늘 빠르고 정확하게 되돌아와서 가장 되받아치기 어려운 지점에 떨어졌다. 그녀는 속임수를 쓰거나 공을 깎아치거나 교묘한 심리전을 펼치거나 하지도 않았다.

경기는 솔직했으며 공명정대했다. 그러나 지치고 힘들었다. 테드는 그녀와의 시합에서 처음 세 경기를 거의 득점 없이 내리 졌다. 그는 전의를 가다듬고 그녀가 누구인지 아예 잊기로 했다. 그녀를 단지 경쟁자로 의식하기로 한 것이다. 그 결과 세 세트 중 두 세트를 거의 점수 차 없이 간신히 이겼다.

두 사람은 네트로 와서 정식으로 악수를 나누었다. 그녀의 흰 피부는 분홍빛으로 물들었고, 짧은 머리 가닥들이 이마에 촉촉하게 붙어 있었다.

"테니스를 아주 잘 치는데요." 테드가 말했다.

"저를 이겨놓고 그런 말씀을 하세요?"

"솔직히 젖 먹던 힘까지 다했죠."

"물론 그러셨겠죠."

그들은 나란히 파라솔로 걸어왔고, 그녀는 뜨거운 차를 마셨다.

"차가운 음료는 입에 대지 마세요."

테드가 차가운 레모네이드로 손을 뻗치자 그녀가 말했다.

"몸이 뜨거워져 있을 때는 위험해요."

"미국 사람들은 안 그래요." 테드는 그녀의 말에 복종하지 않으려고 어설픈 이유를 들이댔다.

"우리는 차가운 것, 뜨거운 것 모두에 익숙하거든요."

"저기 아버지가 오시네요." 그녀가 초록색 잔디를 향해 고개를 끄덕이며 말했다. 테드는 키 큰 영국 남자가 잔디를 가로질러 천천히 걸어오는 것을 지켜보았다.

"아버지 안색이 많이 피곤해 보이세요. 공식접견 행사 이후로 일들이 다시 순탄치 않게 돌아가고 있어서 그래요."

총독이 가까이 다가오자 모두들 자리에서 일어섰다. 아그네스가 테드를 형식적으로 소개했다.

"아버지. 여기는 맥카드 씨예요. 배에서 만난 친구라고 제가 얘기했죠? 미국인이라는 것도 기억하실 거고요."

"아, 그럼. 물론이지."

총독은 테드의 손을 힘없이 흔들었다.

"언젠가 자네 아버지를 만났던 것 같은데…… 물론 자네 조부님 또한 잘 알고 있지."

"감사합니다. 총독님." 테드가 또렷한 어조로 말했다.

총독이 앉자 그도 다시 자리에 앉았다. 테드는 펜리 여사와 별 의미 없는 얘기를 나누면서 계속해서 아그네스를 지켜보고 있었다. 문득 테드는 자신의 방문이 계속 이런 상황으로 진행될 것이라는 점을 깨달았다. 단둘이 거대한 뱅골보리스 나무 아래를 거니는 일도 없을 것이며, 장미 정원을 보자고 제안해서 기회를 잡을 일도 없을 것이다. 돌연 마음이 상한 테드는 약 반시간 후에 자리에서 일어났다.

"이제 가봐야겠습니다." 테드는 그녀의 이름을 부르지 않고 말했다.

"그래요?" 그녀가 머뭇거리며 말했다.

"모레까지는 콜카타를 떠나야 합니다."

사실 테드는 아무 계획도 없었다. 하지만 그녀에게 최소한 하루의 여유를 주고 싶었다. 하루면 그를 다시 만날지 말지를 결정하기에 충분한 시간일 것이다. 그녀는 말없이 악수를 청했고, 테드는 그 손을 잡은 뒤 곧바로 놓았다. 그런 뒤 녹색 줄무늬 파라솔 아래 앉아 있는 사람들을 향해 고개 숙여 인사한 후 그 자리를 떠났다.

그가 차에 올랐을 때는 태양이 칼리*의 웅장한 사원 위로 맹렬한 빛을 뿜어내며 지고 있었다. 그들은 시내 쪽으로 길을 따라 내려온 다음, 동부의 가장 유명한 거리인 초우렁기 거리를 따라 달려서 호텔로 돌아왔다. 그는 여전히 화가 가시지 않았다. 그의 핏기 없는 입술이 굳게 다물어져 있었다.

❧

잠이 오지 않았다. 그의 잠을 방해하는 것은 밤의 텁텁한 검은 열기가 아니라, 그의 가슴에 도사린 열기 때문이었다.

그는 이리저리 뒤척이다가 다시 일어나서는 바닥으로 베개를 던졌다. 그런 뒤 탁자 램프에 불을 붙이고 어제까지만 해도 깨끗했는데 오늘이 되자 가장자리에 약간 곰팡이가 핀 호텔 메모지를 꺼내들었다. 그리고 잠 못 이루는 어둠 속에서 홀로 그녀를 향해 쏟아 부었던 모든 분노에 찬 생각들을 적어내리기 시작했다.

"왜 내가 당신을 보러 가게 한 겁니까?"

그는 따지듯이 물었다.

---

* 시바 신의 배우자, 파괴와 창조의 여신

왜 우리는 그저 배 위에서 만난 친구일 뿐 그 이상은 아니라고 분명하게 말하지 않았습니까? 왜 내가 계속 편지를 쓰게 만들고, 왜 나로 하여금 당신을 사랑한다는 말, 당신과 결혼하고 싶다는 말을 계속 하도록 놓아둔 겁니까? 그래요. 좋습니다. 이제 내 생각을 말하겠습니다. 나는 당신을 사랑합니다. 그리고 당신이 내 아내가 되기를 원합니다. 우리 사이에는 거리가 있다는 것도 압니다. 아마 인도에 관한 모든 것이겠지요. 하지만 나는 당신을 사랑하고 있어요. 당신이 나를 사랑할 수만 있다면 그 무엇도, 인도도, 당신의 나라와 내 나라 사이에 있는 바다조차도 우리를 갈라놓지 못할 겁니다.

당신은 내가 참을성 없다고 말하겠지요. 그건 당신이 배 위에서 내게 즐겨했던 말이기도 하고요. 그래요. 맞습니다. 전 제 할아버지를 닮았어요. 할아버지는 내가 이제껏 본 사람 중에 가장 참을성 없는 사람이었으니까요. 제 아버지는 이제껏 본 사람 중에 가장 고집이 센 사람이었고요. 그리고 저는 이 두 사람을 모두 닮았습니다. 그러니 내일 오후 4시에 당신을 찾아가서 답변을 듣겠습니다. 무엇도 제 방문을 막지 못할 겁니다.

새벽의 첫 번째 조짐이 하늘에 불그스름한 사선을 그을 무렵, 그는 자신의 내면에서 말과 분노 두 가지 모두가 사라졌음을 느꼈다. 그는 편지를 봉해서 하인이 잠들어 있는 밖의 문지방으로 가서 그를 톡톡 쳤다. 그러자 하인이 벌떡 잠에서 깨어났다.

"이걸 총독 관저로 가지고 가요. 가서 답장을 받을 때까지 기다렸다가 즉시 가져다줘요. 난 이 방에 계속 있을 테니까."

하인은 말없이 자리에서 일어나더니, 무명옷으로 몸을 두 번 감싸고 터번을 똑바로 고쳐 쓴 뒤 편지를 받아들고 곧바로 자리를 떠났다.

⚜

차와 토스트와 잘 익은 노란색 망고가 담긴 은쟁반 위에 편지 한 통이 있었다. 그러나 아그네스는 그걸 곧바로 뜯어보지 않았다. 그녀는 침대 위에 앉아 있었다. 유모가 그녀의 등 뒤에 베개들을 쌓아 편히 기댈 수 있도록 해준 뒤 솔과 빗을 건네주었다. 그녀는 긴 머리를 땋아서 머리 위로 칭칭 감아 올렸다. 그런 뒤 유모가 침대 가로 가져온 차가운 물그릇에 손을 담가 리넨 수건을 집어 물기를 반 정도 짠 다음 얼굴과 목을 닦았다.

"이제 아침을 먹을게요."

"밖에서 아가씨 답장을 기다리고 있는데요."

늙은 유모가 노래하듯 부드러운 음성으로 말했다.

"편지는 차를 마시면서 읽겠어요. 그런 뒤 유모를 다시 부를게요."

"부르시면 바로 올게요, 아가씨."

유모가 조용히 물러가자 아그네스는 컵을 내려놓고 편지를 집었다. 예상한 대로였다. 그렇게 쉽게 물러날 테드가 아니었고, 그녀도 그것을 원하지 않았다. 그녀의 부모님은 이 미국 청년에 대해 많은 걸 물어오면서도, 아그네스도 느꼈듯이 그를 집으로 불러들이는 건 탐탁해 하시지 않았다. 물론 부모님은 그녀를 마음을 다해 사랑했고, 그녀는 원하는 건 뭐든지 할 수 있었다.

"그 미국인 청년은 좀 알쏭달쏭한 것 같구나."

그녀의 어머니가 나지막이 말했다.

"미국인들 속은 아무도 모르지만 말이다. 내 말은 그들 중에도 간디를 지지하는 사람들이 있다는 얘기란다. 그게 네 아버지를 아주 곤란하게 만들고 있지. 내 말은 백인들이 서로 뭉치지 않으면, 너도 알잖니, 모든 게……"

그녀의 어머니는 말을 끝맺지 못했다. 그 마지막 여운이 아그네스의 귀에서 맴돌았다. 그건 질문이 아니었으며, 제안 그 이상의 의미를 담고 있었다. 그들이 위험한 시기에 처해 있다는 것은 사실이었다. 아그네스는 자신의 삶이 위협적인 요소들과 어떤 관계도 없기를 바랐다. 그러나 당연히 그녀의 삶에도 위험은 존재했다. 그녀는 이곳 총독의 딸이었으므로 인도는 그녀의 삶에도 지대한 영향을 미치고 있었다. 그렇지 않았다면 누구와 결혼하든 문제될 게 없었다. 마치 테드가 영국 남자라도 되는 것처럼 마음 놓고 그와 사랑에 빠졌을 수도 있었다. 물론 그가 맥카드 가문 사람이라는 사실, 미국 실업계의 거물 맥카드의 손자이자 데이빗 맥카드의 아들이라는 점이 지대한 영향을 미쳤겠지만 말이다.

데이빗 맥카드 또한 유명인사였으나, 총독은 그가 선교사가 된 것에 유감을 표했다. 그리고 맥카드 회장이 현재 세계 각지에 뻗어 있는 그의 막대한 사업을 아들에게 물려주기를 원했을 텐데, 아마 엄청난 실망을 했을 거라고도 덧붙였다. 하지만 총독은 푸네의 맥카드 대학 졸업생들이 현재 정부에 충성을 다하는 인도의 젊은 엘리트들의 중추 역할을 하고 있다면서 그 점에서는 데이빗 맥카드가 공헌한 바가 크다고 했다.

아그네스는 테드의 편지를 생각에 잠긴 채 읽어내렸다. 한 번 읽고 나서 또다시 천천히 읽었다. 그런 뒤 베개에 기대어 차와 토스트를 식게 내버려둔 채 생각에 빠졌다. 어떻게 이 사람은 미온적인 입장을 취하는 대신 이토록 무언가를 열렬하게 원할 수 있는 거지? 아그네스는 바로 이 점이야말로, 자신이 이 미국 남자에게 끌렸던 이유일지 모른다고 생각했다. 그는 늘 긍정과 확신에 차 있었다. 대부분의 영국 청년들은 인도에서 몇 년을 보내고 나면 점차 열의를 잃고 타성적인 인간이 되어갔다. 그런 태도만이 이 지독한 기후를 견디기 위한 유일한 방법일지도 몰랐다. 그래서 그들이, 그녀를 향해 입을 벌리면 그 입에서 무슨 말이 나올지 금방 짐작할 수 있었다.

어떤 면에서 아그네스는 그냥 영국에 남아있을 수도 있었다. 하지만 그러기 싫었다. 그곳은 너무 좁았다. 모든 게 흐트러짐 없는 형태로 자리 잡고 있어야 하는 곳이었다. 인도에서 총독의 딸로 살면서, 그녀에게 더 이상 그 형태는 조금도 중요한 것이 아니었다. 문제는 여기에도 형태라는 게 있는데, 이곳의 형태는 나라 밑바닥에 잠복한 어떤 기류와 겉으로 드러나는 인도 자체의 열렬한 움직임이 이중으로 포개진 모습이라는 점이었다.

누구도 무엇이 인도를 구성하고 있는지 확신할 수 없었다. 대영제국만큼 강력하고 영원을 보장하는 존재는 없었고, 간디의 추종자들을 억류시키는 건 사실 시간 문제였다. 특히 아버지 같은 사람이라면 그 일을 공명정대하고 온건한 방식으로 처리할 것이다. 그럼에도 이곳은 아주 소수의 영국인과 다수의 여러 민족들로 채워져 있었다. 그것을 누구도 부인할 수 없었다. 총독 관저만 해도 영국인은 몇 안 되고 거의가 인도인들이었다. 물론 주인을 따르고 충성하는 사람들이었지만, 그들은 여전히 인도에서 나고 자란, 끊임없이 움직이고 소리 내고 흔들리는 인도의 기반을 이해하고 있는 사람들이었다.

아그네스의 부모는 영국에 뿌리를 두고 있는 반면, 아그네스는 이곳에 자신의 뿌리를 두고 있었다. 그녀가 보는 것을 그녀의 부모는 보지 못했고, 그녀가 듣고 이해하는 것을 그녀의 부모는 듣고 이해하지 못했다. 아그네스는 부모님은 알아듣지 못하는 인도인들의 언어를 알고 있었다. 그랬다. 아이들은 더 잘 듣고 볼 수 있었다. 그게 바로 테드와 함께 있을 때 편안함을 느끼는 이유였다. 테드도 어린 시절을 이곳에서 검은 피부의 사람들과 보냈던 것이다.

아그네스는 침대에서 일어나 작은 영국제 로즈우드 책상으로 가서 편지를 썼다.

> 친애하는 테드, 여기서 4시에 당신을 기다릴게요.
> 아그네스.

⁕

 관저 맨 끝에 있는 타원형의 넓은 응접실은 어둑하게 그림자가 져 있었다. 테드는 금색 공단을 씌운 소파에서 일어나 자신을 향해 걸어오는 아그네스의 희미한 실루엣을 보았다.
 "여기가 이 집에서 가장 시원한 곳이에요. 파티가 아니면 거의 사용하지 않죠. 아무도 방해 안 할 거예요."
 "다행이군요." 테드가 진지하게 말했다.
 "누구에게서도 방해받아서는 안 된다고 말할 참이었습니다."
 "오, 테드." 그녀가 아주 부드럽게 말했다.
 "꼭 그렇게 말해야만 해요? 우린 아직 젊어요."
 "압니다. 하지만 우리 또래에 비해서는 그다지 젊지 않아요, 아그네스. 배 위에서도 이런 얘기 하지 않았나요? 인도는 사람을 빨리 자라게 한다고."
 아그네스는 돌연 방향을 틀어서 다시 금색 소파에 앉았고, 테드도 그녀의 옆에 자리를 잡았다. 솜털로 채운 베개는 폭신폭신했고, 두꺼운 공단 소파는 앉자마자 시원함이 느껴졌다.
 "사실 그 이상이죠."
 테드는 그녀에게 악수를 청하지 않은 채 말을 이었다.
 "우린 여전히 이곳에서 어떤 식으로든 압박감을 느끼며 살고 있죠. 당신 아버지께서는 그 당신께 맞는 삶의 방식을 선택하신 거고, 제 아버지도 마찬가지죠. 하지만 난 그 반대의 길을 갈 수도 있어요. 그리고 당신이 나와 그 길을 걸을 수 있을지 알고 싶습니다."

"그게 무슨 뜻이죠?"

아그네스는 그에게서 시선을 떼지 않은 채 차분한 음성으로 물었다.

"내 말이 무슨 뜻인지 당신도 알지 않나요."

테드가 되받아쳤다.

"나는 그 말이 뭘 의미하는지, 당신 입으로 직접 듣고 싶어요."

아그네스는 물러서지 않고 말했다.

"그렇다면 얘기를 할 수밖에 없겠군요. 무엇보다도, 웨일즈 왕자의 행사에도 불구하고 어쩔 수 없는 폭동이 일어날 겁니다. 다야 삼촌은 간디의 편에 서 있고, 당신 아버지와 제 아버지는 그 반대편에 서 있죠. 난 내가 어디에 속해 있는지 모르겠어요, 아그네스. 내게는 자리를 찾을 때까지 시간이 필요해요. 내가 알고 싶은 건, 내가 어느 쪽을 선택하든 당신이 나와 함께 있어줄 수 있냐는 거예요."

"그런 식으로 말하니까 좀 이상하게 들리네요."

"뭐가 이상하다는 거죠?"

"누가 들으면 당신이 무슨 끔찍한 계획이라도 세우고 있는 줄 알겠어요."

"아마 당신에게는 끔찍한 일일 수도 있겠죠."

"당신에게 끔찍한 일이 벌어진다는 건 상상이 잘 안 돼요."

아그네스가 미소를 보이며 말했다. 그녀는 맥카드 가문의 자손인 이 훤칠하고 잘생긴 청년에게 과연 어떤 끔찍한 일이 벌어질 수 있겠냐는 말을 하고 있었다.

이성과 열정 361

"극적인 삶을 살려고 작정한 건 아니겠죠?" 아그네스가 물었다.

"그렇다면요?"

"웃을 수밖에요."

테드는 크게 한숨을 내쉬며 말했다.

"우리, 계속 같은 자리만 뱅뱅 돌고 있군요. 난 계속 당신을 찔러보고 있고, 당신은 계속 나를 밀어내고 있어요. 우리 그냥 본론으로 들어가죠, 아그네스. 나를 사랑합니까?"

아그네스는 아름다운 금발머리를 떨구며 말했다.

"모르겠어요."

"당신은 나를 사랑하고 있을지도 모릅니다." 테드가 몰아붙이듯 말했다. "그 사실을 모르고 있을 뿐이지요."

"테드, 사랑 외에도 고려해야 할 게 많아요."

"내가 지금 말하는 건 사랑, 사랑이라고요." 테드가 그녀를 다그쳤다.

"감정만으로 결정할 수 있는 문제가 아니에요."

"난 그럴 수 있습니다!"

"그렇다면, 아마 여자들은 아닐 거예요."

"영국 여자들은 그렇겠죠." 테드가 낭패감에 빠져 말했다. 그러자 아그네스도 수긍했다.

"특히 이곳에 살고 있는 영국 여자들이겠죠. 특히 지금 같은 시기에 인도에서 영국인으로 살아가려면 더 큰 삶의 무게를 질 수밖에 없어요."

"왜 특히 지금인 거죠? 이건 당신과 나 둘만의 문제 아닌가요?"

"생각해보세요. 만일 당신이 간디를 따를 경우," 아그네스는 심사숙고하는 태도로 말했다.

"그리고 내가 당신의 아내라면, 그 후에는 불가피하게 불협화음이 따라올 거예요. 나는 부모님을 포함해 내가 속해 있던 모든 세계와 분리될 거예요. 나로서는 그 부분을 생각할 수밖에 없어요."

"만약 그럴 경우, 나와는 떨어지지 않는다는 말인가요?"

"아, 아마 그렇겠죠. 하지만 그렇게 되면 당신을 온전히 사랑할 수 없을 거예요. 아직 이 관계를 멈출 시간은 충분해요."

테드는 "온전히 사랑할 수 없다"는 아그네스의 말에서, 그를 향한 사랑이 현재 진행형이라는 것을 의미할지 모른다는 가능성을 읽고는 가슴이 뛰기 시작했다. 아그네스는 꽃처럼 도도하고 차가운 면이 있었다. 그것이야말로 그녀의 사랑스러운 면모 중에 하나였다. 그는 인도 특유의 열기를 자기 인성에 어느 정도 흡수한 반면, 그녀는 냉정과 평온을 유지하고 있었다.

"온전히 사랑할 수 없다면, 조금은 사랑하고 있다는 말입니까?" 테드가 들뜬 목소리로 말했다.

"당신을 사랑할 수도 있겠죠."

아그네스는 솔직하게 말했다. "저도 당신을 사랑하고 싶어요, 테드. 확신이 든다면……."

"나에 대한 확신 말입니까?"

"당신의 아내가 됨으로써 나 자신을 포기하지 않아도 된다는 확신이요." 둘은 한동안 서로의 눈을 바라보았다. 아그네스에게서는 경계의 눈빛이 묻어났다. 테드는 마음을 다잡고 말했다.

"그건 내가 선교사이기 때문입니까?"

아그네스는 자신이 느끼는 감정이 뭔지 알아내기 위해 잠시 주저했다. 쉽게 그를 사랑할 수도 있었다. 그럼에도 그녀는 그의 품에 뛰어들어 모든 근심을 접은 채 그를 사랑하고 싶다는 충동을 억제할 수밖에 없었다.

"그것뿐이라면 망설이지 않을 거예요. 아무리 당신이 선교사가 되겠다고 결심해도, 테드, 당신은 여전히 당신일 뿐이니까요. 선교사도 여러 종류가 있죠. 어떤 선교사들은 거부감이 들기도 해요. 하지만 당신은 순수하고 진취적인 사람이에요. 당신 아버지는 더없이 훌륭한 분이시고, 당신은 그런 분의 아들이죠. 아니, 아니에요. 이건 내가 말하려는 게 아닌 것 같네요."

"그럼, 뭐죠? 말해봐요, 아그네스."

테드는 최대한 배려하며 물었다. 그는 아그네스가 최소한 자신의 감정에 솔직하고자 한다는 것을 느꼈고, 그것이 고마웠다. 그때 그녀의 입에서 예상치 못한 말이 나왔다.

"그냥 툭 터놓고 말할게요. 당신이 영국인이었다면, 난 조금도 망설이지 않았을 거예요. 하지만 당신은 미국인이에요."

이 말에 테드는 놀라서 뒤로 물러났다.

"그게 무슨 상관이죠? 정말 나를 놀라게 만들고 있어요, 아그네스. 난 당신이 그런 편견을 가졌을 거라고는 생각지 못했어요."

"그건 편견이 아니에요, 테드. 미국인인 당신은 우리 영국의 입장을 쉽게 이해할 수 없어요. 당신은 인도에서 우리의 책임이 얼마나 막중한지 느끼지 못하고 있어요. 당신의 아내가 되었을 때, 내가 아버지의 편에 서면 당신은 화를 내겠죠. 적어도 당신이 내 아버지의 생각을 옳지 않다고 판단할 경우에요. 앞으로 어떤 위험이나 위기가 닥칠 경우, 난 영국을 지지해야 해요. 난 그들이 옳다고 믿으니까요."

"알겠습니다." 테드는 이제 분명히 볼 수 있었다. 그녀가 그를 사랑할 수 없는 이유는, 사람의 힘으로 바꿀 수 없는 문제였다. 아그네스는 그녀가 속한 상류층의 여느 영국 여자들과 다를 게 없었다. 그녀는 결혼을 하게 될 경우 자신이 짊어지게 될 불가피한 짐들을 생각하고 있었으며, 그 이유 또한 잘 파악하고 있었다. 테드는 자신의 판단이 오해일 수도 있으나, 여기 엄연한 귀족이 존재한다는 사실을 인정할 수밖에 없었다.

"당신을 한 번만 안아봐도 될까요, 아그네스? 그렇게 해줄 수 있겠어요?" 아그네스는 고개를 저었다.

"아니요. 지금으로서는 성급한 행동일 거예요. 당신을 거부하고 싶지는 않아요. 언젠가 제 마음이 충분히 움직인다면, 그때는."

"무슨 말인지 알겠습니다."

테드는 자리에서 일어나서 그녀의 가느다란 손을 잡았고, 그녀도 손을 빼지 않았다.

"지금처럼 계속 만날 수 있을까요, 아그네스? 아니면 이것도 그만두고 싶은가요?"

"아니요, 그만두고 싶지는 않아요, 테드. 단지 우리 관계가 진전되는 걸 원치 않을 뿐이에요. 모든 게 좀 더 분명해질 때까지는요."

"모든 거라면?"

"당신과 나, 그리고 인도요."

13장

신의 얼굴

그렇게 테드는 다시 푸네로 돌아가는 여정에 올랐다. 그러나 이번에는 올 때와 같은 경로를 택하지 않았다. 그는 대륙을 가로지르는 빠른 열차에 몸을 싣고 이 도시에서 저 도시로 향하는 여정 대신, 다야가 감옥에서 했던 말을 떠올렸다.

"시골 마을을 한번 가보렴!"

테드는 서쪽으로 향하는 열차를 타고 몇 백 마일 정도를 달리다가 내려서, 좁고 더러운 시골 마을길을 불편하게 헤치며 나아갔다. 하인은 주인이 왜 이런 위험하고 어울리지 않는 행동을 하는지 어리둥절해하며 마지못해 동행했다. 그러나 유나이티드 프로빈스의 중간 지점까지 왔을 때 하인은 테드를 떠났고, 테드는 생전 처음으로 인도와의 사이에 아무도 없이 홀로 걷기 시작했다.

테드는 왜 다야가 이러쿵저러쿵하는 대신 그저 시골 마을을 가보라고 말했는지 알 것 같았다. 그곳은 어떤 말도 필요 없는 비참함 그 자체로 성토하고 있는 장소였다. 비록 눈으로 직접 목격한 사람들은 스무 명에 불과했지만, 그 뒤로는 수만 명의 사람들이 있을 것이다. 그들은 북부 인도의 중앙 고원 지역 산동네에 다닥다닥 붙어살고 있었다. 나지막한 남쪽 평야 지대에 먼지와 진흙으로 둥글게 쌓아올린 흙무덤들이 있었는데, 그들은 그 속을 도려내 굴을 만들어 거처로 사용하면서 세차게 쏟아지는 비와 살인적인 폭염, 차가운 서리, 산에서 불어오는 찬바람속에서 간신히 운신하고 있었다.

이들은 앞으로 상황이 나아지리라는 조금의 희망도 없이 세대를 이어 이곳에서 살아왔다. 테드는 헐벗은 사람들의 얼굴을 바라보았다. 너무 많은 생명들이 태어나고 있었지만, 그만큼 많은 생명들이 곧 땅 속에 묻힐 것이다. 마치 이들의 생명이 길지 않다는 걸 아는 자연이 수많은 생명들을 쏟아내고 있는 듯했다.

굶주림은 죄인이 아니었다. 일시적인 굶주림이나, 홍수나 대기근이 닥쳐서 오는 그런 굶주림이 죄인은 아니었다. 이 고통스런 삶의 죄인은 항상 먹을 것이 부족하고 앞으로도 그럴 것이 자명한 만성화된 허기였다. 이것이 인도였다. 선교 단지 구내와 궁전으로부터 멀리 떨어진 바로 이곳이 인도였다. 그의 아버지나 영국 총독이나 똑같이 죄를 짓고 있는 것이다.

테드는 몇 주 뒤에 푸네에 도착했다. 그의 마음은 불타고 있었다. 그는 사랑에 있어서조차 독립적이 되기로 결심했다.

데이빗은 별 말 없이 예의 그 부산하지 않은 태도로 그를 맞이했다.

"그간 네 강의를 조교에게 맡겨놓았는데, 이제 다시 시작할 테냐?"

"네, 아버지."

테드는 아버지에게 곧바로 자신의 심경을 털어놓지 않기로 했다. 하지만 그리 오래 걸리지는 않을 것이다. 테드는 몇 분 뒤 아버지에게 양해를 구하고 침실로 향했다. 그는 지난 몇 주간 아그네스에게 편지를 쓰지 않았고, 답장 또한 기대하지 않았다. 책상 위에는 어떤 편지도 놓여 있지 않았다.

가난하고 헐벗은 사람들 사이를 거닐며 보낸 길고 고독했던 여정이 그의 머리를 텅 비워버렸다. 심지어 아그네스도 그의 마음으로부터 멀리 떨어져 있었다. 이 순간 그는 방에 홀로 앉아서, 그들 속에서 자신은 어떤 존재였는지, 또 무엇을 보았는지, 이제 어디로 가야 할지를 생각하기 시작했다. 마치 사울처럼 테드 또한 길에서 깨달음을 얻은 것이다.

선교 단지 구내의 조용한 생활 속에서 테드는 하루하루의 일과에 충실하며 집과 학교를 오갔다. 그렇게 수개월이 지나 여름이 성큼 다가왔다. 그는 요한복음에서 목마름을 성토하는 절규의 말씀을 반복해서 읽었고, 그 다음으로 예수 그리스도의 산상수훈을 읽었다. 또한 마라티어 성자들의 성가도 반복해서 읽었다.

제가 어찌 옳음을 알 수 있겠나이까,
이토록 힘없는 존재일 뿐인 것을!
지식의 자부심마저도, 오, 신이시여,
저에겐 없나이다.

6월이 되자 열기가 하늘을 찌르기 시작했다. 사람들은 매시간 계절풍 소식만 눈이 빠져라 기다렸다. 만일 계절풍이 온다면 바다에 가장 가까운 고원 지대가 있는 인도 동쪽 해안에서 처음 불게 되어 있었다. 천장의 팬조차도 뜨거운 공기를 휘젓지 못하는 이 숨막히는 시기, 테드는 마침내 아버지와 큰 언쟁을 벌였다. 잔잔한 열대 바다에서 일어난 태풍처럼, 그들의 싸움은 고요하게 흘러가던 날들을 깨고 급작스럽게 벌어졌다.

원인은 젊은 시크교도 제하르 싱 때문이었다. 그는 아들이 인도에서 최고 서구식 교육을 받기를 바랐던 부호이자 야심가였던 아버지 사다 싱의 뜻에 따라 맥카드 대학에 들어왔다. 그의 아버지는 아들이 영국식 전통에 매몰되는 걸 원치 않아서 그를 영국으로 보낼 생각이 없었던 것이다.

나아가 사다는 간디의 비폭력 혁명에 가담하지는 않았지만, 대영제국이 시대에 뒤떨어진 영국식 사고방식으로 그 생명력을 다하고 있음을 예견하고 있었다. 간디가 성공하든 그렇지 않든, 러시아 사회주의가 긴박하게 부상하고 있는 이 시점에 영국은 화려했던 시절의 막을 내리는 종착지에 다다라 있었다.

그는 여기저기서 관찰되는 러시아에 대한 두려움을 느끼며 세계 정세를 예리하게 관찰한 결과, 위기가 왔을 때 저 새로운 러시아와 대적할 수 있는 나라는 오로지 미국뿐이라는 결론을 내렸다. 그래서 외아들인 제하르도 자신의 막대한 사유재산의 권리를 인정하고 존중하는 미국인의 가르침을 받아야 한다고 생각했다. 다만 맥카드 대학은 기독교 학교였기 때문에 시크교도였던 그로서는 이 결정이 마음 편한 것만은 아니었다. 하지만 그는 이 학교의 교장인 부유하고 교양 있는 데이빗 맥카드를 만나보고 나서야, 비록 기독교인이기는 해도 그에게 자기 아들을 믿고 맡길 수 있겠다고 판단했다.

더구나 그는 미국의 실업계를 쥐락펴락하는 그 유명한 거물의 아들이 아닌가. 그는 부친의 재산으로 그 드넓은 부지 위에 화려하고 근사한 미국식 대학을 지은 것이다.

사다는 만일 제하르가 이곳에서 제대로 교육받는다면 적어도 졸업할 무렵 그 비쩍 마른 간디가 이상향에 푹 빠진 젊은이들을 포획하기 위해 던진 '자기 포기'나 '가난' 같은 낡은 철학의 그물에 걸려들 일이 없으리라고 믿었다. 그는 맥카드 학교를 방문해보고 대단히 흡족해 했다. 특히 맥카드 교장으로부터 그의 아들은 가문에 이름을 남길 유명한 사람은 물론 인도의 귀중한 자산이 될 것이라는 말을 들었을 때는 더 재고할 필요조차 느끼지 못했다. 교장은 그가 맡긴 아들에 대한 책임을 십분 받아들였고, 다음 학기부터 공부를 시작하게 될 이 몽상가의 표정을 가진 키 큰 젊은이를 두 팔 벌려 환영했다.

제하르는 그렇게 맥카드 대학에서 4년간의 교육 과정을 마치고, 이제 최우수 성적으로 졸업할 날만 앞두고 있었다. 그런데 6월 무렵, 아들이 최우수 성적으로 졸업하는 모습을 보기 위해 학교를 찾은 그는 놀랍게도 아들로부터 기독교인이 되겠다는 선언을 듣게 되었다. 제하르는 말을 삼가고 있다가 졸업식이 끝난 저녁에야 이 얘기를 꺼냈다. 아버지가 결혼과 사업과 외국 여행, 그 외에 아들에게 기대할 수 있는 모든 중요한 사안들을 얘기하자 제하르는 이렇게 말했다.

"아버지, 저한테 그런 것들은 중요하지 않습니다. 저는 사두가 되고 싶을 뿐이에요."

사다는 그의 아들이 뭘 말하는 건지 도대체 알 수가 없었다. 사두는 힌두교의 성인을 의미했으며, 힌두교의 성인이 된다는 건 가진 것들을 모두 내려놓고 가난 속에서 살아가겠다는 뜻이었다. 따라서 이 부유한 남자에게는 그것만으로도 충분히 끔찍한 소식이었다. 하지만 그를 더 경악하게 만든 건 그 다음 말이었다.

"힌두교의 성인이 되겠다는 말이 아닙니다. 저는 기독교의 성인이 될 겁니다."

"기독교의 성인이라니, 대체 그게 무슨 말이냐!"

그가 호통을 쳤다. 시크교도인 그는 본래 키 크고 건장한 남자였지만 나이가 들면서 식탐을 조절하지 못해 비정상적으로 뚱뚱해졌고, 분노가 폭발한 그 모습은 무지막지할 정도로 거대했다.

"저는 인도 전역을 걸어서 여행할 겁니다." 제하르가 차분하게 말했다.

"예수님이 그러셨듯이, 저도 사람들을 가르치고 성경 말씀을 전하려고 합니다. 하지만 저는 어디까지나 인도인으로 남을 거예요. 즉 인도인으로서 인도식의 그리스도를 구현할 생각입니다. 만일 예수님이 이곳에서 태어나셨다면, 그리 했을 모습으로 말입니다."

"이런 정신 나간 생각은 대체 어디서 온 게냐?" 그는 분을 삭이지 못하고 물었다.

"확실한 건, 맥카드 교장으로부터 온 건 아닐 테고."

"이건 누구로부터 온 게 아닙니다. 성경책을 읽을 때 자연스럽게 제게 임한 거예요."

때는 자정이 넘은 시간이었다. 선교 단지 구내는 정적으로 가득했지만, 그는 오로지 한 가지 생각밖에 할 수 없었다.

"당장 맥카드 교장에게 가자." 그는 숨을 헐떡이며 말했다.

"그에게 가서 무슨 얘기라도 들어야겠다."

고요했던 선교 사택이 갑작스레 하인들을 대동한 채 대문을 시끄럽게 두드리는 방문자와 그 뒤에서 만류하는 방문자의 아들로 들썩거리기 시작했다. 문지기는 대문을 열고 즉시 주인을 부르기 위해 달려갔다.

"나리, 나리!" 그가 데이빗의 방문 앞에서 소리쳤다. "사다께서 화가 단단히 나셨습니다. 아드님이 뭔가 잘못되셨나 봅니다."

테드도 더위로 문을 활짝 열어놓은 방문을 통해 이 소란을 듣고 있었다. 그는 자리에서 일어나 비단 잠옷을 걸치고 복도를 따라 아버지의 방으로 향했다. 방에는 이미 불이 환하게 켜져 있었다. 방문을 두드리고 안으로 들어가 보니, 아버지가 서둘러 옷을 입고 있었다. 여전히 적절한 격식을 갖춘 옷차림이었다.

한편 그 시크교도 부자는 아래층에서 기다리고 있었다.

"저도 가도 될까요, 아버지?"

테드가 물었다. 데이빗은 아들을 슬쩍 보더니 말했다.

"그러렴. 하지만 옷부터 갖춰 입거라."

"예, 아버지."

몇 분이 흘러 테드가 아래층으로 내려갔을 때, 응접실 문은 굳게 닫히고 하인들은 모두 밖의 베란다에서 대기하고 있었다. 그는 문을 열고 안으로 들어섰다. 사다가 긴 소파에 앉아 있었고, 제하르는 아버지의 말을 들으며 그 옆 의자에 앉아 있었다. 그의 표정은 존경심에 가득 차 있을 뿐 일말의 후회도 회의도 없었다.

테드는 그에게 영문학을 가르쳤고, 제하르는 남다른 시적인 재능과 탁월한 심미안을 갖춘 학생이었다.

문이 열리고 테드가 들어서자, 사다가 폭포수처럼 쏟아내던 말을 뚝 그쳤다.

"제 아들입니다." 데이빗이 말했다.

"제하르를 가르쳤지요. 제가 오라고 했습니다."

사다는 크게 한숨을 내쉬며 말했다.

"아드님도 종교가 기독교인가요?"

"네, 태어날 때부터입니다."

사다는 제하르에게 고개를 돌렸다.

"너도 봤지? 이 젊은 네 스승조차 기독교인일 뿐, 사두가 되겠다는 말은 안 하시지 않느냐! 아니, 게다가 그 아버지에게 위안을 주는 존재이기도 하지. 아버지의 학교에서 학생들을 가르치고 있으니까. 저렇게 아들은 아버지에게 복종하고, 아버지는 또 아들을 신뢰하고 있지 않느냐."

제하르는 고개를 돌려 테드를 바라보더니 수줍은 미소를 던졌다.

"선생님도 기독교인이세요?" 그가 물었다. 이 질문은 절대적인 정직함이 담겨 있어서, 테드는 조심스럽게 답했다.

"그러길 바라고 있어. 그러길 소망하고."

사다 싱은 이 말을 듣고는 더 크게 한숨을 내쉬면서, 이 젊은 선생의 아버지를 바라보았다. 그는 또 다시 하소연을 늘어놓기 시작했다.

"맥카드 씨, 전 당신만 믿고 제 아들을 맡겼습니다. 미국인들처럼 사고하고 일하는 방식을 배우기를 바랐지요. 미국인들은 강하고 부유하고 또 영향력 있는 사람들이니까요. 그 영향력은 앞으로 더욱 막강해질 겁니다. 이제 누구나 그 전조를 느낄 수 있습니다. 위기의 순간이 왔을 때, 러시아와 대적할 수 있는 나라는 미국 밖에 없으니까요. 한 번의 세계대전은 지나갔지만, 또 한 차례 전쟁이 밀려올 겁니다. 죄다 그렇게 말하고 있어요. 다음 세계대전이 끝나고 나면, 영국은 지고 미국은 떠오르는 나라가 되겠죠. 그래서 내 아들을 당신에게 보낸 겁니다. 하지만 난 내 아들이 기독교인이 되는 걸 바라지는 않았습니다. 모든 계획이 어그러졌어요."

사다의 영어는 수준급이었지만 몇몇 관용구들을 빠뜨리고 있었다.

"제가 생각하기에는, 사다 씨."

데이빗이 침착하게 입을 열었다.

"아드님을 기독교 학교에 보냈을 때는 그가 기독교인이 될 가능성도 염두에 두셨어야 했습니다. 행여 기독교인이 되는 게 사다 씨께서 생각하시는 것만큼 나쁘다는 데 제가 동의하길 바라시는 건 아닐 테지요. 우리 학교의 학생들은 졸업 전 대부분이 기독교인이 됩니다. 다만 우리는 강요하지 않습니다. 맥카드 대학은 단지 학생들이 자발적으로 기독교인이 될 수 있도록 분위기를 조성할 뿐입니다. 거기에 강요는 있을 수 없습니다. 우리는 자유를 사랑하니까요."

"저 또한 자유를 믿습니다." 사다가 열띤 음성으로 말했다.

"난 내 아들에게 늘 자유재량권을 주었지요. 이런 식으로 역시 내 아들임을 새삼 환기시키고, 내 아들이라면 하지 말아야 할 행동을 하는 것만 빼고 말입니다. 내가 물려줄 재산을 모두 거부하고 사두가 되겠다는 아이를 그냥 두고 볼 수는 없습니다."

데이빗은 놀라 되물었다.

"사두요?"

"기독교의 사두가 되겠답니다!"

사다가 거의 울부짖듯이 말했다.

"하지만 그건 불가능합니다." 데이빗이 말했다.

"사두는 엄연히 기독교가 아닌 힌두교도의 성인을 가리키는 거죠."

"사두는 성인입니다." 제하르가 끼어들었다.

"저는 기독교의 사두가 되겠다는 뜻입니다."

"이제껏 그런 사람에 대해서는 들어본 적이 없네." 데이빗이 납득시키듯 말했다.

"제가 지금 말하고 있지 않습니까." 제하르가 온화한 태도로 말했다.

"이걸 보세요!" 사다가 소리치면서 살찐 커다란 손을 앞으로 뻗었다. "맥카드 교장, 이제 어떻게 해야 되겠소? 이놈은 황소고집이에요. 내가 잘 알지요. 어릴 때부터 애비 말을 안 들었지요. 저 아이의 어미는 이미 딴 세상 사람이라 나를 도울 수도 없어요."

이제 아버지가 어떻게 하실까, 테드는 생각했다. 그는 갑작스럽게 눈앞에 벌어진 광경에 흥분하고 있었다. 이 인도 청년은 뛰어난 학생이었다. 램프 아래 비친 잘생긴 얼굴은 고상한 기품으로 넘쳐흘렀고, 신비로운 아름다움마저 감돌았다. 흰옷이 그의 몸을 물결처럼 휘감고 있는 가운데 손을 무릎 위에 살며시 포갠 채 흐트러짐 없는 자세로 고요히 앉아 있었다.

"사두가 하는 걸 하겠단 말인가?" 테드가 물었다. "제하르, 시골 구석구석을 돌아다니겠단 뜻이야?"

"예수님이 하셨듯이요." 제하르가 답했다. 순간 그의 짙은 눈망울이 범접할 수 없는 평화로 가득 찼다.

"보셨죠! 보셨죠!" 사다가 울부짖듯이 소리쳤다.

"사다 싱," 데이빗이 모종의 마음을 먹은 듯 말했다. "이번 일은 제게 맡겨주세요. 제하르는 지금 자기가 무슨 얘기를 하고 있는지 모르고 있어요. 그는 지금 힌두교와 기독교를 혼동하고 있습니다. 둘은 혼동될 수 없는 겁니다. 그가 설령 기독교를 선택한다 해도 반대하시진 않으시겠지요?"

"물론 아닙니다."

사다는 여전히 흥분을 가라앉히지 못한 채 답했다.

"원한다면 기독교인이 되라고 하세요, 맥카드 씨, 당신처럼 말입니다. 단 기독교인이 되더라도 이성적인 사람이 되어야 합니다. 그게 내가 원하는 전부예요. 그가 내 아들로 남길 원합니다. 사두가 된다면 그건 어림없는 일 아닙니까?"

"그렇다면, 제게 맡기십시오." 데이빗이 말했다.

"시간이 너무 늦었군요. 많이 지쳐 보이십니다. 제하르도 긴 하루를 보냈을 겁니다. 내일 제가 제하르를 따로 불러 얘기를 나누겠습니다. 기독교인이 된다는 게 뭘 뜻하는지에 대해서 말입니다. 분명한 건, 그는 사두가 될 수 없다는 겁니다. 기독교 교회는 그것을 인정하지 않을 테니까요."

"감사합니다, 선생님. 감사합니다, 맥카드 박사님."

사다가 감격에 겨워 외치더니 두 손을 가슴 앞으로 모았다.

"아시다시피, 제 유일한 희망은 이놈밖에 없어요. 그런데 이 녀석은 이 늙은 애비 말은 통 들으려 하지 않아요. 난 그를 위해 모든 걸 바쳤습니다. 이곳에서 4년간 공부하라고 바친 돈이 얼마인데 결국 사두가 되겠다니요! 돈을 버린 거예요. 그러니 선생님께서도 얼마간의 책임은 있는 겁니다."

"알겠습니다." 데이빗이 곧은 음성으로 말했다. "이제 숙소로 돌아가십시오, 사다 씨. 제하르, 오늘밤은 더 이상 아버지를 괴롭히지 말게. 내일 아침 9시에 내 서재로 찾아오게나."

제하르는 자리에서 일어섰다.

"감사합니다. 교장 선생님. 아버지가 정 원하신다면, 내일 다시 찾아뵙겠습니다."

그가 오른팔을 자신의 아버지에게 내밀었다. 그러자 아버지도 아들의 팔에 의지해서 육중한 몸을 소파에서 들어올렸다. 그런 뒤 작별인사를 하고는 여전히 아들의 팔에 기댄 채 걸어갔다.

데이빗이 응접실 램프를 끄려 할 때 테드가 말했다.

"잠깐만요, 아버지."

그의 아버지는 손을 멈추고 테드를 쳐다보았다.

"왜 그러느냐?"

"드릴 말씀이 있어요."

"뭐지?"

"저는 아버지가 제하르를 바꾸지 않으셨으면 해요."

"그게 무슨 말이냐?" 데이빗이 깐깐하게 묻자, 테드도 단호한 음성으로 답했다.

"제하르는 위대한 생각을 가지고 있어요. 인도에 그리스도의 정신을 부활시킬 수 있는 비전이에요."

"네가 무슨 말을 하고 있는지 모르겠구나."

"아버지. 인도인 그리스도요!"

"그건 신성모독이다. 얼빠진 게 아니라면."

테드는 아버지를 또렷한 눈빛으로 바라보았다. 그의 가슴이 다시 불타오르고 있었다.

"저라도 그런 생각을 했을 거예요. 하지만 전 인도 사람이 아니에요. 차라리 인도인이었으면 좋겠어요. 인도에서 다시 육신으로 부활한 그리스도 말이에요."

"테드, 난 네 말에 귀를 기울이지 않을 생각이다."

"하지만, 아버지."

"시간도 너무 늦었고, 난 녹초가 됐어."

"알겠어요, 아버지. 하지만 분명히 말씀드리는데, 저도 내일 제하르를 만날 거예요."

"그러지 않았으면 한다. 난 사다 싱에게 모종의 책임이 있어. 그 절망적인 심정을 잘 알지. 하나밖에 없는 아들이……."

"제하르가 기독교인이 되겠다는 걸 막을 생각이세요?"

"물론 아니다. 기독교 교육 사업에 평생을 바친 내가 그럴 리 있겠느냐? 난 단지 제하르에게 신께서 그를 인도하신 이곳에서,

또 자신의 집에서 기독교인이 된다는 게 어떤 건지 이해하도록 도울 생각이다. 거기에서 기독교인으로서 어떤 영향력을 끼칠 수 있을지를 알도록 말이다. 모든 걸 놔버리는 건 어리석은 일이지."

"하지만 아버지."

"부탁하는데, 더 이상 한 마디도 말거라."

아버지는 램프를 끄고 위층으로 올라갔고, 테드는 어둠 속에 홀로 남겨졌다. 그는 제하르의 얼굴을 떠올리며 오랜 시간 동안 서 있었다. 그러다 갑자기 자신도 모르게 눈을 들어 사방의 칠흑 같은 어둠을 응시했고, 소리를 내지 않고 기도를 시작했다. 온 영혼이 빛과 인도하심을 따라 밖으로, 저 위로 닿게 해주십시오.

인간의 영혼을 불 밝히기 위해 오는 저 빛은 과연 어디에서 오는 걸까? 저 빛의 근원은 어디일까? 저 빛은 어디에서, 아, 어디로부터 와서 제하르의 영혼 위에 머물게 된 것일까?

어둠은 그대로였다. 테드는 위층에 있는 자기 방으로 돌아가 성경책을 읽고, 예전과는 다른 기도를 드렸다. 빛 외에는 아무것도 구하지 않는 기도였다.

시커먼 하늘이 동녘에서부터 황금빛 테두리를 입은 구름과 함께 미세하게 밝아지기 시작했다. 그는 여명이 닥치기 전에 자리에서 일어나서 차가운 물로 몸을 씻은 다음, 학생들이 기도를 드리곤 하는 작은 예배당으로 향했다. 예상대로 그곳에 제하르가 있었다. 그 인도 청년은 고개를 높이 들고 눈을 크게 뜬 채 십자가 앞에 서 있었다.

테드가 소리쳤다.

"제하르!"

고개를 돌려서 테드를 발견한 제하르는 그를 향해 미소를 지었다.
"선생님."
"여기서 널 볼 줄 알았지. 잘됐구나. 무슨 일이 있었는지 얘기해보자꾸나. 왜 진작 말하지 않은 거지?"
"선생님을 잘 모르니까요." 제하르가 조심스럽게 말했다.
"선생님이 굳이 아실 필요는 없다고 생각했어요."
테드는 그 대답에 마음이 상했다.
"대체 내가 어떻게 행동했기에 내 학생이 그런 생각을 한 거지? 이리 와서 의자에 앉아봐."
제하르는 깨끗한 흰 무명옷 차림새로 품위 있게 통로를 걸어 내려갔다. 그리고 자리에 앉아서 여전히 입가에 미소를 머금은 채 테드가 먼저 입을 열기를 기다렸다. 크고 짙은 눈망울은 변함없이 초롱초롱 빛나고 있었다. 불면이나 두려움이나 근심 따위는 찾아볼 수 없었다. 오로지 평화만이 그의 내면을 가득 채우고 있었다.
"오늘 아버지와 집에 내려갈 거니?" 테드가 물었다.
"네, 오늘 내려갑니다. 아버지가 제 마음을 이해하실 때까지 당분간 그곳에서 지낼 생각이에요."
"아버지가 끝내 이해하지 못하시면?"
제하르의 얼굴은 차분했고, 몸가짐은 더없는 긍지로 흘러 넘쳤다.
"그렇다면, 집을 떠나야지요."
"넌 아직 어린 나이야, 제하르."
"제가 뭘 해야 할지를 모를 정도로 어리지는 않습니다. 만일 제게 주어진 사명을 깨닫지 못했다면, 할 일을 찾아서 준비했겠지요.

아버지의 재산을 관리하거나, 변호사가 되거나 말입니다. 하지만 지금 저는 제가 해야 할 일이 뭔지를 압니다."

"사두처럼 음식을 구걸할 수는 없지 않겠어? 그건 네게 적합한 일이 아니야, 제하르. 다들 네가 누군지 알고 있으니까."

"저는 구걸할 필요가 없어요. 신께서 제가 필요로 하는 걸 채워주실 테니까요."

"어쨌든 사두가 되겠다는 건 좀 위험한 발상처럼 들리는구나."

"그건 선생님이 서양에서 오신 분이라서 그럴 거예요." 제하르는 정중하면서 밝은 목소리로 말했다.

"인도에서 태어난 우리에게는 사두가 되겠다는 생각이 조금도 이상할 게 없어요. 선생님도 아시다시피 여기에는 수많은 사두들이 있어요. 사람들은 그걸 당연하게 생각해요. 하지만 저는 기독교인 사두가 되겠다는 거예요. 그게 전부에요."

"어느 교회를 다닐 생각이냐?"

"아무 데도요. 한곳에 들어가면 다른 곳에는 속할 수 없으니까요. 이 사안에 대해서 매주 두 번씩 기독교 강의를 하시는 포드햄 선생님께 질문을 드린 적이 있어요. 그리고 그분의 답변을 들으면서, 교회란 곳이 많은 사람들에게 좋은 곳일지는 모르나 저 같은 사람에게는 그렇지 못하다는 걸 알게 됐죠. 왜냐하면 저는 모든 곳, 모든 사람에게 속하고 싶거든요. 그리스도만을 따르면서요."

"주님께서는 네가 사두가 되고 싶어 하는 걸 알고 계시니?" 테드가 물었다.

"아직 말씀드리지 않았어요."

"그럼, 어떻게 네가 그리스도를 잘 따르고 있다고 확신할 수 있지?"

"제가 아는 건 오직 제 자신뿐입니다." 그런 뒤 제하르는 예기치 않은 웃음을 터뜨렸다. 유쾌한 소년의 웃음이었다.

"저는 그렇게 어리석지 않아요. 그 한 가지는 분명하게 말할 수 있죠. 그래서 다른 사람들을 위해 저 스스로 결정을 내릴 수 있다고 생각했어요. 제가 아는 건 저 자신에 대한 것뿐입니다."

"그래서 네 생각은 그릇과 담요를 챙겨서……."

"사람들이 제가 사두라는 걸 알 수 있게 그릇과 담요를 챙겨서 황색 옷을 입고 떠나야겠지요. 하지만 저는 그리스도 복음만을 전할 겁니다."

"그렇게 확고하게 마음을 정했다니, 제하르. 넌 나를 두렵게 하는구나."

"뭐가 두려우신 거죠? 저는 단지 다른 많은 사람들도 하고 있는 걸 할 뿐이에요. 제가 그리스도를 믿는 것만 빼면요. 저는 힌두교의 신인 시바나 람을 비난하지 않지만, 칼리나 가네쉬를 숭배하지도 않아요. 그들에게서는 선과 아름다움을 발견할 수 없었어요. 하지만 그리스도는 아름다운 이였어요. 그는 어떤 죄악을 저지르거나 누군가에게 해를 끼치지 않고, 오로지 신에 대해서만 말했으니까요."

"이거 하나는 말해야겠구나." 테드가 다소 뜸을 들이다가 말했다. "넌 지금 한 남자로서의 삶을 제대로 알기도 전에 그걸 포기하고 있는 거야. 지금껏 나는 자신만의 삶을 포기한 여러 인도인들을 봐왔고, 감옥에 있는 다야도 그중에 한 명이었지."

모든 인도 사람들이 다야라는 이름을 알고 있었다. 제하르가 고개를 번쩍 들며 말했다.

"그분을 실제로 보셨어요?"

"그래. 그는 조국과 신념을 제외한 모든 걸 내려놓았단다. 하지만 당시 그는 너처럼 젊은 청년은 아니었어. 그는 결혼도 했고, 아이도 있었단다. 하지만 처자식을 모두 잃은 뒤로 가진 전부를 놓아버린 거야."

"저는 굳이 나이 먹을 때까지 기다릴 필요가 없어요." 제하르가 확신에 차서 말했다. "저는 비전을 봤어요. 아마 다야는 신이 아내와 아이들을 데려가지 전까지만 해도 비전을 가지지 못했던 거겠죠."

"넌 어떤 비전을 봤지?" 테드가 물었다. 제하르를 대할 때면 자연스레 부드러운 마음이 넘쳐흘렀다.

"저는 그리스도를 똑똑히 봤습니다. 마음으로 봤다는 게 아니에요. 물론 그렇게 보는 경우도 있겠죠. 하지만 제 경우는 이 두 눈으로 똑똑히 봤어요."

제하르는 집게손가락으로 자기 눈꺼풀을 만지면서 말했다.

"책을 한 권 읽었어요. 어머니가 돌아가시기 전에 가슴 깊이 품고 계셨던 「바가바드기타*」였지요. 어머니는 성자가 되는 것이야말로 인간이 할 수 있는 최상의 경지라고 하셨어요. 하지만 저는 제가 성자가 될 만하다고는 생각지 않았죠. 그 때문에 마음 한 구석이 늘 어두웠던 것 같아요. 처음 맥카드 대학에 들어왔을 때는 정말 비참한 기분이었습니다. 새로운 종교 따위는 보고 싶지도, 듣고

---

* 산스크리트어로 '신의 노래'라는 뜻. 힌두 문헌에 나오는 서사시

싶지도 않았어요. 기독교는 우리 옛 종교만큼 가슴에 와 닿지 않았으니까요. 한번은 포드햄 선생님이 수업시간에 꼭 지참하라는 성경책을 찢기까지 했는 걸요. 그 책을 보기조차 싫었거든요. 또 강요당하기도 싫었고요. 그런데 그런 뒤에 갑자기 그리스도를 보게 되었어요. 제 외로운 골방에서요."

테드는 한숨을 내쉬었다.

"그렇다 해도 네 인생을 송두리째 바꾸지는 않았으면 한다. 그래, 네가 얘기한 그 비전 때문에 말이야."

"제 삶은 변했어요."

더 무슨 말을 할 수 있단 말인가? 제하르는 단순하고 순수했고, 고요했다. 그는 요지부동했다. 태양이 수평선 끝을 붉은 금빛으로 물들이고, 서늘했던 공기가 급격히 대기에서 모습을 감추었다. 뜨거운 낮이 시작되고 있었다. 두 청년은 자리에서 일어나 함께 잔디밭을 가로질러 걷다가 말없이 악수를 나누고 헤어졌다.

✢

싸움은 의도 없이, 그리고 별 악의 없이 시작되었다. 그날의 싸움은 사다 싱과 제하르가 아닌, 지금껏 한 번도 충돌한 적 없었던 테드와 데이빗 부자 사이의 기묘한 폭풍이었다.

테드는 자신이 아버지와 제하르의 만남에 입회할 수 있으리라 기대했다.

아침 7시, 하인들이 하루를 시작할 때 먹는 가벼운 음식을 내왔다. 아버지는 이미 서재에 가 있었고, 테드는 아담한 베란다 탁자 앞의 버드나무 의자에 앉아서 아침을 먹고 있었다. 그때 제하르가 그의 옆을 지나치면서 두 손을 합장해 인사를 하더니 홀을 지나 데이빗의 서재로 들어갔다. 서재 문은 굳게 닫혀 있었고, 테드는 차와 토스트와 잘 여문 망고를 다 먹은 뒤에도, 아버지가 자신의 이름을 불러주기를 기다리며 앉아 있었다.

하지만 어떤 호출도 없었다. 한 시간 남짓 더 기다리니 그제야 서재 문이 열리고 제하르가 근심에 휩싸인 핏기 없는 얼굴로 걸어 나왔다. 그는 테드 옆을 지나면서 아까처럼 말없이 인사를 하고는 그대로 계단을 내려가 사라졌다. 테드는 자리에서 일어나 서재로 들어갔다. 아버지는 굳은 얼굴로 책상 위에 놓인 서류들을 읽으며 앉아 있었다.

"아버지?"

아버지가 고개를 들었다.

"왜 그러느냐, 테드?"

"얘기는 잘됐습니까?"

"아, 제하르와 말이냐? 제하르는 정신이 나간 게 틀림없어. 나한테 비전을 봤다고 말하더구나."

그랬다. 용기가 필요했다. 제하르 편에 서서 아버지에게 비전을 보는 것이 충분히 가능한 일이라고 말할 수 있는 용기가 필요했다.

"성경에도 그런 비전에 대한 생생한 일화들이 많이 나오지 않나요, 아버지."

데이빗은 테드를 빤히 쳐다보았다.

"설마 제하르의 말에 힘을 실어주려는 건 아니겠지?"

"제가 하고 싶은 말은, 성경책에도 그런 비전에 대한 입증 자료가 많다는 거예요."

"아무것도 모르는 자들이 그런 걸 성경책에 적어 넣은 게야." 아버지가 반박했다. "마음에서 일어나는 감정으로 함부로 얘기를 지어낸 거지. 내 학교를 졸업한 학생이 그런 근거 없는 망상에 빠지는 건 있을 수 없는 일이다."

"최소한 제하르는 사람들 이목을 끌기 위해 거창한 일을 도모하는 게 아니잖아요."

"무슨 뜻이지?"

"우리 미국인들은 복음을 전한다는 명분 아래 수백 년에 걸쳐서 교회와 병원과 대학교를 지었어요. 아버지가 이곳에서 하신 일처럼요. 하지만 그렇다고 기독교인이 만들어지지는 않아요."

"만들어지고말고." 아버지가 단호하게 말했다.

"인도에서 매년 기독교도가 늘고 있다는 통계적 수치도 있다."

"그건 형식적인 수치일 뿐이죠." 테드는 완강히 맞섰다.

"시골 마을은 아직도 수백 년 전과 다를 게 없어요. 거기에서는 눈을 씻고 봐도 기독교인은 찾아볼 수 없어요. 그 지긋지긋한 가난과 비참함, 제 배만 불리는 지주들과 가난한 사람들에 대한 무자비함과 악행들, 그 모든 게 그대로라고요."

"그건 인간의 역사가 시작된 이후로 계속되어왔고, 앞으로도 피할 수 없는 일이다."

"그렇다면 기독교가 다 무슨 소용입니까?"

테드가 거칠게 항의했다. 아버지의 놀란 눈과 마주쳤음에도 그는 아랑곳없이 아버지의 믿음을 부인하며 더 격앙된 목소리로 말을 이었다.

"제하르가 옳았어요. 저도 제하르처럼 행동할 수 있는 배짱이 있으면 좋겠습니다. 모든 걸 포기하고 그리스도만 따르고 싶다고요!"

순간 아버지의 눈은 공포로 가득 찼고, 테드는 그 눈과 마주칠 수 없었다. 그는 뒤돌아서 성큼성큼 그 방을 걸어 나왔다.

대체 무슨 말을 한 거지? 제하르는 모든 걸 포기하고 그리스도만을 따르고 싶다고 말했다. 그건 뭘 의미하는 거지? 테드는 텅 빈 응접실에 멈춰 섰다. 그리고 제하르가 그랬듯이 그도 그리스도의 얼굴을 선명하게 보았다. 분명히 눈으로 보았다! 그건 농부의 얼굴, 이름 없는 얼굴, 지나쳐온 시골 사람들 속에서 무심코 보았던 얼굴, 본 후에 곧바로 잊혀졌던 얼굴, 하지만 그의 뇌 주름 어딘가에 여전히 머물고 있던 얼굴이었다. 고통과 노동과 굶주림으로 일그러진 얼굴, 살아 꿈틀거리는 눈빛 외에는 모든 희망이 죽어버린 얼굴이었다. 오로지 그 눈빛만이 이렇게 성토하고 있었다. '더 이상 희망은 없는 건가요?'

테드는 그 얼굴들을 보았다. 그 눈빛들이 그에게 간절히 말을 걸어오는 동안, 아버지의 서재 문이 조용히 닫히는 소리가 들렸다.

⚜

데이빗은 서재 방문을 잠근 다음 무릎을 꿇고 앉았다. 이 시간에 기도를 드리는 모습을 누구에게도 들키고 싶지 않았다. 하지만 기도하지 않고서는 견디기 힘들 것 같았다. 그토록 사랑하고 아끼는 하나뿐인 아들이 아버지의 마음을 이토록 두렵고 서글프게 만들다니. 테드가 돌아온 후로, 그는 아들과 허심탄회한 대화를 나눌 날만 손꼽아 기다렸다. 언젠가는 하고 있는 일에 대한 중압감과 여러 문제들을 아들에게 털어놓을 수 있기를 바랐다. 하지만 그런 날은 오지 않았다.

그는 과거의 기억들을 떠올리며 혼란에 빠졌다. 물론 올리비아로부터 재빠른 육감 등의 소양을 많이 물려받긴 했지만 아들을 보고 있으면 아버지의 모습이 떠올랐다. 그는 혼란과 익숙해진 외로움 속에서 아들에게 무거운 마음을 드러내는 것을 어려워했다. 그리고 지금 설상가상으로 제하르 사건이 터진 것이다.

인도 사람들은 비현실적인 것에 쉽게 이끌리는 성향이 있었다. 때문에 제정신이 아닌 수행자까지 스승으로 떠받들며 거리낌 없이 따랐다. 그들의 무지함은 섬뜩할 정도였다. 데이빗은 이제까지 벌인 선교 사업이 빠른 시일 내에 이 나라에 변화를 가져오기는 어려우리라는 걸 이미 알고 있었다. 게다가 간디가 저렇게 횃불을 높이 쳐든 이상은. 그런데 이런 시점에서 제하르마저 골치를 썩이다니!

대영제국과 함께 그의 사업도 무너질 것이 분명했다. 시골에 사는 수백만 명의 무지한 농부들은 언제까지 그 무지 상태에 방치될지 기약이 없었고, 가난 또한 벗어날 길이 막막했다. 그의 선교 사업은 영국이 이곳을 장악했던 그 오래전에 시작됐어야 했다. 그는 자신의 학생들마저 반항심과 불복종으로 정신이 썩어 들어가고 있다는 걸 알고 있었음에도 그저 고개를 돌려 외면할 뿐이었다.

비밀리에 진행되고 있는 모임들, 은밀하게 만들어지고 있는 구호들, 간디 모자들, 집에서 짠 옷 등등 숨기려야 숨길 수 없는 현상들이 점차 확대되고 있었다. 만일 간디가 승리한다면, 그의 삶의 기반인 기독교도 모래성이 될 운명에 처해 있었다.

그리고 어제 제하르가 자신의 아버지에게 맞섰던 것처럼, 테드도 오늘 그에게 정면으로 도전해왔다. 아, 아버지의 마음을 모르는 아들들의 잔인함이란!

이 모든 잡념들이 무릎을 꿇고 앉은 그의 기도를 방해하고 있을 때, 갑자기 데이빗은 자신의 젊은 시절을 떠올렸다. 아버지에게 맞선 뒤 그의 삶은 늘 도전으로 점철되어 있었고, 그 삶이 여전히 끝나지 않고 있었다. 그 나이 든 노인은 지금 옛 저택에서 침대를 떠나지 못하고 몸져누워 있을 것이다. 데이빗 역시 자신의 방식대로 아버지를 버린 것이다. 눈에서 눈물이 솟구쳤다.

"주님. 제가 아버지께 가서 이 마음을 해명할 수 있게 해주옵소서."

이건 애초에 하려 했던 기도가 아니었다.

"오, 주님. 지금까지 제가 잘못 살아온 것입니까? 주님 대신 육신의 아버지를 따라야 했던 겁니까? 그래서 제 아들로부터 벌을 받고 있는 것입니까? 뭘 해야 할지 알 수 있도록 지혜를 주옵소서."

그는 오랜 시간 그렇게 무릎을 꿇고 앉아서 기다렸다. 그러나 아무 응답이 없자 마침내 자리에서 일어났다. 이처럼 기도에 대한 응답이 없다고 느낀 지 오래되었다. 그는 긴 평생을 사역에 바치는 동안 자기도 모르는 사이 신의 임재에 대한 자각 증상을 상실했다. 외로움이 그의 머리 위로 내려앉았다.

지독한 외로움이었다. 그는 올리비아가 죽었을 때 외로움이란 걸 알았다. 그리고 어떤 면에서 그녀 없이 살아가는 방법을 터득하지 못했다고 해도 과언이 아니었다.

하지만 그때의 외로움조차 지금처럼 강하지는 않았다. 그는 올리비아에게는 신에게 했던 것처럼 자신을 바치지 못했다. 데이빗은 자신도 모르게, 한때 그리스도가 하늘을 향해 외쳤던 한 마디를 신음처럼 울부짖었다.

"오, 주님, 나의 주님, 어찌하여 저를 버리시나이까?"

도대체 왜? 왜?

☥

테드는 응접실에서 방까지 힘차게 걸어 내려온 뒤 방문을 조용히 닫고 가만히 서 있었다. 그의 마음은 기쁨으로 방망이질치고 있었다. 기쁨의 파도가 연이어 몰아쳤다. 그는 예기치 못한 흥분에 놀라고 있었다. 이것이 어디로부터 오는 기쁨인지 알 수 없었다. 그를 뜨겁게 달구고 있는 이것, 분명히 이것은 그를 둘러싼 어디에선가 오고 있었다.

상쾌한 활력이 그를 가득 채웠다. 그는 크게 소리 내서 웃었고, 머리털은 흥분으로 쭈뼛 섰으며, 손가락은 안절부절못하고 있었다. 그는 달리고 싶었고, 펄쩍펄쩍 뛰고, 춤을 추고 싶었다. 이 비전이 돌연 홀로 응접실에 있을 때 찾아온 것은 그렇다 쳐도, 이토록 선명한 비전을 예전에는 미처 보지 못했다는 것이 불가사의했다.

푸네를 떠나 시골 마을로 들어가서 살아야 한다. 얼마나 간단한 결론인가. 그는 다야를 보고온 지난 몇 달간 마음을 정하지 못한 차였다. 그러다가 제하르의 솔직함과 아이 같은 순수함이 결정적으로 그의 마음을 움직였다.

'꼭 아버지의 전철을 밟을 필요는 없어. 아버지를 떠나서 인도와 함께 나 자신으로 살아가겠다. 북쪽으로 가면 마음에 드는 작은 마을이 하나 있지. 그곳에서 내 삶을 꾸려가겠어.'

테드는 자기 생각에 도취되어 서 있었다. 기독교의 옛 성도들, 힌두교의 성자들이 말한 무아지경이 바로 이런 기분일 것 같았다. 어떤 옳은 결정을 내렸을 때, 그러니까 그 결정이 신의 의지로 이루어지거나 형언할 수 없는 영혼의 깊은 열망에서 비롯된 것이라면, 이 크나큰 행복과 완벽한 일체감 같은 황홀경은 그 결정이 옳다는 확증과 다름없었다.

테드는 경이와 감사 속에 조용히 앉아 있었다. 얼마간의 시간이 흐르자 들뜬 마음이 잦아들면서 오롯이 평화로운 기분에 젖어들었다. 그는 계획을 세우기 시작했다. 그의 마음속에 바이라는 마을이 떠올랐다. 그는 그곳에서 복음을 전할 것이다. 가르침뿐만이 아니라 배움을 위해서라도 겸허히 그곳을 향할 것이다.

14장
마음의 고향, 바이

"널 도저히 이해할 수가 없구나."

데이빗이 말했다.

"아버지, 저는 이해를 구하는 게 아니에요."

테드가 맞섰다. 두 사람은 저녁 식탁 앞에 앉아 있었다. 데이빗은 무척 지친 기색이었다. 낮의 열기가 극에 달했고, 대기에서는 불쾌한 냄새마저 풍겼다. 자정이 되기 전에 계절풍이 불어닥칠 기세였다.

둘 다 음식에는 손도 대지 않았다. 식탁 위로는 팽팽한 전운만

이 감돌았다. 축 쳐진 하인이 느릿느릿 다가와 그들의 접시를 치우고 이내 커피를 내왔다.

"이 결정은, 평생 결혼할 의사가 없다는 걸 의미하는 거냐?"

데이빗이 물었다.

"아그네스가 저와 그 마을에 들어가 살 생각이 없다면요."

"설마 그녀에게 그런 얘기를 꺼낼 만큼 배려심이 없는 건 아니겠지."

데이빗은 호되게 말했지만, 테드는 이 말에 웃음을 터뜨렸다. 테드의 마음은 무더위에도 아랑곳없이 종일 구름 위를 떠다녔다. 그는 옷가지와 책들, 음식을 만들 도구들, 간이침대와 모기장처럼 여정에 필요한 물건들을 챙기며 하루를 분주하게 보냈다. 바이에 도착하면 진흙으로 벽을 바르고 짚으로 지붕을 얹어 집을 지을 것이다. 이제 학기도 끝난 마당에 더는 지체할 이유가 없었다.

"내 말이 우습게 들리느냐?"

데이빗이 불쾌한 안색으로 말했다. 세대가 다르니 농담도 달랐다. 문득 데이빗은 자기도 젊었을 때 아버지가 큰 소리로 웃곤 하던 농담이 전혀 재미없고 어이없게 느껴졌다는 사실을 떠올렸다.

"천만에요." 테드는 유쾌하게 말했다.

"그저 아버지와 결혼하려고 푸네까지 오신 어머니 생각이 났을 뿐이에요. 사실 푸네는 미국에서 좀 멀지 않나요."

"상황이 그때와는 다르다." 그의 아버지는 딱 잘라 말했지만, 왜인지는 설명하지 않았다. 대신 그의 머릿속에 갑자기 어떤 묘안이 떠올랐다. 아그네스 린레이에게 편지를 써서 이 골칫덩어리를 잘 구슬리라고 부탁해보는 건 어떨까? 물론 어디까지나 둘만의 비밀로

마음의 고향, 바이 **393**

부쳐야 했다. 그리고 그녀에게 자신의 며느리가 되어준다면 얼마나 기쁠지도 조심스럽게 전해야 했다. 아들을 여러 면에서 솔직하게 칭찬해주고, 비록 아들이 철이 없어서 현명한 아내가 필요할지언정 결코 자기 여인을 후회와 불행 속에 놓아두지는 않을 청년임을 확신시켜야 했다. 인도 촌구석으로 들어가 살겠다는 그 말도 안 되는 선택을, 가족과 친구들이라면 의당 말릴 만한 그 행동을 저지할 수만 있다면 말이다. 백인들에게는 인도에서 살아가는 그들만의 방식이 있었다. 젊은 아그네스도 이 사실을 잘 알고 있을 것이며, 따라서 테드를 무모함으로부터 지켜낼 수 있을 것이다.

"하루 이틀 뒤면 여기를 떠날 겁니다, 아버지."

테드가 기운차게 말했다.

"제하르가 네게 그렇게 큰 영향을 미쳤다는 게 놀라울 뿐이다."

"제하르 때문만은 아니에요. 다야 삼촌도 제 마음을 움직이는 데 한몫했어요. 하지만 무엇보다 아버지와 할아버지의 굴레에서 벗어나고 싶어요. 물론 그간의 안락한 삶에 대해서는 두 분께 감사드리고 있습니다. 의당 그래야겠죠. 하지만 적어도 저는 맥카드 가문의 일부가 아닌 저 자신으로서 살고 싶습니다."

데이빗은 아무 대답도 할 수 없었다. 오늘 아침 그는 내내 젊었을 때의 기억들에 사로잡혀 있었다. 자신의 아버지가 25년 전에 했던 말을 아들에게 메아리처럼 들려줄 수는 없었다. 이제 마지막 붙잡을 끈은 아그네스 린레이뿐이었다.

그때 베란다 쪽에서 떠들썩한 소리가 들려오더니 곧이어 하인이 포드햄 부부가 왔다는 소식을 전했다.

"들어오시라고 하게."

데이빗의 말이 끝나자마자 밖에서 기다리던 이들이 들어왔다. 그런데 둘이 아니라 세 명이었다. 세 번째 인물은 젊은 여인이었는데 팬지꽃처럼 귀여운 얼굴이었다. 갈색의 크고 온화한 눈매에 갈색 눈썹은 숱 많고 부드러워 보였고, 도톰한 빨간 입술과 손에 든 꽃과 조화를 이루는 뾰족한 턱이 아주 예뻤다. 전반적으로 어린아이처럼 보이는 얼굴이었다. 포드햄 부인은 강한 자부심으로 그녀를 소개했다.

"내 딸 루시예요, 맥카드 씨. 루시, 이쪽이 맥카드 씨 아드님이란다. 식사를 방해했다면 미안하우. 이거 원 기다릴 수가 있어야지요."

"아, 따님이 오셨군요."

데이빗이 억지로 미소를 지으며 말했다. 그는 루시가 온다는 걸 까맣게 잊고 있던 차였다.

"네, 그럼요. 계절풍 직전에 와서 얼마나 다행인지 몰라요. 그 퍼붓는 빗속을 뚫고 와야 했다면 여간 힘들었겠어요? 어쨌든 곧 퍼부을 낌새네요."

"내가 뭄바이에 가서 루시를 데려왔지."

포드햄이 철테 안경 너머로 눈을 빛내며 루시를 쳐다보았다.

"내 딸, 정말 예쁘지?" 그가 장난기를 섞어 말했다.

"아빠!" 루시가 카랑카랑하게 소리쳤다.

"얘야, 아빠는 예나 지금이나 똑같단다."

포드햄 부인이 애정이 담뿍 담긴 목소리로 말했다.

"아빠 정말 못말리겠어요."

루시는 모두를 향해 말하면서 빨간 입술로 크게 웃었다. 벌어진 입술 사이로 흰 치아가 반짝반짝 빛났다. 마냥 편안해 보이는 모습이었다. 통통한 몸은 긴장한 기색이 없었고, 심지어 느슨해 보이기까지 했다. 짧은 소매의 분홍색 원피스를 입고 있었는데, 포드햄 부인은 그게 적잖이 신경 쓰이는 것 같았다.

"루시, 선교사 분들을 뵙기에는 소매가 좀 짧은 것 같지 않니? 좋은 인상을 드려야지."

"아, 그런가요?" 루시가 천진난만하게 말했고, 모두가 루시의 곱고 예쁜 팔을 쳐다보았다. 테드도 거리낌 없이 그녀를 바라보았다. 그리고 기억 속에서 거의 지워지다시피 한 그녀의 어릴 적 모습을 희미하게 떠올리면서 그 변한 모습에 놀랐다. 그녀는 걸음마를 떼는 순간부터 테드를 졸졸 따라다녀서 테드는 항상 도망 다니기에 바빴다. 동그란 얼굴과 눈을 가지고 있던 그 심술꾸러기 소녀가 이토록 꾸밈없고 상큼한 꽃송이가 되어 나타난 것이다. 그녀는 어리숙한 면은 있을지 몰라도 누가 봐도 상냥하고 싹싹했다.

테드의 할아버지가 언젠가 그에게 이렇게 말한 적이 있었다.

"결혼은 성품이 온화한 여성과 해라, 테드. 네 할머니는 천성적으로 상냥함을 타고 난 사람이었지. 그것이야말로 여자가 지녀야 할 가장 훌륭한 덕목이다. 성질 고약한 아내를 둬서 인생 망가진 사내들이 한둘이 아니야."

손님들이 자리에 앉자 테드가 아버지를 향해 물었다.

"아버지, 이분들께 제 얘기를 해도 될까요?"

"내가 거기에 결코 찬성하지 않는다는 말도 함께."

"무슨 얘긴데 그러우?"

포드햄 부인이 평소처럼 궁금증을 참지 못하고 눈을 빛내며 물었다.

"저는 곧 시골 마을로 들어가 살 생각입니다."

테드가 말했다.

"아니, 그게 참말이에요? 생각을 바꿀 의사는 없수?"

포드햄 부인이 물었다.

"바뀌지 않길 바랍니다."

"엄마 말은, 영영 거기서 살 거냐고 묻는 거예요."

루시가 웃으며 말했다.

"글쎄요."

"참 이상도 하지." 포드햄 부인이 떠들썩하게 말했다.

"아버지를 두고, 이 근사한 집과 좋은 환경을 버리고 하필 왜 그 시골 촌구석으로 들어간다는 거유?"

"내 장담하는데, 여름 끝자락 쯤이면 다시 이 집으로 돌아오게 될 거요."

포드햄이 말했다.

"글쎄요." 테드가 같은 말을 반복했다.

"요즘 수많은 젊은이들이 새로운 도전을 하고 있긴 하지만, 그게 어디 쉬운 일인가. 나도 젊었을 때는 그런 생각들을 했지. 하지만 특히 이곳의 시골 생활은 불편하기 짝이 없어."

포드햄이 말을 멈추자 모두가 그를 바라보았다.

"맥카드 가문에 대해 훤히 꿰뚫고 있는 정부 당국이 테드의 행동을 어떻게 받아들일지 모르겠구먼."

그는 주변의 시선을 의식하는 것처럼 말을 이었다.

"모두가 추측하는 것처럼, 그들이 테드의 행동을 혁명 같은 걸로 바라볼 수도 있겠군."

"제가 총독에게 직접 이 사실을 해명할 겁니다."

"뭐 그렇다면······." 포드햄이 말을 멈추었다.

"제 생각엔 재미있을 것 같은데요." 루시가 끼어들며 말했다. "전 늘 이곳의 시골 사람들이 좋았어요. 분명히 테드 오빠를 반갑게 맞이하고 고마워할 거예요. 그들은 배운 사람들처럼 잘난 체하거나 하지 않아요. 미국에서 다녔던 학교에 아주 작은 인도 소녀가 있었는데, 들어보니 인도의 한 토후국 왕자의 딸이라더군요. 그녀는 제게는 말도 걸지 않던 걸요. 게다가 선교사들을 깔봤어요."

그 말에 잠시 침묵이 흐르자 포드햄 부인이 수선을 떨며 말했다.

"아이고, 제 딸이 말실수를 한 것 같네요."

"하지만 저는 그녀의 행동에 신경 쓰지 않았어요." 루시가 말했다.

그 말에 테드가 소리 내서 웃었다. 갑자기 루시에게 호감이 갔다. 비록 동경의 대상으로 삼을 수는 없을지라도 말이다. 그녀는 걱정 없이 자란 듯했다. 테드는 물론이거니와 많은 선교사 자녀들이 그렇듯이 루시 역시 유모의 시중을 받으며 곱게 큰 것이다.

그때 문득 머릿속에 이런 생각이 떠올랐다. 혹시 자신이 시골 마을을 일종의 도피처로 생각하는 것은 아닌지, 아무도 요구하거나 강요하지 않는 환경 속에서, 루시의 말대로 그들의 감사와 인정 속에서 살아가려고 드는 것은 아닌지 의구심이 들었다. 그렇게 살다가 선행의 허위의식에 빠져 거만해지고 우둔해지지는 않을까 걱정도 되었다.

"이제 우린 집에 가봐야겠어요." 포드햄 부인이 말했다.

"이 두 양반께서 음식을 마저 드셔야 할 것 같으니."

"쉿, 들어보세요!" 루시가 소리쳤다. 그녀는 눈을 동그랗게 뜨고 귀를 기울였다. 모두가 그녀를 따라 일제히 숨을 죽였다. 저 멀리 사나운 바람소리가 들려오더니 점차 가까이 몰아쳤다. 그러자 얼마 안 가 자줏빛 하늘에서 빗방울이 후두둑 떨어졌다. 드디어 계절풍이 들이닥친 것이다.

"빨리 뛰어야겠어요!"

포드햄 부인이 소리쳤다. 세 사람은 열린 문으로 헐레벌떡 뛰쳐나갔고, 테드는 그들의 모습을 끝까지 지켜보았다. 포드햄이 맨 앞에서 전력질주하고 포드햄 부인은 치마를 아예 머리 위로 들어 올린 채 흰 속치마 자락을 흩날리며 뛰고 있었다. 그런데 루시는 전혀 허둥대지 않았다. 그녀는 천천히 걷고 있었다. 거센 빗줄기를 느끼고 싶은 듯이 고개를 쳐들고, 통통한 작은 손바닥을 위로 뻗었다. 바람이 그녀의 곱슬머리를 움켜쥐고는 목덜미 높이로 들어 올렸다가 다시 어깨 위로 떨어뜨렸다. 빗줄기가 그녀의 뺨을 세차게 내리쳤다. 하지만 그녀는 조금도 동요하지 않았다. 테드는 그 또한 마음에 들었다.

✢

"전 맥카드 씨 아드님의 생각을 존중합니다." 아그네스 린레이는 곧은 글씨체로 편지를 썼다. 이미 몇 주가 흐른 후였다.

동시에 저는 지금 아드님이 그런 행동으로는 무엇도 이룰 수 없으리란 걸 명백히 보고 있습니다. 제게 보여주신 믿음은 고맙습니다만, 테드와 저는 서로 이해를 달리하고 있습니다. 어쩌면 전혀 다른 시각을 가지고 있다고도 할 수 있을 것입니다. 마지막으로 테드를 만났을 때, 저희는 의견 차이를 좁히지 못하고 헤어졌습니다. 인도에서 영국인으로서 자라온 저는 제가 속한 환경에 책임을 느낄 수밖에 없습니다. 현재로서는, 테드가 스스로 이성적인 판단을 내릴 때까지 기다릴 수밖에 없는 것 같습니다. 더구나 테드와 저 사이에는 서로를 구속할 만한 어떤 관계도 형성되지 않았습니다. 그가 제게 편지를 써온다면, 저는 제 의견을 표현하는 것 외에는 달리 할 수 있는 일이 없습니다.

교양 있는 아가씨로군, 데이빗은 생각했다. 정확히 그가 며느리로 삼고 싶은 그런 여인이었고, 테드에게 꼭 필요한 신붓감이었다.

데이빗은 멋진 글씨체로 아그네스에게 신중한 답장을 보냈다. 언젠가 기회가 되면 그녀와 만나 테드에 관한 얘기를 하고 싶다는 의사를 밝힌 뒤, 설령 아들과 반대되는 입장이라도 그녀의 견해를 십분 존중한다고 썼다. 또한 데이빗 자신도, 대영제국이 인도 백성들에게 독립 기반을 마련해주고 성장하고 있는 다른 나라들과 어깨를 나란히 할 수 있도록 돕는 일에 각별히 신경 쓰고 있으며, 은혜를 모르는 인도의 지식인 청년들과 그들을 이끌고 있는 지도자들을 개탄하고 있다고 전했다. 또한 그 지도자들 중에 자신의 옛 친구들이 있다는 점에도 유감을 표했다. 다만 아들이 곁을 떠나 외로운 심정이라는 얘기는 쓰지 않았다.

테드는 계절풍이 닥친 지 하루인가 이틀 뒤에, 퍼붓는 비를 고스란히 맞으며 북동쪽 바이의 시골 마을을 향해 떠났다. 그리고 거기서 첫 편지를 보내왔는데, 호수 마을인 그곳은 태양이 한두 시간 고개를 내밀 때면 수면 아래로 구름들이 헤엄쳐 다니는 듯하다고 적었다. 하지만 바이 자체는 사실 낮은 구릉 지대에 자리 잡고 있었고, 평평한 산 위에 만들어진 거리는 흙바닥이긴 했으나 진흙투성이는 아니었다. 그는 거기에 작은 집을 마련함으로써 살 채비를 마쳤다. 아직까지는 마을 사람들의 뚫어질 듯 바라보는 눈길을 잡아놓는 것 외에는 이룬 게 없었다. 다들 우기라서 일손을 놓고 있었다.

테드는 그들의 언어를 배워둔 것에 감사했다. 때로는 이들과 농담을 주고받기도 했는데, 이 편이 진지한 목적을 얘기하는 것보다 훨씬 쉬운 융화를 가져왔고, 그들도 이걸 더 좋아했다. 마을은 마치 진흙 집들을 한 덩이로 뭉쳐놓은 것 같았다. 작은 집들이 다닥다닥 붙은 이 마을에서는 실잣기, 바구니나 직물 짜기, 도기 제작, 목공예와 제분업 같은 모든 종류의 가내수공업들이 이루어지고 있었다. 물론 이곳 사람들이라고 굶주림에서 자유로운 건 아니었지만, 자비롭게 비가 내리는 이 순간만큼은 다들 행복감에 젖어 있었다. 이곳에는 가네쉬 신을 모시는 작은 사원이 있었는데, 사람들은 작고 살찐 코끼리 머리를 가진 그 조각상을 따르며 좋아했다.

테드의 삶은 자족감으로 가득 차 있었다. 그는 자유로웠고, 지극한 즐거움에 사로잡혀 있었다. 하루하루가 살아있다는 느낌으로 충만했다. 때가 돼서 비가 그치자 호수가 점차 말라 쌀과 겨자와 콩을 심은 밭으로 변했다. 테드는 당분간은 푸네를 방문할 계획이 없었으므로 그저 편지로만 아버지에게 소식을 전했다.

그는 이곳에서 많은 걸 배우며 깨달아가고 있었고, 사람들도 더는 그를 경계하지 않았다. 그리고 테드는 차가운 바람이 히말라야 산맥의 작은 언덕으로부터 불어오고, 진흙 집에서의 삶이 어느 정도 자리를 잡고, 하루하루의 일과가 명확해지기까지 몇 달간 아그네스에게 편지를 보내지 않았다.

그는 이른 아침에는 읽고 쓰는 법을 배우려는 바이의 주민들을 두 시간 동안 가르쳤다. 그러다가 이들이 일터로 돌아가면 지붕 아래 별도로 만든 의무실로 가서, 먼 곳에서까지 찾아온 환자들을 돌봐주었다. 그의 힘으로 치료할 수 없는 사람들에게는 제일 가까운 병원을 찾아가라고 설득했고, 그중에 죽음을 맞이하러 집으로 발길을 돌리는 사람들을 보면서 번민에 휩싸이기도 했다. 또한 오후가 되어 동네에 사소한 싸움들이 벌어지면 중재 역할을 하며 점잖게 타이르거나 조심스럽게 충고를 해주기도 했다. 그렇게 하루가 지나면 밤이 찾아드는 단순한 일과였다. 애초에 생각했던 것보다는 많은 일을 이루지 못했지만, 그의 삶은 그렇게 자리를 잡아갔다. 그러다가 마침내 아그네스에게 편지 쓸 시간을 낼 수 있게 되었다.

✢

당신과 나는 인도에서 자랐음에도 인도인들과 진정으로 알

기회를 갖지 못했어요. 이곳 바이에서 매일매일 일어나는 이야기들을 당신과 나누고 싶습니다. 시골 생활의 놀랍고, 슬프고, 달콤한 이야기들을 말이에요. 우리가 사는 집 벽 너머로 얼마나 흥미진진한 삶이 펼쳐져 있는지 당신은 모를 거예요. 나는 이곳 마을 거리에서, 진흙으로 지은 허술한 집들의 뒤켠에서 서서 거의 사생활이라 할 만한 걸 갖지 못한 사람들의 삶을 속속들이 바라보고 있습니다. 내 사랑, 이 말은 쩌들이 사랑하는 사람에게 사용하는 유일한 호칭이기도 합니다. 당신은 이들이 사원에 예수님 조각상을 놓아두었다면 기분이 상할까요?

하지만 그 모습은 한때 제 학생이었으며, 지금은 기독교 사두가 된 쩨하르를 닮았어요. 아마 예수님도 실제로 그렇게 생겼을지 모르겠군요. 그 조각상이 지금 가네쉬 상 옆에 나란히 놓여 있습니다. 쩌들은 이 예수 조각상을 가네쉬보다 훨씬 크게 만들었답니다.

그리고 아그네스는 편지에 적힌 어떤 단어 때문에 그 즉시 답장을 보낼 수밖에 없었다.

테드, 이제 당신은 제게 '사랑'이라는 어떤 단어를 써서는 안 됩니다. 난 당신 아버지와 결혼을 약속했어요.

✣

바이는 바깥 세계로부터 어떤 뉴스도, 어떤 소문도 날아들 수 없는 곳이었다. 또한 아버지로부터 온 편지에도 단서 같은 건 없었다. 테드는 이 소식을 아버지가 아닌 아그네스로부터 듣게 된 것도 어쩌면 깊은 고심 끝에 내려진 결정일 수 있으리라 생각했다.

만일 선교 사택에서 계속 지냈더라면 그는 아그네스와 아버지 사이에 미묘한 우정이 싹트고 자라는 과정을 지켜봐야만 했을 것이다. 하지만 그는 아무것도 보지 못했다. 이 시기 그는 이 시골 마을에서 더없이 즐거운 나날을 보내고 있었고, 때문에 사랑의 필요성조차 못 느낄 정도로 정신과 사랑이 분리되어 아그네스에게 금방 편지를 쓰지 못했다. 이제 그는 아그네스와 아버지의 편지로부터, 둘을 가깝게 만든 장본인이 바로 자기였음을 알게 되었다. 테드와 관련해 편지를 주고받다가 결국 데이빗의 마음에 그녀를 향한 감정이 자라난 것이다. 그리고 고심 끝에 그는 9월에 콜카타로 그녀를 보러 갔다. 그의 아버지는 많은 고민을 했다는 점을 분명히 밝히고 있었다.

"내 평생 네 엄마 자리에 다른 여자를 들이겠다고는 한 번도 생각한 적이 없었다. 하지만 네가 떠나고 나서 예전에는 겪어보지 못한 지독한 외로움을 느꼈지. 그 외로움 속에서 린레이 양과 우정이 싹트게 된 것 같구나."

이것이 아버지의 설명 전부였다.

테드는 아버지의 결혼식에 가지 않았다. 중국과 일본으로 향하기로 했던 두 사람의 신혼여행도 행선지가 뉴욕으로 바뀌었다. 이제 말조차 할 수 없게 된 한 노인네가 그곳에서 죽어가고 있었기 때문이다.

⁜

데이빗과 그의 젊은 아내는 맑고 화창한 날에 뉴욕에 도착했다. 도시는 눈부신 아름다움 속에서 빛나고 있었다. 바다로부터는 바람이 잔잔하게 불어오고, 하늘은 눈이 시릴 만큼 청명했다. 데이빗은 자신에게 이런 행복이 다시 찾아올 것이라고는 상상도 하지 못했다. 그의 곁에 있는 금발머리의 어린 영국 여인은 이제 그에게 있어 아내이자 딸과 같은 존재였다. 그는 결국 그녀의 마음을 얻은 것이다. 그의 마음에 자부심과 흡족함이 가득 차올랐다. 그가 아그네스를 사랑하는 방식은 올리비아를 사랑했던 방식과는 달랐지만, 그는 아그네스에게 늘 부드럽고 자상했으며 아주 가끔은 열정이 솟기도 했다. 다행히도 그녀는 냉철하고 이성적인 여자였다. 솔직히 데이빗은 결혼을 앞두고, 자신이 그간 너무 오래 독신생활을 한 나머지 그녀를 대할 때 어색하고 서툴지 않을까 걱정했으나 쓸데없는 기우였다.

아그네스는 세심한 마음씨와 교양미와 빠른 이해력과 고분고분함을 동시에 지니고 있었다. 둘 사이에는 어떤 갈등의 소지도 없었다. 결혼식이 끝나고 나자, 그의 마음에 남아 있던 마지막 외로움의 불씨와 아들에 대해 품었던 일말의 죄책감마저 사라졌다.

비록 아그네스는 이제야 자신은 테드처럼 젊은 청년과는 결혼할 수 없는 여인임을 알게 되었고 데이빗에 대한 자신의 사랑 또한 확신하게 되었다고 말했지만, 데이빗은 그녀가 온전히 자신의 것임을 증명하는 결혼이라는 마지막 의식 없이는 죄책감에서 벗어날 수 없었다.

그는 뉴욕의 옛 집으로 자신의 영국인 아내를 데리고 갔다. 아그네스는 데이빗의 어머니가 썼던 방에 소지품들을 놓고 지낼 준비를 했다. 그는 이 집을 마음에 들어 하고 편안하게 느끼는 그녀를 보며 흡족해 했다.

"마치 옛날의 우리 런던 집 같아요."

그녀는 집 안 이곳저곳을 돌아다니며 가구와 카펫, 물건들을 하나하나 살펴보았다. 그의 어머니가 오래전에 샀던 프랑스 산 호박단琥珀緞과 견수자絹繻子는 아직도 낡거나 색이 바래지 않고 잘 간직되어 있었다.

"이건 정말 멋진데요." 아그네스가 말했다.

"전 고풍스러운 물건들이 좋아요."

데이빗은 그녀를 부드럽게 감싸 안았다. 그녀도 데이빗 만큼이나 수줍음이 많아서 그는 이렇게 더 따뜻하게 아내를 안아주곤 했다. 서로 부끄러워할 이유가 없었다. 올리비아는 간혹 떼를 쓰곤 했지만 아그네스는 그러는 법이 없었고, 따라서 굳이 그녀의 비위를 맞출 필요도 없었다. 그의 삶은 더없이 행복한 곳에 안착했다. 참 좋으신 하나님이었다.

"이제 아버님께 가보세요."

아그네스가 사려 깊은 태도로 말했다.

"저는 여기서 기다리고 있을게요."

그의 아버지는 데이빗을 알아보지 못했다. 데이빗은 커다란 침대 옆에 서서, 힘없이 늘어진 채 미동도 없이 거대한 뼈만 앙상한 아버지의 모습을 내려다보았다.

잿빛 눈동자는 어딘가를 보고 있었지만 초점이 없었고, 얕은 숨은 힘겨워 보였다. 한숨한숨 뱉어낼 때마다 모든 기력이 빠져나가고 있는 것 같았다.

덩치 큰 간호사가 차분한 자세로 옆에 서 있었다.

"회장님께서 오래 못 견디실 것 같습니다."

그녀가 한숨지었다.

"오늘내일 하시는 중이세요. 맥카드 박사님이 이렇게 와주셔서 너무 기쁩니다."

"혹시 나를 찾으시던가요?"

"아니요. 지금 그럴 정신이 없으세요. 숨 쉬는 것만으로도 버거우신 상태입니다."

"필요하면 언제든지 날 불러요. 계속 집에 있을 겁니다."

"네, 알겠습니다."

데이빗은 다시 살금살금 방을 빠져나와서 아그네스가 기다리는 햇살 가득한 방으로 들어갔다.

"당신까지 굳이 아버지 모습을 볼 필요는 없을 것 같소."

아그네스는 책을 든 채 레일라가 자주 누웠던 공단 천을 씌운 긴 의자 위에 비스듬히 누워 있었다. 그녀가 책을 내려놓자 데이빗이 그녀의 손을 잡았다.

"오래 견디시지 못할 것 같소. 하루 이틀이 지나 평화로워지시면……."

"고마워요, 여보." 그녀가 말했다.

"저를 배려해줘서요."

나흘째 되는 날 평소대로 아버지의 방을 찾은 데이빗은 다른 날과 달리 이상할 만큼 힘찬 아버지의 목소리를 들을 수 있었다. 방 안으로 들어가자, 간호사가 침대 가에서 노인의 어깨를 누르며 진땀을 빼고 있었다.

"제발 누워 계세요, 맥카드 회장님. 이러다가 다치세요."

"무슨 일이죠?" 데이빗이 물었다.

"갑자기 정신이 드시더니." 간호사가 숨을 몰아쉬며 말했다. 베개에 기대어 있던 맥카드가 아들을 뚫어져라 쳐다보았다. 그의 마른 입술이 서서히 열렸다. 간호사가 맥카드의 트레이드마크인 턱수염을 말끔히 면도해놓는 바람에 불룩한 턱과 핏기 없는 두꺼운 입술이 적나라하게 드러났다.

"올리비아는 어디 있느냐?"

맥카드가 물었다. 그는 아그네스를 이 방으로 데려오지 않기를 잘했다고 생각했다.

"아버지, 올리비아는 20년 전에 죽었습니다."

"올리비아도 죽었느냐?"

"아주 오래전에요, 아버지."

"레일라," 늙은 맥카드가 작은 목소리로 중얼거렸다.

"레일라, 레일라, 레일라."

"아휴, 또 시작이시네."

그러자 눈처럼 흰 덥수룩한 눈썹이 예전처럼 분노를 못 이겨 치켜 올라갔다.

"닥쳐!" 노인은 고함을 질렀다. "닥치지 못해, 이 여자야!"

이 상황이 그에게 체력적인 타격을 가져왔다. 분노의 파도가 한바탕 지나가자 그는 갑자기 망연자실한 채 뻣뻣하게 굳더니, 그 맨 턱이 채 닫히기도 전에 그대로 세상을 떠나고 말았다.

⚜

"저는 여기서 살고 싶어요." 아그네스가 말했다.

이 빅토리아 풍의 옛 집은 고층 빌딩과 회사 건물들로 둘러싸여 있음에도 그녀로 하여금 런던을 떠올리게 했다.

"그렇다면 언젠가 이곳에서 둥지를 틀지."

데이빗이 말을 이었다.

"하지만 아직 해야 할 일이 남아 있어요."

"물론이에요. 전 단지 그러면 좋겠다고 생각했을 뿐이에요. 인도에서도 행복하게 지낼 수 있을 거예요. 비록 제가 선교사의 아내로 적합할지는 모르겠지만요. 당신도 그건 알고 있죠?"

데이빗은 옛날에 올리비아에게도 그런 건 바라지 않는다고 얘기한 바 있었다. 데이빗은 아그네스에게 말했다.

"난 당신이 행복하면 그뿐이오."

그는 미국인 의사로부터, 아그네스가 아이를 가질 수 없다는 다소 충격적인 소식을 전해 들었다. 그럼에도 아그네스가 별 개의치 않고 즐거워 보이는 듯해서 안심이 되었다. 사실 데이빗은 이 나이에 어린 자식이 생길까 내심 걱정했던 차였다. 주변 사람들에게 놀랄 만한 일이기도 했고, 어찌 보면 부끄러운 일이기도 했다.

더구나 인도에서 그런 일이 벌어진다면 그의 품격까지 손상될 수 있었다. 마치 회춘이라도 한 것처럼, 성적인 부분이 여실하게 공개되는 일이었기 때문이다.

이는 미국에 온 김에 실력 있는 미국인 의사에게 검진을 받아보자는 제안에서 시작되었다. 두 사람은 세인트 제임스 성당에서 백발 남자들과 광택 나는 넉넉한 옷을 차려입은 여자들에 둘러싸여 이목을 끄는 장례식을 마친 뒤 병원을 찾았고, 아이가 없을 거라는 얘기를 들었다. 따라서 누구건 맥카드의 상속인은 테드의 자식으로 이어져야만 했다. 데이빗은 내심 오히려 잘되었다고 생각했다. 의심할 여지없이 테드는 결혼을 할 것이다. 인도에서 젊은 남자가 혼자 산다는 건 있을 수 없는 일이었다. 누군가 여자가 나서서 테드를 그 촌구석에서 끌어내 제정신이 돌아오게 만들어야 하리라.

15장
닫힌 빗장을 열고

테드는 이 시골 마을에 들어온 이후 처음으로 자신을 찾아올 방문자를 기다리고 있었다. 다야가 출감해서 이곳으로 오고 있었다. 감옥에서 그는 기독교인임에도 인도인처럼 살기 위해 집까지 버리고 바이로 들어간 이 멋진 미국인 이야기를 들었다. 그의 아버지가 아주 부자라는 얘기도 함께 들려왔다.

"그 부자 아버지 이름이 뭐라던가?"

다야가 대강 짐작하며 물었다.

"맥카드 나리요."

"아, 그렇군. 그 젊은 미국 청년에게 시골로 들어가라고 말한 사람이 바로 나였네."

"그래서 그가 그 말씀을 따랐군요."

감옥에 새로 들어온 사람이 다야를 우러러보며 말했다.

"난 그 젊은이를 태어날 때부터 알아왔지."

다야는 자유의 몸이 되자마자 곧장 바이의 시골 마을로 향했고, 거기에서 테드를 만났다. 테드는 흰 피부가 태양에 그을려 구릿빛으로 변했고, 푸른 눈동자는 검은 피부와 대비를 이루어 램프처럼 빛났다. 다야의 방문으로 온 동네가 떠들썩해졌다. 인도에서 다야라는 이름은 간디만큼이나 인도에서 유명했기 때문이다. 테드는 한껏 자부심으로 부풀었다.

다야는 시골의 허술한 음식 때문에 몰라보게 마른 이 훤칠하고 젊은 백인을 바라보았다.

"자네 이제 인도인이 다 됐네. 푸른 눈동자를 보니 분명 카슈미르에서 온 사람 같구먼. 도티*도 아주 야무지게 잘 둘렀고."

"칭찬으로 듣겠습니다." 테드가 소리 없이 씩 웃었다.

"도티를 입으면 시원해서요."

마을 사람들이 떼로 몰려와서 존경심에 찬 눈으로 이 두 사람을 바라보고 있었다.

"이게 자네 집이군." 다야는 단정한 흙집을 바라보았다. 집은 거친 판자로 만든 두 개의 방과 작은 베란다 덕분에 전보다 넓어졌고, 짚으로 지붕을 덮어놓았다.

---

* 힌두교 문화권의 남자들이 전통적으로 입는 긴 허리감개 옷

"그래, 어떻게 먹고 사는가?"

"유감스럽게도 집안의 옛 보조금이 저를 돕고 있죠."

"호화로운 가난이구먼, 안 그런가?" 다야가 놀리듯이 말했다.

"사두의 전통은 아주 좋은 것이지. 그래도 자네는 이곳저곳 유랑하지는 않는 것 같은데?"

"아직 여기에도 배울 게 많이 남아 있습니다."

테드가 지켜보는 사람들을 향해 손을 펴서 훑는 손짓을 하자, 사람들이 몇 발자국 물러나며 수줍은 미소를 흘렸다.

"이들이야말로 최고의 스승들이지."

다야가 정중하게 말했다. 그들은 작은 집으로 들어가서 진흙 바닥에 깔린 매트 위에 앉아 이야기를 나누었다. 수 개월간의 수감 생활을 마친 다야의 혀는 더 활발해져 있었다. 테드는 이 인생 선배의 말을 귀담아 들었다. 마을 사람들 역시 친절하고 선량하며 그에게 많은 걸 가르쳐주었지만, 무지한 이들의 말은 사실 어린아이의 수준에 불과했다.

반면 다야는 힌두어를 비롯해 마라티어, 구자라트어, 영어, 프랑스어, 독일어 등 어떤 언어를 사용하건 아찔할 정도로 질서정연하고 유창하고 매끄러운 달변을 보여주었다.

"간디는 지금 감옥에 수감되어 있네. 현재 건강이 별로 좋지 않아서 조만간 수술을 받아야 한다더군. 그렇게 자유의 몸이 돼서 그에게 어떤 얘기를 전해 듣기 전까지는 다음 전략을 세우지 않을 생각이야. 비폭력 저항은 지혜와 공격과 인내 차원에서 극도로 주의가 필요한 노선일세. 그에 반해 폭력이란 단순하고 아주 쉬운 길이지. 그건 언제나 혼란을 동반하는, 어리석고 머리 나쁜 자들의 무기라네. 지식인들에게는 비폭력 저항주의를 온전히 실천하는 것이야말로 도전적인 과제일 걸세."

다야의 유창한 말솜씨가 강렬한 표정의 여윈 얼굴과 대비되어 생동감 넘치는 흥분을 가져다주었다. 수감 생활은 그의 몸과 마음을 더 강하고 정밀하게 단련시켰고, 그의 정신을 넘치는 에너지로 충전시켰다.

"간디는 타고난 지도자입니까?" 테드가 물었다.

"정신적인 면에서 그를 따라올 사람이 없지. 우리는 그의 생각을 알기 전까지는 어떤 행동도 취하지 않으니까. 날이 갈수록 상황이 복잡해지고 있네. 자유를 향한 희망, 아주 단순하게 들리는 말 아닌가?

하지만 희망은 그 안에 모든 것을 해방시키고 풀어놓는 힘을 가지고 있네. 그리고 희망이 풀어놓는 것들은 더는 단순하지 않지. 자넨 아마 인도가 자유에 대한 꿈을 꾸는 것만으로도 충분할 거라고 생각하겠지만, 거기엔 더 많은 자유들이 필요하다네. 가령 이슬람교도들은 자유로운 인도인이 되는 것에 그칠 수 없네. 그들은 자유로운 이슬람교도들이 되어야 하지. 힌두교도나 시크교도도 마찬가지네. 최소한의 자유로는 충분하지가 않지. 노동자들 역시 흩어지고 있네. 어떤 노동자는 러시아와 함께 좌파로, 어떤 노동자는 우파로 흐르고 있지. 노동은 자본주의에서 자유로워지길 원하고 있어. 인도의 자본 87퍼센트는 모두 영국에 속해 있으니, 인도의 자본 또한 영국 자본으로부터 자유로워질 필요가 있네. 나는 이것이야말로 내 삶을 걸고 투쟁할 만한 가치가 있는 일이라고 생각하네. 지주들과 대금업자들에게 지배당하는 사람들, 이 농부들의 자유를 위해서 말일세. 이들을 못살게 구는 부류들은 이제 하나의 거대한 악마가 되어가고 있지. 저 땅들이, 일단 거머쥐면 놓으려 들지 않는 이들의 검은 손아귀 안으로 떨어지고 있는 걸세. 지주들이란 땅 근처에는 얼씬도 하지 않는 인간들일세. 그저 도시에 살면서 대리인을 시켜 소작료와 빚을 못 갚은 농부들에게서 땅을 강탈하지."

맞는 말이었다. 대금업자들과 지주들은 이제 한 몸이 되어가고 있었고, 이 때문에 농부들은 땅에서 쫓겨나는 신세가 되었다. 다야는 말을 이었다.

"지금 러시아 국경을 넘어 위험한 소문들이 슬금슬금 기어들고 있네. 지주로부터 땅을 빼앗아서 농부들에게 돌려준다는 달콤한 약속 말일세. 간디는 비폭력을 선언했지만, 다른 한쪽에서는 무력을 써야 한다고 수군대고 있지. 한번은 간디에게 만일 농부들이 폭력으로 들고 일어나면 어떻게 할 생각이냐고 물어본 적도 있다네."

테드는 답을 찾기가 어려웠다. 그는 아직 인도의 심장부에 깃든 멈추지 않는 동요 속에서 인도를 배워가는 중이었고, 간디라는 인물 역시 한 번도 본 적이 없었다.

그들은 며칠 동안 그간 쌓인 회포를 원없이 풀어냈다. 다야가 이 동네를 찾아왔다는 걸 알게 된 사람들이 멀리서 찾아와 그의 음성을 듣고, 그의 손을 만지고, 그에게 질문을 던졌다.

"학자 어르신, 우리는 언제 자유를 누릴 수 있습니까요? 다시 땅을 돌려받을 수 있을까요?"

다야는 늘 같은 답변만 들려주었다.

"유일한 희망은 간디뿐이오."

밤이 되면 테드는 마음 놓고 영어로 얘기할 수 있었다. 낮에는 동네 사람들이 알아듣지 못하는 언어를 사용하면 위화감을 조성할지 모른다는 생각에 되도록이면 영어를 쓰지 않았다. 이는 격정적이고 성질 급한 다야와는 대비되는 세심함 측면이 었다. 테드는 다야가 농부들에게 열정과 관심은 넘치지만 여전히 그에 속해 있지 않음을 눈으로 목격할 수 있었다.

그는 농부들과 대화를 나눌 때 다소 성급하게 굴었고, 자신이 미처 의식하지 못하는 교만함을 보였다. 반면 테드는 농부나 다른 사람들과 어떤 차이도 느끼지 않았으며 어떤 차별도 두지 않았다. 그는 다야의 이러한 공감 능력의 결핍을 어떻게 얘기해줘야 할지 고민스러웠다. 그 능력은 사실 어떤 면에는 타고나는 것이었다.

다야는 자신이 얘기를 나누고 있는 사람들을 이해하지 못했고, 이것은 인도 지식인들에게 나타나는 전형적인 결함이었다. 만일 혁명이 실패한다면 바로 이런 이유 때문일 것이라고 테드는 생각했다. 농부들만큼 이런 교만함을 더 빨리 알아채는 이들도 없었기 때문이다. 며칠이 지나자 마을 사람들은 점차 다야에게서 멀어지기 시작했다. 반면 테드에게는 더 많은 사람들이 몰렸다. 이들은 비록 다야에게 예의와 친절을 잃지 않으면서도 마음을 닫고 있었다. 하지만 다야는 이조차 눈치 채지 못했다.

다야는 올 때와 다름없이 고개를 꼿꼿이 든 채 마을을 떠났다. 비록 부유한 집안에서 태어나 고생 없이 자랐을지언정 인도인들을 위해 모든 것을 버린 그는 백성들의 자유를 위한 계획과 분개로 가득 차 있었다. 마을 사람들은 다야가 떠나기를 기다렸다가 다시 테드의 작은 집으로 구름처럼 몰려들어 간디에 대한 질문을 던지고, 얼마나 더 기다려야 자유가 찾아오는지 물었다. 그들은 다야를 지도자로서는 존경했지만, 다야가 자신들과는 함께 식사할 수도, 그들의 짚 지붕 아래서 함께 잠을 청할 수도 없다는 걸 알고 있었다. 비록 다야는 그들을 위해 생명을 던질 준비가 되어 있을지라도 말이다.

다야가 떠난 다음날, 테드는 우편배달부로부터 편지 한 통을 받았다. 분홍색의 싸구려 사각 봉투 위에 포드햄이라는 이름이 적혀 있었다. 그러나 글씨체는 포드햄의 것이 아니었고, 포드햄 부인이 이 분홍색 봉투를 보냈을 리도 없었다. 봉투 안에는 보라색 잉크로 삐뚤빼뚤하게 써내린 편지지 두 장이 들어 있었고, 맨 끝의 발신자를 보니 루시의 이름이 적혀 있었다. 테드는 한편으로는 놀랐고, 한편으로는 당황스러웠다. 루시는 부모님께 알리지 않고 이 편지를 쓰고 있다면서 외로운 심경을 솔직하게 토로해왔다. 열아홉 살이 됐는데 또래 친구도 없고, 부모님은 기독교인들 사이에 괜한 소문이 퍼지지 않도록 영국 정부에서 일하거나 사업차 머물고 있는 영국 남자도 못 만나게 한다는 것이다.

편지는 그저 젊은 남자에게 심정을 하소연하는 정도였다. 또한 루시는 자신도 의식하지 못하는 사이 테드를 그 상대로 선택했다. 비록 그 편지에는 마음을 움직이는 뭔가가 있었지만, 테드는 그녀의 충동을 부추겨서는 안 된다고 생각했다.

테드는 아그네스에게 행복을 기원한다는 짤막한 서신만 보냈을 뿐, 다시는 편지를 쓰지 않았다. 만일 그녀가 선교 사택으로 돌아와 살게 된다면, 다시 그곳으로 돌아가기는 불가능할 것이다. 다만 아버지는 푸네로 돌아가면 사택을 다른 사람에게 넘기고 자신들은 따로 거처를 마련할 것이라고 써왔다. 아그네스가 영국인들이 모여 사는 곳에 살고 싶어 했고, 자신도 거기에 이의를 제기하지 않는다는 것이다.

그는 지금껏 선교회로부터 어떤 기금도 받지 않았으므로 그 정도는 자유롭게 선택할 수 있었다. 학교 교장직에서 물러나 영국 정부와 인도에 있는 교회들을 긴밀하게 연결해주는 일을 할 시기였다. 총독은 데이빗이 보다 광범위한 조직망 속에서 일해주기를 원했고, 아그네스 역시 여행 다니는 것을 좋아했다. 테드는 아버지의 편지에서 아그네스라는 이름이 나올 때마다 씁쓸함을 지울 수 없었다. 하지만 데이빗은 아들이 이제 자신의 아내에게 어떻게 처신해야 할지를 각인시키려는 듯, 그녀의 이름을 분명하고 편안하게 사용했다.

"오빠가 정말 부러워요."

루시는 커다란 둥근 글씨체로 써왔다.

"저도 시골 마을에서 살고 싶어요. 저는 인도 음식 없이는 못살고, 인도 아이들도 얼마나 귀여워하는데요. 아이들을 목욕시키고, 엄마들에게는 글도 가르칠 수 있어요. 유아교육에 관한 책들도 꽤 많이 읽었는 걸요. 누구건 사회 인습에 얽매여 산다는 건 정말 딱한 일이에요."

이렇게 해서 소박하고 다소 어설프긴 하지만 유쾌한 우정이 시작되었다. 루시는 테드에게 쏟아지는 햇살 아래에서 찍은 자기 사진을 보내왔다. 그는 루시의 통통한 맨팔과 짧은 곱슬머리를 살펴보았다. 날씨가 너무 더워 머리를 잘랐다고 했다. 비록 어머니가 이 일로 화를 내긴 했지만, 그녀는 어머니 말을 그다지 귀담아듣지 않았다.

"어머니가 오빠한테 온 편지를 보더니 그걸 읽겠다고 난리인 거예요. 오하이오의 친구들 말고는 저한테 오는 편지가 없거든요. 하지만 엄마한테는 절대로 보여주지 않을 거예요. 굳이 봐야 할 이유도 없잖아요. 나도 뭔가 나만의 비밀을 갖고 싶어요."

그녀는 초등학교에서 성경과 영어를 가르치고 있다면서, 그것이 별로 즐겁지 않다고 했다. 그녀가 정말 좋아하는 건 아기들이라는 것이다.

"크리스마스 때도 푸네에 안 올 거예요?"

"갈 생각이 없어." 테드가 답장을 썼다.

"내겐 바이가 고향이니까."

그랬다. 테드에게는 바이가 마음의 고향이었다. 데이빗은 테드가 얼마 지나지 않아 푸네로 돌아오리라 예상했지만, 테드는 한 번도 푸네를, 그리고 그 선교 사택을 찾지 않았다. 그는 수백만 명의 진정한 인도인들을 남겨두고 그 편안한 집에서 복음을 전할 수도, 사람들을 가르칠 수도 없었다. 이것은 비단 인도에 속한 사람들에게뿐만이 아니었다.

이런 사람들은 세계 어디에나 있었다. 이 세계는 바이 주민들 같은 사람들로 가득 차 있었다. 이들에게 구원의 손길이 미칠 때까지, 이들의 병이 낫고 굶주림이 해결되고, 이들이 무지에서 벗어날 때까지, 그리스도의 복음은 아직 충분히 전달되지 않았다. 또한 이 모든 것은 이들의 순진무구한 마음과 애정으로 가득한 성품이 다치지 않는 범위 내에서 이루어져야 할 것이다. 그는 가진 것이라고는 오로지 가슴에 품은 사랑이 전부인 이들보다 더 사랑스러운 사람들을 본 적이 없었다. 그랬다. 테드는 푸네나 뭄바이나 뉴욕으로 돌아갈 수 없었다. 콜카타나 런던이나 파리는 더더욱 아니었다. 그가 있어야 할 곳은 바로 이곳 바이였다.

몇 달 동안 테드는 루시와 편지를 주고받으면서 아주 단순한 형태의 위안을 느꼈다. 답장을 쓰려면 어떻게든 편지지를 채워나가야 했고, 그녀는 답장을 꼭 써달라는 어떤 요구나 압력도 표하지 않았으므로 편지 쓰는 일이 즐거웠다. 루시 또한 테드의 편지를 재미있게 읽어주었기 때문에, 이를 통해 그는 이 작은 시골 마을에서 일어나는 사소한 이야기들을 하나하나 다시 반추할 기회를 가질 수 있었다.

한번은 다야가 감옥에 갇혀 있을 때 곤충들과 작은 동물들이 자신의 친구였다고 말한 적이 있었다. 그리고는 감옥 벽의 갈라진 틈에 살고 있는 곤충들의 비밀스런 삶을 흥미진진하게 묘사했다. 그걸 기억해낸 테드는 루시의 생기 넘치는 젊음이 관심을 가질 만한 요소가 뭔지 고민하며 방 두 칸짜리 흙집에 둥지를 틀고 있는 또 다른 생명체들을 세심히 살펴보기 시작했다.

뜨거운 태양이 흙집을 바짝 달구면 벽에는 세밀한 균열이 생겼고, 그 틈에서 푸르스름한 꼬리를 가진 날쌘 도마뱀들이 기어 나오곤 했다. 이것들은 민첩했지만 가끔은 벽이나 천장 같은 곳에 매달린 채 몇 시간이고 꿈쩍 않을 때도 있었다. 그러다가 파리나 나방이 가까이 다가오면, 순식간에 기다란 혀로 무방비 상태의 곤충들을 홱 낚아채서는 좁은 목구멍으로 넘겼다. 눈에 잘 띄지 않는 지네와 전갈 같은 것들도 가까운 정글에 사는 호랑이처럼 일상에서는 그다지 위협적인 존재가 아니었다.

정말로 조심해야 할 건 도둑 원숭이들이었다. 빨간 엉덩이, 파란 엉덩이를 가진 원숭이들도 있었지만 대부분의 원숭이들은 엉덩이가 갈색을 띠고 있었는데, 이 작은 원숭이들이 끊임없이 소리를 질러대곤 했다. 사실 테드의 집안 살림, 그리고 시골에서처럼 동물들과 살아가는 이런 삶은 인도에서 자란 여자아이에게는 그다지 신기할 게 없는 풍경이었다. 그래서 테드는 루시를 더 즐겁게 해주기 위해 자주 출몰하는 이 불청객들에게 나름의 성격까지 부여해 묘사하곤 했다.

그는 어떤 생명도, 위협이 되지 않는 한 함부로 다루지 않았다. 도마뱀들의 아버지로 보이는 올드 모스백*은 테드에게는 가장 절친한 밤의 친구로, 먹이를 찾아다니며 약탈하는 것만 제외하면 어떤 교활함도 찾아볼 수 없는 작은 잿빛의 못난이 파충류였다.

또한 테드는 어미가 바닥으로 내동댕이쳐서 다리가 부러진 작은 고집 센 암컷 원숭이를 애완용으로 키우고 있었다. 이 암컷은 아이처럼 그의 바짓가랑이를 잡고 다녔는데, 그가 떼어놓으려 들면 꽥꽥 울부짖었다. 테드는 이 원숭이의 이름을 별다른 생각 없이 '루지'라고 지어주었다.

그렇게 테드는 담백한 하루하루를 편지에 써내려갔다. 땅거미가 내려앉아 마을 사람들이 문 앞에 모여들면 그들에게 바가바드기타나 코란, 또는 성경책이나 헤브라이어 경전들을 읽어주거나, 흑해 너머에 존재하는 다른 나라들에 대해서 들려주는 하루였다. 가끔 글을 읽을 줄 모르는 이들에게는 인도의 역사 이야기를 해주기도

---

* '늙은 바다거북'이라는 뜻

했다.

 그러면 그들은 질문을 던지거나 자신들이 알고 있는 일화나 경험담, 놀랄 만한 이야기 보따리를 풀어놓기에 여념이 없었다. 그렇게 유쾌한 시간들은 이들을 신께 향하도록 하는 테드의 기도로 이어지곤 했다. 그리고 테드는 기도를 올릴 때면 이들 모두가 원하는 먹을 것과 건강과 안위를 얻게 해달라고 기원했다.

 "밤에도 시골 마을은 조용하지가 않아. 밀림에서 들려오는 동물 울음소리, 몸이 아파 칭얼거리는 아이들의 울음소리 같은 각종 소음들로 여전히 들썩이지. 하지만 어둠이 깔리고 서로 헤어지는 시간이 되면 우리 마음속은 평화로 가득 찬단다."

 두 사람 사이에 이런 편지들이 계속 오갔다. 그리고 테드가 바이에 온 지 1년 남짓이 되었을 무렵, 그리고 앞으로도 오래 이곳을 떠날 일이 없을 것이라고 생각하고 있을 때, 편지 한 통이 날아들었다. 물론 테드는 그게 누구의 편지인지 짐작하고 있었다. 그리고 언젠가 이런 날이 오리란 걸 예상하고 있었던 그는 봉투를 뜯고 내용을 확인하고 난 뒤 깊은 생각에 빠졌다.

 "그 마을에 가겠어요. 그곳에 가서 당신의 아내가 되겠어요. 전 아무것도 바라지 않아요. 나를 사랑할 필요도 없어요. 하지만 저는 당신을 사랑해요."

⚜

 무엇이 남녀를 결혼으로 이끄는 건지 테드는 알 수 없었다. 그의 젊은 육체는 여자를 원했다. 하지만 그것은 기도와 노동으로 굴복시킬 수 있었다. 잠들지 못하는 밤이면 자리에서 일어나 등불을 켜고 책을 읽었다. 그러면 방에 불 켜진 것을 보고 혹시 그가 앓나 싶어 찾아오는 친절한 이웃의 발자국 소리가 들려오기도 했다. 아니면 그들도 아프거나 테드처럼 잠이 오지 않아서일 때도 있었다.

칠흑같이 어두운 밤이 계속될지언정 인도는 오랜 숙면을 취할 만한 곳이 아니었다. 사그라지지 않는 열기, 곤충들과 짐승들의 끊임없는 움직임, 배고픔에 잠이 든 허약한 아이들이 악몽을 꾸고 난 뒤 터뜨리는 울음소리 때문에, 하루의 고된 일과로 녹초가 되지 않는 한 편하게 휴식을 취할 수 없었다. 게다가 마음의 소요가 내려앉으면, 역시 잠에 빠져들기 어려웠다.

하지만 그는 더 이상 혼자가 아니었다. 바이에서 그는 모든 이들의 우상이었고, 모두가 그에게 의지했다. 만일 결혼하겠다고 하면 다들 어떤 반응을 보일지 알 수 없었다. 아무도 테드에게 결혼 얘기를 꺼낸 적이 없었다. 아마 그들은 어떤 면에서 그를 사두로 생각하고 있는 것 같았다. 그들은 테드를 '나리'라고 불렀고, 그에 대해 사두의 개념을 가지고 있었다. 하지만 테드는 이 두 가지 다 받아들이지 않았다.

테드는 루시를 제외하면 백인 여성이 바이에 산다는 게 상상이 가지 않았다. 하지만 그는 루시를 사랑하지 않았다. 유쾌한 방식으로 그녀를 마음에 들어 하긴 했지만 사랑한다고는 생각할 수 없었다. 그는 어떤 여자도 사랑하고 싶지 않았다. 사랑은 의심할 여지 없이 그가 선택한 삶의 방식에 장애가 될 수 있었다.

그때 갑자기 제하르가 뇌리를 스쳤다. 지금껏 그의 소식을 한 번도 들은 적이 없었다. 테드는 제하르가 사두의 길을 결정하기 전에 이미 결혼을 했는지, 아니면 결혼할 생각이 있었는지 궁금해졌다. 삶의 초창기에 발생하는 욕망들이 과연 그의 내면의 성자를 압도했을까? 아니면 탁발승들이 그러는 것처럼 성자인 척 행세하면서 여자들과 관계를 가지기로 모종의 타협을 봤을까? 그러나 그는 제하르가 어디 있는지도 몰랐고, 이런 일로 찾아가서 조언을 구하거나 비교해볼 사람도 없었다.

그러면서 답장은 미뤄졌다. 그는 명랑하고 아이 같은 루시가 이 집에서 지내는 모습을 상상해보고는 자신도 모르게 고개를 저었다. 그러나 한편으로는 그녀가 이곳 생활을 견디지 못하리라는 근거도 없었다. 오히려 테드보다 더 잘 지낼지도 몰랐다. 그 작고 통통한 몸은 이제 인도의 무더위와 병균에도 면역이 생겼을 것이다. 테드는 기도와 성경책을 읽으며 마음의 안식을 구했다. 그때 페이지가 자연스럽게 펴지면서 시골 생활을 찬미하는 구절이 나타났다. 솔로몬이 여인에게 바치는 노래였다.

어서 와요, 내 사랑하는 연인이여,
우리 함께 들로 가서
동네에서 유숙해요.

심지어 힌두교의 지배적인 위치를 회복시키는 데 기여한 샹카라가 쓴 경전 중 하나인 샹카라차리아를 폈을 때도 이런 구절이 나왔다.

하나가 둘인 그곳에서
둘이 다시 하나인 그곳에서,
진리에의 추구는 결코 헛되이 끝나지 않는다네.

신의 인도를 원했던 테드는 그 순간 어떤 목소리나 응답을 발견한 것 이상으로, 내면에서 의심할 수 없이 천천히 전해져오는 확실한 느낌을 포착했다. 그는 이미 자기 삶의 터전을 선택했다. 그리고 루시는 기꺼이 그곳을 선택하고자 하는 유일한 여자였다. 테드는 지금까지 가족을 포함해 어떤 여성과도 한 집에서 살아본 적이 없었다. 할머니는 그가 태어나기 전에 돌아가셨고, 그가 아기 때 세상을 떠난 어머니는 아예 기억 속에도 없었다. 그리고 아버지 집으로는 더 이상 돌아갈 수도 없었다. 그는 여태까지 보냈던 편지 중에 가장 짤막한 서신을 작성했다.

"나를 있는 그대로 받아들이겠다면, 루시, 그렇다면 우리 결혼합시다."

✣

"테드 오빠와 결혼할 거예요."
루시는 부모님에게 선포하듯이 말했다. 이 가족들은 루시가 성장한 선교 사택에 살고 있었다. 데이빗 맥카드는 아직 미국에서 돌아오지 않고 있었다. 포드햄 부인은 그가 선교사의 신분을 버렸을 것이라고 잠정적인 결론을 내렸고, 남편은 영국 총독의 딸인 새 부인의 눈치를 보느라 늦어지는 것이라고 말했다.

그들은 데이빗 맥카드의 결혼 소식을 듣게 된 불쌍한 노처녀 파커 양의 반응에 화들짝 놀랐다. 그녀는 이 소식을 전한 포드햄 부부를 향해 괴성을 지르며 말했다.

"이런 속물 같으니라고! 그게 바로 그 양반의 참모습이지! 데이빗 맥카드는 선교사였던 적이 한 번도 없었어. 당신들도 알잖아요. 오로지 자기를 내세우는 일에만 관심이 있었지. 아, 비천하고 불쌍한 영혼 같으니, 오 주님."

그런 뒤 그녀는 갑자기 하늘이 무너져라 꺽꺽 울기 시작했다. 이 모습에 순박하기 그지없는 포드햄 내외는 소스라치게 놀랐다.

"드디어 미쳤군."

포드햄 부인이 입을 다물지 못한 채 말했다.

"그런 것 같구먼." 포드햄이 맞장구를 쳤다.

그러나 포드햄은 이 상처 입은 영혼을 가엽게 여겨, 며칠 후 그녀를 뭄바이로 데리고 가 미국행 배에 태웠다. 그 이후로 파커 양은 뉴햄프셔의 어느 작고 고요한 정신병동에서 마라티어 외에는 아무 말도 않고 여생을 보내게 되었다. 포드햄 내외 또한 그녀에 대해서는 깡그리 잊어버린 차였다.

"테드 아버지가 오시기 전까진 결혼이 힘들 거야."

포드햄 부인이 루시에게 말했다.

그녀는 도무지 이해하기 힘든 예쁜 딸을 바라보면서, 그 내면에서 벌어지는 갈등을 감지하고 있었다. 루시는 이제 오하이오의 작은 마을에서 살던 그 소녀가 아니었다. 그녀는 신앙심이나 도덕에 얽매이지 않는 루시의 모습을 두려움을 품은 채 바라보곤 했다.

그러나 더 이해할 수 없는 건 인도 사람들이 루시를 좋아하다 못해 열렬한 동경심마저 품는다는 점이었다. 루시는 누구에게도 훈계하려 들지 않았다. 그녀는 상냥하고 친절했으며 누구에게나 너그러웠다. 이런 태도는 일부러 그러려는 노력이 아니라 너무도 자연스럽게 흘러나왔다.

그녀는 매사에 까다롭지 않았고, 먼지와 더러움에도 예민하게 굴지 않았다. 음식도 마찬가지였다. 얼마나 맵고 향신료가 강한지 따위와 상관없이 모든 종류의 음식들을 거리낌 없이 먹었다. 또한 수치심도 느끼지 않았다. 인도의 신분 제도를 어느 정도 알고 난 뒤에도 그녀는 어느 신분의 사람이건 마음을 상하게 하지 않았으며, 인도 사성四姓의 최고 계급인 브라만이나 최하층의 천민이나 가리지 않고 어울렸다. 아이들은 그녀를 쫓아다녔고, 그녀는 아이들을 귀여워하면서 그들이 하고 싶은 대로 하도록 내버려두었다. 게다가 어딜 가도 마치 자기 집인 양 편안히 즐겼다. 포드햄 부인은 푸다를 쓴 여인들이 루시의 방문을 손꼽아 기다린다는 사실을 잘 알고 있었다.

루시는 이들과 쉽게 말을 섞고 주제와 관계없이 듣고 싶은 이야기를 마음껏 들려주었다. 루시는 비밀에 대한 개념이 없었다. 높은 벽 너머의 각종 사연들을 가지고 돌아와서는, 부모님에게 얼마나 끔찍하고 입에 담기 어려운 이야기인지 상관하지 않고 마치 망고 조각을 달라고 말하는 듯한 천진난만한 음성으로 또박또박 전달해주곤 했다.

그녀는 또한 곤충이나 짐승들을 무서워하지 않았고, 한낮에도 모자 없이 나다녔다. 그녀의 생활 방식은 인도인과 다를 바가 없었다. 아침에 일찍 일어나고, 한낮에는 네 시간 동안 낮잠을 잤는데, 그 동안에는 천정 팬마저 정지시켰다. 팬을 돌리려면 인도 소년이 계속 줄을 잡아당기고 있어야 하기 때문이었다.

다만 그녀는 학교에서는 별로 바람직한 교사가 아니었다. 웃고 잡담하는 아이들을 방치했고, 그들이 배운 게 전혀 없어도 개의치 않았다. 한 여학생이 외국인 기숙사에서 아파 누워 있을 때였다. 가족들을 부르기에는 너무 멀어서 그녀는 주저하지 않고 루시를 찾았다. 그러자 루시는 그녀의 침대가로 다가가 그녀의 손을 잡고 위로하면서, 그 학생이 가장 잘 이해하는 언어로 이야기를 나누기 시작했다.

이런 선량한 성품에도 불구하고 루시는 잠자기 전에 기도를 드리지 않았다. 포드햄 부인은 여러 면에서 루시가 선교사에 적합하지 않다고 생각했다. 그녀가 알기로 이제껏 루시는 단 한 번도 누구에게 예수에 대해 얘기한 적이 없었다. 그녀가 이걸 지적하면, 루시는 자기는 자신에 대해서도 잘 모른다고 말할 뿐이었다.

"그래서 배워야 하는 거야, 루시."

포드햄 부인은 종종 이렇게 나무라곤 했다.

"그럼요. 전 배울 수 있을 것 같아요."

루시는 늘 명랑하게 대답했다.

"맥카드 박사님이 제가 테드 오빠와 결혼하는 걸 탐탁해 하시지 않을 것 같아요."

루시는 언뜻 반감을 내비치며 말했다. 그녀는 얼마 전 자신이 첫눈에 반한 그 훤칠하고 경애할 만한 젊은 청년에게 먼저 청혼했다는 사실을 누구에게도 말하지 않았다. 아무리 속을 감추지 않는 것처럼 보인다 한들 그녀에게도 말하지 않은 비밀이 적지 않게 있었다.

"그렇다면 더더욱 맥카드 씨가 돌아올 때까지 기다려야겠구나."
포드햄 부인이 다시 정신을 차린 듯 말했다.
"왜요?" 루시가 천진난만하게 물었다.
"그분이 오시기 전에 빨리 해버리는 게 낫다고요."

가만히 듣고 있던 포드햄은 딸의 말이 맞을지도 모른다고 생각했다. 혹시 터질지 모를 맥카드의 격분을 피하기 위해서가 아니라, 딸이 누구의 신붓감으로 부족하다는 얘기가 나올지 모른다는 사실이 자존심을 자극한 것이다.

"우리는 신실한 기독교인들이다." 그가 말했다.
"그리고 아무리 맥카드 가문이라 해도, 우리 역시 충분히 자격이 있다."

그렇게 결혼식이 정해졌다. 루시는 테드에게 이제 곧 결혼할 준비가 되었다는 편지를 썼다. 그리고 괜찮다면 크리스마스 때 바이에서 식을 올리자고 했다. 그녀는 결혼식은 간소하게 진행될 것이며, 백인들은 몇 명만 부르고 자신과 친한 몇 명의 인도 친구들이 와줄 것이라고 했다. 그리고 만일 아버지를 기다리기고 싶다면 자신도 기다리겠으나 그러지 않는 편이 더 좋겠다고 밝혔다.

집 의무실에서 환자들을 돌보고 평소보다 지쳐 있던 어느 늦은 오후, 테드는 이 편지를 받아들자 일말의 의혹이 마음에 내려앉는 것을 느꼈다. 지금 잘못 생각하고 있는 것은 아닐까? 하지만 상황을 되돌리기에는 너무 멀리 온 듯했다. 하지만 테드는 이런 환경에서조차 인도가 그의 뜻이 사그라지지 않게 계속 영향을 끼쳐왔다는 것을 깨달았고, 따라서 이 결혼은 두 남녀 사이의 사랑 타령이 아닌 삶의 편의로 자리 잡게 되리라 생각했다.

사근사근한 여인이 그에게 작은 안식을 주기 위해 집안을 분주하게 쓸고 닦으며 살림을 꾸려가는 모습은 그에게 마음의 안정뿐만 아니라 생활에도 큰 편리를 제공해줄 것이었다. 미국, 영국, 또는 인도에 사는 백인 사회의 어떤 여자도, 테드를 진심으로 사랑한다 해도 바이에서는 살지 못할 것이다. 이 모든 것을 고려할 때 루시는 테드에게 유일한 존재일 수밖에 없었다.

열기로 타들어가는 어둠이 그의 가슴에 뜨거운 털을 가진 짐승처럼 내려앉을 때, 테드는 숨 막히는 밤 한가운데 앉아 몇 시간이나 이런 생각들에 사로잡혀 있었다. 그런 뒤 그는 루시가 자신의 인연이라는 확신과 함께 마침내 잠이 들었다.

✣

결혼식 도중 루시가 짤막한 흰 리넨 원피스 차림으로 그의 옆에 서 있을 때였다. 테드는 다시 한번 이것이 기쁘고 의미심장한 인연이라는 생각을 확고히 했다. 짧게 깎은 루시의 머리칼은 목에도 닿지 않은 채 곱슬곱슬하게 말려 있었다. 테드는 그 금빛의 아름다운 머리칼과 태양에 그을린 까무잡잡한 볼 위로 부드럽게 펴져 있는 솜털을 내려다보았다. 루시의 입술은 붉게 빛났고, 갈색 눈동자는 한없이 진지했다.

포드햄이 주례를 보았고, 푸네의 맥카드 대학교 예배당은 눈을 동그랗게 뜨고 흥미진진하게 바라보는 인도인들로 가득 찼다. 영국인은 한 명도 없었고, 푸네의 다른 구역에서 일하는 몇몇 백인 선교사들만 눈에 띄었다. 그들은 테드가 어렸을 때부터 알고 지내온 친구들이었지만, 그들의 어린 자식들은 미국으로 건너가서 돌아오지 않고 있었다.

"신랑 테오도르 군은 신부 루시 양을······."

포드햄의 목소리가 가늘게 떨렸다. 그는 맥카드 대신 자신이 주례 역할을 하는 것이 맞나 하고 스스로 자질을 의심했지만, 루시의 고집에 늘 그렇듯이 항복하고 말았다.

"네!" 테드가 힘차게 대답했다.

"신부 루시 양은, 신랑······."

그는 단어 하나하나를 분명하게 발음했는데, 루시의 귀에는 그것이 준엄한 명령처럼 들렸다. 루시는 거기에 맞서기라도 하듯이 대답했다.

"네, 그럼요. 아버지."

결혼식은 끝났다. 두 사람은 포드햄 부인이 작고 낡은 오르간으로 연주하는 결혼 행진곡에 맞춰 복도를 걸어 내려왔다. 쌀을 뿌려대는 미국식의 터무니없는 관례는 생략했다. 쌀은 너무 귀해서 함부로 사용할 수도 없었을 뿐더러 인도 사람들도 이해하지 못할 것이 분명했다. 그들은 피로연도, 음식도 준비하지 않았다. 인도의 계급 제도 아래서는 모든 게 복잡했기 때문이다.

루시는 선교 사택으로 돌아와 바이로 떠나기 전에 얇은 갈색 무명 원피스로 갈아입은 다음, 부모님의 양 볼에 애정 넘치는 입맞

춤을 하고 유모와는 포옹을 나누고 나서, 기다리는 테드를 향해 몸을 돌렸다.

"전 준비됐어요, 테드. 이제 가요."

그들은 소형 이륜마차에 올랐다. 마부가 마차를 움직이기 시작했고, 그렇게 그들은 선교 사택을 떠났다. 포드햄 내외는 현관에 나란히 서서 마차가 대문을 나가는 것을 지켜보았고, 대문이 닫히자 서로를 바라보았다.

"좋아 보이지 않소?"

포드햄이 혼잣말 하듯 물었다.

"모르겠어요." 포드햄 부인이 머뭇거리며 말했다.

"저런 커플은 내 평생 본 적이 없어서요."

"내 생각도 그렇소. 하지만 곧 서로 적응하게 될 거요. 여하튼 둘 다 인도를 잘 알고 있지 않소. 힘을 모아 잘 극복해야겠지."

"둘이 극복해야 할 건," 포드햄 부인이 다시 기운을 차린 듯 말했다.

"인도가 아니라 상대방에 대해서죠."

포드햄은 이 말을 못들은 척하며 손목시계를 보았다.

"서쪽 예배당에 가야 할 시간이군. 결혼식과 관계 없이 오늘 오후 거기에서 설교를 해야만 하오. 난 이 일대를 책임져야 하니까.

✠

"루시, 할 말이 있어요."

결혼식을 치른 오후 한낮이었다. 열차는 뜨거운 먼지 속에서 덜컹대며 달려가고 있었다.

"말씀하세요." 루시가 대답했다. 그녀는 감았던 눈을 뜨고 하품을 했다.

"이런, 잠을 자다니 민망하네요. 이 시간에는 으레 낮잠을 자곤 했거든요."

그들은 열차 식당 칸에서 영국식 식단을 흉내 낸 보잘것없는 점심식사를 하고 난 뒤 자리로 돌아왔고, 루시는 긴 나무 의자 위에 천으로 만든 핸드백을 베개 삼아 누워 두 시간을 내리 잔 차였다. 테드는 그 모습이 마냥 신기했다.

그리고 루시가 깨어나자, 만일 그녀가 잠들 줄 알았다면 좀 더 편히 잘 수 있도록 하인을 시켜 침구를 깔게 했을 것이라고 말했다. 이 말에 루시는 아무 말도 안 했지만, 테드는 그녀의 양 볼이 빨개지는 것을 보았다. 이제 그간 담아두었던 얘기를 꺼낼 때였다.

"그간 많은 이야기를 나누지는 못했지만, 앞으로도 시간은 많으니까 서두를 필요는 없겠지."

결혼을 앞두고 테드는 생각이 많았다. 평소 때보다 큰 지혜와 자제심을 달라고 기도했고, 기도의 응답으로서 루시를 육체적으로 취하는 것을 서두르지 않으리라 마음먹었다. 그들은 연인이 되기 전에 먼저 친구가 되어야만 했다. 그래야만 자신과 그녀를 존중할 수 있을 것 같았다. 무엇보다 이것은 테드 자신에게 필요한 일이었다. 그는 루시가 너무 싹싹하고 온순하며, 아이처럼 천진난만한 것이 마음에 걸렸다. 그가 시키면 뭐든지 할 것 같았다. 육적인 것이 아닌 영혼과 관련된 그의 깊은 필요를 미처 인식하기도 전에 말이다.

"무슨 말씀인지 해보세요." 루시가 말했다.

"저를 어려워하실 필요 없어요. 저는 수줍음이 없거든요. 어머나, 생각해보니 인도에서 그 많은 걸 보고 들으면서 자랐는데도 여전히 수줍음을 안 타는 제 자신이 납득이 안 돼요."

테드는 그녀의 솔직함에 마음이 놓였다.

"그간 마음에만 두고 있었는데, 내가 왜 그런 결정을 내렸는지 당신이 이해해줬으면 해요."

"결정이요?"

루시는 애교 넘치는 눈을 동그랗게 뜨면서 말했다.

"나도 평범한 남자일 뿐이오." 테드는 숨길 수 없는 쑥스러움을 담고 말했다.

"그러니까 내 말은, 사실 남자로서 당신을 취하는 건 쉬운 일이지……."

"무슨 뜻인지 알겠어요." 루시가 말했다.

"계속 말씀하세요."

"난 우리 사이가 단순한 육체적 관계 이상의 것을 의미하게 될 때까지 기다리고 싶소. 성경의 구절을 인용하자면, '우리 안에 거하시는 성령으로 말미암아 네게 부탁한 아름다운 것을 지키라.' 루시, 난 우리 결혼이 행복하기를 바랍니다. 하지만 그것을 성령 안에서 잠시 보류해두고 싶은 거요. 영혼이 먼저 와야 하지 않겠소?"

"아직 그게 오지 않았어요?"

"그래요." 테드는 대답하기가 힘들었다.

"육체는 느끼고 있지만, 영혼은 아직 못 느끼고 있소."

"저도 육체로는 느끼고 있어요."

그녀가 다소 상심한 듯이 말했다.

"하지만 저는 오래 기다리고 싶지 않아요. 솔직히, 저는 가능한 한 빨리 아이를 갖고 싶어요, 테드. 저는 자식이 많았으면 좋겠어요."

테드는 루시를 바라보았다. 그는 자식에 대한 생각은 미처 하지 못한 터였다. 하지만 여자인 루시는 달랐다. 어머니 없이 자란 삶은 테드에게 자식을 생각할 여지를 주지 않았고, 그렇게 그는 자기 영혼과 자기 생각에만 매몰되어 있었다. 하지만 루시는 자신만 생각하지 않았다. 그녀는 단순하게 아기를 원하고 있었다. 어떤 면에서 그것이 결혼의 목적이기도 했다. 바이 사람들은 이 문제에서 더 단순했다. 그들은 자신들의 아들과 딸을 결혼시켜 아이들이 태어나게 했다. 그런데 테드는 결혼을 영혼과 죄 많은 육체라는 복잡한 개념으로 해석해버린 것이다.

테드는 갑자기 소리 내서 웃었다. 루시가 옳고, 그는 틀렸다. 그녀가 원하는 한, 빨리 아이를 안 가질 이유가 없었다. 어째서 영혼을 시험하고 싶다는 이유로 점잔을 빼며 그녀의 자식들까지 거부해야 한단 말인가?

"왜 웃어요?" 그녀가 물었다.

열차의 열기 때문에 루시의 두 뺨 가장자리로 땀이 흐르고 그 땀으로 젖은 곱슬머리가 이마 위에 달라붙어 있었다. 흔들리는 열차 틈으로 들어온 먼지가 땀과 뒤섞여 미세한 검은 선을 만들어냈다.

"내 얼굴도 당신처럼 지저분한지 궁금해서." 테드가 장난스럽게 말했다.

"이리 와요. 내가 닦아줄 테니."

그러자 루시는 테드의 옆으로 갔다. 그는 세 시간이 지나 다음 정거장에 도착할 때까지 영국식 열차 객실 안에 둘만 호젓하게 갇혀 있을 수 있는 이 달콤한 시간에 대해 신께 감사했다.

"지저분한 건 아니에요." 루시가 말했다.

"들판에서 불어온 먼지일 뿐인 걸요."

테드는 손수건을 꺼내 루시의 얼굴에 묻은 얼룩을 닦아냈다.

그러자 미묘한 감정이 가슴 속에 차올랐다. 그녀의 갈색 눈동자가 짙은 속눈썹 아래에서 깊고 부드럽고 사랑스럽게 빛나고 있었다. 그 얼굴은 맨 처음 그녀를 봤을 때와 마찬가지로 팬지꽃처럼 상큼해 보였다. 그는 가슴이 심하게 두근대는 걸 느꼈다. 호흡도 점점 빨라졌다.

이게 사랑은 아닐 것이다. 하지만 사랑은 곧 찾아들 것이다. 그 전에 이런 느낌을 가져도 될까. 루시는 머리에 가깝게 밀착된 선명하고 앙증맞은 귓바퀴와 아름다운 목선을 가지고 있었다. 시선을 아래로 향하자 원피스의 열린 단추 사이로 볼록한 가슴 선이 눈에 들어왔다. 곧바로 시선을 위로 거두자 애원하는 듯한 루시의 간절한 눈빛과 시선이 부딪쳤다.

루시가 예의 솔직한 어조로 말했다.

"지금까지 저한테 한 번도 키스하지 않으셨죠. 작정하고 그러시는 건가요?"

"모르겠소." 테드는 난감한 듯 말했다.

"내 마음을 나도 잘 모르겠소."

테드는 싱그러워 보이는 그녀의 벌어진 입술을 바라보았다. 작고 고른 치아가 그 사이에서 하얗게 빛나고 있었다. 그는 자신도 모르게 그 위로 고개를 숙였다.

16장

리비와 자틴

"리비, 네 아빠한테 감히 그 얘기를 꺼낼 엄두가 나지 않는구나."

루시는 까무잡잡한 피부에 예쁘게 생긴 맏딸을 바라보며 말했다. 오래전에 리비를 미국 오하이오에 있는 학교로 보내야 했음에도 끝내 딸이 이곳에 남는 걸 허락해버린 것이다.

그녀의 아래 이제 막 꼬마 티를 벗은 여동생만 제외하면, 세 남동생 모두가 미국으로 떠나 있었다. 하지만 리비는 미국에는 친구가 없다며, 인도에 남겠다고 고집을 부렸다.

"친구는 곧 생길 게다."

"하지만 저한테는 이미 인도 친구들이 많아요."

리비는 한 치도 물러서지 않았다. 루시는 고민에 휩싸인 딸의 눈을 바라보며 진작 이 아이를 미국으로 보내야 했다고 후회하는 중이었다. 열 살까지만 끼고 살면 족했는데, 리비는 벌써 열여섯 살이었다.

부부는 작년에 리비를 영국인 기숙사 학교에 보냈고, 지금 루시는 긴 방학을 맞이해 다시 바이로 돌아와 있었다. 리비는 한 해 동안 훌쩍 자란 것 같았다. 더운 기후에서 여자아이들은 성장 속도가 두드러지게 빨랐다. 리비는 이미 가슴도 풍만했고 얼굴에서 더는 앳된 이미지를 찾아볼 수 없을 정도로 성숙한 느낌이 흘렀다. 그녀는 테드의 어머니, 올리비아를 많이 닮아 있었다.

"아버지는 하나도 안 무서워요."

리비는 학교 친구들로부터 익힌 영국식 발음으로 말했다.

그녀는 인도의 계급 제도를 깨닫고 우월감에 사로잡힌 영국 여자아이들에게 심한 반감을 느끼면서도 항상 말을 삼가며 조용히 지냈다. 어머니처럼 문자 그대로 모든 인도인을 평등한 인간으로 받아들여야 한다는 확고한 신념이 있었기 때문이다. 아버지 또한 그러한 신념을 따르고 있었다.

그러나 예리하고 통찰력 강한 리비는 벌써 몇 년 전부터 부모님이 동일한 신념을 갖고 있긴 하나 서로 다른 종류의 사람이라고 느끼기 시작했다. 아버지는 기독교인으로서 인도인을 백인과 똑같이 대해야 한다고 믿었다. 또한 이러한 신념을 늘 조심스럽게 실행에 옮긴 반면, 어머니는 의식조차 않고 천성적으로 모든 사람을 똑같이 대했다. 리비는 둘 중에 어머니 쪽이 사람의 마음을 움직이는 힘이 있다고 느꼈다.

아버지는 엄밀히 말해 한 번도 온전히 바이에 속했던 적이 없었던 반면, 어머니는 벵골보리스 나무의 수백 년 된 뿌리만큼이나 이 마을과 융화되어 있었다.

리비는 지금 어머니의 공감 능력에 의지하고 있었다. 그건 분명히 효과가 있을 것이다. 그녀는 지금 자신이 자틴과 사랑에 빠졌다는 사실에 스스로도 놀라고 있었다. 그건 말로는 설명할 수 없는 일이었다. 적어도 지난 3년간 알고 지내왔던 자틴과 어떻게 새삼스레 이런 감정에 빠져들었을까. 이런 일이 벌어질 것이라고는 상상조차 한 적이 없었다.

자틴은 맥카드 의과대학을 우수한 성적으로 졸업하고도 테드의 권유에 따라 이곳 바이로 와서 시골 의료원과 작은 병원을 차린 청년이었다. 테드는 이 유망한 의대생을 자주 칭찬하곤 했다. 그야말로 자신이 의지할 수 있는 청년이며, 바이의 생활 환경을 전반적으로 향상시켜 주 전체에 파급력을 끼치는 데 기여할 사람이며, 나아가 인도가 독립한 후로는 국가 차원에서도 영향력을 끼칠 사람이라고까지 말했다.

새로 들어선 인도 정부에서는 테드가 바이에서 한 것처럼 시골에 교육 시설과 공중보건센터를 짓고, 지방 정부에 시범 센터를 세워야 한다는 안건이 제시되고 있었다. 시골 마을은 나날이 살기 좋은 곳으로 거듭나고 있었다. 리비는 이곳이 예전에는 이렇지 않았다는 말을 질릴 만큼 들었지만, 그건 여전히 듣기 싫은 소리가 아니었다. 하지만 여기서 누군가와 사랑에 빠지리라고는 상상도 해본 적이 없었다. 비록 바이에 깊은 정이 들긴 했어도 자틴과 사랑에 빠지게 된 것은 이와는 아무 관련이 없었다.

하지만 그런 일이 벌어졌다. 한 달 전에 바이로 돌아온 후, 곧바로 자틴과 첫눈에 사랑에 빠져버린 것이다. 이미 수백 번은 마주쳤으니 첫눈에 반했다고는 말할 수 없지만, 두 사람이 느낀 교감은 전혀 새로운 감정이었다. 집에 도착한 뒤 아는 사람들을 찾아가 인사를 하기 위해, 리비는 어느 화창한 아침에 인도인 간호사들과 자틴을 보러 의료소를 방문했다. 그리고 문지방에 서서 입구를 둘러보다가, 막 흰 가운을 걸치고 있는 자틴을 보았다.

그리고 자틴은 마치 천사를 발견한 것처럼 리비를 바라보았다. 그게 리비의 느낌이었다. 누구도 그녀를 이런 눈빛으로 바라본 적이 없었다. 리비는 몸 전체가 달아오르는 것 같았다.

"리비, 이제 아름다운 숙녀가 됐군요."

자틴이 그녀를 향해 건넨 첫 인사말이었다. 그런 뒤 그는 리비를 향해 걸어오더니 그녀의 두 손을 잡고는 얼굴을 내려다보았다. 그 시선이 너무 부드럽고 감미로워서 심장이 녹아버릴 것 같았다.

"전 그대로인 걸요."

리비가 더듬거리며 말했다. 자틴은 잡고 있던 손은 놓았지만 리비에게서 눈을 떼지 않고 서 있었다. 그때 간호사들이 들어오는 바람에 그 순간은 끝이 났다. 하지만 그들은 거의 동시에 둘만 아는 시선을 교환했다. 이후 자틴과 한시도 떨어져 있고 싶지 않았던 리비는 의료원 일을 돕고 싶다는 핑계로 매일 그곳을 찾았다. 그로부터 며칠이 흘러, 늘 병원에 늦게까지 남아 있는 자틴을 따라 마지막 정돈을 하는 것이 리비의 자연스러운 일과가 되었다.

그러다가 단둘만의 시간을 갖기까지는 꼬박 2주하고도 하루가 걸렸고, 그 이후로는 계속 남아서 비밀 데이트를 즐겼다. 자틴은 소문이 날까 매우 조심했고, 리비와 키스를 나누고 나면 곧바로 그녀를 멀리 쫓아버리곤 했다. 더구나 어제는 청소부가 그들의 데이트 현장을 목격하는 바람에 굉장히 예민해져 있었다.

"전 상관없어요." 리비가 당돌하게 말했다.

"우리 당연히 결혼할 거잖아요, 자틴. 사랑에 빠지면 다들 결혼하잖아요."

자틴은 이 말에 난처한 표정을 지었다. 그의 잘생긴 눈이 돌연 슬픈 빛을 띠었다.

"우리는 그게 가능할 것 같지 않아요, 리비."

"가능해요. 가능하다고요." 리비가 거세게 반발했다.

"우리 부모님은 다른 백인들과는 달라요."

그러자 자틴은 차분한 음성으로 말했다.

"그렇죠. 하지만 과연 우리 사이에 결혼 얘기가 나와도 좋아하실까요? 아마 그렇지 않을 거예요."

"그렇다면 난 내 부모님이 기독교인이란 걸 수치스럽게 생각할 거예요."

"그렇게 말하지 말아요, 리비." 자틴은 더없이 자상한 음성으로 리비를 달래주었다.

"그분들은 당신도 알다시피 독실한 기독교인이죠. 하지만."

"하지만 뭐요?"

"신앙심의 경지에 도달하는 건 매우 어려운 일입니다."

리비는 그의 말을 이해할 수 없었다. 그녀는 자기 생각에 빠져

다시 자틴을 향해 애절한 목소리로 말했다.

"만약에 부모님이 허락하신다면, 자틴, 그땐 우리 결혼하는 거예요."

"오, 리비, 내 사랑. 그렇게 되길 바랍니다."

"꼭 부모님의 허락을 받아낼 거예요."

리비가 자신만만하게 말했다. 이제 그녀는 바느질 바구니를 사이에 두고 어머니와 앉아 있었다. 리비는 바느질을 싫어했지만, 인도 여자들은 바느질을 할 줄 몰랐으므로 하인에게 맡길 수도 없었다. 사리는 바느질이 필요 없는 옷이기 때문이다. 아이들도 추운 밤에만 숄을 걸칠 뿐 딱히 옷을 입지 않았다.

오늘 아침 리비는 어머니와 단둘이 있게 된 걸 다행이라고 생각했다. 어머니한테 먼저 사실을 납득시켜야 아버지에게 말하기도 수월해질 것이다. 일을 제대로 성사시키려면 전략이 필요했다.

리비는 말했다.

"아버지는 제가 자틴과 결혼하는 걸 반갑게 여기셔야 해요. 늘 자틴 칭찬에 침이 마르셨잖아요."

"그랬지. 하지만 결혼은 별개의 문제란다."

루시는 고민에 휩싸인 딸의 예쁜 갈색 눈동자를 안타깝게 바라보았다. 올해는 계절풍이 일찍 찾아들었다. 물론 그에 감사한 마음을 가지고 있음에도 그치지 않고 내리는 비 때문에 우울해지는 건 피할 수 없었다. 구름이 걷히고 어두운 보랏빛 여름 하늘이 드러나려면 일주일을 더 기다려야 했다.

루시는 바느질에 몰두해 있었다. 그녀에게 바느질은 편안한 휴식과 같았다. 그때 리비가 손질하고 있던 베개를 집어던지더니 아랫

입술을 삐죽거리며 방안을 왔다 갔다 했다.

"좀 앉거라, 리비. 그만 좀 삐죽거리고, 이쪽에 감침질을 하렴. 요새 사라가 하루가 다르게 크니 옷 수선을 따라잡을 수가 없구나. 나는 여기 베개 천을 바느질할 테니까."

리비는 다시 자리에 앉아 골무를 가운데 손가락에 끼웠다. 그녀는 키가 컸고 몸을 움직이는 걸 싫어하는 성향이 있었지만, 여전히 그 움직임에는 우아함이 배어 있었다. 리비는 이 몸짓을 가장 절친한 인도 여자아이들에게서 배웠다. 그중에는 시골 마을 친구들뿐만 아니라, 아버지가 어울리는 남자 어른들의 딸들도 포함되어 있었다. 리비가 기억하는 바로 아버지는 시골 사람들과 똑같이 생활하고 싶어 이곳에 오게 되었고, 그 뒤로 어머니가 이곳을 찾았고, 그 다음해에 리비가 이 두 개의 방들 중에 한 방에서 태어났다. 그때만 해도 이 집에는 방이 두 칸 밖에 없었지만, 지금은 보수공사를 해서 방이 열 개로 늘었다. 여전히 진흙 집이고 지붕은 짚으로 이었지만, 이제는 지붕 아래 천장에 얼기설기 짠 두꺼운 푸른색 무명천을 덧대 놓은 덕에 도마뱀이나 곤충이나 뱀들이 지붕에서 바닥으로 떨어져 맨발을 무는 일은 없었다.

정작 아이들은 이런 것에 두려움이 없었다. 그들은 아침마다 슬리퍼나 신발을 찾는 일에 익숙했고, 발을 안에 넣기 전에 본능적으로 살피는 습관이 있었다. 바이는 이들의 고향이었다. 리비의 어머니는 나지막하게 옆으로 뻗은 집 둘레로 꽃과 화초를 가꿔놓아서, 그녀가 갓 결혼해 처음 왔을 때의 집과는 사뭇 달라져 있었다.

뿐만 아니라 마을 자체도 변했다. 리비가 아는 바로 아버지는 젊은 나이에 할아버지의 반대에도 불구하고 이곳을 삶의 터로 정했다. 바이의 이 시골 마을은 그때만 해도 누구도 돌보지 않는 황무지나 다름없었다. 이후 부모님은 마을 사람들과 지내면서 생활의 작은 부분들을 개선시켜 나갔고, 그것이 점차 확대되기 시작했다. 아버지는 뭄바이에서 기술자들을 불러 지하수의 압력으로 물을 뿜을 수 있는 우물을 파게 했다. 그렇게 스무 개가 넘는 우물이 만들어졌다. 땅에 물을 댈 수 있게 되자 논밭도 더는 마르지 않았고, 이걸 본 다른 마을 사람들도 우물을 파기 시작했으며, 그렇게 해서 바이 전체가 비옥하고 아름다운 땅이 되었다.

이곳은 지대가 워낙 낮고 히말라야 산맥으로 둘러싸여 있어서 우기가 찾아오면 땅 전체가 호수로 변했다. 그래서 아버지는 사람들에게 도랑을 파고 땅 위에 도기 타일을 까는 법을 가르쳐주었다. 덕분에 바이는 최소한 홍수로 인해 땅이 썩어 들어가는 것만은 막을 수 있었다. 아버지는 바이 얘기를 듣게 된 사람들이 스스로 찾아와 보고 배울 수 있으리라는 생각에 굳이 바이를 벗어나려 들지 않았다. 다만 그의 말대로 이걸 보려고 찾아오는 사람들이 있긴 했으나 생각만큼 많지는 않아서 다소 실망스러워하기도 했다. 하지만 자틴은 이렇게 말했다.

"굶주린 사람들이 어떻게 수백 마일을 걸어오겠습니까? 더구나 막상 본다고 해도 땅을 팔 기력조차 없는 사람들이 말입니다. 그들에겐 허기를 해결하는 게 급선무입니다. 그래야 자력으로 일어설 힘이 생길 거예요. 아, 하지만 그들에겐 당장 먹을 음식이 없습니다. 그들은 우선 음식을 공급받을 필요가 있어요. 쉬운 일이 아니죠."

자틴은 총명한 머리에 강직한 성품, 잘생긴 외모를 두루 갖추고 있었다. 리비는 이처럼 당당하게 아버지에게 자기 의견을 말하는 자틴을 사랑하지 않을 수 없었다. 하지만 그랬던 그가 왜 갑자기 이렇게 소심해졌을까? 결혼해서 바이에 영원히 둥지를 틀고 살면 될 일이었다. 자틴의 사랑 못지않게 그녀 역시 자틴을 많이 사랑하고 있는 한 말이다.

리비는 학교에서 만난 영국인과 미국인 친구들에게 바이를 설명하기 어려웠다.

"그 더러운 시골에서 산단 말이야?"

이것이 그들이 바이에 대해 말하는 방식이었다.

"시골이긴 해도 더럽지는 않아."

리비는 늘 이렇게 응수하곤 했지만 친구들이 이해 못하는 한 달리 설명할 방법이 없었다. 그들이 어떻게 알겠는가? 인도를 떠올리면 베란다로 둘러싸인 넓은 집에서 말끔한 복장을 갖춘 인도 하인들의 시중을 받으며 손님이라고는 백인들뿐인 파티를 생각하는 그들이 말이다. 친구들 중에는 인도 말을 할 수 있는 아이도 없었다. 있다 해도 유모에게서 얻어 들은 사투리 정도나 간신히 이해하고, 영어도, 인도어도 아닌 기이한 혼합어 조금 사용하는 게 전부일 것이다. 그런 이들이 바이에 대한 리비의 각별한 감정을 어떻게 알 수 있겠는가. 마을 사람 모두가 자신들을 위해 몸과 마음을 헌신한 이의 딸이라는 이유로 리비를 끔찍이도 귀여워해주는 이곳을 말이다.

리비는 비록 아침마다 바닥의 소똥을 치워야 하긴 하지만, 자신이 자기 방과 형제들의 방이 있는 이 아담한 집을 얼마나 좋아하는지를 그들에게 설명할 수 없었다. 아이들은 이 말을 들으면 비명을 지르며 난리를 부리곤 했다. 그리고 리비가 진흙 마루를 맨발로 디디면 얼마나 차갑고 부드러운지, 틀통으로 길어온 물로 그 위의 소똥 한 줌을 어떻게 씻어내는지를 얘기해주면 딴 세상 이야기로 취급하며 믿으려 들지 않았다. 그 진흙 바닥은 다 마르고 나면 오래된 마호가니와 비슷하고 공단처럼 윤이 났다. 하지만 영국 여자아이들이 어떻게 이걸 믿을 수 있겠는가?

리비는 완벽히 다른 두 삶을 살고 있었다. 하나는 영국 여자아이들과 함께 하는 삶이었다. 그녀는 어디까지나 맥카드 가문의 자손이었다. 여자아이들을 선교사들을 인도 혼혈인보다 조금 낫다고 보는 경향이 있었는데, 리비만큼은 평범한 선교사의 딸로 대하지 않았다.

나머지 하나의 삶은, 그녀가 바이로 돌아왔을 때의 삶이었다. 바이로의 귀향은 항상 그녀에게 깊은 안식과 편안함을 주었다. 이곳에서는 짚신을 신고 돌아다녀도 되고, 아침 목욕 후에 무명 사리만 걸칠 수 있었으며, 인도 여자들처럼 주름진 술을 허리 옆으로 길게 늘어뜨린 블라우스를 입을 수 있었다. 바이에서 그녀는 인도인과 다름없었다. 그것은 피로만 결정되는 것이 아니었다.

인도인들은 그녀에게 숨 쉬는 공기, 마시는 물, 먹는 음식, 듣는 소리, 말하는 언어, 가장 깊은 대화를 나눌 수 있는 사람들이었다. 리비에게는 이 모든 게 인도인이 될 수 있는 자격으로 느껴졌다. 그녀는 아버지보다는 어머니를 닮았다. 어머니는 미국 백인의 피를 이어받았지만 모든 면에서 인도 여자와 비슷했다. 미국 백인은 영국의 백인들과는 사뭇 달랐다.

하지만 중요한 건 어머니도 자틴과의 사랑을 이해하지 못한다는 것이었다. 리비는 어머니가 이런 반응을 보일 거라고는 예상치 못했다. 리비는 자신과 어머니가 생각하는 인도가 같을 것이라믿고 있었다. 두 사람 다 바이에서의 삶이 주는 소소한 즐거움을 느끼고, 또한 그것을 사랑하지 않았는가.

아침마다 잠을 깨우는 원숭이들의 치고 박는 소리, 맷돌 돌아가는 소리, 여인네들이 물 위에 동이를 지고 지나갈 때마다 은색 팔찌와 발찌가 딸랑거리는 소리, 영국의 방직기술 대신 재래식 물레로 실을 자아 옷감을 짜자는 간디의 자립 운동에 따라 적어도 하루에 한 시간씩 물레들을 돌리는 소리, 이 모든 소음들이 이들의 삶을 풍부하게 만들어주었다.

"내가 네 결정에 찬성하리라는 기대는 안 했으면 좋겠구나." 그녀의 어머니가 말했다.

"미국 백인 여자가 인도 남자와 결혼한다는 건 그리 좋은 생각 같지 않구나, 리비. 자틴은 백인 혼혈인도 아니잖니."

"엄마는 자틴이 마치 천민이라도 되는 것처럼 말씀하고 계시네요."

리비가 분을 삭이지 못하고 말했다. 그러나 루시는 분명히 짚고 넘어가려는 듯 말했다.

"리비, 이제껏 하층 계급 사람들을 위해 그토록 힘써온 네 아버지를 봤다면 그런 말을 해서는 안 된다. 간디가 천민 소녀를 집으로 데리고 와서 양녀로 삼았을 때, 네 아버지는 이제는 확실하게 간디를 믿을 수 있겠다고 했지. 내가 이 집에서, 인도의 신분 사회에 조금이라도 동조하는 것처럼 행동한 적이 있더냐?"

이에 리비는 말했다.

"저와 자틴은 결혼을 원할 뿐이라고요."

루시는 한숨을 쉬었다. 리비의 고집은 누구도 말릴 수 없었다. 역시 맥카드 집안의 자손이라는 말이 절로 나올 정도로 어릴 때부터 쭉 그래왔다. 하지만 다른 자식들은 달랐다. 사라는 리비와 비슷했지만, 남자 형제들은 모두 친가 쪽보다는 외가 쪽을 닮았다.

그러나 리비는 전혀 외탁을 하지 않았다. 루시는 아들 셋을 모두 일찍 미국으로 보낸 게 얼마나 다행이었던가 생각했다. 이 아이들은 지금 중부 오하이오에서 아무 탈 없이 기독교 학교를 다니고 있었다. 오직 리비만이 이곳에 남아서 성장하게 되었는데, 그 결과 이런 일이 벌어진 것이다.

"네 아버지한테 내 입으로 이 얘기를 꺼내지 않게 해다오."

루시는 애를 태우며 말했다. 그녀는 아이들을 엄하게 다루는 대신, 오히려 아이들의 사랑을 늘 보호막 삼아 살아왔다.

리비가 단호하게 말했다.

"자틴과 제가 직접 말씀드리겠어요."

"이런, 세상에나!" 어머니는 신음을 흘렸다. "아버지가 기절초풍하실 게다. 누구보다도 너를 끔찍이 여기시는 분인데. 암, 그렇고말고."

"그럼 제가 뭘 해야 하죠?"

리비는 감침질을 끝내고 작은 원피스를 유심히 살펴본 뒤 골무와 바늘을 옆으로 치웠다.

"나도 모르겠구나." 어머니는 긴 한숨을 내쉬었다. "난 이런 일이 일어나리라고는 상상조차 못했어. 내가 인도를 사랑하는 것만큼 말이다."

리비는 말꼬리를 잡았다.

"인도를 사랑하는 것만큼 인도 사람은 사랑할 수 없으신가 보죠."

"그런 말이 아니야. 넌 이해 못할 거다."

"엄마 말이 맞을지도 몰라요. 난 아무것도 이해 못해요."

리비는 자리에서 일어나서 특유의 매력적인 자태로 방 안을 이리저리 거닐기 시작했다.

"자틴은 정말 훌륭한 의사예요. 엄마 아빠도 늘 그렇게 말씀하셨잖아요. 자틴은 아버지가 뭄바이에서 운영하는 근사한 병원의 인턴 자리도 마다하고 이 시골 마을로 들어왔어요. 단지 아버지의 일에 대한 신념이 있었기 때문에요. 다야도 말했잖아요. 자틴은 언젠가 인도가 낳은 위대한 사람 중에 한 명이 될 거라고요. 그런데 저는 이제 모든 게 이해가 안 돼요. 난 엄마를 믿었다고요."

"오, 이런."

루시는 한숨을 쉬고 고개를 저으면서 베개를 꿰맨 실을 치아로 잘랐다. 이미 모든 걸 알고 있는 루시에게 더 이상 무슨 말을 할 수 있겠는가?

더는 아무 말도 필요 없었다. 리비는 방에서 나갔다. 자틴을 만나러 갔는지도 몰랐다. 루시는 어떤 면에서는 자식을 잃는 다는 기분이었다. 인도 남자와의 결혼이 뭘 의미하는지 그 진실과 마주하기가 두려웠다.

그녀는 딸이 검은 피부의 사람들과 윤택하지 못한 삶 속에서 부대끼며 살아가기를 원치 않았다. 자틴조차도 리비를 그런 삶으로부터 보호해줄 수 없을 것이다. 리비 또한 자틴을 적절히 내조할 수 없을 것이다. 서로 사랑하고는 있지만, 둘은 함께 함으로써 더 깊은 수렁 속으로 빠져들게 될 것이다.

루시는 이게 사실이 아니기를 바랄 뿐이었다. 인도인들 사이에서 독실한 기독교인이 된다는 건 만만한 과제가 아니었다. 성자라고 모두가 완벽할 수 없다는 것도 진리였다. 루시는 다시 한숨을 지었다. 그리고는 머리를 비우고 바느질 땀에 맞춰 호흡하는 일에만 열중했다.

✢

리비는 뱀이 없나 살피며 그늘이 넓게 퍼진 벵골보리스 나무를 향해 걸어갔다. 하지만 뱀을 두려워하는 건 아니었다. 계속 내리던 비가 어느새 반시간 동안 조금씩 잦아들어 이제 뿌연 연무를 휘날리고 있었다.

리비는 기다리고 있던 자틴과 자신의 머리 위로 두툼한 무명 사리를 덮어 씌웠다. 자틴은 늘 만났던 장소로 걸어오는 리비를 보며 그녀가 인도 여자 같다고 생각했다. 만남의 장소였던 이곳마저 이제 사람들 눈에 띄어서 불가피하게 다른 곳을 찾아봐야 했다. 아니, 앞으로 계속 만남을 유지할 수나 있을까? 병원에서는 언제나 다른 사람들 시선 속에서 서로를 바라봐야만 했다.

만일 리비의 부모님만 결혼에 찬성한다면, 당연히 두 사람은 비밀리에 만날 필요가 없었다. 하지만 자틴은 내색은 안 했지만 서서히 의기소침해지고 있었다. 얼마나 큰 사회적 성공을 이루었건 그는 어디까지나 인도 사람이었다.

그는 독실한 기독교인인 리비의 아버지 덕에 음식에 대한 허기보다 갈급한 인간의 평등에 대한 확신을 발견했다. 자틴은 그에게 많은 빚을 졌다고 생각해왔다. 그런데 이제 그의 딸과 사랑에 빠지게 되었으니 죄책감을 느끼지 않을 수 없었다. 하지만 리비도 자신을 사랑하는 상황에서 과연 어떤 선택을 내릴 수 있었단 말인가? 처음에는 이 감정을 그냥 지나가는 일로 치부하며 말도 안 된다고만 생각했다. 더구나 리비는 기숙사 학교에서 갓 돌아온 어린 숙녀에 불과했고, 그는 병원에서 의사로 일하는 스물여섯 살의 인도 남자였다. 그럼에도 자틴은 계속 꿈을 꿀 수밖에 없었다. 경이로움과 의미로 가득한 리비의 눈빛과 마주칠 때면, 리비를 사랑하지 않을 수 없었다.

"너무 어둡네요." 리비는 자틴이 서 있는 나무 아래로 걸어오며 말했다.

"생각보다 시간이 많이 늦은 것 같아요."

"오래 머물지 못하겠군요."

자틴이 말했다. 그는 예민한 감수성으로 뭔가 일이 안 풀리고 있음을 알아차렸다. 그래서 리비가 다가올 때 반기는 기색도 보이지 않고, 심지어 그녀가 옆에 섰을 때 손도 잡지 않았다.

"어머니께 말씀 드렸소?"

"네, 반응이 좋지 않았어요."

"어머니마저 그러시군요."

자틴이 작은 목소리로 말했다.

"어머니는 아버지께 말씀 못 하시겠대요."

둘은 바이 사투리로 말하고 있었다. 리비가 어렸을 때 쓰던 말이자 자틴이 이곳에 온 수년 전부터 배워온 말이었다.

"이제 어떻게 하면 좋겠소?"

자틴은 본능적으로 리비에게 결정권을 넘기고 있었다.

"직접 아버지께 찾아가 말씀드려야겠어요."

"우리 둘 다 말이오?"

"함께 가기 싫어요?"

"물론 함께 가고 싶소. 하지만 나를 쫓아내실지도 몰라요."

"그럼, 저와 함께 가요."

리비는 그의 이지적인 얼굴에 절망의 그림자가 깃드는 것을 보았다.

"아, 리비." 자틴은 이제 영어로 말하기 시작했다. 그는 인도를 떠난 적이 없었지만 완벽한 영어를 구사할 줄 알았다. 맥카드 대학의 졸업생들은 모두 영어를 모국어처럼 말할 수 있었다.

"당신이 생각하는 것만큼 쉽지 않을 거요."

"더 이상 기다릴 필요 없어요." 리비는 작정한 듯 매몰찬 얼굴과 목소리로 말했다.

"어쩌면 아버지가 생각보다 자상하게 대해주실지도 몰라요."

"결혼 얘기를 하지 않는다면 그렇겠죠."

"오, 자틴." 리비는 순간적으로 발끈했다.

"왜 그렇게 쉽게 무너지려는 거죠? 나와 함께 가는 거예요!"

리비는 자틴의 손을 잡고 그를 나무 아래 그림자로부터 끌어냈다.

✢

 테드는 홀로 서재에 있었다. 서재는 진흙 담으로 둘러싸인 뒤뜰로 연결된 방들 중에 가장 끝에 있는 작고 조용한 방이었다. 그는 창문이 없는 벽에 어머니와 올리비아의 사진을 걸어놓았다. 이는 맥카딧가 아들 데이빗이 아닌 손자 테드에게 원했던 일이었다.

 이미 오래전 테드는 아그네스를 아버지의 아내로 생각하기로 다짐했다. 그는 루시와의 결혼을 한 번도 후회한 적이 없었다. 루시는 그가 인도의 삶 깊숙이 들어갈 수 있도록 도왔고, 결혼 후 17년이 지나도록 휴가 한 번 갖지 않았다. 테드나 루시나 이곳에서 하루하루 흘러가는 삶의 연속성을 깨고 싶지 않았던 것이다.

 게다가 미국으로 가는 건 더더욱 그랬다. 과연 어디로 간단 말인가? 학창 시절이 전부인 미국과의 유대감은 사실 피상적이었고, 할아버지는 돌아가신 지 오래였다. 좀 더 솔직해지자면, 아버지와 아그네스가 뉴욕 5번가의 옛 집에 살고 있는 이상 돌아갈 곳이라고는 거기밖에 없는 테드에게 귀향은 불가능했다.

 아그네스를 새어머니로 받아들인다는 건 너무 어색한 일이었다. 아버지가 인도로 돌아오지 않게 된 것에 두말할 것 없이 그녀의 입김이 작용했다면, 그 옛 집에도 그녀의 기운과 영향력이 고스란히 배여 있을 것이다. 아버지는 인도에서 발을 뺀 것에 대해 지금껏 명쾌하게 해명한 적이 없었다.

 "인도에서 내 할 일은 다 했다." 아버지는 할아버지가 돌아가신 뒤로 이렇게 편지를 써왔다.

"젊은 사람들이 내 일을 맡아서 해줬으면 싶구나. 난 한때 네가 내 뒤를 잇기를 바랐다만, 그렇게 되지 않으리라는 걸 알았지. 그 뒤로 내 안에서 모든 샘물이 메말라버리고 말았다. 내 사랑스러운 젊은 아내 아그네스가 없었다면, 난 너무 외로웠을 게다. 그녀는 뉴욕에서의 삶을 아주 행복하게 만들어가고 있고, 그녀에겐 그럴 권리가 있지."

테드는 다소 유치한 표현인 '내 사랑스러운 젊은 아내'라는 구절을 읽자 얼굴이 화끈거렸다. 아직도 내면에서 건조한 열기가 피어오르고 있었다. 인정하기 싫었지만, 그는 아버지의 결혼과 관련해 스스로를 비난하고 있었다.

만일 아버지의 바람대로 아버지의 곁에 남아 일을 도왔다면, 그리고 아그네스와 결혼을 했더라면, 지난 세월 동안 그에게 벌어진 일들은 결코 일어나지 않았을 것이다. 다야가 하라는 대로 하지 않고, 바이를 찾지도 않고, 삶의 바닥에 내던져진 사람들 속에서 살아가지 않았다면, 과연 지금 그의 삶은 얼마나 달라져 있을 것인가!

하지만 테드는 자신을 인도하는 빛을 따라갔다. 그는 마음의 안식이 필요했고, 다야가 그것을 주었다. 두 사람은 자주 보지는 못했다. 다야는 새로운 정부에서 요직을 맡아서 일에 여념이 없었다. 한 번 바이를 방문한 적이 있었는데, 그날은 멀리에서까지 사람들이 찾아들어 거의 5만 명 정도가 마른 들판에 앉아 다야의 새로운 인도 비전 연설을 들었다. 다야는 나이 지긋한 왕처럼 그들을 내려다보며 서 있었다. 여전히 큰 키에 곧고 마른 몸이었고, 그림처럼 백발을 휘날리고 있었다. 여윈 얼굴에는 아직도 주름이 없었다. 바람이 그의 우렁찬 목소리를 군중들의 머리 위로 실어 날랐다.

"이곳 바이에서 여러분은 국가를 위한 등불을 밝혔습니다. 인도의 다른 마을에서도 여러분들이 한 일을 할 수 있음을 보여주었습니다. 저는 바이의 주민인 여러분이 누구보다도 자랑스럽습니다. 그리고 무엇보다 다른 마을의 주민들을 위해 헌신하고 봉사했던 여러분처럼, 여러분을 위해 등불을 높이 치켜 든 한 사람, 제 아들 같은 한 사람 때문에 여러분에 대한 제 사랑이 더 각별하게 느껴집니다."

그날은 테드에게 있어 그간의 세월에 대한 보상과 같은 하루였다. 테드는 그때를 떠올릴 때마다 허리를 똑바로 펴고 고개를 꼿꼿이 들 수 있었다. 고생 끝에 낙이 온 것이다. 독립이 선포되자 많은 백인들이 인도를 떠났고, 어떤 인도인도 그들이 떠나는 걸 말리지 않았다. 테드 맥카드만이 인도인들에게 환영받은 유일한 백인이었다.

그는 인도의 새로운 수상과 다야로부터 초대를 받았으며, 바이의 시골 마을 또한 테드를 원하고 있었다. 사람들은 그를 그냥 떠나도록 두지 않았다. 아, 그는 마침내 한없는 보상을 받은 것이다.

인도 전역을 떠돌던 제하르가 가끔 바이의 이 조용한 방을 찾아들곤 했다. 그리고 이른 아침이나 땅거미가 질 무렵이면 테드에게, 믿음은 수많은 원천에서 비롯되며 모든 역사적인 위인들 사이의 정신적인 유대는 같은 신으로 연결되어 있다고 말하곤 했다. 모세와 유대 선지자들, 다윗이나 바울 모두 그들보다 1천 6백 년 후에 푸네로부터 북서쪽으로 18마일 정도 떨어진 데후라는 마을에서 살았던 투카람과 형제와 다름없다는 것이다. 투카람은 자신만의 겟세마네*를 지나왔다. 열기로 타들어가는 땅에서 기근과 굶주림으로 죽어가는 젊은 아내의 울부짖음이 그를 온전히 신께 향하는 삶으로 이끌었다.

그날 저녁, 테드는 투카람의 이야기를 다시 읽었다. 이상하게도 그의 삶은 아시시Assisi**의 성 프란체스코 삶과 너무 흡사했다. 테드는 투카람이 사원에 있을 때 그가 '세계의 친구'가 될 것이라고 예견한, 그의 어깨에 내려앉은 새에 관한 대목을 읽었다.

바리새인들과 사두개파들이 예수를 박해했던 것처럼, 브라만들은 투카람을 박해했다. 그들은 투카람의 미천한 태생과 그가 영혼의 최고 경지는 열반이라는 그들의 믿음을 신봉하지 않는다는 점을 문제 삼아 그를 적대시했다. 그럼에도 투카람은 '고요한 바다 속에 한 방울의 이슬이 되기'를 원치 않는다면서, 인간들의 삶에 파고들어 그들과 함께 인생을 노래했다.

어머나는 그녀의 자식을 알고 있지
- 그의 비밀스런 심장을, 그의 기쁨을, 비애를.
눈 먼 자의 심장을 품고 있는 자만이 말할 수 있다네.
그가 어디로 가고자 하는지를.

테드는 힌두교도의 성자 시인들에게 감동을 받고 나면 늘 그랬

---

* 예수가 유다의 배반으로 붙잡힌 예루살렘 부근의 동산, 고난의 장소를 상징함
** 성 프란체스코의 고향이자, 카톨릭의 순례지

듯이, 기독교도의 신약성경으로 다시 돌아왔다. 그러고는 마음의 어느 구석진 곳도 그리스도를 모르는 사람들에 의해 동요하지 않게 만들려는 자신의 엄격함에 스스로도 깜짝 놀랐다. 그는 이 구절을 읽었다.

"누구든지 하나님의 나라를 어린아이 같이 받들지 않는 자는……."

그때 갑자기 발자국 소리가 들려왔다. 짚신 신은 여자의 사뿐사뿐한 발자국 소리와 남자의 다소 무겁고 느린 발자국 소리가 겹쳐서 들려왔다. 그들은 커튼 너머에서 걸음을 멈추었다. 곧 딸의 음성이 들려왔다.

"아버지, 들어가도 돼요?"

리비는 힌두어를 바이의 사투리와 섞어 말하고 있었다. 테드는 영어로 대답했다.

"들어오렴, 내 사랑하는 딸아."

리비는 실제로도 그가 가장 사랑하는 딸이었다. 그는 성경에서 고개를 들었다. 눈앞에 딸이 자틴 다스와 서 있었다. 순간 가슴이 철렁 내려앉았다. 그는 성경책을 책상 위에 내려놓았다.

이 손바닥만 한 시골 마을에는 비밀이랄 게 없었다. 리비가 자틴과 교제한다는 수군거림이 들려오긴 했지만, 테드는 그 소문에 마음을 두지 않았다. 리비는 어디까지나 미국 사람이었다. 비록 심라에 있는 기숙사 학교에 들어가기 전까지 바이에서 성장했다 하더라도, 그는 리비가 자기 태생을 잊을 것이라고는 생각지 않았다. 자틴 또한 평범하지 않은 힌두교 가정 출신이었다. 그는 영국인들이 자랑스러워하는 뭄바이에서 나고 자랐고, 자기 삶의 범주 위에 자리한 것들을 거머쥐려고 손을 뻗는 허영 따위도 없었다.
"들어와라, 리비." 테드는 평소처럼 자상한 목소리로 말했다.
"자틴, 자네도 여기 앉게. 밖에 비는 멎었나?"
"네. 하지만 연무가 내리고 있어요."
리비가 말했다. 그녀는 주변의 인도 처녀들처럼 얌전하게 두 손을 포개고 앉았고, 테드도 금방 그걸 알아차렸다. 또한 리비는 즐겨 입는 사리를 입고 있었는데, 학교에서 돌아온 후로는 사리 외에 다른 옷은 한 번도 입은 적이 없었던 것 같았다.
"미국 대학에 들어가서 사리를 못 입게 되면 어떻게 하려고?"
테드가 짐짓 가볍게 물었다.
"아버지." 리비가 진지하게 말했다. "전 미국에 안 가요."
이제 테드는 확실히 당황하기 시작했다.
"무슨 소리. 당연히 가야지, 리비. 네 할아버지가 아시면 화내실 게다. 더구나 네 증조부께서도 네가 태어나기도 전에 교육을 위해 네 앞으로 유산을 남겨 놓으셨다."
리비는 자틴을 곁눈으로 바라보며, 그가 자신을 위해 뭐라도 말해주기를 바라고 있었다.
"선생님," 자틴이 기침을 하며 목청을 가다듬었다.
"선생님, 저희는 많은 고민을 했습니다. 리비와 저는……. 저희는 결혼하겠다는 의향을 갖고 있습니다."
"저희는 사랑에 빠졌어요."
리비가 분명하게 못을 박듯이 말했다.
"예, 그렇습니다." 자틴은 일단 가장 고백하기 어려운 단어가 리비의 입을 통해 나오자 막힘없이 다음 말을 시작했다.

"저희로서도 어쩔 수 없습니다. 맥카드 선생님. 이건 저희가 배운 가르침의 불가피한 결과이자 논리적인 귀결입니다. 선생님께서는 저희에게 서로를 사랑하라고 가르치셨습니다. 따님은 선생님 발치에서 모든 인간은 신의 자식들처럼 평등하다고 배웠습니다. 그리고 푸네의 맥카드 대학에서 공부한 저는 가문 대대로 믿어왔던 힌두교를 과감히 떠났습니다. 이 모든 것이 독립적인 삶을 가르친 그 위대한 제하르와 다야 덕분이었죠. 저는 제가 따님을 사랑한다는 사실이 전혀 두렵지 않습니다. 저는 저희의 용기를 자랑스럽게 생각합니다. 저희는 지난 세월이 이끌어낸 열매이고, 우리 선조들의 꽃이며, 우리 신념의 산증인입니다!"

흐트러짐 없는 눈빛과 매혹적인 언변, 열변을 토하며 움직이는 쫙 편 손이 보였다. 그의 힘이 들어간 긴 네 손가락이 엄지와 떨어져 뒤로 젖혀지면서 흰 손바닥이 까만 피부와 대비를 이루었다. 그는 몸 전체로 자신이 인도인임을 성토하고 있는 듯했다.

테드는 때로 아버지의 재혼에 대한 죄의식에서 고개를 돌리며 마음 깊이 그런 감정을 부인하는 경우가 있었는데, 지금도 그런 기분이었다. 그는 강한 거부감은 물론 메스꺼움마저 느꼈다.

리비, 그의 사랑하는 딸은 어떻게 될 것인가? 자식들 중에 누구도 그녀만큼 아름다움과 총명함과 깊은 정을 타고나지 못했다. 오직 그녀만이 맥카드의 피를 온전히 물려받은 자식이었다.

그런데 이 외국 남자와 결혼하기 위해 모든 걸 포기해야 한단 말인가? 그의 영혼은 한없는 어둠 속으로 추락했다. 안 돼. 절대 그럴 수 없어. 그는 비록 자기 삶을 바이에 바쳤지만, 리비만은 그렇게 내버려둘 수 없었다. 누구도 그로부터 이 바람마저 앗아갈 수는 없었다. 설사 예수나 아이를 가져보지 못한 독신 수행자도 이런 요구는 할 수 없었다.

"안 돼!" 마침내 그의 입에서 벼락같은 호령이 떨어졌다.

"난 이 결혼을 허락할 수 없다."

자틴의 손이 툭 떨어졌다. 그는 리비에게 고개를 돌렸고, 두 사람은 긴 시선을 교환했다. 자틴의 눈빛은 절망적이었고, 리비의 눈빛은 분노로 굳어갔다.

"리비, 네 엄마한테 이 얘기를 했느냐?"

"네. 하지만 감히 아버지에게 말씀 드릴 수 없다고 하셨어요. 그래서 제가 말씀 드린 거예요." 테드는 자리에서 벌떡 일어섰다.

"네 엄만 지금 어디 있느냐?"

"수선 방에서 바느질을 하고 계실 거예요."

그러자 테드는 뒤로 커튼을 펄럭이며 방을 나갔고, 리비는 자틴에게 팔을 뻗었다.

"난 절대 당신을 포기하지 않을 거예요." 리비가 조용한 목소리로 말했다.

"자틴, 믿음과 소망과 사랑 중에 가장 위대한 건 사랑이에요."

자틴은 고개를 돌렸다.

"우리의 사랑은 아닌 것 같군요."

"아니요. 우리의 사랑이에요." 리비가 힘주어 말했다.

그녀는 자틴에게 다가가 두 팔로 그 머리를 감싸 안아 자신의 가슴에 기대게 했다. 자틴의 귓전에 거칠게 뛰고 있는 리비의 심장 소리가 가득 울려 퍼졌다.

17장
열하루의 낮과 밤

"당신도 이게 말도 안 되는 상황이란 건 알고 있겠지."
테드가 강요하듯이 말했다.
"오, 그래요. 나도 다 안다고요."
루시는 얼버무리고 있었다. 그녀는 테드가 방에 들어오는 순간 모든 상황을 직감했음에도 바느질하는 손을 멈추지 않았다. 그녀가 천의 솔기에서 눈을 들었다.
"어떻게 하실 생각이죠?"
"우리가 어떻게 해야겠소?"

그가 아내의 말을 고쳐 말했다. 그러나 아내의 대답을 듣기도 전에 그는 곧바로 말을 이었다.

"당장 뭄바이에서 떠나는 배표를 사야겠소. 다 같이 미국에 가는 거요. 가서 리비를 여자 학교에 넣어야겠소."

"리비는 이제 어린아이가 아니에요. 여기 인도 여자들이 빨리 자라는 것처럼 어엿한 여자가 되었다고요."

"앞으로 몇 년은 아직 아이에 불과할 뿐이오. 지금도 마음은 어린아이란 말이오. 일단 미국에 가면 또래들 사이에서 제자리를 찾겠지."

테드는 대나무 의자에서 일어나 루시가 동조해주기를 기다리며 방 안을 서성대다가 다시 자리에 앉았다.

하지만 그녀는 말없이 바느질만 하며 앉아 있었다. 테드가 볼 때 루시는 바느질을 할 때 마음의 안정을 되찾는 것 같았다. 그는 마음속으로 루시를 선량한 아내라고 생각하고 있었다. 또한 한 번도 사랑에 빠진 적 없이도 그녀를 사랑하는 법을 알게 되었다.

하지만, 사랑이 대체 뭔가? 사람은 어떤 형태이건 이 특별한 감정 없이는 누군가와 함께 자신의 집 앞마당에 야자수를 심을 수 없었다. 그와 루시는 백인이라고는 오로지 둘뿐인 환경에서 집을 짓고, 아이들을 키우고, 가르치고 설교하고, 의료원을 운영하는 등 모든 걸 함께 해왔다.

그들은 자신들의 일이 옳다고 믿었고, 그 믿음을 따랐으며, 자신들의 목표에 집중했다. 언젠가 다른 여자와 사랑을 나누는 꿈을 꾸었을 때도 테드는 자기가 정말로 루시를 사랑하는지를 자문하지 않았다. 남자라면 으레 그런 꿈을 꾸게 마련이라고 스스로에게 말했을 뿐이다.

현실만이 최선이었다. 현실만이 사랑의 이기심을 극복할 수 있었다. 타들어가는 날씨로 기진맥진해져 있을 때, 사람들의 절망적인 도움의 요청에 한계를 느끼고 지쳐갈 때, 그와 루시는 서로에게 의지하며 굳건히 서로의 버팀대가 되어주었다. 이 또한 사랑이었다. 수백만 명의 삶에 실제적인 열매를 맺을 수 있게 만든 이것 또한 사랑이었다.

루시는 일단 바느질을 시작하면 영원히 침묵 속에 앉아 있을 것처럼 보였다. 테드는 더 참지 못하고 입을 열었다.

"별다른 생각이 있소?"

"아니요." 루시는 느리게 답했다.

"무슨 방법이 있을지, 저도 잘 모르겠네요. 바이를 떠나는 게 내키지 않을 뿐이에요. 하지만 당신 말이 맞는 것 같군요. 우리, 리비를 데리고 인도를 떠나는 게 낫겠어요."

"당신이 얘기하겠소, 아님 내가 하길 바라오?"

"당신이 하는 게 낫겠어요."

루시는 이렇게 답했고, 여전히 고개를 들지 않았다.

테드는 다음날 저녁, 리비에게 이 얘기를 전했다. 그의 마음은 연민과 단호함이 뒤섞여 있었다. 그는 빠르게 지는 석양 속에 베란다에 앉아서, 어린 사라와 리비가 공을 주고받는 모습을 바라보았다. 사라는 자기 증조부를 닮았다. 언니를 끔찍하게 따랐고, 성질이 불같고 깡마른 아이였다. 그는 사라가 일부러 이곳저곳 던져대는 공을 잡기 위해 하늘하늘한 분홍색 사리를 입고 미끄러지듯 움직이는 리비에게서 눈을 떼지 못했다.

"리비!"

어둑어둑한 대기를 뚫고 그녀의 이름이 울려 퍼졌다.

"네, 가요!"

리비는 기분이 좋아 보였다. 여리고 둥근 얼굴이 활기로 가득 차 있었다. 그녀는 즉시 아버지 곁으로 왔다. 인도의 기후는 그녀에게 잘 맞았고, 무더위조차도 그녀를 지치게 하지 못했다. 후덥지근한 밤공기에도 리비는 더없이 신선하고 상쾌해 보였다.

"여기 앉아라, 딸아."

리비가 아버지 옆의 대나무 의자에 깊숙이 몸을 묻었다. 갑자기 혼자가 된 사라가 마치 인도 노래를 부르는 것처럼 예의 아이다운 고음으로 언니를 불렀다.

"곧 어두워질 거야. 빨리 와서 나랑 놀아, 리비 언니!"

"사라, 너도 와서 같이 들어야지."

그러자 사라는 금세 뛰어와서 그들 사이에 자리를 잡고 앉았다.

"제가 뭘 잘못했어요?"

사라가 물었다.

"아니다."

"뭔가 일을 낸 건 나야." 리비가 조용히 말했다.

"내가 말썽을 피워서 아버지께서 날 혼내주시려는 거야."

"리비는 말썽 피우지 않아." 사라가 반박했다.

"리비는 한 번도 말썽 피운 적이 없어요."

"가끔은 나도 말썽을 피워."

리비가 말했다. 그녀의 짙은 눈망울이 딱딱하게 굳은 채로 반짝거렸다. 그녀는 아버지에게 얼굴을 돌렸고, 테드는 리비의 감정은 아랑곳하지 않기로 마음 먹었다.

"미국으로 간다고 그걸 벌이라고 할 수는 없겠지. 우리는 미국으로 갈 거다. 이미 문지기를 시켜 배표를 구하는 서신을 부친 상태다. 떠나는 데까지 며칠밖에 걸리지 않을 거야."

사라는 리비에게 붙어서 그 허리를 꼭 껴안았다. 미국으로 간다니, 갑자기 꿈을 꾸는 것 같고 공포스러웠던 것이다. 그간 사라는 미국에 대해 수백 번이나 질문을 던졌고, 때로는 밤에 도 안 자고 누워서 그 아름답고 동화 같은 나라에 대해 상상의 나래를 펼치곤 했다.

하지만 지금 아버지가 배표를 사려고 서신을 부쳤다고 하니, 새삼스레 바이가 떠나기에 너무 소중한 곳으로 느껴지기 시작했다. 비록 미국에서는 뱀이 정원을 기어 다니고, 밤 사이 전갈이 신발 속에 숨어드는 일도 없겠지만.

"좋지 않니, 사라?"

아버지가 물었다.

"아마 거기 애들은 날 좋아하지 않을 거예요."

사라가 말했다.

"그건 반가운 소식이 아니에요, 아버지."

리비의 목소리에는 완벽히 상황을 파악하고 난 뒤의 반감이 스며 있었다. 리비의 성난 눈빛이 테드의 얼굴에 멈춰섰다.

"그건 반가운 소식이 아니라고요, 아버지."

사라가 리비의 허리에 매달린 채로 언니의 말을 따라했다. "리비 언니가 그렇게 생각한다면 저도 그래요."

"어쨌든 우린 미국에 간다." 테드는 못을 박듯이 말했다.

"거기서 리비만 빼고 다들 1년 동안 머물다 올 거야. 리비는 거기에서 4년 동안 대학교를 다녀야 한다. 대학에서 미국 여성이 되는 법을 배우고, 미국 여성이 되어야 해. 아마 그 다음에는 미국 남자를 만나 미국에서 살게 되겠지."

"안 돼요! 안 돼요!" 사라가 소리쳤다.

"그러면 다 같이 바이에 살 수 없게 되는 거잖아요."

"아마 그때가 되면 네 언니도 바이에서 살고 싶어 하지 않게 될 거다. 미국은 멋진 나라. 넓은 도로와 차들과 멋진 기차가 있고, 심지어 여기저기 비행기들까지 날아다닌단다. 리비는 예쁜 옷을 입고 노래하고 피아노 치는 법을 배우고, 여름에는 영국과 프랑스로 여행을 떠나겠지."

"사라, 나 좀 일어나게 해줘."

리비가 허리를 잡고 있는 사라의 팔을 당겼다. 테드는 그녀를 붙잡지도 어디를 가냐고 묻지도 않았다. 그는 비슷한 일진광풍을 한차례 겪었고, 지금은 딸을 가만히 놔두는 게 최선이라는 것을 알았다.

"이리 와서 아빠 무릎 위에 앉으렴, 사라."

그는 리비를 못 본 체하며 말했다.

"미국 이야기를 해주마."

어린 소녀는 언니의 허리를 잡고 있던 손을 풀고 아버지에게 갔다. 하인들이 집 안에 등불을 켰다. 테드는 어둠 속에서 문과 창문으로 새어나오는 은은한 불빛에 의지해 어린 딸에게 미국 이야기를 해주기 시작했다.

사방으로 둘러싸인 산들과 장대하게 흐르는 강들과 미국의 대도

열하루의 낮과 밤

시, 지금은 할아버지가 살고 계시지만 본래는 그녀가 한 번도 본 적 없는 증조부께서 살았던 뉴욕의 옛 집 이야기였다.

"네 조국은 미국이야. 인도는 아니지. 바이도 네가 꼭 있어야 할 곳은 아니란다. 무슨 말인지 알겠지, 사라?"

"모르겠어요." 사라가 어리둥절한 표정으로 말했다.

"난 여기가 내 나라라고 생각했는데."

사라의 말에 테드는 할 말을 잃었다. 마치 그리스도를 부인한 뒤에 양심의 가책을 느꼈던 베드로처럼 괴로운 심정이었다. 그는 스스로를 책망했다. 거리에서 들려오는 바이의 구슬픈 음악 소리가 어둠 속에서 잦아들고 있었다.

✣

리비는 뱀도 곤충도 상관없다는 듯 캄캄한 길을 빠르고 거침없이 걷고 있었다. 사리 자락을 손에 쥐고, 머리 아래로는 스카프를 내려 얼굴을 가린 채였다. 지금쯤 자틴은 병원 옆에 위치한 자기 숙소에 있을 것이다. 그곳은 그가 바이 병원의 전문의로 왔을 때 아버지가 특별히 그를 위해 지어준 달개지붕 집이었다. 공사가 끝나고 리비도 부모님과 함께 그 안을 둘러본 적이 있었다. 그곳에는 자틴이 결혼할 경우 가족들과 생활하기에 충분할 만한 널찍한 방이 네 개나 있었다.

이 방들은 이제 리비에게도 넉넉한 공간처럼 느껴졌다. 그녀는 이곳에서 자틴과 가정을 꾸리게 되리라는 꿈에 부풀어 있었다. 비록 자틴은 들으려 하지 않았지만 리비는 이 얘기를 입밖으로 내기도 했다.

"그런 일은 일어나지 않을 거요, 결코."

자틴은 거듭 말했다.

"자틴, 당신은 어떻게 그토록 쉽게 포기할 수 있는 거죠?" 리비가 소리쳤다.

"제발 당당해져요. 끝까지 물고 늘어지라고요! 난 원하는 게 있으면 끝까지 포기 안 해요."

이 말에 자틴은 대답 대신 어둡고 슬픈 표정을 지어 보였다. 비극적인 분위기를 풍기는 커다랗고 물기 어린 눈이 길고 진한 속눈썹 아래 음영을 드리웠다. 거기에는 하나의 천성처럼 자리 잡은 인종에 대한 비애, 미지의 슬픔에 대한 기억이 엿보였다. 그는 언제나 최악의 상황을 예감하고 있었고, 자기 운명에 저항할 수 없었다. 그는 행복을 믿을 수 없는 사람이었고, 절망이 현실로 나타나기도 전에 그것을 받아들였다.

아, 오늘 밤 자틴을 확신하게 만들 것이다. 오늘 밤 그는 한 남자가 자신의 것을 취할 수 있음을 똑똑히 보게 될 것이다. 그는 그것을 손아귀에 쥐고 놓지 않을 것이다. 그녀는 그의 것이 될 것이다. 리비는 스스로에게 이 말을 들려주었다.

그녀는 사랑과 두려움, 죽음과 삶의 공포에 휩싸였고, 발은 풀밭 위를 거의 스치지 않고 재빠르게 달려가고 있었다. 이 순간 뱀이 그녀를 문다면 어떤 일이 벌어질까? 자틴이 용기를 내지 못한다면?

그는 그녀를 사랑했다. 리비도 그것을 알고 있었다. 그토록 깊은 마음과 정열에도 불구하고, 그 사랑은 그를 충분히 강하게 만들지 못했다. 그는 너무 쉽게 손을 놓아버렸다.

그것이 작은 바람이나 간절한 소망과 다를 바 없다는 듯, 그는 반대에 직면하면 그것이 무엇이건 곧바로 굴복해버렸다. 오늘밤은 그렇게 두지 않을 것이다. 그렇다. 그녀는 끝까지 물러서지 않을 것이다.

리비는 자틴의 숙소 베란다 앞에 뻗은 계단 세 개를 단숨에 뛰어 올라갔다. 석유 램프의 은은한 불빛이 밖으로 새어나오고 있었다. 그녀는 열린 문을 두드렸다. 자틴은 서재에 있어 밖에서는 그 모습이 보이지 않았다. 불빛이 입구의 마룻바닥 위로 작은 띠를 만들며 떨어졌다. 자틴은 문 두드리는 소리에 소매 없는 내의와 도티를 몸에 두르며 맨발로 걸어 나왔다. 이 시간에는 병원에서 호출이 오지 않는 한 딱히 찾아올 사람이 없었다.

"리비!" 그는 깜짝 놀라 말했다.

"왜 여기 있는 거요?"

"들어가게 해줘요, 자틴."

리비는 철망 문을 잠근 갈고리를 흔들며 말했다. 자틴은 갈고리를 풀었고, 리비는 안으로 미끄러지듯 들어왔다.

"불을 꺼야겠어." 자틴이 속삭였다. 그의 표정은 불안과 경계심으로 가득 차 있었다.

"사람들이 당신을 볼 거요. 누군가 이미 봤을 수도 있지."

"그런 건 신경 안 써요."

리비는 목소리를 낮추지 않고 말했다.

"그렇게 작은 소리로 말하지 말아요, 자틴. 이미 부모님도 알고 계신 마당에 누가 알건 무슨 상관이에요?"

하지만 자틴은 여전히 불안해 보였고, 그는 선 채로 주춤거렸다.

"알았어요. 그럼 여기 복도에 잠시 앉아요. 당신이 그렇게 불안하다면 저도 오래 있고 싶지 않네요. 하지만 이것만은 말해야겠어요. 아버지가 배표를 예약해놓으셨어요. 우리 가족 모두가 미국으로 갈 거예요. 아버지는 제가 여기로 돌아오지 못하게 할 거고요. 가족들은 거기서 1년간 머물 거예요. 하지만 저는, 저는 4년이에요. 아버지가 막고 나서시면 다시는 바이에 돌아올 수 없어요. 자틴, 당신이 결혼을 추진해야 해요. 부모님이 끝까지 결혼을 허락하지 않으신다면 몰래라도 식을 올려야 해요."

"우리가 몰래 결혼하는 게 가능할 것 같소?" 그가 미심쩍은 듯이 물었다. 근심에 찬 목소리가 가늘게 떨렸다.

"그러려면 푸네에 있는 미국인 영사를 찾아가야 하는데, 그곳에서 당신 아버지와 할아버지를 모르는 사람이 없소. 아마 영사는 혼인신고를 승인하기 전에 당신 아버지에게 먼저 알릴 거요. 방법이 없어요. 우리 이만 서로를 놓아줍시다."

리비는 입술을 깨물며 자틴으로부터 고개를 돌렸다.

"그렇게 말할 줄 알았어요. 당신에겐 그럴 용기가 없다는 걸 알고 있었어요. 내가 왜 당신을 사랑하는지도 모르겠어요."

"당신 말이 맞소."

자틴이 힘없는 목소리로 말했다.

두 사람은 비참한 기분으로 등이 높은 긴 나무 의자에 나란히 앉아 있었다. 띠 모양의 불빛이 커튼처럼 그들과 열린 문 사이로 떨어졌다.

열하루의 낮과 밤

두 사람은 문을 정면으로 바라보고 있었다. 자틴은 혹시라도 누군가 그들의 얘기를 엿듣거나 기웃거리는 숨은 그림자는 없는지 어둑한 공간을 둘러보았다. 바이에서는 어떤 것도 숨길 수 없었다. 하지만 리비가 숙소로 찾아드는 모습은 아무도 보지 못한 것 같았다.

자틴은 피가 점점 뜨거워졌다. 리비의 날씬한 허벅지가 무명 도티만 걸친 그의 맨다리에 바짝 닿을 정도로 가까이 있었다. 리비는 말없이 고개를 떨어뜨린 참한 모습이었다.

이때 자틴가 리비의 손을 자신의 두 손으로 잡아 천천히 부드럽게 문질렀다. 손바닥을 서로 비비고 리비의 손가락을 자신의 손가락으로 하나하나 어루만졌다. 리비는 자연스레 자틴에게 몸을 기댔고, 자틴은 리비의 허리를 감싸 안았다. 사랑은 때로설사 이룰 수 없다 해도 제어할 수 없는 것이었다. 금지된 것투성이인 이 으슥한 밤, 그럼에도 둘만의 공간에서는 이 사랑을 제어할 수 없었다. 누구도 리비가 이곳에 들어오는 걸 보지 못했고, 아무도 그녀가 나가는 걸 볼 수 없으리라. 밤은 점차 깊어가고 있었다.

자틴이 불을 끄자 집은 금방 캄캄해졌다. 집 안에서 자는 하인도 없었고, 만일 병원에서 호출이 와도 자틴은 앞문으로, 리비는 정원사가 물을 실어서 나르는 통로인 욕실과 연결된 뒷문으로 빠져나가면 됐다. 바이의 신들조차 그녀를 독충과 뱀들로부터 보호할 것이다. 그녀는 다시 풀밭을 가로질러 무사히 집에 닿을 것이다.

그는 자리에서 일어나서 문을 걸어 잠갔다. 그런 뒤 다른 방으로 가서 램프를 끄고 어둠 속에서 다시 리비 곁으로 돌아왔다. 그의 손길이 리비의 손을 어루만지며 팔을 따라 올라가다가 목덜미를 쓰다듬고, 그 볼과 귓바퀴로 옮겨갔다.

그런 뒤 여전히 절박한 침묵 속에 휩싸인 채 리비의 조끼 단추를 하나하나 풀었다. 그녀의 흰 맨살이 드러나자 그 어깨와 등을 어루만지다가 마침내 가슴을 애무하기 시작했다. 그의 손길이 가슴의 둥근 곡선을 따라 부드럽게 움직였다. 리비가 가쁜 숨을 몰아쉬었다.

"리비, 괜찮겠소?"

그녀는 몸을 떨었다. 그저 팔을 그의 목에 두르고 고개는 그의 어깨에 기댄 채 아무 말도 하지 않았다. 자틴은 그녀의 침묵을 대답으로 받아들이고 탄탄한 구릿빛 두 팔로 그녀를 안아 들고 침실로 들어갔다.

그가 침실 문지방에서 잠시 멈추자, 리비가 그의 가슴에 대고 작은 소리로 뭐라고 속삭였다.

"지금 뭐라고 했소, 리비?"

"난 이렇게 되기를 원했다고 말했어요. 무슨 일이 일어나건 전 준비가 됐어요."

"이 일은 우리 둘만 알아야 하오."

"저는 준비가 됐어요."

그래, 한 번이다. 자틴은 스스로에게 말했다. 이번 한 번뿐이다. 누구도 이 사실을 알 필요가 없었다. 단 한 번에 큰일이 일어날 리는 없었다. 처녀성이 그녀의 보호막이 될 것이며, 위험한 사랑은 단 한 번이면 족했다. 그 다음은 서로 각자의 길을 가는 것이다.

자틴은 이렇게 되리라는 것을 처음부터 알고 있었다. 그는 애초부터 어떤 희망도 품지 않았다. 하지만 희망 없는 사랑은 그에게

열하루의 낮과 밤

최악의 경험을 남겨주었다. 가장 지독하고, 가장 견디기 힘든 순간이었다. 이것이 마지막이 될 것이다.

✠

하지만 그 일이 결코 마지막이 되지는 않았다. 리비는 살금살금 어둠을 가로질러 그곳을 찾고 또 찾았다. 장난기 많은 신들이 독충과 뱀들로부터 그녀의 맨발을 보호해주었고, 그들의 사랑에는 끝이 없었다.

리비는 자신의 불경에 스스로 놀라면서도 멈출 수가 없었다. 기독교인 부모를 두었고 십계명과 그것이 뜻하는 선과 순수함과 공의로움의 의미를 너무 잘 알고 있으며, 머리 위에서 태양처럼 빛나는 그 위대한 말씀에 의지해 살아야 한다고 생각해왔던 그녀가, 이제 밤만 되면 창녀처럼 집에서 나와 으슥한 어둠 속을 찾아들고 있었다.

그녀는 한 번도 아버지와 할아버지의 신을, 바이뿐만 아니라 푸네의 큰 사원에서도 모시는 가네쉬 신이나 사람들에게 범죄를 부추기는 악한 칼리 여신 같은 신들과 혼동한 적이 없었다. 리비는 더 이상 어린아이가 아니었다. 그녀는 사원에서 여신도들이 무엇을 하는지, 처녀성을 신께 제물로 바친다는 명목 아래 승려들이 어떤 방식으로 음흉한 의식들을 치르는지도 모두 알고 있었다.

그녀는 이런 찬양 의식의 어두운 혼란에 반발심을 느끼고 있었고, 부모님으로부터 물려받은 기독교의 분명한 단순성을 좋아했다.

하지만 지금은 달랐다. 이제 기독교 안에서조차 그녀의 처녀성은 다른 종교가 말하는 처녀성보다 나을 게 없었다. 또한 이 죄악에 대한 변명의 여지도 없었다.

매일 밤 리비는 자틴을 찾아갔다. 자틴도 이제 절망감에 빠져 두려움마저 잊은 상태였다. 수군대려면 실컷 수군대라지. 볼 테면 실컷 보라지. 어느 날 갑자기 그는 리비가 자신을 영원히 떠나게 되리라는 거부할 수 없는 사실에 마음을 빼앗겼다. 그러자 그의 사랑은 점점 괴이한 모습으로 변해서 질병처럼 그를 사로잡았다. 그는 마지막 순간이 오리라는 데 한 치의 의심도 없었지만, 그럴수록 하루하루 심장은 타들어갔다. 그는 매일밤 어둠 속에서 리비를 기다렸다.

열하루의 낮과 열하루의 밤이 그렇게 지나갔다. 그녀의 아버지는 둘의 관계를 전혀 눈치 채지 못하고 있었다. 만일 그가 매일밤 자기가 모기장 안에서 잠들때 무슨 일이 벌어지는지를 알았다면 말없이 지나쳤을 리 없었다. 아마 리비를 붙잡아 당장 푸네 이상으로 먼 곳으로 보내버렸을 것이고, 그것이 이 연인들의 마지막이 되었으리라.

자틴은 리비가 낮 동안에는 어떻게 처신하는지 전혀 몰랐다. 얼마나 고분고분하고, 얼마나 상냥한 목소리로 아버지의 명령을 따르고, 얼마나 아이 같은 눈빛으로 어머니의 의심에 찬 눈초리에 맞서는지를 자틴은 조금도 알지 못했다.

리비는 사라와 놀아주고, 옷 수선을 하고, 바느질을 하고, 어머니가 미국으로 갈 준비를 하기 위해 짐 싸는 것을 도왔다. 아버지의 손님이 찾아오면 작은 케이크와 멜론 조각, 사탕과자를 내갔고,

그 때문에 손님들은 리비를 보고도 자신들이 알고 있는 사실을 누설하지 않고 앉아 있었다.

그들 중에는 이 사실을 아는 사람도 있었고, 모르는 사람도 있었다. 그러나 지금 이대로 간다면 곧 모두가 알게 될 것이었다. 라비는 이들의 뭔가를 말하는 듯한 까만 눈동자와 인사를 건네는 태도를 보면서 대부분이 그녀와 자틴의 관계를 알고 있음을 직감했다.

어떤 이는 그녀를 더없이 살갑게 대했고, 어떤 이는 묘한 적대감을 보였다. 사람들은 이제 그녀를 더 이상 테드의 딸로서만 바라보지 않았다. 그러나 리비는 그들이 어떤 태도를 보이건 한결같이 그들을 맞이했다. 이제 자신이 친 그 덫으로부터 스스로를 구할 수도 없었고, 자틴과 마찬가지로 그녀 역시 이 사랑에는 어떤 희망도 없다는 걸 인정하고 있었다. 오직 할 수 있는 일이라고는 상황을 받아들이고, 다가오는 이별의 날을 헤아리며 그간 잡을 수 있는 걸 최대한 움켜쥐는 것뿐이었다.

밤이 되면 리비는 서둘러 집의 맨 끝에 위치한 작은 방을 빠져나와서는, 일부러 유모가 옷을 벗고 목욕을 하고 잠자리에 드는 자기 모습을 보도록 만들었다. 때로는 유모도 모든 걸 알고 있는 것처럼 느껴졌지만, 그조차 분명하지 않았다. 지금처럼 소문만 돌지 않는다면, 유모에게도 아무 책임이 없었다. 하지만 동네에 소문이 파다해지면 아마 유모도 리비의 부모님에게 사실을 알릴 수밖에 없을 것이다. 그러니 아직까지는 모른다고 봐도 무방했다. 아직까지는 비밀스러운 만남이 가능했고, 그 이상은 바랄 필요도 없었다.

가끔은 깜빡 새벽까지 잠들어 때를 놓친 적도 있었지만, 리비는 열하루에 일곱 날은 잠을 자지 않고 기다리거나 자는 도중에 깨서는 코브라가 기어 다니는지도 모를 풀밭 위를 맨발로 걸어 자틴의 숙소를 찾아들었다.

  이렇게 그녀가 뒷문으로 살금살금 다가오면 자틴은 기다렸다는 듯이 그녀를 안으로 들였다. 자틴 또한 자신이 절망감 속에서 스스로를 파괴하고 있다는 것을 알고 있었다. 그럼에도 그는 리비를 집 안으로 들였고, 한 시의 지체도 없이 품에 안았다. 그들에게는 머뭇거리거나 시시덕거릴 시간조차 없었다. 그들은 빠르고 깊게 절정에 도달했고, 그런 뒤에 서로 짧은 포옹을 나누며 아쉬움을 달랬다. 그들의 사랑은 차마 말이 되어 나올 수 없었다. 그리고 나면 리비는 다시 풀밭을 거닐 채비를 했다.

18장
천국으로 가는 마지막 계단 앞에서

    테드는 1년 뒤에 돌아왔을 때 모든 게 떠날 때와 다름없이 잘 굴러가고 있다는 걸 확인할 수 있도록, 그간 해오던 일들을 하나하나 정리하기 시작했다. 그는 매일매일 자신을 바쁘게 만들어주었던 일들에 감사했다. 또한 굳이 지금 자기 영혼을 거울삼아 스스로를 비춰볼 필요도 없다고 생각했다. 지금으로서는 옳은 것과 그른 것을 결정할 수 없었으며, 이를 곰곰이 반추하고 생각할 시간은 앞으로도 충분할 것이다.

    지금으로서 가장 신경 써야 하는 건 리비가 자틴과 사랑에 빠졌다는 사실이었다. 모든 아버지들에게 벌어질 수 있는 이 당혹스러운 사건이 그의 내면에 낯설고 깊은 뿌리를 내렸다. 그의 살과 마음은 리비가 자틴과 결혼하고 싶어 한다는 사실에 어째서 그토록 큰 거부감을 느끼는 걸까?

그는 자신이 던진 이 질문에 답할 수가 없었다. 하지만 가슴에 딸에 대한 걱정과 사랑이 넘치는 동안에도 얌전히 집 안을 돌아다니는 리비를 보면 불편한 감정 때문에 괴로웠다. 그는 미국 아니면 배 위에서라도 은밀한 영혼의 거울을 통해 자신과 대면할 생각이었다.

하지만 지금 여기는 아니었다. 어쨌든 리비를 이곳에서 벗어나도록 하는 게 우선이었다. 그래야만 그도 매일 매순간 딸이 어디에 있는지 마음 졸이지 않을 수 있을 것 같았다. 그는 밤중에 유모가 리비의 방에서 나오는 걸 봐야만 리비가 탈 없이 침대에 누워 있다고 확신하곤 했다.

하지만 그런 뒤에도 마음의 휴식은 얻을 수 없었다. 곁에서 심난한 표정으로 그를 바라보면서도 입을 꾹 다물고 있는 아내 때문이었다. 그녀는 뭔가 할 말이 많은 것 같았다. 하지만 아내는 침묵을 고수했고, 그도 굳이 질문을 던져 불편한 상황을 자초하고 싶지 않았다. 또한 아내의 생각을 알고 싶지도 않았다. 아마 루시는 어떤 생각을 할 수도 있었고, 안 할 수도 있었다. 루시도 인도인들처럼 생각을 마음속에 담아두었다가 그게 분명한 형태를 띠어야만 폭포수처럼 쏟아내고 완고한 입장을 취하려는 면이 있었다.

테드는 그 말이 배 위나 미국에서 터져 나오도록 놔두기로 했다. 급한 건 우선 리비를 안전한 곳으로 보내는 일이었다.

테드는, 마을 사람들이 리비를 말없이 지켜보며 아버지의 눈으로부터 보호해주고 있다는 걸 알지 못했다. 그가 미국으로 떠나야 그제야 사람들도 그간의 일들에 대해 마음 놓고 얘기를 시작할 것이다. 하지만 지금은 자신들 안에서 성장했고 그들의 일부였던 어린 리비를 보호해주는 게 우선이었다.

즉 테드는 리비처럼 그들과 융화되지 못했던 셈이다. 이 고독한 어린 소녀가 그들에게 같은 민족처럼 다가설 때, 테드는 백인들에게 속해 있다는 느낌을 풍겼다. 그들은 테드가 정말 리비를 먼 곳으로 보낼지 침묵 속에서 지켜보면서, 팔을 뻗어 리비를 자신들의 품에 안았다. 또한 리비와 자틴의 관계에 대해 테드에게 어떤 낌새도 내비치지 않았다. 그저 덮어주고 보호해주며, 미국으로 떠나기 전 테드가 일을 정리하는 걸 일사불란하게 도와줄 뿐이었다.

한편 남쪽을 유랑하던 기독교인 사두 제하르는 동네에서 동네로 퍼져 마침내 그의 귀에까지 들어온 어떤 소문을 들었다. 그리고 그 진흙 집에서 분명 무슨 일이 벌어졌다고 추측하며 곧바로 바이로 향했다. 해가 녹색 들판 너머로 기울어가는 저녁 무렵이었다. 계절풍은 지나갔지만 논은 물기가 아직 마르지 않아서 먼지도 날리지 않았다. 제하르가 집 대문 앞에 도착했을 때는 해가 마지막 선명한 빛을 남기고 수평선 뒤로 넘어갈 무렵이었다.

테드는 서재의 열린 창문으로 누군가 지나가는 것을 느꼈다. 그러다가 곧 낯익은 얼굴이 시야에 들어오자 자리에서 일어나 문으로 나갔다.

"제하르!" 테드는 큰 소리로 외쳤다. "지금 자네만큼 보고 싶은 사람이 없었네."

그는 제하르의 큼지막한 손을 잡고 서재로 들어가 문을 닫았다. 둘은 서로를 바라보았다. 제하르는 키가 훨씬 커 보였고, 풍채도 더 위풍당당해져 있었다. 머리 위로 촘촘하게 감긴 작은 터번과 짙은 황색의 넓은 옷자락 덕에 큰 키가 더 두드러졌다.

"앉게나." 테드가 말했다.

"시장하거나 목이 마른가?"

"괜찮습니다." 제하르가 답했다. 그의 목소리는 깊은 울림 속에 평화가 깃들어 있었다. 더 짙어진 커다란 눈은 평안과 사랑으로 넘쳤으며, 올리브빛 피부는 까만 턱수염과 눈썹 때문에 투명해 보였지만 창백하지는 않았다. 발은 맨발이었다. 그는 그 발로 티벳의 눈 쌓인 고원을 비롯해 유럽, 영국, 미국까지 세계 각지를 두루 돌아다녔다.

테드는 그의 곁에 앉아서 손을 무릎 위에 얹고는, 옛 제자이자 친구인 그의 얼굴에서 눈을 떼지 못했다.

"자네가 바이 근처에 와 있으리라고는 꿈에도 생각 못했네."

"아닙니다. 시크교도들을 상대로 복음을 전하다가, 선생님께서 곧 미국으로 돌아가신다는 소문이 귀에 닿았습니다. 그게 사실이라면 언제쯤 우리에게 다시 돌아오실지 궁금했습니다."

"그 이야기는 사실이네."

테드는 잠시 말을 잇지 못했다. 마음속 깊은 고민을 털어놓고 싶다는 생각이 간절했다. 제하르만큼 허심탄회하게 속 얘기를 털어놓을 수 있는 사람도 없었다. 또한 훌륭한 청년인 자틴과 리비와의 결혼을 반대할 수밖에 없는 그의 심정을 이해할 수 있는 사람도 제하르뿐이었다. 테드는 지금껏 무슨 일이 있었는지, 왜 리비를 하루빨리 미국으로 데려가야 하는지를 차근차근 설명했다.

제하르는 이따금씩 고개를 끄덕이며 테드의 말을 경청했다.

"그렇군요. 이해합니다. 아마 선생님의 뉴욕 집을 보지 못했다면 이해할 수 없었을지도 모르죠. 제가 뉴욕에서 맥카드 교장 선생님을 뵈었다고 말씀드렸습니까?"

"아버지로부터 들었네." 테드는 주저하면서 말했다. 언젠가 아버지로부터 제하르가 인도에서와 똑같은 행색으로 뉴욕 곳곳을 휘젓고 다니며 사람들의 이목을 끌고 있다는 격앙된 내용의 편지를 받은 적이 있었다. 아버지의 말에 의하면 그 행색은 도저히 기독교인이라고 할 수 없는, 마치 자기가 신이라도 된 듯한 모습이며, 기이하고 사이비 같은 느낌을 준다고 했다. 그의 아버지는 이렇게 써왔다.

"제하르는 결코 중요한 설교 자리에 초대받지 못했다. 참된 기독교인들에게 그의 행색은 거부감 들기 딱 좋았지. 그 펄럭이는 긴 옷자락이며 심지어 맨발에다, 그걸 바라보는 우리에게도 고문이었다."

"아마 나를 비난하는 것을 교장 선생님의 의무로 느꼈다고는 쓰지 않으셨겠죠." 제하르는 미소를 지으며 말했다.

"난 교장 선생님의 입장을 이해할 수 있어요. 하지만 나는 내 갈 길을 갈 수밖에 없었습니다. 나는 분명히 스와미가 아니라고 교장 선생님께 말씀 드렸어요. 스와미는 일종의 '신'과 같은 존재를 의미하죠. 나는 신이 아니라 사두일 뿐이에요. 종교적인 사람일 뿐이죠. 다만 예수 그리스도를 통해 신을 본다고 해도, 나는 인도인인 이상 그 이름을 써야 하는 겁니다."

"아버지가 그걸 이해했나?"

"난 그분의 가슴과 마음이 어느 정도 일치를 이루었는지 알지 못합니다."

제하르가 대답했다. 그는 잠시 생각에 잠긴 채 앉아 있었다. 침묵에 익숙한 테드도 가만히 기다렸다. 제하르가 다시 입을 열었을 때, 그는 리비의 문제에 대해 직설적으로 언급하는 대신 이렇게 말했다.

"이걸 기억할 겁니다. 간디가 즐겨 인용하던, 옛 인도의 대서사시인 마하바라다의 이 구절을 말이죠."

제하르는 눈을 감은 채 숨을 고르더니 음률 넘치게 시를 읊기 시작했다.

개인은 가족을 위해 희생하고,
가족은 마을을 위해 희생하네.
마을은 지역을 위해 희생하고
지역은 나라를 위해 희생하네.
양심을 위해서, 모두를 위해서.

그는 눈을 뜨고 테드를 정면으로 바라보았다. 그 시선이 얼마나 뚫어질 듯 강렬했는지 테드는 몸까지 뜨거워지는 걸 느꼈다.

"형제의 양심은 뭐라고 말하고 있습니까?" 제하르가 물었다.

"잘 모르겠네. 난 그저 필요하다고 느끼는 일을 할 뿐이야."

제하르는 이 말을 듣자 애정 가득한 눈빛으로 자신의 친구를 바라보았다.

"지금껏 바쁘게 살아오셨군요. 하지만 모든 일이 끝나면, 그때는 마음 편히 귀를 기울일 수 있겠지요. 우리는 모두 자신만의 양심을 가지고 있습니다. 내 양심이 형제의 양심을 대변할 수는 없습니다. 양심이 무엇입니까? 가장 고도로 발달한 정신능력입니다. 가장 예민하고 부드러운 정신의 핵입니다. 그건 사회적 관습 속에서 형성되며, 개인적 경험을 통해 지혜로 발전하고, 의지력으로 유지되죠. 내 양심이 다른 사람들과 다르듯이, 형제의 양심도 제 양심과는 다릅니다. 제게 양심이라는 것은 그리스도의 복음만을 전하는 와중에도 옛 힌두교 방식으로 사두의 삶을 살 권리를 의미합니다. 제가 형제의 아버지께 말씀드렸듯이, 사랑과 집과 부유함이 다른 사람에게는 옳아도 제게는 그렇지 않은 것이죠. 난 나만의 보상이 있어요. 이곳 바이에서 형제는 훌륭한 업적을 이루었습니다. 형제는 형제와 같은 인종들에게서는 쉽게 찾아볼 수 없는 금욕적인 삶을 이루었지요. 개인의 삶을 포기하면서 말입니다. 형제의 아버지는 이걸 이해할 수 없을 겁니다. 그가 나를 이해하지 못하는 것처럼요. 하지만 상관없습니다. 내가 나만의 보상을 느끼듯이, 형제도 형제만의 보상을 느낄 테니까요. 하지만 지금은……."

제하르는 고개를 가로저었다. 테드는 이 인도인의 신비로운 눈 안에서 황홀경의 빛을 보았다.

"하지만 지금은," 제하르는 말을 이어갔다.

"형제에게 새로운 기회가 찾아왔습니다. 이건 내가 상담할 일이 아닙니다. 세상만사가 모두 신으로부터 오는 것처럼, 그 기회 또한 신께서 형제에게 부여한 것입니다. 이 기회는 과연 무엇을 뜻할까요? 이제껏 이뤄온 일만으로는 아직 부족하다고 자문할 수도 있겠습니다. 하지만 형제가 이미 충분하다고 느낀다면, 형제의 양심이 충분하다고 말한다면, 그건 충분한 것입니다. 형제는 형제만의 보상을 받게 될 겁니다. 하지만 바다 위의 조용한 배 안에서, 형제의 양심이 지금껏 한 일만으로는 충분치 못하다고 말한다면, 그리고 신께서 형제에게 더 많은 기회를 주신다면, 그때는 양심의 소리에 귀를 기울이세요. 천국으로 가는 사다리는 계단으로 만들어져 있습니다. 한 발자국씩 내디딜 때마다 목표 지점에 거의 왔다고 생각하지만, 거기에는 신의 문으로 들어가기 직전에 놓인 마지막 계단이 있지요."

테드는 짙은 눈망울의 마력과 저항할 수 없는 나지막한 목소리에 마음을 빼앗기지 않으려고 정신을 바짝 차리고 있었다. 그러다가 껄껄 웃으며 말했다.

"제하르, 자네는 결코 나를 인도인으로 만들 수 없을 걸세! 난 어쩔 수 없는 미국인일 뿐이야. 비록 나도 자네처럼 좋은 기독교인이라고 믿고 있지만."

제하르는 미소를 지었다.

"제가 무엇 때문에 형제를 다른 인종으로 만들려 하겠습니까? 저는 형제가 미국인이기 때문에 형제를 '형제'라고 부르는 겁니다. 나는 형제가 인도에서 기독교인으로서 살기 위해서 얼마나 많은 걸 포기했는지 내 눈으로 똑똑히 보았습니다. 내가 포기한 건, 형제가 미국에 살았다면 누렸을 부와 쾌락과 영광에 비하면 아무것도 아니지요. 하지만 형제는 여기 인도의 시골 마을, 짚으로 덮인 진흙 집을 삶의 터로 정했습니다. 거기에 절로 고개가 숙여집니다. 심지어 자식들까지 이곳에서 자라게 했지요. 제게는 자식이 없습니다. 따라서 아이들의 희생을 필요로 하는 환경에서 살아간다는 게 어떤 건지 모릅니다. 제 겸허한 시선으로 볼 때, 형제는 이 나라에서 기독교인으로서의 삶을 넘칠 만큼 충만하게 살았습니다. 그래서 이제 인도인을 형제의 아들로, 그들의 자식을 형제의 손자로 맞이할 수 있는 마지막 초대장까지 손에 쥐었습니다. 형제는 이제 육신뿐만 아니라 정신까지 완전한 인류애의 계단 위로 올라섰습니다. 신께서 그걸 가능하게 만드셨습니다. 형제의 삶은 그리스도의 온전한 의미를 구현한 삶이었으니까요."

순간 방 안의 공기가 강렬하게 요동치는 듯했다. 제하르의 엄숙한 목소리가 공명하고 있었다. 그는 고개를 들더니 눈을 감고 말없이 기도를 드렸다.

테드 또한 침묵에 휩싸였다. 기도를 드리진 않았지만 꼼짝도 할 수 없었다. 어떤 생각도, 느낌도 떠오르지 않았다. 그는 거대한 자력을 내뿜는 듯한 제하르의 존재감에 맞서기 위해 안간힘을 다했다. 그는 외부 분위기에 압도당하기 싫었다.

얼마 안 가 제하르가 눈을 뜨고 특유의 생동감 넘치는 미소를 지어 보였다. 그리고는 자리에서 일어나며 말했다.

"형제가 제게 허심탄회하게 이야기해줘서 기쁩니다. 다른 사람들이 내게 묻거든, 나는 모든 걸 알고 있다고 말할 겁니다. 그리고 형제가 뭘 하든지, 그건 양심에 따른 일이었다는 말도 덧붙이겠지요. 테드, 내 형제여, 이제 제 갈 길을 가겠습니다."

"우리와 하룻밤만 머물다 가게, 제하르."

테드는 권유했지만 강요하지는 않았다. 테드는 갑자기 심한 피로감을 느꼈고, 무슨 이유에서인지 기분까지 가라앉아 있었다. 보통 제하르는 그의 기분을 북돋아주었는데 오늘 저녁만큼은 그러지 못했다.

"유감스럽지만 저는 내일 아침까지 바이에서 남쪽으로 50킬로미터 정도를 더 가야 합니다. 밤 내내 걸어야 할 겁니다."

둘은 다시 손을 맞잡았고, 제하르는 자기 왼손을 맞잡은 두 손 위에 얹었다.

"다시 오셔야 합니다. 적어도 인도로 다시 돌아오셔야 합니다."

"물론이지."

테드가 말했다. 제하르는 말없이 뒤로 물러나더니 테드의 눈을 바라보며 두 손을 합장하는 옛 인도식 인사를 했다. 그 몸짓은 '당신 안에서 신을 본다'는 의미였다.

테드는 고개를 숙여 인사한 뒤, 남쪽을 향해 맨발로 걸어가는 키 큰 수행자의 뒷모습을 아쉬운 듯 바라보며 서 있었다.

제하르가 가고 나서 테드는 그가 한 말을 떠올렸다. 그는 왜 바이가 아닌 인도로 돌아오라고 했을까?

⚜

미국으로 떠나기 전날, 테드는 자틴을 불렀다.

"자틴, 자네에게 이곳을 맡기고 떠나겠네. 병원이 차질 없이 돌아갈 수 있도록 자네가 잘 관리해주게. 학교 일을 맡아줄 사람은 푸네에서 이미 파견시켰네. 또한 제하르가 이따금씩 여길 지나면서 교회를 잘 붙들어줄 걸세. 자네, 내 생각이 별로 안 날 게야."

"우리 모두 선생님이 그리울 겁니다."

훤칠한 자틴은 병원 가운을 입고 팔짱을 긴 채 테드의 앞에 서 있었다.

"여기 앉게나."

자틴은 자리에 앉았다. 주어진 임무가 무엇이건, 그는 지난 일주일 동안의 밀애에 대해서만큼은 무슨 일이 있어도 함구할 생각이었다. 그 밤들은 바다 동굴에 숨겨진 보석처럼 그의 기억 속에 깊이 간직될 것이다. 삶은 그들 위로 계속 흘러갈 것이다. 하지만 누구도 그 사실을 모를 것이다.

"자네에게 고마움을 느끼네. 자넨 지금까지 내게 충심을 다했어. 리비는 너무 어리고, 자넨 그녀가 스스로 제어할 수 없을 만큼 감정을 뒤흔들어 놓았지. 하지만 그 후로는 줄곧 친절함을 유지하고 중심을 잃지 않으면서 굳건한 모습을 보여주었네. 그래서 리비로 하여금 자네를 향한 그 어린아이 같은 감정을 접을 수 있게 만들어주었지. 난 그 점에 감사하네. 그리고 모든 게 내 잘못이라는 생각 때문에 자네한테 더 사과하고 싶네. 리비는 너무 어려, 정말 너무 어리지. 하지만 솔직하게 말하면, 그 아이가 여기를 떠나는 건 그 외에도 다른 많은 이유 때문이야."

제하르의 말이 테드의 내면에서 공명을 일으키고 있었다.

"더는 아무 말씀 안 하셔도 됩니다, 맥카드 선생님. 저는 이해합니다. 부모라면 누구나 자식이 같은 인종과 짝지어 사는 걸 원해요. 결국 그게 옳은 선택이겠지요. 무엇보다도 저는 선생님의 뜻을 거스르고 싶지 않습니다. 따님과 저 사이에는 카르마가 존재합니다. 그 때문에 서로를 사랑할 수밖에 없었던 겁니다. 하지만 저희는 태어날 때부터 결혼할 수 없는 운명이었죠. 저는 그것을 알고 있고, 또 받아들였습니다."

"자네에게 이것만은 말해야겠네. 난 기독교인일세, 자틴. 그리고 기독교인이라면 그런 감정을 가지지 말아야 했네. 난 내 삶 전부를 신께 의탁했다고 생각했는데, 아마 아니었나 보네."

이 말에 자틴은 미소를 지었다.

"저 역시 선생님의 종교를 희생양으로 삼으면서까지 리비를 제것으로 하고 싶지는 않았을 겁니다."

테드는 자틴의 말에도 불구하고, 굳은 표정으로 말을 이어갔다.

"문제는 리비가 아니라 나 자신일세. 나는 사랑의 의미를 마땅히 궁극적인 경지까지 실현하기 위해 힘썼어야 했네. 기독교적 사랑의 핵심은 바로 우리를 궁극의 경지까지 이끄는 것 아닌가. 난 그걸 이루지 못했다고 느꼈네. 난 그 궁극의 경지를 대면할 준비도, 받아들일 준비도 안 되어 있던 거지."

테드는 자틴의 얼굴에 퍼지는 애정 어린 온기에 마음이 흔들렸다.

"존경하는 선생님," 자틴이 열띤 말투로 말했다.

"모든 게 선생님의 잘못이라고 생각하지 마십시오. 선생님이 말씀하신 사랑은 기독교인에게만 해당되는 것이 아닙니다. 그건 모든 인간에게 마찬가지입니다. 그건 강요될 수 없는 것이고, 불가항력적인 것입니다. 리비 또한 그것을 느꼈지만, 그녀는 선생님의 다음 세대로 태어난 것뿐입니다.

저 또한 그걸 느꼈지만, 저는 제 아버지 다음 세대로 태어났습니다. 저희는 결혼하지 않을 겁니다. 선생님께 약속합니다. 그건 제 운명이 아닙니다. 리비도 이 사실을 알고 있습니다. 하지만 언젠가 리비가 같은 인종의 남자와 결혼하게 되면, 그녀의 자식은 우리가 원했던 걸 원할 것입니다. 리비는 그걸 허락할 거고요. 시간과 세대는 운명과 함께 작용합니다. 그건 진리입니다. 이게 제가 믿는 것입니다."

"자넨 나를 작아지게 만드는군."

테드가 괴로운 표정을 지으며 말했다.

"그렇다면, 제 잘못입니다."

자틴은 자리에서 일어나며 말을 이었다.

"이 일에 대해서 더는 생각도 거론도 하지 않으셨으면 합니다. 이미 결정된 일은 바뀔 수 없고, 앞으로의 계획은 이미 결정됐으니까요."

그날 밤 리비는 마지막으로 자틴을 찾아갔다. 자틴은 그날 밤만은 그녀를 품에 안지 않았다. 대신 두 사람은 서로 몸을 붙이고 오래 속삭이며 얘기를 나누었다. 마침내 자틴이 두려움을 내보이며 말했다.

"혹시 아이가 생긴 건 아니겠지, 리비?"

"아, 차라리 제 뱃속에 아이가 있었으면 좋겠어요."

"안 돼요, 리비, 절대 그런 일은 일어나지 말아야 해요. 하지만 만일 그렇게 된다면, 그 아이를 당신이 키우면 안 돼요."

"당연히 키울 거예요, 자틴."

"안 돼요. 그건 내가 허락 못해요. 당신이 그 부담을 짊어지고 살아야 한다면, 난 평안 속에서 지내지 못할 거요."

"그럼 나보고 어떻게 하라고요?"

"다른 사람에게 입양을 보내요. 아마 아이의 피부 색깔은 나와 같겠지. 우리 민족의 검은 피부가 아이의 피에 흔적을 남길 거요, 리비. 당신 나라에 살고 있는 검은 피부를 가진 사람에게 아이를 입양 보내야 해요."

"하지만 피부가 검지 않을 수도 있어요, 자틴."

"이런," 자틴은 손으로 그녀의 입을 막았다.

"우리가 키울 수 없는 이상, 그들의 손에서 자라게 해야 해요. 아니, 아무 일도 없을 거요. 그게 최선이오. 당신은 내게서 자유로워져야 하고, 난 당신에게서 자유로워져야 해요. 아이가 생겨서 우리가 곤란에 빠지는 상황은 벌어지지 말아야 합니다. 이게 우리 운명이고, 또 그렇게 될 거요."

테드는 몇 분밖에 남지 않았음을 알고는 리비를 잠시 품에 안고 있다가 곧 놔주었다. 리비는 자틴에게 매달렸지만, 그는 그녀를 문 쪽으로 가만히 밀어냈다.

"이것으로 모두 끝났소." 그가 작은 소리로 말했다.

"이젠 끝났소. 우리는 원없이 사랑을 나누었고, 누구도 이 사랑을 우리로부터 빼앗아갈 수 없을 거요. 이제 잘 가요, 리비. 부디 잘 가요."

자틴은 리비를 밀어내고 문을 잠근 채 꿈쩍도 않고 서 있었다. 리비는 문에 기대서 흐느꼈고, 자틴도 따라서 흐느꼈다. 하지만 감정에 무릎 꿇지는 않았다. 마침내 그는 리비가 떠나가는 소리를 들었다.

19장

잘 가요, 나의 연인

 배가 부두로부터 천천히 움직이기 시작했다. 테드는 뭄바이의 멀어지는 해안을 바라보고 있었다. 황혼녘의 마지막 빛줄기가 말라바 언덕 정상의 녹색 너머로 떨어지고, 우뚝 솟은 시계탑이 사그라지는 광선을 온몸으로 받으며 빛나고 있었다. 해안가의 거리 위에는 파시교도 승려들의 새하얀 승복 사이로 각양각색의 의상들이 마지막으로 내뿜는 환한 빛 속에서 생생하게 요동쳤다.
 테드는 이것으로 인도를 영원히 떠나게 되리라는 막연한 느낌을 갖고 있었다. 저 해안을 다시 볼 수 없을지도 모른다. 그도 아버지처럼 인도를 떠나면서 이것이 마지막임을 모르고 있는 것일 뿐이다. 그의 내면 어떤 부분이 변한 걸까? 그를 지탱하고 있던 어떤 덕목이 그로부터 영영 사라진 걸까? 그는 알 수 없었다.

누군가가 그의 팔을 만졌다. 고개를 돌려보니 루시가 와 있었다. 으레 그렇듯이 그는 자신과는 동떨어져 있는 듯한 아내를 바라보았다. 늘 깔끔하고 사과처럼 발그스레한 볼을 가진 여인, 하지만 지금 파란 맞춤 정장을 입은 그녀의 모습은 낯설게만 보였다.

"리비는 어디 있소?"

"아래층에서 짐을 풀고 있어요."

루시는 테드의 팔짱을 꼈다.

"마침내 리비를 인도에서 무사히 데리고 나가는구먼."

테드가 말했다. 배와 해안가 사이의 거리가 점점 벌어지고 있었다. 10미터, 20미터, 그러다가 50미터, 그런 뒤 곧 수천, 수만 킬로미터가 될 것이다.

"그러게요."

루시가 말했다. 테드는 루시의 석연치 않은 낌새에도 질문을 던지지 않았다. 그는 지치고 혼란스러웠다. 바이에서 산 세월이 너무 길었는지도 모른다.

그간 자신의 모든 걸 쏟아 부은 그는 지금 공허와 피로감에 사로잡혀 있었다. 게다가 지난 몇 주 동안, 여정을 서두르고 리비에게 신경 쓰느라 식사조차 제대로 할 수 없었다. 어쩌면 아버지와 아그네스가 기다리고 있는 뉴욕의 옛 저택으로 돌아가서 여생을 안락하게 보내는 편이 나을지도 몰랐다. 그에게는 휴식이 필요했다.

저녁식사를 알리는 벨소리가 배의 복도를 뚫고 울려 퍼졌다.

"난 시장기가 도는 것 같은데." 테드가 말했다.

"그럼 이만 식당으로 내려가요." 루시가 말했다.

두 사람은 잠시 동안 자리를 뜨지 않았다. 해는 뭄바이의 수평선 뒤로 미끄러져 들어가고, 밤의 그림자가 도시와 바다 위로 소리 없이 내려앉고 있었다.

"리비가 사리를 입지 않았으면 좋겠소."

테드가 불쑥 말을 꺼냈다.

"제가 리비한테 말할게요." 루시가 조용히 대답했다.

"리비가 싫어할까?"

"그렇지 않아요. 리비는 벌써 그걸 입지 않기로 결정한 것 같아요."

테드는 아내와 대화를 할 때면, 늘 짤막하고 상투적인 질문과 답변이 전부라는 느낌을 받았다. 그는 아내가 여전히 뭔가를 마음에 담아두고 말하지 않고 있음을 알고 있었다.

그녀의 말투나 말 속에는 미묘하게 뼈가 서려 있곤 했다. 하지만 그는 그 부분을 건드리지 않았고, 지금도 여전히 그에 대해 함구했다. 돌연 바람이 불어오자 눅눅한 한기가 느껴졌다.

"이제 그만 내려갑시다. 여긴 더 이상 볼 게 없는 것 같군."

⚜

이층 갑판 위의 어둠 속에 리비는 혼자 서 있었다. 배의 불빛이 만의 부드러운 물결과 뱃머리의 긴 사선을 따라 떨어졌다. 하지만 리비의 눈에는 바닷물도, 멀어져가는 뭄바이의 반짝거리는 불빛도 들어오지 않았다. 그녀의 마음 속 눈은 북쪽의 바이를 향해 무한정 달려가고 있었다. 그녀는 작은 숙소에 홀로 앉아 있는 자틴을 보았다. 리비는 그가 평소처럼 책을 읽고 담백한 저녁식사를 마친 뒤, 또 다시 책에 눈길을 돌리리라는 것을 알고 있었다. 그리고 한 시간 뒤면 보통 집에서 사용하는 것과 똑같은 돗짚자리나 나지막한 나무 침대 위에 누워 있는 환자들을 위해 마지막 회진을 돌 것이다.

그녀의 아버지는 모든 걸 인도식으로 고집했다. 그래서 푸네에 세운 서구식 대학교나 현대식 병원 같은 것은 바이에 일체 들여놓으려 하지 않았다. 그랬다. 그렇게 아버지는 리비에게 확신을 심어주었다. 그는 지식들에게 바이에 사는 주민들을 비롯해 모든 인도인들에게 늘 예의를 갖추라고 가르쳤다.

리비는 그런 아버지를 믿었다. 아버지는 자식들에게 바이의 사투리를 배우게 하고, 리비가 드레스를 입는 것만큼이나 자연스럽게 사리를 입도록 이끌어주었다. 이제 그녀에게 사리만큼 편한 옷은 없었다. 천을 여러 가닥 주름 잡아 그 끝을 허리춤에 넣어 스커트가 우아하게 늘어지게 한 다음 늘어진 끝자락을 어깨 뒤로 넘기는 사리가 소매에 일일이 팔을 넣고 벨트를 착용하고 등의 단추를 빽빽하게 채우는 드레스를 입는 것보다 훨씬 편했다.

아버지는 바이의 아이들을 형제자매로 생각하며 어울려 놀라고 얘기했다. 하늘나라에 계신 하나님이 그들의 아버지라면서, 우리는 모두 한 가족이라는 말도 빼놓지 않았다. 리비는 아버지가 했던 말들을 진심으로 믿었다. 하지만 이제는 아니었다. 더 이상은 속지 않을 것이다. 만일 그 말들이 진심이었다면, 그는 리비가 자틴과 결혼하는 것을 쾌히 승낙했을 뿐만 아니라 진심으로 기뻐했을 것이다. 그것이야말로 온전한 순종이었다. 시험에 순종하지 못한다면, 그것은 참된 순종이 아니었다. 그런 믿음이라면, 신 안에서조차 진실이 존재하지 않는 것과 다름없었다.

리비는 몸을 떨었다. 자틴을 생각할수록 말할 수 없이 슬퍼졌다. 그에게는 아무 잘못이 없었다. 그는 아버지를 누구보다도 믿었다. 이 문제로 자틴과 리비는 처음으로 다투기까지 했었다.

"자틴, 아버지는 분명히 기뻐하실 거예요. 무엇보다 당신을 좋아하시잖아요. 당신을 아들처럼 받아들이실 거예요."

리비의 말에 자틴은 특유의 어두운 미소를 지었다.

"아버지를 못 믿겠다는 거예요?"

리비는 그렇게 몰아붙이기까지 했다.

"물론 그분을 믿고말고요. 하지만 그의 영혼은 그를 이루고 있는 나머지 것들 너머에 존재합니다. 그분의 믿음은 저기 저 위에 있소."

자틴은 그 말을 하며 천장을 가리켰다. "하지만 그분의 육신은 영혼에 비해 보다 조심스럽고, 바로 이 땅 위에 거하고 있지요. 그분의 마음은 그 둘 사이에서 혼란스러워하고 있고요. 그분은 자신의 이상을 믿었고, 그것이 꼭 필요하다고 생각하고 있어요. 하지만 그것을 실현하는 데는 꽤 오랜 시간이 걸린다고 말씀하셨죠. 단 거기에서 간과하고 있는 건, 그 이상도 행동으로 옮겨지지 않는 한 쉽사리 잊혀지고 만다는 겁니다. 즉시 현실 속에서 구체화시키지 않는 한 사장되고 마는 거죠."

리비는 자틴의 모습에 빠져 있어서 그의 말을 제대로 이해할 수가 없었다. 눈은 그의 입술에 고정되어 있었지만, 그가 하는 말에는 마음을 집중할 수가 없었다.

리비는 그 입술을 떠올리자 마음이 무겁게 가라앉았다. 자틴의 얼굴을 다시는 보지 못할 것이다. 리비는 확신하고 있었다. 아버지는 둘 사이를 갈라놓지 못할 수도 있었다. 하지만 끝내 자틴은 리비를 떠나보냈다. 그가 조금이라도 반대에 맞섰다면 두 사람은 결혼할 수도 있었다. 하지만 그는 전혀 그럴 생각이 없었다. 그것은 두려움 때문이 아니었다. 이별이 그들의 운명이라고 믿었기 때문이었다.

"리비, 당신의 나라로 돌아가요. 그리고 학교를 마치면 좋은 남자와 결혼해야 하오."

이에 리비는 감정이 격해져서 소리쳤다. 뺨 위로 눈물이 흘렀다.

"아니요. 그런 일은 절대로 일어나지 않을 거예요!"

"하지만, 리비." 자틴은 가라앉은 목소리로 단호하게 말했다. "한 가지만 더 말해두겠소. 누구에게도, 나에 대해서는 절대로 말하면 안 돼요. 이건 리비 당신을 위해서요. 당신 아버지처럼 선한 남자는 우리가 사랑을 나누었다는 걸 생각하는 것만으로도 괴로움에 휩싸일 거요. 앞으로 당신의 남편 될 사람 또한 그걸 견디지 못할 거요. 당신이 한때 다른 남자를 사랑했다는 걸 알면 바로 당신에게서 마음이 떠날 테니까."

"전 당신 외에는 누구도 사랑하지 않을 거예요." 리비는 선언하듯 말했다. "그리고 결혼도 하지 않겠어요."

이 말에 자틴은 더는 아무 말도 하지 않았다. 그저 단단하고도 섬세한 손바닥으로 리비의 뺨을 어루만질 뿐이었다. 무더위가 한창 기승을 부릴 때도 그의 손바닥은 항상 건조하고 청량했다. 그렇다고 차가운 건 아니었다. 그의 손에는 치유의 힘이 깃들어 있는 것 같았다.

리비는 지금껏 자틴 같은 사람을 보지 못했고, 그와 비교될 만한 남자도 만나본 적이 없었다. 그런데 단지 몸을 덮고 있는 피부색 하나 때문에 부부가 될 수 없는 것이다. 비록 검은 피부라도 핀으로 살짝 뚫고 들어간 정도에는 필경 그녀만큼이나 흰 피부가 있고, 그녀처럼 붉은 피가 돌고 있을 것이다. 그런데 종이만큼이나 얇은 그 부질없는 피부색 때문에 두 사람은 이제 지구 양끝에서 떨어진 채 살아갈 수밖에 없었다.

리비는 자틴의 말에 동의할 수 없었다. 그녀는 지금 자기 뱃속에서 잉태됐을지도 모르는 사랑의 결실에 희망을 걸고 있었다. 만일 그런 일이 일어나면, 리비는 결코 자틴이 신신당부했던 말을 따르지 않을 작정이었다. 무슨 일이 있어도 인도로 돌아가서 자틴과 결혼식을 올리고, 아이가 자틴의 자식임을 떳떳하게 알릴 것이다. 리비는 아버지처럼 행동하지 않을 것이다. 어디까지나 자신이 믿는 바에 따라 행동할 것이다. 성경에도 '서로 사랑하라'고 하지 않았던가. 그래서 리비는 인도의 모든 걸 사랑했을 뿐이다.

그녀는 바이 마을은 물론, 아이들, 여자들 할 것 없이 바이 주민 모두를 사랑했고 유모를 대할 때도 그녀의 검은 피부가 어머니의 피부와 다를 게 없다고 생각해왔다. 그리고는 마침내 자틴을 사랑하게 된 것이다.

리비는 배 난간을 붙잡고 간절한 심정으로 눈을 감았다.

"오, 하나님. 그곳에 계시다면, 제발 제가 가장 원하는 걸 허락해주세요. 자턴에게 돌아갈 수 있도록 제게 아이를 주세요!"

기도가 강렬하게 마음속에서 울려 퍼졌다. 그때 밤바람이 잔잔하게 불어왔다. 순간 리비는 자신의 기도가 하나님께 닿았다고 확신했다. 방금 전까지만 해도 바람 한 점 없이 잠잠하지 않았는가. 바로 이게 신의 표식이자 약속인 걸까!

리비는 희망에 들떠 눈을 떴다. 배가 위 아래로 요동치고 있었다. 지금 배는 바다 한가운데 있었다. 하지만 그녀는 바이로 돌아갈 것이다. 신께서 그녀의 간구를 들으셨고, 표식까지 보내주셨다. 리비는 방금 경험한 이 표식을 어머니에게 말할까 하다가 이내 마음을 접었다. 아직은 때가 아니었다. 신의 표식이 아닐 수도 있었다. 며칠만 지나면 이게 사실일지 아닐지가 드러날 것이다.

리비는 바닷바람의 한기에 갑자기 몸을 떨었다. 이렇게 자턴을 잃을 수는 없었다. 바이는 여전히 그곳에 있었고, 언제까지나 그곳에 있을 것이다. 비록 지금은 멀리 떠나도 다시 돌아가게 될 것이다. 그녀가 느낀 신의 표식이 맞는다면.

⚜

하지만 리비는 젊었다. 이러한 급박한 상황 속에서도 모든 걸 잊는 시간들이 때때로 찾아왔다. 배에서 만난 친구들과의 교제는 즐거웠다. 젊은이들이 리비에게 게임을 청했고, 그들이 계속 졸라대는 통에 리비는 그들에게 인도 노래까지 불러주었다. 바이 민요의 감미롭게 꺾어지는 멜로디가 리비의 산골짜기를 따라 구불구불 흐르는 듯한 구성진 높은 음색과 잘 어울렸다.

그들은 리비에게 매료되었고, 그녀도 이들 사이에 있는 게 즐거웠다. 모두가 리비에게 그녀처럼 노래를 부르려면 훈련은 필수겠다고 감탄했다. 그들은 리비의 아름다운 가창력과 외모를 칭찬했고, 타고난 춤꾼이라면서 할리우드로 나갈 생각은 없냐는 질문까지 던졌다. 리비는 수줍어했다.

그녀는 자기도 모르게 그 추켜세움에 흥이 난 나머지, 차분히 내리깔고 있던 갈색 속눈썹을 치켜뜨며 작은 목소리로 할리우드에 대해서는 생각해본 적이 없다고 답하기까지 했다. 아버지가 좋아할 리 만무했고, 할아버지는 더구나 펄쩍 뛸 것이다. 그녀의 가족들은 할리우드가 아닌 증조부 소유였던 뉴욕의 옛 저택에서 머물게 될 것이다.

할아버지의 이름은 데이빗 하드워드 맥카드였지만, 리비는 그를 맥카드로 떠올렸다. 그녀는 사람들이 이 유명인사의 이름을 들을 때마다 잠시 멈칫하는 걸 즐기며 바라보았다. 그런 뒤 자리를 뜰 때면 그 우아한 자태에 위엄과 품위까지 한껏 드리워졌다.

하지만 그녀의 마음은 여전히 간절함으로 가득했다. 그녀는 아침저녁으로 기도를 드렸고, 자틴만을 생각했다. 하루에도 수 없이 그의 얼굴이 떠올랐다. 리비는 아버지가 지난 크리스마스 때 선물한 작은 손목시계를 흘깃 보면서, 이 시간에 자틴은 어디 있을까 스스로 묻곤 했다. 하지만 그가 어디에 있건, 리비는 일하거나 홀로 앉아 있는 그의 모습을 선명히 볼 수 있었다. 그녀는 아직 그와 떨어지지 않았다. 두 사람의 아기가 그녀 안에 있는 한, 두 사람은 분리될 수 없었다.

그렇게 바다 위에서의 날들이 지나갔다. 그러던 어느 날 아침 더는 의심의 여지가 없는 순간이 찾아왔다. 증거는 충분했다. 그녀의 뱃속에는 아이가 없었다. 자연의 법칙이 그렇게 선포하고 있었다. 장밋빛 붉은 얼룩을 보게 된 것이다. 자틴과의 사랑은 끝내 열매를 맺지 못했다.

리비는 그날 아침 일찍 눈을 떴다. 바람이 물결 위에서 하얀 포말을 일으키고 있었다. 태양은 수평선 너머에서 밝게 빛났다. 그녀는 이상하리만큼 들뜬 기분으로 잠에서 깼다. 슬픔에 압도당하기에 리비는 너무 젊었다. 그러나 곧 알고 싶지 않은 진실과 대면했고, 그 새벽에 그녀의 하루는 막을 내렸다. 그녀는 침대로 돌아왔다. 그리고 옆 침대에서 잠든 사라를 의식하면서 이불을 뒤집어쓴 채 숨죽여 울었다. 하지만 사라는 예민한 아이였다. 언니의 울음소리를 듣고는 화장실에 가는 척하며 엄마를 부르러 갔다. 루시는 분홍색 가운을 걸치고 급히 리비의 방으로 들어왔다. 리비는 미처 눈물을 닦을 겨를도, 운 게 아니라고 우길 여지도 없었다.

"그냥 기분이 좋지 않아서요."

리비는 루시의 얼굴을 외면한 채 힘없이 말했다. 그러자 루시는 딸의 보조개 팬 얼굴을 두 손으로 힘주어 감싸서 자신 쪽으로 돌렸다.

"기분이 좋지 않다고? 어디가 아픈 거니, 리비?"

"그냥 생리 중일뿐이에요."

루시는 딸의 얼굴을 잡고 있던 손을 풀며 말했다.

"그런데 왜 우는 거지? 아무 일도 아니라면서."

"사람들도 별 이유 없이 울곤 하잖아요."

"하지만 넌 그렇지 않아."

루시는 눈을 꽉 감은 채 입술은 파르르 떨고 있는 딸의 얼굴을 내려다보았다. 얼굴이 창백하기 이를 데 없었다. 아마 리비는 그녀나 남편이 짐작하는 이상으로 힘든 과정을 지나왔을지도 몰랐다. 루시는 어린 시절의 리비가 인도를 떠날 때마다 자지러지게 울곤 했던 것을 떠올렸다.

더구나 지금은 사랑하는 남자마저 인도에 남아 있지 않은가. 루시는 둘의 사랑이 어디까지 진전되었는지는 알 수 없었다. 여하튼 지금 리비는 그곳을 안전하게 떠나왔다. 그 사랑은 더 자랄 수 없었다. 비록 마음에는 오래 남겠지만, 그 또한 곧 치유될 것이다.

"이불을 따뜻하게 덮고 있으렴." 루시가 딸의 기운을 북돋으며 말했다.

"내가 아침식사를 이리로 가져오마."

루시는 딸에게 고개를 숙여 이마에 입을 맞춰주었다. 리비가 아무 말도 하지 않은 게 오히려 다행이었다. 지금 이 순간에는 어떤 말도 부질없으리라. 모든 게 끝난 것이다.

〈끝〉

어서 와요, 나의 연인 / 펄 S. 벅 ; 은하랑 옮김 고양 : 길산, 2011

520P. ; 125×187mm

영어서명 : Come, my beloved
원저자명 : Pearl S. Buck
ISBN   978-89-91291-29-4 03840 : \15000

843.5-KDC5   813.52-DDC21   CIP2011002526

나폴레옹 전기

666 인간 '나폴레옹'
그는 알면 알수록 점점 커져만 간다 (괴테)

역사상 그 누가 모스크바를 점령하여 아침 햇살에 빛나는 모스크바의 둥근 지붕들을 바라보았던가? 이 책은 너무나 잘 알려진 이름임에도 그동안 감추어져 있었던 영웅 나폴레옹의 진면목을 강렬하고 빈틈없이 요약했다. – 동아일보

펠릭스 마크햄 지음 / 값 13,000원

이야기 성서

기쁨과 슬픔을 집대성한 인류역사 소설
왜 인간은 에덴의 동쪽으로 돌아갈 수 없는가

노벨문학상 수상 작가 펄 벅 여사의 '이야기 성서'는 경건한 종교세계는 물론 인류역사의 시작과 그 과정을 특유의 유려한 필치로 흥미롭게 풀어낸다. – 조선일보

펄 S. 벅 지음 / 값 35,000원

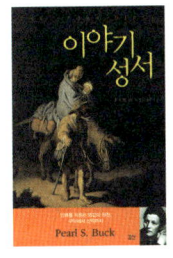

베토벤 평전

진실한 삶 속에서 울리는 풍요로운 음악 소리
베토벤, 자신을 버린 세상을 끊임없이 사랑하다

악성 베토벤의 인간적 삶에 초점을 맞춘 전기. 알코올중독자 아버지에게 혹독한 훈련을 받던 어린시절부터, 청각을 상실하는 말년에 이르기까지 베토벤의 삶과 예술을 풍성하게 되짚는다.
– 조선일보

앤 핌로트 베이커 지음 / 값 8,000원

상형문자의 비밀

고대 이집트의 눈부신 현장이 펼쳐진다

고대 이집트의 멸망과 함께 영원히 비밀 속으로 사라질 뻔했던 상형문자. 어느 날 로제타라는 작은 마을에서 회색빛 돌 하나를 발견하고, 돌 위에 씌어진 상형문자의 해독을 위해 모든 것을 바쳤던 사람들, 바로 그 정열적인 사람들의 신비로운 이야기.

캐롤 도나휴 지음 / 값 12,000원

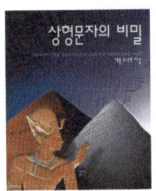

두 개의 한국

**한국 현대사를 정평한 제3자의 객관적 시각
한반도 현대사는 진정한 핵의 현대사다**

전 워싱턴포스트지 기자 돈 오버더퍼의 눈을 통해 한반도 문제의 핵심인 청와대, 평양, 백악관 사이에서 비밀스럽게 진행됐던 수많은 사건들과 핵 협상의 숨막히는 담판 승부를 생생히 목도할 수 있다.

돈 오버더퍼 지음 / 값 22,000원

절대권력(전2권)

'돈 對 사상' 현대 중국의 고민

경제 발전에 따른 중국의 부패상을 담아낸 장편소설로 '사회주의적 인간의 건전성'을 찬미하는 데 목적을 두고 있다. 그러나 현대 중국의 갈등과 고민을 당성黨性과 자본주의적 배금주의와의 충돌로 이해하는 데 도움을 준다. - 중앙일보

저우메이선 지음

연인 서태후

꽃과 칼날의 여인, 서태후!

지금껏 수없이 오르내렸던 서태후란 이름은 각각의 입장에 따라 다른 해석이 나오게 마련이다. 환란의 청조 말기, 그녀의 이름은 어떤 사람에게는 시대를 밝히는 등불이었으며, 또 어떤 사람에게는 무시무시한 독재자의 이름이기도 했다. 중국에 대해 남다른 애정을 보였던 저자에게 '서태후'란 이름은 특히 매력적이었을 것이다. 이미 대작 《대지》로 친숙한 저자의 필치를 통해 '서태후'의 또 다른 모습을 볼 수 있다. 희대의 악녀로 불렸던 그녀를 순수하고 열정적인 여인으로 재탄생시키고 있는 것이다.

펄 S. 벅 지음 / 값 16,000원

매독

매독, 그리고 어둠 속의 신사들

콜럼버스가 신대륙 학살 끝에 얻어온 '창백한 범죄자' 매독은 근 5백년간 천재들의 영혼을 지배하며 복수의 칼날을 휘둘러왔다. 링컨의 알 수 없는 광증, 베토벤의 청력 상실, 히틀러의 유대인 학살, 니체의 폭발적인 사유, 이 모두가 만일 매독이 불러일으킨 불가해한 현상이라면, 과연 유럽의 역사는 어떻게 달라져야 하는가?

데버러 헤이든 지음 / 값 20,000원

해외 부동산투자 20국+영주권

해외투자는 새로운 미래다!

이 책은 투자 천국인 미국, EU 영주권을 제공하는 몰타, 최저비용으로 고품격 삶을 누릴 수 있는 멕시코 등 20국가를 선별해, 금전적 이익과 생활의 자유를 한꺼번에 잡을 수 있는 새로운 차원의 투자 방법을 제시하고 있다. 새로운 경제 돌파구를 마련하고자 하는 소규모 투자자, 세계를 익히고자 하는 의욕적인 사업가, 새로운 문화 속에서 제2의 인생을 꿈꾸는 퇴직자라면, 이 책에서 해외투자에 대한 많은 정보를 얻을 수 있을 것이다.

헨리 G. 리브먼 지음 / 값 15,000원

누구를 위한 통일인가

전직 주한미군 그린베레 장교가 바라본 한국의 분단과 통일관

한국 격변기 때 중요한 역사의 현장을 온몸으로 체험한 주한미군 장교가 수기 형식으로 써내려간 이 책에서 우리는 흔히 접할 수 있는 딱딱한 이론이나 주관주의에 매몰된 자기 주장 따위는 찾아볼 수 없다. 마치 한 편의 소설을 읽는 듯한 착각에 빠지게 만드는 저자 특유의 생동감 넘치는 대화체 등의 현장 묘사와 그동안 배후에 가려져 왔던 숨겨진 일화들을 공개함으로써 읽는 재미를 배가시키며, 나무와 더불어 숲을 아우르는 객관적이고 심도 있는 분석을 통해 남북 분단의 근거와 실체, 주요 리더들의 특징과 그 역학적 관계에 대한 정확한 이해, 그에 따른 통일의 함정과 지향점 등을 설득력 있게 제시한 역작이다.

고든 쿠굴루 지음 / 값 17,000원

톨스토이 공원의 시인

톨스토이, 그리고 영혼의 집 짓기

1년밖에 살지 못한다는 시한부 인생을 선고받고 숲으로 들어와 20여 년을 더 살아낸 20세기 마지막 시인 헨리 스튜어트. 이 책은 삶과 죽음 사이를 흔들흔들 오가며 둥근 지붕의 집을 지은 헨리의 특별한 이야기이자, 세월 속에서 잃어버린 우리 영혼에 대한 기록이다. 마치 눈으로 보듯 세밀하게 그려진 집 짓기 과정은 부나 명예와 같은 껍데기가 아닌, 내면의 뼈대를 구축하는 일이 얼마나 중요한가를 역설하고 있으며, 곳곳에 녹아 있는 레오 톨스토이의 사상은 매순간 삶에 대한 뜨거운 애정으로 되살아난다.

소니 브루어 지음 / 값 15,000원

Dear Leader Mr. 김정일

김정일은 악마인가? 체제의 희생양인가?

2005년 타임지 선정 '세계에서 가장 영향력 있는 100인(지도자&혁명가 부문)' 중 한 사람. 세계 최초로 핵확산금지조약을 탈퇴한 지도자. 예술적 면모와 열정을 지닌 북한 최대의 영화 제작자. 개인 최대 코냑 수입자. 주민의 10%가 굶어 죽어가는 나라의 지도자. 이 책에서는 이처럼 아이러니 그 자체인 김정일을 정확하고 심도 있게 분석하고 있다.
김정일을 둘러싼 분분한 소문보다는 그의 행동과 북한 체제, 과거부터 현재까지 북한의 역사와 한국과의 관계를 정확히 분석하여 가정을 세우고, 그 가정을 증명한 이 책은 그간 어디서도 찾아볼 수 없던 북한 정밀 보고서이며, 김정일 정신분석 보고서다. 북한의 핵문제가 전 세계적으로 파급되고 있는 이때, 북한과 김정일을 정확하게 파악하지 못한다면 세계의 미래 역시 예측 불가능할 것이다. 저자는 이 책을 통해, 김정일을 사악한 미치광이로 매도하는 것은 지나친 단순화의 오류며, 김정일 또한 냉전이라는 덫에 사로잡힌 역사의 제물이고, 북한 공산주의라는 체제의 피해자임을 지적한다.

마이클 브린 지음 / 값 14,000원

통제하의 북한예술

'북한예술'을 발가벗긴 책

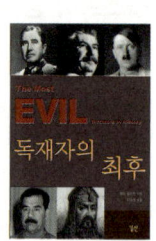

우리의 관심을 벗어날 수 없는 북한예술은 이 책에 잘 나타나 있다. 북한의 정치, 사회사를 통합적으로 관통한 저자의 서술에서 그 희미한 실체가 윤곽을 드러낸다. 또한 풍부한 자료를 통해 생생하게 전달되는 북한의 미술 세계에서 우리는 이제껏 품어온 궁금증을 하나씩 풀어가며 저자의 훌륭한 안내를 받게 될 것이다.

제인 포털 지음 / 값 18,000원

독재자의 최후

한 권으로 읽는 지상 최고 악당들의 세계사

역사의 굵직굵직한 사건 뒤에는 늘 독재자들이 그 모습을 감추고 있었다. 그리고 사건이 표면화되면 그들은 서서히 모습을 드러내고 자신의 나라와 국민들을 피의 전쟁으로 몰아넣었다. 예수 그리스도의 탄생 후 자행되었던 헤롯의 유아 대학살, 칭기스칸의 공포적인 영토 확장, 전 세계를 전쟁의 소용돌이로 몰아넣은 히틀러, 그리고 최근 비참한 말로를 맞은 후세인에 이르기까지…. 이 책은 역사상 가장 잔혹하고 무자비한 독재 정권을 통해 피의 향연을 펼치고, 아울러 역사를 바꾸기까지 한 독재자들에 대해 조명하고 있다. 어떻게 해서 그들이 독재적인 성격을 띠게 되었는지, 그리고 어떤 최후를 맞게 되었는지를 알아보고, 국가와 국민들에게 행한 잔인한 실상들을 낱낱이 파헤치고 있다.

셸리 클라인 지음 / 값 18,000원

사요나라 BAR

일본 신사이바시 골목 어딘가의 '사요나라 바'를 무대로 펼쳐지는 이 소설은 사랑과 폭력, 그리고 상처와 연민을, 젊음과 중년세대를 아우르며 매우 실감나게 묘사하고 있다.
(야쿠자 조직원과 눈먼 사랑에 빠진) 영국인 호스티스 메리, (소설 '황금비늘'과 '캐리'의 주인공을 연상케 하는) 영험한 정신적 능력을 지닌 4차원적 인물 와타나베, (죽은 아내의 환상 속에서 살아가는) 외로운 일벌레 사토, 이들의 이야기가 탄탄한 구성과 함께 저자 특유의 현란한 문체에 힘입어 독자들은 어느새 '사요나라 바'에 앉아 삶의 진한 페이소스로 혼합한 위스키 한 잔을 맛보는 듯한 착각에 빠질 것이다.

수잔 바커 지음 / 값 14,800원

북경의 세 딸

소리 없이 찾아드는 대반점의 밤

이 소설은 거대한 중국 본토에 피의 강을 범람케 했던 '문화대혁명'의 물결 속에서 영혼의 갈등을 겪는 한 가족의 이야기다. 상하이 최고 대반점의 여주인으로 언제 무너질지 모르는 아슬아슬한 삶을 사는 어머니와, 조국의 부름과 자유 사이에서 번뇌하는 세 딸들…. 온갖 영화의 시기를 구름처럼 흘려보내고 대혁명의 습격으로 인해 문을 닫게 되는 대반점과 양 마담의 비참한 최후는, 인간이 역사에게가 아니라, 역사가 인간에게 가져야 할 도의적 책임은 무엇인가라는 엄중한 물음을 던지고 있다.

펄 S. 벅 지음 / 값 14,000원

사탄은 잠들지 않는다

장개석과 모택동의 내전으로 넓은 중국 대륙이 온통 피로 물들던 시대, 두 명의 아일랜드인 신부가 중국 광동성의 시골 마을에 갇히고 만다.
강인한 신의 사자이자 인간적 위트로 넘치는 피치본 대신부와, 무한한 애정 속에서 영혼의 치료사로 거듭나는 젊은 신부 오배논, 그리고 오배논에 대한 금지된 사랑으로 가슴 아파하는 아름다운 소녀 수란과 부모에게 버림받았다는 상처 속에서 삐뚤어진 공산당원이 되는 호산…….
이 네 사람 사이에 벌어지는 사랑에 대한 숭고하고도 슬픈 이 대서사시는, 수많은 극적인 사건이 숨겨진 한 편의 연극처럼, 읽는 이를 거대한 감정의 파도 속으로 몰고 간다.

펄 S. 벅 지음 / 값 9,800원

골든혼의 여인

황금빛 물결 속에 피어난 인연의 꽃

이스탄불에 석양이 질 무렵 황금빛 물결을 출렁이는 골든혼. 그곳에서 운명 지어진 아시아데와 존 롤랜드, 그리고 망명지에서의 새로운 연인 하싸. 어디로 흐를지 알 수 없는 세 남녀의 조국, 미래, 사랑의 물결을 따라 새 희망을 꿈꾸며 떠나는 인생 항로의 여정…….

쿠르반 사이드 지음 / 값 12,900원

열두 가지 이야기

삶을 어루만지는 모성적 따뜻함의 정수

일상적 소재에서 신선한 감동과 삶을 이끌어낸 펄 벅의 열두 가지 단편이 담겨 있다. 단절과 소외, 의혹과 불안의 시대를 살아가는 현대인의 가슴속에 따뜻한 온기를 불어넣어 삶에 대한 긍정적인 감정을 일깨워주는 작품.

펄 S. 벅 지음 / 값 12,900원

만다라

리얼한 구성과 섬세한 내면 묘사
인도의 근현대사 안에서 펼쳐지는 대서사 로망스!

《대지》, 《북경의 세 딸》 등을 통해 전통과 현대가 충돌하는 지점에서 역동적으로 삶을 헤쳐 나가는 인물들을 보여주었던 펄 벅이 또 한 번 따뜻한 리얼리스트로 돌아왔다. 《만다라》는 그녀의 완숙한 통찰력이 돋보이는 후기작으로, 인도의 격동기를 살아가는 네 주인공의 인생과 사랑, 갈등과 번민을 그린다. 왕족의 권위를 벗어던지고 시대정신에 따르려는 라지푸트족의 위대한 왕 자가트, 체제순응자인 고결한 왕비 모티, 정체성을 찾아 방랑하다 오래된 나라 인도를 찾아온 미국여자 부룩 그리고 가난한 소수민족에게 영적 자비와 실질적 도움을 주려 애쓰는 영국인 신부 폴 등을 통해 시대와의 불화와 극복, 인종과 신분을 뛰어넘은 세기의 사랑, 주변국과의 전쟁과 영토분쟁의 현실, 환생으로 이어지는 인간의 끈질긴 관계 등을 생생히 보여준다.

펄 S. 벅 지음 / 값 12,000원

카불미용학교

눈물과 웃음, 그것이 우리들의 신입니다

아프간 여인들의 삶 속으로 들어간 데보라 로드리게즈의 다큐멘터리 기록 《카불미용학교》는 전쟁의 그늘 속에서 재기를 꿈꾸는 아프간 여성들을 위해 건설된 미용학교에서 벌어진 일들을 그린 논픽션 작품이다. 애절한 사랑을 가슴에 묻고 계약과 다름없는 결혼을 해야 했던 로산나, 그 외에도 미용학교 수업을 듣기 위해 탈레반 남편의 잔인한 폭력에 맞서야 했던 수많은 아내들처럼, 이 미용학교는 가슴 아픈 사연을 한 자락씩 품은 여성들의 이야기로 넘쳐흐른다. 이들은 미용기술과 더불어 우정, 그리고 자유가 무엇인지를 배워나가는 동시에, 전쟁의 포화 속에서도 인간적 삶을 놓치지 않으려 했던 아프간 사람들의 역사를 눈물과 웃음으로 털어놓는다.

데보라 로드리게즈 지음 / 값 10,000원

Miss 디거의 황금 사냥

부유한 왕자님을 만나고 싶은가? 그렇다면 당신은 먼저 공주가 되어야 한다! 결과가 존재를 규명하는 것이 아니라, 존재가 결과를 불러온다. 공주처럼 생각하고 공주처럼 행동하고 공주처럼 존재하라! 이 책은 저자의 수많은 시행착오와 심리학적인 고찰을 통해 부유한 남자들의 본질을 해부하고, 그 위에 당당한 여성만의 깃발을 꽂았다. 생생한 에피소드와 저자 특유의 재치 있는 입담, 명쾌한 해법은, 저자가 직접 실천해서 성공한 '공주의 공식'과 '공주의 법칙'을 살아있는 것으로 만들고, 당신이 이를 적용하느냐 안 하느냐에 따라 관계의 재앙을 불러오거나, 관계의 열매를 맺을 수도 있다는 저자의 주장에 강한 힘을 실어준다.

도나 스팽글러 지음 / 값 9,800원

새해

남편의 숨겨진 아이를 찾아 떠나는 길고 긴 여행

이 책의 이야기는 단순하지만 가혹한 질문에서 시작된다. "만일 당신의 남편에게 숨겨진 아이가 있다면 당신은 어떻게 하겠는가?" 어느 날 사랑하는 남편과 평온한 생활을 꾸려오던 로라의 집에 편지 한 통이 도착한다. '그리운 아버지께'로 시작하는 편지는 평온했던 로라의 행복을 송두리째 앗아간다. 배신감을 느끼면서도 남편을 사랑할 수밖에 없는 로라는 남편의 숨겨진 아이를 만나기 위해 긴 여행을 떠나고, 고통 끝에 그 아이를 자신의 세계로 받아들임으로써, 인간의 삶은 노력을 통해서는 결코 완벽해질 수 없으며, 상실과 슬픔을 메울 수 있는 것은 결국 또 다른 사랑뿐이라는 오래된 진실을 들려준다.

펄 S. 벅 지음 / 값 9,500원

피오니

**유대인 남자를 사랑해 비구니가 될 수밖에 없었던
한 중국 소녀의 가슴아픈 사랑 이야기!**

소설 《피오니》는 유대인 가정에 팔려간 어린 중국 소녀 피오니의 삶과 사랑을 다룬 이야기로, 펄 벅 특유의 인생에 대한 통찰과 인간에 대한 따스한 시선을 물씬 느낄 수 있는 아름다운 소설이다. 주인공 피오니는 주인집 아들 데이빗을 어린 시절부터 가슴깊이 연모한다. 하지만, 신분과 종교의 벽은 번번히 그녀의 사랑을 가로막는다. 게다가 데이빗은 어머니가 선택한 랍비의 딸 리아와 자신이 반한 중국 여인 쿠에일란 사이에서 갈등하는데…….

펄 S. 벅 지음 / 값 13,500원

동풍서풍

동양과 서양이 맞닿는 그곳에 당신이 있다

외국에서 서양식 교육을 받고 돌아온 의학자를 남편으로 맞은 중국 여인, 퀘이란이 전통적인 동양의 방식과 자유로운 서양의 방식 사이에서 갈등하다, 조금씩 조금씩 변화해가며 균형점을 찾아가는 과정을 그린 서간체 소설. 서양 여자를 아내로 맞으려는 퀘이란의 오빠와 전통을 고수하려는 기성세대 사이의 갈등, 또 변화에 직면한 20세기 초 중국인들의 사고방식과 생활풍습을 엿보는 묘미가 쏠쏠하다.

펄 S. 벅 지음 / 값 9,500원

여인의 저택

펄 벅의 수상受賞 소설들의 대부분은 중국의 평민인 농부들을 주로 다루고 있다. 그러나 이 작품은 부유하고 교양 있으며 깨어 있는 정신으로 다양한 인간사를 경험하는 대지주 집안의 이야기를 다루고 있다. 소설은 중국의 모든 주택과 마찬가지로 단층짜리 방들로 둘러싸인 안뜰이 모여서 서로 좁은 길로 이어져 있는 대저택을 배경으로 하고 있다. 작품의 주인공인 우 씨 일가는 그 안에서 각 개인의 삶을 존중하는 가운데 삼대가 모여 산다. 독자들은 이 소설을 읽어가는 동안, 펄 벅이 중국에 대한 이야기뿐만 아니라 전 세계인 누구나 공감할 수 있는 남녀관계를 다루고 있음을 알게 될 것이다.

펄 S. 벅 지음 / 값 14,000원

싸우는 천사

작가 펄 벅이 쓴 선교사로서의 아버지의 삶을 회고한 글

넓고 광활한 중국대륙을 복음화 시키겠다는 소명을 갖고, 중국으로 건너간 펄 벅의 아버지 선교사 앤드류는 혁명군의 총칼 아래에서도 자신의 선교의 소명을 결코 포기하지 않는 '투쟁하는 천사'였다. 그러나, 아내 캐리가 중병에 걸려 죽게 되고, 자신마저 젊은 선교사들에게 내몰려 강제 은퇴를 당할 위기에 놓이고 마는데……

펄 S. 벅 지음 / 값 14,000원

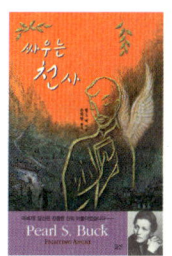

리앙家

중국과 미국을 배경으로 이어지는 전통과 진보 사이의 갈등

20세기 초, 미국에서 자라 성인이 된 리앙가의 4형제. 첫째와 둘째는 미국에 태어났지만 본국인 중국으로 돌아가 살고 싶어 하고, 미국인으로서의 삶이 익숙한 셋째와 넷째는 공산주의화된 중국의 현실을 보고 이에 반대한다. 결국 이들은 중국으로 건너가게 되면서 변화에 대한 욕구, 전통을 지키고자 하는 과정에서 겪게 되는 좌절, 그 갈등 사이에서 정체성을 찾아가는 모습을 엿볼 수 있다.

펄 S. 벅 지음 / 값 18,000원

세 남매의 어머니

외딴 시골 마을에 사는 한 가난한 중국 여인네의 초상화. 20세기 초 중국의 어머니를 대변하는 이 여인네는 어느 날 갑자기 남편이 떠난 이후, 여자로서의 삶을 포기하고 어머니로서의 소박한 낙을 즐기며 살아가기로 하는데……. 이어지는 불행과 비극과 가난을 겪는 가운데에도 세 남매의 어머니로 꿋꿋이 삶을 헤쳐 나가는 모습에서 우리네 어머니의 모습을 엿볼 수 있다.

펄 S. 벅 지음 / 값 12,000원

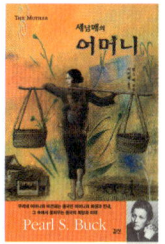

용의 자손

참혹한 전쟁의 소용돌이에 휘말린 중국 농촌마을, 그 속에서 땅과 나라를 지키려 몸부림치는 한 가족의 눈물겨운 투쟁사

1차 세계대전의 화마를 피하고자 중립을 선언한 중국은 오히려 일본의 침략야욕에 노출된다. 폭력, 살인, 겁탈, 약탈 등 온갖 횡포를 일삼는 적군에 맞서 오로지 땅을 지켜내기 위해 싸우는 '링 탄' 네 가족들. 그중 남자이면서도 왜군에게 성폭행을 당해 상처받은 영혼 '라오산' 이 처참한 전쟁 속에서도 하늘이 정해놓은 운명 같은 사랑을 마침내 완성해가는 모습은 인간에 대한 작가의 진한 애정을 느끼게 한다.
40여 년을 중국에서 살아온 펄 벅은 《용의 자손》을 통해 전쟁이란 윤리나 정치의 반성으로는 치유될 수 없는 상처일 뿐이라는 사실을 다시 한 번 되뇌게 하고 있다.

펄 S. 벅 지음 / 값 15,000원

중국을 변화시킨 청년, 쑨원

삼민주의를 꿈꿨던 중국 최고의 모던보이

이 소설은 중국 근대화의 아버지이자 '삼민주의'로 널리 알려진 쑨원의 격동기를 재현한 작품으로서 펄 벅의 중국 역사에 대한 농후한 통찰력을 엿볼 수 있다. 19세기 말, 외국 열강의 식민지와 다름없었던 중국에서 쑨원은 조국의 근대화와 통일이라는 거대한 목적을 이루고자 했고 일생을 바쳐 자신의 과업에 충실했다. 이 책은 쑨원의 발자취를 연대순으로 세심하게 따라가면서, 중국의 영웅으로 추앙받을 수 있었던 높은 이상과 참된 정신, 나아가 그의 인간적 고뇌를 충실하게 그려냈다.

펄 S. 벅 지음 / 값 9,000원

여신

"하나의 사랑이 또 다른 사랑의 자리를 대신할 수는 없어. 각각의 사랑이 나름대로 풍요로워질 뿐이지."

한 남자의 아내로, 아이들의 엄마로 살아온 중년 여인 에디스. 평범했던 결혼 생활이 끝나자 갑작스런 외로움과 혼란에 빠져 지내던 중 노년의 철학자와 매혹적인 청년을 만나게 되면서 한 여성으로서의 삶과 진정한 사랑을 추구하는 여정을 시작하게 된다. 여성 내면의 심리묘사가 돋보이는 자전적이고도 철학적인 사랑에 대한 탐구.

펄 S. 벅 지음 / 값 9,500원

城의 죽음

영국의 고성古城을 뒤흔들어놓은 신대륙의 사랑!

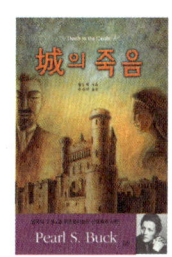

왕의 후손으로 5백 년 넘은 스타보로 성을 상속받은 리처드 경은 전통과 영속성이라는 영국적 가치를 소중히 여기는 늙은 성주다. 그러나 바다 건너 신대륙에서 현대화의 활기찬 물결이 밀어닥치면서 성을 유지할 수 있는 수입원을 잃고 몰락하게 된다. 어느 날, 평등과 합리라는 새 가치를 추구하는 미국 청년 블레인이 이곳을 찾아든다. 얼마 안 가 그는 이 성의 비밀을 간직한 아름다운 하녀 케이트와 사랑에 빠지게 되는데……. 영국의 고성(古城)이라는 특별한 공간 안에서 풀어낸 이 소설은 수천 년간 얽혀온 성의 슬픈 비밀과 젊은 남녀의 희망적 사랑을 통해 새로운 미국적 가치와 깊은 영국적 가치의 합일에 대한 염원을 드라마틱하게 풀어가고 있다.

펄 S. 벅 지음 / 값 12,000원

건너야 할 다리

《건너야 할 다리》는 살면서 겪는 여러 일들, 그러니까 사랑과 이별, 낙천적인 소망과 슬픔, 그리움과 쓸쓸함이 잔잔하게 그린 소설이다. 자극적인 사건 없이 사람들과 부대끼면서 느끼는 감정들과 회환을 그린 소설이다. 몸 담고 있는 세상을 충실하게 껴안는 소설이면서, 눈에 보이지 않는 세상에 말을 거는 소설이다.

펄 S. 벅 지음 / 값 14,000원

어머니의 초상 (2011년 7월 출간 예정)

척박한 땅에 울려 퍼진 희망과 승리의 노래

이 소설은 선교를 위하여 조국을 떠난 이민자 가정에서 자란 딸의 시선으로 바라본 어머니의 삶을 그리고 있다. 가난과 굶주림, 질병과 무지로 점철된 척박한 중국 땅에서 소외된 이들을 사랑으로 어루만지고 치유하려 했던 어머니의 헌신적인 일생을 담담히 그려내고 있다.

펄 S. 벅 지음

숨은 꽃 (가제, 2011년 8월 출간 예정)

"주일미군 소위와 일본 여대생의 이루지 못한 사랑 이야기"

이 소설은 전후 점령군으로 일본에 부임한 미군 소위 앨런 캐네디와 꽃다운 일본 여대생 조스이 사카이의 사랑 이야기이다. 조스이에게 첫눈에 반해버린 앨런은 그녀의 사랑을 얻어내지만 두려움 없던 이들의 사랑은 미국에서 엄청난 시련을 겪게 된다. 유색인종과의 결혼을 반대하는 부모의 극심한 반대에 무릎을 꿇고 만 그들의 사랑이 남긴 것은 숨은 꽃, 아니 숨을 수밖에 없었던 아름다운 꽃 한 송이였다.

펄 S. 벅 지음

세상의 비밀스러운 역사 (가제, 2011년 9월 출간 예정)

우주가 생겨나고 모든 것이 시작되는 것을 우리는 과학적으로도 알고 있고, 성경에서 하나님이 7일 동안 만드신 과정에 대해서도 알고 있다. 이 책도 만물이 생겨난 이치에 대해서부터 시작하고 있다. 고대 신화, 동양의 신비주의, 철학과 다른 종교들에서는 어떻게 이야기하는지를 설명해준다. 작가는 과학보다는 이런 신화나 종교 쪽에 더욱 비중을 두고 있다. 그는 세계 최고의 종교 서적들에 비밀스러운 가르침이 담겨 있다고 생각한다. 그리고 역사의 비밀은 창세기에 암호화되어 있다고 주장한다.

마크 부스 지음

약속 (가제, 2011년 10월 출간 예정)

용의 자손들, 죽음과 약속의 땅 버마로 향하다!

일본의 식민지배 하에서 강인한 군인으로 성장한 라오산은 '승'이라는 새로운 이름으로 운명의 연인 메이리와 버마 밀림의 전장에 몸을 던진다. 언제 끝날지 모르는 전쟁의 고통과 약속 없는 미래 속에서도 두 사람은 서로를 의지한 채 사랑을 키워가는데…….
이 작품은 세계1차대전의 소용돌이에 휘말린 링탄 가족의 눈물겨운 역사를 그려낸 〈용의 자손〉의 2부 격으로, 참혹한 포화 속에서도 약속의 땅을 개척해가는 두 젊은이의 운명적 사랑, 그리고 목숨을 건 투쟁을 그려낸 또 하나의 역작이다.

펄 S. 벅 지음

펄 벅 시리즈

노벨문학수상작가
펄 벅이 돌아오다!

따뜻한 사랑과 화해를 향한 갈구, 역사와 인간에 대한 깊이 있는 시선으로
20세기의 고전을 빚어낸 "꿈의 스토리텔러 펄 벅"

기쁨과 슬픔을 집대성한 인류역사 소설
이야기 성서

꽃과 칼날의 여인, 서태후!
연인 서태후

소리 없이 찾아드는 대반전의 밤
북경의 세 딸

새해

동풍서풍

싸우는 천사

세 남매의 어머니

청년 쑨원

城의 죽음

어서 와요, 나의 연인

여자의 눈물은 사탄이 소유한 최고의 무기
사탄은 잠들지 않는다

삶을 어루만지는 모성적 따뜻함의 정수(精髓)
열두 가지 이야기

가늠할 수 없는 억겁의 사랑 그리고 꿈
만다라

피오니

여인의 저택

리앙家

용의 자손

여신

건너야 할 다리

2012년까지 펄 벅의 전집이 도서출판 길산에서 출간됩니다.

펄벅문화원 Pearl S. Buck Literary Institute